파우스트 박사

Doktor Faustus
Das Leben des deutschen Tonsetzers
Adrian Leverkühn,
erzählt von einem Freunde

First published in 1947
by Thomas Mann

토마스 만 파우스트 박사 1

김해생 옮김

한 친구가 이야기하는 독일의 천재 작곡가 아드리안 레버퀸의 생애

필맥

이제 날은 저물고
갈색으로 물든 대기가 지상의 생명들을
고된 일에서 벗어나게 해주는데 오직 나만은

고달픔과 위험에 가득 찬 전투를 치를
준비를 하고 있었노라.
잘못을 범하지 않을 내 기억이 그것을 기록해두리라.

오, 뮤즈들이여. 위대한 수호신이여. 나를 도우소서!
오, 기억이여! 내가 본 것을 여기에
기록으로 남기고자 하니,
그대의 탁월함을 드러내다오.

단테, 《신곡》 중 지옥편의 두 번째 노래

1

이 이야기는 기구한 운명을 타고났던 한 남자, 높이 날아올랐다 다시 추락한 천재, 이제는 영면에 든 음악가 아드리안 레버퀸의 일생을 다룬 최초의 전기다. 따라서 결함투성이가 될 것은 자명한 일이지만, 그래도 이야기를 시작하기에 앞서 한 가지 분명히 밝혀두고 싶은 사실이 있다. 전기 앞머리에 나 자신에 관한 이야기를 몇 마디 하겠는데, 그것이 나를 내세우기 위한 의도로 하는 이야기는 결코 아니라는 사실이다. 나 자신에 관한 이야기를 하는 이유는 오로지 독자들이 이 글을 쓰는 사람이 누구인지, 이 글로써 무엇을 말하고자 하는지 알고 싶어 할 것 같기 때문이다. 현재로서는 이 글이 세상의 빛을 보게 될 가망성이 눈곱만큼도 없으니 엄밀히 말해 미래의 독자들이라고 해야 옳을 것이다. 혹시라도 이 글이 사방에서 위협받는 유럽 요새를 벗어나 세상 사람들에게 우리의 남모를 고독을 한 자락 보여줄 수 있는 기적 같은 일이 일어난다면 모를까. 물론 다른 사람의 전기를 내 개인의 이야기로 시작하면 오히려 그 때문에 독자들이 전기의 내용을 더 안 믿을 수 있다는 사실도 충분히 의식하고 있다. 더욱이 이 일은 내가 전기를 쓰는 데 필요한 자질을 충분히 갖춘 사람이라서가 아니라 단지 마음이 끌려서 하기로 결정한 일이기에, 글을 쓴 사람의 삶 전체를 비추어 볼 때 내가 과연 이런 일에 적합한 인물인지 의심스러워하는 독자들도 생길 것이다.

위의 글을 다시 한 번 읽어 보니 행간에 모종의 불안과 호흡곤란이 느껴진다. 이는 오늘 1943년 5월 23일, 그러니까 레버퀸이 죽은 지, 아니 깊은 어둠에서 더 깊은 어둠 속으로 들어간 지 3년이 지난 지금 이자르 강변 프라이징의 내 오랜 공부방에 앉아 친구의 일생을 글로 쓰고자 하는 내 심리상태를 말해주고 있다. 이제는 신의 품에 잠든—부디 그러기를!—불행했던 친구의 이야기를 세상에 알리고 싶은 욕구가 심장을 찌를 듯 절실하다가도 이는 내가 할 일이 아니라는 생각에 곧 망설이게 되는데, 이 두 가지 상반되는 감정이 극도로 팽팽하게 교차하고 있다. 나는 상당히 온건한 성격으로서 생각이 건전하고 인본주의적인 기질이 농후하며 조화와 합리성을 선호한다. 학자로서 '글쟁이들'의 맹우(盟友)지만 비올라 다모레(7현으로 된 비올족 악기. '사랑의 비올라'라는 뜻 - 옮긴이)를 직접 연주하는 등 음악도 가까이 하고 있다. 순수한 학문적 의미의 '뮤즈(그리스 신화에 나오는 예술의 여신 - 옮긴이)의 아들'이라고나 할까. 또한 나는 로이힐린, 크로투스 폰 도른하임, 무티아누스, 에오반 헤세 등 《무명인의 편지》(라틴어로 쓴 풍자 서간집. 16세기 가톨릭교회의 유대인 박해를 인문주의자 편에 서서 빈정거린 글 - 옮긴이) 시대를 대표하는 독일 인문주의자들의 후계자임을 자처하는 사람이다. 나는 악령의 힘을, 그것이 인간의 삶에 미치는 영향을 부인할 생각은 없지만 언제나 나와는 절대 무관하다고 생각해왔으므로, 직관적으로 내 세계관에서 배제했다. 지하세계의 존재들과 선뜻 어울리려 하거나 한술 더 떠 그들을 불러내는 만용을 부리고 싶은 마음, 아니면 그들 쪽에서 내게 접근을 시도할 때 가벼운 손짓이라도 해 보일 것 같은 성향이 내게는 털끝만큼도 없었다. 이러한 내 태도가 우리 역사의 흐름에 나타난 시대정신이나 시대의 요구와 맞지 않았을 때 나는 좋아하는 교사직을 주저 없이 그만두었고, 그 때문에 정신적으로나 경제적으로 곤란을 겪으면서도 뜻을 굽히지 않았다. 이런 점에서 나는 내 성격에 만족한다. 이제 막 착수한 이 일이 과연 내가 할 일인지 확신이 안 서는 가운데 바로 나의 이러한 면이, 단호한 성격이나 고지식한 윤리의식이 오히려 용기를 북돋워준다.

펜을 들기가 무섭게 그 끝에서 흘러나온 단어 하나 때문에 순간 당혹스러웠다. 영면에 든 친구의 음악성을 말하면서 쓴 '천재'라는 단어 때문이다. 이 '천재'라는 말은, 그 울림으로나 성질로나, 대단히 탁월한 재능과 고매한 인격을 겸비한 사람 또는 그의 조화롭고 건강한 인간미를 나타낸다. 나 같은 사람이 혼자 힘으로 그 높은 경지에 도달하기에는 부족한 점이 너무 많고, 그렇다고 하늘의 소명을 받는 은혜를 입은 적도 없다. 그렇다고 해서 천재를 바라보며 즐거워하고 편안한 마음으로 천재에 대해 이야기해서는 안 될 만한 이유, 그러기를 삼가야 하는 이유는 없다. 그런 것 같다. 그러나 천재성이라는 빛나는 영역은 위협적일 만큼 막대한 부분을 악령의 힘이, 이성을 초월하는 힘이 차지하고 있으며, 언제나 지하세계와 섬뜩한 관계를 유지하고 있다. 내가 '천재'라는 말에 '고매함', '조화롭고 건강한 인간미' 같은 수식어를 붙여 봐도 그다지 어울리지 않는 이유가 바로 여기 있다. 이는 결코 부정할 수 없는 사실이며 지금까지 누구도 부정하지 않은 사실이다. '고매함', '조화롭고 건강한 인간미' 같은 말은 타고난 재능을 사악하고 병적인 방법으로 소진해 버리는 변질하기 쉬운 천재성에는 물론, 다시 말해 끔찍한 매매계약으로 얻은 천재성에는 물론, 신이 선물이나 형벌로 내린 확실하고 순수한 천재성에조차 어울리지 않는 말이다.

그 이야기를 계속하기에는 내게 예술성과 노련미가 너무도 부족하니 이만 그치고자 한다. 아드리안 자신도 심포니를 작곡할 때 이런 주제를 성급하게 드러내지 않았을 것이다. 기껏해야 쉽게 알아채지 못하도록 교묘하게 숨겨 어렴풋이 나타냈을 것이다. 무심코 새어나온 말이 마치 흐릿하고 오묘한 암시인 양 독자들을 자극할 수도 있겠으나, 나 자신은 그저 가벼운 입놀림으로 분별없이 내뱉은 말일 뿐이다. 나 같은 사람이 자신에게 극히 중요하고도 절실한 문제를, 이를테면 천재성 같은 문제를 작곡을 하는 예술가의 시각에서 보고, 이를 예술가다운 노련미를 발휘해 정교하게 다루기란 매우 어려울 뿐 아니라 주제넘은 일이다. 따라서 내가 순수한 천재와 순수하지 못한 천재를 서둘러 구분한 이유는 그런 차이가 있다는 사실은 인정하나, 다만 그런 차이가 정당한 것인지 자문하고 싶어서일 뿐이다. 실제로 나는 그 일을 겪은 후 너무도 절박하고 골똘하게 이 문제에 빠져들었으므로 때때로 나의 사고세계가 애초에 내게 허용된, 내게 걸맞은 차원 너머로 떠밀리는 듯한 느낌에 아연실색하곤 했다. 내가 타고난 재능이 '순수하지 못한' 방법에 의해 원래보다 한 단계 상승하는 듯한 느낌이었으니까.

내가 천재에 대해, 순수하든 순수하지 않든 천재라면 누구에게나 서려 있는 악령의 힘에 대해 이야기한 목적은 내가 천재의 전기를 쓰는 데 필요한 자질을 갖추었는지 확신이 서지 않는다는 말을 하기 위해서라는 사실을 다시 한 번 확실히 하면서 다시금 이 문제를 접기로 한다. 내가 양심을 거스르며 그런 자질을 확신할 만한 근거를 내세운다 한들 양심의 가책은 남을 것이다. 나는 내 인생의 많은 시간을 어느 천재 즉, 이 글의 주인공과 아주 가까이에서 보냈다. 어린 시절부터 알고 지내며 그의 성장과정을 지켜보았고 그의 운명을 목격했으며, 그의 창작에도 조수 자격으로 미력이나마 보탰다. 레버퀸이 청년시절 겁 없이 곡을 붙인 셰익스피어의 희극《사랑의 헛수고》를 가극으로 각색한 사람은 나였고, 그로테스크한 느낌의 오페라 모음곡 〈게스타 로마노룸〉(로마인들의 행적)과 오라토리오 〈요한 묵시록〉의 대본 작업에도 관여했다. 이 점이 내가 그의 전기를 쓸 수 있는 한 가지 근거다. 아니, 이 점은 이미 한 가지 근거 이상이다. 게다가 나는 문서도 가지고 있다. 이 문서는 세상을 하직한 내 친구가 건강하던 시절에 아니, 비교적 건강하던, 진정으로 건강하던 시절에 그 누구도 아닌 내게 유품으로 남긴, 값어치를 따질 수 없는 기록들이다. 나는 이 기록을 바탕으로 그를 묘사할 것이고 그 가운데 몇 가지를 골라 직접 인용도 할 생각이다. 끝으로 그리고 무엇보다도, 이 점이야말로 비록 사람들은 인정하지 않을지언정 신은 인정해줄 가장 타당한 근거인데, 나는 그를 사랑했다. 두려워하기도 하고 다정하게 대하기도 하며, 연민을 느끼기도 하고 한없이 감탄하기도 하며. 그러면서도 그 또한 나를 조금이나마 사랑하는지 묻지 않았다.

그는 나를 사랑하지 않았다. 결코. 유품인 작곡 원고와 일기를 내게 양도하는 글에서 그는 나의 양심적이고 경건한 성격과 경우 바른 태도를 칭송하며 나에 대한 객관적이고도 자애로운 신뢰를 표현했다. 그러나 사랑은 아니다. 그가 누구를 사랑했겠는가? 한때 한 여자를 사랑하는 것 같았다. 그리고 마지막에 한 아이도. 그랬던 것 같다. 온순하고 언제나 모두에게서 사랑받았던 그 아이에게 아드리안 또한 마음이 기울었으며, 그 결과 영원히 자신에게서 떠나 보내야했다. 그가 가슴을 열어 보인 사람이 있었던가? 누군들 한 번이라도 자기 삶에 들여놓은 적이 있는가? 아드리안은 그러지 않았다. 사람들은 마음으로 그를 따랐지만 그는 무심했다. 나도 마음을 빼앗기는 일 없이 객관적으로 서술할 수 있으면 좋겠다. 그는 자기 주변에 무슨 일이 벌어졌는지, 자기가 어떤 사람들과 함께 있는지 모를 때가 거의 대부분일 정도로 그런 일에는 무심했다. 사람들과 이야기할 때 상대방의 이름을 거의 부르지 않았던 이유도 이름을 몰랐기 때문이었던 것 같다. 물론 당사자들은 충분히 나와 다르게 해석할 수도 있었다. 그의 고독은 심연과도 같았다. 그 심연 속에서 사람의 정은 소리도 자취도 없이 사라져버렸다. 그의 주변에는 한기가 감돌았다. 이 단어를 쓰고 보니 섬뜩한 기분이 든다. 그도 한때 끔찍한 상황을 표현하기 위해 이 말을 쓴 적이 있지 않은가! 사람은 누구나 삶의 경험을 바탕으로 어떤 단어든 강세를 주어 말할 수 있고, 그 단어에서 일상의 의미를 완전히 배제하는 대신 무시무시한 후광을 부여할 수 있다. 그러나 그 단어의 섬뜩하기 이를 데 없는 의미를 모르는 사람은 그 후광 또한 결코 이해할 수 없다.

2

 나는 문학박사 세레누스 차이트블롬이다. 내 소개가 이렇게 늦은 점에 대해서는 나 자신도 유감스럽게 생각한다. 내가 전하고자 하는 이야기를 글로 쓰고자 하니 조금 전까지도 내 소개를 망설이게 되었다. 내 나이는 예순이다. 나는 서기 1883년 잘레 강 유역의 카이저스아셔른에서 사남매 가운데 첫째로 태어났다. 카이저스아셔른은 행정구역상 메르제부르크에 속하는데, 레버퀸도 학창시절을 이곳에서 보냈으므로 이 도시에 대한 자세한 설명은 그 이야기를 하면서 천천히 하고자 한다. 나와 천재 친구의 인생 여정은 워낙 여러 지점에서 교차하므로, 미리 말해버리는 실수를 범하지 않기 위해서는 두 사람의 삶을 서로 연관시켜 이야기하는 편이 좋을 듯하다. 마음이 앞서다보면 흔히 그런 실수를 하기 쉬우니까.
 여기서는 내가 태어난 환경이 평범한 중산층 가정이었다는 정도만 밝히고 넘어가고자 한다. 아버지 불게무트 차이트블롬은 약사였던 만큼 그리 높은 교육을 받지는 못했지만 그래도 인근에서는 가장 잘 알아주는 약사였다. 카이저스아셔른에는 약국이 하나 더 있었지만 아버지의 약국

'행복의 전령' 만큼 인정을 받지는 못했고 늘 힘겹게 버티는 정도였다. 우리 식구들은 인구의 대다수가 루터교 신자인 그 시에서 몇 안 되는 가톨릭 신자들이었다. 어머니는 신앙의 의무에 철저했던, 그야말로 독실한 주님의 딸이었던 반면 아버지는 시간적으로 여유가 없었던 탓도 있지만 그점에 약간 소홀한 편이었다. 그러나 자신의 종교적 소속감을 부인한 적은 한번도 없었으며, 교인들의 모임으로 형성되는 정치적인 영향력을 포기하지도 않았다.

약국과 실험실 위층 응접실에는 특이하게도 우리 교구의 사제단 임원인 츠빌링 신부와 더불어 유대교 라비인 칼레바흐 박사도 드나들곤 했다. 이런 일은 개신교 집안에서는 꿈도 꾸기 어려운 일이었다. 외모로 보아서는 가톨릭교회 신부가 더 멋있었다. 그러나 나는, 아버지가 하시는 말씀을 듣고 그렇게 생각했겠지만, 작은 키에 수염을 길게 기르고 키파(유대교 남자들이 머리에 쓰는 모자 - 옮긴이)를 쓴 율법학자가 학식이나 종교적인 통찰력에서 이교도 친구인 신부를 훨씬 능가한다는 인상을 받았다. 그리고 그 인상은 그 후에도 오래도록 변하지 않았다. 내가 교직을 포기하면서까지 유독 유대인 문제와 그 정책에서만큼은 우리의 총통과 그 측근들에게 무조건 동조하지 않았던 데에는 일차적으로 레버퀸의 작품을 직관적으로 받아들이는 유대인들의 개방적인 태도에서 받은 느낌이 크게 작용했다. 그러나 소년시절에 그 라비에게서 받은 인상도 적지 않은 영향을 끼쳤을 것이다. 물론 몇몇 족속은 부정적인 인상을 주기도 했다. 뮌헨의 재야 학자 브라이자허만 보더라도 그렇다. 그런 자들이 불러일으키는 황당할 정도의 혐오감에 대해서는 적당한 장소에서 언급할 생각이다.

나는 가톨릭 집안 출신인 만큼 가톨릭이 나의 내면세계를 구성하고 내면세계에 영향을 끼친 점은 자명한 사실이다. 그러나 내가 인문주의적인 세계관을 확립해가는 과정에서, 다시 말해 과거 '최고의 예술과 학문'이라 일컬었던 분야에 애정을 기울이는 과정에서 내 삶이 종교적인 색채로 인해 갈등을 겪은 적은 단 한번도 없었다. 이 두 가지 인격형성 요소는 줄곧 완벽한 조화를 유지했는데, 이는 나처럼 유서깊은 도시에서 성장한 사람이라면, 기독교가 신교와 구교로 분열되기 이전의 유적과 유물로 가득한 곳에서 자란 사람이라면 그다지 어렵지도 않은 일이다. 카이저스아셔른은 종교개혁의 본고장인 아이슬레벤, 비텐베르크, 크베들린부르크, 그리마, 볼펜뷔텔, 아이제나흐 같은 도시를 아우르는 이른바 루터구역의 심장부에 속한다. 이 점은 루터교 신자였던 레버퀸의 내면세계를 이해하는 데도 매우 유용하며, 그가 처음에 신학을 전공으로 선택한 일과도 무관하지 않다. 나는 종교개혁을 일종의 다리라고 보는데, 이 다리는 스콜라 철학의 시대에서 뻗어 나와 지금과 같은 다양한 사상이 공존하는 시대로 이어지는 동시에 반대 방향인 중세로도 거슬러 올라간다. 어쩌면 기독교와 가톨릭이 분열하고 대립하기 이전에 순수하게 추구했던 교양의 역사보다 더 멀리 거슬러 올라갈 수도 있다. 내 경우는 실제로 성모 마리아를 '제우스의 어머니'라고 불렀던 그 이상향이 고향처럼 느껴진다.

내 인생을 결정지은 중요한 사건을 하나 더 이야기하자면, 부모님이 나를 '평신도 형제회(교리주의와 요란한 의식을 멀리하고 실천적인 그리스도 정신을 전파하기 위해 15세기에 독일 북서부에서 결성된 평신도들의 단체 - 옮긴이) 학교'에 보낸 일이다. 그 학교는 15세기 후반에 세운 김나지움(인문계 중, 고등 교육기관 - 옮긴이)으로서, 아드리안도 나보다 두 학년 아래에서 같이 다녔다. 얼마 전까지도 '평신도 형제회 학교'라는 이름을 그대로 사용했으나, 이름이 주는 느낌이 지나치게 고전적이어서 당혹스러울 뿐더러 요즘 사람들의 귀에는 약간 우스꽝스럽게 들리기도 했으므로, 이웃한 교회의 이름을 따 보니파티우스 김나지움으로 개명했다. 금세기 초 이 학교를 졸업했을 때 나는 고전어를 전공하기로 한 결정에 흔들림이 없었다. 고전어는 내가 김나지움 때부터 어느 정도 두각을 나타내던 과목이었고 기센, 예나, 라이프치히 대학에 다니면서 집중적으로 공부했으며, 1904년에서 1906년까지는 할레 대학에서도 수학했다. 이 시기에 레버퀸도 그 대학에 다녔지만 우연은 아니었다.

여기서 잠시, 늘 그래왔듯이, 고문헌학(古文獻學)이 추구하는 이상과 인간의 감각 간의 상호관계를 생각하며 흐뭇해하지 않을 수 없다. 우리는 품격 있는 이성을 지닌 아름다운 인간의 모습을 접할 때 애정과 생기가 샘솟는다. 고문헌학과 인간의 감각 상호간의 신비한 연관성은 고대 언어를 연구하는 학문의 세계를 '후마니오라' (humaniora. '보다 인간답게 만드는 일'을 뜻하는 말. 그리스, 로마의 고전어문학을 가리킨다 - 옮긴이) 라고 하는 데서도 알 수 있지만, 나아가 언어에 대한 열정과 인간에 대한 열정이 교육이념을 통해 하나가 되고, 어문학자가 된다는 말은 곧 청소년을 가르치는 교육자가 된다는 뜻이라는 사실에서도 알 수 있다. 자연과학적인 현상만을 추구하는 사람도 교사가 될 수는 있겠지만 인문학을 숭배하는 사람이 추구하는 교육자와는 그 의미와 수준이 결코 같을 수 없다. 발음되지 않는 신비한 언어 즉, 음의 언어(음악을 이렇게 표현할 수 있을 것이다)도 고대 언어보다 더 깊은 내면의 언어일지는 모르겠으나, 교육적이고 인간적인 영역에는 포함되지 않는 것 같다. 물론 음악이 고대 그리스에서는 교육뿐만 아니라 폴리스(고대 그리스의 도시국가 - 옮긴이)의 공공생활에서도 중요한 기능을 담당했다는 사실은 잘 알고 있다. 음악은 대단히 논리적이고 도덕적으로도 엄격한 것 같지만, 그런 인상을 줄 뿐

실상은 그렇지 않다. 오히려 혼령의 세계에 속한다고 하는 편이 더 정확할 것이다. 물론 그 혼령들이 이성의 문제나 인간의 존엄성 문제에 있어 반드시 신뢰할 만한 존재라고는 장담할 수 없다. 그럼에도 불구하고 나는 온 마음으로 음악을 좋아한다. 이는 인간의 본성에서 비롯된 현상이다. 불행인지 다행인지 모르겠지만, 인간은 원래 모순적인 존재니까.

이 문제는 주제를 벗어난 이야기다. 어쩌면 아닐 수도 있다. 고매하고 교육적인 정신의 세계와 다가가려면 위험을 감수해야 하는 혼령의 세계 사이에 명확하고도 안전한 경계를 그을 수 있는가 하는 문제는 분명 내 이야기의 주제에 속하기 때문이다. 인간의 어떤 측면인들 지하세계의 영향이 완전히 차단되어 있겠는가? 아무리 순수하고 자비와 기품으로 충만한 면이라 할지언정 지하세계와 접촉함으로써 얻을 수 있는 고무적인 힘이 어찌 필요하지 않다고 하겠는가? 기질적으로 마력(魔力) 따위와는 동떨어진 사람이라 하더라도 이런 생각을 할 수는 있다. 내가 국가고시에 합격하자 부모님께서 이탈리아와 그리스로 여행을 보내주셨다. 약 일 년 반에 걸쳐 답사여행을 하던 중 순간적으로 이런 생각을 하게 되었고, 그 때 떠오른 생각은 그 후 다시는 내게서 떠나지 않았다. 그 순간은 내가 아크로폴리스 언덕에 서서 비아 사크라(via sacra. '성스러운 길' - 옮긴이)를 바라보았을 때였다. 사프란 띠로 장식한 마이나데스('광란하는 여인들', 디오니소스를 따르는 여인의 무리 - 옮긴이)가 디오니소스의 이름을 부르며 행진한 그 길을 바라보자 그런 생각이 떠올랐던 것이다. 그리고 바위로 뒤덮인 지옥의 협곡 옆 하데스(지하세계의 신 - 옮긴이) 구역의 봉헌소에 섰을 때도 같은 생각을 했다. 나는 거기서 올림포스의 그리스 문화가 주도했던, 지하세계의 신에게 올리는 제식(祭式)에 표출된 충만한 생동감을 느꼈으며, 훗날 학생들에게 문화란 원래 무서운 어둠의 존재들을 신의 반열에 올려 숭배하는, 말하자면 그들을 달래는 경건한 행위라고 설명하곤 했다.

여행에서 돌아온 나는 스물다섯에 고향 도시의 김나지움에 취직했다. 나를 학문의 길로 이끈 그 학교에서 몇 년간 기초 수준의 라틴어와 그리스어와 역사를 가르쳤으며, 그 후 금세기 열두 번째 해에 바이에른으로 전근했고, 거기서 다시 프라이징으로 옮겼다. 이 후 줄곧 거기서 살고 있는데, 김나지움 교사인 동시에 신학대학의 강사로서 위의 과목들을 가르치며 20년 이상 만족스러운 교직생활을 했다.

나는 카이저스아셔른에서 직장을 잡은 후 얼마 지나지 않아 이른 나이에 결혼했다. 안정이 필요했고 또 관습에 따른 삶의 형태를 갖추고 싶었기에 내린 결정이었다. 요즘도 늙은 나를 뒷바라지하고 있는 훌륭한 아내 헬레네는 욀하펜 가문의 딸로서, 그녀의 아버지는 작센 공국의 츠비카우 대학에서 나와 같은 과목을 강의하고 있었다. 독자의 조롱을 유발할 위험을 감수하고 고백하거니와, 내가 그 명랑한 따님을 선택한 데는 헬레네라는 이름이 주는 고귀한 느낌이 적지 아니 작용했다. 그런 이름에 감도는 신성한 느낌은, 비록 그 사람의 외양이 그저 평범하고 수수한 수준일지언정, 그나마도 젊음 덕분에 잠시 간직한 아름다움일지언정, 도저히 피할 수 없는 순수한 매력이었다. 우리 부부는 딸의 이름도 헬레네라고 지었다. 딸은 이미 오래전에 바이에른 주 발권은행의 레겐스부르크 지점에서 대리로 일하는 착실한 남자와 결혼했다. 아내는 딸 말고도 아들 둘을 내게 선사했고, 그로 인해 나는 아버지로서 응당 누리는 기쁨과 치러야 하는 근심을 지나치지 않게 절제하며 경험했다. 인정하거니와 내 아이들 가운데는 그 누구도 자라면서 사람을 매료시킬 만큼 출중한 재주는 보이지 않았다. 아드리안의 어린 조카, 뒤늦게 삼촌에게 즐거움을 선사했던 네포묵 슈나이데바인 같이 빼어난 아이들과는 비교할 수 없었다. 나 자신은 솔직히 그렇게 주장하고 싶지 않지만 사실이 그랬다. 내 두 아들은 현재 하나는 사무직 공무원으로, 다른 하나는 군인으로 총통을 위해 일하고 있으며, 내가 조국이 휘두르는 권력을 못마땅하게 여기다 보니 주변에 사람이 없어졌듯이 젊은 두 아들과 한적한 부모 사이의 관계 또한 느슨하다고 말할 수밖에 없다.

3

레버퀸 가문은 수공업과 농업에 종사하는 사람들로서 그 분야에서 상류층에 속했으며 일부는 슈말칼덴에, 일부는 작센 지방에 살면서 잘레 강을 따라 번성했다. 아드리안의 가까운 친족들은 여러 세대 전에 오버바일러 교구 소속의 부헬 농장에 정착했는데, 그 근처 바이센펠스 역까지는 카이저스아셔른에서 기차로 45분 거리였지만, 거기서부터 부헬까지 가려면 사람이 마차나 자동차를 몰고 마중 나와서 데려가야 했다. 부헬은 대규모 농원으로서 그 소유자는 후페(중세기에 한 농가에 허용된 최대 농지 단위 - 옮긴이) 경작자 또는 자영농의 지위를 누렸다. 그 농원에는 50모르겐(2608제곱미터. 50모르겐이 1후페. - 옮긴이)에 달하는 농지와 초지가 여럿 있었고, 침엽수와 활엽수로 된 혼합림을 경영하는 집단 삼림농장과 석회 기반에 목골(木骨) ┼구조로 지은 덩치 큰 살림집이 있었다. 그 집은 울타리, 축사와 더불어 한 변이 열린 사각형을 이루었는데, 그 한가운데 녹색의 벤치 위로 가지를 뻗고 유월이면 향기로운 꽃이 만발하는 우람한 보리수 한 그루가 서 있던 정경을 나는 잊을 수 없다. 그 멋진 나무는 분명

차량이 다니는 데 방해가 되었을 터인데, 대대로 상속자가 될 젊은 아들은 아버지에게 불편하다는 이유로 그 나무를 없애자고 했지만, 훗날 그 아들이 농장의 주인이 된 뒤에는 자기 아들이 같은 요구를 해도 이를 받아들이지 않았다고 한다.

그 보리수는 아기가 낮잠을 잘 수 있도록, 또 어린 아드리안이 잘 놀 수 있도록 수없이 그늘을 만들어 주었을 것이다. 1885년 그 나무가 꽃을 피웠을 때 아드리안은 부헬 저택의 위층에서 요나탄 레버퀸과 엘스베트 레버퀸 부부의 둘째 아들로 태어났다. 형 게오르크는 아드리안보다 다섯 살 위인데, 지금쯤 분명 그 집의 주인이 되어 있을 것이다. 여동생 우르젤도 같은 터울을 두고 태어났다. 레버퀸 집안은 카이저스아셔른에 아는 사람이 많았으며 우리 부모님도 그 가운데 속했다. 두 집안 사이에는 오래 전부터 긴밀한 유대가 있었으므로 우리는 좋은 계절이 오면 일요일 오후를 부헬 농장의 안뜰에서 보내곤 했으며, 아드리안의 어머니는 도시에서 온 우리에게 흙에서 난 보배로운 음식으로 대접했다. 덕분에 우리는 단단한 호밀 빵에 달콤한 버터, 얇게 썬 황금빛 벌집 꿀, 푸른 색 우유 단지에서 응고시킨 크림과 맛난 딸기, 흑빵 조각과 설탕을 뿌린 우유를 만끽할 수 있었다. 아드리안이, 가까운 사람들끼리 부르는 이름으로 하자면 아드리가 어릴 때는 조부모님도 당신들의 소유였던 그 농장 안뜰에 함께 자리를 하셨지만, 농장 운영이 완전히 젊은 세대의 손으로 넘어간 후 할아버지는 저녁 식탁에만 함께 앉으셔서 이도 없는 입으로 젊은 사람들 이야기에 끼어들었고, 식구들은 할아버지의 말씀에 귀를 기울였다. 두 어른은 얼마 지나지 않아 거의 같은 시기에 돌아가셨다. 두 분의 모습은 내 기억 속에 별로 남아있지 않다. 반면 두 분의 아들과 며느리인 요나탄과 엘스베트 레버퀸의 모습은 뚜렷이 기억하고 있다. 그분들 또한 내가 유년기와 소년기 그리고 대학 시절을 보내는 동안 나도 모르는 사이에 어느덧, 세월 흐르는 것이 그런 법이지만, 젊은이에서 나이 든 사람으로 변해버렸고, 그 변해가던 모습조차도 내 눈앞에 생생하다.

요나탄 레버퀸은 독일인 가운데 가장 좋은 체형에 속했다. 도시에서는 찾아보기 힘든 체형이었으며, 요즘 흔히 세상을 윽박지르는 거친 모습으로 오늘날의 인간형을 대변하는 그런 부류와는 거리가 멀었다. 그의 체형은 옛날 골격이었다. 즉 30년 전쟁(1618~1948, 독일에서 프로테스탄트와 가톨릭 사이에 벌어진 종교전쟁 - 옮긴이) 이전의 특징이 시골풍으로 굳어져 내려온 그런 골격이었다. 이것은 내가 자라면서 어느 정도 보는 눈이 생겼을 때 그를 보면서 했던 생각이다. 두드러진 관자놀이와 뚜렷이 양분된 둥근 이마 위로 밝은 금발이 자연스럽게 흘러내렸고, 뒤로는 목덜미를 촌스럽도록 길고 두텁게 덮었으며 조그맣고 잘 생긴 귀 옆에서 곱슬곱슬한 수염으로 바뀌었다. 수염은 하관과 턱 그리고 아랫입술 밑 오목한 곳에서 자랐는데, 그가 미소를 지을 때면 약간 비스듬히 자란 짧은 콧수염 아래로 아랫입술이 제법 굳건하고 도톰하게 두드러졌다. 그 미소는 무엇엔가 집중하는 듯한, 그러면서도 무엇인가 감추는 듯한 푸른 눈과 어우러져 대단히 매력적이었다. 멋지게 굽은 예리한 콧날이 광대뼈 아래 수염이 나지 않은 부분에 그림자를 드리워 볼은 더 깊어 보였고, 약간은 수척해 보이기도 했다. 그는 주로 튼튼한 목을 드러낸 채 다녔고 도시 사람들이 너나없이 하고 다니는 옷차림은 좋아하지 않았다. 그런 차림은 그에게 어울리지도 않았으며, 특히 그의 손과는 더더욱 어울리지 않았다. 교구총회 참석차 읍내에 갈 때면 지팡이의 굽은 손잡이를 쥐던 그 손은 구리 빛으로 그을고 주근깨가 약간 나 있었으며 튼튼하고 까칠했다.

그의 눈빛이 애써 감추는 것, 긴장과 관자놀이의 예민한 움직임을 의사가 보았다면 가벼운 편두통을 의심했을 것이다. 실제로 요나탄은 편두통이 있었지만 한 달에 한 번, 하루 정도에 그쳤으므로 견딜만한 정도였고, 그 때문에 일하는 데 지장을 느낀 적도 거의 없었다. 그는 파이프 담배를 즐겨 피웠다. 고급 담배 특유의 향이 도자기 덮개가 달린 중간 길이의 파이프에서 나와 아래층의 공기를 감쌌다. 그 향은 시가나 궐련의 냄새에 비해 훨씬 쾌적했다. 그 밖에도 그는 자기 전에 메르제부르크 산(産) 맥주를 한잔 즐겼다. 겨울날 저녁, 그의 집과 땅이 고요히 눈에 덮여 있을 때면 그가 독서하는 모습을 볼 수 있었다. 그가 주로 읽는 책은 유물로 전해 내려온 성서였는데, 압착 가공한 돼지가죽 표지에 가죽 죔쇠가 달린 두꺼운 책이었다. 그 책은 1700년 경 공작의 허가를 받아 브라운슈바이크에서 인쇄한 성서로서, 마르틴 루터의 '유려한' 서문과 주석뿐만 아니라 중세어휘 목록과 평행주해(locos parallelos, 각각의 단어 바로 아래 그 뜻을 풀이해 놓은 것 - 옮긴이)도 있었고, 다비트 폰 슈바이니츠라는 사람이 각 장(章)에 대해 쓴 역사적, 교훈적 풀이도 포함되어 있었다. 그 책에 얽힌 전설이 하나 있었는데, 전설이라기보다는 전해진 소식이라고 하는 편이 더 정확할 것이다. 그 책은 브라운슈바이크 · 볼펜뷔텔 공국의 공주 소유였다. 그 공주는 러시아의 표트르 대제의 아들과 결혼했으나 그 후 자신의 죽음을 가장하고 장례식을 틈타 마르티니크로 도주했으며, 그곳에서 어느 프랑스 사람과 결혼했다고 한다. 아드리안은 조금만 우스운 이야기에도 잘 웃었는데, 나와 함께 훗날까지도 그 이야기를 하며 자주 웃곤 했다. 아드리안의 아버지는 책에서 머리를 들고 부드럽고 그윽한 눈빛으로 바라보며 그 이야기를 들려준 후, 신성한 책자의 출처에 가볍게나마 연루된 추문에 조금도 개의치 않고 다시 눈을 책으로 돌려 슈바이니츠의 해설이나 〈솔로몬의 지혜서〉를 읽으셨다.

그는 종교서 외에도 즐겨 읽는 분야가 있었는데, 옛날 같으면 그의 이러한 독서성향을 두고 그가 '천기(天機)를 캐려 한다'고 했을 것이다. 다시 말해 그는, 규모와 방법은 소박했지만 자연과학 즉, 생물학, 화학, 물리학 연구에 몰두했으며, 내 아버지는 가끔 자신의 실험 재료를 그에게 가져다주곤 했다. 내가 이러한 그의 열정을 묘사하면서 고리타분한, 비난 섞인 표현을 고른 이유는 그에게서 모종의 신비로운 기운이 감지되었기 때문이다. 그의 연구는 옛날 같았으면 마법을 구하려는 행위로 의심받았을 것이다. 여기서 나는 종교와 유심론이 지배하던 시절에 싹튼 열정 즉, 자연의 신비를 밝히고자 하는 열정에 대해 그 당시 사람들이 품었을 불신이 어떤 것이었을지 언제나 완벽하게 이해하고 있었다는 말을 덧붙이고자 한다. 신에 대한 외경심으로 가득 찬 사람은 신의 창조물인 자연과 생명을 윤리적으로 비난받는 분야에서 연구하는 행위를, 그 연구 결과와는 관계없이, 해서는 안 될 일에 무절제하게 뛰어드는 행위로밖에 볼 수 없었다. 그러나 자연 그 자체는 짜증스럽게도 자꾸만 모습을 바꾸어버리는 작품들과 이중적인 분위기로 차고 넘친다. 반쯤은 드러나 있지만 요상하고 불분명한 암시들뿐이다. 그러니 아무리 얌전히 자신을 절제하는 경건한 사람이라 하더라도 자연을 탐구하는 일을 두고 함부로 금지선을 넘는 행위라고 생각할 필요는 없었을 것이다.

저녁에 아드리안의 아버지가 이국적인 나비와 해양동물이 화려하게 그려진 책을 펼치면 우리 모두, 그의 아들과 나, 그리고 때로는 아드리안의 어머니도 그의 어깨 너머로 함께 볼 때가 많았다. 그가 앉은 의자의 등받이는 가죽으로 처리되었고 머리를 기댈 수 있도록 양 모서리가 오목하게 굽어 있었다. 그는 우리에게 책에 나온 멋지고 별난 그림을 손가락으로 가리키곤 했다. 그것은 어두운 색, 밝은 색, 중간색 등 쓸 수 있는 색은 모두 다 써서 최고의 예술감각을 발휘해 그린 산호랑나비들과 열대의 모르포나비들이었다. 지극히 황홀한 아름다움을 간직한 채 순간을 사는 모르포나비들 가운데는 서식지의 주민들이 말라리아를 퍼뜨리는 악령이라 믿는 것들도 있었다. 그들이 보여주는 가장 멋진 색은 하늘빛과도 같은 푸른색이었다. 요나탄은 우리에게 그 색은 실제의 색이 아니라 나비 날개에 난 비늘털같이 날개 표면에 있는 자연적인 장치를 통해 그렇게 보이는 것이며, 그 작은 장치가 인위적으로 그 빛은 굴절시키고 나머지 빛들은 차단해서 가장 빛나는 푸른빛만이 우리 눈에 도달하기 때문에 그렇게 보이는 것이라고 가르쳐 주었다.

"잠깐." 그의 부인이 말하는 소리가 들렸다. "그러니까 이게 속임수라는 거예요?"

"당신은 하늘의 푸른빛을 두고 속임수라고 하는 거요?" 남편이 등 뒤에 선 아내를 돌아보며 대꾸했다. "그 빛이 어느 물감에서 나온 것인지 당신도 말할 수 없지 않소."

이 글을 쓰는 순간 마치 내가 아직도 엘스베트 아주머니와 게오르크, 아드리안과 함께 그의 아버지 의자 뒤에 서서 그의 손가락을 좇으며 이야기를 듣고 있는 듯하다. 거기에는 유리날개나방이 그려져 있었다. 유리날개나방은 날개에 비늘털이 없어 유리처럼 투명하고, 좀 짙은 날개맥만 연결된 것처럼 보였다. 몸을 투명하게 노출한 채 어스름의 활엽수 그늘을 즐기는 이 나방의 이름은 헤타에라(hetaera, 고대 그리스의 창녀를 일컫는 말 - 옮긴이) 에스메랄다였다. 헤타에라가 날 때면 보이는 것은 오로지 날개에 난 보라색과 분홍색의 짙은 반점뿐이므로 마치 꽃잎이 바람에 날리는 것 같을 것이다. 그 다음 것은 가랑잎나비였다. 윗날개는 세 가지 짙은 색이 조화를 이루어 두드러져 보이고 아래쪽 날개는 정확히 가랑잎 모양을 하고 있는데, 형태와 엽맥(葉脈)뿐 아니라 물방울로 얼룩진 자국, 곰팡이로 생긴 사마귀 같은 잡티 그리고 그 밖에도 여러 가지를 놀라우리만치 정확하게 흉내 내고 있었다. 날개를 높이 펼쳐 나뭇잎 사이에 앉으면 나비 모양은 찾아볼 수 없을 만큼 주변환경에 완벽하게 동화되므로 그 어떤 천적의 방해도 받지 않는다.

요나탄은 결함까지도 완벽하게 흉내 낸 이 정교한 의태(擬態)에서 자신이 받은 감동을 우리에게 전하고자 애쓴 보람이 있었다. "어떻게 이럴 수가 있을까?" 그가 물었다. "자연은 이런 것을 어떻게 동물을 통해 할 수 있을까? 동물 스스로 하는 관찰과 계산을 속임수라고 할 수는 없지. 맞아. 자연은 활엽수 잎이 어떤 것인지 잘 알아. 완벽한 것뿐만 아니라 흔히 나타나는 사소한 결함이 있는 것이나 기형적인 것까지. 그런데도 그것과 똑같은 모양이 다른 데서 나타나는 것을, 자연의 일부인 나비가 자연의 다른 피조물을 속이기 위해 아랫날개로 만드는 것을 너그럽게 허용하는구나. 그런데 이런 교묘한 장점을 왜 하필 나비에게 주었을까? 나비가 가만히 있을 때 그 모양이 정확히 나뭇잎과 일치한다는 점은 나비에게는 물론 합리적이지만 굶주린 천적들, 그러니까 나비를 먹고사는 도마뱀, 새, 거미들이 아무리 날카로운 시선으로 찾으려 해도 그 때마다 찾을 수 없게 되어버리면 그들 입장에서 보았을 때도 합리적이라 할 수 있을까? 너희들이 나한테 물을까봐 내가 먼저 너희들한테 묻는 거다."

이 나비는 자신을 보호하기 위해 모습을 숨길 수 있었지만 책장을 계속 넘기자 같은 목적을 위해 쉽게 눈에 띄는, 멀리서도 볼 수 있도록 매우 두드러진 모습을 한 나비도 있다는 사실을 알 수 있었다. 그 나비들은 대단히 클 뿐만 아니라 색깔과 모양이 빼어나게 화려했으며, 아드리안의 아버지가 설명을 덧붙였듯이 도발적인 의상을 입고는 있으나 결코 뻔뻔스러운 모습이라고 할 수는 없었다. 오히려 왠지 처량함이 밴 듯한 여유를 과시하며 원숭이나 새, 도마뱀 같은 다른 동물이 쳐다보더라도 자신을 숨기지 않은 채 묵묵히 자기 길을 갈 수 있다. 왜? 그들은 혐오스러우니까. 지나치게 아름답고, 게다가 천천히 날기 때문에 더 징그러우니까. 그들의 체액은 맛과 냄새가 너무도 고약해서, 맛있을 줄 알고 한 마리를 잡아먹은 놈은 온갖 불쾌감을 다 표하며 먹은 것을 도로 다 토해냈다. 그들이 못 먹을 동물이라는 사실은 자연이 다 알고, 그래서 그들은 안전하다. 슬프도록 안전하다. 우리는 요나탄의 의자 뒤에 서서 그 안전함이 기분 좋은 것이라기보다는 오히려 불명예스러운 것이 아닐까 생각했다. 그 결과가 무엇인가? 다른 나비 종류도, 맛이 좋은 것들도 속임수를 써서 똑같이 화려한 보호색 옷을 입고, 역시 천천히 근엄하게 날아다녀도 서글프도록 안전하지 않은가.

　이 말을 들은 아드리안이 몸을 흔들며 눈물을 흘릴 정도로 웃는 바람에 분위기가 전환되었고, 그의 웃음에 전염되어 나 또한 꽤나 신나게 웃어야 했다. 그러나 아드리안의 아버지는 "쉿!" 하고 주의를 주며, 그 모든 것을 조심스럽고 경건한 태도로 고찰해야 한다는 태도를 보였다. 그는 커다랗고 네모난 확대경으로 어떤 조개껍데기에 새겨진 알 수 없는 문자를 관찰할 때도 신비로울 정도로 경건했다. 요나탄은 우리에게도 확대경을 주며 관찰하라고 했는데, 그의 지도를 받으며 그림들을 훑어보면 달팽이나 바다조개 같은 피조물의 모습도 마찬가지로 매우 의미심장했다. 이들의 집은 모두 안전성이 탁월하고, 나선형 홈과 둥근 지붕에는 대담하고도 섬세한 취향이 잘 드러나 있다. 입구에는 분홍빛이 감돌고, 파엔차 사기로 된 다양한 형태의 내벽은 무지개 빛으로 아른거렸다. 자연은 재기 넘치는 공예가나 야심 찬 도공 정도로 상상되는 창조자를 동원하지 않고도 저절로 만들어진다는 생각이 확고하다면, 이 집이 흐물흐물한 몸을 가진 집주인이 만든 작품이라는 사실을 인정할 수밖에 없다. 그 사실을 인정하지 않는다면, 창조자를 도공으로 상상할 수는 없으므로, 그토록 고혹적인 집은 건축의 거장인 데미우르고스(플라톤의 〈대화〉에 나오는 창조의 신 - 옮긴이) 신인(神人)이 지었다고 믿을 수밖에 없을 것이다. 아무튼 연약한 생물체를 보호하는 이 멋진 집을 그 생물이 스스로 만들었다고 생각하니 그 때는 너무도 놀라웠다.

요나탄은 우리를 보며 말했다. "너희들은, 팔꿈치나 갈비뼈를 만져 보면 쉽게 알 수 있듯이, 너희들이 생길 때 몸 안에 버팀목을 만들었어. 그게 뼈야. 그 뼈에 너희들의 살과 근육이 붙어서 몸 안에서 너희들을 이리저리 옮겨주는 거야. 뼈가 너희들을 옮긴다고 말하는 것보다는 이게 정확해. 여기서는 반대야. 이 피조물들은 단단한 부분을 밖으로 내보냈어. 그래서 뼈대가 아니라 집이 된 거야. 그리고 그것이 안이 아니라 밖이기 때문에 아름다워야 해."

아드리안의 아버지가 화려한 외형 같은 이런 주제를 언급할 때면 어린 소년이었던 아드리안과 나는 마주보며 어처구니없다는 듯 엷은 미소를 띠었다.

때로 그 외형의 미학은 간교하기까지 했다. 매혹적인 비대칭 모양의 청자고둥 가운데 밝은 분홍빛 바탕에 결 무늬가 나 있는 종류와 황갈색 바탕에 흰 점이 난 종류는 독을 품고 있었으므로 이미지가 좋지 않았다. 그러나 부헬 농장 어른의 말마따나 아름다운 모습을 한 생명체에는 어느 정도 의혹이나 환상적인 모호성이 따르는 법이다. 화려한 모습의 피조물은 지극히 다양한 방법으로 이용되어 왔으며, 그러는 가운데 상반된 가치관이 늘 공존했다. 청자고둥 같은 피조물은 중세시대 마녀의 부엌이나 연금술사의 동굴 비품 목록에 빠짐없이 등장하는데, 독이나 사랑의 묘약을 담는 용기로 사용되었다. 동시에 예배식에도 쓰였는데, 성체와 성유물을 담는 자개관에 이용되기도 하고 심지어 성찬배(聖餐杯)로 쓰이기도 했다. 여기에는 얼마나 많은 것들이 서로 연관되어 있는가. 독과 아름다움, 독과 마술, 그리고 마술과 제식(祭式). 우리는 거기까지 생각하진 못했지만 당시 요나탄 레버퀸의 설명에는 단정적으로 표현하지는 않으면서도 모종의 부정적인 암시가 들어있었다.

앞에서 말한 조개껍데기에 관해 더 말하자면, 크기가 자그마한 뉴칼레도니아 산 조개의 껍데기였는데 흰 바탕에 옅은 적황색 문자가 새겨져 있었으며, 요나탄은 이에 대해 늘 흥분을 감추지 못했다. 붓으로 쓴 듯한 그 문자들은 가장자리로 가면서 줄무늬 장식으로 이어졌으나 둥근 평면의 대부분은 그림이 그려져 있었는데, 의사소통 목적을 매우 섬세하고 복합적으로 나타낸 훌륭한 작품이었다. 내 기억에 그 문자는 동양의 고대 글씨체, 이를테면 고대 아람어(기원전 1000년 경부터 시리아와 메소포타미아에 많은 소왕국을 세운 아람인의 언어 - 옮긴이)의 글씨체와 매우 유사한 느낌이었고, 실제로 내 아버지가 장서를 제법 갖춘 카이저스아셔른 시립도서관에서 고고학 서적을 빌려 친구인 요나탄 레버퀸에게 가져다주었으므로 검토하고 비교해볼 수 있었다. 물론 이 연구는 어떠한 결과도 거두지 못했으며, 거두었다 하더라도 너무나 불확실하고 비합리적이어서 결국 취할 것이 아무것도 없었다. 수수께끼 같은 그 그림들을 가리키며 요나탄도 약간은 서글프게 이 사실을 인정했다. "이 문자의 의미를 밝히는 일은 불가능하다는 사실이 증명됐어. 안됐지만 할 수 없지. 이 일은 우리 이해력의 한계를 벗어난 일이고, 안타깝지만 아마 앞으로도 이해할 수 없을 거야. 하지만 '한계를 벗어난다'는 말은 단지 '밝혀진다'라는 말의 반대일 뿐이고, 우리는 그 문자의 비밀을 푸는 열쇠가 없을 뿐이란다. 그러니 자연이 이 기호를 자기 피조물의 껍데기에 그린 것이 오로지 장식의 목적 때문이었다고는 누구도 말할 수 없어. 장식과 의미는 언제나 병존해 왔지. 고대의 문자도 장식의 기능과 더불어 의미전달의 기능도 수행했잖니. 그러니 여기에도 아무 뜻이 없다고는 할 수 없어! 이해할 수 없는 뜻이 담겨 있는 거야. 이러한 모순에 푹 빠져보는 것 또한 즐거운 일이지."

그것이 정말로 비밀을 담은 글이라면, 요나탄은 자연에는 고유의 언어가, 저절로 생겨난 유기적인 언어가 있다고 생각한 걸까? 그런 언어가 없다면 자연이 자신을 표현하고자 할 때 인간이 만든 언어를 사용해야 할 텐데, 여러 언어들 가운데 어떤 언어를 선택할지도 문제가 아닌가? 나는 아직 어린아이였지만 인간 외의 자연은 글을 모른다는 사실을 그 당시에 매우 분명히 깨달았으며, 내 눈에는 자연이 무서운 이유도 바로 그 때문인 것 같았다.

그랬다. 요나탄 레버퀸은 탐구적이고 사색적이었으며, 이미 말했듯이 그의 연구 경향은—사실은 몽상적인 관찰에 지나지 않는 그 일을 연구라고 한다면—언제나 특정한 방향으로 즉, 신비적인 방향 또는 신비로운 예감에 둘러싸인 방향으로 흘렀다. 내가 보기에 자연적인 현상을 따르는 인간의 사고는 어쩔 수 없이 그런 쪽으로 기울게 마련인 것 같다. 과거에는 자연을 연구하려는 기도(企圖) 즉, 자연현상을 불러내고 실험을 통해 원리를 밝힘으로써 '시험'하는 그 모든 것이 마녀의 요술과 매우 밀접한 관련이 있다고, 아니 실제로 마녀의 요술이라고 믿었으며, 심지어 모든 자연현상을 '시험하는 자'의 작품이라고 믿었다. 이는 존경할 만한 믿음이라고 할 수 있다. 백 년도 더 된 옛날에 비텐베르크 출신의 한 발명가는 음악을 시각적으로 인지하는 실험을 고안해냈다. 당시 사람들은 그 발명가를 어떤 시선으로 보았을까? 요나탄은 우리에게 그 이야기를 하며 실험도 보여주었다. 그가 가지고 있던 몇 안 되는 물리실험 도구 가운데는 둥근 유리판이 하나 있었는데, 판 중앙에 받친 축 하나만으로 허공에 고정되어 있었다. 요나탄은 그 유리판 위에서 기적을 일으켜 보였다. 그가 유리판에 고운 모래를 뿌린 후 가장자리에 낡은 첼로 활을 대고 위에서 아래로 켜자 유리판은 떨기 시작했고, 자극을 받은 모래는 그 떨림에 따라 놀라우리만치 정확하고도 다양한 모양의 아라베스크 무늬를 만들어냈다. 명료함과 신비함, 법칙을 따르는 현상과 기적적인 현상이 너무도 매혹적으로 공존하는 이 시각적 음향은 우리들 소년의 마음을 사로잡았다. 우리는 그 실험을 보여 달라고 연거푸 요구했는데, 그런 요구를 요나탄 레버퀸이 매우 흡족하게 여긴다는 사실을 우리는 잘 알고 있었다.

    요나탄은 이와 유사한 즐거움을 성에서도 찾았다. 겨울날 부헬 농가의 조그마한 시골풍 창이 하늘에서 내린 수정으로 덮이면, 그는 반시간 동안 맨눈과 확대경을 통해 그 구조를 살피는 일에 빠져들었다. 만약 그것이 무생물답게 대칭을 이룬 모양이었다면, 수학공식과도 같은 엄밀한 규칙성을 보였다면 아무 문제없이 일상의 일로 넘어갈 수 있었을 것이다. 그러나 어떻게 요술을 부렸는지 뻔뻔스럽게도 식물을 모방했기 때문에, 그 얼음 같은 재료를 써서 유기체를 따라하는 현상에 요나탄은 눈을 뗄 수 없었다. 그 가운데서도 깃털 모양의 양치식물과 풀, 잔이나 별 모양의 꽃잎을 본뜬 것은 극도로 아름다웠으며, 요나탄은 믿을 수 없다는 듯, 그러나 감탄해 마지않으며 끝없이 머리를 절레절레 흔들었다. 이 환영들이 과연 식물의 형태보다 먼저 생긴 것인지, 아니면 식물을 본떠 나중에 생긴 것인지가 그의 의문이었다. 그는 둘 다 아니라고 스스로 대답했다. 동시형성이었다. 창조적인 꿈을 꾸는 자연은 여기저기서 같은 꿈을 꾸므로, 모방이라 한다면 오로지 상호적인 모방만이 있을 뿐이다, 들판에 난 진짜 식물은 유기적인 심층구조가 있지만 성에는 단지 현상일 뿐이라는 이유로 식물이 먼저라고 할 수 있느냐, 성에의 현상은 비록 재료를 써서 만든 결과물이지만 그 복잡한 구성은 식물에 조금도 뒤지지 않는다, 이런 해석이었다. 내가 우리를 초대한 주인을 제대로 이해했다면, 그는 생명이 있는 자연과 무생물인 자연의 동일성에 매달렸다. 사실 이 두 영역은 서로 통하는 데다 무생물에서는 발견할 수 없고 생물체만이 누릴 수 있는 기초 능력 같은 것은 원래 없으므로, 이 두 영역 간의 경계를 지나치게 확실히 긋는 일은 자연에 죄를 짓는 행위라는 생각이었다.

    이 두 세계가 실제로 좀 당혹스러운 방법으로 겹쳐 나타난다는 사실을 우리는 '식사하는 방울'에서 배웠다. 요나탄은 우리가 보는 앞에서 이 방울에게 여러 차례 먹이를 대주었다. 그 방울 성분이 무엇이었는지 정확히 기억나지는 않는데, 아마도 클로로포름 방울이었던 것 같다. 무슨 방울이든, 파라핀 방울이든 에테르 기름방울이든, 방울은 분명 동물이 아니다. 아메바와 같은 원생동물조차 못 된다. 그러니 방울이 식욕을 느끼고 양분을 섭취한다고, 이로운 것은 취하고 해로운 것은 물리칠 줄 안다고 생각하는 사람은 아무도 없다. 그런데 우리가 본 방울은 그렇게 했다. 그 방울은 물이 담긴 잔 속에서 따로 떠돌고 있었는데, 아마도 요나탄이 섬세한 주사기를 써서 물 속에 쏘아 넣었을 것이다. 그리고 나서 요나탄이 한 일은 다음과 같다. 그는 셸락(동물성 천연수지 - 옮긴이)을 칠한 아주 작은 유리관을—사실은 유리섬유 한 가닥이었다—핀셋 끝으로 집어 방울 가까이에 놓았다. 방울 표면에 마치 임신부의 배 같은 작은 돌출이 생기더니 그곳을 통해 유리관이 방울 속으로 길게 들어갔다. 그러자 방울은 자신의 몸을 길쭉하게 변형시켜 노획물 끝이 밖으로 삐져나가지 않도록 완전히 감싼 후 서서히 다시 둥글게 되었는데, 일단은 달걀 모양을 거쳐 유리관에 묻은 셀락을 빨아먹고는 자기 몸 안에 분배하기 시작했다. 이 일이 끝나자 방울은 다시 공모양이 되었고, 깨끗하게 빨고 남은 유리관을 돌려 옆으로 밀더니 다시 자기 주변을 싸고 있는 물 속으로 밀어냈다. 이 사실을 나는 누구에게라도 자신 있게 말할 수 있다.

내가 그 광경을 좋아했다고는 주장할 수 없지만 거기서 눈을 떼지 못했다는 사실은 인정한다. 물론 아드리안도 그랬는데, 그는 이런 실험을 볼 때면 언제나 웃음을 터뜨릴 듯했지만 오로지 아버지의 진지한 태도를 보아 참았을 뿐이다. 물론 식사하는 방울이 우스꽝스럽게 보일 수도 있다. 그러나 내 감각으로는 왠지 믿기 힘든, 유령과도 같은 '자연의 산물'이 보여준 그 현상을 결코 우습다고 생각할 수는 없었다. 아드리안의 아버지는 그 '자연의 산물'을 대단히 특수한 조직으로 배양하는 데 성공했으며 우리에게도 관찰하게 했다. 나는 그 광경을 결코 잊지 못할 것이다. 그 광경이 펼쳐진 결정화(結晶化) 용기는 사분의 삼이 약간 끈적끈적한 물 즉, 희석된 물유리 용액으로 차 있었고, 바닥에는 모래가 깔려 있었다. 그 속에서 여러 가지 색채의 생장물이 솟아나와 작고 기괴한 경치를 이루며 푸른색, 녹색, 갈색의 싹들로 어지러운 식물계를 만들었다. 해초 같은 싹, 버섯 같은 싹, 폴립(말미잘과 같이 물속에서 부착생활을 하는 생물 - 옮긴이) 또는 이끼 모양의 싹과 조개나 이삭 모양의 싹, 작은 나무나 나뭇가지 모양을 한 싹, 그리고 여기저기 사람의 팔다리 같은 것이 뻗어 나온 싹도 있었다. 이는 내 눈으로 본 것 가운데 가장 진기한 광경이었는데, 그 진기함은 놀랍고 혼란스러운 모습에서라기보다는 지극히 서글픈 본질에서 나온 것이었다. 아드리안의 아버지가 우리에게 그것이 무엇 같으냐고 물었을 때 우리는 조심스럽게 식물 같다고 말했다. "아니야." 그가 대꾸했다. "그건 식물이 아니야. 단지 식물처럼 행동할 뿐이지. 그렇다고 해서 식물보다 못하다고 생각해서는 안 돼! 식물처럼 행동을 하는 것, 그러면서 최선을 다하는 것, 그 자체만으로도 경의를 표할만한 일이야."

그 생장물은 행복의 전령 약국에서 가져온 재료로 합성된 무기물이었다. 용기 바닥의 모래는 요나탄이 물유리 용액을 붓기 전에 여러 가지 결정을 섞어 뿌린 것이었는데, 내가 잘못 알고 있는 것이 아니라면 그것은 산화크롬 칼리와 황산동의 결정이었다. 그 모종이 삼투압이라고 하는 물리적인 작용에 의해 배양되어 우리에게서 측은한 마음을 불러일으켰고, 모종 관리자는 즉각 우리의 동정심을 더욱 고조시키고자 했다. 요나탄은 이 서글픈 생명의 모방이 빛을 좇는 성질, 생물학적으로 말하자면 '굴광성(屈光性)'이라는 사실을 우리에게 보여주기 위해, 그 용기를 햇빛이 드는 곳에 놓고 삼면에는 그림자가 지게 했다. 얼마 지나지 않아 그 요상한 종족 전체가, 버섯류, 남근 모양의 폴립, 팔다리가 반쯤 나온 작은 나무들과 해초들이 온기와 환희를 향한 뜨거운 열망으로 모두 빛이 들어오는 쪽으로 몰려와서는 유리벽에 착 달라붙어 떨어지지 않았다.

"그런데 이것들은 죽은 것이야." 요나탄이 이렇게 말하며 눈물을 글썽일 때 아드리안은, 내가 분명히 보았는데, 웃음을 참느라 몸을 뒤흔들었다.

나는 그것이 웃을 일인지 울 일인지 판단이 서지 않는다. 다만 한 가지, 이와 같은 유령놀이는 전적으로 자연에 속하는 일이며, 특히 인간이 자연을 제멋대로 시험할 때 일어난다는 사실은 말할 수 있다. 품격 있는 후마니오라의 세계는 그와 같은 도깨비장난으로부터 안전하다.

4

 앞 장이 지나치게 길어졌으니 이제 새 장을 여는 것이 좋겠다. 여기서는 부헬 농장의 여주인, 아드리안의 자애로운 어머니의 모습을 묘사하는 데 몇 마디를 할애하고자 한다. 어린 시절 그녀가 베풀어 준 후의에 감사하는 마음 때문에—거기에는 그녀가 차려준 맛있는 음식도 포함된다—그녀에 대한 묘사가 실제보다 미화될 가능성도 있지만, 분명히 나는 내 일생을 통해 엘스베트 레버퀸보다 더 매력적인 여인을 본 적이 없다. 이는 그녀의 존경스러운, 소박하고 지적으로 원만한 성격을 두고 하는 말이며, 나는 어머니의 훌륭한 인격이 아들의 천재성에 많은 영향을 주었다고 확신한다.

 그녀 남편의 멋진, 전형적인 독일인의 머리 모양을 보는 일도 즐겁지만, 그녀의 편안하고 자신의 개성이 묻어나는, 그리고 균형이 잘 잡힌 모습을 바라보는 일 또한 이에 못지않은 즐거움이었다. 그녀는 아폴다 지방 출신으로서, 확실한 계통학을 근거로 로마인의 피가 섞였다고 가정하지 않더라도, 독일의 시골에서 때때로 볼 수 있는 갈색 머리였다. 얼굴 윤곽이 게르만족답게 투박하기는 하지만 어두운 피부색과 짙은 머리칼, 그리고 고요하고 다정하게 바라보는 눈동자 색으로 본다면 프랑스계 스위스 사람이라 여길 수도 있었다. 그녀의 얼굴은 꽤 짧은 타원형이었다. 턱은 뾰족한 편이었고 코는 약간 좁은 비대칭을 이루다가 끝이 약간 들려올라가는 모습이었다. 그녀는 크지는 않지만 윤곽이 뚜렷한 입모양을 가지고 있었고 말수가 적었다. 귀를 반쯤 덮는, 내가 자라면서 서서히 은빛으로 변했던 머리칼은 빛이 반사될 정도로 바짝 빗어 모아 이마 위로 난 가르마로 흰 두피가 드러났다. 그래도 머리칼 몇 올은 아주 자연스럽게 귀 앞쪽으로 흘러내렸는데, 늘 그런 것은 아니었으며 따라서 일부러 그런 것은 분명 아니었다. 그녀는 머리를 땋아 시골풍으로 뒷머리를 둘렀는데, 우리가 어릴 때는 머리 타래가 꽤 묵직했으며 잔칫날에는 색실로 수놓은 띠를 머리와 함께 땋았다.

    도회풍 옷차림은 그녀의 남편과 마찬가지로 그녀와도 거리가 멀었다. 숙녀복 차림은 그녀에게 어울리지 않았던 반면 시골풍의 개량 민속의상은 매우 잘 어울렸으며, 우리는 그런 차림에 더 익숙했다. 그녀는 손수 만들어서 매우 견고한 스커트에다 테를 두른 일종의 미더(독일의 여성용 민속의상. 코르셋 형 조끼 - 옮긴이)를 입었는데, 각이 지게 재단된 네크라인 밖으로 굵직한 목과 가슴 윗부분이 드러났고, 거기에는 보통 수수하고 가벼운 금목걸이를 하고 있었다. 그녀의 손은 갈색으로 그을었고 노동으로 다져졌지만 그렇다고 곱게 가꾼 손보다 거칠다고는 할 수 없었으며, 오른쪽에는 결혼반지를 끼고 있었고, 뭐랄까, 바라보기만 해도 즐거운, 인간미와 믿음이 묻어나는 손이었다. 이는 힘 있게 내딛는, 크지도 너무 작지도 않은 얌전한 발도 마찬가지였는데, 발에는 굽이 낮은 편한 신을 신고 있었으며 녹색이나 회색의 모직 양말이 잘생긴 복사뼈를 감싸고 있었다. 그녀에게서 가장 아름다운 것은 목소리였다. 그 목소리는 상황에 맞게 울리는 따스한 메조소프라노였으며, 대화를 할 때면 튀링겐 방언의 특색이 약간 섞인 발음으로 상대방의 마음을 완전히 끌어당겼다. '환심을 사는' 목소리였다는 말이 아니다. 그런 목소리는 의도적이고 의식적인 것일 테니까. 그 목소리의 매력은 내면의 음악성에서 우러나왔는데, 엘스베트는 음악에 관심이 없었으므로, 말하자면 음악에 소질이 있다고 생각하지 않았으므로 그 음악성은 드러나지 않고 잠재되어 있었다. 아주 우연히 거실 벽을 장식하고 있던 낡은 기타로 화음을 만들며 어떤 노래 가운데 한 두 소절을 흥얼거린 적이 있을 뿐 제대로 노래를 부른 적은 한 번도 없었지만, 내기를 해도 좋을 정도로 장담하거니와, 노래 부르기에 그녀의 목소리보다 더 적합한 목소리는 없을 것이다.

아무튼 나는 무슨 말이든 아주 단순하고 평범한 말만 하더라도 그녀가 하는 말보다 더 듣기 좋은 말소리를 들어본 적이 없다. 타고난 감각이 두드러진 자연스럽고 고운 그녀의 목소리는 처음부터 자애롭게 아드리안의 귀를 두드렸을 것이다. 이 점을 생각하면 아드리안이 자신의 작품에서 발휘한 놀라운 음감이 어느 정도 이해가 되기는 하지만, 그의 형 게오르크도 똑같은 혜택을 받았으나 그것이 그의 인생에 아무런 영향도 미치지 않았으니 이러한 해석에 반론을 제기할 수도 있겠다. 아무튼 게오르크는 아버지를 많이 닮았고 아드리안은 어머니를 많이 닮았다. 그러나 아버지의 편두통을 물려받은 쪽은 게오르크가 아니라 아드리안이었으니 이 말도 꼭 맞는다고는 할 수 없겠다. 그러나 세상을 떠난 친구의 전체적인 외양은 어두운 피부색, 눈매, 입과 턱의 윤곽 등 구체적인 부분들을 포함해 모두 어머니 쪽을 닮았으며, 특히 깔끔하게 면도를 하고 있을 때는, 그러니까 콧수염을 기르기 전까지는 어머니의 특징이 더욱 더 뚜렷하게 나타났었다. 그가 콧수염을 기른 것은 한참 후의 일이었는데, 팔자(八字)를 그리며 위로 치켜 올라간 그 수염은 매우 낯선 느낌을 주었다. 그의 홍채는 어머니의 칠흑 같은 검은색과 아버지의 하늘빛 푸른색이 섞여 어두운 청록회색을 띠고 있었으므로 마치 작은 금속 조각 같았으며, 그로 인해 동공을 두른 녹 빛의 테가 두드러져 보였다. 아드리안은 부모님의 눈 즉, 검은 눈과 푸른 눈 가운데 어느 것이 더 좋으냐는 물음에 평생 동안 결정을 내리지 못하고 흔들렸는데, 나는 그 이유가 두 분의 눈 색깔이 그의 눈에서 하나로 섞였기 때문이었다고 확신한다. 그의 대답은 속눈썹 사이의 타르 빛 윤기가 더 좋다고 했다가 담청색이 더 좋다고 하는 등 언제나 극단에서 극단으로 흔들렸다.

부헬 농장의 일꾼 수는 농한기에는 그다지 많지 않았지만 추수 때는 인근 주민들도 가세해 늘어났다. 엘스베트는 그들에게 막대한 영향력을 발휘했다. 내가 바로 보았다면 이 사람들에 대한 그녀의 권위는 그녀 남편의 권위보다 더 강했다. 그들 가운데 마부 토마스 등 몇몇의 모습은 아직도 내 눈앞에 선하다. 토마스는 바이센펠스 역으로 우리를 데리러 오고 또 다시 데려다 주곤 하던 마부였다. 애꾸에다 유별나게 마르고 키는 컸지만 곱사등이었다. 아드리안이 어릴 때는 자주 그 등에 타고 말 타기 놀이를 했다. 훗날 아드리안은 그의 등이 매우 편리하고 편안했다고 여러 번 말했다. 하네라는 이름의 외양간 하녀도 생각난다. 출렁이는 젖가슴에다 언제나 더러운 맨발이었던 그녀와 아드리안은 매우 친하게 지냈는데, 그 이유는 나중에 자세히 이야기하겠다. 그리고 낙농 일을 관리하던 루더 아주머니는 두건을 쓰고 다니던 과부였는데, 그녀의 얼굴이 이름과는 딴판으로(루더Luder는 '비천한 인간'이라는 뜻이다 - 옮긴이) 드물게 당당한 인상이었던 이유는 그녀가 맛으로 이름난 캐러웨이(향신료로 사용되는 허브의 일종 - 옮긴이) 치즈 제조법을 통달하고 있었기 때문이라고 할 수 있다. 그녀는 외양간에서 안주인을 대신해 우리를 대접했다. 그 소중한 장소에서 하녀가 젖 짜는 의자에 앉아 껌을 씹으며 소젖을 훑어내리면, 그 손끝으로 우리가 마실 미지근한 우유가 거품을 일며, 고마운 짐승의 냄새를 풍기며 유리잔 속으로 흘러들었다.

내 어린 날의 세계를 구성하는 이런 전원의 풍경이 아드리안이 열 살이 될 때까지 몸담았던 환경이 아니었다면, 그의 부모님이 살았고 그가 태어났으며, 나 또한 그와 더불어 그토록 자주 발을 들여놓았던 세계가 아니었다면 나는 들과 숲, 시내와 언덕에 대한 단편적인 영상을 포함한 그 세세한 기억 속에서 헤맬 필요가 없을 것이다. 그때는 서로를 '너'라고 부른 우리의 우정이 뿌리를 내린 시절이었다. 그때는 아드리안도 내 이름을 부를 때 편한 마음으로 불렀을 것이다. 이제 더는 그가 내 이름을 부르는 소리를 들을 수 없지만, 예닐곱 살 난 아이가 나를 부를 때 '세레누스'라고 또는 간단히 '세렌'이라고 하지 않았다고는 생각할 수 없는 일이다. 내가 그를 '아드리'라고 불렀듯이. 언제부터였는지 정확히 기억할 수는 없지만 대학시절 초기였던 것은 분명한데, 서운하게도 아드리안은 이렇게 부르기를 중단하고 꼭 불러야 할 때면 내 성을 불렀다. 나라면 너무도 어색해 그런 식으로는 못 부를 것 같았지만 나는 불만을 드러내지 않았다. 아무튼 나는 그를 '아드리안'이라고 부른 반면 그는 나를, 이름을 안 부를 수 없을 때면, '차이트블롬'이라고 불렀다는 점을 지적할 필요는 있는 것 같다. 그는 내 성을 부르고 나는 그의 이름을 부르는 이 특이한 현상에 나는 완전히 익숙해 있었다. 그 이야기는 여기서 그만두고 다시 부헬 농장으로 돌아가 보자.

'주조'라는 특이한 이름의 개 한 마리가 농장을 지켰는데, 주조는 그의 친구이자 내 친구이기도 했다. 좀 쇠잔한 이 사냥개는 먹이를 가져다 줄 때면 얼굴 가득 환한 미소가 번지곤 했지만 낯선 사람들에게는 그래도 무섭게 굴었으며, 낮 동안에는 개집 안에 틀어박혀 밥그릇만 끼고 있다가 고요한 밤이 되면 농장을 이리저리 돌아다니는 기이한 생활을 했다. 나는 아드리안과 함께 돼지들이 더러운 우리에서 서로 밀치는 모습도 보았다. 하녀들에게서 들은 이야기 가운데는 돼지들이, 금발 속눈썹에 교활해 보이는 푸른 눈을 하고 사람과 같은 피부색에 살찐 몸뚱이를 한 이 추잡한 짐승들이 때때로 어린아이를 잡아먹는다는 이야기도 있었다. 우리는 꿀꿀 하며 목을 눌러 저음의 돼지 소리를 흉내 내고, 분홍빛의 새끼들이 어미 돼지의 젖꼭지로 파고드는 모습을 지켜보면서 분명 그 이야기를 떠올렸을 것이다. 우리는 철망 닭장에서 나는 기품 있고 안정된 울음소리를 들으며 그 속에서 벌어지는, 그저 가끔씩만 소란스러울 뿐인 닭들의 좀스러운 생활과 행동을 보며 즐거워하기도 했고, 집 뒤에 있던 양봉장을 구경할 때는 미련한 꿀벌이 코앞에서 어른거리다 불필요하게 침을 쏘기도 한다는 사실과, 벌에 쏘이면 못 견딜 정도는 아니지만 그래도 아프다는 사실을 생각하고 두려워하며 조심했다.

우리는 과수원의 까치밥나무 줄기를 따서 열매를 입으로 훑었고, 초원에 난 수영을 뜯어 그 맛을 보았으며, 어떤 꽃은 꽃받침 아래를 빨면 맛있는 즙이 한 방울 나온다는 사실도 알고 있었다. 숲에서는 하늘을 향해 누운 채 도토리를 씹기도 했다. 수풀에서 오는 길에 짙푸른 나무딸기를 따 먹으면 그 씁쓸한 과즙이 어린 날의 갈증을 식혀 주었다. 그 시절 우리는 아이들이었다. 지난날을 회상하면서 그의 운명을 생각하니, 천진함의 골짜기에서 나와 버티기 힘든 곳으로, 아찔하게 높은 곳으로 올라가야만 했던 그를 생각하니, 내 감수성이 풍부해서가 아니라 그 친구에 대한 생각으로 감동이 사무친다. 그것은 예술가의 삶이었다. 그리고 나는 평범한 인간으로서 그 삶을 매우 가까이에서 지켜보았으므로, 인간의 삶과 운명에 대한 내 영혼의 모든 감각은 한 인간의 특이한 삶에 집중되었다. 그 삶의 형태가 내게는, 아드리안과의 친분 덕분에, 모든 운명 형성의 한 패러다임이었고 변화, 발전, 확정이라 부르는 현상에 대해 감탄하게 되는 확실한 계기였다. 이는 충분히 가능한 일이다. 왜냐하면, 비록 예술가는 실용적이고 현실적인 분야에 종사하는 사람보다 일생을 통해 어린시절에 더 가까이 머무른다 할지언정, 비록 다른 사람들과는 달리 몽상적이고 순수하며 즐겁기만 한 아동의 단계를 고집스럽게 유지한다 할지언정, 순수한 어린시절에서 훗날의 예기치 못한 변화의 단계에 이르기까지 아드리안이 걸었던 길은 보통 사람들의 길에 비해 한 없이 멀고 모험적이었으며, 이를 보는 사람은 놀라움을 감출 수 없었으므로, 그 또한 아이였던 적이 있었다는 사실을 생각하면 보통 사람도 눈물이 나지 않을 수 없기 때문이다.

　내가 감동에 젖어 이렇게 하는 말은 순전히 지금 이 글을 쓰고 있는 나 자신의 생각이지 레버퀸의 시각에서 나온 말이 아니므로 오해 없기 바란다. 나는 구식 인간이라 여전히 낭만적인 세계관을 고수하고 있으므로 예술가와 일반인의 대조를 과장해서 보는 경향이 있다. 아드리안이라면 앞서 한 말과 같은 말을 냉랭하게 반박했을 것이다. 반박할 가치나마 있다고 생각한다면 말이다. 그는 예술이나 예술가에 대한 견해가 극도로 객관적이었고 늘 거리를 두었으며, 한동안 유행했던 '낭만주의적 찬미'에 대해서는 매우 강한 거부감을 느꼈다. '예술'이나 '예술가'라는 말이 나오면 듣기도 싫다는 낯빛이 역력했다. '영감(靈感)'이라는 말도 마찬가지여서, 사람들은 그 친구 앞에서 언제나 이 말을 피하고 '착상'이라는 말로 대신해야 했다. 그는 그 단어를 싫어하고 조소했다. 나는 그 야유와 조소를 생각하며 내 원고 앞에 놓인 압지(지면에 남은 잉크를 흡수하는 종이 - 옮긴이)를 들어 눈물을 찍어냈다. 그 야유와 조소는 단지 정신적, 시간적 변화가 낳은 객관적 결과라고 하기에는 너무도 심했다. 그가 대학 시절에 내게 했던 말이 기억난다. 그는 지난 시대의 세계관과 습관을 버리는 일에 대해 인류역사상 이 시대를 사는 사람들보다 더 언짢아한 적은 없었던 것으로 보아 19세기는 분명 대단히 훌륭한 시대였던 모양이라고 말했었다. 그 말에도 야유와 조소가 농후했다.

부헬 농장에서 걸어서 십 분 거리에 버드나무가 늘어서 있던 연못이 있다고 앞에서 잠깐 언급한 적이 있다. 그 연못은 '쿠물데(여물통)' 라는 이름에 걸맞게 길쭉하게 생겼으며, 소들이 그 못가에 서서 목을 축이곤 했는데, 이유는 모르겠으나 그 물이 유별나게 차가웠으므로 우리는 연못 위로 해가 오래 떠 있는 계절에만 들어가 헤엄칠 수 있었다. 언덕 이야기를 하자면, 그 언덕은 아주 오랜 옛날부터 어울리지 않게도 '치온스베르크(시온 산)' 이라고 불렸는데, 그곳까지 가는 데만 반시간이 걸리는 길이었지만 그래도 자주 가곤 했다. 겨울에는, 나는 자주 가지 않았지만, 썰매 타기에 좋았고, 여름에는 그 '봉우리' 를 단풍나무 그늘이 에워쌌다. 그 그늘 아래 교구에서 비용을 들여 설치한 벤치가 있었는데, 그 벤치에 앉으면 바람이 불어 시원했고 사방의 경치가 훤히 다 보였다. 나는 일요일 오후면 종종 저녁식사 전에 레버퀸 가족과 함께 그곳에서 즐거운 시간을 보냈다.

이제 그 말을 할 때가 온 것 같다. 아드리안이 훗날 성인이 되어 시작한 삶의 무대는 오버바이에른 지방 발츠후트 근교의 파이퍼링이었다. 그는 그곳에 있던 슈바이게슈틸 씨 집에 거처를 정했는데, 그곳의 주거 및 주위환경은 특이하게도 어린 시절의 환경과 유사하거나 동일했다. 다시 말해, 훗날의 무대는 기묘하게도 어린시절을 모방한 것이었다. 파이퍼링 (또는 페퍼링이라고도 했다)에도 이름은 '치온스베르크'가 아니라 '롬뷔엘'이었지만 교구에서 벤치를 설치한 언덕이 있었고, '쿠물데' 같은, 물이 매우 차갑고 집에서 떨어진 거리도 비슷한 '클라머바이어'라는 연못이 있었으며, 집과 뜰과 가족구성까지 부헬 농장과 맞춘 듯이 일치했다. 그 집 뜰에도 거추장스러웠지만 정이 든 까닭에 없애지 않은 나무가 한 그루 자라고 있었는데, 다만 보리수가 아니라 느릅나무였다. 그러나 슈바이게슈틸의 집은 건축구조상 아드리안 부모님의 집과 뚜렷하게 구별되었다. 그 집은 원래 오래된 수도원 건물이었으므로 벽이 두꺼웠고, 그 벽을 둥글게 파고 창문을 냈다. 복도에서는 약간 곰팡내가 났지만, 이 집에서도 아래층의 공기는 집주인이 피우는 파이프의 고급 담배향에 감싸여 있었다. 바깥주인과 안주인은 아드리안의 '부모님'인 셈이었다. 남편은 얼굴이 갸름하고 말수가 적고 조심스럽고 조용한 농사꾼이었고, 아내는 몸이 좀 났지만 균형을 유지한, 나이는 들었지만 무지하지 않으며 열심히 일하는 여인이었다. 이 여인 또한 곧게 탄 가르마에 잘 생긴 손과 발을 하고 있었다. 이들에게도 장성한 장남이 있었는데 이름은 게레온(게오르크가 아니라)이었다. 게레온은 경제와 관련해 대단히 앞선 생각을 하는 젊은이였고, 새로운 기계를 도입할 줄도 알았다. 그 밑으로 클레멘티네라고 하는 여동생이 있었다. 이곳 농장의 개도 주조처럼 웃을 수 있었는데, 이름은 주조가 아니라 카시펠이었다. 적어도 원래 이름은 그랬다. 여기서 '원래'라는 말은 이 집에 세 든 아드리안의 입장에서 쓴 말이다. 나는 카시펠이라는 이름이 아드리안의 영향으로 서서히 기억 속으로 묻혀 버리고 그 개 스스로 '주조'라는 이름을 더 좋아하게 된 과정을 곁에서 지켜보았다. 둘째 아들은 없었다. 이는 동일한 환경의 반복에 결함이 된다기보다는 오히려 이를 완벽하게 만들었다. 이 둘째 아들 노릇을 누가 했겠는가?

나는 이 모든, 서로 맞아떨어지는 일치성에 대해 아드리안과 이야기하지 않았다. 처음에 말하지 않았으므로 나중에는 더 말하기 싫었다. 나는 그 현상을 결코 좋아하지 않았다. 이렇듯 그가 과거를 되살리는 환경을 선택한 일은, 이미 지나버린 옛날, 어린시절 또는 적어도 그 외적인 환경에 안주하는 행위는 충실한 소속감을 증명할지 모르나, 한 인간의 정신세계가 압박을 받고 있다는 사실을 말하고 있다. 레버퀸의 경우는 그와 부모의 관계가 각별히 긴밀하고 다정했던 것도 아니었고, 따라서 별로 힘들어하지 않고 일찌감치 집을 떠났으므로 그의 이러한 선택이 내게는 더욱더 낯설었다. 그 인위적인 '귀향'이 단지 장난이었을까? 그랬다고는 믿기 어렵다. 이 모든 사실은 어떤 친구를 생각나게 하는데, 그는 건장하고 수염이 덥수룩한 모습이었지만 자주 아팠다. 그런데 너무 여린 탓에 소아과 전문의한테서만 치료를 받으려 했고, 그가 신뢰했던 의사는 성인 상대의 의료행위는 그야말로 어울리지 않았을 정도로 몸이 왜소했으므로 소아과 의사가 될 수밖에 없었다.

그 친구와 소아과 의사에 관한 이야기는 두 사람 모두 그 특징과 관련해 다시는 언급되지 않을 것인 만큼, 궤도를 벗어난 이야기라는 사실을 나 스스로 인정하는 편이 좋을 것 같다. 이것이 실수라면, 이야기를 앞당겨 해버리고 싶은 욕망을 이기지 못하고 여기서 벌써 파이퍼링과 슈바이게슈틸 이야기를 한 것 자체가 이미 부인할 수 없는 실수이지만, 내가 이 전기를 기획하기 시작한 이후로는 글을 쓰지 않을 때조차도 불규칙한 흥분에 싸여있어 그런 것이니 양해해주기 바란다. 이 글을 쓰기 시작한 지

벌써 며칠이 지났다. 나는 문장에 균형을 유지하고 내 생각을 표현할 안정된 글귀를 찾고자 애쓰고 있지만, 글씨조차 평소와 달리 반듯하지 못하고 흔들릴 정도로 흥분상태가 지속되고 있다. 이 사실을 독자들이 눈치채지 못하게 감출 수는 없을 것이다. 나는 내 글을 읽는 독자들이 시간이 지나면서 나의 이러한 정신적 혼란을 이해하게 될 뿐만 아니라 그들 또한 이에 익숙해지리라 믿는다.

아드리안이 새로 살게 된 슈바이게슈틸의 농장에도, 놀랄 일도 아니지만, 출렁이는 가슴에 언제나 더러운 맨발의 외양간 하녀가 있었다는 말을 한다는 것을 그만 잊고 있었다. 그녀는, 외양간 하녀들이 다 비슷비슷하기는 하지만, 부헬의 하녀와 비슷하게 생겼으며 이름은 발트푸르기스였다. 나는 여기서 발트푸르기스 이야기를 하려는 것이 아니라 그녀의 원조 격인 하네 이야기를 하려는 것이다. 하네는 노래 부르기를 좋아했고 우리들과 함께 잠깐씩 노래연습을 하기도 했으므로 아드리안은 그녀와 가깝게 지냈다. 이상하게도 목소리가 고운 엘스베트 레버퀸은 순결을 지키듯 노래를 삼갔던 반면 가축냄새 풍기는 이 하녀는 거리낌 없이 노래를 불러댔는데, 목소리는 크고 거칠었지만 청음능력이 뛰어났다. 하네는 저녁이면 보리수 아래 벤치에서 우리들에게 민요, 군가, 거리의 유행가 등 온갖 노래를 다 불러주었는데, 대부분 감정에 치우쳤거나 끔찍한 내용들이었다. 우리는 그 가사와 멜로디를 금방 배웠다. 다 배운 후 우리가 함께 노래를 부를 때면 하네는 음정을 3도 아래로 잡았고, 경우에 따라 5도나 6도 아래로 낮췄으며, 우리에게 높은 음을 맡기고 당당하고 귀청이 터질 듯한 소리로 화음을 맞춰 노래불렀다. 그럴 때 그녀는 우리에게 화음의 즐거움을 제대로 인정하라는 듯한 표정으로 얼굴 가득 미소가 번지곤 했는데 음식을 갖다 줄 때 주조의 얼굴과 너무도 흡사했다.

여기서 '우리'는 아드리안과 나, 그리고 게오르크였다. 게오르크는 그때 이미 열 세 살이었으며, 그의 동생과 나는 각각 여덟 살, 열 살이었다. 여동생 우르젤은 이 연습에 동참하기에는 아직 너무 어렸고, 외양간 하녀가 가르쳐 준 '이어 부르기' 방식의 노래를 하려면 우르젤 말고도 우리 네 사람 가운데 한 사람이 빠지는 편이 사실 더 나았다. 그러니까 하네는 우리에게 돌림노래를 가르쳤는데, 물론 〈아, 내게 이토록 아늑한 저녁〉이나 〈노랫소리 울린다〉 그리고 뻐꾸기나 노새에 관한 노래 등 아이들이 흔히 부르는 노래들이었다. 우리가 즐겁게 노래 부르던 그 해질녘의 시간은 내게 소중한 추억으로 남아있다. 아니, 그때의 기억이 훗날 그 의미를 더하게 되었다고 하는 편이 더 정확하겠는데, 내가 지켜본 바에 의하면 내 친구가 바로 그 시간을 통해 처음으로 단조롭게 따라 부르는 노래가 아닌, 그보다는 흐름이 좀더 인위적인 '음악'을 접했기 때문이다. 그 음악에는 시간적인 간격이 있었으므로 노래가 이미 시작되어 멜로디가 특정 지점까지 진행되었을 때, 하지만 다 끝나기 전에 외양간 하네가 적당한 순간 옆구리를 쳐 신호를 해주면 앞 사람에 이어받아 시작해야 했다. 그러면 서로 다르게 구성된 멜로디가 흘렀지만 그렇다고 혼란스러워지기는커녕 두 번째 사람이 이어 부르는 첫 악절의 음 하나하나가 첫 번째 사람이 현재 부르고 있는 악절과 정확히 어울려 매우 듣기 좋았다. 〈아, 내게 이토록 아늑한 저녁〉을 부를 때였다. 1부를 맡은 사람이 노래를 시작해서 반복되는 '종소리 울린다'까지 멋지게 부르면 그 다음에는 종소리를 나타내는 '딩-동-뎅'이 시작되었는데, 이 소리는 2부를 맡은 사람이 '쉬러 갈 때' 부분을 부를 때뿐만 아니라 하네가 다시 옆구리를 쳐서 3부가 '아, 내게 이토록' 하며 처음으로 들어올 때도 베이스로 이어졌으며, 3부가 멜로디의 둘째 절에 도달하면 1부가 처음부터 다시 시작해

딩-동-뎅 하는 저음의 의성어를 다음 사람에게 넘겨주었고, 이런 식으로 계속되었다. 우리 가운데 4부를 맡은 사람은 어쩔 수 없이 다른 사람과 겹쳤는데, 중복을 피하기 위해 옥타브를 높여 부르거나, 아니면 1부보다 먼저, 이른바 후럼이 시작되기 전에 기본음인 종소리를 시작하거나, 앞 악절의 멜로디를 변주한 랄랄라로 노래가 끝날 때까지 지치지 않고 불렀다.

그 시간에 우리는 따로따로 노래를 불렀지만 각자가 부르는 노래의 멜로디는 다른 사람의 멜로디와 정겹게 어우러졌다. 그것은 '동시에' 부르는 노래와는 울림이 다른, 우리가 만든 즐거운 작품이었다. 우리는 그 노래를 좋아했지만 그 구조의 성질이나 원리가 무엇인지 알려고 하지는 않았다. 여덟 또는 아홉 살의 아드리안도 마찬가지였다. 아니면 마지막 딩-동이 저녁 바람에 울려 퍼질 때 짧게, 놀라워서라기보다는 조롱조로 터뜨린 웃음이—이런 웃음은 훗날에도 그에게서 자주 볼 수 있었다—그가 이미 그 노래의 구조를 꿰고 있다는 뜻이었을까? 멜로디의 첫 부분을 2부가 반복하고 3부는 1, 2부의 베이스가 되는, 사실 매우 단순한 원리를 알고 있다는 뜻이었을까? 우리 가운데 누구도 우리가 이미 한 외양간 하녀의 지도로 꽤 수준 높은 음악을 다루고 있었다는 사실을 알지 못했는데, 우리가 즐겼던 그 음악은 15세기에 개발된 반복적 폴리포니 음악(선율적 다성음악. 여러 성부가 각자 독립적인 진행을 한다 - 옮긴이)에 속했다. 아드리안의 그 웃음을 돌이켜 생각해 보니 그것은 뭔가 알고 있다는, 통달하고 있기에 나오는 비웃음이었음을 새삼 느낀다. 그 웃음은 언제나 그를 따라다녔다. 훗날 음악회나 극장에 나와 나란히 앉았을 때도 그는 종종 그 웃음을 터뜨렸다. 어떤 예술적 기교를 발견할 때, 이를테면 청중 대부분은 알아채지 못한 음악적 구조 내부의 기발한 진행을 알아보거나,

드라마 대사에 담긴 정교한 철학적 암시를 깨닫고는 깜짝 놀라며 그렇게 웃었다. 옛날 그 웃음은 자기 나이에 전혀 어울리지 않게도 어른들이 웃는 것과 똑같은 웃음이었다. 머리를 뒤로 젖히면서 숨을 입과 코로 가볍게 밀어내며 나온 그 웃음은 짧고 냉담했으며 심지어 무시하는 듯, 기껏해야 "좋아. 웃기고 묘하고 재밌어!"라고 말하는 듯 했다. 그 순간 그의 눈은 빛났고, 먼 곳을 응시했으며, 금속조각과도 같은 그의 눈동자는 더 짙게 그늘졌다.

5

방금 끝낸 4장도 내가 생각했던 것보다 지나치게 많이 늘어나고 말았다. 이제는 독자의 인내심도 생각할 때가 된 것 같다. 나 자신에게는 여기에 쓰는 말 한마디 한마디가 다 소중하고 흥미롭지만, 경험을 나누지 않은 사람들은 공감하지 않을 수도 있다는 사실을 생각하고 자제하려니 어찌나 힘이 드는지 모르겠다. 아무튼 내가 이 글을 쓰는 목적은 이 순간을 위해서가 아니다. 또한 레버퀸에 대해 아직 전혀 모르고 자세히 알고 싶어 하지도 않는 독자들을 위해 쓰는 것도 아니다. 나는 이 글을 대중의 관심을 끌기 위한 조건이 확연히 달라져 있을 때를 위해, 분명히 말하건대 그런 조건이 훨씬 더 유리해졌을 때를 위해 쓰고 있다. 잘 썼든 못 썼든, 이 충격적인 일생의 상세한 내용에 관해 얼른 알고 싶어 하는 그런 시대를 대비해 쓰고 있다는 사실을 나는 다시는 잊지 말아야 할 것이다.

그 시기는 크고 답답한, 썩은 공기로 가득 차 질식할 것만 같은 우리의 감옥이 문을 여는 순간 올 것이다. 다시 말해, 이 순간 광란하고 있는 전쟁이 이렇게든 저렇게든 끝이 나야 온다. '이렇게든 저렇게든'이라니!

이런 말을 쓰는 나 자신이, 그리고 독일의 정서를 이토록 끔찍한 진퇴양난에 빠뜨리고 만 그 운명이 그저 놀라울 따름이다. 사실 '이렇게든 저렇게든' 중에 내가 생각하는 결과는 한 가지뿐이다. 그 한 가지만을 예상하고 또 국민 된 도리를 거스르면서도 그 한 가지만을 믿는다. 끝없이 반복되는 국민교육을 통해 우리 모두의 의식 속에는 독일이 패배할 경우 끔찍하고 숨 막히는 결과가 닥칠 것이라는 생각이 뿌리 깊게 박혀 있으므로, 우리는 이 세상 그 무엇보다도 독일의 패배를 두려워하게 되었다. 그런데도 불구하고 간혹 우리 가운데 몇몇은 그 순간 마치 죄를 짓는 듯한 마음으로, 또는 아예 솔직하고 확실하게 독일의 패배보다 더 두려워하는 것이 있으니, 이는 독일의 승리다. 나는 감히 내가 어느 부류에 속하는지 물을 수 없다. 아마도 항상, 그리고 분명하게 패배를 원하면서도 끊임없이 양심의 가책을 느끼는 제3의 부류에 속할 것이다. 나는 어쩔 수 없이 독일군의 패배를 원할 수밖에 없다. 그들은 내 친구의 작품을 매장해 버릴 테니까. 그들은 그 작품에 금지령을 내려 아마도 100년은 잊고 지낼 것이고, 결국 제때를 놓치고 훗날 역사적인 명예밖에는 얻는 것이 없을 테니까. 이것이 내 범죄의 특별한 동기이며, 이 동기를 공유하고 있는 사람은 열 손가락으로 셀 정도로 적다. 그러나 내 심리상태 또한 특수하게 변형된 경우일 뿐, 극도로 우매하고 저급한 욕구에 사로잡힌 자들을 제외하면 우리 민족 전체의 심리상태와 같은 것이다. 나 또한 다른 민족 가운데도 이미 자국민과 인류의 미래를 위해 자국의 패배를 기원해야 했던 사례가 있었다는 사실을 알면서도, 이 운명을 전대미문의 비극으로 받아들이고 싶은 마음을 지울 수 없다. 그러나 충성과 신뢰, 의리와 복종을 중시하는 독일인의 정서에 입각해 볼 때 우리가 처한 딜레마는 극도로 첨예화된 것이라 할 수 있으며, 확신하거니와 독일 민족은 이러한 심리상태를 그 어떤 민족보다도 더 견디기 힘들어하는 민족이다. 이토록 선량한 민족을 이런 상황으로, 헤어날 수 없는 황당한 상황으로 몰아넣은 자들을 물리칠 수 없어 통탄할 뿐이다. 내가 지금 쓰고 있는 이 글을 불행히도 내 아들들이 우연히 접하게 된다면, 인정에 끌려 약해지는 마음을 스파르타식의 단호한 정신을 발휘해 애써 떨쳐버리고는 나를 비밀경찰에 고발해 버릴 것이다. 그런 상황을 상상하니 끔찍할 따름이다. 바로 그 자랑스러운 애국심이 우리가 처한 갈등의 늪이 얼마나 깊은지 가르쳐 줄 것이다.

나는 앞글로 인해 새로 시작한, 짧게 끝낼 생각이던 5장도 다시금 심각한 정도로 부담스러워졌다는 점을 분명히 인식하고 있다. 독자들이 작가가 앞으로 써야 할 내용을 두려워하기 때문에 여태 머뭇거리고 둘러댔으며, 심지어 은근히 그럴 기회를 노리고 있었다고 의심하더라도 이를 부정할 생각은 없다. 나는 이 이야기를 사명감과 애착으로 시작은 했지만 솔직히 꺼려하고 있다는 사실을, 그렇기 때문에 자꾸만 다른 이야기를 하게 된다는 사실을 독자들이 미루어 짐작하게 함으로써, 내가 악령 따위나 믿는 건실하지 못한 사람이 아니라는 사실을 증명하려 하고 있다. 그러나 그 무엇도, 이 이야기에서 자꾸 벗어나려 하는 나의 심리적 약점조차도 나를 단념시켜 이 일을 중도에 포기하게 만들지는 못한다. 그러니 이제 다시 본론으로 돌아가야 하겠다. 내가 알기로 아드리안이 맨 처음 음악의 세계와 접한 계기는 외양간 하녀와 함께 부른 돌림노래였다. 아드리안이 좀 커서는 부모님과 함께 오버바일러에 있는 교회에서 주일예배를 보았고, 그 교회에서는 바이센펠스에서 오는 젊은 음악도가 작은 오르간으로 찬송가 반주도 하고, 신도들이 교회에서 나갈 때면 조심스럽게 즉흥연주도 하곤 했다는 사실을 나는 너무도 잘 알고 있다. 그러나 우리는 대부분 예배가 끝난 후에야 부헬에 도착했으므로 내가 그 현장을 목격한 적은 거의 없었으며, 아드리안은 젊은 음악도의 연주가 그의 어린 감각에 어떤 감동을 주었다거나, 감동을 줄 만한 연주가 아니었다면, 음악이라는 현상 자체가 그의 주의를 끌었으리라고 추측할 만한 말을 단 한마디도 하지 않았다. 내가 아는 한 그는 그 당시는 물론 몇 해가 지나도록 음악에 대해 어떠한 관심도 드러내지 않았으며, 음악의 세계와 관계를 맺고 있다는 사실은 혼자만 간직하고 있었다. 그것은 그가 무의식적으로 신중함을 기한 탓이었을 것으로 보인다. 그러나 한편으론 신체적 성장단계의 측면에서도 이해가 가능하다. 그가 직접 피아노 앞에 앉아 음악을 시험하기 시작한 것은 카이저스아셔른의 삼촌댁에 있을 때였는데, 그때 그는 열 네 살이었으므로 사춘기가 시작되던, 그러니까 천진난만한 어린아이 단계를 벗어나기 시작하던 때였다. 그가 유전으로 얻은 편두통으로 고통 받기 시작한 것도 이 시기였다.

 그의 형 게오르크는 농장의 상속자였으므로 그의 미래는 확실했으며, 자신도 처음부터 그 정해진 운명에 철저히 순응했다. 둘째 아들이 무엇이 될지는 부모도 몰랐으며 그가 보여주는 소질과 능력에 따라 정할 문제였는데, 특이하게도 그의 부모님과 우리 모두의 머릿속에는 일찌감치 아드리안이 학자가 되어야 한다는 생각이 자리 잡고 있었다. 어떤 학자가 되어야 할지는 아직 요원한 문제였으나 그가 어릴 때부터 전반적으로 보여 준 도덕적인 태도로 보나 말하는 방식으로 보나, 자신이 공식적으로 발표하기도 했지만 눈빛과 얼굴표정으로 보더라도 다들 그가 학자가 될 것이라 믿었다. 내 아버지조차도 레버퀸 문중에 난 이 싹은 어딘가 '높은 곳'의 부름을 받았고 그 가문 최초로 대학에 가게 될 것이라는 믿음에 추호의 흔들림도 없었다.

 이러한 생각이 확정된 데는 아드리안이 부모님 집에서 받은 초등 교과과정을 거의 탁월한 수준이라 하리만치 수월하게 수료한 일이 결정적 영향을 미쳤다. 요나탄 레버퀸은 자기 아이들을 하찮은 시골학교에 보내지 않았다. 그 같은 결정을 내린 데는 아마도 사회적 지위에 대한 자신감뿐만 아니라, 오버바일러의 하류층 자녀들과 함께 받게 될 공공교육보다는 좀더 세심한 교육을 받게 하려는 진지한 소원이 크게 작용했을 것이다. 학교 선생님은 아직 젊고 여린 사람이었으며 언제나 주조를 무서워했다. 그는 오후에 자신의 공식적인 임무를 마친 후 부헬로 건너와 수업을 했는데, 겨울에는 토마스가 썰매로 모시고 왔다. 그가 여덟 살 난 아드리안의 초등교육을 맡았을 당시 게오르크에게는 중등교육을 받는 데 필요한 기초지식을 거의 모두 가르친 상태였다. 그 후 이 아이는 "신의 뜻에 따라" 김나지움을 거쳐 대학에 가야 한다고 약간 흥분한 채 최초로 입 밖에 내어 선언한 사람이 바로 그 미헬젠 선생이었다. 이토록 두뇌가 명석하고 배우기 좋아하는 아이는 지금껏 본 적이 없으며, 이 아이에게 숭고한 학문의 길을 열어주기 위해 최선의 노력을 경주하지 않는다면 이는 수치라는 것이었다. 그는 이렇게 또는 이와 비슷하게, 아무튼 세미나에서 발표하는 대학생 같은 어조로 자신의 의견을 피력하며 이제 막 공부를 시작한 아이를 두고 '창조적'이라는 말까지 했는데, 일면 자신의 말을 멋들어지게 하려는 의도도 있었으나 진심어린 감탄에서 나온 말이었다.

    나는 물론 그 수업을 직접 본 적이 없었으므로 들어서 알 뿐이었지만, 내 친구가 어떻게 했을지 상상하기는 어렵지 않다. 그의 태도에는 분명, 머리 나쁜 아이와 공부하기 싫어하는 아이를 칭찬으로 격려하고 걱정으로 질책하며 교육내용을 주입시키려 애쓰는 데 익숙한, 아직은 애 같은 가정교사가 느끼기에 어딘가 모욕적인 데가 있었을 것이다. 나는 가끔 그 젊은 친구가 "네가 그렇게 뭐든 다 잘 알면 난 가겠어"라고 하는 말을 들었다. 물론 그의 제자가 "뭐든 다 잘" 알고 있지는 않았다. 그러나 아드리안의 태도에는 그러해 보이는 면이 있었고, 이는 그가 무엇이든 빨리, 매우 자신 있게, 미리 앞서가면서도 정확하고 쉽게 이해하고 습득했기 때문인데, 그 때문에 선생님은 이런 아이는 겸손할 줄 모르고 자칫 거만해질 위험이 있다고 느끼고 머지않아 칭찬을 거두었다. 알파벳에서 문장구조와 문법에 이르기까지, 수열에서 사칙연산과 비율계산, 그리고 간단한 비례식을 다루기까지, 짧은 시를 외우는 일에서 (실제로 외워야 할 일은 없었다. 한 번 들은 시구는 정확하게 기억했으니까) 지학과 국토지리 관련 주제에 대해 자기 생각을 글로 나타내는 일까지, 무엇이든 마찬가지였다. 아드리안은 한 귀로 듣고는 몸을 돌려, "그래, 좋아. 거기까지 확실해. 됐어. 다음!" 이라고 말하는 듯한 표정을 지었다. 가르치는 사람의 입장에서 볼 때 이는 분명 도발적인 태도였다. 그 젊은 선생님은 분명 "네가 뭐나 되는 줄 알아? 노력을 해!" 하고 소리 지르고 싶을 때가 한두 번이 아니었을 것이다. 하지만 노력할 필요가 전혀 없는데 어떻게 하란 말인가?

말했듯이 나는 그 수업을 참관한 적이 없다. 하지만 나는 내 친구가 미헬젠 선생님이 가르쳐준 내용을 보리수 아래서 돌림노래를 배울 때 보이던 태도로, 아홉 소절의 수평적 멜로디가 세 소절씩 수직으로 겹치면 거기서 화음이 나올 수 있다는 사실을 경험할 때와 똑같은 태도로 받아들였다고 상상할 수밖에 없다. 미헬젠 선생님은 라틴어를 좀 할 줄 알았고 아드리안에게도 가르쳐 주었다. 그 후 선생님은, 그때 아드리안의 나이 열 살이었는데, 이 아이는 콰르타(김나지움 3학년)는 아니더라도 퀸타(김나지움 2학년) 수준은 되며, 자신의 임무는 끝났다고 선언했다.

이리하여 아드리안은 1895년 부활절 즈음에 부모 집을 떠나 도시로 왔고, 우리의 보니파티우스 김나지움(원래 '평신도 형제회 학교')에 입학

했다. 아버지의 동생이며 카이저스아셔른의 부유한 시민이었던 니콜라우스 레버퀸은 조카인 아드리안을 흔쾌히 받아주었다.

6

잘레 강변에 있는 내 아버지의 고향도시를 외지인에게 설명할 때, 할레 남쪽의 튀링겐 주를 마주하고 있는 도시라고 말하면 알기 쉽다. 나는 하마터면 '마주하고 있었던'이라고 말할 뻔 했다. 오랫동안 그 도시를 떠나 있다 보니 내게는 이미 과거가 되어 버렸기 때문이다. 그러나 탑들은 여전히 같은 장소에 솟아 있고 지금까지 건축물의 외관이 공습의 여파로 인해 이렇다할 손상을 입지는 않은 것으로 아는데, 만약 공습으로 피해를 입었다면 역사적인 가치 면에서 보더라도 지극히 안타까운 일일 것이다. 내가 이런 말을 제법 담담하게 할 수 있는 이유는 적지 않은 독일 사람들이 우리는 뿌린 대로 거두게 될 것이고 지은 죄보다 더 끔찍하게 죗값을 치를 것이라 믿고 있기 때문인데, 극심한 피해를 입고 고향마저 잃은 사람들조차도 나와 생각이 다르지 않다. 따라서 되로 주고 말로 받는다는 말이 우리 모두의 귓가에 맴돌고 있을 것이다.

헨델의 고향인 할레와 그가 토마스 교회의 성가대 지휘자로 일했던 라이프치히, 그리고 바이마르와 데사우, 막데부르크에서도 멀지 않은 카이저스아서른은 철도의 분기점으로서 인구가 2만 7천 명에 달했고, 독일의 도시가 다 그렇듯이 그 도시도 고유한 역사적 가치를 지닌 문화 중심지로서 자부심이 강했다. 인근에는 기계, 피혁, 방적, 장비, 화학, 제분 등의 공장이 있고, 무시무시한 고문기구 전시실이 있는 문화사박물관, 그리고 2만 5천 권의 장서와 5천 편의 친필문건을 소장한 대단히 귀중한 도서관이 있다. 그 친필문건 가운데 두운법(頭韻法)으로 쓴 두 편의 주문(呪文)에 대해서는 메르제부르크의 주문보다 더 오래된 것으로 보는 학자들도 있다. 그 주문은 유해성이 전혀 없는 내용으로서, 그저 비를 좀 내리게 하려는 축원을 풀다 방언으로 쓴 것이다. 카이저스아서른은 10세기에, 그리고 12세기 초에서 14세기까지 주교가 통치한 곳이다. 여기에는 궁성과 대성당이 있고, 그 대성당에는 아델하이트의 손자이자 테오파노의 아들인 오토 3세의 묘비가 있다. 오토 3세는 자신을 로마와 작센의 황제라 칭했는데 이는 그가 작센 사람이기를 원해서가 아니라, 스키피오(고대 로마의 장군, 정치가 - 옮긴이)가 아프리카누스라는 별칭을 사용한 이유와 마찬가지로 그가 작센을 정복했기 때문이었다. 오토 3세가 1002년에 사랑하던 로마에서 쫓겨나 비탄 속에 사망하자, 사람들은 그의 유해를 독일로 옮겨와 카이저스아서른 대성당에 묻었다. 결코 그가 좋아할 일은 아니었다. 그는 독일인이라는 사실에 스스로 반감을 갖는 대표적인 인물이었고, 일생을 통해 그 사실을 수치스러워했었다.

이 도시에 대해 말하자면, 카이저스아서른은 나와 레버퀸이 청소년기를 보낸 곳이므로 과거형으로 말하는 쪽이 편하다. 이 도시의 외관이나 분위기에는 중세의 특징이 매우 강하게 남아 있다. 오래된 교회들, 옛 모습을 그대로 간직한 주택들, 헛간들, 목재들보가 드러나 보이고 위층이 돌출된 건축물들, 성내(城內)의 둥근 탑들과 그 뾰족지붕들, 수목이 우거진 광장들과 그 광장을 장식하는 고양이 머리 조각들. 고딕 양식과 르네상스 양식이 혼합된 시청 건물은 그 높은 지붕 위로 종탑이 솟아있고, 지붕 아래로는 로지아(한쪽 벽면이 트인 복도 - 옮긴이)가 나 있으며, 돌출창을 낸 두 개의 첨탑이 거기서 전면을 따라 일층까지 이어져 있다. 이런 것들은 과거와 줄곧 연결되어 있는 듯한 느낌을 불러일으킬 뿐 아니라, 영원성을 표현하는 그 유명한 말 즉, 스콜라 철학에서 말하는 '영속하는 현재'라는 개념을 내걸고 있는 듯하다. 이 도시의 정체성은 300년 전, 900년 전과 다르지 않으며 시간의 강물을 거슬러 유지되고 있다. 시간은 많은 것을 변화시키고 발전시켰지만 그 도시의 정체성을 대표하는 유적들은 그 경건함으로 인해, 즉 시간에 맞서는 경건한 고집과 자부심으로 인해 그 품격을 잃지 않고 남아 기념되고 있는 것이다.

이상이 그 도시의 그림이다. 그러나 그곳에는 왠지 15세기 말엽의 정서에 고착된 듯한, 중세 말기의 히스테리였던 유행성 정신질환이 잠복해 있는 듯한 기운이 있었다. 상식적이고 정상적인 현대도시에 대해 이런 말을 하면 이상하고 함부로 말하는 것처럼 들릴지 모르지만(사실 그 도시는 현대도시가 아니었다. 그 시는 오래되었고, 연륜이란 현재라기보다는 과거이고, 단순히 과거일 뿐만 아니라 현재를 압도하는 과거다), 이곳에서는 갑자기 어린이 십자군 행렬이 지나가거나 무도병(舞蹈病)이 창궐하거나, 어떤 '아무개'가 세속적인 삶을 화형시켜야 한다느니, 십자가의 기적이 나타났다느니 하는 이상적이고 공산주의적인 설교를 하며 주민들을 이리저리 끌고 다니는 일을 상상하기 어렵지 않았다. 물론 그런 일이 일어나지는 않았다. 어떻게 일어날 수 있었겠는가? 시대의 질서에 부합하기 위해 경찰이 이를 묵과하지 않았을 것이다. 아니다! 경찰은 시간이 지나면 시대의 질서에 부합하기 위해 그런 일을 모두 허용한다. 우리 시대의 경찰은 이 모든 일을 가만히 내버려두지 않을 이유가 없다. 시대의 질서에 부합하는 일이니까. 이 시대는 암암리에 과거로 돌아가고 있다. 아니, 암암리에가 아니다. 오히려 매우 당당하게 의식하고 있다. 삶의 진실성과 순수성에 회의를 품게 만들고, 어쩌면 매우 잘못된, 불순한 역사성을 만들어내면서 이 시대는 분명 과거로 돌아가고 있다. 그러므로 근대의 정신에 따귀를 때리는 행위를, 이를테면 분서(焚書)라든지 기타 구체적으로 언급하고 싶지 않은 구시대의 음험한 상징행위를 열광적으로 반복하고 있는 것이다.

한 도시에 서려있는 이와 같은 분위기 즉, 지하세계로 파고드는 전통과 영적, 신비적 성향은 그곳에 사는 수많은 '개성파들'과 별종들, 그리고 별 탈 없는 유사 정신질환자들에게서 찾아볼 수 있다. 이들 또한 오랜 건축물과 마찬가지로 그 고장을 대표하는 구성요소다. 그들의 상대는 아이들이었다. 사내아이들은 이들 뒤를 따라다니면서 놀리거나 그들에 얽힌 미신 때문에 놀라 달아났다. 한동안 사람들은 전형적인 '노파'의 모습을 보면 주저 없이 마녀라는 의심을 품었다. 이러한 의심은 단지 그 겉모습이 그림에 나오는 흉측한 모습과 같아서 생긴 것인데, 사실 그림에 나타난 모습은 먼저 이러한 의심을 바탕으로 형상화되어 점차 대중의 상상에 맞게 완성된 것이다. 마녀는 작고, 백발에다 허리가 굽었으며, 쑥 들어간 눈에서는 음흉한 눈빛이 흐르고, 매부리코에 입술은 얄팍하다. 지팡이를 들어올려 위협하기 좋아하고, 간혹 고양이나 올빼미, 말하는 새를 기르기도 한다. 카이저스아서른에는 늘 이러한 전형의 예가 여럿 있었다. 그 가운데 '지하실 리제'가 가장 유명하고 조롱을 가장 많이 받았으며 또한 사람들이 가장 무서워했다. 리제는 놋쇠업자 골목의 어느 지하주택에 사는 노인이었는데, 그녀의 모습과 그 모습을 마주쳤을 때 받게 되는 온갖 불쾌감은 일반의 고정관념과 맞아 떨어졌다. 특히 뒤쫓아 오는 아이들에게 저주와 욕을 퍼부어 달아나게 할 때면, 그런 그녀의 행동이 부당한 것은 아니었지만 어린 마음을 공포에 떨게 할 정도였다.

여기서 우리 시대의 경험에서 비롯된, 함부로 사용되는 어떤 낱말에 대해 언급하고자 한다. 계몽을 추구하는 자들은 언제나 '국민'이라는 말 속에는 성숙하지 못한 것으로 해석되는 요소가 있다고 믿고, 어떤 집단을 우매한 불한당으로 만들고자 할 때면 그들을 '국민'이라고 부른다. 우리 눈앞에서 아니, 꼭 우리 눈앞이 아니더라도, 신의 이름으로나 인류의 이름 또는 정의의 이름으로는 결코 일어나지 않았을 일도 '국민'의 이름으로는 얼마든지 자행되지 않았던가! 분명한 것은 정말로 국민은, 적어도 그 가운데 일정 계층 즉, 미성숙한 계층은 언제나 국민일 수밖에 없다는 사실이다. 놋쇠업자 골목의 주민들은 선거 때 사회민주당에 표를 던지면서도 지상에 살 형편이 안 되는 가난한 노파를 악마 취급하고, 그녀가 다가오면 자신의 아이들을 마녀의 사악한 눈빛으로부터 보호하기에 바빴다. 이런 여자를 예전처럼 화형시키는 일은 과거의 명분을 조금만 고치면 오늘날에도 충분히 가능한 일이다. 사람들은 행정당국이 세운 화형대 뒤에 서서 이를 지켜보겠지만 아마도 반란을 일으키지는 않을 것이다. 나는 국민에 대해 이야기하고 있는데, 그 국민이라는 개념 가운데 전근대적이고 우매한 요소는 우리 모두에게 있으며, 솔직히 말해 나는 종교가 이러한 요소를 안전하게 차단해 주는 적절한 수단이라고 생각하지 않는다. 내 생각에 이를 차단할 수 있는 수단은 오로지 문학, 즉 자유롭고 아름다운 인간이 꿈꾸는 이상(理想)인 인문학뿐이다.

카이저스아셔른의 별난 사람들 이야기로 돌아가 보자. 나이를 알 수 없는 남자 하나는 누가 그를 갑작스럽게 부르면 그때마다 움찔하고 다리를 높이 들어 올리며 춤추는 듯한 동작을 했고, 마치 용서를 구하는 듯 슬프고 보기흉한 표정을 지었으며, 자기를 따라다니며 소리를 지르는 거리의 아이들에게 미소를 지어 보였다. 그리고 마틸데 슈피겔이라는 사람은 시대에 전혀 걸맞지 않은 차림을 하고 있었는데, '플라두스'에 주름장식이 달린 드레스를 땅에 끌리게 입고 화장을 했다. '플라두스'는 프랑스어로 '감언이설'을 나타내는 플뤼트 두스(flute douce)가 우스꽝스럽게 변질된 말이었는데 여기서는 머리장식을 포함한 특이한 퍼머넌트 머리 모양을 가리켰다. 화장도 풍속에 어긋날 정도는 아니었다. 그러기에는 그녀의 지능이 너무 낮았다. 마틸데는 이런 모습으로 공단 덮개를 씌운 몹스(개의 일종 - 옮긴이) 한 마리를 거느리고 대단히 도도한 태도로 시내를 휘젓고 다녔다. 끝으로 짙푸른 색이 감도는 주먹코에 검지에는 굵은 인장반지(도장을 새긴 반지 - 옮긴이)를 낀 소액연금생활자 한 사람이 있었다. 그의 본명은 슈날레였지만 아이들은 '튀델륏'이라고 불렀다. 그가 말끝마다 이 의미 없는 소리를 덧붙였기 때문이다. 그가 주로 가는 곳은 역이었는데, 화물차가 출발할 때 맨 끝 차량 지붕에 반대방향으로 앉은 사람을 향해 인장반지를 낀 손가락을 세워 보이며, "떨어지지 마시오. 떨어지지 마시오. 튀델륏!" 하며 주의 주기를 좋아했다.

    내가 이런 기이한 기억들을 여기 펼쳐 놓으면서 자랑스럽지 못한 기분이 들지 않는 것은 아니다. 그러나 나열한 인물들은 말하자면 공공의 시설물과도 같이 우리 도시의 정서를 너무도 극명하게 나타내주는 특징들이다. 그곳은 아드리안이 대학에 갈 때까지 몸담았던 8년간의 생활반경이자 그의 곁에서 함께 지낸 나의 생활반경이기도 했다. 내가 아드리안보다 나이가 많았으므로 그보다 두 학년이 위였지만, 우리는 쉬는 시간에 대부분은 학교 담장 안 마당에서 각자의 친구들과는 떨어져 둘만 만났으며, 오후에도, 그가 행복의 전령 약국으로 건너오든, 내가 파로키알슈트라세 가 15번지에 있는 그의 삼촌댁으로 찾아가든, 우리의 공부방에서 함께 지내곤 했다. 그 집의 중이층(1층과 2층 사이에 설치된 보조 층 - 옮긴이)은 악기 전시실이었는데, 레버퀸 집안은 악기상(樂器商)으로 널리 이름나 있었다.

7

그곳은 카이저스아셔른의 상업지역 즉, 시장의 상가골목에서 떨어진 곳이었다. 대성당 근처의 인도가 없는 구불구불한 골목에 니콜라우스 레버퀸의 집은 홀로 우뚝 솟아 있었다. 그 집은 다락층을 제외하고도 3층이었는데 16세기에 지은 도시주택으로서 현 집주인의 할아버지 대부터 소유해왔으며, 출입문 위 2층 전면에는 창이 다섯 개인 반면 주거공간이 시작되는 3층에는 창이 네 개밖에 없었지만 거기에는 목재덧문을 달았고, 밖에서 보면 회칠을 하지 않은 수수한 아래층 위로 목재장식이 시작되었다. 계단도 석조 현관 위의 제법 높은 중이층 기단을 향해 나 있었으므로 손님들은—할레나 라이프치히 등 외지에서도 많이들 찾아왔다—어렵지 않게 자신들의 목적지 즉, 악기 전시실로 올라가는 길을 찾을 수 있었고, 곧 설명할 테지만 그곳으로 통하는 계단은 가파르게 만들 필요가 있었다.

아드리안 레버퀸의 삼촌 니콜라우스는 홀아비였다. 그의 아내는 젊은 나이에 세상을 떠났으며, 그는 아드리안이 그 집에 들어오기 전까지는 오래전부터 데리고 있던 가정부 부체 아주머니와 하녀 하나, 그리고 루카

치마부에라고 하는 브레스치아 출신의 이탈리아 청년과 함께 살았다(그는 정말로 성모상을 그린 화가 트레첸토 치마부에와 성이 같았다). 니콜라우스는 바이올린 제작자이기도 했으므로 루카는 가게 일을 도우며 그 밑에서 바이올린 제작 기술을 배웠다. 니콜라우스 레버퀸은 아무렇게나 흐트러진 회색 머리에 수염이 없는, 호감을 불러일으키도록 말끔하게 정리된 얼굴을 하고 있었는데, 굵은 광대뼈가 매우 두드러졌고 코는 좀 긴 듯하며 약간 굽었다. 입은 크고 표정이 풍부했으며, 갈색 눈은 다정한 표정을 지으며 영리하게 반짝였다. 그는 집에서는 언제나 작업복 셔츠를 입고 있었는데, 주름이 잡힌 그 면 플란넬 셔츠를 언제나 목 끝까지 여미고 있었다. 삼촌은 자식이 없었으므로 그 큰 집에 젊은 혈족이 들어와 살게 되어 좋았을 것이다. 나는 그가 부헬의 형에게 아드리안의 학비는 부담시켰지만 그 외 숙박비와 생활비 명목으로는 한 푼도 받지 않았다는 말도 들었다. 그는 아드리안을 친아들처럼 생각했고 조카를 보는 삼촌의 눈은 알 수 없는 기대로 가득 차 있었다. 식사시간에도 오랫동안 앞서 말한 부체 아주머니와 제자 루카만이 동석해 무겁고 딱딱한 분위기였다가 아드리안이 들어와 가족적인 분위기가 감돌자 삼촌은 매우 좋아했다.

    이탈리아 출신인 제자 루카는 서툰 말씨가 듣기 좋은 친절한 젊은이였다. 그는 고향에서 전문교육을 받을 최상의 기회가 있었지만 아드리안의 삼촌을 찾아 카이저스아셔른 행을 택해 다들 놀랐다고 했다. 거기에는 사업상의 연결이 있었다. 니콜라우스 레버퀸의 거래처는 마인츠, 브라운슈바이크, 라이프치히, 바르멘 같은 독일의 악기제조 중심지뿐만 아니라 외국의 회사, 즉 런던, 리옹, 볼로냐, 심지어 뉴욕에까지 뻗어 있었다. 그는 이 모든 곳으로부터 심포니에 필요한 물건을 사들였다. 그의 상품목록은 품질 면에서 일등급 제품들로 되어 있을 뿐만 아니라 어디서나 흔히 구할 수 없는 귀한 물건도 완벽하게 구비하고 있었으므로, 레버퀸의 가게는 언제나 믿고 찾을 수 있는 곳으로 정평이 나 있었다. 따라서 독일 어디에선가 바흐 페스티벌이 열릴 예정이고 원작에 충실한 연주를 위해 이미 오래전에 오케스트라에서 사라진 오보에다모레를 구한다면 어김없이 파로키알슈트라세의 고택을 찾아 외지에서 오는 음악가가 있었고, 신중을 기하고 싶은 고객은 그 악기의 슬픈 음색을 그 자리에서 연주해 보고 확인할 수 있었다.

    중이층에 자리 잡은 악기 전시실에서는 옥타브를 넘나들며 악기를 시험하는 소리가 여러 가지 음색으로 울려 나왔는데, 그곳의 광경은 청각적인 상상이 어떤 내면의 울렁임을 불러일으켜 가히 문화의 마술이라 할 만큼 멋지고 매혹적이었다. 그곳에서는 피아노를 제외한 온갖 악기가 치고 두드리고 켜고 뜯고 부는 대로 고유의 소리를 냈다. 피아노는 전문 공장에서 제작했으므로 아드리안의 삼촌은 취급하지 않았다. 건반악기 가운데는 앙증맞은 글로켄슈필(철제 음판을 피아노처럼 배열한 타악기 - 옮긴이) 모양의 첼레스타도 빠지지 않았다. 수많은 바이올린이 유리장 속에 걸려 있거나 미라를 넣는 관처럼 내용물에 맞춘 케이스에 뉘어 있었는다. 바이올린 케이스는 황색이나 갈색 니스 칠이 되어 있었고, 손잡이를 은실로 감싼 날씬한 활이 케이스 덮개에 보관되어 있었으며, 전문가라면 보기만 해도 크레모나 산 명기임을 알 수 있는 이탈리아 제뿐만 아니라 티롤, 네덜란드, 작센, 미텐발트에서 제작한 것과 더불어 레버퀸의 작업실에서 탄생한 제품도 있었다. 안토니오 스트라디바리에 의해 그 형태가 완성된, 음색이 풍부한 첼로도 줄지어 서 있었고, 그 전신(前身)인, 고전 작품에서 첼로와 더불어 사랑받은 6현의 비올라다감바도 있었으며, 비올라와 역시 비올 족 악기인 비올라알타, 그리고 내 것과 같은 비올라다모레도 있었다. 나는 7현의 악기인 비올라다모레를 일생을 통해 편하게 연주했는데, 내 것도 파로키알슈트라세에서 탄생한 것이었으며 부모님이 주신 견진성사 선물이었다.

비올론이나 옮기기 힘든 더블베이스 등 여러 가지 유형의 거대 비올족 악기들은 기대 서 있었는데, 더블베이스는 장중한 레치타티보(序奏)가 가능하고, 피치카토로 연주할 때 나는 소리는 조율이 잘 된 팀파니 소리보다 진동이 더 좋으며, 그 속에 숨은 마술 같은 플래절렛(현악기로 내는 플루트 음 - 옮긴이)은 자칫 진짜 플루트 소리로 착각하기 쉬웠다. 이에 상응하는 악기는 목관악기 가운데도 있었다. 크기가 바순의 두 배인 콘트라바순은 더블베이스와 마찬가지로 악보에 표기되는 음표보다 여덟 음 아래의 음까지도, 그러니까 덧줄을 아래로 열여섯 개나 그어야 표기할 수 있는 음까지도 낼 수 있어 베이스를 든든하게 받쳐주는 반면, 그 익살스러운 동생 바순은—이렇게 표현하는 이유는 바순이 베이스 악기면서도 베이스다운 힘이 없고 소리가 원체 약하기 때문이다—염소의 울음소리를 내어 캐리커처 같은 인상이었다. 그러나 구부러진 마우스파이프를 달고 키와 소리구멍 장식으로 빛나던 그 악기는 너무도 아름다웠다! 오랜 기간 발전하여 그 기술수준이 최고조에 달한 샬마이(중세 독일의 목관악기 - 옮긴이) 부대의 모습 또한 얼마나 멋진 광경인가! 목가적인 오보에, 애잔한 느낌의 잉글리시호른, 낮은 샬뤼모(클라리넷의 전신인 프랑스의 옛 악기 - 옮긴이) 음역에서는 음산하고 슬픈 음을 내지만 고음에서는 아름다운 은빛 선율이 피어나는, 키가 많은 클라리넷 그리고 바셋호른과 베이스클라리넷이 각자의 모습으로 대가의 손길을 기다리고 있었다.

그 모든 것이 니콜라우스 삼촌의 전시실에서 우단 케이스에 편안히 놓여 있었으며, 그 밖에도 두부(頭部)가 상아로 된 것, 전체가 은으로 된 것 등 여러 가지 방식과 여러 가지 모양의 플루트와 플루트의 친척이라 할 수 있는 고음의 악기, 즉 오케스트라의 온갖 악기 소리를 뚫고 자신의 고음을 유지하고 도깨비불 윤무에서 또는 마술의 불과 더불어 춤을 추는 피콜로도 있었다. 그리고 경쾌한 신호, 씩씩한 노래, 녹아드는 멜로디가 연상되는 부드러운 트럼펫, 낭만파들의 사랑을 받는, 복잡하게 돌돌 말린 프렌치호른, 날씬하고 힘찬 트롬본과 코넷, 그리고 묵직한 저음의 거대한 베이스튜바까지 온갖 금관악기들이 은은한 빛을 발하고 있었다. 이곳의 악기 전시실에는 박물관에나 있을 법한 희귀한 악기도 거의 다 있었는데, 이를테면 예쁘게 굽은 한 쌍의 황동 루르가 황소의 뿔처럼 왼쪽, 오른쪽 으로 돌려져 있었다. 그러나 지금 추억 속에 다시 돌이켜보건대 전시된 악기 가운데 어린 소년의 눈에 가장 재미있고 멋진 것은 드럼이었다. 크리스마스트리 아래 놓인 장난감으로 처음 알게 되었고 어린 시절 누구나 한 번쯤 갖고 싶어 했던 물건이 품격 있는 훌륭한 모습으로, 어른용으로 눈앞에 놓여 있었으니! 작은 북은 우리가 여섯 살 때 처음 만져 본, 알록달록한 나무와 양피와 끈으로 되어 있고 쉽게 닳아버리던 것과는 너무도 달라 보였다. 그것은 끈으로 목에 걸도록 되어 있지 않았다. 아래 북면에 동물의 창자로 만든 줄이 팽팽하게 연결되어 있었고, 오케스트라에서 연주하기 편하도록 북을 기울여 금속 삼발이에 나사로 고정시켜 놓았다. 옆에 붙은 고리에는 손길을 유혹하는 나무 북채가 꽂혀 있었다. 북채도 우리들 것보다 더 우아했다. 우리는 어린이용 글로켄슈필로 〈새가 날아들면〉을 연습하곤 했었는데, 이곳의 글로켄슈필은 울림을 좋게 하기 위해 금속판을 횡목 위에 얹었으며 금속판의 조율도 정밀했다. 두 줄로 나란히 놓인 금속판은 덮개가 달린 우아한 케이스 안에 놓여 있었으며, 멜로디를 만들어 주는, 조그마한 쇠망치 모양의 채가 천을 댄 덮개 안쪽 면에 보관되어 있었다. 실로폰 소리는 한밤 호젓한 시간에 공동묘지에서 춤추는 해골들을 연상시키는데, 여기 있는 실로폰은 반음계법에 맞춘 것이라 음판이 많았다. 큰 북의 거대한 몸통에는 쇠장식이 붙어 있었고, 북면을 두드려 소리가 울려 퍼지게 하는 북채는 펠트로 감싼 것이었다. 구리로 만든 팀파니도 있었는데, 베를리오즈(프랑스의 작곡가 - 옮긴이)가 오케스트라에 열여섯 개의 팀파니를 배치했을 당시에는 아직 니콜라스 레버퀸이 취급하는 것과 같은 나사식 팀파니가 없었다. 나사식 팀파니는 나사를 손으로 돌려 쉽게 음높이를 조절할 수 있었다. 아드리안이었는지 나였는지—내가 그랬던 게 분명하다—채로 북면을 두드릴 때의 장난기를 나는 아직도 기억하고 있는데, 그럴 때면 사람 좋은 루카는 음을 위 아래로 조절했으므로 우렁우렁하는 소리가 미끄러져 독특한 글리산도(높이가 다른 두 개의 음을 잇달아 연주할 때 그 사이의 모든 음을 거치면서 연주하는 방법 - 옮긴이)가 되었다. 게다가 그 특이하게 생긴 모양이란! 연주가 끝나면 연주자가 승리를 나타내듯 청중을 향해 안쪽이 보이도록 들어올리는 이 가마솥 모양의 몸통은 중국과 터키에서만 만들 수 있었고, 그들은 이 황동 주조법이 밖으로 새나가지 않도록 비밀로 보호했다. 울려 퍼지는 탐탐, 집시들의 탬버린, 한 변이 열린 세모꼴 쇠막대의 아랫변을 두드리면 맑은 소리를 내는 트라이앵글, 안쪽이 파인 오늘날의 심벌즈, 손에서 맞부딪히는 캐스터네츠. 이 모든 진지한 즐거움은 에라르 페달하프(프랑스의 에라르기 발명한 하프. 페달로 조정하여 반음을 낼 수 있다 - 옮긴이)의 화려한 금빛 자태에서 단연 두드러졌다. 니콜라우스 삼촌의 가게 방은 우리 소년들 눈에 수백 가지 형태의 아름다운 소리가 침묵으로 펼쳐 놓는 천국 같았으니, 독자들은 그 마술과도 같은 매력을 이해할 수 있으리라!

우리? 아니다. 나에 대해서만, 내가 감탄하고 즐겼던 일에 대해서만

이야기하는 편이 낫겠다. 그런 느낌에 대해 이야기하면서 그 친구도 포함시키기에는 무리가 있다. 자기는 그 집 식구이고 그 모든 것이 익숙한 일상일 뿐이라는 점을 강조하려 했거나, 일반적으로 매사에 시큰둥한 자신의 성격이 그런 식으로 표출된 것인지도 모르겠지만, 그는 그 모든 멋진 광경 앞에서 기껏해야 어깨를 들썩해 보이는 정도의 태연함을 유지했고, 내가 감탄사를 연발하는데도 그때마다 잠깐 웃거나 "그래. 예쁘다."라든지, "재미있는 물건이네."라든지 "별걸 다 생각해냈군." 또는 "고깔사탕장사보다는 이걸 파는 게 낫지."라는 식으로만 대꾸했을 뿐이다. 때때로 우리는 줄지은 지붕과 궁정 연못과 저수탑 위로 멋진 조망이 펼쳐지는 그의 다락방에서 나와 악기 전시실로 내려갔는데, 항상 내가 내려가자고 제안했지만—강조하거니와 언제나 내가 제안했다—출입이 금지된 곳도 아니었으며, 그럴 때마다 젊은 치마부에가 우리와 함께 있었다. 아마도 우리를 감시하는 동시에 가이드 노릇을 하려는 목적이었을 것이다. 그의 안내와 설명은 듣기 좋았다. 우리는 그에게서 트럼펫의 역사를 들었다. 처음에는 반듯한 금속관 여러 개를 공 모양의 이음새로 연결해서 썼으나 그 후 놋쇠 파이프를 부러뜨리지 않고 구부리는 기술이 개발되었는데, 처음에는 역청과 로진을 이용했지만 나중에는 납을 부어 넣은 후 열을 가해 다시 녹여냈다고 했다. 또 그는 악기는 그 재료가 무엇이든, 나무든 금속이든 상관없이 각자의 유형에 따라 자기 음역의 소리를 내므로 나무 플루트든 상아 플루트든, 놋쇠 트럼펫이든 은 트럼펫이든 다 마찬가지라고 주장하며 열을 올리곤 했다. 그러나 그의 스승인 아드리안의 삼촌은 바이올린 제작자답게 재료, 즉 목재의 종류와 니스의 중요성을 강조했으므로 그가 이렇게 주장하면 반박했으며, 플루트를 소리만 듣고 무엇으로 만들었는지 알아내기를 좋아한다는 것이었다. 그리고 루카 자신도 그 재주를 배우고 있다고 했다. 그리고는 이탈리아 사람답게 작고 잘 생긴 손으로 플루트를 연주해 보였다. 플루트는 거장 크반츠 이래로 지난 150년간 수많은 변화와 발전을 겪었는데, 뵘 식 원통형 플루트는 감미로운 음을 내는 이전의 원뿔형 플루트에 비해 더 힘찬 음색을 띤다. 그는 클라리넷과 바순의 운지법도 보여 주었다. 바순은 소리구멍이 일곱 개, 닫힌 키가 열두 개, 열린 키가 네 개이며, 프렌치호른 음과 너무도 잘 어울린다. 그 외에도 루카는 악기의 음역과 다루는 법 등등을 가르쳐 주었다.

돌이켜 생각해 보건대 아드리안이 당시 루카의 설명을, 의식을 했든 안 했든, 적어도 나만큼은 유심히 들었다는 기억에는 흔들림이 없다. 그리고 그는 그 덕을 나보다 훨씬 더 많이 보았다. 그러나 그 모든 것이 곧 자신의 일이라는 사실을, 혹은 머지않아 자신의 일이 될 것이라는 사실을 그는 드러내지 않았을 뿐 아니라, 털끝만큼도 그런 낌새를 보이지 않았다. 그는 루카에게 할 질문을 내게 미룬 채 옆으로 비켜서서는 그 순간 설명하고 있는 악기는 보지 않고 다른 것을 보았으며, 나와 루카에게서 떨어져 다른 곳으로 가기도 했다. 그가 위장을 했었다는 말이 아니다. 그때까지 우리에게 음악은 니콜라우스 레버퀸의 전시실이라는 형태로 구현된, 순전히 물건일 뿐이었다. 물론 실내악을 접하기는 했지만 단지 건성으로 들었을 뿐이었다. 사람들은 아드리안의 삼촌 집에서 한 주나 두 주에 걸쳐 실내악 연습을 했는데 나는 그 광경을 가끔씩밖에는 볼 수 없었으며, 아드리안도 매번 본 것은 아니었다. 그 모임에는 우리의 성당 오르간 연주자이며 후에 아드리안을 가르치게 될 말더듬이 벤델 크레치마 선생과 보니파티우스 김나지움의 음악선생님도 참여했다. 아드리안의 삼촌은 이들과 더불어 하이든과 모차르트의 4중주곡 가운데서 선별한 작품을 연주했는데, 그 자신이 제1바이올린을 담당하고 루카 치마부에가 제2

바이올린을, 크레치마 선생은 첼로, 그리고 음악선생님은 비올라를 맡았다. 이는 맥주잔을 바로 옆 바닥에 놓고 입에는 시가를 문 채 즐기는 남자들의 오락이었는데, 중간에 말을 하거나—음의 언어 사이를 뚫고 들리는 그 말은 어찌나 메마르고 낯설게 들리던지!—연주가 틀렸을 때, 주로 음악선생님이 틀렸는데, 활을 탁탁 두드리고 박자를 거꾸로 세느라 자주 중단되었다. 우리는 제대로 된 콘서트, 즉 오케스트라의 교향곡 연주는 한 번도 들어보지 못했다. 그러니 아드리안이 악기의 세계 앞에서 보인 무관심한 태도가 어느 정도였는지 가늠할 수 있을 것이다. 아무튼 그는 이 정도로 만족해야 한다는 생각이었고 그 정도면 충분하다고 생각했다. 말하자면 그는 그 말 뒤에 숨어서 음악을 피했던 것이다. 오랫동안 자신의 운명을 피해 숨은 채 어떤 예감에 휩싸여 완고하게 버텼다.

 게다가 아드리안과 그의 음악적 소양을 연결시켜 생각하는 사람은 아무도 없었다. 그는 학자가 되어야 한다는 생각이 모든 사람의 머리에 각인되어 있었으며, 그가 김나지움에서 보인 우수한 성적은 사람들의 이러한 생각을 더욱 확고히 했다. 그는 최우수 학생이었으며 이러한 그의 위치는 고학년, 대략 7학년이 되어서야, 즉 그가 열다섯 살이 되어서야 비로소 조금 흔들리기 시작했다. 이는 그 즈음 얻은 편두통 때문이었으며 그로 인해 예습에 방해를 받기는 했으나 그에게 예습이 필요한 경우는 극히 드물었다. 그래도 아드리안은 학교에서 요구하는 실력 수준을 가볍게 뛰어넘었다. 하지만 '뛰어넘었다'는 말도 썩 잘 어울리는 표현은 아니다. 그가 그 실력을 갖추기 위해 한 일은 아무것도 없었으니까. 그러나 아드리안은 탁월한 성적에도 불구하고 선생님의 사랑을 받지 못했다. 나는 선생님들이 그를 좋아하지 않는다는 사실을 여러 번 확인했을 뿐만 아니라 그들에게서 모종의 충동, 즉 아드리안에게 패배를 안겨주고 싶은 욕망까지도 엿볼 수 있었다. 선생님들은 아드리안을 건방지다고 생각하지는 않았다. 아니 건방지다고 생각은 했지만, 그가 자신의 실력을 믿고 잘난 척을 했기 때문에 그렇게 생각한 것은 아니었다. 오히려 그 반대로 아드리안은 자신의 실력을 전혀 뽐내지 않았는데, 바로 그 때문에 건방지게 보였던 것이다. 아드리안은 여러 교과목을 그토록 쉽게 터득하면서도 그것에 대한 반감을 드러나게 표시했는데, 그 지식을 전달하는 행위로 권위와 생계를 유지하는 사람들 입장에서 볼 때 모든 것을 놀이하듯 쉽게 터득해 버리는 천재소년이 예뻐 보일 수만은 없는 일이었다.

나와 선생님들과의 관계는 훨씬 좋았다. 나는 머지않아 선생님들과 직장동료가 될 터였고, 나는 이러한 계획을 진지하게 밝힌 바 있으므로 이는 당연한 결과였다. 나 또한 모범생이라 할 만했지만, 내가 모범생이 될 수 있었던 이유는 오로지 교과목에 대한 애정, 특히 고전어 및 고전어를 사용하는 작가와 문필가에 대한 존경과 사랑이 나를 격려하고 긴장시켰기 때문이다. 이에 반해 아드리안은 기회 있을 때마다 학교생활 자체가 그에게는 무의미하고 이른바 부수적인 일로 여겨진다는 사실을 드러냈으며 그런 자신의 느낌을 내게 숨기려 하지도 않았는데, 내가 우려했던 대로 선생님들도 그 사실을 알게 되었다. 그 때문에 나는 두려울 때가 많았다. 그가 이력에 불이익을 입을까 걱정되어서가 아니었다. 뛰어난 능력 덕분에 그는 아무런 피해도 입지 않았지만, 나는 그가 의미 있다고 생각하는 일이 무엇인지, 그에게 부수적이지 않은 일이 무엇인지 알 수 없었다. 나는 그가 어떤 일을 '본질적인 것'으로 생각하는 경우를 본 적이 없었으며, 그가 본질적인 것으로 생각하는 것이 무엇인지를 알아내기란 진정 불가능했다. 그 시절 학교생활은 삶 자체였다. 삶은 학업을 위한 것이었다. 학업은 개인의 능력을 입증해 줄 가치를 개발하기 위해 누구에게

나 필요한 지평을 열어 주었다. 비록 그 가치가 상대적인 것일지언정 그것은 학업의 목표였다. 물론 그 목표를 향해 매진하는 일은 인간적이게도 그 상대성을 깨닫지 못할 때에만 가능한 일이었다. 나는 절대적인 가치에 대한 믿음은, 그것이 아무리 허상이라 할지라도, 삶을 이끌어가는 데 필요한 조건이라고 생각한다. 반면 내 친구는 자신이 재능을 발휘한 분야의 가치에서 상대성을 보았지만, 그렇다고 그가 그 가치를 얕잡아본다고 할 만한 근거는 보이지 않았다. 공부 못하는 학생은 많다. 아드리안의 경우는 공부 못하는 학생들의 전형적인 특징이 우등생 신분으로 나타난 것이었다. 나는 그것이 두려웠다. 그러나 이 또한 얼마나 당당하고 매력적인 모습이었으며, 이로 인해 나는 얼마나 더 그에게 빠져들었던가? 그러면서도 그를 향하는 내 마음에는—왜 그랬을까?—어떤 고통과도 같은, 낙담과도 같은 감정이 섞여 있었다.

아드리안은 늘 자신의 재능과 학교에서 요구하는 수준을 아이러니컬하게도 대단치 않게 여겼지만, 내가 잘 못했던 과목 즉, 수학에 대해서는 예외적으로 특별한 관심을 보였다. 나는 수학에서 얻은 낮은 성적을 철학분야 과목에서 우수한 성적을 거두어 힘겹게 보완했다. 그러므로 특정 분야에서 탁월한 성적을 거두기 위해서는 당연히 그 분야에 대한 호감이 전제되어야 한다는 사실을 잘 알고 있었고, 적어도 수학에서만큼은 내 친구의 경우에도 이러한 조건이 충족되어 나타났다는 사실을 확인했는데, 이는 내게 진정 구원이었다. 수리논리는 응용논리학이지만 순수하고 매우 추상적인 성격인데 독특하게도 인문과학과 실용과학의 중간적인 입장을 취하며, 아드리안이 그 과목의 재미에 대해 이야기할 때 그는 이 중간적 위치를 오히려 높은 것, 지배적인 것, 우주적인 것으로, 그의 표현대로 하자면 "참된 것"으로 생각한다는 말이 내 귀를 때렸다. 그가 어떤 것을 '참된 것'이라고 표현하는 말을 듣는 일은 내게 가슴 벅찬 기쁨이었다. 이는 항구였고 지지대였으며, 그가 '본질적인 것'이라 생각하는 것이 무엇인지 알아내려 한 노력이 헛되지 않았다. "그걸 좋아하지 않다니, 넌 게으름뱅이야." 그때 그는 내게 이렇게 말했다. "위계를 들여다보는 일보다 더 재미있는 일은 없어. 모든 것은 위계질서에 따르지. 로마서 13장에 나와 있잖아. '하느님이 주신 것은 모두 위계가 있나니.' 그는 얼굴을 붉혔고, 나는 눈을 크게 뜨고 그를 쳐다보았다. 그가 종교적이라는 사실이 드러난 순간이었다.

그와 관련된 것은 항상 이렇게 '들켜야' 했다. 꼬투리를 잡고 깜짝 놀라게 만들고 꼼짝 못하게 해야 비로소 비밀을 털어놓았다. 그러면 그는 얼굴을 붉혔고, 닦달을 한 사람은 그것을 진작 눈치 채지 못한 데 대해 어이없어 하며 자기 이마를 때렸다. 그가 대수학을 공부할 때도, 꼭 필요하거나 해야 하는 것도 아닌 데도 취미로 대수표를 섭렵했을 때도, 미지수 찾는 법을 배우기도 전에 이차방정식에 매달릴 때도 그는 우연히 들켰고, 그제야 비로소 이야기했으며, 아직 그 용어들도 알기 전이었건만 대수롭지 않다는 듯 말하곤 했다. 이보다 앞서 그에게서 발견된—폭로되었다는 표현이 너무 심하다면—또 하나의 모습이 있었다. 이 점은 이미 언급한 바 있는데, 그는 남몰래 독학으로 연주법과 화성악, 장조와 단조, 오도권(五度圈. 한 화음에서 계속 5도 음정 아래로 진행하여 맨 처음 시작했던 화음으로 돌아오는 연주법 - 옮긴이)을 익혔고, 악보를 배운 적도, 운지법을 배우는 일도 없이 이 모든 음악 지식을 이용해 각양각색의 변조(變調)를 연습했으며, 알 수 없는 리듬으로 멜로디를 만들었다. 내가 이 사실을 발견했을 때는 그가 열여섯이 채 안 되었을 때였다. 어느 날 오후 나는 그가 자기 방에 없다는 사실을 확인한 후 곧바로, 조그마한 풍금 앞에 앉아 있는 그를 발견했다. 사람들이 주로 거처하는 층의 통로에 있는 방이었는데, 그 방 한켠에 무심하게 놓여 있던 풍금 앞에 그가 앉아 있었다. 나는 아마 일 분 정도 문에 서서 그의 연주를 듣다가, 더는 참지 못하고 여기서 뭐 하냐고 물으며 안으로 들어갔다. 그는 풍금의 풀무를 정지시키고 건반에서 손을 떼며 얼굴을 붉힌 채 웃었다.

"게으름은 모든 악습의 시작이지." 그가 말했다. "심심해서. 나는 심심하면 공작(工作)을 하거나 여기서 대충 소일해. 이 낡은 소리상자는 여기 이렇게 버려져 있지만 모든 것을 고스란히 다 갖추고 있어. 봐, 신기하지? 물론 특별히 신기한 게 있는 건 아냐. 하지만 모든 것이 어떻게 연결되어 있고, 어떻게 원을 그리며 도는지 처음으로 직접 알아내면 참 신기해."

그리고는 여러 개의 건반을 동시에 눌러 화음을 하나 쳤다. 그가 누른 건반은 온통 검은 건반이었는데, 올림 파, 올림 라, 올임 도 거기에 미를 추가해 올림 바장조처럼 보이는 그 화음이 사실은 나장조에 속하며 그 중에서도 제5음 딸림음이라고 설명했다. "이런 화음 자체에는 사실 조(調)라는 것이 없어." 그가 말했다. "모든 것은 관계야. 그리고 그 관계는 원을 이루지." 그는 라는 올림 솔이 되어 나장조에서 마장조로 넘어간다고 말하며 라, 레, 솔을 거쳐 다장조에 이르렀고, 반음계의 열두 음 각각에서 장음계와 단음계가 형성된다는 것을 보여주면서 단조로 넘어갔다.

"이건 이미 오래된 이야기야." 그가 말했다. "이걸 알게 된 지는 이미 오래되었어. 봐, 이러면 더 멋있어!" 그러고는 이른바 3도 변성화음, 나폴리 6화음을 이용해 멀리 떨어진 조들 사이에서 조바꿈을 시작했다.

그가 이 모든 용어를 알고 있었던 것은 아니다. 그가 반복했다.

"모든 것이 관계일 뿐이야. 굳이 이름을 원한다면 '모호성'이라고나 할까." 그 말을 증명해 보이기 위해 그는 변동하는 조의 화음연결을 들려주면서 그런 화음연결에서 파를 빼더라도 다장조와 사장조 사이에서는 화음연결이 그대로 유지된다는 것, 사장조에서는 파가 올림 파가 된다는 것, 바장조에서는 시가 내림 시가 되고 이때 시를 치지 않으면 다장조인지 바장조인지 불분명하게 들린다는 것을 보여주었다.

"내가 뭘 발견했는지 알아?" 그가 물었다. "음악은 모호성의 체계야. 한 음을 두고 볼 때, 어떤 음이든 이렇게도 저렇게도 볼 수 있어. 아래 음을 올린 것으로 또는 위 음을 내린 것으로. 따라서 약은 사람은 이러한 이중성을 마음대로 이용할 수 있지." 간단히 말해 그는 이명동음(異名同音)의 원리를 파악하고 있으며 그 원리에 따른 조작을 통해 조바꿈을 할 줄도 안다는 사실을 드러냈다.

나는 왜 놀라다 못해 감동받고 약간은 충격까지 받았을까? 그의 뺨은 학교 숙제를 할 때나 대수 공부를 할 때조차 한번도 본 적이 없을 만큼 상기되어 있었다.

나는 그에게 머리에 떠오르는 것을 좀더 연주해 달라고 부탁했지만 그는 "쓸데없는 소리! 쓸데없는 소리!" 하며 그러기를 거절했는데, 그래서 나는 오히려 모종의 안도감을 느꼈다. 그것은 어떤 안도감이었을까? 아마도 아드리안이 어떤 일이든 대수롭지 않게 여기는 태도를 내가 대단히 자랑스럽게 생각하고 있었기에, 그리고 그가 "신기해"라고 한 말에서 그의 시큰둥한 태도가 가면이었음을 분명히 깨달았기에 느끼는 감정이었을 것이다. 나는 열정의 싹이 돋아나는 것을 예감했다. 아드리안의 열정이! 좋아할 일이었을까? 그러기는커녕 나는 왠지 두렵고 조심스러웠다.

나는 그때 아드리안이 보는 사람이 없을 때 몰래 음악을 연구한다는 사실을 알게 되었고, 이는 삼촌의 악기상점에서도 더는 비밀이 될 수 없었다. 어느 날 저녁 삼촌이 아드리안에게 말했다.

"얘야. 요즘 듣자니, 너 저 안에서 연습한 지 벌써 꽤 됐다며?"

"무슨 말씀이세요, 니코 아저씨?"

"시치미 떼지 마라. 너 음악 하잖니."

"음악은 무슨!"

"너보다 훨씬 못한 사람도 음악 한다고 하는데 뭐. 바장조에서 가장조로 옮겨갈 때 썩 잘 하더라. 재미있니?"

"아이, 아저씨도."

"그런 모양이구나. 네게 할 말이 있다. 그 낡은 소리상자를, 어차피 쳐다보는 사람도 없으니, 네 방으로 옮겨 놓을 생각이다. 네가 치고 싶을 때 언제든지 치거라."

"아저씨, 정말 고마운 말씀이지만, 그런 수고까지 하실 필요 없어요."

"수고라고 할 것도 없지. 오히려 즐거운 일이다. 또 한 가지. 애야, 너 피아노 교습을 받도록 해라."

"정말요, 니코 아저씨? 피아노 교습이요? 글쎄요. '부잣집 따님'도 아닌데."

"'부잣집'이라야 될지는 모르지만, 반드시 '따님'이라야 되는 건 아니지. 크레치마한테 가면 교습을 받을 수 있을 거다. 피아노 가르쳐 주는 대신 큰돈을 달라고 하지는 않겠지. 전부터 알고 지내는 사이니까. 그리고 너는 네 꿈의 궁전을 지을 초석을 얻게 되는 거고. 내가 크레치마하고 얘기해 보마."

아드리안은 내게 이 대화를 교정에서 그대로 반복하며 들려주었다. 그때부터 그는 일주일에 두 번씩 벤델 크레치마에게서 교습을 받았다.

8

 벤델 크레치마는 당시 기껏해야 20대 후반의 젊은 나이였는데, 펜실베이니아에서 독일 계 미국인 부모 사이에서 태어나 그곳에서 음악교육을 받았다. 그는 일찌감치 구대륙으로, 과거 자신의 조부모가 떠난 그 땅으로 건너왔고, 그곳에 벤델 크레치마 자신의 뿌리가 있었듯이 그의 예술 또한 그곳에 뿌리를 두고 있었으며, 한 곳에 머무르는 기간이 1년 또는 2년을 넘지 않는 방랑자와도 같은 생활을 하던 중 우리가 사는 카이저스아셔른에 오르간 연주자로 온 것이었다. 이는 그의 생을 이어온 수많은 단편(斷片)들에 이은 새로운 단편이었을 뿐이며(그는 이전에 독일과 스위스의 여러 시립 소극장에서 악단장으로 일했었다) 그 이후에는 또 다른 단편이 이어질 것이었다. 그는 작곡가로서도 두각을 나타내어, 그의 오페라 〈대리석 상(像)〉은 여러 무대에서 공연되어 호평을 받았다.

 그는 작은 키에 머리가 둥글고 콧수염이 짧게 나 있었으며, 갈색 눈에는 자주 미소가 어렸고, 그 눈빛은 때로 생각에 잠기고 때로 번득이는 등 별다른 특징이 없는 외모였다. 그러나 카이저스아셔른의 정신적, 문화적 생활을 향상시킨다는 측면에서 볼 때(그런 생활이 있기나 했다면) 그는 대단히 중요한 인물이었다.

그의 오르간 연주는 정식 교육을 받은 훌륭한 것이었지만 교구 내에서 그의 연주를 제대로 평가할 줄 아는 사람은 한 손으로 셀 수 있을 정도였다. 그래도 오후에 무료입장이 되는 교회의 열린 음악회에는 꽤 많은 사람이 찾아왔으며 그 가운데는 언제나 아드리안과 나도 끼어 있었다. 거기서 벤델 크레치마는 세바스찬 바흐를 비롯해 미하엘 프레토리우스, 프로베르거, 북스테후데의 오르간 연주곡과 헨델에서 하이든에 이르는 시대의 온갖 대표적이고 독특한 작품들을 최고의 수준으로 연주했다. 반면 그가 '공익사업협회' 강당에서 피아노를 치며, 게다가 이젤에 세운 칠판에 백묵으로 그림까지 그려가며, 한 계절이 다 가도록 지칠 줄 모르고 했던 강연은, 적어도 겉으로만 보아서는, 철저한 실패작이었다. 실패의 원인은 첫째, 우리 동네 주민들은 기본적으로 강연을 들을 여유가 없었고, 둘째, 그의 주제는 대중적이고 일반적이라기보다는 개인적인 취향에 치우친 것이었으며, 셋째, 말더듬이의 강연을 듣는 일은 암초가 가득한 바다를 항해할 때와도 같이 사람을 긴장하게 만드는 일이라 불안과 웃음을 번갈아 유발했으며, 청중은 강연의 내용에 집중하지 못하고 긴장 속에서 언제 또 그의 말이 막혀버릴까 그것에만 신경을 곤두세웠다는 데 있었다.

그의 말더듬 증세는 대단히 심했다. 끊임없이 밀려드는 생각을 말의 속도가 따라가지 못했으므로, 사고의 폭이 넓고 활발한 크레치마 같은 사람에게는 대단히 안타까운 일이었다. 물론 배가 물 위를 날렵하고 유연하게 미끄러지듯 대단히 순조롭게 말이 이어질 때도 있었으므로 그가 말을 더듬는다는 사실조차 잊을 때도 있었다. 그러나 시간이 흐르면서 누구나 다 그가 말을 더듬는다는 사실을 인정하게 되었을 만큼 어김없이 충돌의 순간이 왔으며, 그럴 때면 크레치마는 극도로 긴장한 채 벌겋게 달아오른 얼굴을 하고 서 있었다. 때로는 마찰음에 막혀 입을 옆으로 벌린 채 기관차가 증기를 내뿜는 듯한 소리를 냈고, 때로는 양순음(兩脣音)과 싸우느라 뺨은 부풀어 오르고 입술은 소리 없는 짧은 폭발을 거듭했다. 또는 호흡이 걷잡을 수 없이 불규칙적으로 되어 입을 깔때기 모양으로 만든 채 뭍에 오른 물고기와도 같은 모습으로 공기를 빨아들이기도 했는데, 그럴 때면 눈물 어린 눈으로 웃는 표정까지 지어 보이면서 그 자신 이 사태를 웃어넘기려는 듯했지만, 그런다고 누구나 다 그것으로 위안을 삼을 수는 없었다. 사실 청중은 그 강연을 포기한다고 해서 손해 볼 것이 없었다. 실제로 겨우 예닐곱 명 정도만이 한 마음으로 객석을 지키고 있을 때가 한두 번이 아니었는데, 내 부모님과 아드리안의 삼촌, 치마부에, 그리고 우리 둘 외에 여학생 몇 명이 있었을 뿐이며, 이 여학생들은 연사가 말이 막힐 때마다 키득거리며 웃곤 했다.

입장료만으로는 강당과 조명 사용료를 도저히 감당할 수 없었으므로 크레치마는 자신이 그 비용을 부담하겠다고 했으나 내 아버지와 니콜라우스 레버퀸이 임원회에서 협회가 손실을 부담하도록 관철시켰다. 구체적으로 말하자면 그들은 강연이 주민의 교양 함양에 중요하며 공익을 위한 행사라는 명분을 내세워 강당 임대료를 포기하게 만들었다. 이렇게 혜택을 베풀기로 한 결정에는 다분히 친분이 작용했다. 그러나 공익이라는 명분에 대해서는 강연에서 지나치게 특수한 주제를 다룬 탓에 교구민이 참여하지 않았으므로 얼마든지 반론을 제기할 수 있는 상황이었다. 벤델 크레치마는 영어에 익숙한 발음으로 여러 차례 자신의 원칙을 강조했다. 이는 다른 사람을 위한 일이 아니라 나 자신을 위한 일이다, 내 목적은 다른 사람의 관심을 일깨우는 일인데 누구나 목적을 달성하기 위해서는 자기 자신이 그 일에 기본적으로 관심이 있어야 한다, 관심을 갖고 일을 추구하면 그 목적은 반드시 이루어진다, 관심이 있으므로 자꾸 말을 하게 되고, 끊임없이 다른 사람도 그 일에 관심을 갖게 만들고, 관심을 전염시키고, 심지어 불모지를 일구어 전혀 생각지도 않았던 관심을 크리에이트 하기도 한다, 이런 경우는 관심이 좀 있는 사람을 도와주는 것보다 훨씬 더 보람 있는 일이다, 라고 그는 말했다.

그가 카이저스아서른의 청중 앞에서 자신의 이론을 시험할 기회를 얻지 못한 것은 매우 유감스러운 일이었다. 하지만 우리들, 텅 비다시피 한 낡은 강당에 모인 몇 안 되는 사람들에게는 그 이론이 완벽하게 증명되었다. 강단에 선 그에게는 우리를 강단 아래 번호가 매겨진 의자에 묶어두는 무엇이 있었다. 우리는 스스로도 놀랄 정도로 집중했고, 나중에는 그의 끔찍한 말더듬조차도 열정의 표현처럼 여겨져 자리에 눌러앉아 귀를 기울였다. 종종 우려했던 사태가 발생했을 때는 우리 모두 다 같이 그를 위로하듯 머리를 끄덕였고, 어른들 가운데 한두 사람은 "그래, 그래", "됐어", "괜찮아" 같은 말로 그를 진정시키기도 했다. 그러면 그는 사죄하는 듯 밝게 미소를 띠면서 마비가 풀렸고, 사태가 더 악화되지 않는 가운데 다시금 한동안 앞으로 나아갔다.

독자들은 강연내용이 무엇이었는지 궁금할 것이다. 그는 한 시간 내내 '베토벤은 왜 자신의 피아노 소나타 작품 111에 3악장을 쓰지 않았을까?' 라는 문제에 매달릴 만큼 할 말이 많았다. 그것이 다룰만한 가치가 있는 주제라는 사실에는 의문의 여지가 없었다. 그러나 '공익사업협회' 회관에 내붙인 안내문과 카이저스아서른의 〈철도신문〉에 낸 공고를 생각할 때 이 문제가 과연 대중의 호기심을 불러일으킬지는 회의적이었다. 사람들은 111번 작품이 왜 2악장으로만 되어있는지 조금도 궁금하지 않았다. 그러나 강연을 들은 우리에게 그날 저녁은, 강연에서 다룬 그 소나타에 대해 그 직전까지도 전혀 아는 바가 없었지만, 대단히 보람 있는 시간이었다. 우리는 이 행사를 통해 그 작품을 접하게 되었다. 크레치마는 자신에게 허용된 대단히 작은 직립형 피아노로(그랜드피아노 사용은 허락되지 않았다) 그 작품을 연주했는데, 비록 삐걱대는 소리가 나기는 했지만 매우 훌륭한 연주였다. 중간중간 그 작품이—다른 두 작품을 포함해—창작되던 당시의 생활상에 대한 설명을 곁들여 가며 작품 속에 담긴 정신을 분석할 때는 가슴 깊이 와 닿았으며, 베토벤이 왜 3악장을, 1악장에 상응하는 3악장을 포기했는지에 대해 베토벤 스스로 밝힌 이유와 거기에 담겨있는 신랄한 위트도 소개했다. 음악교육 실습과정의 한 학생이 베토벤에게 이 질문을 했을 때 그는 시간이 없어서 2악장을 좀 늘이는 것으로 대신했다고 대답했다. 시간이 없어서! 그 말조차도 아주 "태연하게" 했다. 이런 식의 대답 속에는 질문한 사람을 무시하는 태도가 숨어 있었으나 질문을 한 학생은 그런 점을 눈치 채지 못한 듯했고, 그 질문 자체가 베토벤의 그러한 태도를 정당화해주는 것이기도 했다. 연사는 그 다음에 1820년경 베토벤이 처한 상황에 대해 이야기했다. 당시 베토벤은 청각이 극도로 약해져 거의 완전한 귀머거리가 되어 있었으므로 앞으로 더는 자신의 작품을 공연하기 어렵다는 사실이 분명해졌다. 크레치마는 그 당시 떠돌던 소문을 이야기해 주었다. 위대한 작곡가 베토벤의 시대는 이제 막을 내렸다, 그의 창작능력은 소진되었고 대규모 작품은 쓸 수가 없다, 하이든도 만년에 기껏해야 스코틀랜드 민요나 수집하면서 살만 찌지 않았는가, 베토벤도 이렇다할 작품을 내놓은 지가 벌써 몇 년이 되었다, 등등. 뫼들링에서 여름을 보내고 늦가을에 혼자 빈으로 돌아온 베토벤은 피아노 앞에 앉아 예의 피아노 소나타 세 편을 작곡했는데, 오선지에서 눈 한 번 떼지 않고 한달음에 써 내려갔고, 자기를 후원해 주던 브룬스빅 백작에게 그런 사실을 알려 자신의 정신건강을 우려하던 백작을 안심시켰다고 크레치마는 말했다. 크레치마는 이어 소나타 다단조에 대해 이야기했는데, 이 곡은 완성도가 높고 심리적으로 안정된 작품이라 할 수 있으며, 물론 쉽지는 않았으므로 당시의 비평가들과 친구들은 이 곡을 이해하는 데 고충이 많았다고 했다. 그런데, 크레치마는 이렇게 말을 이었다, 이들 친구들과 숭배자들은 그들이 찬미하는 예술가가 전성기에 고전주의 교향곡과 피아노 소나타와 현악 사중주로 정상에 도달한 후 그 경지를 넘어 계속 앞으로 나아갈 때 왜 순순히 따라가지 못하고, 만년에 고통 속에 쓴 작품에 나타난 해체와 이탈의 과정을, 아늑함이라고는 찾아볼 수 없는 섬뜩한 곳을 향해 가는 과정을 기존의 경향이 변형된 것이라고밖에 보지 못했을까? 왜 궁극의 정점을 넘어 끝없이 앞으로 나아가는 행위를 두고 여러 가지 사고가 난립해 있고 음악이론이 지나치게 철저히 반영되어 있다고밖에 말하지 못했을까? 이 소나타의 2부는 심하게 변형된 악장이지만 거기서 다루는 아리에타(작은 아리아 - 옮긴이)의 주제는 지극히 단순한데도, 간혹 이를 두고도 그렇게 말하기까지 했다는 것이다. 아니다, 이 악장의 주제가 파란만장한 운명을 거쳐, 수많은 리듬의 대비를 거쳐 스스로 무한히 뻗어 나아가 궁극에는 저 높은 곳, 피안의 세계라 할 수 있는 곳을 향해 가듯이, 추상적으로 말하자면 몰아의 경지를 향해 가듯이, 베토벤의 예술혼도 스스로 뻗어 나아간 것이었다. 익숙한 관습적 차원을 떠나, 놀라 쳐다보는 사람들의 눈앞에서 절대개성만이 존재하는 세계로 올라간 것이었다, 절대성 속에 고통스럽게 소외된, 청력을 잃어 감각으로부터도 소외된, 지하세계를 지배하는 외로운 왕인 '나'의 세계로! 그러나 그를 기꺼이 따르고자 하는 동시대인들조차 그가 뿜어내는 낯선 한기(寒氣)에 놀라 그가 전하는 메시지를 순간적으로만, 예외적으로만 이해했을 뿐이었다고 크레치마는 설명했다.

베토벤의 예술은 그토록 원대하고 그토록 정확했다고 크레치마는 말했다. 그러나 그 정확성은 다시금 제한적이었고 그 표현방법은 불충분했는데, 사람들은 절대개성이라는 개념을 무절제한 주관성 및 급진적인 화성(和聲) 표현 의지와 결부시켜 다성적 객관성과 대립되는 개념으로 보려 하는 반면(크레치마는 우리에게 화성적 주관성과 다성적 객관성을 잘 알아두라고 했다), 그가 후기에 창작한 대작이 다 그렇듯이 이 작품에서는 이러한 일치와 대립이 성립하지 않는다는 것이었다. 실제로 베토벤은 그의 활동 중기에 그 이전보다 훨씬 더―개성적이라는 표현을 자제하자면―주관적이었다고 크레치마는 말했다. 당시 사람들이 볼 때 베토벤이 음악은 규범과 공식과 형식으로 가득한 것인데도 불구하고 이 모든 것을 개성을 내세운 표현을 통해 제거하고 주관적인 역동성 속에 하나로 녹이려 했다는 것이다. 그의 후기 작품, 이를테면 마지막으로 작곡한 다섯 편의 피아노 소나타는 형식을 극도로 엄밀하게 지킨 작품으로서 여기서는 규범에 대한 작가의 태도가 전혀 다르게 나타나 있다, 이전에 비해 훨씬 더 관대하고 수용적이다, 그의 후기 작품에서는 규범이 주관의 영향을 받거나 그로 인해 변형되는 일 없이, 꾸밈이 없는 경지에서, 이른바 소진된 경지, '나'를 벗어난 경지에서 전면에 드러나는 경우가 자주 있다, 이러한 특징은 그 어떤 개성을 내세운 도전보다도 더 장엄하게 작용한다, 이러한 구조에서 주관과 규범은 새로운 관계를 맺는데 이는 소멸에 의한 관계라고 연사는 말했다.

'소멸'이라는 말을 할 때 크레치마는 격렬하게 말을 더듬었다. 초성(初聲)에서 막혀 윗니와 아랫니 사이로 김이 빠지는 소리가 단속적으로 나왔으며, 입술과 턱까지 같이 떨리더니 모음을 발음하면서 진정되었는데, 그 상태에서 우리는 그가 하려는 말이 무엇인지 알 수 있었다. 그러나 그가 말하기에 앞서 그 말을 해버리거나, 평소에 가끔 그랬듯이 격려와 위로의 말을 던지는 일은 이 상황에서 결코 적절해 보이지 않았다. 그는 이 단어를 스스로 말해야 했고 또 그렇게 했다. 그는 설명을 계속했다. 위대함과 소멸이 공존하는 곳에는 규범에 순응하는 객관성이 발생하는데, 아무리 대단한 주관이라 하더라도 탁월함에 있어 객관성을 능가하지는 못하며, 그 객관성 속에서 절대개성은 이미 관습의 정점을 지나 더 멀리 발전한 상태지만, 대범하고 당당하게 신비성과 집단성을 받아들여 다시 한 번 스스로 발전한다는 것이었다.

그는 우리에게 이 말을 이해했느냐고 묻지 않았고 우리도 그것을 확인하려 하지 않았다. 단지 그 말을 들었다는 사실이 중요하다는 그의 의견에 우리는 전적으로 동의했다. 소나타 작품 111은 앞서 말한 관점에서 이해해야 한다고, 특히 이 작품은 반드시 이러한 관점에서 이해해야 한다고 그는 말했다. 그러고는 피아노 앞에 앉아 전곡을, 1악장과 유난히 긴 2악장을 악보 없이 연주했는데, 연주 중간에 끊임없이 설명을 추가해 우리가 연주에 집중하도록 했으며, 간간이 심취한 채 보란 듯이 따라 불렀다. 그의 이러한 행동은 전체적으로 감동적이고도 재미있는 볼거리를 연출하며 객석의 분위기를 밝게 했다. 그는 내려치는 힘이 매우 좋아서 큰 소리가 나도록 세게 연주했고, 연주 중에 자기가 하는 말을 청중이 알아듣도록 하기 위해 피아노 소리보다 더 크게 소리 질렀으며, 연주한 것을 목소리로 강조하기 위해 성량을 최대로 하여 따라 불렀다. 그는 손이 연주하는 것을 입으로 따라했다. 1악장에서 첫 음의 강세가 격렬하게 이어질 때는 딴딴-단단-타란타란 했고, 부드러운 멜로디가 흐르는 부분은 높은 두성으로 따라 불렀는데, 그 부분에서는 마치 폭풍으로 마구 흐트러진 하늘이 부드러운 빛을 받아 밝게 빛나는 듯 했다. 이윽고 그는 손을 무릎 위에 내려놓고 눈을 감고는 말했다. "이제 그 부분입니다." 그는 변주곡 형태의 2악장 '아다지오 몰토, 셈플리체 에 칸타빌레(매우 느리게, 가볍게, 그리고 노래하듯이)' 를 연주하기 시작했다.

모험과 운명을 표현하는 아리에타의 주제는 목가적인 순수한 분위기지만 결코 저절로 그리 된 것이 아니라 그렇게 구상한 것인데, 열여섯 마디가 하나의 모티브로 연결되어 있으며, 전반부 마지막에 영혼이 가득한 짧은 외침과도 같이 두드러진다. 오직 세 음, 즉 팔분음표, 십육분음표 그리고 점 사분음표로써 대략 '하-늘빛', '사모곡' 또는 '잘-가오', '그-옛날' 혹은 '초-원에' 와 같이 간단한 강약의 구조가 만들어진다. 그뿐이다. 이 부드러운 표현, 이 우울하고 고적한 구성양식이 리듬과 화음과 대위법을 통해 얻어낸 것, 작곡자가 이에 내린 축복과 형벌, 그 속에 담긴 암흑과 광명 즉, 냉기와 온기, 평온과 열정이 하나가 되는, 붕괴되고 재건되는 유리결정과 같은 영역, 이를 두고 사람들은 거대하고 놀랍고 새롭고 대단히 근사하다고 하겠지만, 이에 어떤 이름을 붙이려 하지는 않는다. 사실 원래 이름은 없다. 그리고 크레치마는 부지런히 손을 놀려 이 수많은 변화들을 연주해 보여 주었는데, 그러면서 가장 격정적인 목소리로 '빰빠바' 하고 음을 따라했고, "연속 트레몰로!" 하고 크게 소리쳤다. "장식음과 카덴차(악곡이 끝나기 직전에 독주자의 기교를 과시하기 위해 삽입한 화려하고 장식적인 부분 - 옮긴이)! 규범이 지켜진 것을 알겠습니까? 여기서…… 언어가…… 더는…… 형식에 의해…… 순화되는 것이 아니라, 형식이…… 주관이 지배하는…… 겉모습에 의해 순화됩니다…… 예술의…… 겉모습은 배제됩니다…… 종내에는…… 언제나 예술이…… 예술의 겉모습을…… 던져버립니다. 빰…… 빠바! 들어 보세요, 여기서…… 화음의 푸가(모방대위법에 의한 악곡 형식 - 옮긴이)가 어떻게 멜로디를 압도하는지! 멜로디는 정적으로, 단순하게 변합니다…… 레가 두 번, 세 번씩 연달아 나오지요…… 화음 때문에 그런 겁니다…… 빰…… 빠바! 자 이제 어떻게 되는지 잘 들어 보세요…….”

크레치마가 내지르는 소리와 복잡하게 얽힌 음악을 동시에 듣는 일은 무척이나 어려웠다. 우리는 모두 열심히, 상체를 앞으로 굽히고 두 손을 무릎 사이에 끼운 채 그의 손과 입을 번갈아 쳐다보며 알아들으려고 애썼다. 이 악장은 높은 음과 낮은 음이, 즉 연주자의 오른손과 왼손이 서로 멀리 떨어져 있는 것이 특징인데, 한 순간 그 가련한 모티브가 까마득하게 깊은 낭떠러지 위를 외롭고 처량하게 떠도는 듯한 극단적인 상황이 펼쳐진다. 아찔하도록 높은 곳까지 올라갔지만 곧 어떻게 이렇게 높이 올라올 수 있었는지 스스로 깜짝 놀라 두려움에 몸을 움츠리는 과정이다. 이 상황은 그러고도 많은 일이 벌어진 후에야 끝이 난다. 그러나 일단 끝나면, 그리고 끝이 남으로써, 수많은 분노와 고집과 집착과 망상 뒤에 다가온, 전혀 예기치 못한 온화하고 선량한 손길을 맞이하게 된다. 수많은 일을 겪은 모티브는 작별을 고하고, 그러면서 모티브 스스로가 이별 자체가 되는 동시에 이별의 외침과 손짓이 되는데, 이 레-솔-솔 모티브는 멜로디가 소폭으로 연장되는 가벼운 변화를 겪는다. 첫 음으로 도를 친 다음 레를 치기 전에 올림 도를 삽입하여, 더는 '하-늘빛', '초-원에' 가 아니라 '오-하늘빛', '초-원에서', '잘-가시오' 가 된다. 그리고 이 삽입된 올림 도는 세상에서 가장 감동적이고 가장 큰 위안을 주는 행위, 애통함을 딛고 화해하는 행위다. 이는 가슴 시리도록 넘치는 사랑으로 머리를, 뺨을 쓰다듬는 손길과도 같고, 마지막으로 다시 한 번 그윽하게 바라보는 고요한 눈길과도 같다. 이 음으로 사물이, 끔찍하게 휘몰아댄 표현양식이 감동적으로 의인화되는 축복을 받으며, 이별을, 영원한 이별을 맞이하여 어느새 청중의 가슴 속으로 부드럽게 파고든다. '괴로-움은 끝!' 이었다. '거룩-하신 님', '오직-꿈일 뿐', '늘-다정하게'. 그러고는 끝이 난다. 빠르고 강렬한 트레몰로가 서둘러 마지막을 향해 치닫는데, 다른 작품에 쓴다 해도 무리 없이 어울릴 만큼 평범한 마무리였다.

    크레치마는 그런 다음 피아노에서 연단으로 다시 돌아오지 않았다. 그는 우리를 향한 채, 우리와 같은 자세로, 상체는 앞으로 숙이고 손은 무릎 사이에 끼운 채 회전의자에 눌러 앉아 있었으며, 그런 채로 몇 마디 말을 덧붙여 베토벤이 111번 작품에 3악장을 쓰지 않은 이유에 대한 자신의 강연을 마쳤다. 작품을 들어보기만 하면 그 이유는 누구나 스스로 알 수 있을 것이라고 그는 말했다. 세 번째 악장이 필요했을까? 새로이 시작해야 했을까? 이런 이별 후에? 이렇게 헤어진 후…… 다시 만나야 하나? 말도 안 된다! 이 소나타는 2악장에서, 그 엄청나게 긴 악장에서 끝나도록, 끝나서 다시는 되풀이되지 않도록 되어있다는 것이었다. 그리고 자신이 "이 소나타"라고 한 말은 단지 이 다단조의 소나타만을 가리키는 것이 아니라 모든 소나타를, 소나타 장르를, 소나타라는 전통적인 예술형식을 의미한다고도 말했다. 소나타는 여기서 끝났다, 마지막에 이르렀다, 목표에 도달했고 운명이 다했다, 높이 치솟았다가는 소멸한다, 소나타는 이별을 고한다, 올림 도로 위안받은 레-솔-솔 모티브의 멜로디는 손을 흔들어 작별을 알리는 것이다, 이것은 또 다른 의미에서도 이별을 뜻한다, 작품만큼이나 거창한 이별, 소나타로부터의 이별이다.

    이 말을 끝으로 크레치마는 소리는 작지만 오래 지속되는 박수를 받으며 퇴장했고, 우리도 처음 듣는 이야기에 적잖이 생각을 기울이며 강당을 나왔다. 늘 오는 사람 대부분은 외투와 모자를 챙기고 회관을 나서면서 그날 저녁에 배운 것, 강연의 주제인 2악장의 모티브를 원형대로, 그리고 이별할 때의 형태로 흥얼거렸으며, 좀 떨어진 곳, 즉 청중들이 흩어지는 골목에서조차 '잘-가오', '잘-가시오', '거룩-하신 님' 하는 노랫소리가 꽤 오랫동안 밤의 적막을 뚫고 메아리처럼 울려 퍼졌다.

우리가 말더듬이 연사로부터 베토벤 이야기를 들은 것은 이번뿐이 아니었다. 얼마 안 가 그는 다시 베토벤에 대해 강연했는데, 이번에는 '베토벤과 푸가'라는 주제였다. 나는 이 주제도 정확히 기억하고 있으며, 마치 지금 내 앞에서 안내방송을 하는 것처럼 눈앞에 선한데, 이 주제도 지난번과 마찬가지로 '공익' 회관 강당에 수많은 인파가 몰려들어 위험한 사태를 초래할 염려는 없었다는 사실 또한 분명히 기억하고 있다. 그러나 그 강연을 들은 우리들 몇 안 되는 사람에게 그날 저녁은 크나큰 즐거움이자 소득이었다. 강연내용은 다음과 같았다. 출중한 신예를 시기하고 적대시하는 사람들은 언제나 베토벤이 푸가를 작곡할 줄 모른다고 주장했다. 그들은 "베토벤은 그건 못해"라고 말하며 그 말이 무엇을 뜻하는지도 의식하고 있었는데, 푸가라는 예술형식은 당시 대단히 중요시되었다. 작곡가가 푸가에서 자신의 재능을 완벽하게 발휘하지 못하면 작곡을 의뢰한 제후나 당시의 명사들을 결코 만족시키지 못했으며, 따라서 그런 작곡가는 음악세계의 법정에서 그 어떤 선처도 기대할 수 없었던 것이다. 에스터하지 후작은 푸가를 유난히 좋아했는데, 그를 위해 쓴 미사곡 다장조에서 베토벤은 푸가에 접근하려는 시도만 했을 뿐 아무런 성과도 보여주지 못했으니, 이는 사회적으로만 보더라도 무례한 행위요, 예술적으로는 용서할 수 없는 자질부족이라는 것이었다. 그리고 오라토리오 〈감람산의 예수〉는 푸가를 가장 비중 있게 다루어야 하는데도 푸가 작업을 한 흔적조차 없다고 했다. 59번 작품에서 세 번째 사중주에 시도한 푸가는 그 시도 자체가 워낙 미약한 수준에 그쳤으므로 베토벤 같은 위대한 작곡가를 두고 대위법을 모르는 사람이라고 하는 주장을 뒤엎기에는 불충분했다. 그런 주장 속에서 에로이카의 장송행진곡과 심포니 가장조 알레그레토에 나오는 푸가 부분은 권위적인 음악의 세계를 더욱 지지할 뿐이었다. 그러니 '알레그로 푸가토(빠르게 푸가 기법으로)'라고 이름 붙인 첼로 소나타 라 장조 작품 102의 마지막 악장에 대해서는 오죽했을까! 청중은 주먹을 흔들며 심하게 야유했다고 크레치마는 말했다. 뭔지 모르겠다는 반응에서부터 도저히 들어줄 수 없다는 반응에 이르기까지 사람들은 이 작품 전체에 비난을 퍼부었는데, 전대미문의 혼란이, 그들의 말에 의하면 적어도 스무 마디 동안이나 지속되니—주로 조옮김의 특징이 지나치게 뚜렷했기 때문이었다—이 곡을 듣고 나면 베토벤은 엄격한 양식에는 무능한 작곡가라는 주장에 더는 토를 달지 않게 된다는 것이었다.

    몇 가지 사실을 분명히 하기 위해 잠시 그 강연에 대한 묘사를 중단하고자 한다. 연사가 이야기한 일들, 사건들, 예술상황들은 여전히 우리의 시야에 잡히지 않았고 그저 지속적으로 더듬는 그의 말을 통해서 그 윤곽만 어렴풋이 드러났을 뿐인데, 우리는 그를 통제할 수 없었고, 그는 피아노 앞에 앉아 설명을 돕기 위해 연주를 할 때만 말을 멈추었다. 우리는 그 모든 것을 몽롱한 환상 속에서 들었으며, 이는 어린아이가 이해하지도 못하는 동화에 귀를 기울이며 펼치는 환상의 세계와도 같은 것이었다. 이럴 때 아이의 연약한 정신은 기묘하게도 꿈과 같은 예지를 통해 풍부하게 커간다. '푸가', '대위법', '에로이카', '너무 특이한 조옮김으로 인한 혼란', '엄격한 양식', 이런 말들은 사실 우리에게는 모두 동화 속에 나오는 말들이었지만 우리는 그 말을 매우 열심히, 눈을 크게 뜨고 들었는데, 그때 우리의 모습은 이해할 수 없는 이야기를 듣는, 사실 수준이 너무 높은 이야기를 듣는 아이들과도 같았다. 이럴 때 아이들은 익숙하고 편한, 그들 수준에 잘 맞는 이야기를 들려줄 때보다 훨씬 더 좋아한다. 이런 것이, 아직 배우지 않은 구간을 훌쩍 뛰어넘어 미리 앞당겨 배우는 것이 가장 알차고 가장 우수하며, 어쩌면 가장 효과적인 학습방법이라고 말하면 사람들이 믿을까? 교육자인 내가 이런 말을 해서는 안 되겠지만, 나는 청소년들이 이런 학습방법을 대단히 선호한다는 사실을 알고 있으며, 건너뛴 부분은 시간이 흐르면서 저절로 채워진다고 믿는다.

우리는 베토벤이 푸가를 작곡할 줄 모른다고 소문났다는 이야기를 듣고 이런 악의에 찬 뒷말이 사실과 얼마나 일치하는지 궁금했다. 그는 이 소문을 잠재우려고 애쓴 것 같았다. 이 후 작곡한 피아노곡 가운데는 푸가를 쓴 것이 많은데, 〈하머클라비어 소나타〉와 〈소나타 내림 가장조〉의 푸가는 3악장으로 되어있다. 언젠가는 한 작품에 '어느 정도 자유롭게'라는 말을 덧붙였는데, 이는 그가 원칙을 지키지 않았다는 사실을 의식하고 있다는 증거였다. 그가 왜 푸가 규칙을 소홀히 했는지, 절대주의 사상 때문인지, 아니면 그것을 숙달하지 못해서 그런지에 대해서는 여전히 논란이 많다. 또 이러한 구조를 엄밀한 의미에서 푸가라고 해도 되는지도 논란의 대상으로 남아있다. 이 곡은 소나타적인 특성이 너무 강하고 표현을 지나치게 강조했으며 화성적 특징도 너무 두드러졌으므로, 대위법을 모른다는 비난으로부터 벗어나기에는 불충분해 보였고 실제로 도움을 주지도 못했다. 그러나 그 후 작곡한 위대한 푸가 서곡 작품 124와 장엄미사 중 글로리아(대영광송)와 크레도(사도신경)의 장중한 푸가는 이 싸움의 승자가 누구인지를 가리는 것이었으며, 베토벤은 이 대결에서 천신만고 끝에 승자로 등극했다.

크레치마는 끔찍한 일화를 들려주었는데, 그 이야기는 우리에게 고통에 시달리는 베토벤과 그가 푸가와 벌인 신성한 싸움에 대해 결코 지워지지 않을 강렬한 인상을 심어주었다. 1819년의 한여름에 베토벤은 뫼들링의 하프너하우스(베토벤이 살았던 집. 현재 베토벤 기념관이 있는 곳 - 옮긴이)에서 장엄미사를 쓰고 있었는데, 악장마다 예상했던 것보다 훨씬 길어져 마감일인 이듬해 3월까지 즉, 루돌프 대공의 올뮈츠 교구 대주교 취임식 미사까지 완성하지 못할 지경이었다. 어느 날 오후 베토벤을 찾아온 음악가 친구 두 사람은 집으로 들어가는 순간 놀라운 일을 겪고 말았다. 그날 아침 하녀 둘이 집을 나가 버렸는데, 전날 밤 한 시경 잠시 눈을 붙이고 있던 두 하녀는 집이 떠나갈 듯한 소리에 놀라 잠이 깼다. 주인은 그날 저녁과 밤늦게까지 크레도 작곡에, 크레도의 푸가 절(節) 작곡에 몰두하느라 저녁식사도 잊고 있었으며, 하녀들은 기다리다 지쳐 잠이 들고 말았다. 이윽고 베토벤은 열두 시와 한 시 사이에 식사를 요구했으나 하녀들은 잠들어 있고, 음식은 차갑게 식어 딱딱하게 굳어 있었다. 이에 베토벤은 무섭게 화를 냈고, 옆집에도 들릴 정도로 고래고래 고함을 질렀다. 자신은 귀머거리여서 그 소리를 듣지 못했으니까. "너희들은 한 시간을 참고 기다릴 수 없나?" 하고 그는 거듭해 소리를 질렀다. 그러나 사실은 다섯 시간, 여섯 시간이었으며, 마음이 상한 하녀들은 난폭하기 짝이 없는 주인을 홀로 내버려 둔 채 새벽 어스름에 멀리 도망가 버렸으므로 그는 그 날 점심식사도 못했고, 전날 점심때부터 줄곧 아무것도 먹지 못한 채 자기 방에서 크레도를 작곡하느라, 크레도의 푸가 절을 작곡하느라 여념이 없었다. 두 친구는 문이 잠긴 방 안에서 그가 일하는 소리를 들었다. 귀머거리 작곡가는 노래를 부르고, 음을 길게 빼고, 발로 박자를 맞추었다. 문에 귀를 대고 있던 친구들은 그 소리를 듣고 있자니 온몸에 소름이 끼치고 피가 얼어붙는 것 같았다. 그들이 조심스럽게 그곳을 떠나려 하는 순간 문이 열리고 그곳에 베토벤이 서 있었다. 그 모습이란! 이렇게 끔찍할 수가! 옷매무새는 엉망으로 흐트러져 있었고 무서울 정도로 형편없는 몰골을 하고 있었으며 번득이던 두 눈은 황량하고 넋이 빠진 듯 했는데, 두 친구를 응시하는 그의 모습은 마치 모든 대위법의 악마들과 맞서 사투를 벌이고 돌아온 사람과도 같았다. 그는 처음에 횡설수설하더니 곧 모두들 가버렸다고, 자기를 굶게 내버려 두었다고 하며 달아난 하녀들을 책망하는 탄식을 터뜨렸다. 친구들은 그를 진정시켰다. 한 사람은 그의 매무새를 단정히 해주고, 또 한 사람은 그가 건너뛴 끼니를 만회하는 데 필요한 음식을 구하러 음식점으로 달려갔다……. 이 미사곡은 그 후 3년이 지나서야 완성되었다.

우리는 그 곡을 몰랐다. 다만 그 곡에 대해 방금 들었을 뿐이었다. 그러나 알지 못하던 위대한 작품에 대해 듣는 것만으로도 교양이 된다는 사실을 누가 부정하겠는가. 물론 그 위대한 작품을 말로 어떻게 전달하느냐에 따라 많은 것이 달라진다. 벤델 크레치마의 강연을 듣고 집으로 향하면서 우리는 그 미사곡을 들은 듯한 느낌이 들었는데, 거기에는 우리에게 각인된, 굶주린 채 밤새워 일하고 문 앞에 선 거장의 모습이 크게 작용했다.

그 다음 강연에서 다룬 작품도 베토벤의 마지막 다섯 작품 가운데 하나였다. 크레치마가 '사중주 음악의 괴수'라고 일컬은 이 작품은 6악장으로 되어 있는데, 장엄미사를 완성하고 5년 뒤에야 발표되었으며, 니콜라우스 레버퀸의 집에서 연주하기에는 너무 어려운 곡이었으므로 우리는 들어본 적이 없었다. 크레치마가 두근거리는 가슴으로 그 곡에 관해 하는 이야기를 들었을 뿐이다. 오늘날 우리가 이 작품에 보내는 익히 알고 있는 찬사와, 베토벤의 동시대 사람들이 느꼈던, 가까운 친구들과 숭배자들조차도 어쩔 수 없었던 안타까움 사이의 대립관계를 어렴풋이 이해하면서. 그들은 이 작품에 대해 회의적이었는데, 일차적으로는—전적으로는 아닐지언정—마지막 푸가 때문이었다. 이것이 바로 크레치마가 이 주제를 다룬 이유였다. 소리를 들을 수 없었던 작가가 상상에만 의존해 창작해낸 이 곡을 듣다보면 청각이 정상인 사람도 귀가 막힐 지경이므로, 동시대 사람들에게는 끔찍한 곡이었다. 즉, 각 악기의 음들이 서로 교차하면서 기괴한 불협화음을 내는 가운데 최고음에서 최저음으로 정신없이 넘어가며 무절제하고 불규칙적인 혼란과 거친 혼전이 펼쳐지는데, 연주하는 사람들도 제대로 연주하고 있는지, 작품을 제대로 해석했는지 자신이 없었을 뿐만 아니라 정확하게 연주해내지도 못했을 정도로, 그렇게 바빌론의 대혼란은 완성되었다. 연사는 이 작품에서 감각의 장애가 정신적인 능력을 끌어올렸다는 사실을 알 수 있고, 아름다움에 대한 미래의 개념을 앞당겨 보여주었으며, 이는 가히 충격적이라고 말했다. 이 마지막 악장은 그 후 출판업자의 요구에 의해 곡 전체에서 분리되어 자유로운 형식의 악장으로 대체되었으므로 우리는 오늘날 거기에서 분명한 형식, 익숙한 형식밖에는 볼 수가 없으니, 시류에 아첨하지 않고는 일이 되지 않는 모양이라고 크레치마는 말했다.

    출판업자는 자신의 주장을 피력하느라 입에서 불을 뿜었다고 크레치마는 설명했다. 그 출판업자의 주장에 의하면 이 작품에서 이런 식으로 푸가를 공격하는 데는 모종의 증오와 폭력이 의심된다는 것이었다. 이는 이 예술형식을 철두철미 불편하게 여기고 문제시하는 태도의 발로다, 이러한 태도는, 몇몇 사람의 의견에 따르자면, 베토벤과 같은 대가가 그보다 더 위대한 대가인 요한 세바스찬 바흐를 대하는 태도에서도 알 수 있다, 바흐는 이제 사람들의 기억 속에서 사라지다시피 했고, 빈에서는 개신교도 작곡가의 음악에는 특히나 관심이 없었다, 베토벤에게는 헨델이 왕 중의 왕이었고 그 외에 케루비니도 대단히 좋아했다, 베토벤은 케루비니의 〈메디아〉 서곡을 청력을 잃기 전에 듣고 또 들었다, 그러나 바흐 작품 가운데 베토벤이 심취했던 작품은 매우 적었다, 몇 편의 모테트(종교적 성악곡의 한 형식 - 옮긴이), 〈평균율 피아노 곡집〉, 토카타(즉흥적이고 화려한 형식의 악곡 - 옮긴이) 한 곡 그리고 이것저것 한데 묶은 악보집 한 권 정도였다, 그런데 이 악보집에는 누가 썼는지 모르는 쪽지가 하나 끼워져 있었다, 그 쪽지에는 "바흐의 작품을 얼마나 제대로 평가하는지를 보면 그 사람이 음악에 대해 얼마나 알고 있는지 알 수 있다"는 말이 적혀 있었다, 그러나 그 악보집 주인은 이 쪽지의 앞, 뒤쪽에 악보 필기용 펜으로 굵게, 분노 섞인 물음표를 그려 놓았다는 것이었다.

이 모든 이야기는 재미있지만 역설적이라고 크레치마는 말했다. 그 시대 사람들이 바흐와 좀더 친숙했다면 베토벤의 음악정신을 보다 쉽게 이해할 수 있었을 것이기에 그렇다고 했다. 그러나 크레치마가 전하는 진상은 다음과 같았다. 푸가의 정신은 음악의 역사상 제식음악(祭式音樂)에서 비롯되었는데, 베토벤 시대의 음악은 이미 이러한 정신과는 거리가 있었다. 즉, 음악은 이미 제식에서 해방되어 문화적인 개념으로 발전해 있었고, 베토벤은 이러한 비종교적 음악의 거장이었다. 그러나 그 해방은 언제나 일시적이었을 뿐 한번도 완전한 해방이 되지는 않았다. 19세기에 콘서트 홀 연주용으로 쓴 미사곡들, 브루크너의 심포니들, 브람스의 종교음악, 그리고 바그너의 음악 가운데 적어도 〈파르지팔〉에서 이 오랜, 결코 완전히 단절된 적이 없는 제식과의 관계를 분명히 알 수 있다. 베토벤의 경우, 그는 베를린 합창단에 장엄미사 공연을 의뢰하기 위해 합창단장에게 쓴 편지에서 이 작품은 얼마든지 아카펠라(기악 반주가 없는 폴리포니 합창음악. 주로 교회용 음악을 나타낸다 - 옮긴이)로 연주할 수 있다고 했다. 뿐만 아니라 한 부분, 즉 키리에(자비송 - 옮긴이)에서는 기악 반주를 완전히 배제했는데, 이 양식이야말로 단 하나의 진정한 교회음악이라 생각한다고 덧붙였다. 이때 그가 팔레스트리나(16세기 이탈리아의 작곡가 - 옮긴이)나 네덜란드 악파의 대위법에 의한 폴리포니 성악양식을 염두에 두고 있었는지는 알 수 없지만, 이 양식에 대해서는 루터도 이상적인 음악양식이라 한 바 있으며, 특히 조스캥 데프레(15세기 말~16세기 초에 활동한 프랑스의 작곡가 - 옮긴이)와 베니스 악파의 창시자인 아드리안 빌라르트의 곡을 좋아했다. 아무튼 베토벤의 말에는 제식에서 해방은 되었으나 여전히 제식과 연결되어 있는 음악이 제 뿌리를 찾아 귀향하고자 하는, 꺼지지 않는 갈망이 표출되어 있으며, 그가 푸가에 쏟은 막대한 노력은 열정 넘치는 행동주의자가 예술성이 풍부하면서도 차분한 악장 형식을 얻기 위해 치른 투쟁이었다. 그 형식은 숫자와 음 길이가 지배하는 엄격한 추상의 세계에서, 열정이 배제된 세계에서 신을, 수많은 행로가 얽혀있는 이 우주의 통치자를 낮은 자세로 찬미했다.

　이상이 '베토벤과 푸가'에 대한 벤델 크레치마의 강연이었다. 정말이지 그 강연은 우리가 집으로 돌아가는 길에 나누는 대화의—또는 침묵의—주제가 되었거나, 우리로 하여금 새로운 것, 밀려 있는 것, 위대한 것에 대하여 막연하나마 조용히 사색에 빠지게 만들었다. 이는 크레치마가 때로 물 흐르듯 잘나가는 말로, 때로 지독하게 막혀 더듬는 말로 우리의 영혼에 심어준 것들이었다. 내가 우리의 영혼이라고는 했지만 사실은 아드리안의 영혼만을 말한 것이다. 내가 무엇을 듣고 무엇을 받아들였는지는 전혀 중요하지 않다. 그러나 이러한 강연의 내용이 내 친구를 자극했다는 사실, 그에게 깊은 인상을 심어 주었다는 사실, 독자들은 이 점을 잘 알아두어야 하며, 내가 벤델 크레치마의 강연을 이토록 상세하게 보고하는 이유도 여기에 있다.

그의 설명은 대단히 집요했고 어쩌면 강압적이기까지 했지만 그는 분명 정신세계가 풍부한 사람이었다. 이러한 사실은 그가 한 말이 아드리안 레버퀸과 같이 똑똑한 소년의 정서에 자극적으로 작용하여 어떤 사고를 하도록 그를 유도했다는 데서도 알 수 있었다. 아드리안이 가장 깊은 감명을 받은 이야기가 무엇이었는지는 집으로 가는 길에서나 다음 날 교정에서 알 수 있었는데, 그것은 바로 음악이 교회로부터 독립한 일, 신에 대한 의례에서 분리된 사건이 단지 피상적인 일화와도 같은 성격이라는 이야기였다. 이 김나지움 7년생은 강연에서 언급되지는 않았지만 자신의 머릿속에서 불붙은 생각에 사로잡혀 있었다. 그는 예술은 제의적(祭儀的)인 한계에서 해방되어 고독한 개체로, 문화적 목적 자체로 승화되면서 대상 없이도 경건해야 하고 절대적으로 진지해야 하는 부담을 얻었으며, 문 앞에 나타난 베토벤의 끔찍한 모습에서 표출된 비장한 열정도 이러한 부담 가운데 하나라고 했다. 그러면서 자신은 음악의 운명이 반드시 이러해야 한다고는 생각하지 않으며, 이러한 열정 앞에 지속적으로 방어적인 자세를 취하는 것이 음악의 정신이라고 생각하지도 않는다는 것이었다. 이 아이가 무슨 말을 하는 건가! 예술분야에서 쌓은 실제 경험이 아직은 전무하다시피 한 상태에서 그는 나이에 걸맞지 않은 어려운 말로 오늘날 통용되는 음악의 기능이 앞으로는 좀더 겸허한 기능으로, 숭고한 집단을 위해 헌신하는 더 행복한 기능으로 다시 바뀔 것이라는 상상을 펼쳤는데, 여기서 숭고한 집단이란 반드시 교회를 뜻하는 것은 아니라고 했다. 그것이 무엇이 될지는 그도 말할 수 없었다. 그러나 예술의 이념은 역사적으로 일시적인 현상이고, 따라서 다시 다른 이념으로 교체될 수 있으며, 예술의 미래가 반드시 밝지만은 않다는 점은 아드리안이 크레치마의 강연 가운데서 특별하게 생각했던 내용이었다.

"하지만 문화가 없다면 야만뿐이야." 나는 던지듯 말했다.

"내 생각에는" 하고 그가 말했다. "야만이 문화의 반대라는 말은 그렇게 정한 우리의 사고체계 내에서만 유효해. 이러한 사고체계를 벗어나면 야만의 반대는 전혀 다른 것일 수도 있고 아예 반대가 없을 수도 있어."

"산타 마리아!' 나는 이 말을 할 때 가슴에 성호를 그으며 루카 치마부에를 흉내 냈다. 그는 짧게 웃음을 터뜨렸다.

또 한 번은 그가 이런 말도 했다.

"진정한 문화의 시대에는 우리 시대가 갖고 있는 문화라는 개념이 없었던 것 같지 않아? 문화를 소유했던 시대들이 문화라는 말을 알기나 했을까? 문화라는 말을 사용하고 입에 올렸을까? 순수함, 무의식, 당연함이야말로 문화를 측정할 때 첫 번째로 적용해야 할 기준이야. 우리에게 결여되어 있는 것은 바로 이 순수함이야. 말하자면 그 부족함이 우리를 여러 가지 조야한 야만으로부터 지켜주는데, 이러한 야만은 문화와도, 심지어 매우 높은 문화와도 별 문제없이 공존해. 나는 우리 시대가 교양의 단계라고 봐. 물론 의심의 여지없이 칭송받을 만한 수준이지. 하지만 우리가 다시 문화를 누리려면 훨씬 더 원시적으로 되어야 한다는 점에도 의심의 여지가 없어. 기술과 편리함. 사람들은 그것으로써 문화에 대해 말하지만 그들에게 문화는 없어. 과거의 대위법적 다성 문화와 달리 동음의 멜로디로 처리한 음악이 우리 시대의 음악적 교양수준이라고 한다면 반박할래?'

그는 이러한 말로 나를 놀리고 혼란스럽게 만들었는데, 그 가운데는 다른 사람이 한 말을 단순히 따라 한 것도 많았다. 그러나 그는 들은 것을 나름의 방식으로 재생해내는 특유의 능력이 있었으므로 따라 한 말도, 스스로 생각해낸 말이 아니라는 표시는 났지만, 가소롭게 들리지는 않았다. 그는 크레치마의 강연 가운데 '눈으로 보는 음악'에 대해 많은 이야기를 했고, 대화를 주고받으며 나 또한 많은 이야기를 했다. 그 강연도 많은 사람이 들었다면 좋았을 법한 내용이었다. 제목이 시사하듯이 연사는 음악이 시각적으로 작용하는 범위에서, 정확히 말해 시각적으로도 작용하는 범위에서 어떻게 기록되고 표현되는지 상세하게 설명했는데, 사람들은 선과 점으로 음의 움직임을 대략적으로만 표시했던 네우마(중세 초기의 음악 기록방법 - 옮긴이)의 시대 이래로 대단히 조심스럽게 음을 기록해왔다고 했다. 크레치마가 이에 대한 증거로 제시한 것은 대단히 재미있었으며 음악계 내부 관계자들만이 아는 은밀한 이야기가 폭로되는 양 솔깃한 것이었다. 음악계의 은어 가운데는 청각적인 것이 아니라 시각적인 것, 악보를 통해 나타나는 것들이 있었다. 이를테면 저음의 멜로디를 구성하는 분산화음은 이분음표를 둘씩 묶어 표기하므로 안경 모양과 비슷하다고 해서 '오키알리(이탈리아 어로 '안경' - 옮긴이)'라 하고, 가까운 두 음이 위 아래로 겹쳐 눌린 모양으로 일정한 간격을 두고 이어지는 것은(그는 칠판에 악보를 그려 보였다) '구두약 얼룩'이라 한다고 했다. 그는 단순히 눈에 보이는 모양을 기록한 음악도 있으며, 전문가라면 그런 악보를 한 번만 보면 그 음악에 담긴 정신과 가치를 읽을 수 있다고 했다. 자신의 경우 한 동료가 찾아왔을 때 자신이 쓴 어설픈 작품이 악보 받침대에 펼쳐져 있었는데, 친구는 이를 보자마자 "세상에! 뭐 이런 형편없는 걸 하고 있어?!" 하고 소리쳤다는 것이다. 또한 모차르트의 총보는 음역이 분명하고 악기 별 배분이 잘 되어 있으며, 멜로디의 흐름이 멋있고 변화무쌍한 선을 그리므로, 악보를 볼 줄 아는 사람이라면 보는 것만으로도 즐겁다고 했다. 소리를 들어본 적이 없는 귀머거리도 이 악보를 보면 즐거움을 느낄 수 있을 것이라고 그는 외쳤다. 그는 '눈으로 듣는 일은 사랑이 발휘하는 멋진 기지(機智)' 라는 셰익스피어의 소네트 한 구절을 영어로 인용하며, 어느 시대든 작곡가들은 악보에 많은 비밀을 기록해 두었는데 이는 듣는 귀를 위한 것이라기보다는 읽는 눈을 겨냥한 행위였다고 말했다. 네덜란드의 폴리포니 음악 작곡가들은 수많은 작품에서 한 악절의 끝이 다음 악절의 시작과 맞물리는 곳의 대위법적인 관계를 이 악보를 뒤에서부터 거꾸로 읽으면 한 성부가 다른 성부와 같아지도록 작곡했는데, 이는 음을 청각으로 인지하는 것과는 별 상관이 없었으므로 장담하거니와 들어서 알아차리고 좋아한 사람은 극히 드물었을 게 분명하며, 그보다는 전문가의 눈을 염두에 둔 행위였다는 것이다. 이를테면 라소(16세기 네덜란드의 작곡가 - 옮긴이)는 가나(예수가 죽기 직전 물로 포도주를 만든 기적을 보인 곳 - 옮긴이)의 혼례에 나오는 물동이 여섯 개를 6부의 음성으로 표현했는데, 들을 때보다 눈으로 보면 훨씬 더 잘 이해되는 부분이다. 요아힘 폰 부르크(16세기 후반부터 17세기 초까지 활동한 작곡가 - 옮긴이)는 〈요한 수난곡〉에서 예수의 뺨을 때린 '경비병 한 사람' 은 단 하나의 음표로 표현하고, 연이은 악절에 나오는 가사 '그와 더불어 두 사람' 에서 '두 사람' 에는 두 개의 음표를 배당했다.

 크레치마는 피타고라스의 음악이론에 바탕을 둔 장난 몇 가지를 더 소개했다. 귀보다는 눈을 노린, 어느 정도 귀를 속이며 때때로 그러면서 우쭐거리는 장난들이었는데, 그는 자신이 최근에 분석한 것이라며 이러한 장난의 원인을 이 예술형식의 근본적인 성격에서 찾았다. 즉, 음악은 근본적으로 관능을 멀리하는 성격이라서 금욕적 성향이 은밀하게 내재되어 있다는 것이다. 실제로 음악은 모든 예술 가운데 가장 관념적인 예술이며, 음악에서와 같이 형식과 내용이 서로 융합되어 완전히 하나가 되는 예술은 없다는 사실이 이를 증명한다는 것이다. 사람들은 흔히 음악이 '귀에 호소한다'고 하지만 이 또한 전적으로 맞는 말은 아니며, 청각은 다른 감각과 마찬가지로 정신적인 것을 전달하고 받아들이는 대체기관일 뿐이라고 했다. 실제로 연주 목적이 아닌 음악, 연주를 배제한 음악도 있는데, 이를테면 바흐가 작곡한 6부 카논(돌림노래)이 이런 음악에 속한다. 바흐의 카논은 프리드리히 대제의 사상을 표현한 곡인데, 인간의 목소리나 악기의 소리를 통해 감각적으로 구현시키기 위한 작품이 아니라 음악 자체로서의 음악, 순수 추상으로서의 음악이었다. 음악은 어쩌면 듣거나 보거나 느끼는 대상이 되기보다는 가능하기만 하다면 감각을 초월한 곳에서, 심지어 기분까지도 초월한 순수 관념의 세계에서 수용되고 관찰되기를 더 원할 것이라고 크레치마는 말했다. 감각의 세계와 결부된 상태로는 관능적인 성격만 점점 더 강해지고 진해질 뿐이므로 자신의 의지와는 달리 욕망의 팔로 바보의 목을 부드럽게 감싸는 쿤드리(바그너의 오페라 〈파르지팔〉의 여자 주인공 - 옮긴이)가 될 뿐이다. 음악을 가장 감각적으로 구현하는 것은 오케스트라에 의한 기악연주인데, 이런 음악은 귀를 통해 모든 감각을 자극시키고, 소리의 쾌락이 색과 냄새의 쾌락과 하나로 녹아 아편과도 같이 정신에 스며든다. 이 때 음악 자체는 속죄를 통해 마법에서 벗어나고자 하는 참회자와도 같은 입장이 된다는 것이다. 그러나 악기 가운데는, 다시 말해 음악을 구현하는 도구 가운데는 청각적으로 음악을 구현하기는 하지만 관능적인 부분을 대거 배제하고 음악을 거의 추상적으로 표현하는 악기가 있다고 했다. 따라서 음악의 관념적인 본질을 표현하기에 적합한 악기라 할 수 있는데, 그것이 피아노라는 것이었다. 크레치마는 그날 저녁 피아노에 관한 이야기로 넘어갔다. 그 이야기는 대단히 재미있었다. 자기가 어떤 악기에 대해 좋지 않게 말할 때는 베를리오즈와 같이 기악음악에 막대한 기여를 한 작곡가를 나쁘게 해석하려는 의도에서 그러는 것이 아니라며 그레치마는 말을 이었다. 피아노는 소리를 오래 끌지도 못하고 크게 키우거나 약하게 줄일 수도 없다. 이러한 특징은 오케스트라 연주에서도 뚜렷하게 나타난다. 이 악기는 추상화를 통해 모든 것을 평준화해버린다. 오케스트라에 도입된 피아노 연주에서는 피아노의 본질이 도입되는 것이므로 흔히 기악곡의 흔적을 찾아보기가 쉽지 않다. 그렇다면 사람들은 피아노를 보는 순간 추상화 과정 이전의 단계를 떠올릴 것이다. 즉 피아노는 실존적 개체에 대한 경험을 상기시켜주는 도구에 지나지 않을 것이다. 그러나 피아노 음악의 추상성은 높은 품격을 의미한다. 이는 곧 음악 자체의 품격이며 이러한 품격은 음악의 관념성에서 나온 것이다. 따라서 피아노를 듣고 그 음악이 하는 말을 듣는 사람은, 오로지 피아노만을 위해 작곡된 위대한 음악이 하는 말을 듣는 사람은 감각의 도움 없이도 또는 순수 관념의 감각만으로도 음악을 듣고 볼 수 있다는 것이었다. 오케스트라의 영웅이자 수많은 대작을 남긴 악극의 거장 리하르트 바그너가 만년에 〈하머클라비어 소나타〉를 다시 한 번 들을 기회가 있었다. 그때 바그너는 무아지경으로 몰입한 상태에서 이 "순수한 존재의 스펙트럼"(이는 바그너 자신이 한 표현이다)에 대해 감탄하며 고향인 작센 지방 말로 이렇게 말했다고 한다. "이 곡은 피아노만이 가능해. 수많은 청중 앞에서 연주하려면 피아노라야 돼. 정말 대단해!" 노련한 악기의 마술사가 피아노와 그 음악에 대해 이토록 극찬을 하다니! 이 찬사는 피아노의 본질을 극화(劇化)한, 금욕과 세속적 욕망

사이의 갈등을 잘 나타내는 말이었다.

이상이 한 악기에 대한 오늘의 이야기라고 크레치마는 말했다. 피아노는 특별한 것을 거부하기 때문에 다른 악기들과는 그 의미가 전혀 다르다. 물론 피아노 솔로도 있고, 피아노가 대가의 재능을 키워주는 도구이기도 하지만 이는 특수한 경우다. 아주 엄밀히 말하자면 이는 피아노를 잘못 사용하는 행위다. 피아노는 정확히 말해 음악의 관념성을 직접적이며 독자적으로 대표하는 악기다. 따라서 사람들은 피아노를 배워야 한다. 그러나 피아노 교습이 특정한 재능을 키우기 위한 교육이 되어서는 안 된다. 적어도 그것이 주된 내용이 되거나 궁극적인 목적이 되거나 또는 처음 피아노를 배우는 동기가 되어서는 안 된다. 피아노 교습의 주된 목적은 바로 으, 으, 으, 으……

"음악교육!" 하고 몇 안 되는 청중 사이에서 누군가 한 사람이 외쳤다. 연사는 이 마지막 말을 그 전에 그토록 여러 번 말하고도 첫소리에 막혀 끝내 입 밖에 내지 못하고 있었다.

"그렇죠! 음악교육이어야 합니다." 그는 홀가분해져 이렇게 말하고, 물을 한 모금 마신 후 퇴장했다.

내가 벤델 크레치마를 한 번 더 등장시키는 데 대해 부디 양해를 구하는 바이다. 그의 네 번째 강연도 내게는 중요한 사건이다. 여기서도 내 이야기를 하려는 것이 아니라, 그 이야기를 그만 두느니 차라리 앞에 묘사한 한두 가지를 빼는 편이 더 나을 만큼 아드리안은 그 어떤 강연보다 이 강연에서 깊은 감명을 받았기 때문이다.

그 강연의 제목이 무엇이었는지 정확하게 기억나지는 않는다. '음악의 기본요소'였든지, '음악과 그 구성요소'였든지, 아니면 '음악의 본질'이었든지, 또는 그와 비슷한 다른 제목이었을 것이다. 아무튼 본질이나 기본, 원초적인 것과 관계된 주제였다. 이와 더불어, 모든 예술 가운데 특히 음악은 수백 년의 세월이 흐르는 가운데 그 구조가 매우 복잡하고 풍요롭고 세련되게 발전했지만, 태초의 상태를 경건하게 기억하고 그것을 엄숙하게 맹세하며 기리기를 포기한 적이 없다는, 간단히 말해 그 기초적인 구성요소를 기념하는 일을 한번도 소홀히 한 적이 없었다는 주장 또한 큰 비중을 차지했다. 즉 음악의 본질은 우주와 비견된다고 크레치마는 말했다. 음악의 기본요소는 이 세상을 형성하는 가장 단순한 초석이고 음악과 우주 사이의 일치성은 이미 지난 날 어느 철학적인 예술가가—이번에도 바그너 이야기였다—현명하게도 자신의 음악에 이용했다. 우주의 진화에 얽힌 신화를 다룬 〈니벨룽의 반지〉는 음악의 구성요소를 세상의 구성요소와 일치시켜 나타낸 작품이다. 이 작품에서는 모든 사물의 시초에 음악이 있는데 그것은 태초의 음악인 동시에 음악의 시원(始原)이다. 여기서는 물결치는 라인 강 아래의 세계를 나타내는 내림 마장조의 삼화음이 바로 그것인데, 일곱 개의 기본화음이 마치 원생 암석을 깎아 만든 대규모 석자재인 양, 이것을 재료로 신들의 성을 지었다고 했다. 바그너는 위대한 양식으로 음악을 사물과 결합하여 그 사물을 음악으로 표현함으로써 음악의 신화로 세상의 신화를 대변했고, 함축적인 동시성의 도구를 멋지게 창조했다. 이는 내림 마장조 작품에서도 지극히 장대하고 의미심장하게 나타나 있다. 비록 완벽을 추구했던 베토벤이나 바흐의 예술과 비교해 볼 때, 이를테면 바흐의 첼로 모음곡 서주에 나타난 기본요소 표현과 비교해 볼 때 작품의 끝부분이 좀 지나치게 약삭빠른 느낌이 있지만, 바그너의 작품에서는 첼로 음이 기본 삼화음을 바탕으로 바로 인접한 조(調)만 건드리면서 가장 단순한 것, 가장 기본적인 것, 다시 말해 순수한 진실을 이른바 순결하게, 악의 없이 표현한다는 것이다. 천연의 순수성을, 이러한 창조물의 극명한 순결성을 받아들이기 위해서는 (연사는 보충 설명을 할 때 사용하는 피아노 앞에 앉은 채 말했다) 마음이 '깨끗이 청소되어' 있어야, 즉 마음을 완벽하게 비우고 준비할 수 있어야 하는데, 이는 성서에도 명시되어 있듯이 신을 영접하기 위한 조건이라고 했다. 그리고 크레치마는 안톤 브루크너(19세기 오스트리아의 작곡가 - 옮긴이)가 오르간이나 피아노로 단순한 삼화음 연결을 연주하며 피로를 풀곤 했던 일을 상기했다. 브루크너는 "단순한 삼화음의 연속보다 더 감동적인 것이 있을까? 이보다 더 멋진 것이 있을까? 영혼을 씻어주는 물과도 같지 않은가?"라고 외쳤다고 한다. 이 말도 기초적인 것으로 되돌아 가 그 근본적인 시작에 스스로 감탄하는 음악의 경향을 증명하는 말이며, 이에 대해서는 생각해 볼 가치가 있다고 크레치마는 말했다.

그의 강연은 계속되었다. 음악의 문명화 이전 단계에 대한 이야기, 그 시절 노래는 단순히 여러 음높이를 거쳐 길게 내던 소리였다는 사실, 규범화되지 않은 혼란스러운 음들로부터 조성(調性)의 체계가 탄생한 이야기, 단성악곡(單聲樂曲)이 서기 1천 년까지도 유럽의 음악을 지배했던 이야기와 우리의 귀는 화성에 길들여져 있어 어떤 음을 듣더라도 자연스럽게 화음과 연결시키게 되므로 우리로서는 그런 음악을 상상하기 어렵다는 이야기, 당시에는 화음이 필요하지도 않았을 뿐더러 화음을 생성할 줄도 몰랐다는 이야기를 했다. 뿐만 아니라 초기에는 음악을 연주할 때 일정한 박자와 시간간격에 맞춘 리듬도 거의 없다시피 했는데, 옛 악보에 구속성을 무시하는 이러한 경향이 분명하게 나타나 있는 것으로 보아 음악교육은 자유로운 연주, 즉흥연주가 그 목적이었을 것이라는 말도 했다. 그런데 음악을 관찰해 보면, 음악이 도달한 최후의 발전단계를 자세히 살펴보면, 그 속에서 이전 단계로 되돌아가고자 하는 숨은 욕구를 발견할 수 있다고 그는 외쳤다. 이러한 욕구는 이 특이한 예술의 본질에서 비롯된다. 다시 말해 음악은 언제든지 맨 처음부터 시작할 수 있으며, 아무것도 없는 상태에서, 이미 거쳐 온 문화사에 대한 지식을 벗어던진 채, 수백 년에 걸쳐 이룬 것을 모두 내던진 채 자신을 새로이 발견하고 재창조할 수 있다는 것이다. 이때 음악은 그 역사의 초기에 겪었던 원시상태와 똑같은 단계를 거치며 단기간에 지금까지의 숱한 발전과정들과 관계 없는 멀리 외따로 떨어진 곳에서 고유의 아름다움의 극치에 도달할 수 있다고 크레치마는 설명했다. 그러고 나서 한 가지 일화를 덧붙였는데, 그 일화는 기이하게도 많은 생각을 하게끔 만들었다.

    18세기 말엽 크레치마의 고향인 펜실베이니아에 한 독일 종파가 번성했는데 그들이 치르는 의식을 근거로 재세례파라고 했다. 이 종파를 이끄는 신도들은 신앙심이 남달리 깊었고 독신으로 살며 '외로운 형제와 자매'라는 이름으로 추앙받았다. 대부분은 결혼을 하더라도 정숙과 절제를 유지하며 순결하고 경건하게 모범적인 생활을 했으며, 엄격한 규칙에 따라 부지런히 일하고 섭생을 건전하게 했다. 이 종파는 두 곳에 공동체를 형성했는데, 하나는 랭커스터 카운티의 에프라타 공동체이고 다른 하나는 프랭클린 카운티의 스노힐 공동체였다. 이들은 모두 바이셀이라고 하는 한 남자를 우러르며 신봉했다. 그는 이 종파의 창립자이자 신도들의 우두머리이며 목자이자 지도자였는데, 독실한 신앙심과 영적 지도자의 특징뿐만 아니라 인간을 지배하고자 하는 성향과 더불어 광신도의 강한 배타성이 하나로 혼합된 사람이었다.

    요한 콘라트 바이셀은 팔츠(라인 강 서부의 한 지역 - 옮긴이)의 에버바흐 출신으로, 매우 가난한 집안에서 태어나 일찍이 고아가 되었다. 그는 제빵 기술을 배웠으나 마이스터가 되지 못하고 이곳저곳 떠돌아다니던 중 경건주의자들 및 침례교 형제단과 어울리게 되었고, 그들은 바이셀에게 잠재되어 있던 성향 즉, 별나게 진리를 추구하고 신을 자유롭게 믿고자 하는 성향을 일깨웠다. 이러한 성향은 날이 갈수록 농후해졌고 급기야 이단으로 취급받게 되었는데, 바이셀은 30세에 편협한 유럽을 벗어나 미국으로 이주한 후 저먼타운과 코네스토가의 여러 곳에서 한동안 직조공으로 일했다. 그러던 어느 날 다시금 종교적인 영감에 휩싸였으며, 결국 내면의 소리를 좇아 세상과 완전히 단절하고 황야에 은둔하며, 모든 것을 버리고 오로지 신만을 생각하는 그런 생활을 하기로 결심한다. 그러나 인간세상을 피해 숨는 사람일수록 그 인간적인 면모가 부각되기 마련이므로 머지않아 바이셀의 주위는 그를 경배하며 따르는 무리들과 그를 따라 은둔하는 사람들로 가득 차게 되었고, 그는 세상과 인연을 끊는 대신 생각지도 않게 한순간에 그 무리의 수장이 되었다. 이 공동체는 급격히 발전하여 '제7일 독일 침례교'라고 하는 독립된 종파로 거듭나게 되었는데, 바이셀은 단 한번도 스스로 애쓴 적 없이 자신의 의지나 희망과 무관하게 지도자의 지위를 얻었으므로 마음껏 그 권위를 누렸다.

바이셀은 이렇다 할 교육을 받은 적이 없었으나 독학으로 읽기와 쓰기를 깨우치고 실력을 쌓았다. 그의 마음속에는 신비로운 느낌과 생각이 물결쳤으므로 종파 지도자로서의 활동 또한 주로 시작(詩作)과 저술 작업을 통해 신도들의 영혼을 돌보는 일이었다.

그의 붓끝에서는 형제들과 자매들의 교화와 예배에 사용할 교훈적인 시와 종교적인 노래가 흘러나왔다. 그의 문체는 과장이 심하고 모호했으며, 은유와 성서구절을 은근히 암시하는 말 그리고 일종의 선정적인 상징으로 가득했다. 안식일에 대한 논문 〈변칙적인 제식〉과 《99가지의 신비롭고 매우 은밀한 말씀들》을 비롯해, 잘 알려진 유럽의 코랄(종교개혁

후 루터의 지시로 개발된 독일 찬송가. 이전에 라틴어로 부르던 가톨릭 성가와 달리 자국어를 사용한다 - 옮긴이)에서 멜로디를 빌린 일련의 송가들이 〈찬양의 노래〉, 〈기사 야콥의 투쟁〉, 〈치온스베르크 산 바이라우흐 언덕〉 등의 제목으로 출판되었다. 이 조그마한 송가집은 몇 년 후 개정, 증보되어 《외롭고 쓸쓸한 멧비둘기 즉, 크리스트 교회의 노래》라는 애잔한 제목으로 거듭나 에프라타 교구의 공식 송가집이 되었다. 이 책의 인쇄는 재판에 재판을 거듭했고 기혼, 미혼의 남녀 신도들, 특히 여신도들 사이에 인기가 있었으며, 이들에 의해 내용이 더욱 풍부해져 공식 명칭을 《낙원의 기적》으로 바꾸기에 이르렀다. 이 책에는 다연(多聯)의 송가가 무려 770편이나 수록되어 있다.

　이 송가들은 노래 부르기 위한 목적으로 지은 것이었지만 악보가 없었다. 가사는 새 것이었지만 오래된 멜로디에 붙여 수년간 사용되었다. 바이셀은 또다시 어떤 영감에 사로잡혔다. 시인이자 예언가였던 그는 작곡가의 소임도 맡아야 했다.

　얼마 전부터 에프라타에서는 루드비히 선생님이라고 부르는 젊은 음악도가 음악교육을 담당하고 있었고 바이셀은 그의 음악수업을 즐겨 참관했다. 이때 바이셀은 젊은 루드비히 선생이 생각지도 못한 가능성을 발견한 것 같았는데, 그것은 신앙세계의 확장과 내실을 기하는 데 음악을 이용하는 일이었다. 이 특이한 인물은 결심도 빨랐다. 그는 더는 젊은 나이라 할 수 없는 오십대에 자신의 특별한 목적에 사용할 독자적인 음악이론을 마련하기로 마음먹고 음악선생을 제쳐두고 자신이 그 일을 맡았는데, 짧은 시간에 그 공동체의 신앙생활에 음악이 가장 중요한 요소로 자리 잡게 할 만큼 큰 성공을 거두었다.

　바이셀은 유럽에서 건너온 코랄은 대부분 너무 복잡하고 인위적이어서 자신의 어린 양들을 계도하기에는 적합하지 않다고 생각했다. 그는 더 효율적인 계도를 위해 신도들의 수준에 맞는, 혼자서도 쉽게 배울 수 있는 쉬운 음악을 작곡했다. 그는 대담하고 신속하게 의미 있고 유용한 멜로디 이론을 확립했다. 즉 모든 음계에 '주인'과 '종복'을 넣으라고 지시했는데, 삼화음을 각 조의 중심 멜로디로 보고 삼화음을 구성하는 음들을 주인으로, 음계의 나머지 음들은 종복으로 명명했다. 가사에서는 강세가 있는 음절은 주인에 맞추고 강세가 없는 음절은 종복에 맞추도록 했다.

화음에 대해서는 간소한 방식을 도입했다. 그는 가능한 모든 조에 해당하는 화음 리스트를 작성했는데, 그것을 이용해 누구라도 4부 또는 5부의 짧고 간단한 멜로디를 쓸 수 있었으며, 결과적으로 공동체 내에 대단한 작곡 붐이 일어났다. 얼마 지나지 않아 제7일 침례교도 가운데는 남자든 여자든 지도자를 본받아 작곡을 하지 않는 자가 없었다.

바이셀은 리듬 이론을 재정비하는 데도 노익장을 발휘했다. 그리고 엄청난 성공을 거두었다. 그는 가사의 경우와 마찬가지로 강세가 있는 음절에는 긴 음을, 강세가 없는 음절에는 짧은 음을 배당했다. 그는 각 음표의 길이와 높이가 서로 긴밀한 관계를 맺어야 한다는 생각은 하지 않았으므로 그가 작곡한 곡의 박자는 대단히 유연했다. 그는 당시 거의 모든 음악이 동일한 음길이가 반복되는 시간단위로, 즉 동일한 박자로 작곡되었다는 사실을 몰랐거나 무시했다. 이 무지 또는 무시야말로 엄청난 장점이었는데, 이 유동적인 리듬이 그가 작곡한 노래에는 대단히 효과적으로 작용했고, 특히 산문시에 곡을 붙일 때는 그 효과가 더 컸다.

바이셀은 자신이 한 번 발을 들여놓은 음악분야를 다른 모든 목표를 추구할 때와 마찬가지로 강한 의지를 발휘하며 계속 발전시켜 나갔다. 자신의 이론적인 견해를 모아 《멧비둘기》의 서문으로 실었고, 《바이라우흐 언덕》에 실린 모든 시에 곡을 붙이느라 쉬지 않고 일했으며, 그 가운데 몇몇 시로는 두 곡, 세 곡씩 작곡했고, 그때까지 자신이 쓴 모든 송가와 학생들이 쓴 다수의 송가에 곡을 붙였다. 그는 이에 만족하지 않고 분량이 긴 합창곡을 여러 곡 썼는데, 그 가사는 성서에서 직접 인용했다. 그는 마치 성서 전체를 자신의 방식에 따라 음악으로 만들려는 듯했다. 그는 이런 계획을 세우고도 남을 사람이었다. 그 계획이 실현되지 않은 것은 단지 그가 창작 발표와 강연, 음악 교육 등으로 너무 바빴기 때문이다. 그리고 이러한 그의 활동은 대단히 성공적이었다.

에프러타의 음악은 외부세계에서 받아들이기에는 너무 특이하고 놀랍도록 독특했으므로 제7일 독일 침례교가 발전을 멈추자 이와 더불어 잊혀졌다고 크레치마는 말했다. 그러나 전설과도 같은 그 이야기는 이후 수십 년 동안 줄곧 사람들의 입에 올랐으며 특이하고 감동적인 이야기로 기억되었다. 합창으로 울려 퍼지는 노래는 섬세한 기악곡을 모방한 것이었으며, 이를 듣고 있으면 천상의 부드러움과 경건함이 전해지는 듯했다는 것이다. 그의 노래는 모두 가성으로 불렀는데, 노래를 부를 때 사람들이 입을 거의 벌리지 않은 채 입술조차 거의 움직이지 않았으므로 청각적인 효과가 놀라웠다고 했다. 즉 이런 방식으로 나온 소리가 그리 높지 않은 예배실 천장을 향해 울렸으므로 그 노랫소리는 익히 듣던 것과는 달리, 또는 익히 들어온 교회 성가대의 합창과는 달리 천장에서 아래로 내려왔고, 집회에 참석한 사람들 머리 위로 천사가 날아다니는 듯했다는 것이다.

에프러타에서는 이 성악양식이 1830년경에 완전히 사라졌다. 반면 이 종단의 한 종파가 유지되고 있던 프랭클린 카운티의 스노힐에서는 그 즈음에도 보존되고 있었는데, 바이셀이 직접 창작한 에프러타의 합창에 비하면 호응이 약했지만, 누구라도 그 노래를 한 번 들은 사람은 평생 잊지 못했다고 했다. 크레치마의 아버지는 젊은 시절에 그 노래를 자주 들었는데, 노년에 그 이야기를 하면서 눈시울을 적시지 않은 적이 없었다고 했다. 크레치마의 아버지는 당시 스노힐에서 여름을 보낸 적이 있었다. 어느 금요일 저녁, 그러니까 안식일이 시작되는 시간에 그 종파의 신도들을 구경하려고 그곳 교회에 가 본 이후로 그는 그곳에 여러 번 갔다. 금요일마다 저물녘이면 억누를 수 없는 동경에 밀려 말에 안장을 얹고 3마일을 달려가 그 노래를 들었다고 한다. 그 노래는 도저히 형언할 수 없었으며 이 세상 그 무엇과도 비교할 수 없었다. 크레치마의 아버지는, 그의 말을 빌면, 영국, 프랑스, 이탈리아의 오페라하우스에서 오페라를 감상했지만 그 음악은 단지 귀를 위한 음악이었던 반면 바이셀의 음악은 영혼 깊이 스며드는 울림이었으며 천국을 미리 맛보는 것과 같았다는 말을 했다고 한다.

"시대와 조류를 벗어나 작으나마 특별한 역사적 사건을 만들고, 샛길로 숨어든 곳에서 그토록 독특한 축복으로 이끌었던 위대한 예술이었습니다!" 크레치마는 이 말로 강연을 마쳤다.

나는 아직도 이 강연이 끝난 후 아드리안과 함께 집으로 돌아가던 일을 어제 일처럼 생생하게 기억하고 있다. 많은 이야기를 나누지는 않았지만 우리는 오랫동안 서로 헤어지기 싫어했으며, 내가 아드리안을 삼촌 집까지 바래다주면 거기서 아드리안이 나를 약국까지 바래다주었고, 거기서는 다시 내가 파로키알슈트라세까지 그를 바래다주었다. 평소에도 우리는 종종 이렇게 했다. 우리는 둘 다 바이셀이라는 남자에 대한 이야기로, 그 은둔지의 독재자가 발휘했던 우스꽝스러운 추진력에 대한 이야기로 기분이 밝아졌는데, 그의 음악개혁이 '이성을 가지고 유치하게 행동하기'라는 테렌스(고대 로마의 극작가 - 옮긴이)의 글귀를 강하게 연상시킨다는 점에 서로 의견이 일치했다. 그러나 그 기이한 현상에 대한 아드리안의 태도는 나와 너무도 뚜렷하게 차이가 났으므로 나중에는 내가 그 현상 자체보다 아드리안의 태도에 더 많은 생각을 기울이게 되었다. 그는 나와는 달리 조롱 속에서도 인정할 것은 인정하는 자유를, 일정한 거리를 유지할 권리를―특권이라고까지 하지는 않더라도―포기하지 않았다. 이는 어떤 것에 대해 대범하게 그 효력을 인정하거나 조건부로 동의하거나 부분적으로나마 감탄하는 행위를 비웃음과 웃음으로 포용하는 태도였다. 그의 이러한 반어적 거리유지가, 사건 자체의 의미보다는 한 인물이 거둔 명예와 더 밀접하게 관련하여 객관성을 요구하는 주장이 내게는 대체로 지독한 오만의 표시로 보였다. 그 시절의 아드리안 같이 젊은 사람이 이러한 태도를 보일 때는 왠지 걱정스럽고, 자신을 너무 믿는 것 같아 불안한 생각이 들며, 혹시 나쁜 일이라도 저지르지 않을까 염려하게 된다. 독자들도 내 말에 동의할 것이다. 물론 이러한 태도는 정신세계가 평범한 또래들에게는 대단히 멋져 보이기도 하며, 나는 그를 사랑했으므로 그의 오만한 태도도 사랑했다. 어쩌면 그 때문에 사랑했는지도 모른다. 그랬다. 내가 평생을 통해 가슴속에 간직한, 그에 대한 끔찍한 사랑은 그날 함께 집으로 가는 길에서 싹텄다.

    우리가 가스등을 감싸고 있는 겨울안개 속에서 외투 주머니에 손을 넣은 채 두 집 사이를 오가는 동안 그가 말했다. "그 괴짜를 좀 좋게 생각해 보자. 그에 대해 아직 하지 않은 말이 있는데, 그는 적어도 질서감각은 있었어. 아무리 유치한 질서라도 없는 것보다 낫지."

    "설마 그 어처구니없는 강제질서를, 주인과 종복 따위를 고안해낸 그 유치한 합리주의를 진심으로 감싸려는 건 아니겠지? 그 바이셀 송가가 어땠을지 한번 상상해 봐. 강세가 있는 음절은 모두 삼화음이라잖아!" 하고 내가 대꾸했다.

"어쨌든 감상적이지는 않아. 오히려 매우 규칙적이지. 난 그 점을 높이 사는 거야. 넌 환상을 법칙보다 더 높이 평가하니까 '종복음'을 마음껏 이용할 수 있다는 사실로 위안 받으면 되겠네."

그는 이 말을 할 때 몸을 앞으로 굽힌 채 축축한 인도를 걸어가며 웃었다.

"이상해. 정말 이상해." 그가 말했다. "한 가지 분명한 것은 그 법칙이, 모든 법칙이 냉각기능을 발휘한다는 사실이야. 음악은 그 자체 안에 온기가 있거든. 외양간의 온기랄까, 암소의 온기랄까. 그래서 음악은 이를 냉각시킬 법칙이 필요해. 그리고 언제나 그것을 요구해 왔고."

"그 말도 맞아." 나는 인정했다. "하지만 우리의 바이셀도 결국 그것을 확실히 보여주지는 못했어. 규칙을 무시하고 감정에 충실한 그의 리듬 덕분에 엄격한 멜로디가 최소한 균형을 유지했다는 사실을 잊었니? 그리고 그가 고안한 성악양식은, 천장을 향해 품어낸 가성이 천사처럼 아래로 내려오는 양식은 분명 극도로 황홀했을 거야. 이로써 음악은 한때 엄격한 냉각으로 빼앗긴 '암소의 온기'를 모두 되찾았어."

"'절제된 방법으로'라고 크레치마는 말하겠지"라고 그는 대꾸했다. "절제된 냉각을 통해서. 그 점에서 벤델 크레치마의 아버지는 대단히 진실했어. 음악은 언제나 그 자체가 관능적으로 변하는 데 대해 정신적으로 미리 속죄하지. 과거 네덜란드에서는 신을 찬양할 목적으로 사용하는 음악은 극도로 어렵게 만들었어. 이 원칙은 철두철미 유지되어, 감각은 완전히 배제되고 순전히 계산에 의한 음악만 추구해 왔지. 그런 다음에는 노래를 통해 속죄하고자 했어. 호흡에 실려 울리는 인간의 목소리에 속죄 행위를 넘긴 거야. 하지만 인간의 목소리는 외양간 온기를 가장 강하게 느낄 수 있는 울림의 수단인데……."

"그렇게 생각해?"

"어찌 달리 생각할 수가 있겠어! 무생물인 악기에서 나는 소리는 결코 외양간의 온기라는 면에서 목소리를 따를 수 없어. 추상적일 수도 있지. 인간의 목소리 말이야. 추상적인 인간이라고나 할까. 하지만 그 추상성은 대략 알몸에서 느끼는 그런 추상성이야. 거의 수치심과도 같은 것이지."

나는 충격으로 입을 다물었다. 나는 우리의 지난 날, 아드리안의 지난 날을 한참 돌이켜 생각했다.

"네게는 그것이 있어" 하고 그가 말했다. "네 음악." (나는 그가 마치 자신은 음악과 별 상관이 없다는 듯이 음악을 내게 미루어버리는 표현에 화가 났다.) "네게는 음악이 있어. 늘 그랬지. 그 엄격한 형식은, 그 도덕적인 형식을 네가 뭐라고 일컫든, 음악이 실제로 발휘하는 매혹적인 울림에 대한 사죄용으로 항상 유지되어야 해."

한순간 나는 내가 그보다 나이가 많다고, 그보다 좀더 성숙했다고 느꼈다.

"음악은 신의 선물이라고까지 하지는 않더라도 삶의 선물인데, 거기서 비웃듯 모순을 찾아서는 안 돼. 그 모순 또한 음악의 충만한 본질을 증명할 뿐이야. 우리는 음악을 사랑하면 돼."

"너는 사랑이 가장 강한 열정이라고 생각해?" 그가 물었다.

"그보다 더 강한 게 있어?"

"응. 관심."

"동물적인 온기를 배제한 사랑 말이니?"
"그 정의(定義)에 대해서는 의견이 일치했네!" 하며 그는 웃었다.
"잘 가!"
우리는 다시 레버퀸의 집 앞에 와 있었고, 그는 문을 열고 들어갔다.

9

내가 앞 장에다 얼마나 많은 지면을 할애했는지 확인하고 싶지 않으므로 앞으로 돌아가 다시 읽지 않으련다. 전혀 예기치 못한 불미스러운 일이 일어났지만 그 때문에 자책하고 용서를 구해 봤자 소용없는 일이다. 크레치마의 강연에 매 회마다 한 장을 할애했더라면 8장이 그렇게 비대해지지는 않았겠지만, 과연 그러는 것이 옳았을까 라는 물음에 대해 내 양심은 아니라고 대답한다. 한 작품을 구성하는 각 단위 부분은 나름대로의 비중이, 전체적으로 보아 필요하다고 판단될 만한 중요성이 있어야 하는데, 이러한 비중, 이러한 중요성은 강연 전체(내가 보고한 만큼)에서 찾을 수 있는 것이지 개별 주제마다 있는 것은 아니다.

나는 그 강연에 왜 이토록 큰 의미를 두는가? 그 강연을 왜 그토록 상세하게 보고해야만 했는가? 그 이유는 이미 밝힌 바 있다. 그것은 단지 아드리안이 당시 그 강연을 들었기 때문이다. 그 강연이 아드리안의 지능에 도전했고, 그의 정서에 파고들었으며, 그의 상상력에 자양분이 될 만한 자료를 제공했기 때문이다. 또는 자극이 될 만한 자료였다고 해도 좋을 것이다. 상상력에 대해서는 이 두 가지가 같은 것이니까. 그리고 어쩔 수 없이 독자들도 그 과정을 지켜보도록 해야만 했다. 왜냐하면 전기를 쓰면서, 한 인간의 정신세계가 구축된 과정을 묘사하면서, 그 전기를 읽을 독자들에게 삶과 예술을 배우는 학생의 입장을 이해시키지 않고 넘어갈 수는 없는 일이니까. 나는 귀 기울여 듣고 익히고, 그 다음에는 가까이 들여다보고, 비로소 앞을 막연히 예상하며 헤쳐 나아가는 초보자의 입장을 이해시키지 않을 수 없다. 더욱이 음악에 대해서는 독자들도 영면에 든 내 친구와 똑같은 시각에서 바라보고 그와 똑같은 방법으로 음악과 접하게 만드는 것이 내 바람이자 추구하는 목표다. 그러기 위해 아드리안의 스승이 한 강연은 간과할 수 없는, 아니 빼놓을 수 없는 도구와도 같아 보였다.

그러므로 비정상적으로 길어진 앞 장을 읽으면서 건너뛰거나 대충대충 읽은 독자는, 농담이지만, 로렌스 스턴(18세기 영국 소설가. 당시 문학의 통념과 규범을 완전히 무시한 혁명적 소설 작법으로 유명하다 - 옮긴이)이 여담 도중 간간히 이야기에 집중하지 않았다고 고백한 허구의 독자에게 했던 것처럼, 앞 장으로 돌려보내 모르는 부분을 다시 읽고 오라고 해야 마땅할 것이다. 스턴의 소설에서는 나중에 그 독자가 부족한 지식을 보충한 후 다시 돌아오자 반갑게 맞이해 주었다.

스턴의 이야기는 아드리안이 김나지움 졸업반일 때—나는 이미 기센에서 대학에 다니고 있을 때였다—벤델 크레치마의 영향 하에 혼자 영어 공부를 했기 때문에 생각이 났는데, 영어는 후마니오라에 속하지 않았지만 아드리안은 스턴의 작품에 대단히 심취했다. 물론 셰익스피어의 작품은 두말할 필요도 없었다. 크레치마는 셰익스피어를 열정적으로 숭배했을 뿐만 아니라 그에 대해 매우 잘 알고 있었다. 셰익스피어와 베토벤은 크레치마의 정신세계의 가장 높은 곳에서 모든 것을 비추는 양대 거성이었으며, 그는 자신의 제자에게 이 두 거장의 창작 원칙과 방법에서 신기하게도 일치하는 점을 증명하며 대단히 좋아했다. 이는 말더듬이 오르간 연주자가 내 친구에게 피아노 교사의 신분을 넘어 교육적으로 얼마나 많은 영향을 미쳤는지 보여주는 단적인 예다. 그는 피아노 교사로서 초보적인 기초지식을 전달해야 했으나, 특이하게도 이러한 원칙을 거슬러 기초와 동시에, 또는 기초와 더불어 좀더 심오한 세계를 처음으로 접할 기회를 제공했고, 아드리안은 크레치마를 통해 세계문학에 눈을 뜨게 되었다. 그는 러시아, 영국, 프랑스의 방대한 문학에 대해 호기심을 감추지 않았으며 셜리와 키츠, 횔덜린과 노발리스의 시를 탐독하고 만초니와 괴테, 쇼펜하우어와 마이스터 에크하르트(14세기 독일 신비주의자 - 옮긴이)를 읽었다. 아드리안은 편지를 통해, 또는 내가 방학을 맞아 집에 와있을 때면 직접 만난 자리에서 자신이 하고 있는 공부에 대해 내게 알려 주었는데, 이러한 조기학습은 내가 익히 알고 있는 그의 탁월한 학습능력에도 불구하고 어린 그에게는 역시 부담스러웠으며, 그도 가끔은 걱정을 하곤 했다는 사실을 부인하지는 않겠다. 물론 이 공부가 당시 아드리안이 앞두고 있던 졸업시험 준비에 대단히 큰 도움이 되었다는 점에는 의심의 여지가 없었지만, 그는 이에 대해 내던지듯 말했을 뿐이다. 그는 종종 창백해 보였다. 유전인 편두통의 심한 발작으로 찌푸린 얼굴을 할 때만 그런 것은 아니었다. 보이히니 밤에 책을 읽느라 잠이 너무 부족했다. 나는 크레치마에게 아드리안에 대한 걱정을 털어 놓고, 그의 성격이 도발적이라기보다는 소심한 편이라고 생각하지 않느냐고 묻기를 주저하지 않았다. 그러나 이 음악선생님은, 물론 나보다는 훨씬 더 나이가 많았지만, 지식욕에 불타 몸을 사리지 않고 공부에 매진하는 청년학도 추종자와도 같은 반응을 보였으며, 그 자신 워낙 어느 정도 정신적인 강인함을 갖춘 사람이었으므로, 육체와 그 '건강'에 대해서는 무시한다고까지는 할 수 없었으나 그 가치를 인정하는 데 대단히 인색할 정도로 무관심했다.

크레치마는 이렇게 말했다. (그는 말더듬 증상 때문에 자신의 확고한 입장을 피력하는 데 방해를 받았다. 여기서는 말더듬 현상의 표기는 생략하겠다) "자네가 친구의 건강을 염려하는 모양인데, 정신과 예술은 건강과는 별 상관이 없네. 심지어 이 두 가지는 어느 정도 대립적이라 할 수 있고, 아무튼 서로가 서로를 배려하지 않는 관계지. 나는 어린아이에게 너무 어려운 것을 가르치면 건강에 해롭다며 아이를 온실 속 화초처럼 키우는 그런 사람이 아닐세. 사실 그런 사람은 무얼 배워도 너무 어렵고, 아무리 나이를 먹어도 배우기에는 아직 어리다고 생각하는 사람들이지. 또, 재능 있는 청소년에게 줄곧 '미성년자'라는 사실만 강조하며 '이건 아직 네가 할 게 못 돼'라는 결론만 주장하는 일보다 더 미숙하고 잔인한 짓은 없다고 생각하네. 본인 스스로 판단할 일 아닌가! 본인 스스로 자신이 난관을 헤쳐 나오는 길을 고찰해야 해. 이 작고 오래된 독일 촌구석에서 우물 안 개구리가 바깥세상으로 나오는 데 시간이 걸리는 것은 당연한 일이야."

그의 말은 내게도 카이저스아셔른에도 해당되는 옳은 말이었다. 하지만 나는 화가 났다. 내 말은 "온실 속 화초"를 키우자는 뜻이 아니지 않은가! 나는 그가 피아노 교사로서 특기를 가르치고 훈련시키는 데 만족하지 않는다는 사실뿐만 아니라 자기 수업의 목표인 음악도 미술이나 사상이나 교양 등 다른 분야와의 연관성 없이 일방적으로만 추구하면 인간이 기형적으로 된다고 믿는 사람이라는 사실을 잘 알고 있었으며 또 이해하고 있었다.

실제로 아드리안이 내게 해준 이야기를 모두 들어보면, 크레치마는 대성당 옆 고풍스러운 사택에서 피아노를 가르칠 때 수업시간 가운데 절반 가까운 시간을 철학과 시에 관한 이야기로 넘어가곤 했다. 그래도 나는 적어도 아드리안과 같이 학교에 다니는 동안에는 그의 실력이 그야말로 하루가 다르게 향상되는 과정을 지켜볼 수 있었다. 이미 혼자 힘으로 건반과 조성(調聲)을 익혔으므로 당연히 첫 단계의 진도는 빨랐다. 그는 철저한 음계 훈련을 받았다. 내가 알기로 크레치마는 피아노 교본을 사용하지 않고 그냥 잔잔한 코랄과—피아노로 연주하는 코랄은 매우 낯설고 기이했다—팔레스트리나가 작곡한 4성부의 시편창(詩篇唱. 구약성서의 시편에 곡을 붙여 낭송하듯 부르는 교회음악 - 옮긴이)을 치도록 했는데, 몇 군데 화성을 이루는 음정과 카덴차를 제외하고는 순전히 화음으로만 되어 있었다. 얼마 후에는 바흐의 서주 소품과 푸게타(작은 푸가 - 옮긴이), 마찬가지로 바흐의 작품인 2성부 인벤션(폴리포니에 의한 즉흥곡. 아주 작은 모티브가 계속적으로 변주된다 - 옮긴이), 모차르트의 소나타 16번 다장조, 스카를라티의 1악장짜리 소나타를 연주하게 했다. 뿐만 아니라 크레치마는 아드리안을 위해 행진곡과 춤곡 같은 소품들을 직접 쓰는 일도 마다하지 않았다. 그 가운데는 독주곡뿐만 아니라 연탄곡(한 대의 피아노를 두 사람이 연주하도록 만들어진 음악 - 옮긴이)도 있었는데, 연탄곡은 음악적인 비중을 2부에 두고 제자가 칠 파트인 1부는 아주 쉽게 구성했으므로, 전체적으로는 제자의 실력보다 훨씬 높은 수준의 기교가 필요한 작품이지만 제자가 연주를 리드하기에 적합했다.

　그것은 전체적으로 보아 왕자교육과도 같았다. 내가 아드리안과 대화하던 중 놀리며 이 말을 했던 일이 생각나는데, 그때 그는 특유의 짧은 웃음을 터뜨리며 고개를 돌리면서 못 들은 척했다. 크레치마 선생은 제자의 종합적인 정신발달 상황에 비추어, 뒤늦게 시작한 이 분야에서도 초급 과정을 거칠 필요가 없다는 점을 고려해 주었으며, 아드리안이 이런 선생님의 지도방식을 고맙게 여겼다는 데는 의심의 여지가 없다. 크레치마 선생은 남달리 명민한 이 아이가 음악적으로도 서둘러 앞으로 나아가려는 태도를 못마땅해 하지 않고 오히려 그가 좋아하는 일에 매진하도록 도왔다. 융통성 없는 선생이었다면 쓸데없는 일을 한다며 나무랐을 것이다.

아드리안은 악보를 배우기 무섭게 오선지에 화음을 그리며 실험하기 시작했다. 당시 그는 끊임없이 음악에 관한 문제에 골몰했고, 체스를 두는 사람이 다음 수를 생각해내듯 그 문제를 풀곤 했다. 그는 기술적인 문제를 발견하고 해결하는 것 자체를 작곡이라고 생각할 가능성이 컸으므로 나는 이러한 그의 열정이 한편으론 걱정스럽기도 했다. 그는 화음을 반음씩 조옮김을 하지도 않고 연결 시 마찰이 일어나지 않도록 하는 동시에 반음계의 모든 조를 아우르면서도 가능하면 간결하게 연결하는 일로 시간을 보냈다. 또, 매우 강한 불협화음을 구성하고는 거기서 협화음으로 이행하는 모든 해법을 이끌어내는 데 몰두했는데, 그 불협화음에 서로 밀어내는 음이 워낙 많았으므로 그 해법들 사이에는 어떤 연관성도 없었고, 결국 마법의 암호와도 같은 불협화음의 날카로운 울림이 아주 멀리 떨어져 있는 음들의 울림과 조성들을 서로 연결시켜 주었다.

어느 날, 크레치마에게서 화음을 배우기 시작했을 때 아드리안은 선생님을 즐겁게 해줄 마음으로 스스로 알아낸 2중 대위법을 보여드렸다. 그가 알아낸 2중 대위법에서는 동시에 연주되는 두 성부가 각각 고음 파트도 될 수 있고 저음 파트도 될 수 있으며, 따라서 서로 위치를 바꿀 수도 있었다. 크레치마는 "3중 대위법을 알아내더라도 내게 말할 필요 없다. 너무 서두르는 것은 좋지 않아."라고 말했다.

아드리안은 많은 것을 혼자 간직한 채 내게만은 편한 시간에 자신이 생각한 것을 알려 주었다. 주로 통일성, 호환성, 수평적인 것과 수직적인 것의 식별에 관한 깊이 있는 사변들이었다. 그는 곧 내가 보기에 대단히 능숙하게 멜로디를 작곡하게 되었는데, 수평적으로 이어지는 그 음들을 위 아래로 쌓으면, 즉 동시에 연주하면 간단한 화음이 되었다. 반대로 여러 음을 써서 만든 화음을 해체하여 각 음을 수평으로 늘어놓으면 멜로디가 되었다.

  그리스어 시간과 삼각법(三角法) 시간 사이 휴식시간에 우리가 교정에서 만났을 때, 그는 니스 칠을 한 벽돌담 돌출부에 기댄 채 자신이 여가 시간에 즐기는 마술과도 같은 놀이에 대해 이야기했다. 음정이 화음으로 변한다는 이야기였는데, 그는 그 재미에 푹 빠졌으며, 수평적인 것이 수직적인 것으로, 순차적인 것이 동시적인 것으로 변한다고 했다. 그는 여기서 기본은 동시성이라고 주장했다. 왜냐하면 각각의 음 자체가 이웃하거나 멀리 떨어진 배음(倍音. 하나의 음에 기준이 되는 기음〈基音〉에 비해 진동수가 2배, 3배 등인 음의 요소들을 가리킴 - 옮긴이)들과 더불어 만드는 하나의 화음이고, 음계는 단지 울림을 해체해 수평적으로 늘어놓은 것이기 때문에 그렇다는 말이었다.

  "원래의 화음, 여러 음으로 된 화음은 좀 다르지. 화음은 다음 단계로 넘어가길 바라는 성질이 있어. 화음이 다음 단계로 넘어가자마자 즉, 다른 화음으로 전이되자마자 그 화음을 구성하는 각 음들은 각기 독자적인 성부(聲部)가 돼. 이 각각의 음들은 화음이 만들어지는 그 순간부터 수평적으로 진행될 변화를 생각해서 성부가 되는 거야. '성부'라는 말은 참 좋은 말이야. 음악은 이미 오래전부터 노래로 불려졌다는 사실을 상기시키거든. 처음에는 한 성부로, 그러다 나중에는 여러 성부로. 화음은 폴리포니 성악의 결과야. 즉, 대위법의 결과지. 다시 말해 독립적인 여러 성부를 결합한 조직의 결과인데, 각 성부는 어느 정도까지는 변화하는 취향의 법칙에 맞게 서로를 배려해. 나는 여러 음을 연결한 화음에서 성부의 진행 결과 말고는 볼 것이 없다고 생각해. 그러니까 화음을 이루는 음에서 성부를 존중해야 해. 하지만 화음은 성부의 진행과정을 통해 증명되지 않는 한 즉, 폴리포니로 증명되지 않는 한 주관적이고 임의적이므로 멸시해야 해. 화음은 화성적 기호품이 아니라 그 자체가 내부 음들로 성부를 이루는 폴리포니 음악이야. 그런데 나는 불협화음일수록 각 음의 성부 특징이 확실해지고 그 화음의 폴리포니 성격도 더 뚜렷해진다고 봐. 불협성은 그 화음이 폴리포니 음악으로서 갖는 가치를 재는 기준이야. 화음이 불협적일수록, 그 안의 음들이 서로 밀어내고 멀리할수록 폴리포니의 성격도 더 강하고, 따라서 각 음은 화음의 동시성 속에서도 성부의 특징을 더욱 뚜렷하게 유지할 수 있어."

나는 머리를 끄덕이며, 장난으로 고통을 가장한 눈빛을 하고 한참동안 그를 쳐다보았다.

"넌 크게 될 거야"라고 마침내 내가 말했다.

"내가?" 그가 특유의 방식으로 몸을 돌리며 대꾸했다. "내 얘기가 아니야. 음악 얘기지. 이건 서로 다른 문제야."

그는 이 차이를 매우 중시했고, 음악에 대해 이야기할 때면 마치 알지 못하는 힘에 대해 이야기하듯, 기이하면서도 그와 직접 상관이 없는 현상에 대해 말하듯 했으며, 음악에 대해 거리를 두고 비판적으로, 그리고 어느 정도 위에서 내려다보는 듯한 태도로 이야기했는데, 그가 음악 이야기를 하면 할수록 이야깃거리는 점점 더 많아졌다. 이 시기에 즉, 내가 마지막으로 그와 함께 김나지움에 다닌 해와 대학에 들어가 처음 몇 학기를 보내는 동안 그의 음악적인 경험, 세계적인 악곡에 대한 지식의 폭이 대단히 빠르게 확장되었으므로 얼마 지나지 않아 그가 아는 것과 그가 할 수 있는 것 사이의 간격이 눈에 띄게 벌어져 그가 강조하는 차이가 더욱 뚜렷해졌다. 그는 피아니스트로서 슈만의 〈어린이 정경〉이나 베토벤의 49번 작품에 들어있는 두 소나타 같은 소품을 연습하고, 음악도로서 착실하게 테마가 화음 가운데 오도록 코랄 테마 화음을 구성해 보는 가운데 매우 빠른 속도로, 거의 뛰어들어 덮치다시피 고전주의 이전에서부터 고전주의를 거쳐 낭만주의와 후기 낭만주의적 현대에 이르는 작품들을 연습했는데, 서로간의 연관성은 파악하지 못했을지언정 개별적으로나마 집중적으로 공부했으며, 독일의 작품뿐 아니라 이탈리아, 프랑스, 동유럽의 작품까지 섭렵했다. 이는 물론 크레치마의 지도에 의한 것인데, 크레치마 자신이 음으로 만든 것이라면 모든 것에—음악뿐만 아니라 모든 것에—대단히 심취해 있었고, 아드리안처럼 이해가 빠른 학생에게는 그처럼 다양한 세계를, 표현양식과 국민성과 전통적 가치와 인물의 매력과 역사적으로 또는 개인에 따라 달리 나타나는 아름다움의 이상(理想) 등이 한없이 넘쳐흐르는 세계를 피아노 연주를 통해 보여주고 싶어 안달할 필요도 없었다. 수업시간 내내, 시간을 무한정 늘리기까지 하면서 크레치마는 어린 제자 앞에서 연주를 해 보였고, 그 가운데 예의 '공익을 위한' 강연에서와 같이 소리 지르고, 설명을 붙이고, 특징을 지적하면서 한 가지 주제에서 다른 주제로 한없이 가시를 뻗어나가며 열변을 토했다. 사실 그의 연주보다 더 마음을 사로잡는, 더 가슴을 파고들며 더 많은 깨달음을 주는 연주는 없었다.

    내가 여기서 카이저스아셔른의 주민들이 음악을 들을 기회는 극히 드물었다는 사실을 따로 언급할 필요는 없을 것이다. 우리는 니콜라스 레버퀸의 집에서 열리던 실내음악회와 성당의 오르간 연주회를 제외하면 사실 음악을 들을 기회가 전혀 없었다. 유명 음악가나 외지의 악단이 연주여행 중에 우리 마을을 찾는 일은 극히 드물었다. 이런 곳에 크레치마가 나타나서 생생한 연주로, 물론 설명을 위해 일시적으로 한 것이었지만, 내 친구의 마음속에 잠재되어 있던 혹은 감추고 드러내지 않았던 갈망을 해소시켜 주었다. 크레치마가 터뜨린 음악적 체험의 봇물은 당시 아직 어린아이였던 아드리안이 수용하기에는 벅차리만치 차고 넘쳤다. 나중에 음악을 훨씬 더 쉽게 접할 수 있게 되었지만, 그때는 그가 음악에 대한 열정을 감추고 부정하며 음악을 멀리했다.

　크레치마 선생도 물론 처음에는 클레멘티나 모차르트, 그리고 하이든의 작품을 통해 소나타의 구조를 보여주는 일로 수업을 시작했으나, 오래지 않아 오케스트라 소나타 즉 심포니로 넘어갔다. 그는 심포니를 피아노로 연주하며, 이 완벽한 음악형식이, 우리의 감각과 영혼에 지극히 다채롭게 호소하는 이 풍요로운 창작형식이 시간이 흐름에 따라, 그리고 작곡가 개개인에 따라 얼마나 다양하게 변화되었는지 보여주었으며, 제자는 양미간을 모으고 귀를 기울이면서 입을 벌린 채 스승의 연주를 지켜보았다. 이를테면 브람스, 브루크너, 슈베르트, 슈만, 그리고 근대와 현대의 작곡가로는 차이코프스키, 보로딘, 림스키코르사코프, 안톤 드보르작, 베를리오즈, 세자르 프랑크, 샤브리에 등의 작품을 다루었으며, 연주 중에 끊임없이 큰 소리로 설명을 가하며 밋밋한 피아노 소리에서 오케스트라의 활기찬 연주를 상상하라고 요구했다. "첼로 선율! 흐르는 선율을 생각해 봐! 바순 솔로! 거기다 플루트 장식음! 드럼 소리! 이건 트롬본이지? 여기서 바이올린이 들어와. 총보에서 확인해! 트럼펫 팡파르는 생략하겠어. 손이 두 개뿐이니까"라고 그는 소리쳤다.

그는 두 손으로 연주하며 종종 설명을 곁들이는 등 할 수 있는 것은 다했는데, 큰 소리로 떠들어대기는 했지만 내면의 음악성이 넘쳐흐르고, 열정이 묻어나는 정확한 표현을 쓴데다가 직접 노래까지 불렀으므로 충분히 들을 만했다. 아니, 마음을 잡아끌었다. 그의 머릿속에는 너무도 많은 것이 들어 있었고, 한 가지를 이야기하면 다른 생각이 떠올랐으며, 특히 상호관계를 발견해내고 영향을 증명하고 문화의 교차적인 연관성을 밝히는 일을 대단히 좋아했으므로, 한번 이야기를 시작하면 때로는 건너뛰고 때로는 나란히 이어가면서 한없이 다른 이야기로 뻗어나갔다. 그는 이러기를 좋아했고 프랑스가 러시아에, 이탈리아가 독일에, 독일이 프랑스에 끼친 영향을 제자에게 이해시키느라 몇 시간씩 열중했다. 그는 구노가 슈만에게서, 세자르 프랑크가 리스트에게서 어떤 영향을 받았는지, 무소르그스키가 드뷔시에게 어떤 영향을 끼쳤는지, 댕디와 샤브리에의 작품에서 바그너의 영향이 엿보이는 곳은 어디인지 설명했다. 차이코프스키와 브람스같이 성격이 매우 다른 사람들끼리도 단지 동시대인이었다는 사실만으로 서로 영향을 받았다는 점을 지적하는 일도 이 수업의 일부였다. 그는 한 사람의 작품 가운데서 다른 사람의 작품에서도 나옴직한 부분을 보여주었다. 브람스에 대해서는, 크레치마는 그를 대단히 존경했는데, 그가 고대의 음악 즉, 옛 교회조(敎會調)를 자신의 음악에 수용했으며, 이 금욕적인 요소가 그의 음악을 지배하는 황량하고 어두운 분위기를 조성하는 데 얼마나 기여했는지 보여주었다. 그는 학생에게 이러한 낭만주의 음악에서 바흐의 영향이 두드러지는 가운데 성부 중심의 원칙이 변조에 의한 화려함을 물리치기 위해 얼마나 진지하게 버티는지 파악하라고 했다. 그리고 여기서는 화성적인 기악곡이 원래 옛 폴리포니 성악곡에 해당되는 가치와 수단을 자신의 영역에 끌어들이는, 썩 정당하지 못한 명예욕이 문제인데, 기악 화성학은 원래 호모포니(화성적 다성음악. 여러 성부로 되어 있으나, 각 성부의 독립적인 진행보다 화성의 연결을 중요시한다 - 옮긴이)였으며, 이에 폴리포니가 단순히 전이되었을 뿐이라고 했다. 계속저음 체계에서 단순히 완충지대일 뿐인, 즉 화성적 부수현상일 뿐인 중간성부에 독자적인 가치를 첨가하기 위한 목적으로 폴리포니와 대위법을 도입했다는 것이다. 그러나 그것은 진정으로 독립적인 성부는 아니다, 진정한 폴리포니는 아니다, 이런 것은 바흐조차도 사용하지 않았다, 사람들은 바흐가 성악시대의 대위법을 이었다고 생각하지만 사실 그는 철저한 화성학 이론가였을 뿐이다, 그가 작곡한 〈평균율 피아노〉만 보아도 알 수 있다, 그 뒤를 이어 개발된 모든 새로운 변조 기교는 〈평균율 피아노〉를 기초로 한 것이다, 그리고 헨델의 오페라에 나오는 선율적 아리아가 옛 다성부 성악음악과 아무 연관이 없듯이, 바흐의 화성적 대위법도 본질적으로 이와 아무런 연관이 없다고 크레치마는 역설했다.

이런 이야기들을 아드리안은 남다른 주의력을 발휘하며 들었다. 그는 나와 대화하면서 그 이야기를 전달했다.

"바흐의 문제는 '어떻게 하면 폴리포니를 화성적으로도 아름답게 할 수 있을까?' 라는 것이었어. 후대에 와서 이 문제는 좀 달라지지. 이제 '어떻게 하면 화성학을 폴리포니처럼 보이게 할 수 있을까?' 가 문제야. 이상하게도 호모포니 음악이 폴리포니 음악에 대해 양심의 가책을 받는 것 같아" 하고 그가 말했다.

말할 필요도 없이 아드리안은 이 많은 이야기를 들은 후 총보를 읽고 싶은 마음이 간절해졌으며, 일부는 선생님의 개인 장서 가운데서, 일부는 시립 도서관에서 빌려 보았다. 나는 그가 총보를 공부하거나 악기편성에 관한 자료를 읽는 모습을 종종 보았다. 수업 중에 오케스트라를 구성하는 악기(악기상점 주인의 조카에게 이에 대한 설명은 필요 없었다) 각각의 음역에 관한 내용이 나오자 크레치마는 그에게 편곡을 지도하기 시작했다. 짧은 고전주의 작품, 즉 슈베르트와 베토벤의 피아노곡들을 관현악곡으로 편곡하도록 했고, 가곡을 피아노곡으로도 편곡시켰으며, 아드리안이 한 것을 보고 약한 부분과 잘못된 부분을 지적하고 교정했다. 이 시기에 아드리안은 독일 예술가곡의 빛나는 문화와 처음 접하게 된다. 독일 가곡은 어느 정도 무미건조한 시기를 지나 슈베르트에 이르러 꽃을 피웠으며, 그 후 슈만, 로베르트 프란츠, 브람스, 후고 볼프 그리고 말러를 통해 세계무대에서 타의 추종을 불허하며 우뚝 섰다. 이 얼마나 멋진 만남인가? 나는 아드리안과 독일 가곡의 만남을 지켜볼 수 있어서, 그 만남의 자리에 동참할 수 있어서 행복했다. 진주와도 같고 기적과도 같은 슈만의 〈달밤〉과 그 섬세하고 사랑스러운 2도음 반주. 슈만이 아이헨도르프(독일 낭만주의 시인 - 옮긴이)의 다른 작품에 곡을 붙인 노래들. 낭만주의의 모든 위험과 영혼에 대한 위협을 쫓아버리는, "경계하라! 잠들지 말고 깨어 있으라"고 하는 대단히 도덕적인 경고로 끝나는 그 작품. 멘델스존의 〈노래의 날개 위에〉는 발굴된 보물이자 해답이었으며 작곡가의 영감이었는데, 아드리안은 내 앞에서 작곡가들 가운데 멘델스존이 소절을 가장 풍부하게 쓴다고 여러 번 강조했다. 이 얼마나 알찬 대화내용들인가! 가곡 작곡가인 브람스에 관해 아드리안은 〈네 편의 엄숙한 노래〉에 도입한 새로운 양식을 무엇보다도 높이 평가했다. 이 곡은 성서의 내용이 바탕이 된 작품으로서 브람스 특유의 엄격함이 잘 나타나 있으며, 아드리안은 그 중에서도 종교적인 아름다움을 나타낸 〈오, 죽음이여! 그대는 너무도 쓰라리도다!〉를 특히 좋아했다. 아드리안은 피할 수 없는 정체불명의 고독한 운명이 극명하게 표현된 슈베르트의 작품에서 작곡자의 천재성을 찾아내는 일에 특별한 관심을 기울였다. 거기에는 언제나 어스름한 죽음의 그림자가 드리워져 있었다. 이를테면 불행한 외톨이를 잘 묘사한 슈미트 폰 뤼벡의 시 〈방랑자〉에 곡을 붙인 것이나 《겨울 나그네》에 나오는 〈모든 방랑자들이 가는 길이라면 나 또한 피하지 않으리라〉에서 엿볼 수 있다. 이 곡은 가슴을 가르고 밀려드는 듯한 첫 소절로 시작한다.

    내가 무슨 짓을 했다고
    사람을 피하리.

여기에 다음 가사가 이어진다.

    어리석은 갈망이
    나를 황야로 내모는구나!

나는 아드리안이 이 두 소절을 운율이 실린 발성법으로 읊조리는 소리를 들었다. 그때 그의 눈에 어린 눈물을 보고 놀랐던 기억을 잊을 수 없다.
    그는 감각적인 경험이 부족했으므로 자연히 기악곡의 표현에 고충을 겪었고, 크레치마 선생은 이 문제를 해결하기 위해 적극적으로 나섰다. 그는 미카엘 축일과 크리스마스 때 가까운 메르제부르크나 에어푸르트, 그리고 좀 떨어진 바이마르에서 열리는 오페라 공연과 연주회에 아드리안을 데리고 가(삼촌의 동의를 얻어), 악보로 확인은 했지만 피아노 편곡으로만 들었던 곡들이 어떻게 연주되는지 직접 듣게 했다. 이렇게 해서 〈마술 피리〉의 천진하고도 엄숙한 신비가, 〈피가로〉의 위험한 즐거움이, 베버의 유명한 가극 〈자유의 사수〉에서 저음의 클라리넷이 풍기는 악마적인 분위기가, 〈한스 하일링〉과 〈방황하는 네덜란드인〉에서 서로 유사하게 형상화된 고통스럽도록 음울한 저주가, 그리고 〈피델리오〉와 그 마지막 장면에 앞서 연주되는 다장조의 걸작 서곡에 나타난 숭고한 인간애와 인정(人情)이 아드리안의 영혼에 스며들었다. 특히 이 서곡은 그의 어린 감수성을 눈에 띄도록 강하게 자극한 대단히 감동적인 음악이었다. 그날 저녁 이후 아드리안은 며칠에 걸쳐 어디에 있든, 어디를 가든 〈서곡 제3번〉의 총보를 가지고 다니며 읽기에 여념이 없었다.

그가 말했다. "이 말을 내가 처음 하는 것은 아니겠지만, 이 작품은 완벽해. 고전주의는…… 그래, 정교한 맛은 없어. 하지만 위대해. 위대하기 때문에 정교한 맛이 없다고는 하지 않겠어. 정교하면서 위대한 것도 있으니까. 그런 음악은 본질적으로 훨씬 더 친근하게 느껴지지. 너는 위대함이 무엇이라고 생각해? 나는 위대한 것에는 우리를 조심스럽게 만드는 무엇이 있다고 봐. 눈을 바로 뜨고 마주 보려면 용기가 필요하지. 그럴 때 그 시선을 견딜 수 있을까? 그러지 못해. 그 시선에 붙들리고 말지. 이렇게 말해도 될지 모르지만, 나는 너희들 음악 주위에 뭔가 독특한 것이 감싸고 있다는 생각이 점점 강해져. 최강의 추진력 말이야. 추상적이라 할 수 있는 추진력, 형상이 없는 추진력, 순수함이 넘치는 추진력, 순정(純正)한 에테르의 추진력. 이런 것이 세상에 또 있을까? 우리 독일인들은 '자체(自體)'라는 철학 용어를 그 형이상학적인 의미는 별로 고려하지 않은 채 일상적으로 사용하고 있어. 하지만 음악이야말로 추진력 그 자체야. 게다가 관념적으로만 그런 것이 아니라 실제로도 그래. 이것은 거의 신에 대한 정의와도 같다는 사실에 대해 한번 생각해 봐. 이미타티오 데이(imitatio dei, 하느님을 모방함. 인간은 신의 모습을 본받고 따라야 한다는 종교적 개념 - 옮긴이). 나는 신을 모방하는 일이 금지되어 있지 않다는 사실이 이상해. 어쩌면 금지되어 있을지도 몰라. 적어도 의심해볼 만은 하지. 내 말은 단지 '숙고해 볼 필요가 있다'는 뜻이야. 들어봐. 극도로 힘차고, 극도로 변화무쌍하고, 극도로 긴장하게 만드는 신비함의 연속, 그 움직임의 과정들은 단지 시간에 의해 나뉜 것일 뿐인데, 그러니까 시간을 나누고 채우고 배치하는 것일 뿐인데 외부에서 어설프게 보낸 반복적인 트럼펫 신호에 의해 정확하게 맥락을 잇는 행위가 돼. 그 모든 것이 지극히 고결하고 원대해. 다양한 사고를 품고 있으면서도 이성적이지. '아름다운' 부분에서도 마찬가지야. 경박하지도 않고, 지나치게 화려하지도 않고, 자극적인 채색으로 튀지도 않아. 오로지 뭐라 말할 수 없을 정도로 훌륭하다고 할 밖에. 그 모든 것이 적재적소에 사용되고, 하나의 테마가 되고, 그 테마를 버리고, 거기서 해방되고, 해방되면서 새로운 것을 준비하고, 빈 곳이나 한산한 곳이 없도록 가득가득 채우는 과정을 봐! 리듬이 경쾌하게 변화하고, 고조되기 시작하고, 사방에서 밀려오는 흐름을 받아들이고, 밀치며 부풀어 오르고, 환호하는 승리로 마무리하는 것을! 승리 그 자체가 되는 것을! 나는 이것을 아름답다고 표현하고 싶지 않아. 아름다움이라는 단어에 대해 나는 언제나 약간의 거부감을 느껴. 그 단어는 멍청한 얼굴을 하고 있어. 탐욕적이고 안일해서 용기를 내지 못하는 사람이 그 단어를 쓰지. 이것은 아름답다기보다 다만 좋을 뿐이야. 극도로 좋은 것이지. 이보다 더 좋을 수는 없을 거야. 어쩌면 이보다 더 좋아서는 안 될지도 몰라……."

이렇게 그는 말했다. 그가 이렇게 이지적으로 절제하면서도 약간은 열에 들떠 하는 이야기는 내게 말할 수 없이 큰 감동을 주었다. 그가 열정과 동기를 발견한 이야기였기에 감동적이었다. 아직은 소년답게 까칠한 목소리가 의지와는 다르게 빠르게 떨렸고, 그는 얼굴을 붉히며 몸을 돌렸기에.
    그 시절 아드리안은 음악을 이해하고 접하는 데 왕성한 열의를 보였으나 그 후 수년간, 적어도 겉보기에는 음악을 철저히 외면했다.

10

레버퀸은 김나지움에 다니던 마지막 해 즉, 졸업반일 때 필수과목도 아니고 나도 하지 않았던 히브리어 공부를 추가로 시작했으며, 이로써 그가 원하는 직업을 향한 길로 들어섰다. 그가 신학을 전공하고 싶어 한다는 사실이 '드러났다' (나는 그가 우연히 흘린 말에서 자신의 종교적인 내면세계가 드러났던 순간을 묘사할 때 쓴 이 표현을 지금 의도적으로 반복한다). 졸업시험이 가까워옴에 따라 그는 전공분야를 선택해야 했고, 결정을 내렸다고 선포했다. 삼촌의 질문에 그가 내린 결정을 말씀드리자 삼촌은 눈썹을 위로 치켜 올리며 "잘했다!"고 말씀하셨고, 즉각 부헬의 부모님께 알리자 부모님은 더 좋아하며 이를 반겼다. 내게는 진작 알려주었었는데, 그때 그는 내게 목사가 되어 설교를 하기 위한 준비로 신학을 공부하려는 것이 아니라 학문의 과정으로 생각한다는 점을 이해시켰다.

그는 그 점이 내게는 일종의 위안이 될 것이라고 했고 실제로도 위안이 되었다. 그가 목사 후보나 주임 목사, 심지어 교회 간부회 임원이나 관구 총감독이 된다는 상상은 결코 즐겁지 않았다. 그가 적어도 우리처럼 가톨릭이었다면! 그는 직위의 계단을 쉽게 밟아 올라갈 것이며, 그리하여 대주교나 추기경이 되어 있는 모습이 조금은 나아 보일 거라고, 좀더 어울릴 거라고 생각했을 것이다. 그러나 신학을 직업으로 선택한 그의 결정은 그 자체가 내게는 충격이었으며, 그가 고백을 했을 때 나는 얼굴색이 변했던 것 같다. 왜 그랬을까? 그가 신학 외에 어떤 분야를 선택했어야 하는지는 나도 말할 수 없다. 사실 내가 보기에 그에게 마땅해 보이는 직업은 없었다. 다시 말해 그 어떤 직종을 선택하더라도 그 일상적이고 현실적인 측면이 그와는 어울릴 것 같지 않았고, 나는 그가 실제로 생활수단이라는 측면에서 직업을 갖는다고 하더라도 그 모습이 이상해 보이지 않을만한 직종이 있을까 하고 계속 둘러보았으나 결국 찾지 못했다. 나는 그에 대해 절대적인 자부심을 품고 있었다. 그럼에도 불구하고 그 자신 오만한 마음에서 그런 결정을 내렸다는 사실을 알았을 때는—매우 분명하게 알 수 있었다—온몸에 소름이 끼쳤다.

때때로 우리는 철학이 학문의 여왕이라는 데 의견을 같이 했다. 정확히 말해 흔히 그렇게 표현되는 견해에 동조했다. 철학이 여러 학문 가운데 차지하는 위치는 대략 오르간이 여러 악기 가운데서 차지하는 위치와도 같다는 사실을 우리는 확인했다. 철학은 모든 학문을 굽어보고, 그 정신을 하나로 모으며, 모든 분야의 연구결과를 정리하고 정화하여 세계관을 만들어내고, 삶의 의미를 밝히는, 모든 것을 지배하고 결정하는 종합명제를 제시하며, 이 우주에서 인간이 차지하는 위치를 인지하고 규정한다. 내가 친구의 장래에 대해, 그의 '직업'에 대해 생각할 때면 언제나 비슷한 상상에 도달했다. 그는 건강이 걱정될 정도로 많은 공부를 했고, 너무 심하다는 소리가 붙어 다닐 만큼 매사에 호기심이 강했으므로 내가 그런 상상을 하는 것도 무리가 아니었다. 가장 포괄적인 것, 최고로 박학다

식한 세계적인 석학의 생존방식, 그것이 그에게 어울리는 직업으로 생각되었는데, 그 이상은 내 상상력의 한계를 넘지 못했다. 그런 나에게 그는 얼굴색도 변하지 않은 채— 왜냐하면 자신의 결정을 말할 때 매우 조용히, 눈에 띄지 않게 말했으므로—자기 혼자 지나친 생각을 했고, 남몰래 내가 친구로서 그에게 갖고 있는 자부심을 능가하는 명예욕을 품었으며 이를 부끄러워했다고 말했다.

사람에 따라서는 여왕인 철학조차도 시녀가 되는, 보조학문이 되는, 학교 식으로 말하자면 '부전공'이 되는 분야가 있다고 생각하는데, 그것이 바로 신학이다. 철학이 실존의 원천인 지고(至高)의 존재와 동일한 견해에 이르는 곳, 신의 가르침으로 승격하는 곳, 그곳이 바로 학문적 품격의 정상이요, 가장 고결한 인식의 영역이며, 사고의 첨단이라고 말할 수 있을 것이다. 그곳에 영혼이 충만한 지성이 추구하는 가장 숭고한 목표가 있다. 그 목표가 숭고한 이유는 그곳에서는 비종교적인 학문들이, 이를테면 내가 전공한 문헌학이나 그 밖에 역사를 비롯한 여러 학문이 단지 신성인식의 임무를 위한 도구가 되어 버리기 때문이며, 또한 그 목표는 성서에 따르면 '그 어떤 이성보다 높기' 때문에 가장 겸허한 자세로 추구해야 하는데, 이때 인간의 정신은 다른 학문 분야에서는 결코 찾아볼 수 없는 지극히 경건하고도 철저한 의무를 진다.

나는 아드리안이 자신의 결정을 알려줄 때 갑자기 이런 생각이 들었다. 그는 직관적으로 자신에 대한 정신적 통제를 해야 할 것 같은 생각에서 그런 결정을 내렸다고 했다. 즉, 자신의 냉철한 지성을, 백과사전적이고 모든 것을 쉽게 이해하는, 우월감에 사로잡힌 지성을 종교적인 것으로 속박하고 그 앞에 머리 숙이게 하고픈 열망에서 그랬다고 했는데, 나는 그 말에 동의하고 싶었다. 실제로 동의할 수 있었다면 내가 언제나 마음

속에 품고 있던 그에 대한 막연한, 왠지 모를 걱정이 가라앉았을 것이고, 반드시 다음 세계에 대한 통찰력을 동반하는 사크리피시움 인텔렉투스(sacrificium intellectus. 지성의 희생)는 지성이 강할수록 더 높게 평가돼야 하므로 내가 크게 감동했을 것이다. 그러나 나는 기본적으로 내 친구의 겸허함을 믿지 않았다. 나는 그의 자존심을 믿었고, 또한 그의 자존심을 자랑스럽게 생각했으며, 그 자존심으로 인해 그러한 결정을 내렸다는 사실에 추호의 의심도 없었다. 따라서 그의 결정을 들었을 때 나는 기쁨과 걱정이 섞였으며, 이로 인해 내 몸에 소름이 끼쳤던 것이다.

그는 내가 당혹해하는 모습을 보고 그 원인을 제3자 즉, 자신의 음악 선생님을 의식한 탓으로 돌렸다.

"크레치마 선생님이 실망할 거라고 생각하지?"라고 그가 말했다. "선생님은 내가 폴리힘니아(그리스 신화에 나오는 찬가의 여신 - 옮긴이)에 완전히 헌신하기를 바란다는 사실을 나도 알아. 이상하게도 사람들은 누구나 다른 사람을 자기가 가는 길로 이끌려고 해. 그런 사람들을 다 만족시켜 줄 수는 없잖아? 크레치마 선생님께는 음악이 교회와 그 역사를 통해 신학 방면에 매우 큰 영향을 주었다는 사실을 말씀드릴 거야. 수학적이고 물리적인 분야 즉, 음향학에 끼친 영향보다 실용적으로나 예술적으로나 더 큰 영향이지."

그는 크레치마에게 그 말을 하겠다고 했지만 사실은 내게 말한 것이었고, 나는 그것을 알아차렸으며, 나는 다시 혼자 있게 되었을 때 그 말을 반복해서 생각했다. 물론 비종교적인 다른 학문과 마찬가지로 예술도, 특히 음악은 신학과의 관계에서 시중을 드는 듯한, 보조자와도 같은 성격을 띤다. 이러한 생각은 우리가 음악의 운명에 대해 나누었던, 대단히 고무적인 동시에 우울하게 내리누르는 그 운명에 대해, 제식으로부터 해방된 것에 대해, 그 문화적 세속화에 대해 나누었던 토론과도 연관이 있었다. 자기 자신을 위해, 자신의 장래 희망을 위해 음악의 지위를 그의 말마따나 더 행복했던 시절에 제식구조에서 차지했던 수준으로 끌어내리고 싶은 마음이 그의 직업선택에도 영향을 미쳤다는 사실을 나는 분명히 알 수 있었다. 그는 다른 비종교적인 연구분야와 마찬가지로 음악도 자신이 헌신하기로 한 그 영역 아래에 두고 싶어 했다. 그때 나도 모르게 내 눈 앞에 그의 견해가 가시화되면서 일종의 바로크 시대 유화가, 제단을 장식하는 거대한 그림이 어른거렸는데, 모든 예술과 학문이 몸을 굽힌 채 신격화된 신학을 찬양하는 광경이었다.

내가 이 영상에 대해 이야기하자 아드리안은 크게 웃었다. 당시 그는 매우 유쾌했고, 농담을 하고 싶은 기분에 들떠 있었다. 그럴 만도 했다. 교문을 영원히 뒤로 하고, 우리가 자란 동네의 보호막이 걷히고, 우리 앞에 열린 세상이 펼쳐지면 그때가 바로 내 몸에 날개가 돋고 자유가 시작되는 순간이 아닌가! 벅찬 기대로 가슴이 설레는, 우리 일생에서 가장 행복한 순간이 아닌가! 아드리안은 크레치마 선생과 함께 음악을 접하기 위해 인근 대도시로 나간 적이 몇 번 있었으므로 바깥세상의 공기를 미리 맛보았었다. 이제 카이저스아셔른은, 마녀와 별종들이 득실거리는 이 도시는, 악기창고가 있고 성당에 황제의 무덤이 있는 그 도시는 그를 영원히 놓아줄 때가 되었으며, 나중에 그는 다만 방문객 신분으로, 남들이 모르는 것을 아는 사람이 짓는 미소를 띤 채 그 도시의 골목을 걷게 될 것이다.

그랬던가? 카이저스아셔른이 그를 자유롭게 놓아준 적이 있었던가? 그가 어디를 가든 카이저스아셔른도 그를 따라가지 않았었나? 자신이 내린 결정이라고 믿었던 일도 사실은 카이저스아셔른이 한 결정이 아니었던가? 무엇이 자유인가? 두드러지지 않는 것만이 자유롭다. 특징이 강한 것은 결코 자유롭지 않다. 그것은 그렇게 굳어지고 규정되며 구속받는다. 내 친구가 신학을 전공하기로 결정했다고 한 말은 사실은 '카이저스아셔른' 이 한 말이 아니었나? 아드리안 레버퀸과 이 도시. 그랬다. 그 둘이 함께 신학이라는 결정에 도달했었고, 그 후 나는 그것 외에 예상할만한 다른 결정의 가능성이 있었는지 자문했다. 그는 훗날 작곡에 몰두했다. 그가 쓴 음악은 얼마나 독창적이었던가! 그것이 '자유로운' 음악이었나? 보편적인 음악이었나? 그렇지 않았다. 그것은 끝내 벗어나지 못한 자의 음악이었다. 극도로 신비한, 규범을 무시한 이상한 구조 속속들이 교회 지하 납골소의 울림과 거기서 나오는 숨결과도 같은 분위기가 가득 밴 음악. 카이저스아셔른의 음악이었다.

아드리안은 그 시절 대단히 기분이 좋았다. 왜 안 그랬겠는가! 그는 필기시험에서 거둔 뛰어난 성적을 근거로 구두시험을 면제 받았고, 선생님들의 모든 가르침에 대해 감사하며 학교를 졸업했다. 선생님들은 그가 별다른 노력을 하지 않는 데 대해 언제나 은근한 모욕감을 받아왔지만, 그가 신학을 전공으로 선택한 점을 고려해 이를 억눌렀다. 그나마 '평신도 형제회 학교' 교장인 슈토이엔틴 박사는 아드리안이 개인적으로 찾아뵙고 인사를 드렸을 때 이와 관련해 충고의 말을 잊지 않았다. 그는 포머른 출신으로서 아드리안에게 그리스어와 중세 독일어, 그리고 히브리어를 가르친 고매하신 분이었다.

"잘 가게, 레버퀸 군. 신이 함께 하길! 진심으로 하는 축복일세. 자네 생각은 어떤지 몰라도 나는 자네에게 이 축복이 필요할 거라 믿네. 자네는 재능이 풍부한 사람이야. 자네도 알다시피. 모를 리가 있겠나! 그리고 그 재능은 저 높은 곳에 계신, 모든 것을 창조하신 분이 자네에게 주셨다는 사실도 잘 알 걸세. 그래서 자네도 그 재능을 그 분을 위해 쓰려는 것 아닌가. 그러네. 천부의 공(功)은 신이 우리를 위해 베푼 것이지 우리가 쌓은 것이 아닐세. 스스로 오만의 덫에 걸려 그것이 마치 자신의 공인 양 내세우는 행위는 그 분께 대적하는 일일세. 그런 자는 사자처럼 으르렁거리며 삼킬 자를 찾아 두루 돌아다니는 마귀와도 같네. 자네는 마귀가 들지 않도록 조심해야 하는 이유가 충분한 사람이야. 이 말은 자네에게 하는 칭찬일세. 자네가 그런 것도 신의 뜻이 아닌가. 그러니 맞서고 부딪치지 말고 겸손하게! 자만은 곧 몰락이요, 크나큰 은혜를 베푸신 분께 대한 배은망덕이라는 사실을 늘 잊지 말게나!" 그가 말했다.

훗날 나는 이 올곧은 교장선생님 밑에서 교직을 수행했다. 나와 아드리안은 그 부활절 즈음에 부헬의 농장에서 들로 숲으로 여러 차례 산책을 나갔으며, 그때 그는 미소를 띤 채 교장선생님과 나눈 대화를 내게 전했다. 그는 졸업시험을 마치고 부헬에서 몇 주간 쉬었는데, 그때 그의 부모님은 나도 함께 부르셨다. 나는 그 당시 우리가 천천히 걸으며 슈토이엔틴 선생님의 충고에 대해, 특히 그가 작별인사에서 사용한 '천부의 공'이라는 표현에 대해 나눈 대화를 잘 기억하고 있다. 아드리안은 슈토이엔틴 선생이 괴테의 말을 인용한 것이라고 했다. 괴테는 그 말을 즐겨 썼으며, '타고난 공'이라고 한 적도 여러 번 있는데, '타고난'과 '공'이라는 서로 상반되는 뜻을 가진 두 단어를 결합함으로써 '공'이라는 개념에서 도덕적인 성질을 배제시키고 '자연적으로 타고난 것'을 도덕성과는 무관한 귀족성의 개념으로 끌어올리고자 했다고 설명했다. 따라서 괴테는 겸허함을 요구하는 입장에 반대했고, 그러한 요구는 언제나 타고난 공이 부족한 사람들이 하는 것이라며 "타락한 자들만이 겸허하다"고 선언했다는 것이다. 그러나 슈토이엔틴 선생은 괴테의 말을 실러의 의미로 사용했다고 할 수 있는데, 모든 것이 자유에 달렸다고 본 실러는 괴테가 따로 뗄 수 없이 붙어있다고 본 재능과 개인의 공로, 즉 행운과 공로를 도덕적 정신의 관점에서 예리하게 구분했고, 교장선생님이 타고난 공을 신이 우리를 위해 베푼, 우리가 겸허하게 받아들여야 하는 공이라고 표현한 것으로 보아 교장선생님도 실러의 구분을 따랐다는 것이다.

"독일 사람들의 사고방식은 뭐든지 결합시키는 복선적인 것이야. 언제나 이것도 저것도 다 가지려고 하지. 우리는 위대한 인물들에게서 상반적인 사고원칙과 존재원칙을 멋지게 끌어냈어. 하지만 그런 다음에는 뒤섞어버리지. 한 가지 원칙의 특징을 다른 원칙의 의미로 사용하고, 모든 것을 엉망으로 만들고, 그러고는 자유와 고결함과 이상주의와 순수주의를 하나로 통합할 수 있다고 믿지. 하지만 잘 안 될 걸?" 이 새내기 대학생은 입에 풀줄기를 문 채 이렇게 말했다.

"독일 사람들이 그 두 가지를 다 가지고 있으니까 그렇지. 아니라면 각각에서 그것을 끌어내지 못했을 거야. 풍요로운 민족이지." 내가 대꾸했다.

"복잡한 민족이지. 다른 민족을 혼란스럽게 하는 민족." 그가 고집했다.

우리가 전원에서 몇 주를 편안하게 보내면서 이렇게 철학적인 이야기를 자주 한 것은 아니었다. 당시 그는 전체적으로 형이상학적인 이야기보다는 웃고 장난치기를 더 좋아했다. 웃음에 대한 그의 감수성, 익살을 좋아하고 잘 웃는, 눈물이 나도록 웃는 그의 성격에 대해서는 이미 시사한 바 있으며, 독자들이 그의 성격을 상상하면서 이러한 자유분방함을 그 상상 안에 포함시키지 않았다면 이는 내가 그의 모습을 잘못 그린 탓이다. 나는 유머라는 표현을 쓰고 싶지는 않다. 그를 나타내기에 이 단어는 너무 편의적이고 부족해 보인다. 그의 잘 웃는 성향은 오히려 비범한 재능이 만들어낸 엄격한 삶의 굴레를 벗어나려는 행위처럼, 일탈처럼, 일종의 도피처럼 보였으며, 나는 그의 그런 모습을 볼 때 한번도 편한 적이 없었다. 이제 지난 학교시절, 우스꽝스러운 친구들과 선생님들의 모습을 회상하며 그는 마음껏 웃을 기회를 찾았고, 그러다 예전에 교육의 일환으로 하게 된 경험, 즉 큰 도시에 나가 오페라 공연을 본 기억에 도달했는데, 그때 본 작품 가운데는 실연된 작품 자체의 가치를 떨어뜨리지 않으면서도 코미디 같은 요소를 띠는 것도 있었다. 이를테면 〈로엔그린〉(바그너의 오페라 - 옮긴이)에 나오는 하인리히 왕이 그랬는데, 배불뚝이에 다리가 엑스(X) 자로 휘었으며, 자루 모양의 수염은 발 덮개 같아 보였고, 그 속에 싸인 둥글고 검은 입에서 고문하는 듯한 베이스가 울려 나왔다. 아드리안은 그의 모습을 묘사하며 몸을 가누지 못할 정도로 웃었다. 그것은 웃음에 푹 빠지게 해 주는 계기 가운데 한 가지 예일 뿐이었으며, 어쩌면 너무도 구체적인 예일 것이다. 근거도 없고 유치하기만 한 익살이 계기가 될 때도 많았는데, 그럴 때 나는 솔직히 그에게 동조하기가 쉽지 않았다. 나는 웃음을 그다지 좋아하지 않으며, 그가 웃음에 몸을 내맡길 때면 언제나 생각나는 이야기가 있었는데, 그 이야기도 그에게서 들은 것이었다. 성 아우구스티누스의 《신국론》에 나오는 이야기인데, 노아의 아들이자 마법사 차라투스트라의 아버지인 셈은 태어날 때 웃으며 태어난 유일한 사람이며, 이는 악마의 도움 없이는 일어날 수 없는 일이라는 이야기였다. 그 이야기는 내게 매번 예외 없이 떠오르는 강박적인 기억이 되었지만 사실 나의 소심한 행동에 첨가된 현상일 뿐이었는데, 이를테면 내가 몰래 그에게 보낸 시선은 너무 진지하고 두려운 긴장감에 싸여 있어서 그의 자유분방한 행동을 제대로 관찰할 만큼 자유롭지 못했다. 게다가 내가 그런 일에 미숙했던 데는 메마르고 뻣뻣한 내 성격 탓도 있었다.
 아드리안은 훗날 라이프치히에서 알게 된, 영문학을 한 작가 뤼디거 실트크납과 이런 면에서 더 잘 통했으며, 실트크납의 그런 면에 대해 나는 언제나 약간의 질투심을 느꼈다.

11

잘레 강 유역의 도시 할레는 신학을 문헌학 및 교육학과 결합시키는 전통이 강한 곳이다. 특히 이른바 할레 시의 수호성자인 역사적 인물 아우구스트 헤르만 프랑케는 17세기 말, 그러니까 할레 대학이 설립된 직후에 학교와 고아원을 운영하는 그 유명한 '프랑케 재단'을 설립했고, 자신의 종교적인 관심을 인문학 및 언어학과 결합시켜 학문적으로도 지대한 공헌을 했다. 칸슈타인 성서연구소 또한 종교와 텍스트 비평의 결합을 꾀하고 있으며, 거기서 발행한 루터의 번역성서 수정본은 최초로 그 권위를 인정받은 책이다. 그 시절 할레 대학에는 그 밖에도 저명한 라틴어 학자 하인리히 오지안더가 있었다. 나는 그의 강의를 퍽이나 듣고 싶었으며, 박사학위를 두 개나 취득한 한스 케겔 교수의 교회사 강의는, 아드리안에게서 들은 이야기지만, 세속의 역사 또한 방대하게 다루었으므로 역사를 제1 부전공으로 정했던 나는 그 강의의 도움을 받고 싶었다.

그러니까 내가 예나 대학과 기센 대학에서 각기 두 학기를 마친 후 할레 대학의 품에 안기기로 한 결정에는 학문적으로 충분한 명분이 있었다. 그건 그렇고, 할레 대학은 나폴레옹 전쟁 후 비텐베르크 대학과 통합된 적이 있었으므로 비텐베르크 대학에 다니는 것과 동일한 지적(知的) 활동을 할 수 있다는 장점이 있었다. 레버퀸이 할레 대학에 입학하고 반년이 지났을 때 나는 그곳에서 그와 합류했는데, 물론 그 결심에는 그가 그곳에 있다는 개인적인 이유가 강하게, 아니 결정적으로 작용했다는 사실을 부정하지 않겠다. 그는 할레에 온 후 얼마 지나지 않아, 아마도 외롭고 쓸쓸한 마음에서, 내게 그곳으로 오라고 권유했다. 내가 그의 말에 따라 그곳으로 가기까지는 그로부터 몇 달이 지나야 했지만 나는 그 말을 듣는 즉시 갈 준비를 했다. 아니, 사실 그의 권유는 필요도 없었다. 그의 곁에 있고 싶은 나 자신의 소망, 그가 사는 모습, 그의 공부가 향상되고 학문의 자유로운 공기 속에 그의 재능이 발휘되는 모습을 지켜보고 싶은 마음, 일상에서 늘 그와 마주치며 그를 보살피고 언제나 지켜주고 싶은 내 소망만으로 충분했을 것이다. 여기에 앞에서 말한 객관적이고 학문적인 이유가 추가되었다.

 나는 이 글에서 내가 할레에서 친구와 함께 보낸 2년간의 청년시절을—카이저스아셔른과 부헬 농장에서 보낸 방학을 포함해—묘사하면서 그의 소년시절을 묘사할 때와 마찬가지로 축소시킨 모습으로밖에 그릴 수 없다. 행복한 시절이었던가? 그랬다. 우리 인생에서 원하는 것을 자유로이 추구하는, 신선한 감각으로 두루 구하고 차곡차곡 쌓는 시기의 핵이었다. 적어도 내가 어린 시절부터 집착했던 한 친구 곁에서 보낸 시기였으니까. 그의 존재, 그의 성장, 그의 문제가 사실 나 자신의 문제보다 더 중요했다. 내 문제는 간단했다. 별로 고민할 필요도 없었고, 이미 주어진 해답을 찾는 데 필요한 준비만 성실히 하면 되었다. 그의 문제는 더 고차원적이었고 어떤 점에서 더 수수께끼 같았는데, 나는 그 문제에 매달리느라 나 자신의 장래 문제에 대해서는 시간적으로나 정신적으로 늘 소홀했다. 내가 선뜻 그 시절 앞에 '행복한'이라는 형용사를 붙이지 못한 이유는, 이 경우가 아니더라도 언제나 쓰기 망설여지는 낱말이지만, 그와 함께 지내는 동안 그는 내 전공에 크게 흥미를 보이지 않았어도 나는 그의 전공분야에 깊이 파고들었는데, 솔직히 신학은 내 적성에 맞지 않았기 때문이다. 나는 그곳의 분위기가 편치 않았고, 거기서는 숨이 막힐 것 같았으며, 내심 당혹감을 느끼기까지 했다. 할레의 사상계는 수백 년 전부터 종교적인 대립, 즉 종교계의 싸움과 투쟁으로 물들어 있었으므로 언제나 인문주의 이념에 입각한 교육에 해를 끼쳤는데, 나는 거기서 나의 학문적 선조인 크로투스 루비아누스의 심정을 조금 이해할 것 같았다. 그는 1530년경 할레의 성당 참사의원이었으며, 루터는 그를 두고 "향락주의자 크로투스('크로투스'는 라틴어로 활 쏘는 사수라는 뜻임 - 옮긴이)", "마인츠에서 추기경의 접시나 핥는 크뢰테(두꺼비) 박사"라고 했다. 루터는 "교황은 악마의 암퇘지다"라고도 했으며, 위대한 사람임에는 틀림없지만 어디를 가나 거침없고 상스러웠다. 나는 언제나 종교개혁이 크로투스와 같은 사상가에게 불러 일으켰던 압박감에 공감을 느꼈는데, 그들은 종교개혁을 주관적인 전횡이 교회의 객관적인 규율과 질서 속으로 파고든 사건으로 보았다. 이때 크로투스는 평화를 사랑하는 고매한 마음에서 양보할 줄 아는 이성을 지녔으며, 따라서 성찬식에서 성배를 사용하지 않는데 반발하지 않았는데, 그로 인해 예기치 못한 곤경에 처하기도 했다. 할레의 선제후 알브레히트가 성찬식에서 두 가지 양식을 혼합했다는 이유로 그에게 중징계를 내렸던 것이다.

    이것이 양극단의 광적인 믿음 사이에서 관용이 처한, 문화와 평화를 사랑하는 입장이 처한 상황이었다. 할레는 최초로 개신교 교구 감독이 생긴 곳이다. 유스투스 요나스가 바로 그 주인공인데 그는 1541년에 그곳에 왔으며, 에라스무스(요나스의 외삼촌. 인문주의자. 초기 종교개혁가. 루터와 대립된 종교관을 주장함 - 옮긴이)의 우려에도 불구하고 멜란히톤, 후텐과 더불어 인문주의자 진영에서 루터주의자 진영으로 옮겨간 사람들 가운데 한 사람이었다. 그러나 에라스무스 로테르담이 정작 우려했던 일은 루터와 그 추종자들이 전통신학에 대해 품은 적개심이었으며, 루터 자신은 사실 전통신학에 대해 아는 것이 별로 없었는데도 불구하고 사람들은 그들의 적개심을 종교적인 봉기의 원천으로 여겼다. 당시 교회라는 울타리 안에서 일어난 사건, 즉 객관적인 규범에 거스른 주관적 전횡의 봉기는 백여 년이 흐른 후 개신교 내부에서 반복되었다. 즉 개신교는 거지조차도 개신교도들에게는 구걸하지 않을 만큼 교리에만 빠졌고, 이에 맞서 경건한 믿음과 내면의 기쁨을 앞세운 혁명이 일어났는데 이것이 곧 경건주의 운동이었다. 할레 대학이 설립될 당시 신학부의 교수직은 모두 경건주의자들이 차지했다. 할레는 그 후 오랫동안 경건주의 운동의 중심지가 되었는데, 이 또한 과거 루터주의와 마찬가지로 교회에 대한 쇄신운동이었으며, 종교가 이미 쇠퇴일로에 처했을 때, 그러니까 일반인의 관심사 밖으로 밀려났을 때 종교를 혁명적으로 부활시킨 운동이었다. 그런데 나 같은 사람은 이미 생명이 다한 것을 이렇게 반복해서 구해내는 일이 문화의 관점에서 볼 때 과연 환영할 일인지, 아니면 혁명가들을 뒤처진 사람이요 불행의 사자(使者)로 보아야 하는지가 늘 의문이다. 분명한 것은 마르틴 루터가 교회를 부활시키지 않았더라면 인류가 겪은 수많은 희생과 끔찍한 자학은 겪지 않아도 되었을 것이라는 사실이다.

    나는 내가 한 말 때문에 비종교적인 사람으로 비치는 것을 원하지 않는다. 나는 그런 사람이 아니다. 오히려 나는 슐라이어마허(19세기 전반에 활동한 독일의 신학자이자 철학자 - 옮긴이)와 궤를 같이 하는 사람이다. 그 역시 할레의 신학자였으며, 종교를 '영원한 것에 대한 감각과 취향'이라고 정의한 바 있고, 종교는 인간에게 내재된 '행위'라고 했다. 즉 종교에 관한 학문이 다루는 대상은 철학적인 문장이 아니라 인간 내면에 주어진 것, 영혼의 실상이라는 것이다. 이 말은 신의 존재에 대한 증명을 상기시키는데, 이는 내가 무엇보다도 좋아하는 것으로서, 초월적 존재에 대한 주관적 사고를 통해 그 객관적 실체에 도달한다는 이론이다. 슐라이어마허 또한 다른 사람들과 마찬가지로 이성을 중시하지 않았다는 사실은 칸트의 열변으로 증명되었다. 그러나 학문에서 이성을 배제할 수는 없다. 영원한 것, 영원한 수수께끼에 대한 감각으로 학문을 하고자 하는 것은 서로 근본적으로 다른 두 영역을 억지로 합치려는 것이며, 내 눈에는 이러한 결합이 당혹감을 지속시키는 불행한 결합으로 보인다. 신앙은 결코 내 마음에 낯선 감정이 아니라고 생각하는데, 그것은 종파에 따라 규정된 실증적 종교와는 분명 다른 것이다. 영원한 것에 대한 인간의 감각이라는 '현상'을 인문과학으로 분류하여 그 결과 교리의 감옥을 짓게 하는 것보다 차라리 그 감각을 경건한 감정에, 예술에, 자유로운 명상에 내맡기는 편이 더 좋지 않았을까? 심지어 자연과학도 이보다는 낫지 않았을까? 우주생물학, 천문학, 이론물리학은 창조의 비밀에 종교적인 자세로 헌신하여 그 감각에 봉사할 수 있으니까. 경건주의는 물론 그 몽환적인 본질에 맞게 경건한 정신과 학문을 엄밀히 구분하고자 했으므로 학문적인 범주에서 일어나는 어떠한 운동도, 어떠한 변화도 신앙에 영향을 끼칠 수는 없다고 주장했다. 그러나 이것은 착각이었다. 신학은 언제나 자의, 타의에 의해 각 시대의 학문적 흐름에서 영향을 받아왔고, 시간이 흐를수록 점점 더 시대착오적인 입장으로 밀리면서도 언제나 그 시대에 맞추고

자 했다. 그러나 단지 그 이름만 듣고도 이토록 과거로, 16세기, 12세기로 돌아간 듯한 느낌을 주는 분야가 또 있는가? 그러니 아무리 적응을 해도, 아무리 학문적 비평에 양보를 해도 달라지지 않는다. 이러한 적응과 양보는 학문도 아니고 신앙도 아닌, 불완전한 잡종을 낳을 뿐이며, 결국 존재의지를 상실하게 한다. 교리주의는 교리를 합리적으로 증명하고자 함으로써 종교적 영역에 이성을 도입하는 실수를 범하고 말았다. 계몽주의 시대의 신학은 지적받은 모순에 대해 자신을 방어하는 일 말고는 거의 할 일이 없었으며, 이를 피하기 위해 계시를 인정하지 않는 계몽주의 사상을 너무 많이 받아들인 나머지 믿음을 희생시키는 결과를 초래했다. 이 시기는 '이성적인 신앙숭배'의 시대였으며, "모든 것은 현자의 돌(중세 연금술사들이 비금속을 황금으로 바꿀 수 있는 성분이 들어 있다고 믿었던 돌 - 옮긴이)을 검사하듯 그 합리성을 검사해야 한다"고 선언한 할레의 볼프 같은 신학자 족속의 시대였다. 이들 족속은 성서에서 '도덕적 개진'에 소용되지 않는 것은 모두 낡은 것으로 치부하고 교회와 교리의 역사에서 볼 것이라고는 오로지 착각의 코미디밖에 없다고 단정했다. 합리성을 내세워 날로 삭막해져만 가는 계몽주의 신학이 이렇듯 극단으로 치닫자 이와 교리주의 사이에서 보수성향의 중립을 표방하는 중재신학이 대두했다. 이후 '종교의 학문'은 그 생명이 '구원'과 '희생'이라는 두 개념에 의해 결정되었는데, 이 두 개념에는 그 학문이 존재하는 시간을 연장시키는 요소가 포함되어 있었다. 신학은 이로써 그 생명을 연장했다. 보수노선의 신학은 계시와 전통적인 성서해석을 고수했고, 성서신학에서 '구제' 할 수 있는 것은 구제하고자 했으며, 동시에 비종교적 사학의 실증적, 비판적 방법을 진보적으로 받아들여 고유의 주요 내용, 이를테면 기적에 대한 믿음, 그리스도론의 주요 부분인 예수의 부활 등을 학문에 '희생' 시켰다.

이성과의 관계가 이토록 난처하고, 이성과의 타협으로 인해 붕괴 일보직전에 처한 이것이 학문이란 말인가? 내가 보기에 '진보주의 신학'은 나무로 된 쇳덩이다. 형용모순이다. 진보주의 신학은 문화를 따르고 시민사회의 이상에 기꺼이 적응하면서 종교적인 것을 인간의 휴머니즘 기능으로 끌어내렸으며, 종교적 정령의 본질인 도취와 역설을 희석시켜 윤리적 진보성으로 만들어 버렸다. 그러나 종교적인 것은 단순히 윤리적인 것으로 구현되지 않으므로 결국 학문적인 사고와 애초의 신학적인 사고는 다시 분리되기에 이른다. 진보주의 신학에서 학문적인 요소가 우월하다는 사실은, 거기에 이론의 여지는 없지만, 그 신학적인 위치는 약하다는 뜻인데, 이는 진보주의 신학의 도덕주의와 박애주의에 인간의 악마적인 성질에 대한 통찰이 결여되어 있기 때문이다. 통찰이 전혀 없는 것은 아니지만 너무 얕고, 인간의 본성과 생명의 비극에 대한 진정한 이해는 보수적인 전통신학이 오히려 훨씬 더 뛰어나며, 따라서 문화와의 관계도 진보적 시민사상이 맺은 관계보다 더 깊고 더 중하다는 것이다.

여기서 신학적인 사고에 반이성적인 철학사조가 유입되었다는 사실을 분명히 알 수 있는데, 이렇게 유입된 철학분야는 이미 오래전부터 이론을 초월한 것, 살아있는 것, 의지 또는 충동, 간단히 말해 악마적인 것까지도 주요 주제로 다루어왔다. 동시에 중세 가톨릭 철학 연구가 부흥하여 신 토마스 학설과 신 스콜라 학설에 몰두했던 점도 알 수 있다. 진보주의의 영향으로 퇴색한 신학은 이리하여 다시금 더 깊고, 더 강하고, 심지어 더 빛나는 색채를 띨 수 있게 되었다. 신학은 그 이름만으로도 자연스럽게 연상되는 미학적이고 고풍스러운 특징을 다시 당당하게 유지할 수 있다. 그러나 윤리를 강조하는 사상은, 이를 두고 시민사상이라 하든, 아니면 그대로 윤리적인 사상이라 하든, 불안한 느낌을 물리칠 수 없다. 왜냐하면 생철학(生哲學)의 정신 즉, 반이성주의와 결합한 신학은 본질적으로 악마학이 될 위험을 안고 있기 때문이다.

이 모든 이야기를 하는 이유는 단지 내가 말한 불편함이 어떤 것인지, 할레에 체류하면서 아드리안의 공부에 참여하고 그가 듣는 강의를 청강생 자격으로 들으면서 그의 옆에서 따라갈 때 종종 느끼던 불편함이 어떤 것인지 설명하기 위해서다. 그는 내가 느낀 이러한 압박감을 전혀 이해하지 못했다. 그는 강의에서 다룬 문제, 세미나에서 토론한 신학의 문제들에 대해 나와 이야기하기를 좋아했지만, 대화를 할 때마다 문제의 근본을 파헤치거나 학문들 사이에서 신학이 차지하는 위상의 문제 자체에 이를 시점이면 이 문제를 비껴갔으며, 따라서 내가 그 무엇보다 중요하다고 생각하는 바로 그 문제를 피했으므로 나는 약간 마음이 상했다. 그런데 그는 강의에서도 이렇게 행동했고 친구들, 기독교 학생 동아리인 '빈프리트'의 회원들과의 교제에서도 그렇게 행동했다. 아드리안은 사교 목적으로 빈프리트에 가입했는데, 나 또한 얼마간 그곳에 드나들었다. 이것에 대해서는 나중에 다시 이야기하겠다. 여기서는 다만 이 젊은이들의 모습만 이야기하고자 한다. 그 가운데는 지도자 후보처럼 말끔하게 생긴 학생도 있었고 농부처럼 건장한 학생도 있었으며 좋은 교육환경에서 자란 티가 확연히 드러나는 학생도 있었지만, 그들은 모두 신학도였으므로 그들에게서는 신을 섬기는 경건한 기쁨이 두드러져 보였다. 그러나 그들은 어떻게 신학자가 될 수 있다고 생각하는지, 현대의 정신적인 환경에서 어떻게 그 직업을 선택할 생각에 이르렀는지—단지 집안의 전통을 따르는 경우는 제외하고—그 점에 대해서는 말하지 않았으며, 그렇다고 내 입장에서 그들을 심문해 봐야 분명 아무 소득도 얻지 못할 일이었다. 그런 과격한 질문은 응당 술집에서 한잔하고 풀어진 분위기에서 하는 것이 제격

일 것이다. 그러나 빈프리트 회원들은 당연히 주먹다짐은 물론 '한잔하기' 조차도 좋아하지 않았으며 언제나 말짱한 정신을 유지했다. 즉 근본적인 문제에 비판적으로 접근하는 데 대해 배타적이었다. 그들은 국가와 교회에 종교적인 관리(官吏)가 필요하다는 사실을 알고 있었고, 따라서 그 길을 밟기 위한 준비를 하고 있었다. 그들에게 있어 신학은 이미 주어진 무엇이었다. 물론 역사적으로 그러하다.

나는 아드리안도 신학을 그렇게 받아들이고 있다는 사실을 인정해야 했다. 비록 그가 어린 시절에 뿌리를 둔 우리의 우정을 무시하고 나보다는 학과 친구들을 먼저 찾는 일이 더 많았다는 사실이 내 마음을 아프게는 했지만 어쩔 수 없는 일이었다. 이는 아드리안이 다른 사람을 결코 자신의 세계에 들여놓지 않았으며, 그와의 신뢰관계에는 넘을 수 없는 경계가 그어져 있었다는 사실을 증명하는 일이었다. 하지만 나는 그가 선택한 직업을 의미 있는 것으로 생각한다고, 그에게 적합한 것으로 생각한다고 말하지 않았던가. 이 문제를 '카이저스아셔른'의 이름으로 설명하지 않았던가. 종종 나는 아드리안의 전공분야가 안고 있는 문제로 인해 괴로울 때 카이저스아셔른이라는 이름에서 그 해결책을 찾고자 했다. 나는 스스로 우리 둘 다 독일의 전통이 보존된 지역의 적자들이며 그곳에서 자란 사람들이라고 말했다. 그리고 내가 우리의 새로운 생활환경을 둘러보았을 때 무대가 넓어지기는 했으나 본질적으로 달라진 것은 없다는 사실을 발견했다.

12

할레는 비록 대도시는 아니었지만 인구 20만에 달하는 제법 큰 도시였는데, 근대적인 대규모 산업에도 불구하고 적어도 우리 두 사람이 살았던 그 시내 중심지에서는 우아한 전통의 품격을 감추지 않았다. 잘레 강 유역의 풍요로운 염전지대였던 이곳은 천 년 전 막데부르크 대주교구에 편입된 후 오토 2세가 여기에 도시를 건설했다. 그러나 이 도시의 현대적 면모 뒤에서는 귀신 목소리로 끊임없이 무언가 속삭이는 세월의 깊이가 있었다. 그것은 종종 보존된 건축물을 통해 눈으로 직접 확인할 수도 있었고, 전통 가면축제 때면 민속의상을 입은 제염공 할아버지의 모습으로 오늘날까지도 죽지 않고 버티고 있었다. 내 '골방'—대학생들이 쓰는 말이었다—은 모리츠 교회 뒤 한자슈트라세라는 작은 거리에 있었는데, 이 길은 과거에 카이저스아서른으로 통했을 것 같았다. 그리고 아드리안은 시장 광장의 합각지붕(시옷 자 모양의 지붕 - 옮긴이) 주택에 침대를 놓을 수 있도록 벽에 움푹 파인 공간이 있는 방을 구했는데, 그 집을 세 낸 중년의 공무원 미망인이 아드리안에게 재임대한 것이었다. 아드리안은 할레에 체류한 2년 동안 내내 그곳에서 살았다. 그 방에서는 광장과 중세풍의 시청, 그리고 고딕 양식의 마리아 성당이 보였다. 성당의 두 탑은 반구(半球) 지붕을 이고 있으며 일종의 탄식의 다리(베니스의 두칼레 궁과 그 뒤 처형장을 연결하는 다리 - 옮긴이)로 연결되어 있었다. 뿐만 아니라 따로 떨어져 서 있는, 역시 고딕 양식이면서도 매우 특이하게 지은 '붉은 탑'과 롤란트(8세기 샤를마뉴 대제의 전설에 나오는 기사. 프랑스에서는 '롤랑' 이라고 함 - 옮긴이)의 석상 및 헨델의 동상이 한 눈에 들어왔다. 그 방은 그저 깔끔할 뿐이었는데, 사각의 소파 탁자에는 시민계급의 화려한 생활을 희미하게 엿볼 수 있는 붉은 테이블보가 덮여 있었으며, 그 위에는 책이 있었다. 아드리안은 매일 아침 거기서 커피에 우유를 타 마셨다. 아드리안은 작은 피아노를 빌리는 것으로 실내설비를 마무리했다. 피아노에는 자신이 쓴 것을 포함해 악보들로 가득했다. 그 위 벽에는 숫자가 쓰여있는 동판을 압정으로 고정시켜 놓았는데, 아드리안이 어느 고물상에서 구한 것이었다. 그것은 이른바 마방진(魔方陣)이라는 것으로서, 뒤러의 그림 〈멜렌콜리아〉에 모래시계, 컴퍼스, 천칭, 다면체, 그리고 그 밖의 상징물들과 더불어 나오는 것과 같은 것이었다. 이 그림에서와 마찬가지로 그것은 16개의 작은 칸으로 나뉜 사각형인데, 맨 아래 오른쪽에 1, 맨 위 왼쪽에 16이 쓰여있었다. 그리고 신기하게도, 마술과도 같이, 이 숫자들은 가로로, 세로로, 대각선으로, 어떻게 더하든 항상 그 합이 34였다. 나는 늘 같은 결과가 나오는 이 마술의 원리가 어떤 순열법칙을 따른 것인지 알아낼 수 없었지만 아드리안이 마방진을 걸어둔 곳이 하필 피아노 위였으므로 언제나 그쪽으로 시선이 갔고, 그 방에 갈 때마다 그 판을 좌우로, 대각선으로 또 위아래로 재빨리 훑어 숙명적으로 일치하는 결과를 확인했던 것 같다.

우리는 과거 '행복의 전령'과 그의 삼촌 집 사이를 오갔던 것처럼 두 사람의 숙소 사이를 오갔다. 연극, 음악회, 또는 빈프리트 모임에서 돌아오는 저녁때뿐만 아니라 아침에 학교에 가기 전에도 두 사람 가운데 한 사람이 다른 사람에게로 와서 서로 강의노트를 비교하곤 했다. 철학은 신학부의 1차 시험에서 필수과목이었고 우리 두 사람의 교과과정에서 공통된 부분이었으며 둘 다 콜로낫 노넨마허에게서 이 과목을 배웠다. 그는 당시 할레 대학의 빛나는 석학 가운데 한 사람으로서 소크라테스 이전의 철학, 이오니아 학파의 자연철학, 아낙시만드로스, 피타고라스에 관해 매우 활기차고 재미있게 강의했다. 그 가운데 피타고라스에 관해서 가장 광범위하게 다루었는데, 그의 우주론을 당시의 관행에 따라 아리스토텔레스의 이론으로 설명하기 위해 아리스토텔레스에 관한 이야기도 많이 했다. 우리는 한 철학자가 엄격하고 경건한 정신으로 해석한 초기 우주론을 열심히 듣고 따라 적으며 가끔씩 머리가 하얗게 센 교수님의 자애롭게 웃는 얼굴을 쳐다보았다. 피타고라스는 자신이 원래 열정을 쏟았던 분야인 수학을, 추상적인 수와 비례를 세계의 발생과 세계의 존립을 설명하는 원리로 끌어올렸고, 현자로서, 깨달은 사람으로서 대자연에 대해 최초로 '코스모스'라는 위대한 표현을 한 사람이며, 그것을 질서와 조화로 이해하고, 초감각적인 구간의 체계로 된 공간이라고 정의한 사람이다. 수와 수의 관계를 존재와 윤리적 품격을 구성하는 개념으로 본 해석이었다. 가장 아름다운 것, 가장 정확한 것, 윤리적인 것을 엄숙하게 권위의 개념에 합류시킨 그의 이론은 대단히 인상적이었는데, 그 개념은 피타고라스학파가 신봉한 정신이었으며, 그들은 비밀학교를 운영하며 삶을 종교적으로 개선하고 침묵으로 복종하며 '아우토스 에파'(그리스어로 '그 자신이 그렇게 말했다'라는 뜻. 피타고라스가 진리를 선포할 때 관용적으로 쓰던 표현이었으며 그의 별명이기도 했다 - 옮긴이)에 철저히 헌신했다. 고백하건대 내 행동은 참으로 미숙했다. 그런 말이 나올 때마다 나도 모르게 아드리안을 쳐다보고 그의 표정을 읽으려 했는데, 이로 인해 그에게 불편한 감정을 불러일으켰던 것이다. 그는 내 눈길에 화난 듯 얼굴을 붉히며 몸을 돌리는 행위로 반응했다. 그는 암시적인 시선을 싫어했다. 그것에 동조하기를, 그것에 응하기를 철저히 거부했다. 그런데 그의 특이한 성격을 잘 알면서도 내가 왜 참지 못하고 늘 그렇게 쳐다보았는지 모르겠다. 내가 말없이 보낸 시선으로 직접 암시해버리는 바람에 나는 나중에 그 문제에 대해 객관적으로 거리낌 없이 그와 이야기할 기회를 스스로 잃고 말았다.

그런 만큼 내가 유혹을 극복하고 그가 원했던 대로 침묵을 행사했을 때는 더욱 더 좋았다. 우리는 노넨마허의 강의를 듣고 집으로 가는 길에 얼마나 많은 이야기를 나누었던가! 수천 년이 지나도록 여전히 영향력을 발휘하는 영원불멸의 사상가에 대해, 오늘날까지 역사적으로 계승되어 온 그런 사상가들의 지식과 피타고라스의 우주론에 대해 우리는 수많은 이야기를 주고받았다. 우리는 아리스토텔레스의 질료와 형상에 관한 이론에 매료되었다. 질료는 어떤 형상으로 나타날 수 있는 잠재된 것, 즉 가능태다, 형상은 운동의 원인, 즉 실체의 정신이자 영혼이며, 실체는 영혼에 의해 자기실현, 자기완성을 성취한다, 그러니까 엔텔레케이아(완성태)는 영원의 일부분이고, 육체에 파고들어 생명을 주고, 유기체 내에서 형상화되고, 그 유기체의 운동을 조종하고, 그 목표를 알고 있으며, 그 운명을 감시한다는 이야기였다. 노넨마허는 이 직관론을 매우 멋지고 적절한 표현으로 훌륭하게 설명했으며, 아드리안은 거기서 깊은 감명을 받은 모습이었다. "신학이 영혼은 신이 준 것이라고 주장한다면, 그건 철학적으로 맞는 이야기야. 왜냐하면 그것은 개체의 형상을 결정하는 원칙이고, 애초에 모든 실체의 순수 형상의 일부이며, 영원히 스스로 하는 생각, 즉 우리가 신이라 부르는 그 생각에서 나온 것이니까……. 나는 아리스토텔레스의 엔텔레케이아가 무엇인지 알 것 같아. 그것은 개별 생명체의 천사야. 그 생명체의 수호신이지. 그는 그 생명체를 잘 이끌고, 생명체는 수호신을 기꺼이 신뢰하지. 기도라고 하는 것은 원래 이러한 신뢰를 간언 또는 맹세의 형태로 신고하는 행위야. 기도가 그걸 뜻하는 것은 당연해. 원래 우리가 기도를 통해 부르는 대상은 신이니까." 그가 말했다.

나는 다만 속으로 그의 천사가 똑똑하고 충실하기를 바랄 뿐이었다.

그의 곁에서 이 강의를 들을 때는 얼마나 좋았던가! 아드리안 때문에 들었던—결석도 많이 했던—신학 강의는 재미는 있었지만 이에 비해 회의도 많이 생겼는데, 나는 다만 그가 하는 공부와 단절되지 않을 목적에서 청강생 자격으로 들었을 뿐이다. 신학 전공자의 교과과정은 기초 단계에서 성서해석과 역사관련 과목에 중점을 두어 주로 성서학, 교회사 및 교리사, 종교론을 듣도록 되어 있었고, 중급 단계는 종교철학, 교리학, 윤리학, 호교론 등 체계학에 중점을 두었으며, 고급 단계에 제례학, 설교론, 교리교수학, 사제직, 교회론 및 교회법 등 실용과목이 배치되어 있었다. 그러나 대학의 자유는 개인적인 취향에 따른 선호를 많이 배려했으므로 아드리안은 그 권리를 이용해 수강순서를 무시하고 처음부터 체계학에 몰두했다. 물론 정신적으로 이 분야에 가장 관심이 많아서 그러기도 했지만 체계학을 강의하는 에렌프리트 쿰프 교수 때문이기도 했다. 쿰프 교수는 대학 전체에서 가장 직설적인 어법을 쓰는 교수였는데, 학년을 가리지 않고 가장 많은 수강생이 몰렸고 그 가운데는 신학 전공이 아닌 학생들도 있었다. 우리가 케겔 교수의 교회사 강의를 들었다는 말은 이미 했는데,

그 강의는 쿰프 교수의 강의에 비하면 지루한 시간이었으며, 재미없는 케겔은 쿰프에 비할 바가 아니었다.

쿰프 교수는 학생들 말대로 '큰 인물'이었고 나 또한 그의 기질에 감탄했던 기억을 잊을 수 없지만 그를 결코 좋아하지 않았으며 아드리안이, 비록 쿰프를 은근히 비꼬기는 했지만, 그의 대담함에 충격을 받은 적이 별로 없다고 한 말을 결코 믿을 수 없었다. 그는 생김새부터가 '큰 인물'이었다. 키도 크고, 몸도 크고, 손도 두툼하고, 목소리도 우렁차고, 남자다운 사람이었는데, 하도 말을 많이 해서 아랫입술이 불거져 나와 있었다. 쿰프 교수의 강의 내용이 대부분 시판되는 교재에서—물론 자신이 쓴 책이지만—따온 것이라는 말은 사실이었다. 그러나 이른바 '고어탄(古語彈)'은 대단히 유명했다. 프록코트의 앞여밈을 뒤로 제치고 수직으로 달린 바지주머니에 주먹 쥔 손을 넣은 채 넓은 연단을 왔다 갔다 하면서 강의 중에 '고어탄'을 발사했는데, 그 즉흥성, 저속성, 그리고 건강하고 명랑한 분위기 덕분에, 그리고 그 고풍스럽고 재미있는 표현 때문에 학생들에게 매우 인기가 있었다. 그의 말투는, 그가 한 말을 그대로 인용하자면, 어떤 것에 대해서도 "아름다운 고어(古語)로 말해 가림이며 꾸밈을 한 치도 아니 하는" 것이 특징이었다. 즉 분명하고 직선적이었으며, 또한 "운치 있게 말로써 빠져" 나갔다. 그는 '서서히'라는 말 대신 '시나브로'라고 했고, '바라건대'라고 하지 않고 '바라노니'라고 했으며, '성서'는 반드시 '성스러운 경전'이라고 했다. 그가 "잡초가 섞였다"고 할 때는 '부당한 일이 따른다'는 뜻이었다. 그가 어떤 사람에 대해 자신이 보기에는 무엇을 잘못 알고 있는 사람이었던 것 같다고 말하고 싶을 때는 "그 사람은 재고더미 속에서 살았다"고 했으며, 악습에 빠진 사람을 두고는 "옛 황제를 위해 가축처럼 산다"고 표현했다. '사공이 많으면 배가 산으로 간다'와 '세월이 약이다'는 그가 즐겨 쓰는 속담이었다. '오호라! 피다!', '오호라! 빛이다!', '오호라! 독(毒)이다' 또는 '오호라! 씹할!' 등은 그의 입에서 드물지 않게 나온 말이었으며, 마지막 말이 나올 때면 학생들은 언제나 발을 구르며 좋아했다.

학문적 노선으로 보아 쿰프는 앞서 말한 비판적 진보주의를 수용한 중도 보수주의 신학을 추구했다. 그가 아리스토텔레스의 즉흥극에 관한 이야기를 하는 도중 해준 이야기인데, 그는 학생 때 우리의 고전문학과 철학에 대단히 심취했으며, 괴테와 실러의 '주요 작품들'을 모두 외운 학생으로 유명했다. 그러다 무엇인가 그를 엄습했는데, 그것은 지난 세기 중반의 계몽운동과도 연관이 있었으며, 죄와 합리화에 대한 바울의 복음을 접하고 미학적인 인문학에서 손을 떼게 되었다. 신학자가 될 운명을 타고난 그는 그런 정신적 운명과 회심체험에 큰 의미를 두었다. 쿰프는 우리의 사고도 타고나는 것이며 그것을 합리화할 필요가 있다는 확신을 하게 되었고, 그의 진보주의 사상은 바로 이러한 확신에 기반을 두고 있으며, 그로 인해 교리주의가 안고 있는 지적 독선을 읽을 수 있었다. 그래서 그는 교리비판에 있어 한때 데카르트가 취했던 것과 같은 직선적인 노선을 취했지만, 데카르트는 쿰프와는 반대로 의식에 대한 확신이, 사고가 그 어떤 스콜라 철학의 권위보다 더 정당해보였다. 이것이 신학적 해방과 철학적 해방의 차이였다. 쿰프는 신을 즐겁고 건전하게 믿는 데서 해방을 맛보았고, 이를 우리들 수강생 앞에서 '아름다운 고어로 말해 한 치의 가림이며 꾸밈도 아니하고' 재생산했다. 그는 반(反)독선주의자, 반교리주의자일 뿐만 아니라 반형이상학주의자이기도 했고, 전반적으로 윤리적, 인식론적 신학으로 무장했으며, 윤리에 바탕을 둔 인격적 이상형을 공포하는 사람이었다. 세속과 경건함을 분리하는 경건주의에 확고하게 맞서 세속적 경건주의를 표방하며, 건전한 즐거움을 마다하지 않고 문화를, 특히 독일문화를 찬양했다. 그는 루터의 영향을 받은 투철한 민족주의자라는 사실이 여러 차례 드러났는데, 그 사람에게 '흔들리는 스위스 사람처럼 가르친다' 는 말, 즉 외국인처럼 생각하고 뜻 모를 말로 가르친다고 하는 말보다 더 화나게 하는 일은 없었다. 그런 소리를 들으면 화가 나 붉어진 얼굴로 이렇게 덧붙였다. "그런 자는 악마가 물어가길! 아멘!" 그러면 또 학생들은 요란하게 발을 구르며 호응했다.

그의 진보주의는 교리에 대한 인문주의적 회의에 바탕을 둔 것이 아니라 우리 사고의 신뢰도에 대한 종교적 회의에 바탕을 둔 것이었지만, 그는 이로 인해 계시에 대한 투철한 믿음이 흔들리지 않았을 뿐만 아니라 악마와 제법 가까운—물론 긴장된—관계를 유지하는 데도 아무런 지장을 느끼지 않았다. 나는 그가 악마의 존재를 어디까지 믿고 있는지 조사할 수도 없고 조사하고 싶지도 않지만—그것은 신학에 관한 일인데다, 에렌프리트 쿰프와 같이 직선적인 인물이 신학과 관계를 맺고 있는 상황이므로—악마 또한 우리가 상세히 알아야 할 대상이며, 악마의 실체는 신의 실체와 서로 보완적인 관계에 있다고 믿고 있다. 사람들은 흔히 현대적인 신학자는 악마를 '상징적으로' 이해한다고들 말한다. 나는 신학은 결코 현대적일 수 없으며, 이러한 점은 신학의 가장 큰 특징으로 꼽을 수도 있다고 생각한다. 그리고 상징에 대해 말하자면, 나는 왜 지옥을 천국보다 더 상징적으로 보아야 하는지 이해할 수 없다. 아무튼 일반 대중은 그렇게 본 적이 없었다. 대중적으로 우리에게 친근한 악마의 모습은 권능을 지닌 높은 존재가 아니라 저속하고 외설적인 방법을 써서 웃기는 존재다. 그러므로 쿰프는 그 태도로 보아 대중적인 사람이었다. 그가 현대 독일어로 '횔레(지옥)' 라고 하지 않고 고어로 '헬레' 라고 할 때—자주 그렇게 했다—반쯤은 장난기가 동하기도 했지만 동시에 단호한 태도가 더 두드러져 보였는데, 그가 이 말을 상징적인 의미로 쓴다는 느낌은 그 어디에도 없었으며, 오히려 '가림이며 꾸밈을 한 치도 아니 하고' 분명하게 주장하고 있다는 인상을 받았다. 신의 반대자 자체에 대해서도 마찬가지였다. 나는 쿰프가 학자로서, 교수로서 성서에 대한 합리주의적 비판에 승복했고, 적어도 간헐적으로나마 지성적인 충직함에서 몇 가지를 '희생' 시켰다는 말을 했다. 그러나 원래 못된 거짓말쟁이 악마에게는 이성적인 사람이 더 편하다는 사실을 쿰프 교수도 잘 알고 있었으므로 이성이라는 말을 할 때면 "악마가 거짓말쟁이 살인자가 아니라면!" 이라고 덧붙이기를 잊지 않았다. 그는 그 해로운 존재를 일컬을 때 직접 이름으로 부르기를 좋아하지 않았으며, 돌려서 표현하거나 '아귀', '야차', '요물' 등 민간에서 부르는 이름으로 불렀다. 그러나 이런 식으로 일부 조심스러운 마음에서, 일부 농담 삼아 직접적인 표현을 피하고 바꾸는 행위는 어딘가 고압적인 태도로 실체를 인정하는 행위였다. 그 밖에도 그는 악마라는 존재를 일컫는 더 적합하고 더 특이한 명칭들을 대단히 많이 알고 있었는데, 이를테면 '연애 박사', '달라붙기 선수', '시키기 도사', '검은 유령' 등이었으며, 이 역시 신의 반대자에 대한 그의 확고하고 직접적이며 적대적인 관계를 농조로 나타내는 표현들이었다.

    아드리안과 내가 쿰프 교수를 찾아뵈었을 때 우리는 한두 번 그의 가족들과 어울렸다. 교수님과 사모님, 그리고 두 딸과 함께 저녁식사를 했는데, 딸들의 뺨은 지나치게 붉었으며 윤기 나는 머리칼은 하도 단단하게 땋아서 머리에서 삐딱하게 내려와 있었다. 그들 가운데 한 사람이 기도를 하는 동안 우리는 곧바로 음식에 달려들었다. 그러나 기도가 끝나면 집주인은 신과 세계, 교회, 정치, 대학, 그리고 미술과 연극에 걸친 다각적인 자신의 경험을 이야기하는 가운데—그는 루터의 식탁연설을 흉내 내고 있는 것이 분명했다—열심히 먹고 마시면서 세속의 기쁨이나 문화적 즐거움에 반대하지 않는다는 사실을 보여주었으며, 자기 스스로 그 좋은 예가 되었다. 그는 우리에게도 얌전히 따라 하라고 거듭 충고하며 신의 선물인 양고기와 모젤 포도주를 놓치지 말라고 했으며, 후식이 끝나자 놀랍게도 벽에 걸린 기타를 내리더니 식탁에서 좀 떨어진 곳에 다리를 포개고 앉아, 〈방랑은 뮐러의 즐거움〉, 〈뤼초브의 거칠고 모험에 찬 사냥〉, 〈로렐라이〉, 〈그러니 기뻐하라〉 같은 노래를 기타 줄을 퉁기며 우렁찬 목소리로 불렀다.

〈술과 여자와 노래를 모르면 평생 바보〉. 이 노래가 빠질 수는 없었다. 그는 우리가 보는 앞에서 아내의 굵은 허리를 껴안으며 이 노래를 큰 소리로 불렀다. 그러고는 두툼한 집게손가락으로 식당 안을 가리켰는데, 그곳은 식탁 위에 걸린 전등의 불빛이 전등갓에 가려 거의 닿지 않는 어두운 곳이었다. "봐!" 그가 외쳤다. "저기 구석에 있어. 저 불새의 악령. 뒤에서 욕하는 놈. 슬퍼 보이네. 마음이 상했군. 우리가 즐거운 마음으로 식사하고 노래 부르며 신과 함께 있는 모습을 참기 힘들겠지! 하지만 우린 못 건드린다! 이 속속들이 나쁜 놈아! 네 불화살도 소용없다, 요괴야!" 그는 소리를 지르고 빵을 집어 어두운 구석을 향해 던졌다. 싸움이 끝나자 그는 다시 기타를 잡고 〈즐겁게 방랑하고 싶은 사람은〉을 불렀다.

그 모든 상황은 끔찍했다. 나는 아드리안도 비록 자존심 때문에 자신의 스승을 욕되게 하려고 하지 않았지만 끔찍하다고 느낀 것이 분명하다고 생각했다. 그나마 그 악마와의 싸움을 생각하며 그는 길에서 웃음보를 터뜨렸는데, 아주 서서히, 화제를 다른 데로 돌리면서 겨우 진정되었다.

13

여기서 몇 마디 언급할 교수가 한 사람 더 있는데, 간교하고 음험한 성격 때문에 교수들 가운데 내 기억에 가장 뚜렷이 각인된 사람이다. 그는 시간강사인 에버하르트 슐레푸스였는데, 당시 할레 대학에서 두 학기 동안 강의를 한 후 자취를 감추었다. 슐레푸스는 보통키가 될까 말까 했고 체구가 왜소했으며, 코트 대신 목 부분에서 금속고리로 채운 검은색 망토를 두르고 다녔다. 게다가 챙 옆부분이 말린 일종의 중절모를 썼는데, 그것은 마치 예수회 수사들이 쓰는 것과 비슷했으며, 학생들이 길에서 그에게 인사를 할 때면 그는 그 모자를 벗어 아래로 내리면서 "수고하십니다, 학생 나리!"라고 했다. 내 생각에 그는 정말로 한쪽 다리를 약간 끌었는데(슐레푸스는 '다리를 끌다'라는 뜻 - 옮긴이), 이를 부정하는 사람도 많았으며 나 또한 그의 걸음걸이를 볼 때마다 그렇다고 확신할 수는 없었다. 따라서 내 생각을 계속 주장할 수는 없으므로, 이 점은 그의 이름으로 인한 잠재적인 연상 탓으로 돌리고자 한다. 하지만 두 시간짜리 그의 강의를 통해 나의 그런 추측이 어느 정도 옳은 것으로 밝혀졌다. 그 강의가 시간표에 어떤 제목으로 올라 있었는지는 정확히 기억나지 않는다. 내용으로 보아, 물론 희미한 기억 속에 떠도는 내용이지만, '종교심리학'이 아니었을까? 그 제목이 맞는 것 같다. 그 강의는 매우 독특했고, 필수과목도 아니었으며, 똑똑하고 어느 정도 개혁성향을 지닌 학생들이 들었지만, 그 수는 열 명이나 열두 명 정도밖에 되지 않았다. 나는 슐레푸스의 강의가 얼마든지 더 폭넓은 관심을 불러일으킬 수 있는 내용이었는데도 수강생이 그 정도밖에 없었던 점이 의아스러웠다. 다만, 외설적인 이야기도 악마와 연관되어 있으면 인기가 없다는 사실은 증명되었다.

나는 신학은 그 성격상 악마학이 될 가능성이 있고, 특정 상황에서는 언제든 악마학이 되어야 한다고 이미 말한 바 있다. 슐레푸스는 신학은 악마학이 될 수 있다는 점을 보여주는 좋은 사례였고, 매우 진보적이고 지성적인 사례였다. 그는 세계와 신에 대한 악마적인 해석을 심리학적으로 조명했으며, 따라서 현대적이고 학문적인 관점을 지닌 사람들의 구미를 당겼다. 여기에는 젊은 세대의 호감을 사기에 적합한 그의 강의방법도 한몫 했다. 그는 책이나 강의노트를 전혀 보지 않고 전적으로 자유롭게 이야기했는데 말이 분명하고, 힘든 기색이 없었으며, 쉬지도 않았고 머뭇거림도 없었다. 그리고 약간 비꼬는 듯한 느낌의 관용적인 표현을 자주 구사했다. 게다가 연단의 의자에 바로 앉지 않고 아무데나 난간에 반쯤 앉은 듯 기댄 자세로, 무릎에 올려놓은 두 손의 엄지손가락을 서로 교차시킨 채 이야기했는데, 그럴 때면 위아래로 움직이는 갈라진 턱수염과 뾰족하게 말려 올라간 콧수염 사이로 파편처럼 예리한 이가 보였다. 슐레푸스는 학생들에게 신의 부산물로 인격화된 악마의 모습을 심어 주었는데, 그 심리학적인 실체와 비교하면 쿰프 교수가 악마를 대하는 솔직한 태도는 아이들 장난과도 같았다. 이렇게 표현해도 될지 모르겠지만, 슐레푸스는 변증법을 통해 신성모독을 신에 의한 것으로, 지옥을 경험적 사실로 받아들였으며, 해악적인 것은 성스러운 것에 내재된 필수적인 요소이고, 성스러운 것은 끊임없는 사악한 유혹이라고, 모욕을 유도하는 거부할 수 없는 도전이라고 설명했다.

그는 그런 주장을 과거 종교가 삶을 통치하던 시대의 정신세계를 통해, 즉 기독교가 통치하던 중세, 특히 그 말기 몇 세기 동안의 정신세계를 통해 증명했다. 그 시대는 신에 대한 배신, 악마와의 계약, 마귀들과의 으스스한 의사소통이라는 사실에 있어 종교계의 심판관과 죄인, 즉 종교재판관과 마녀 사이에 완벽한 일치가 이루어졌던 시대라고 했다. 그 본질적 요소는 신성불가침에서 비롯되어 신성모독으로 이끄는 유혹인데, 이런 유혹은 배교자들이 잉태한 성모 마리아를 '배불뚝이 아줌마'라고 부르는 행위나, 성체성사에서 마리아에게 야유와 욕설을 몰래 내뱉으라고 악마가 우리를 자꾸 부추기는 데서 알 수 있다고 설명했다. 슐레푸스 박사는 엄지손가락을 교차시킨 채 그 말들을 적나라하게 표현했는데, 내 취향에 정면으로 위배되는 극도로 저속한 야유와 상스럽고 거친 욕설들이므로 도저히 옮길 수가 없다. 슐레푸스가 그런 말을 사적으로 한 것이 아니라 학문의 이름으로 한 것이므로 그를 비난하지는 않겠다. 다만 학생들이 그런 말을 방수포 표지의 공책에 상세히 적어 넣는 모습은 이상해 보였다. 슐레푸스에 따르면 결국 다음과 같은 말이 된다. 악덕이 홀로 존재하지 않고 덕을 더럽히는 데서 즐거움을 찾을지언정—안 그러면 악덕은 뿌리를 잃을 테니까—사악한 것, 사악한 자 자신도 신의 성스러운 존재를 구성하기 위해 없어서는 안 될 부품이자 신으로부터 반드시 유래하는 것이다. 다시 말해 악덕은 자유, 즉 죄를 지을 가능성을 즐기는 데 있으며, 그 자유는 창조행위 자체에 내재되어 있었다.

여기서 신의 전지전능함에 대한 논리에 결함이 있어 보이는데, 신은 피조물에게 즉, 자신으로부터 밖으로 내보낸 존재에게 죄를 짓지 않는 능력을 구비하게 해줄 수 없었다. 그랬더라면 신에게 등을 돌릴 자유를 보장해 주지 않는 것이므로 불완전한 창조가 되었을 것이다. 아니, 아예 창조가 아니라 포기였을 것이다. 신이 피조물인 인간과 천사에게 독자적 선택, 즉 자유의 의지와 능력을 동시에 줄 수 없었다는 데 신의 논리적 딜레마가 있다. 따라서 신앙과 덕은 이 자유를, 신이 피조물에게 보장해준 권리를 잘 사용하는 데, 다시 말해 사용하지 않는 데 있다. 물론, 슐레푸스 말을 듣고 있으면 자유를 사용하지 않는 것이 신 외부의 피조물에게는 그 존재의 의미가 약화되는 듯한, 실존의 밀도가 저하되는 듯한 생각이 좀 들었다.

자유! 슐레푸스의 입에서 나온 그 말이 어찌나 생소하게 들리던지! 물론 그는 그 말을 종교적으로 강조했고, 신학자로서 말했을 뿐만 아니라, 결코 무성의한 태도로 말하지도 않았다. 오히려 신이 인간과 천사에게서 자유를 빼앗느니 차라리 그들을 죄에 노출시킬 생각을 했을 때 거기에 담긴 깊은 뜻을 지적했다. 그러니까 자유는 타고난 결백성의 반대다. 자유란 자신의 의지로 신에게 충실하거나 악마들과 더불어 성체미사에서 경악할 만한 말을 중얼거리는 행위를 말한다. 이것이 종교심리학이 내린 정의였다. 그러나 자유는 이미 이 땅에 사는 백성들의 삶에서는, 그리고 투쟁의 역사에서는 조금 다르게, 어쩌면 좀 덜 정신적이지만 그렇다고 황홀하지만은 않은 의미로 사용되어 왔다. 자유는 내가 이 전기를 쓰고 있는 지금 이 순간에도 그러한 의미로 제 소임을 다하고 있다. 현재 진행 중인 전쟁의 광란 속에서. 그리고 나서지 않고 물러서 있는 내가 믿고 싶은 바, 우리 독일 민족의 영혼과 사고 속에서도 예외는 아니다. 극악무도

한 독재지배 하에 어쩌면 난생 처음으로 자유의 의미가 무엇인지 어렴풋이 깨닫게 되었을 그 민족에게도 말이다. 물론 그 당시에는 여기까지 생각이 미치지는 못했다. 우리가 학생이던 그 시대에는 자유의 문제가 그다지 다급하지 않았거나 적어도 다급하지 않아 보였는데, 슐레푸스 박사는 자유라는 말의 의미를 자신의 강의 범위 내에 한정시켰으며 그 외의 의미는 다루지 않았다. 그가 자신의 종교심리학적 해석에만 빠져 제쳐둔 다른 의미를 무시한다는 느낌만 받았더라면! 그러나 슐레푸스는 그 의미들을 상기시켰고, 자유에 대한 그의 신학적 정의는 '현대적' 인 해석, 즉 밋밋하고 통상적인 해석에 첨예하게 대립하는 극단적인 호교론이었으므로 학생들에게 수용될 수 있었다는 느낌을 나는 떨칠 수가 없었다. 보라, 우리에게도 자유라는 말이 있다, 우리도 이 말을 쓸 수 있다, 이 말이 너희들 사전에만 나오는 줄 아느냐, 이 말에 대해 너희들이 내린 정의만이 유일하게 합리적인 것은 아니다, 자유는 죄를 지을 자유를 말한다, 그리고 신앙은 자유를 주어야만 했던 신을 사랑하는 마음으로 그 자유를 사용하지 않는 것이다. 그는 이렇게 말하려는 것 같았다.

내가 착각한 것이 아니라면 그의 이야기는 왠지 치우친 듯, 왠지 고압적인 듯했다. 간단히 말해 그의 말은 나를 혼란에 빠뜨렸다. 나는 상대방의 말을 가로채어 그 뜻을 뒤집고 혼란스럽게 만듦으로써 모든 것을 다 차지하려는 사람을 좋아하지 않는다. 이런 일은 오늘날 대단히 뻔뻔스럽게 자행되고 있으며, 내가 나서지 않는 주된 이유도 바로 그 때문이다. 어떤 사람들은 자유, 이성, 인간애 등에 대해 말해서는 안 될 것이다. 그들이 말하면 그 단어들이 순수성을 잃는다. 그런데 슐레푸스는 하필 인간애에 대해 말했다. 물론 '고전적 신앙의 시대' 에 지배적이었던 의미로 말했는데, 그 정신의 해석은 그의 심리학적 논의에 근거를 두고 있었다. 그는 인간애는 자유로운 정신을 가진 인간이 고안해낸 것이 아니라고, 이 이념은 자유로운 정신에서 나온 것이 아니라고, 인간애는 그 이전에도 있었다고 주장하는 것이 분명했는데, 이를테면 종교재판 행위는 감동적인 인간애의 발로라는 것이었다. 그는 그 '고전적'인 시대에 한 여자가 붙잡혀 재판을 받고 화형당한 이야기를 들려주었다. 그 여자는 6년 동안 인큐버스(잠자는 여자를 범하는 악마 - 옮긴이)와 관계를 가졌으며, 심지어 자고 있는 남편 옆에서도 그런 행위를 했고, 일주일에 세 번씩, 특히 축일을 골라서 그렇게 했다. 그 여자는 악마에게 7년 후에 몸과 마음을 모두 바치겠노라고 약속했는데, 운 좋게도 그 기간이 만료되기 직전에 신의 사랑으로 종교재판관의 손에 넘어가게 되었으며, 간단한 심문을 받으면서 그녀는 모든 것을 후회하는 감동적인 고백을 했고, 신은 분명히 그녀를 용서했을 것이다. 그녀는 기꺼이 죽음을 택했는데, 혹여 도망칠 수 있다 하더라도 단연코 화형장으로 향해 악마로부터 벗어나는 길을 택할 것이라고 결연히 선언했다. 죄로 더럽혀진 그녀의 삶은 그토록 구역질나는 것이었다. 심판관과 죄인 사이의 이 조화로운 일치는 얼마나 아름다운 문화의 완성을 보여주며, 마지막 순간에 영혼을 불로써 악마로부터 떼어내어, 신의 용서를 받고 흡족해 하는 마음에서 얼마나 따스한 인간애가 피어나는가!

슐레푸스는 이 이야기로 우리를 감동시키면서 인간애가 어떤 뜻으로도 해석될 수 있는지가 아니라 그것이 원래 무엇인지를 깨닫도록 했다. 이 대목에서 계몽된 인간이 쓰는 다른 단어, 즉 미신이라는 말은 아무 의미가 없었을 것이다. 슐레푸스는 미신이라는 말을 '고전적'인 시대의 이름으로 사용했지만, 그 시대에 미신이란 없는 것이나 마찬가지였다. 그 악마와 관계한 여자는 정확한 의미의 미신을 믿었고, 그녀 외에는 아무도 안 믿었다. 그 여자는 신에게서, 믿음에서 떨어져 나왔는데, 그것이 미신이었다. 미신은 악마와 마귀를 믿는 것이 아니라 대단히 위험한 방법으로 그들과 어울리고, 신에게서 기대할 것을 그들에게서 기대하는 마음의 자세를 의미한다. 미신을 믿는 행위란 인류의 적들이 속삭이는 말, 우리 마음에 심어놓는 말을 쉽게 믿는 행위를 말한다. 그 개념은 인류의 적들을 일컫는 모든 호칭에, 노래와 맹세에, 마술과도 같은 모든 일탈에, 악덕과 범죄에, 이교도에게 가하는 채찍에, 악마에 대한 환상에 널리 퍼져있다. 이렇게 '미신'의 개념을 정할 수 있었고, 또 실제로 그렇게 정의되었는데, 인간이 이 말을 사용하고 그 말로부터 어떤 생각을 할 수 있다는 사실이 재미있었다.

물론 사악한 존재와 신성한 존재, 그리고 선한 존재 사이의 변증법적인 연계성은 이 세상에 악이 존재한다는 사실을 근거로 신을 정당화하는 변신론(辯神論)에서 중요한 기능을 담당했으며, 이 부분은 슐레푸스의 강의에서 큰 비중을 차지했다. 악은 우주를 완벽하게 하는 데 기여했다. 악이 없었다면 이 우주는 완벽하지 못했을 것이며, 그래서 신은 악을 허용했는데, 신은 완벽했으므로 완벽한 것을 원했을 것이 틀림없다. 여기서 완벽한 것이란 완벽하게 선한 것이 아니라 모든 측면에서, 그리고 서로의 본질을 강화한다는 의미에서 완벽한 것을 의미한다. 악은 선이 있었기에 더 악했고, 선은 악이 있었기에 더 선했다. 선이 없었다면 악은 결코 악이 아니었을지도 모르고, 악이 없었다면 선 또한 결코 선이 아니었을지도 모른다. 이에 대해서는 얼마든지 논란이 가능했다. 아우구스티누스(로마 말기의 신학자, 철학자 - 옮긴이)는 심지어 악의 기능은 선을 분명히 강조하기 위한 것이라고, 선이 악과 비교되면 더 좋아 보이고 더 칭송하고 싶다고 말하기까지 했다. 이에 토마스 학설(중세의 성자이며 신학자인 토마스 폰 아퀴나스의 학설 - 옮긴이)은 신이 악행이 일어나기를 바란다고 믿으면 안 된다는 경고로 대응했다. 신은 악행이 일어나기를 원하지 않을 뿐만 아니라 악행이 안 일어나기를 바라지도 않는다, 원하거나 원하지 않는 것을 떠나 신은 그저 악의 존재를 허용한다, 이렇게 하는 것이 완벽함을 기하는 태도다, 그러나 신이 선을 위해 악을 허용한다고 주장한다면 이 또한 착각이다, 우연성에 의해서가 아니라 자기 스스로 '선하다' 는 개념에 해당되는 경우를 제외하면 그 어떤 것도 선한 것이라고 단정할 수 없다고 슐레푸스는 설명했다. 그는 말을 이었다. 그나마 여기서 절대적인 선과 절대적인 아름다움에 관한 문제가 제기된다, 악하고 흉한 것과 상관없이 선하고 아름다운 것에 관한 문제에는 기준이 없다, 비교대상이 없는 성질의 문제, 비교가 없는 곳에는 기준이 없다는 말이다, 따라서 무겁다느니 가볍다느니, 크다느니 작다느니 하는 말도 할 수 없다, 선하고 아름다운 것도 본질을 잃고 아무런 성질도 없는 존재가 될 것이고, 그러면 부재(不在)와도 대단히 유사할 것이며, 아마 부재보다 더 나을 것도 없을 것이라고 그는 말했다.

    우리는 이 설명을 방수포 표지의 공책에 적었다. 집으로 와서 우리는 받아 적은 강의내용 끝에 다음과 같이 덧붙였다. 창조의 애환을 참작할 때 신을 진정 정당화하는 것은 사악한 것에서 선한 것을 만들어 내는 그의 능력이다. 선한 성질은 신의 영광을 위해 증명되기를 바라는데, 신이 피조물을 죄에 내맡기지 않았더라면 선한 성질은 나타날 수 없었을 것이다. 그랬다면 우주에는 신이 악에서, 죄에서, 욕망과 악덕에서 창조할 수 있는 선이 없었을 것이고, 따라서 천사는 찬양의 노래를 부를 기회도 별로 없었을 것이다. 물론 반대로, 흐르는 역사가 가르쳐 주듯이, 선에서 악도 많이 생기므로 신이 이를 피하기 위해 어쩌면 선을 방해해야 했을지도, 세계를 아예 창조하지 말았어야 하는지도 모른다. 그러나 이는 창조자로서의 그의 본질에 위배되는 행위이며, 따라서 그는 세상을 세상답게, 즉 악을 포함해 창조해야만 했다. 다시 말해, 이 세상을 부분적으로 악마의 영향에 내맡겨야만 했다.

슐레푸스가 우리에게 강의한 내용이 자신의 교육적인 견해인지, 아니면 단지 우리가 고전적인 시대의 믿음에 관한 심리학과 친숙해지도록 하기 위해 이야기한 것이었는지는 언제나 불분명했다. 그가 신학자가 아니었다면 그런 심리학에 모든 것을 맞출 만큼 호의적인 태도를 취하지는 않았을 것이다. 그의 강의가 젊은 사람들에게 왜 좀더 인기를 끌지 못했는지 내가 이상하게 여겼던 이유는, 인간에게 행사하는 악마의 힘에 관한 이야기에서는 언제나 성적인 문제가 확연히 대두되기 때문이었다. 안 그럴 수가 있겠는가? 성적인 분야의 악마적인 성격은 '고전주의 심리학'의 주요 부품이었다. 심리학에서 이 부분은 악마의 아지트가 되었고, 신의 반대자, 적, 훼방꾼의 출발점이 된다. 신이 통간행위에 대해 악마에게 허용한 힘은 이를 제외한 모든 행위에 대해 인간에게 허용한 힘보다 더 강한 것이었다. 통간행위의 외적인 불결함 때문만이 아니라, 무엇보다도 인류 최초의 아버지를 덮친 비운이 원죄로서 모든 인간 종족에게 전이되었기 때문이다. 잉태시키는 행위는 미학적으로 보아 흉측한 것이 특징인데, 그것은 원죄의 표현이요 원죄를 전달하는 도구다. 악마에게 이 분야에서 행사할 수 있는 막대한 권한이 허용된 점이 무엇이 이상한가? 천사가 토비아스(구약외경에 나오는 민담의 주인공 - 옮긴이)에게 '악마는 쾌락에 몸을 맡긴 자를 지배한다'고 한 말은 괜한 소리가 아니었다. 왜냐하면 악마의 힘이 미칠 수 있는 곳은 인간의 허리 아래 부분이기 때문이며, 복음서에서 '힘센 사람이 빈틈없이 무장하고 자기 집을 지키는 한 그의 재산은 안전하다'고 한 부분도 같은 의미다. 이 부분은 확실히 성적인 해석이 가능했다. 신비스러운 말에서는 언제나 그런 의미를 엿볼 수 있었는데, 이러한 의미는 하필 경건한 사람들의 귀에 더 잘 들렸다.

유독 신의 성도들에 대해서는 천사의 경계가 언제나 매우 약했던 사실은 그저 놀라울 뿐이었다. 적어도 '평화'가 문제가 될 때는 분명 그랬다. 교황들에 관해 쓴 책에는 온통, 그들이 비록 모든 육체적 쾌락을 극복했을지언정, 여자에 대한 욕망으로 인해 믿기지 않을 만큼 강한 유혹을 받았다는 이야기로 가득했다. "내게는 육신의 가시가 있다. 그것은 나를 주먹으로 때려 영적 교만에 빠지지 않게 하시고자 하느님이 내게 보내신 사탄의 사자(使者)다." 고린도서에 씌어있는 이 글 또한 그런 류의 고백이다. 물론 편지 쓴 사람은 다른 것, 질병으로 인한 고통 같은 것을 의미했지만—신앙이 깊은 사람은 시사하는 방법이 다르다—결국 오성에 대한 유혹을 색마와의 검은 관계로 해석한 점으로 미루어, 편지를 읽는 사람들은 이 편지가 유혹에 관한 고백임을 직관적으로 이해했을 것이다. 유혹은 물리치면 죄가 아니라 단지 덕에 대한 시험이다. 그러나 유혹과 죄의 경계를 표시하기는 어려웠는데, 유혹이란 이미 우리의 피 속에 든 죄가 몸부림치는 것이 아니던가? 그리고 마음이 음란한 상태에 이르면 이미 악덕 쪽으로 많이 기울지 않던가? 여기서 다시 선과 악의 변증법적 합일이 드러났다. 즉, 성스러움이란 유혹 없이는 생각조차 할 수 없고, 성스러움의 정도는 그 유혹의 강도에 따라 즉, 한 인간에게 잠재된 범죄 가능성에 따라 결정된다.

그런데 유혹은 누구에게서 시작되었나? 유혹 때문에 천벌을 받을 자는 누구였는가? 흔히 유혹은 악마에게서 나온다고 말했다. 악마는 유혹의 근원일 뿐, 저주는 그 대상이 받았다. 그 대상, 유혹하는 자의 도구는 여자였다. 성스러움은 거의 죄와도 같은, 광란하는 욕망 없이는 있을 수 없었으므로, 여자는 동시에 성스러움의 도구이기도 했다. 그러나 사람들은 이러한 욕망을 고마워할 줄 몰랐다. 오히려 두 가지 형상의 인간이 모두 성적인 존재이고 악마가 둥지를 틀기에는 여자보다 남자의 허리 아랫도리가 더 적합했는데도, 육체에 탐닉하고 성의 노예가 되는 행위에 대해 여자에게만 온갖 저주를 쏟아 부은 일은 기이했다. 심지어 '예쁜 여자는 암퇘지 코에 걸린 금고리와도 같다'는 말이 나올 정도로 그 책임을 여자에게만 미루었는데, 거기에는 숨겨진 의도가 있었다. 예로부터 여자에 대한 확신을 나타내는 표현은 늘 이런 식이 아니었나! 이 말은 육체적 탐욕 일반에 해당되는 말이지만 육체적 탐욕을 여자의 육체와 동일시함으로써 남자의 탐닉도 여자의 책임으로 미룰 수 있었다. 그 결과 이런 말도 나온 것이다. '나는 여자가 죽음보다 더 무섭다. 착한 여자라 하더라도 육체적인 욕망에는 무너진다.'

착한 남자는 안 그런가? 성자는 특히나 더 그렇지 않은가? 그렇다. 그러나 이것이 이 땅의 모든 육체적 탐닉을 대표하는 여성의 기능이었다. 성은 여자의 영역이었으며, 여성을 나타내는 페미닌(feminin)이라는 말은 피데스(fides)와 미누스(minus)를 합친 말 즉, '열등한 신앙'을 나타내는 말이다. 그러니 유독 여성이 불결한 영혼들과 사악한 관계를 맺고 있다고, 마녀들과 어울린다고 의심을 받을 수밖에 없었다. 믿고 잠든 남편 옆에서 몇 년 동안이나 인큐버스와 관계한 여인은 이에 대한 예였다. 물론 인큐버스뿐만 아니라 서큐버스(잠든 남자를 겁탈하는 마녀 - 옮긴이)도 있었다. 실제로 그 고전적인 시대에 이상형의 여인과 함께 사는 타락한 한 젊은이가 있었는데, 종국에는 그도 그 여인의 악마와 같은 질투심에 시달리게 되었다. 그 여인과 함께 산 지 몇 년이 지나자 이 남자는 진정으로 끌러서라기보다는 정략적인 이유에서 어느 정숙한 여인과 결혼했는데, 둘 사이에는 언제나 그 이상형의 여인이 끼어들었으므로 남자는 부인을 가까이 할 수 없었다. 단단히 화가 난 부인은 그 남자를 떠났고, 그 남자는 평생 그 참을성 없는 이상형의 손아귀를 벗어나지 못했다.

슐레푸스는 같은 시대에 살았던 다른 젊은이에 관한 이야기도 해주면서, 심리적인 관점에서 볼 때 이 젊은이가 받은 압박이 더 컸다고 했다. 그 남자는 잘못한 것이 전혀 없었으나 여자의 마녀 짓이 남자에게 제약을 가했고, 여자가 사용한 이 방법으로 인해 결국 남자는 여자를 잃고 마는 슬픈 이야기였다. 아드리안과 함께 했던 공부를 기억하는 의미에서 슐레푸스 교수가 대단히 재미있게 들려준 그 이야기를 여기 요약해서 싣는다.

15세기 말경 콘스탄츠 근교 메르스부르크에 하인츠 클뢰프가이셀이라고 하는 성실한 사내가 살았는데, 술통제조자였던 그는 체격이 좋고 건강했다. 그는 종지기 홀아비의 외동딸인 베르벨과 서로 사랑했으며, 둘은 결혼하고자 했으나 아버지의 요구조건에 부딪혔다. 클뢰프가이셀은 가난한 청년이었지만 종지기는 번듯한 생활기반을 요구했고, 술통 제작 기술로 마이스터가 되기 전에는 딸을 줄 수 없다고 했다. 그러나 젊은 남녀의 그리움은 인내심보다 강했으므로 두 사람은 속도를 위반했다. 어느 날 밤 종지기가 종을 치러 간 사이에 클뢰프가이셀은 베르벨을 찾았으며, 두 사람이 서로를 품었을 때는 이 세상의 어느 누구보다 행복했다.

콘스탄츠 교회의 건축 기념행사가 있던 날 클뢰프가이셀은 건장한 술통제조자 동료들과 함께 기념행사장에 가게 되었고, 그들은 그날 하루를 즐겁게 보냈다. 저녁이 되자 동료 총각들은 만용을 부리고 유곽을 찾기로 했으나, 클뢰프가이셀은 그러고 싶지 않았으므로 함께 가지 않겠다고 했다. 그러자 친구들은 그를 숙맥이라고 놀리며, 혹시 그의 물건이 작고 제 구실을 하지 못하는 게 아니냐며 남녀관계를 빗댄 농담으로 몰아세웠다. 더는 참을 수 없었던 클뢰프가이셀은, 친구들과 마찬가지로 독한 맥주도 많이 마신 터였으므로, 결국 설득에 넘어가 "하하, 과연 그럴까?" 하며 무리에 섞여 죄의 온상으로 향했다.

    여기서 그는 어떤 표정을 지어야 할지 모를 만큼 심한 수치를 느끼는 일을 겪었다. 전혀 예상치도 못한 일이었지만 헝가리 출신 창녀 앞에서 그의 물건은 전혀 구실을 하지 못했고, 그는 이에 대해 이루 말할 수 없으리만치 화가 나기도 했고 놀라기도 했다. 그 여자는 그를 비웃었을 뿐만 아니라 안 됐다는 듯 머리를 가로저었으며, 뭔가 낌새가 이상하고 으스스한 느낌이 든다고 말했다. 그처럼 체격이 좋은 남자의 물건이 갑자기 말을 듣지 않는다면 그는 악마의 순교자가 틀림없으며, 악마가 약을 쓴 것이 분명하다는 것이었다. 그녀는 그 밖에도 그와 유사한 이야기들을 더 늘어놓았다. 그는 그 여자에게 많은 돈을 주며 이 사실을 자기 친구들에게 말하지 말라고 당부하고 의기소침해져서 집으로 돌아왔다.

    그는 근심을 털어내지는 못했지만 가능한 빨리 베르벨을 찾아가 만났으며, 종지기가 종을 치는 동안 두 사람은 함께 가장 편안한 시간을 보냈다. 그는 이렇게 하여 젊은 남자의 자존심을 되찾았다고 생각했으며, 기분도 유쾌해질 수 있었을 것이다. 그는 첫 여인이자 단 한 여인을 제외하고는 그 누구와도 할 수가 없었는데, 사실 그녀하고만 잘 하면 되는 것 아닌가? 그러나 지난 번 불발 이후 그의 마음에는 불안감이 남아 있었고, 자신을 시험해 보아야겠다는 생각을 떨칠 수 없었으므로 한 번, 딱 한 번, 끔찍이도 사랑하는 그녀의 계획에 훼방을 놓으리라 마음먹었다. 그는 남몰래 자신을 시험할 기회를, 자신과 더불어 그녀도 시험할 기회를 찾았다. 그는 그녀를 영혼을 다해 사랑했지만, 자기 몸이 말을 듣지 않는 이유를 찾자니 그녀를 의심하지 않을 수 없었던 것이다. 그 의심은 비록 가볍고 정겨운 것이었으나 불안하게 만드는 것이었다.

그러던 어느 날 늘 골골하는 배불뚝이 술집주인이 클뢰프가이셀을 불러, 포도주 통 두 개의 옆면을 묶는 테가 느슨해졌으니 이를 고정시켜 달라고 주문했다. 클뢰프가이셀이 지하 포도주창고로 내려가자 아직 혈기왕성한 그의 부인이 따라 내려와 그가 일하는 모습을 지켜보았다. 그녀는 그의 팔을 쓰다듬고, 자신의 팔을 나란히 갖다 붙였으며, 그가 도저히 물리칠 수 없는 그런 표정을 지었는데, 그는 정작 하려고 하니 그토록 열망하는 가운데도 몸이 전혀 말을 듣지 않았다. 그는 그녀에게 물건이 서지 않는다, 나는 바쁘다, 곧 당신 남편이 계단을 내려올 것이라고 말하고 그 자리를 피할 수밖에 없었으며, 기분이 상해 비웃고 있는 그녀에게 건강한 남자라면 결코 지지 않을 빚을 지고 말았다.

그는 깊은 상처를 입었고 자신을 의심했는데, 의심의 대상은 자신만이 아니었다. 그가 처음 실패했을 때 슬며시 고개를 든 의구심에 이제는 완전히 사로잡혔으며, 자신이 악마의 순교자라는 사실을 조금도 의심하지 않았다. 불쌍한 영혼을 구제하는 문제인데다 자기 육체의 명예가 달린 일이었으므로, 그는 신부에게 가서 모든 사실을 고해했다. 내게 귀신이 붙었다, 그 일을 할 수 없다, 한 사람과는 되지만 그 외에는 언제나 장애가 발생한다, 앞으로 어찌 될지 모르겠다, 어머니의 손길과도 같은 신앙의 힘으로 이러한 장애를 떨쳐버릴 수는 없는가.

그 당시 이 나라에서는 신의 권능을 모독하기 위해 인류의 적이 퍼뜨린 온갖 마녀 짓과 그 부류의 수많은 경거망동, 죄와 악덕이 악성 페스트와도 같이 번지고 있었고, 이에 대해 경계를 철저히 하는 일은 종교 관계자들의 의무였다. 그 신부는 이 사태와 같은 불미스러운 상황 즉, 남자들의 가장 좋은 힘이 마술에 걸린 상황을 너무도 잘 알고 있었으므로 클뢰프가이셀의 고해를 높은 기관에 보고했으며, 그 결과 종지기의 딸이 불려왔다. 그녀는 심문에 솔직히 고백했다. 그녀는 젊은이가 혹시라도 정조를 지키지 않을까 불안한 마음에서, 하느님과 사람들 앞에서 자신의 남자가 되기 전에는 자기 외에 다른 여자에게서는 발기하지 못하도록 만들기 위해, 욕탕에서 일하는 늙은 여자한테서 그런 특효약을 얻었다. 그 약은 세례를 받지 못하고 죽은 아이의 기름으로 만든 것 같아 보였다. 그녀는 그 연고를, 오직 연인을 지키고 싶은 마음에서, 포옹할 때 그의 등에 몰래 발라 특정한 모양으로 문질렀다. 이제 그 욕탕 여인이 종교재판을 받게 되었으나 그녀는 끈질기게 부정했다. 그녀에 관한 사안은 교회 소관이 아니었으므로 질문 자료를 첨부하여 세속의 관청으로 이관되었고, 담당 관청에서 좀 강압적인 방법을 사용한 결과 밝혀진 내용은 예상한 대로였다. 그 여자는 사실 악마와 약속을 했다. 그 악마는 수사(修士)의 모습으로 나타났는데, 발은 염소 발이었다. 악마는 그녀에게 신성한 인물들과 기독교 신앙에 대해 심한 험담을 하라고 꾀었고, 그 보상으로 그 사랑의 연고뿐만 아니라 성행위와 관련된 다른 만병통치약 제조법도 가르쳐주었다. 그런 묘약 가운데는 나무에 바르면 바른 사람과 함께 나무가 훌쩍 하늘로 떠오르는 기름도 있었다. 악마와 맺은 계약의 자잘한 내용들은 거듭된 강요에 의해서도 부분적으로만 밝혀졌는데, 믿기 힘든 끔찍한 내용이었다.

베르벨은 간접적으로만 유혹을 받았지만, 이제 그녀의 영혼이 부정한 묘약을 받아 쓴 일로 얼마나 더럽혀졌는지, 그 문제에 모든 것이 달리고 말았다. 늙은 여자의 자백은 종지기 딸에게 불리하게 작용했다. 악마는 그 늙은 여자에게 사람을 많이 포섭하라고 지시했다. 그리고 많은 사람을 데려올수록, 많은 사람에게 묘약을 쓰게 할수록 그 여자에게는 영원의 불을 더 잘 견딜 수 있도록 도와주겠노라고 약속했다. 그녀는 지옥의 불길에 대처할 방화복을 얻을 생각으로 열심히 사람몰이를 했다. 이 말이 베르벨의 목을 쳤다. 사람들은 그녀의 영혼이 영원히 타락하지 않도록 반드시 구해야 했다. 그녀의 몸을 희생시켜 악마로부터 영혼을 구해야만 했다. 게다가 타락의 악습이 번지고 있었으므로 관례를 확고하게 할 필요가 절실했고, 늙은 마녀와 젊은 마녀 이 두 마녀는 근처 공공장소에 세운 기둥에 묶여 화형당했다. 마술에 걸렸던 하인츠 클뢰프가이셀은 모자를 벗고 기도를 중얼거리며 구경꾼 속에 서 있었다. 연기에 질식되어 낯설게 쉬어버린 연인의 외침이 그에게는 그녀의 몸에서 억지로 쫓겨나며 괴성을 지르는 악마의 목소리로 들렸다. 그가 받았던 치욕적인 제재는 그 순간부터 걷혔다. 자신의 애인이었던 여자가 재로 변하자마자 그는 잃어버렸던 자신의 남성을 자유로이 사용할 수 있게 되었다.

나는 슐레푸스가 한 강의의 특성을 너무도 잘 나타내주는 이 역겨운 이야기를 한시도 잊은 적이 없었으며, 그 이야기로 흥분된 마음은 한번도 제대로 진정되지 않았다. 당시 우리 사이, 아드리안과 나 사이에서는 물론 빈프리트 동아리의 토론에서도 그 이야기는 자주 입에 오르내렸다. 나는 그 이야기에 대해 그토록 화가 났던 반면, 교수들이나 그들의 강의에 대해 언제나 냉담한 태도로 말을 아끼는 아드리안은 물론이고, 그의 학과 친구들에게서는 나만큼 흥분하는 모습을 찾아볼 수 없었다. 나는 특히 클뢰프가이셀에 대해서는 오늘날까지도 상상 속에서 씩씩거리며 그를 호되게 야단치고 그야말로 '절대 바보'라고 부를 정도로 대단히 화가 났다. 이 멍청이는 뭐가 그리 불평할 일이었나? 무엇 때문에 그 물건을 다른 여인들과 시험해 보아야 했단 말인가? 자기를 사랑하는 한 여인이 있지 않았나? 자기를 '불능'으로 만들어 다른 여인들과는 하지 못하도록 할 만큼 그를 사랑한 여인이! 그 한 여인과의 사랑이 '가능' 했는데, 그녀 외에는 '불능' 이면 어떤가? 사랑은 분명 성행위를 하는 사람들이 고상하게 누리는 일종의 호강이다. 사랑이 없는 곳에서 행위가 안 되는 현상이 자연스럽지 않다면, 사랑이 있는 곳에서 하는 일 또한 부자연스럽다고 해야 한다. 베르벨이 하인츠의 물건을 경직시키고 '제약' 을 가했지만, 악마의 묘약으로 한 것이 아니라 그를 붙잡아두고 싶은 사랑의 충동과 다른 유혹으로부터 그를 구하려는 의도에서 한 일이었다. 마법의 연고와 그 효능을 믿는 베르벨의 마음이 남성의 본능에 가한 방비를 심리적으로 강화했다는 사실은 나도 인정할 수 있지만, 사실 이 사태는 그 남자의 입장에서 고찰해야 하며, 그가 경직 현상에 그토록 바보같이 마음이 상했던 원인은 사랑에 빠진 남자의 복잡한 심리상태에서 찾는 편이 훨씬 더 정당하고 간단해 보인다. 그러나 이 관점 또한 영혼의 기적적인 힘, 유기적인 육체에 작용하여 이를 고착시키기도, 변화시키기도 하는 어떤 자연적인 힘을 인정하고 있다. 이는 이 사태의 이른바 주술적인 측면이며, 슐레푸스가 의도적으로 강조한 부분이었다.

 슐레푸스는 암흑의 시대라 일컫는 그 시대에 조화로운 상태의 육체에서 찾고자 했던 숭고한 이념을 강조하기 위해 유사 인문주의 관점에서 설명했다. 그 시대에는 인간의 육체를 이 세상의 그 어떤 물질결합체보다 더 고귀하게 여겼고, 감정에 의해 변화되는 성질은 고상함의 표상으로 보았으며, 동물계의 피라미드 정상에 이른 그 위상을 숭상했다고 그는 말했다. 인간의 육체는 공포와 분노에 의해 차가워지기도 더워지기도 한다, 근심으로 몸이 마르고 기쁨에 화색이 돌고 구역질나는 상상만으로도 상한 음식을 먹었을 때와 같은 현상이 나타난다, 딸기 알레르기가 있는 사람은 딸기가 담긴 접시만 보아도 온몸에 두드러기가 나지 않는가, 순전히 정신적인 영향만으로 병이 나기도 하고 심지어 죽기도 한다, 영혼에는 자신의 육체를 변화시키는 힘이 있다는 사실을 깨닫고 나서 의식적, 의도적으로, 그러니까 마법의 힘으로 남의 육체도 변화시킬 수 있다는 사실을 확인하기까지는 오직 한 걸음이며 반드시 내디뎌야 할 걸음이다, 이러한 신념은 인류의 오랜 경험을 통해 확인되었다, 다시 말해 마술, 악마의 영향, 귀신들림의 실상은 이로 인해 확연해졌다. 사악한 눈빛과 같은 현상들 즉, 바실리스크(뱀의 꼬리가 달린 닭 - 옮긴이)의 살인적인 눈에 관한 전설에 집중되어 있는 복합적인 경험은 이른바 미신의 영역에서 떨어져 나왔다. 부정한 영혼이, 의도적이든 아니든, 단지 쳐다보기만 해도 다른 사람의 몸에, 특히 그런 눈독에 감염되기 쉬운 어린아이의 연약한 육체에 해를 입힐 수 있다는 사실을 부정하는 일은 무책임하고 비인간적인 행위다.

　이상이 슐레푸스가 한 강의의 내용이다. 그 정신과 의심쩍은 분위기로 인해 매우 독특했던 강의였다. '의심쩍다'는 말이 딱 어울리는 표현이다. 나는 그의 강의를 언제나 문헌학적으로 평가하고자 했다. 그러자니 상세히 다룰 것도 있고 피할 것도 있었으며, 아무튼 매우 조심스럽게 다루어야 했고, 고려할 가치가 있는 것도 발견했지만 어떤 부분에서는 의혹을 품게 하는 수상한 분위기도 느꼈다.

　우리는 길에서나 학교 복도에서 슐레푸스 교수를 만나면 그가 강의 시간마다 보여준 수준 높은 학식에 대해 마음에서 우러나오는 존경심을 담아 인사했는데, 그럴 때면 그는 모자를 벗어 우리보다 더 낮게 내리고는 "수고하십니다, 학생 나리!"라고 했다.

14

나는 수(數)에 관한 미신을 믿지 않으므로 아드리안에게서 그런 미신을 믿는 성향이 보일 때마다 답답했다. 그의 이러한 성향은 은근하지만 매우 뚜렷했다. 그러나 앞 장에 하필 불길한 수라 여기고 피하는 13이 붙은 것은, 비록 의도하지는 않았지만 나 또한 이러한 미신을 수용했다 할 수 있으며, 나는 이를 우연 이상으로 생각하고 싶은 충동마저 생긴다. 그렇다 해도 이는 이성적으로 말해 우연일 뿐이며, 할레 대학에서 겪은 일은 모두 한참 앞에서 소개한 크레치마의 강연들처럼 자연스럽게 하나로 묶을 수 있지만, 독자들은 휴식, 결말, 새로운 이야기를 고대하므로 이를 고려해 여러 장으로 나누었을 뿐 나 자신의, 작가의 순수한 양심에서 우러난 판단에 따르자면 이렇게 여러 장으로 나눌 필요가 전혀 없다. 내 뜻대로 했다면 이제 겨우 11장이 되었을 테지만, 양보의 미덕을 발휘하다 보니 슐레푸스 박사 이야기가 13장에 나오게 된 것이다. 나는 그에게 13이라는 수를 매겼다. 사실 우리의 할레 대학 시절 전체에 관한 추억에 13이라는 수를 매기고 싶다. 이미 말했듯이 이 도시의 공기가, 신학의 분위기가 내게는 편치 않았으며, 내가 청강생 자격으로 아드리안의 학업에 참여한 일은 여러 가지 좋지 않은 감정을 불러일으키면서 우리의 우정을 해쳤다.

우리의 우정? 내 우정이라고 하는 편이 더 정확하다. 그는 내게 쿰프나 슐레푸스의 강의를 같이 듣자고 요구한 적이 전혀 없었으며, 내가 전공 강의를 놓치면서까지 그의 곁을 지킨 일은 순전히 내 자유의지에 의한 행동이었다. 단지 그가 듣는 것을 나도 듣고, 그가 무엇을 배우는지 알고 싶은 소망에서, 간단히 말해 그에게 주의를 기울이기 위해서 한 일이었다. 비록 무의미한 일이었지만 내게는 그 일이 너무도 절실하게 느껴졌다. 절실함과 무의미함, 고통스럽게도 내게는 이 두 가지 의식이 묘하게 혼재했다. 나는 내 눈앞에 한 사람의 인생이 있다는 사실을, 지켜볼 수는 있으나 변화시킬 수는 없는, 어떤 영향도 미칠 수 없는 인생이 있다는 사실을 잘 알고 있었으며, 오랜 세월 친구의 곁을 떠나지 않고 그를 지켜보고픈 욕망에는 이미 언젠가는 내가 그의 청소년 시절에 받은 인상에 대해 전기의 형식으로 해명을 하게 될 것이라는 강한 예감이 담겨 있었다. 앞에 늘어놓은 이야기들은 내가 할레에서 그다지 편하게 지내지 못한 이유를 설명하기 위해서가 아니라, 벤델 크레치마가 카이저스아서른에서 했던 강연에 대해 그토록 상세히 보고한 것과 같은 이유라는 사실만큼은 분명하다. 즉 독자들이 아드리안의 정신적 경험을 목격하는 일은 내게 매우 중요하다.

같은 이유에서 독자들을 우리의 도보여행에 초대하고자 한다. 날 좋은 계절이면 뮤즈의 아들인 우리는 할레를 벗어나 여행길에 올랐다. 기독교 동아리인 빈프리트 회원들은 내가 아드리안과 고향이 같고 절친한 친구인데다 신학도가 아니면서도 신의 가르침에 관심이 지대한 듯이 보였으므로 나를 기꺼이 받아주었다. 따라서 나는 신이 창조한 푸른 자연을 만끽하기 위한 그들의 단체여행에 거듭 참여할 수 있었다.

우리 두 사람은 함께 여행에 자주 참석했다. 아드리안이 동아리 활동을 특별히 활발하게 하지 않았다는 말은 할 필요도 없겠지만, 그는 동아리에 가입해 있다는 사실만으로도 규칙적으로 참여하고 헌신적으로 활동하는 다른 회원들 이상으로 사람들의 주목을 받았다. 아드리안은 예의상 또는 그들과의 일체감을 증명하기 위해 빈프리트에 모습을 드러내기는 했으나 이런저런 이유를 들어, 대부분 편두통을 핑계로 여러 차례 모임에서 빠졌다. 동아리 회원들은 카페에서 모였는데, 해가 가고 달이 가면서 회원이 70명에 이르자 서로 형제처럼 허물없이 지내기도 어려워졌고, 아드리안은 편하게 말을 놓기가 껄끄러워 자주 말실수를 했다. 그래도 그는 그들 사이에 섞였으며, 거의 예외적이라 하리만치 가끔이었지만 그가 모임에 참석할 때면 담배연기 자욱한 뮈체 아저씨네 카페의 별실로 들어서는 그를 회원들은 '안녕' 하며 맞이했다. 그 인사는 그의 개인행동을 놀리는 뜻이 어느 정도 담겨 있기는 했지만 반가움의 표시였다. 회원들은 그가 신학과 철학 토론에 참여하면 좋아했는데, 그는 토론을 이끌지는 않지만 종종 중간에 끼어들어 재미있는 반전을 유도했다. 특히 그의 음악적 재능은 매우 유익하다는 평가를 받았다. 다 같이 돌림노래를 부를 때 그가 피아노 반주를 통해 연출한 분위기는 그때까지 그 누구도 해내지 못한 활기차고 멋진 분위기였으며, 때로는 솔로 연주로, 이를테면 바흐의 토카타 또는 베토벤이나 슈만의 작품들로 그곳에 모인 사람들을 즐겁게 해주었다. 아드리안에게 처음으로 솔로 연주를 요청한 사람은 샤르기어트 바보린스키였다. 바보린스키는 갈색 머리의 키가 큰 청년이었으며, 눈빛은 늘 부드러운 속눈썹에 덮여 있었고, 입은 파이프처럼 동그랗게 오므려져 있었다. 가끔은 아드리안이 자발적으로 회합장소에 있는 피아노 앞에 앉기도 했다. 둔탁한 소리를 내는 그 피아노는 벤델 크레치마가 '공익 회관'의 강당에서 강연할 때 사용한 그 형편없는 악기와 많이 비슷했으며, 아드리안은 특히 회의가 시작되기 전에, 즉 회원들이 다 모이기를 기다리는 동안에 자유롭게 실험적인 연주에 몰입했다. 그 당시 그가 회합장소에 들어오던 태도를 나는 결코 잊을 수 없다. 인사를 건성으로 하고, 가끔은 모자도 벗지 않은 채 생각에 잠겨 일그러진 표정으로, 마치 원래 목적이 피아노라는 듯이 피아노를 향해 곧바로 다가가 건반을 세게 내려쳤으며, 눈썹을 위로 치켜 올린 채 과도음을 강조하면서 울림의 연결, 예비 단계와 되돌림 등을 실험했는데, 아마도 그곳으로 오는 길에 착상이 떠오른 듯했다. 이렇게 피아노를 향해 돌진하는 그의 태도에는 왠지 휴식과 보금자리를 갈구하는 듯한 기운이 서려 있었는데, 마치 그 공간과 그 공간을 채우고 있는 사람들이 두렵다는 듯, 그가 발을 들여놓은 당혹스러운 외지(外地)를 빠져나와 피아노에서, 그러니까 사실은 자기 자신에게서 도피처를 찾는 듯했다.

그가 빠르게 스쳐 지나가는 착상에 매달려 그것을 변화시키기도 하고 형태를 느슨하게 하기도 하며 계속 연주하자 그들 가운데 한 사람이 물었다. 그는 아드리안 곁에 서 있던, 키가 작고 중간 길이의 기름기 흐르는 금발을 한, 지도자 후보 스타일의 프롭스트였다.

"그게 뭐야?"

"아무것도 아니야." 연주하는 사람이 마치 파리를 쫓는 듯이 짧게 머리를 흔들며 대답했다.

"네가 지금 연주하고 있는데 어떻게 아무것도 아니야?" 프롭스트가 반문했다.

"지금 환상의 세계를 헤매는 중이야." 키 큰 바보린스키가 설명했다.

"환상의 세계를 헤맨다고?" 프롭스트는 놀라 외치고는 옆에 서서 자신의 물빛처럼 푸른 눈으로 아드리안의 눈동자를 들여다보며, 혹시 동공이 풀렸는지를 살폈다.

다들 웃음보를 터뜨렸다. 아드리안도 건반에 놓인 손을 오므린 채 그 위에 머리를 숙이고 웃었다.

"오, 우리의 어린 양 프롭스트여!" 바보린스키가 말했다. "지금 즉흥 연주를 하는 중이야. 알겠어? 지금 이 순간 생각난 것을 연주하는 거야."

"왼손, 오른손에 저 많은 음들을 어떻게 한꺼번에 생각해낼 수가 있어?" 프롭스트가 반격했다. "그리고 그런 걸 어떻게 아무것도 아니라고 할 수가 있어? 자기가 지금 연주하고 있는 걸? 없는 것을 연주할 수는 없잖아?"

"할 수 있어." 바보린스키가 부드럽게 말했다. "지금까지는 없었다 하더라도 연주할 수 있어."

그때 도이칠린이, 체격이 좋고 이마에 주름이 파인 콘라트 도이칠린이 끼어드는 소리가 들렸다.

"모든 것이 한때는 아무것도 아니었어. 그러다 무엇인가가 되는 거야, 프롭스트."

"여러분에게……. 너희들에게 분명히 말하는데, 이건 정말 아무것도 아니었어. 어떤 의미에서도." 아드리안이 말했다.

그가 웃느라 숙인 몸을 똑바로 세웠을 때 그의 얼굴에는 난감한 기색과 마치 벌거벗은 듯한 느낌이 역력했다. 내 기억으로는 그 후 주로 도이칠린이 이끄는 가운데 창의력에 관한 토론이 제법 길게, 그러나 결코 지루하지는 않게 이어졌다. 그들은 여러 가지 현실적인 상황, 문화, 전통, 답습되는 관례, 규제, 허식 등이 창의력에 가하는 제약에 대해 이야기했으며, 인간의 창의력은 결국 어떤 것이 존재하기를 바라는 신의 뜻이 먼 곳으로부터 내려와 반영된 것이고, 어떤 것을 존재하도록 하는 명령의 반영이며, 창조적인 영감은 높은 곳에서 온다고 신학적인 결론을 내렸다.

순전히 지나가는 말이지만, 그들이 내게 비올라다모레를 연주해 달라고 요청할 때면 나 또한, 신학 전공이 아닌 회원으로서, 종종 분위기를 화기애애하게 만드는 데 일조할 수 있어 흡족했다. 그들 사이에서 음악은 매우 중시되었지만, 그 태도는 원론적이면서도 모호했다. 즉 그들은 음악을 신의 예술로 보았고, 따라서 음악과 모종의 '관계'를 맺고 싶어 했는데, 그것은 자연과의 관계와도 같은 낭만적이고도 엄숙한 관계였다. 음악, 자연, 그리고 경건한 숭배. 이들은 서로 밀접하게 연관되어 있었으며, 빈프리트의 회칙이 표방하는 이념들이었다. 내가 그들을 '뮤즈의 아들들'이라고 일컬은 데 대해 신학도에게는 어울리지 않는 표현이라고 생각하는 사람도 있겠지만, 바로 이러한 의식의 결합에, 즉 경건한 자유로움과 아름다움을 볼 줄 아는 혜안이 결합된 정신에 근거를 둔 표현이었으며, 그들의 자연체험 여행 또한 이러한 정신의 발로였다. 이에 대해서는 다시 이야기하겠다.

우리가 할레에서 보낸 4학기 동안 바보린스키가 70명에 달하는 회원을 모두 불러 모은 총회가 두세 차례 열렸다. 이 대규모 모임에 아드리안과 나는 한번도 참석하지 않았다. 그러나 좀더 친한 사람끼리 모인 소모임에서도 도보여행을 계획하곤 했는데, 우리 두 사람은 몇몇 모범생들 사이에 끼어 여러 차례 여행에 참여했다. 회장 샤르기어테와 건장한 도이칠린, 둥거스하임이라는 친구와 칼 폰 토잇레벤, 그 외에도 후프마이어, 마테우스 아르츠트, 샤펠러 등 몇 사람이 더 있었다. 나는 이들 이름과 더불어 이름 주인의 외모상 특징도 어느 정도 기억하고 있지만 여기서 그 이야기를 할 필요는 없을 것이다.

할레 근교는 모래 평지였으므로 볼만한 경치가 없었지만, 기차를 타고 잘레 강 상류를 향해 몇 시간만 가면 아름다운 튀링겐 지방에 도착했다. 우리는 거기서, 주로 나움부르크나 아폴다(아드리안 어머니의 고향)에서 철로를 벗어나, 레인코트에 배낭을 멘 자유청년의 모습으로 걸어서 여행을 계속했다. 며칠간 행군을 하는 동안 식사는 마을의 식당에서 하거나 수풀가 평지에서 했고, 어떤 날은 농가의 헛간 짚더미에서 밤을 보내기도 했으며, 그 다음 날 동이 트면 흐르는 샘 옆에 놓인 여물통에서 세수를 했다. 도시에서 공부만 하던 사람들이 원시적인 전원에, 어머니인 땅에 청강생 자격으로 들어가 겪는 체험이었지만, 곧 거기서 벗어나 익숙하고 '자연스러운' 도시의 편리한 공간으로 되돌아가야 한다는, 아니 되돌아가도 된다는 분명한 확신 하에 겪는 임시적인 생활이었다. 이렇게 자발적으로 택한 원시 형태의 생활에서는 어쩔 수 없이 부자연스러움, 우월감, 서투름, 우스꽝스러움 등이 드러났고, 우리들 자신도 이를 모르지 않았다. 우리가 농부들에게 헛간에서 자게 해 달라고 요청할 때 몇몇 농부들이 우리를 훑어보며 사람 좋은 미소를 지어 보인 것도 우리의 이런 모습 때문이었다. 그 미소에서 호의를 유발해 허락을 끌어낸 요인은 바로 우리의 젊음이었다. 젊음은 도시적인 삶과 자연적인 삶을 정당하게 이어주는 유일한 교량이라고 할 수 있으며, 도시화 이전의 단계로서 대학생과 청년들의 낭만이 모두 거기에서 비롯되는, 인생에서 원래 낭만적인 시기다. 이렇게 정리한 사람은 사상적인 문제에 늘 열성적인 도이칠린이었는데, 잠들기 전 숙소인 헛간에서, 한켠에서 흐린 빛을 내던 등불 아래서 그 시절 우리의 문제에 대해 이야기할 때였다. 그때 도이칠린은 젊은이가 젊음에 대해 논하는 것보다 더 재미없는 일은 없다고 덧붙였다. 어떤 삶의 형식이 스스로 논하고 연구하면 그 순간 그 형식은 와해되며, 직접적이고 무의식적으로 존재하는 삶만이 진정한 삶이라고 했다.

이 주장에는 반론이 제기되었다. 후프마이어와 샤펠러가 반대했고, 토잇레벤도 찬성하지 않았다. 언제나 어른들만이 젊음을 판단하고 젊은이들은 마치 객관적 사고력이 없는 듯 타인에게 고찰의 대상이 되어주기만 한다면 젊은이들로서는 편할 것이다, 그러나 젊은이도 객관적으로 사고할 수 있고, 특히 자신에 관한 문제일 때는 더욱 그러하다, 따라서 젊은이로서 젊음에 대해 발언권을 가져야 한다, 흔히 생명력이라고 하는 것이 있는데 이는 자신감과도 같은 것이다, 그로 인해 삶의 형식이 와해된다면 생기 있는 삶은 아예 불가능하다, 무지몽매한, 물고기 화석과도 같은 삶은 아무것도 이룬 것이 없다, 그러니 오늘날 우리는 맑은 의식으로 능력을 발휘해야 하고, 자신감을 말로 나타내며 고유의 삶의 형태를 유지해야 한다고 말했다. 젊음이 그 자체로서 인정받기까지는 상당히 오랜 시간이 걸렸다. 그들은 이렇게 주장했다.

"하지만 그러한 인정(認定)도 젊은이들 스스로 했다기보다는 교육에서 비롯되었어. 즉, 어른들이 한 것이지." 아드리안이 말하는 소리가 들렸다. "청년들은 어느 날 갑자기 시대의 선물을 받은 거야. 그 시대는 아이의 시대라고들 하며 여성해방도 고안해냈어. 한마디로 대단히 양보적인 시대지. 그 시대가 청년에 대해 독립된 삶의 형식이라는 술어를 붙여주었고, 청년들은 물론 그것을 기꺼이 환영했지."

"그렇지 않아, 레버퀸." 후프마이어와 샤펠러가 말했고, 다른 사람들도 두 사람을 지지했다. 아드리안의 말은 틀렸다, 적어도 상당 부분 틀렸다, 젊음 자체의 생명력이 자기 자신에 대한 의식을 갖게 되고 나서 세상에 대해 자신을 관철시켰으며, 세상은 이에 대해 별 불만이 없었다는 게 그들의 주장이었다.

"그런 불만은 전혀 없었지. 조금도." 아드리안이 말했다. 누구든 '나는 특별한 생명력이 있다'고 말하기만 하면 시대가 즉각 깊게 허리 숙여 그에게 절을 했다, 이런 일은 젊은이들에게는 식은 죽 먹기였다, 아무튼 젊음과 그 시대가 서로를 잘 이해한다면 서로 반대할 이유가 없다고 그는 말했다.

"왜 그렇게 냉소적이야, 레버퀸? 젊은이가 시민사회에서 정당한 대우를 받고, 사람들이 성장단계에 있는 젊은이의 고유한 가치를 인정해주는 것이 싫어?"

"아니." 아드리안이 말했다. "하지만 여러분의 주장은, 너희들의 주장은, 우리의 주장은……."

아드리안의 말실수 때문에 웃음이 터져 토론은 중단되었다. 내 기억에 마테우스 아르츠트가 이런 말을 한 것 같다.

"맞았어, 레버퀸. 점층법의 구사가 훌륭했어. 처음에는 '여러분'이라 하고 그 다음에는 '너희들', 그리고 맨 마지막에야 '우리'라고 하면서 거의 혀가 꼬일 뻔했는데, 그 버릇은 고치기가 아마 힘들 거다, 이 고집불통 개인주의자야."

아드리안은 그 호칭을 용납하지 않았다. 그것은 전혀 맞지 않는 말이다, 나는 개인주의자가 아니다, 나는 공동체를 긍정한다고 그는 말했다.

"이론적으로는 그럴지도 모르지. 위에서 아래로 굽어보는 아드리안 레버퀸을 제외하면." 아르츠트가 대꾸했다. 하지만 레버퀸은 젊음에 대해서도 마치 자신은 거기 속하지 않는 것처럼, 그래서 그 속에 섞여 어울릴 수 없다는 듯이 위에서 아래로 굽어보며 말한다, 겸허함에 관해 말하자면 그는 별로 아는 것이 없으니까.

지금은 겸허함에 대해 이야기하는 것이 아니라 자신감 있는 생명력에 관해 이야기하는 중이라고 아드리안이 반격했다. 그러자 도이칠린이 레버퀸에게 끝까지 말할 기회를 주자고 제의했다.

"그뿐이었어. 이 논의는 젊음이 자연과 더 가깝다는 생각에서 출발했어. 시민사회의 성인인 젊은이들이 자연에 더 가깝다는 거지. 그러니까 여자가 남자에 비해 자연과 더 가깝다고들 말하는 것처럼. 하지만 나는 이 말에 동조할 수 없어. 나는 청년들이 자연과 특별히 친밀한 관계를 맺고 있다고 보지 않아. 오히려 그들은 자연이 생소하고 어색해. 사실 낯설게 느껴지지. 사람은 나이가 들어서야 비로소 자신의 자연스러운 부분에 익숙해지고 서서히 그 점에 대해 안심하게 돼. 하지만 젊음은, 그러니까 좋다고 찬미되는 젊음은 자신이 지니고 있는 자연적인 부분에 오히려 당황하게 돼. 그것을 멸시하고 적대적인 자세를 취하지. 자연이 뭐야? 숲과 초원? 산과 나무와 호수와 아름다운 경치? 내 생각에 의하면 젊은 사람은 그런 것에 별로 눈을 돌리지 않아. 나이 든 사람들, 안정된 사람들이나 보는 거지. 젊은 사람은 경치를 구경하고 자연을 즐기는 일에 크게 재미를 못 느껴. 오히려 내적인 문제에 더 관심이 많아. 정신적인 문제에. 감각적인 것에 대해서는 반감을 가지고 있지. 내 생각에 의하면 그래."

"이로써 증명되었음." 누군가 이렇게 말했는데, 둥거스하임이었을 것이다. "여기 짚단에 누운 우리 방랑자들은 내일 튀링거발트 숲으로 올라가 아이제나흐의 바르테부르크 성(城)으로 갈 것이니."

"넌 항상 '내 생각에 의하면' 이라고 말해." 다른 누군가가 끼어들었다. "사실은 '내 경험에 의하면' 이라고 말하고 싶은 거지."

"너희들은 나를 비난하고 있어." 아드리안이 단호하게 대꾸했다. "젊음에 대해 위에서 아래로 굽어보며 이야기한다느니, 함께 어울리지 않는다느니. 갑자기 내가 다른 사람으로 둔갑해 버렸군.”

이에 도이칠린이 말했다. “레버퀸은 젊음에 대해 자기 자신의 생각을 이야기했지만, 그 또한 젊음을 그 자체로서 존중받아 마땅한 특수한 삶의 형식으로 여기고 있는 것은 분명해. 바로 이 점이 가장 중요한 점이야. 내가 젊음이 스스로를 논하는 데 대해 반감을 표현한 것은 그런 젊음은 삶의 직접성을 와해시킨다는 점만을 두고 한 말이야. 그러나 젊음은 자신감이기도 하므로 존재를 강화하기도 하지. 이런 의미에서, 즉 이 정도까지는 나 또한 젊음이 좋다고 생각해. 젊음에 대한 이런 개념은 우리 민족의, 독일 민족의 특권이자 특징이야. 다른 민족들과는 다르지. 젊음을 개성으로 인식하는 민족은 거의 없어. 그들은 독일 청년들의 본질을 강조하는 별난 행동을 나이 든 세대가 허용하는 것을 보고 놀라. 그들은 심지어 젊은이들의 유별난 옷차림을 보고도 놀라니까 그럴 만도 하지. 독일 청년들은 청년으로서 민족정신을 대표하고 있어. 젊고 미래지향적인 독일의 정신을. 성숙하지 못한 정신이라고 할 수도 있겠지. 하지만 그게 뭐 어때? 독일에서 큰 사건은 언제나 어떤 대단히 미성숙한 단계에서 일어났고, 우리가 종교개혁을 이룬 데도 그만한 이유가 있었어. 종교개혁도 미성숙이 이룬 업적이었으니까. 르네상스를 이룬 플로렌스의 시민들은 성숙했지. 그들은 교회에 가기 전에 부인에게 ‘자, 대중의 오류에 우리의 경의를 표합시다!’ 라고 말할 정도였으니까. 하지만 루터는 충분히 미성숙했어. 충분히 대중적이었고, 충분히 독일 국민이었어. 그래서 종교를 새롭게 정화시킬 수 있었지. 성숙이 최후의 심판이 된다면 이 세상이 어떻게 되겠어? 이 세상에는 우리의 미성숙으로 개선하고 개혁할 일이 아직도 많아.”

도이칠린이 이 말을 한 후 얼마간 침묵이 흘렀다. 그들은 아마도 어둠 속에서 젊음에 대한 개인적, 민족적 감정으로 감동받은 듯했는데, 그러한 감정들은 하나의 걱정으로 합쳐졌다. '대단히 미성숙한 단계'라는 말은 거의 모두가 들어서 기분 좋은 말이었다.

"내가 알고 싶은 것은, 우리는 도대체 왜 이토록 미성숙하냐는 거야. 네 말대로 하자면 왜 이토록 젊으냐는 거지. 그러니까 민족으로서 말이야." 아드리안이 휴식을 끝내며 말하는 소리가 들렸다. "우리도 다른 민족과 마찬가지로 오래된 민족이야. 어쩌면 단지 우리가 좀 늦게 결합했고 따라서 공통의 자신감을 형성하는 데도 좀 늦었다는 역사적 사실 때문에 우리가 특별히 젊게 생각되는 건 아닐까?"

"그건 다른 문제야." 도이칠린이 단호하게 말했다. "가장 심오한 뜻의 젊음은 정치의 역사와 아무 상관도 없어. 역사 자체와 아무런 상관이 없지. 젊음은 형이상학적인 천성이야. 순수한 어떤 것, 구조이며 규정이야. 넌 독일 사람들이 언제나 진행 중이라는 말도 못 들어 봤니? 끊임없이 방황하고, 멈추지 않고 앞으로 나아가는 독일인의 본질에 대해 들어본 적 없어? 말하자면 독일인은 영원한 학생이야. 여러 민족들 가운데서 영원히 노력하는……"

"그리고 독일 민족의 종교개혁은 세계사의 잔치였고." 아드리안이 짧게 웃으며 끼어들었다.

"맞아, 레버퀸. 그런데 넌 개신교도이면서 그런 식으로 웃겨도 되는 거야? 내가 젊음이라고 칭한 것은 경우에 따라 진지한 것일 수도 있어. 젊다는 것은 원초적이라는 뜻이고, 따라서 삶의 근원에 가까이 머물러 있다는 뜻이고, 따라서 분연히 일어나 기존 문명의 사슬을 떨칠 수 있다는 뜻이고, 다른 사람들은 감히 용기를 낼 수 없는 일을 감행할 수 있다는 즉, 기본으로 돌아갈 수 있다는 뜻이야. 젊음의 용기는 죽어서 새로이 태어나는 정신이야. 죽음 후의 부활에 대한 깨달음이지."

"그게 독일 거야?" 아드리안이 물었다. "부활은 르네상스를 일컫고, 이탈리아에서 먼저 일어났어. 그리고 '자연으로 돌아가라'는 말은 맨 먼저 프랑스에서 나온 말이잖아."

"하나는 교육개혁이었고, 다른 하나는 감상적인 전원극이었어." 도이칠린이 대꾸했다.

"그 전원극에서 프랑스혁명이 비롯되었고, 루터의 종교개혁은 단지 그것을 본뜬 것일 뿐이야. 르네상스가 윤리의 샛길로 빠진 것이었어. 르네상스를 종교적인 문제에 응용한 거야." 아드리안이 주장했다.

"넌 종교적인 문제라고 했는데, 종교적인 문제는 오랜 유물에 대한 재고(再考)나 사회의 전복과는 전혀 다른 거야. 신앙은, 그것은 어쩌면 젊음 그 자체일 거야. 그것은 개개인의 삶이 지닌 직접성이자 용기이며 깊이야. 넘치는 활력으로 경험하고 체험하고자 하는 의지와 능력, 즉 키에르케고르가 환기시켰듯이 존재의 자연성이자 초자연성이야."

"너는 신앙을 독일의 특징적인 민족성이라고 생각하니?" 아드리안이 물었다.

"내가 정의하는 신앙의 뜻에 한해서는 그래. 즉 영적인 젊음으로서, 즉흥성으로서, 삶을 긍정하는 태도로서, 그리고 뒤러의 작품에 나타난, 죽음과 악마 사이에서 말을 달리는 기사의 의미에서는 그렇다고 생각해."

"그럼 교회당의 나라이자 매우 독실한 기독교도 국왕을 둔 프랑스는? 보쉬에나 파스칼 같은 훌륭한 신학자도 배출한 나라잖아?"

"그건 옛날얘기야. 프랑스가 유럽에서 반(反)크리스트교 전파세력이 된 지 수백 년이 지났어. 독일은 그 반대지. 그건 네가 아드리안 레버퀸이 아니었다면 느껴서 알 수 있을 텐데. 다시 말해서 너는 젊기에는 너무 냉담하고 종교적이기에는 너무 영리해. 그 영리한 머리로 교회를 위해서는 많은 공을 세울 수 있겠지만 신앙을 위해서는 할 일이 거의 없지."

"고마워, 도이칠린." 아드리안이 웃었다. "에렌프리트 쿰프 교수 말마따나 아름다운 고어로 말해서 가림이며 꾸밈을 한 치도 아니 하고 그 점을 지적해 줘서. 그런데 나는 교회를 위해서도 별다른 공을 세우지는 못할 거란 예감이 들어. 하지만 교회가 없었다면 나는 신학도가 되지 않았으리라는 사실만은 분명해. 자네는 키에르케고르를 읽었고 진실을, 윤리적 진실까지도 완전히 주관적인 견해 속에 도입하고 모든 이단의 존재를 거부하니 정말 훌륭해. 하지만 난 자네의 급진적 사고를, 교회와 기독교에 대한 키에르케고르 식 분리를 따를 수 없어. 그런 급진주의는 분명 오래가지 못할 거야. 그건 대학생 학생증과도 같은 거지. 나는 교회를, 오늘날 세속화하고 타락했다고는 하지만, 여전히 질서의 본고장이라고 봐. 객관적인 계도의 산실이며, 길을 닦는 곳이며, 종교적 삶에 눈뜨게 하는 곳이라고 생각해. 삶은 질서가 없다면 주관적인 황폐화에 물들고 끝없는 혼란에 빠지게 될 거야. 무서운 환상이 지배하는 세상, 악마의 바다가 되고 말 거야. 교회와 종교를 분리한다면 신앙과 광기를 구분할 수 없어······."

"아니, 잠깐!" 여러 사람이 소리쳤다.

"그 말이 맞아." 마테우스 아르츠트가 분위기에 휩쓸리지 않고 말했다. 친구들은 그를 '사회주의자 의사'라고 불렀다(아르츠트(Arzt)는 의사라는 뜻 - 옮긴이). 사회주의는 그의 열정이었고, 그는 기독교 사회주의자였으며, 기독교는 원래 정치적 혁명이었으나 실패하여 도덕적인 것이 되었다는 괴테의 말을 자주 인용했다. 지금도 그는 기독교가 다시 정치적인 것이 되어야 한다고, 즉 사회적인 것이 되어야 한다고 말했다. 그것만이 신도들을 계도하는 진정하고도 유일한 길이다, 아드리안은 신도가 타락할 위험을 썩 잘 지적했다, 기독교는 종교적 사회주의가 되어야 한다, 사회적으로 규정된 신앙이라야 한다, 왜냐하면 모든 것은 올바른 의무를 찾는 데 달렸으며, 신학적인 의무는 사회적인 의무, 신이 내린 사회의 완성이라는 과업과 연관된 의무와 일치해야 한다며 그는 말을 이었다. "내 말을 믿어 봐. 책임감 있는 산업사회의 민족으로 성장하는 일에, 국제적인 산업민족이 되는 일에 모든 것이 달렸어. 그런 민족이 언젠가는 유럽에서 진정하고 올바른 경제사회를 건설할 거야. 그 사회는 무엇이든 형성하는 추진력을 지니게 될 것이고, 이미 그 싹이 보이고 있어. 이는 단지 새로운 경제구조를 기술적으로 추진하고 자연적인 생활양식에 전반적인 위생조치를 가하기 위한 것만이 아니라, 새로운 정치질서를 건립하기 위한 일이야."

여기 묘사된 젊은이들의 대화는 사실 그대로, 지식인들의 전문용어를 사용한 그들의 표현을 그대로 옮긴 것인데, 그 표현에 담긴 과장을 그들은 조금도 의식하지 못했다. 오히려 그런 표현을 자연스럽고 편하게 구사하면서, 뻐기는 듯한 까다로움과 대가다운 대범함을 모두 이용하면서 기꺼이 즐겼다. '자연적인 생활양식', '신학적 의무' 등이 그런 부자연스러운 표현들이었는데, 쉬운 말로 할 수도 있었겠지만 그랬다면 더는 인문과학적인 용어가 아니었을 것이다. 그들은 '본질의 문제'를 제기하기를 좋아했고, '종교분야', '정치분야', '학문분야' 또는 '구조원리', '변증법적 대립관계', '부합' 같은 말을 자주 썼다. 도이칠린은 이제 두 손으로 뒤통수를 받친 채 아르츠트가 주장한 경제사회 발생의 원천과 관련된 본질의 문제를 제기했다. 그것은 다름이 아니라 경제적 합리성을 말하는 것이었으며, 경제사회가 대표하는 것은 오로지 그것뿐이라는 말이었다. "우리는 경제적 사회조직의 이상(理想)이 계몽주의적, 독립적 사고에서 비롯되었다는 사실을 분명히 짚고 넘어가야 해, 마테우스. 요컨대 합리주의에서 비롯되었지만, 합리주의는 이성적으로 지나치거나 모자란 데서 유발되는 막강한 폭력에 대해서는 제대로 파악하지 못했어. 너는 인간의 단순한 통찰력과 이성만으로 정의로운 질서를 개발할 수 있다고 믿고 있어. 그리고 '정의로운 것'과 '사회적으로 유익한 것'을 동일시하고 거기서 새로운 정치질서가 나온다고 주장하는데, 경제적 영역은 정치적 영역과는 전혀 다른 것이야. 그리고 경제적 유익성에 관한 사변과 역사적으로 관련된 정치적 의식 사이에는 직접적인 연관성이 전혀 없어. 네가 이 사실을 모르다니, 이해할 수가 없구나. 정치질서는 국가와 관련된 것이고, 국가는 권력과 통치의 형태이지만 그것이 유익성에 의해 규정된 것은 아니야. 따라서 국가는 기업 대표나 노조 대표들이 모르는 다른 특질을 나타낼 수 있어. 이를테면 명예나 품위 등이지. 경제분야의 사람들은 그런 자질을 갖추는 데 필요한 가치를, 그에 부합하는 가치를 창출하지 못해."

"아! 도이칠린, 무슨 소리를 하는 거야?" 아르츠트가 말했다. "우리는 현대의 사회학도로서 국가도 유익성의 기능으로 규정된다는 사실을 잘 알고 있어. 그래서 사법권도 안전보장도 있는 거야. 그리고 우린 지금 경제적 시대에 살고 있어. 경제적이라는 것은 이 시대의 역사적 특징이야. 그리고 국가가 자신의 경제적 상황을 제대로 파악하고 이끌 줄 모른다면 명예와 품위는 국가에 아무런 도움도 안 돼."

도이칠린은 그 말을 인정했다. 그러나 유익성 기능이 국가의 본질적 근거라는 점은 부인했다. 국가의 합법성은 그 존엄성에, 그 주권에 있으며, 따라서 주권은 개인에 앞서므로—민약론(民約論)의 허튼 소리와는 매우 다르게도—개인의 가치 평가와 무관하다, 개인을 초월한 상황들도 개개인과 마찬가지로 수많은 존재의 원천이 있으며, 경제학자는 국가의 초월적인 근거를 이해하지 못하므로 그러한 원천 또한 이해하지 못한다고 말했다.

이에 토잇레벤이 말했다.

"나는 아르츠트가 옹호하는 사회종교적 의무에 대해 분명 호감을 느끼고 있어. 전혀 없는 것보다야 훨씬 낫지. 그리고 올바른 의무를 찾는 데 모든 것이 달렸다는 마테우스의 말은 지당해. 하지만 그 의무가 정당한 것이 되려면 즉, 종교적인 동시에 정치적인 것이 되려면 그 의무는 대중적인 것이어야 해. 그런데 내가 알고 싶은 것은 경제사회에서 새로운 민족성이 발생할 수 있느냐는 거야. 루르 지방을 한 번 둘러 봐. 그곳은 수많은 사람들이 모인 곳이지만 새로운 민족성의 요지는 아니야. 열차를 타고 로이나에서 할레로 가 봐! 농성하는 노동자들은 임금협약에 대해서는 할 말이 많지만, 공동의 행동을 통해 모종의 민족적인 힘을 얻는다든지, 그런 이야기는 들을 수 없어. 경제에서는 날이 갈수록 드러나는 한정적인 것들만이 지배할 뿐이야……"

"하지만 민족성도 한정적이야." 누군가 지적했다. 후프마이어 아니면 샤펠러였는데, 정확히 누구였는지는 자신 있게 말하지 못하겠다. "우리는 신학도로서 민족성이 영원한 존재라는 말을 묵인할 수는 없어. 열광할 수 있는 능력은 매우 좋은 것이고 경건함에 대한 욕구는 젊은이에게 매우 자연스러운 것이지만 동시에 유혹이기도 해. 그러니 우리는 자유주의가 소멸해 가는 오늘날 도처에 널린 새로운 의무의 실체가 진짜인지, 그렇다면 의무의 대상 또한 실제적인 것인지, 아니면 이념적 대상들을 비록 허구적인 방향은 아닐지언정 명목주의적인 방향으로 내모는, 이른바 구조적 낭만주의의 산물일 뿐인지 면밀히 살펴야 해. 내 생각으로는, 아니 내가 두려워하는 것은 민족문화를 우상화하고 국가를 이상적으로 미화하는 일이 이러한 명목주의적인 의무라는 사실이야. 이러한 의무를 다하겠다는 맹세는, 이를테면 독일에 대한 맹세는 규제할 수 없는 일이야. 왜냐하면 이러한 맹세는 개인의 실체나 자질과는 아무런 상관도 없으니까. 자질은 아예 요구하지도 않지. 누군가 "독일!"이라고 외치며 자신의 의무를 지는 대상으로 선언한다고 할 때, 그 사람의 개인적인 의미에서, 즉 자질의 측면에서 얼마나 많은 독일문화를 구현할 것인지, 독일식 삶의 형식을 세계에 관철시키는 일에 얼마나 공헌할 수 있는지 증명할 필요는 전혀 없고, 그것을 요구하는 사람도 없어. 자기 자신도 안 해. 이게 바로 명목주의, 정확히 말해 명목우상주의라고 하는 것이고, 나는 이것이 이념적 우상숭배라고 생각해."

"좋아, 후프마이어." 도이칠린이 말했다. "네가 말한 것은 모두 다 옳아. 아무튼 네가 비판을 통해 문제에 좀더 가까이 근접했다는 점은 인정해. 내가 마테우스 아르츠트의 의견에 반대한 것은 경제분야에서 유익성 원칙이 우선된다고 하는 것이 마음에 들지 않기 때문이야. 하지만 신학적 의무 자체는, 그러니까 종교적인 것은 일반적으로 형식주의적인 성질을 띠고 구체성이 없다는 사실과, 따라서 지상의 실증적 실현이나 적용이나 보장이 필요하다는 사실, 즉 신에게 복종하며 실천하는 행위가 필요하다는 사실에 있어서는 아르츠트의 의견에 전적으로 동의해. 이를 위해 아르츠트는 사회주의를 선택했고 칼 토잇레벤은 민족주의를 선택했어. 그런데 오늘날 우리는 그 두 가지 의무 가운데 하나를 선택해야 해. 나는 이데올로기가 넘친다는 주장을 인정하지 않아. 자유의 구호 이후 어떤 이데올로기도 효과를 거두지 못했어. 실제로 종교적인 복종과 종교적인 성취라는 두 가지 가능성만이 있을 뿐이야. 그것은 사회적 가능성과 민족적 가능성이지. 그런데 불행하게도 이 두 가지 가능성 모두 각기 재고해야 할 점과 위험을 매우 심각한 정도로 안고 있어. 빈번히 발견되는 명목주의의 껍데기와 개인적 실체가 결여된 민족적 맹세에 대해서는 후프마이어가 매우 정확하게 진술했어. 거기에 일반화해서 덧붙이자면, 생활수준을 높이기 위한 실천에 헌신하는 일이 개인의 삶을 형성하는 데는 아무런 의미도 없고 단지 엄숙한 계기로만, 광신적인 희생정신으로 말미암아 목숨을 던지는 사건 따위로만 작용한다면 거기에 어떤 가치도 부여하고 싶지 않아. 진정한 희생에는 두 가지 가치와 자질이 필요해. 사안과 희생 각각의 가치와 자질……. 하지만 개인적인 실체가, 이를테면 독일의 민족성이 대단히 위대했고 자기도 모르게 스스로를 희생물로 만든 경우가 있었어. 이때 민족적 의무를 받들겠다는 맹세는 전혀 없었을 뿐 아니라 그것을 격렬하게 부정하는 사태가 일어나기까지 했어. 그 결과, 실체와 맹세 사이의 반목에 비극적인 희생이 따랐지……. 민족적 의무에 대해서는 오늘 이만하자. 그런데 사회적 의무에 관해서는, 거기에도 숨겨진 난관이 있는데, 경제분야에서 모든 것이 최상으로 조율되었다 하더라도 존재에 의미를 부여하는 문제와 품격 있는 삶을 영위하는 문제는 여전히 미해결로 남는다는 거야. 오늘날처럼. 언제가 지구는 전체적으로 경제에 의한 통치를 받게 될 거야. 전체주의의 완전한 승리지. 그러면 자본주의 체제 하에서는 그 사회의 파국적인 성격 때문에 제거할 수 없었던 인간의 상대적 불안감이 사라질 테니 좋겠지. 즉 인간적인 삶의 위태로움에 대한 마지막 기억의 흔적조차 사라지고 말 거야. 그러니 정신적인 문제는 아예 없어질 테고. 그렇다면 왜 사느냐고 묻게 되겠지……."

"자본주의 체제가 인간적인 삶의 위태로움에 대한 기억을 생생하게 간직하기 때문에 자본주의를 유지하고 싶은 거야, 도이칠린?" 아르츠트가 물었다.

"아니, 그러고 싶다는 얘기가 아니잖아, 아르츠트!" 도이칠린이 화를 내며 대답했다. "비극적인 예상을 할 수도 있잖아! 삶이란 워낙 그런 것으로 가득한 거니까."

"그런 건 전혀 예상할 필요 없어." 둥거스하임이 한숨을 쉬며 말했다. "그렇게 되면 정말 큰 곤경에 처하게 될 거고, 신을 믿는 사람으로서 이 세상이 진정 신의 단독작품인지, 아니면 누군가와의 공동작품인지 묻게 될 거야. 그 공동창조자가 누군지는 알 수 없지만."

"나는 다른 나라의 청년들도 이렇게 짚단에 누워 현재와 미래의 문제와 씨름하는지 알고 싶어." 토잇레벤이 말했다.

"거의 안 해." 도이칠린이 던지듯 대답했다. "그들은 훨씬 단순하고 편하게 생각해."

"러시아의 혁명적 청년들은 예외야." 아르츠트가 주장했다. "내가 잘못 알고 있는 것이 아니라면 그곳에는 지칠 줄 모르고 토론에 빠져들게 하는 자극이 있고, 토론으로 인한 대립도 무지하게 많아."

"러시아 사람은 깊이가 있지만 형식이 없어. 서구 사람들은 형식은 있지만 깊이가 없지. 둘 다 가지고 있는 민족은 우리 독일 민족뿐이야." 도이칠린이 정리하듯 말했다.

"그게 민족적 의무가 아니라면 좋겠네!" 후프마이어가 웃었다.

"이건 단지 어떤 이상에 대한 의무야." 도이칠린이 분명히 했다. "이것이 내가 말하는 요구야. 우리의 의무는 예외적이야. 우리가 이미 완수한 그런 정도가 아니야. 우리의 경우 의무와 실태의 격차는 다른 민족의 경우보다 훨씬 더 크게 벌어져 있는데, 이는 우리가 의무를 너무 높게 책정했기 때문이야."

"모든 문제에서 민족주의적인 측면은 배제해야 해." 둥거스하임이 경고했다. "그리고 문제를 현대인의 존재와 연관시켜 보아야 해. 과거에는 기존의 전체 질서 속에, 그러니까 계시 받은 진실을 분명히, 의식적으로 가리키는, 그러한 진실이 신성하게 각인된 질서 속에 살았으므로 존재에 대한 직접적인 신뢰가 있었어……. 하지만 그것이 사라진 이후, 그 신뢰가 무너지고 현대사회가 생성된 이후 인간과 사물에 대한 관계는 끝없이 반추되고 복잡하게 변했으며 문제와 불확실성만이 남아서, 진실에 대한 구상은 굴복과 절망으로 끝날 것만 같은 위협을 받고 있어. 사람은 일반적으로 파괴된 곳에 서서 새로운 질서의 확립을 모색하지. 그런데 그게 우리 독일인에게는 특히 심각하고 절실하거든. 다른 민족은 우리처럼 역사적인 운명에 시달리지 않는데, 그건 그들이 우리보다 강하거나 우리보다 우둔하기 때문일 거야……."

"우둔하기 때문이야." 토잇레벤이 결정지었다.

"그렇게 생각해, 토잇레벤? 하지만 우리가 역사적, 심리적 문제에 대한 예리한 감각과 의식을 민족의 명예로 삼고, 새로운 전체 질서에 대한 모색을 독일의 민족성과 동일시한다 하더라도 우린 이미 미심쩍은 진실성과 의심의 여지가 없는 만용의 신화를 쓰려고 하고 있어. 즉 용사가 등장하는 낭만주의 구조의 민족신화를 쓰려는 것인데, 이는 기독교처럼 치장한 원시적 이단일 뿐이며, 예수를 '천국 군대의 대장'으로 낙인찍는 일에 지나지 않아. 이건 악마와도 같은 강력한 위협을 받고 있는 견해야……."

"그래서?" 도이칠린이 물었다. "생기 넘치는 행동에는 항상 질서에 합당한 자질들과 더불어 악마와도 같은 힘이 숨어 있기 마련이야."

"구체적으로 이름을 거론해 보자." 샤펠러가 요구했다. 후프마이어였는지도 모르겠다. "악마와도 같은 힘은 다른 말로 충동이라 할 수 있어. 오늘날 이미 충동으로 온갖 의무를 선전하고 있다는 사실이 바로 그거야. 이 선전을 포함해 과거의 이상주의를 충동심리로 닦아서 광을 내고 있어. 그러면 현실이 대단히 절실하고 뚜렷하게 와 닿을 테니까. 그러니까 선전된 의무는 속임수야……."

나는 여기서 이들의 대화에 대한 묘사를, 또는 그런 대화들 가운데 하나에 대한 묘사를 마치고자 한다. 실제로는 끝이 나지 않거나 밤늦게까지 길게 이어졌으며 '양극적 태도', '역사를 의식한 분석', '시대를 초월한 자질', '존재의 자연성', '논리적 변증법', '사실적 변증법' 등을 설명했고, 샤르기어테 바보린스키가 다음 날—이미 거의 다음 날이었다—일찍 길을 떠나야 하니 그만 자자고 제안할 때까지 쉬지 않고 열변을 토했다. 자비롭게도 자연에는 잠이 있어 대화를 잊게 해주니 감사할 일이었으며, 오랫동안 아무 말도 하지 않은 아드리안이 잠자리를 반듯하게 하느라 몸을 뒤척이면서 몇 마디 말로 이를 표현했다.

"그래. 잘 자. 이 말을 할 수 있어 참 좋다. 토론은 잠자리에 들기 전에, 잠을 배후에 업고 할 일이야. 정신적인 대화를 한 후에도 여전히 밝은 정신으로 돌아다녀야 한다면 얼마나 피곤할까?"

"하지만 그건 도피적인 자세야." 누군가 우물거리는 소리가 들렸으나 곧 코고는 소리가 헛간을 울렸다. 몸을 자율신경에 내맡겼음을 알리는 평온한 소리였다. 이 청년들이 감사하게 숨쉬며 바라보는 자연의 즐거움을 의무적인 신학적, 철학적 토론과 결합시키는 탄력적인 힘을 되찾기에는 몇 시간이면 충분했고, 토론을 빼먹은 적은 없었으며, 토론을 하며 그들은 서로 반대하고 영향을 주고 가르치고 고무시켰다. 대략 유월은 튀링겐 분지를 가르는 산골짜기 우거진 숲에서 자스민 향기, 서양산황나무 향기가 짙게 풍겼으므로 공장이 거의 없는 이곳을 산책하기에, 온화하고 비옥한 땅에 한 줌의 목골(木骨) 구조 가옥들이 옹기종기 모여 있는 그곳을 산책하기에 더 없이 좋은 계절이었다. 그곳에서 농경지를 지나 축산농가로 들어서면 전설의 고향 같은 산으로 향하는 오솔길이 나오는데, 전나무와 너도밤나무가 우거진 뾰족한 산봉우리에서 베랄탈 골짜기까지 깊게 난 낭떠러지가 프랑켄발트 숲에서 회르젤 골짜기의 아이제나흐를 향해 뻗어 있었다. 경치는 갈수록 아름답고 멋지고 낭만적이었으며, 아드리안이 취침 전 토론시간이 될 때까지 청년이 자연에 대해 품는 어색함에 대해서나 자신이 바라는 바에 대해 한마디도 하지 않은 것은 왠지 그 분위기에 걸맞아 보였다. 그는 편두통 때문에 말을 하지 않을 때를 제외하면 낮의 대화에도 활발하게 참여했으므로 이러한 태도는 드문 일이었으며, 그가 자연을 보고 한마디 감탄사도 내뱉지 않았다 해도, 다만 어떤 생각에 잠기는 듯 조심스러운 태도로 바라보았다 해도, 나는 그 광경, 그 리듬, 하늘 높이 흐르는 그 멜로디가 다른 누구보다 그의 영혼에 더 깊이 파고들었다는 사실을 믿어 의심치 않는다. 훗날 그의 정신이 담긴 작품에서 두드러지는 순수하고 편안한 아름다움을 대할 때면 그때 우리가 함께 받았던 느낌을 떠올리곤 했다.

    그곳에서 몇 주간을 보내며 청년들은 고무되었다. 야외생활로 산소가 보충되고, 경치와 역사에서 받은 느낌에 젊은이들은 매료되었으며, 그들의 기분은 고양되어 대학생으로 누릴 수 있는 사치스러움과 자유로운 실험정신이 담긴 사고에 이르렀는데, 이러한 사고는 훗날 메마른 사회생활에서는, 직업을 영위하는 데는―종교적인 직업이라 하더라도―전혀 필요하지 않을 사고였다. 나는 그들이 신학적, 철학적 토론을 하는 모습을 자주 관찰했는데, 그들 가운데 몇몇은 빈프리트 시절을 자기 인생의 가장 중요한 시기로 여기게 되리라고 상상했다. 나는 그들을 관찰했고 아드리안을 관찰했다. 그러면서 나는 아드리안은 그 시절에 대해 결코 다른 친구들과 같은 느낌을 갖지 않을 것이라는 매우 확실한 예감이 들었다. 나는 신학 전공자가 아니었으므로 그들 가운데 낀 청강생일 뿐이었지만, 그는 신학도였으면서도 나보다 더한 청강생의 모습이었다. 왜 그랬을까? 나는 이 노력하는 우수한 청년들과 아드리안의 존재 사이에 놓인 운명적 괴리를 느끼며 동시에 모종의 압박감도 느꼈는데, 이는 방랑하며 노력하는 청년기를 거치면 안정된 시민생활이 보장된 우수하지만 평균적인 집단과 정신의 길, 그리고 정신과 관련된 문제의 길을 결코 벗어나지 않으려는, 누구도 알 수 없는 길을 가려는 자가 걸어갈 인생행로의 차이였다. 그의 시선, 결코 형제처럼 편하게 대하지 않는 그의 태도, 여러분, 니희들, 우리들 사이를 헤매는 그의 말투는 내게—어쩌면 다른 사람에게도—그 자신 이 차이를 예감하고 있다는 사실을 말해 주었다.

나는 아드리안이 네 번째 학기를 맞이했을 때 이미, 이 친구가 첫 시험도 보기 전에 신학을 그만둘 생각임을 알아차렸다.

15

아드리안과 벤델 크레치마의 관계는 한번도 끊어지거나 느슨해진 적이 없었다. 신학에 전념하는 청년학도 아드리안은 김나지움 시절의 음악선생님을 방학 때마다 만났는데, 카이저스아셔른에 와서는 성당의 오르가니스트용 사택으로 찾아가 만났고, 니콜라스 삼촌 집에서도 만났으며, 한 번인가 두 번인가는 자신의 부모님에게 주말에 선생님을 부헬 농장으로 모시고 갈 것이라고 통보한 적도 있었다. 그곳에서 그는 선생님과 오랜 시간 산책을 했고, 요나탄 레버퀸은 손님에게 클라드니 도형(평판에 잔모래를 뿌려놓고 그 판을 진동시킬 때 생기는 특수 도형 - 옮긴이)이나 '식사하는 방울'을 보여주느라 열심이었다. 나이 들어가는 부헬 농장의 바깥주인과 크레치마는 서로 잘 통했지만, 엘스베트 아주머니와는, 물론 심각한 긴장관계는 아니었지만, 그다지 편하지 않았다. 어쩌면 그의 말더듬 때문에 엘스베트가 겁을 먹었을지도 모르며, 그는 그녀 앞에서, 주로 직접 대화를 나눌 때면 특히 심하게 말을 더듬었다. 이상한 일이었다. 프랑스에서 문학이 대중의 사랑을 받았다면 독일에서는 음악이 대중의 사랑을 받았으며, 이 나라에서는 누군가를 음악가라는 이유로 소외시키거나 피하거나, 그에게서 불쾌감을 느끼거나, 그를 멸시하고 조롱하는 일은 없었다. 그런데도 나는 그와 아드리안과 함께 부헬에서 2박3일을 보내는 동안 엘스베트가 이 오르가니스트를 대하는 태도에서 분명 순전히 호의로만 해석할 수는 없는, 마지못해 하고 뒷전으로 물러서려 하고 거부하는 몸짓을 보았다. 그는 그런 그녀에게 앞에서 말했듯이 몇 번에 걸쳐 파국으로 치닫는 심한 말더듬으로 대응했는데, 이것이 단지 그 또한 그녀가 느끼는 불편, 그녀의 불신 또는 뭐라 하든, 그런 것을 느꼈기 때문인지, 아니면 자기 쪽에서 먼저 그녀의 존재 앞에서 느끼는 부끄러움과 당혹감으로 인해 순간적으로 어떤 주저감이 생겼기 때문인지는 말하기 어렵다.

내 입장을 말하자면, 나는 크레치마와 아드리안의 어머니 사이에 흐르는 미묘한 긴장이 아드리안과 관련이 있다는 사실을, 그리고 아드리안은 엘스베트가 사랑하는 아들이었다는 사실을 의심하지 않았다. 두 사람 사이를 지배하는 무언의 싸움에서 내 입장은 양편 사이에서 중립을 지켰으며, 내 마음은 이쪽으로 기울었다가 다시 저쪽으로 기울었다. 나는 크레치마가 무엇을 원했고 아드리안과의 산책길에서 무슨 이야기를 했는지 잘 알고 있었으며, 내 개인적인 바람은 남몰래 크레치마를 지지했다. 나는 그가, 내게도 말했지만, 한 학생을 두고 음악가가 되어야 한다고, 작곡가가 되어야 한다고 매우 확실하게, 절박감마저 띤 채 선언할 때 그의 말을 인정했다. 그는 이렇게 말했다. "아드리안은 음악을 진취적인 작곡가의 눈으로 봅니다. 아웃사이더의, 대충 즐기는 사람의 눈이 아니에요. 아드리안이 모티브의 연관성을 발견해내는 방법은 다른 사람들과 달라요. 그는 짤막한 악절을 보고 그 구성에 의문을 제기하는 동시에 해답을 찾아내는 능력을 갖고 있지요. 그는 보는 눈이 있어요. 음악이 어떻게 만들어졌는지를 음악 내부로부터 볼 줄 아는 그의 능력을 보아 저는 제 판단을 확신해요. 그는 아직 곡을 쓰지 않아요. 아직 창조적인 충동을 드러내지 않고, 생각 없이 미숙한 작곡에 성급하게 달려들지 않죠. 이런 점은 칭찬해줘야 해요. 그건 모방적인 음악을 세상에 내놓지 않으려는 그의 자존심입니다."

나는 그의 말에 모두 동감했다. 그러나 아들을 보호하려는 어머니의 심려도 나는 근본적으로 이해했으며, 종종 자기 아들을 원하는 크레치마에게 어머니가 보이는 적대감까지도 그녀와 한편이 되어 공감했다. 나는 부헬 저택의 거실에서 결코 잊지 못할 광경을 한 가지 보았다. 우리 네 사람 즉, 어머니와 아들, 크레치마와 내가 우연히 그곳에 함께 자리하게 되었는데, 덜덜거리고 헐떡대며 심하게 더듬는 이 음악가와 대화를 나누던 중이었다. 가벼운 대화였으며 아드리안 이야기는 나오지 않았다. 그 때 엘스베트는 자기 옆에 앉아 있던 아들의 머리를 특이한 자세로 자기 쪽으로 끌어당겼다. 그녀는 팔로 아들을 감쌌는데, 어깨가 아니라 머리를 감쌌다. 손으로는 그의 이마를 짚고 검은 눈동자는 크레치마를 향한 채 아름다운 목소리로 그에게 말을 하면서 아드리안의 머리를 자신의 가슴에 기대게 했던 것이다.

이렇게 직접적인 만남 외에 내가 알기로 약 14회에 걸친 서신교환도 스승과 제자의 관계를 유지시키는 데 한몫 했다. 아드리안은 할레와 카이저스아셔른 사이를 왕래한 그 편지들에 대해 때때로 내게 이야기해주었고 그 가운데 몇 편은 직접 보여주기도 했다. 크레치마는 라이프치히의 하제 사립 음악학교에서 의뢰한 피아노와 오르간 수업에 대해 협상 중이었다. 이 학교는 유명한 국립 음악학교가 있던 라이프치히에서 당시 명성을 얻기 시작했으며, 이후 고매한 교육자인 클레멘스 하제가 사망할 때까지 십 년간 그 명성은 더욱 드높아졌다는 이야기를(지금도 학교는 있지만 그 기능을 상실한 지 오래다) 나는 1904년 미카엘 제일(9월 20일 - 옮긴이)에 들었다. 다음 해 초 크레치마는 카이저스아셔른을 떠나 새로운 일자리를 찾아갔으며, 그 후 할레와 라이프치히 사이에 편지가 오고 갔다. 크레치마는 크고 뻣뻣한 필체로 갈기듯, 뿌리듯 종이의 한쪽 면에만 글을 적었고, 거칠고 누런 종이를 채운 아드리안의 필체는 고르고 약간 고풍스러우며 장식적이었는데, 장식용 펜으로 썼다는 사실을 알아볼 수 있었다. 아드리안은 자신의 편지 초고 하나를 내게 보여주었는데, 매우 빽빽하게 암호와도 같이 썼으며, 우스꽝스러운 삽입과 교정으로 가득했지만, 나는 일찍이 그의 육필에 충분히 익숙해 있었으므로 그의 손으로 쓴 것은 무엇이든 아무런 어려움 없이 다 읽어낼 수 있었다. 그는 크레치마의 답장도 보여주었다. 그의 이런 행동에는 그가 실제로 크레치마에게 가는 수순을 밟을 때 내가 너무 놀라지 않기를 바라는 마음이 깔려 있었다. 그러면서도 그는 결심을 하지 못하고 무척이나 망설였으며, 그의 편지에서 두드러지게 나타났듯이 절망적으로 자신을 비판했고, 내가 조언해줄 것을 바라는 기색이 완연했는데, 나 또한 말려야 할지 부추겨야 할지 알 수 없었다.

내가 놀라는 것은 문제가 아니었다. 어느 날 갑자기 이미 정해진 결론과 맞닥뜨리게 되었다 하더라도 그것이 문제가 될 수는 없었을 것이다. 나는 어떤 준비가 진행되고 있다는 사실을 알고 있었다. 그 일이 완성되느냐는 별개의 문제였다. 또한 크레치마가 라이프치히로 옮겨간 후 그가 아드리안을 얻게 될 가능성이 눈에 띄게 높아졌다는 사실도 나는 잘 알고 있었다.

아드리안 자신이 탁월한 능력으로 자기 자신을 내려다보고 비판한 그 편지는 자조적인 뉘우침이 담긴 고백이었고, 나를 극도로 감동시켰다.

그 편지에서 아드리안은 옛 스승에게, 다시금 그의 스승이 되기를 원하는, 대단히 확고부동하게 원하는 그에게 진로를 바꾸어 음악에 완전히 귀의하려는 결심에 방해가 되는 의혹들을 풀어놓았다. 그는 크레치마에게 신학을 직접 공부해보고 실망했다는 사실을 거의 인정하다시피 했다. 그 이유는 물론 숭고한 그 학문 자체에 있는 것도 아니고 교수들한테 있는 것도 아니며, 자기 자신에게 있다고 했다. 그는 신학 외에 다른 어떤 선택이 더 좋았을지, 더 옳았을지 전혀 모르겠으며, 이것이 바로 자신에게 원인이 있다는 증거라고 했다. 가끔 전공을 바꿀 생각도 했으며, 최근 몇 년 동안은 수학으로 바꿀까 생각했는데, 학교 다닐 때 수학은 언제나 재미있는 오락이었기 때문이었다('재미있는 오락'이라는 표현은 그의 편지에서 그대로 따온 것이다). 그러나 그는 자기 자신에 대해 일종의 경악을 느끼며, 전공을 수학으로 바꾸면 그는 이 분야에 헌신할 것이고, 자신을 수학과 동일시할 것이고, 따라서 곧 싫증낼 것이고, 공부가 재미없고 지루할 것이고, 물리고 넌더리를 낼 것임을 예상했다. "저는 사부님께도(그는 수신인에게 보통은 '선생님'이라는 호칭을 사용했으나 가끔은 '사부님'과 같은 예스러운 표현을 썼다), 저 자신에게도 사부님의 판단에 따르기에는 저 나름대로 절박한 사정이 있다는 사실을 숨길 수가 없습니다. 일상의 평범한 사정이 아닙니다. 이런 식으로 도피하고자 하는 것은 아니지만, 그 사정은 통찰력을 주기보다는 수난의 계기를 주는 사정입니다." 그는 신으로부터 다방면의 이해력을 재능으로 받았으며 어린시절부터 배우는 것마다 특별한 노력 없이도 이해했다, 사실 너무 쉬워서 그 어떤 것도 제대로 들여다보게 되지 않았다, 무엇을 이해하기 위해 피와 감각이 더워지도록 노력하기에는 어떤 과목이든 너무 쉬웠다고 했다. "자애로우신 선생님, 저는 나쁜 놈입니다. 저는 온기가 없습니다. 차지도 덥지도 않고 미지근한 자는 저주받은 인간이지요. 그러나 저는 저 자신에 대해 판단할 때조차 축복이나 저주를 내리는 신의 권능에서 벗어나 있고자 합니다."

그는 계속했다.

"이런 말을 하기는 우습지만, 감나지움에 다닐 때 저는 최선을 다했습니다. 그곳은 제게 딱 맞는 곳이었습니다. 왜냐하면 여러 가지 과목들을 하나씩 차례로 나누어 다루었으니까요. 45분마다 한 번씩 관점을 바꿀 수 있었고, 간단히 말해 아직 진로가 정해지지 않았기 때문이지요. 그러나 그 45분의 수업시간도 제게는 너무 길었습니다. 저는 지루했습니다. 지루하다는 것이야말로 세상에서 가장 재미없는 것이지요. 저는 늦어도 15분 후면 다 이해했는데, 자상하신 선생님께서는 다른 아이들을 위해 30분을 더 애쓰셨습니다. 작가에 대해 공부할 때 저는 보통 집에서 앞부분까지 미리 읽었습니다. 제가 대답을 못하는 경우가 있다면 그것은 오로지 제가 미리 앞서가서 이미 다음 수업을 생각하고 있었기 때문입니다. 15분간 한 가지 과목만 파는 것도 제 인내심에는 너무 심한 부담이었으며, 그로 인해 뇌통(腦痛)(편두통을 가리키는 말이었다)이 생겼습니다. 노력하느라 힘들어서 뇌통이 생긴 적은 한번도 없었습니다. 그것은 권태가, 지루함이 원인이었습니다. 자애로우신 선생님, 저도 이제 이 과목, 저 과목 옮겨 다니는 어린애가 아니라 한 가지 분야, 한 가지 전공에 헌신해야 할 입장이므로 두통은 갈수록 심해지고 있으며 때로는 극도로 악화되기까지 합니다.

선생님은 제가 어떤 직업을 선택하더라도 그 일을 하기에 아까운 사람이라고 생각하지는 않으시겠지요. 사실 제가 아까운 것이 아니라, 무엇을 선택하든 선택된 그 직업이 아깝습니다. 이제 저의 음악 찬양을, 음악에 대한 애정고백을 들어보십시오. 제게 음악은 예외적으로 특별한 것입니다. 따라서 음악을 직업으로 선택하면 음악이 참으로 아까운 노릇이지요.

'신학은 아깝지 않았느냐'고 물으시겠지요? 제가 신학을 선택한 이유는 신학을 최고의 학문이라 생각했기 때문이 아니라, 물론 그런 이유도 있었지만, 저 자신 겸허해지고자, 몸을 낮추고 고행을 하고자 했기 때문입니다. 저의 냉랭한 권태에 벌을 주고자, 간단히 말해 진정한 참회를 위해 내린 결정입니다. 저는 스스로 가시 옷을 입고자 했습니다. 과거 규율이 엄격한 수도원의 문을 두드리던 자와도 같았지요. 이 학문적 수도생활은 나름대로 황당하고 유치한 면이 있었습니다. 하지만 남모르는 경악으로 인해 이 공부를 포기하지 못한다는 사실을, 그 때문에 성경책을 내려놓고 선생님이 이끌어 주신, 내가 직업으로 선택한다면 아까울 예술을 향해 도망치지 못한다는 사실을 이해해 주시겠습니까?

선생님께서는 제게 음악에 천부적인 소질이 있다 여기시고 '그곳으로 가는 길'이 그리 멀지 않다고 하셨습니다. 저 또한 루터 교 신자답게 그 말씀에 동감합니다. 루터 교는 신학과 음악을 서로 매우 가까운, 밀접하게 연관된 영역으로 보니까요. 그리고 저는 개인적으로 처음부터 음악은 신학과 재미난 수학이 신비롭게 결합된 것이라 생각했습니다. 각설하고, 음악에는 과거 연금술사와 마술사들이 했던 실험과 끝없는 노력의 흔적이 많이 남아 있는데, 그것은 신학의 형태로 나타나는 동시에 해방과 변절의 형태로도 나타났습니다. 음악은 변절이었습니다. 믿음에 대한 변절이 아니라—그건 전혀 불가능했지요—믿음 가운데서 일어난 변절이었습니다. 변절은 신앙행위입니다. 모든 것은 성령 속에 있고 그 가운데서 일어나는데, 신으로부터 떨어져 나온 것은 더더욱 그러합니다."

내가 인용한 이 편지는 원문 그대로이거나 부분적으로 똑같지는 않더라도 거의 같다. 내 기억력은 충분히 믿을 만할 뿐 아니라, 초고를 읽은 즉시 많은 부분을 옮겨 적었으며, '변절' 부분은 내가 특히 유의해 옮겨 적어 놓았다.

그런 다음 그는 이야기가 다른 곳으로 흘렀다고 사과하고—사실은 그런 것도 아니었는데—실질적인 문제로 넘어가, 만일 크레치마의 권유를 따를 경우 어떤 음악활동을 하는 것이 좋겠느냐고 물었다. 그는 솔리스트로서 활동할 기회는 알다시피 애초부터 없었다는 점을 지적했다. 그는 '모든 일에는 때가 있는 법'인데 자기는 악기를 너무 늦게야 접했다, 악기를 만져볼 생각조차 너무 늦게 했다, 이 사실만 보더라도 자신에게는 이 분야에 대한 본능적 충동이 결여되어 있다는 사실을 잘 알 수 있다고 썼다. 그가 풍금의 건반을 두드린 일은 풍금의 대가가 되고 싶어서가 아니라 음악 자체에 대해 몰래 품고 있던 호기심 때문이었으며, 자신에게는 연주가가 갖추어야 할 기질 즉, 음악을 통해, 음악을 계기로 청중들 앞에서 재주를 뽐내고 싶어 하는 집시와도 같은 기질이 전혀 없다, 그런 기질에 속하는 여러 가지 정신적 전제조건들이, 이를테면 대중과 마음을 나누고, 꽃다발 받기를 좋아하고, 터지는 갈채 속에 허리 굽혀 인사하고 손으로 키스를 날리는 매너가 필요한데, 자신은 그런 조건들을 충족시키지 못한다는 것이었다. 그는 직접적인 표현은 피했지만, 연주가가 되기에 시기적으로 너무 늦지 않았다 하더라도 자기는 너무 수줍음이 많고, 너무 자존심이 강하며, 너무 무뚝뚝하고, 너무 외롭다는 말을 하고 있었다.

같은 이유로 지휘자의 길도 자신에게는 적합하지 않다고 그는 말을 이었다. 악기연주와 마찬가지로 연미복을 입고 오케스트라 앞에서 지휘봉을 휘두르는 주연배우 역할에도, 음악을 해석하고 이 땅에 전달하는 전령사이자 연회의 대표자로서도 적임자가 아닌 것 같다고 했다. 그는 여기서, 방금 내가 지적한 그의 속뜻과 같은 범주의 말 한마디를 무심코 내뱉었다. 즉 그는 세상을 두려워하는 자신의 소심함에 대해 이야기했다. 그는 '세상에 나서기가 두렵다'고 했으며, 이 말은 결코 잘난 척하기 위한 말이 아니라고 했다. 그는 이러한 성격이 온정과 호의와 사랑의 결핍을 나타내는 표시라며, 이러한 성격을 지닌 사람이 예술가가 될 수 있는지, 예술가란 언제나 세상을 사랑하고 또 세상의 사랑을 받는 사람인데, 그런 사람이 될 수 있는지 항상 의문이라고 했다. 이 두 가지 가능성 즉, 연주자와 지휘자를 빼면 무엇이 남는가? 바로 음악 그 자체, 음악과의 약속, 음악과의 약혼, 신비에 싸인 연금술 실험 즉, 작곡뿐이다. 바로 그것이다!

"스승님께서는 알베르투스 마그누스(13세기 독일의 수도사. 철학, 신학, 자연과학, 연금술에 조예가 깊었음 - 옮긴이)의 추종자인 제게 신비로운 이론을 소개해주실 것이고, 저는 분명, 경험을 통해 조금은 알다시피 벌써부터 예감하거니와, 결코 엉터리 대가 노릇을 하지는 않을 것입니다. 저는 모든 기교와 마력을 쉽사리 터득할 것입니다. 저의 사고력은 그러기에 충분하고, 그렇게 하기 위한 토양을 갖추고 있으며, 이미 그렇게 되기 위한 씨앗도 몇 가지 품고 있으니까요. 저는 프리마 마테리아(세상의 근원이 되는 물질. 연금술의 원료 - 옮긴이)에 마법을 불어넣고, 영혼과 불을 가해 수많은 시험관을 통과시키고 여과하여 금으로 정화시킬 것입니다. 이 얼마나 멋진 일입니까! 이보다 더 흥미롭고 더 짜릿하고 더 위대하고 더 심오하고 더 좋은 일은 없습니다. 그 무엇도 이보다 쉽게 제 마음을 빼앗을 수는 없습니다.

그런데 왜 제 내면의 소리는 '오 호모 푸게(날아가라)'라고 경고하는 것일까요? 저는 이 물음에 완벽한 해답을 찾을 수 없습니다. 그저 예술에 대해 약속을 하기가 두렵다는 말씀밖에는 드릴 수 없습니다. 저는 제 성격이—재능 문제와는 완전히 별도로—예술을 하기에 적합한지 의심스럽습니다. 제가 보기에 예술을 하는 데 무엇보다도 필요한 것은 우직하고 순수한 성격인데, 저는 그것을 약속하기가 두렵습니다. 그보다는 쉽게 해결해 버리는 지능 쪽이 제 몫이라고 감히 말씀드리고 싶습니다. 하늘과 땅을 두고 맹세하건대 이 점에 대해 추호의 의심도 없습니다. 바로 그 지능과 그로 인한 싫증과 뇌통을 동반한 구토증이 제 소심한 성격의 원인이고, 그로 인해 결국 아무것도 못 하게 되리라는 두려움의 원인이기도 합니다. 자애로우신 선생님, 아시다시피 저는 어린 나이에 예술에 대해 충분히 배웠으며, 그 결과 예술은 형식을 넘어, 일치를 넘어, 전달을 넘어, 한 사람이 다른 사람에게 가르쳐 주는 것을 넘어, '어떻게 하느냐' 하는 기교를 넘어 더 멀리 나아간다는 사실을 알았습니다. 그것을 모른다면 선생님의 제자가 아니지요. 그러나 이 모든 것으로도 부인할 수 없는 사실은, 저는 예감하고 있습니다만(다행인지 불행인지, 저는 예지력도 있습니다), 제가 예술을 하게 되더라도 그 식상함으로 인해 괴로워할 것이라는 사실입니다. 그것이 비록 천재적인 예술작품을 유지해주는 고형물질과도 같은 것이라 할지라도, 그것을 지탱해주는 뼈대라 할지라도, 공동의 유산, 문화를 담고 있는 그릇이며, 아름다움을 추구하는 관습이라 할지라도 저는 얼마 지나지도 않아 싫증을 느낄 것이고, 그로 인해 당황하고, 얼굴을 붉히고, 그것을 싫어하고, 그 때문에 뇌통이 생길 것입니다.

'이해하십니까?'라고 묻는다면 참으로 유치하고 주제넘은 일이겠지요? 선생님은 당연히 이해하시겠지요! 괜찮으시다면 이렇게 설명 드리는 편이 빠르겠습니다. 첼로 파트가 먼저 연주를 시작합니다. 심오하고 관념적인 주제지요. 세상의 어리석음, 몰아내고 쫓아내고 밀어내며 서로를 괴롭히는 그 모든 일이 무엇을 위한 것인지, 우직한 철학적 관점에서 극명하게 묻습니다. 첼로 소리는 이 수수께끼 때문에 고개를 가로젓거나 안타까워하며 얼마간 울려 퍼지는데 그 중간에, 잘 생각해서 고른 지점에서, 휴식을 취하듯 어깨를 올렸다 내리는 깊은 호흡과 더불어 관악기 파트가 찬송가를 연주하기 시작합니다. 엄숙하게 개입하면서, 화려하게 조화를 이루며, 부드럽게 절제된 힘으로 연주하는 금관악기 소리는 기품이 가득합니다. 이렇게 낭랑한 멜로디는 절정 가까이까지 밀고 올라가지만, 경제법칙에 따라 처음에는 절정을 피합니다. 그 앞에서 비껴갑니다. 아껴둡니다. 남겨둡니다. 다시 아래로 내려와 그곳에서 대단히 아름답게 머물고는 물러나서 다른 주제에 자리를 양보하는데, 노래처럼 단순하며 해학적이고, 의미심장하면서도 대중적이고, 겉보기에 저속해 보이지만 보기와는 딴판으로 기지가 있고, 오케스트라를 분석하고 개편하는 재주가 노련해 암시하고 승화하는 능력이 놀라운 주제입니다. 이제부터는 노래로 얼마간 영특하고 어여쁘게 진행되는데, 노래는 조각으로 나뉘어 한 조각씩 검토하고 변형시킨 끝에 매혹적인 형상으로 다시 태어나, 중간 음 높이에서부터 바이올린과 플루트 음역의 신비롭기 그지없는 고음까지 치고 올라갑니다. 그러고는 그곳에서 얼마간 더 흔들리며, 더는 오르지 않고 주변을 지키는 모습은 그저 흡족할 뿐입니다. 이제 부드러운 금관악기가 방금 전의 찬송가를 연주하며 앞으로 나서지만, 바로 시작하지 않고 처음에 그랬듯이 휴식을 취하는 듯한 자세로, 마치 벌써부터 그곳에 와 있었다는 듯한 태도로 예의 절정을 향해 경건하게 멜로디를 이어갑니다. '아!' 하고 놀라게 만드는 효과를 더욱 높이기 위해, 감동을 극대화하기 위해 처음에는 현명하게 절제했지만 이제는 뒤도 돌아보지 않고, 베이스 튜바 화음의 든든하고 지속적인 지원을 받으며 위로 올라가 영광스럽게 그 절정을 밟습니다. 말하자면 고귀한 행복감에 젖어 지금까지 이룬 것을 되돌아보며 명예롭게 끝까지 노래 부릅니다.

　자애로우신 선생님, 저는 왜 웃음이 나올까요? 기존의 것을 이보다 더 독창적으로 이용할 수 있을까요? 기존의 것을 신성화하는 데 이보다 더 나은 방법이 있을까요? 이보다 더한 감동으로 아름다움을 추구할 수 있을까요? 그런데 죄악에 빠진 저는 이를테면 쩌렁쩌렁 울리는 트럼펫 소리에도 웃음이 나옵니다. 빵빠라 빵! 동시에 눈에는 눈물이 고일 때도 있지만 웃음은 참을 수가 없습니다. 특이하게도 저는 극도로 신비롭고 감동적인 현상을 보고도 웃음이 나옵니다. 너무 잘 웃기 때문에 신학으로 도피했던 것입니다. 신학이 간지럼증을 멈추게 해주리라 기대하면서. 그러나 저는 거기서도 놀라우리만치 우스운 것들을 수없이 발견하고 말았습니다. 제 눈에는 왜 거의 모든 사물이 그 자체를 풍자한 것으로 보일까요? 왜 거의 모든, 아니 모든 예술의 수단과 편의들이 오늘날에는 그저 풍자용으로 쓰일 뿐인 듯 보일까요? 이것은 분명 수사적(修辭的)인 문제입니다만, 저는 그 해답까지 바랄 수는 없었습니다. 그런데 선생님은 이렇게 절망에 찬 저를, 이토록 냉담한 저를 음악에 '재능이 있다'고 칭찬하시며, 신학을 통해 겸허함을 배우도록 내버려두지 않으시고 음악으로, 선생님께로 이끄시는군요."

　이렇게 아드리안은 거부의 고백을 했다. 내가 가진 자료 가운데 크레치마의 답장은 없다. 레버퀸의 유물 가운데도 없었다. 아마도 얼마간 보관하다가 그가 거처를 옮기면서, 뮌헨으로, 이탈리아로, 파이퍼링으로 이사하면서 잃어버렸을 것이다. 그러나 비록 당시에 기록을 해 두지는 않았지만 나는 크레치마의 답장도 아드리안의 편지와 마찬가지로 정확하게 기억하고 있다. 말더듬이 선생님은 뜻을 굽히지 않았다. 집요하게 아드리안을 부르고 말리고 꾀었다. 아드리안이 편지에 쓴 그 어떤 말도, 이 아이는 원래 음악을 할 운명을 타고났다는 확신을, 운명은 아드리안이 음악에 귀의하기를 원하고 음악은 아드리안을 원한다는 자신의 확신을 단 한순간도 흔들지 못했다고 크레치마는 썼다. 그런데 아드리안은 음악 앞에서, 처음에 신학이라는 황당한 선택 뒤에 숨었듯이, 반은 비겁하게 반은 장난스럽게 자신의 성격과 체질을 그럴싸하게 분석하고 그 결과 뒤에 숨어버린다는 것이었다. "그럴듯한 말장난이야, 아드리. 그리고 뇌통이 심해지는 것은 그에 대한 벌이야." 잘 웃는 성격은, 그것을 자랑으로 여기든 불평하든, 지금 억지로 하고 있는 공부보다는 예술을 할 때 훨씬 견디기 쉬울 것이다, 왜냐하면 예술은 신학과는 달리 이를 이용할 수 있으니까, 예술은 네가 반발적이라고 말하는 그런 성격을 네가 생각하는 것보다 또는 핑계를 댈 요량으로 아는 척 하는 것보다 훨씬 더 잘 이용할 수 있다, 나는 이것이 얼마나 큰 자기기만인지 논할 생각은 없다, 하지만 그 대신 예술을 기만한 데 대해서는 분명 사죄해야 한다, 예술을 대중과의 연결로 보는 일, 손으로 키스를 날리고 연회의 주인공이 되고 터질 듯한 감동의 분출구로 생각하는 일은 예술에 대한 왜곡이며 그것도 의식적인 왜곡이다, 그러고는 이런 것들이 예술에 꼭 필요한 자질이라며 변명하고 있다, 오늘날 예술은 아드리안과 같은 사람, 바로 그런 사람이 필요하다, 아드리안 자신도 이를 잘 알고 있다는 사실이야말로 교묘히 숨겨진 유머, 냉담함, '쉽게 해결해 버리는 지능', 식상함을 알아보는 감각, 쉽게 싫증 내는 경향, 권태, 구토할 수 있는 능력, 이 모든 것은 연관된 재능을 직업으로 끌어올리는 데 대단히 유용하다, 왜? 이것들은 개인의 기질인 동시에 초개인적인 본질이며, 예술의 재료를 역사적으로 다 써 버려 고갈된 데 대한 집단적 감정의 표현이자 그로 인한 단조로움과 새로운 가능성 모색의 표현이기 때문이다, 라고 그는 말했다. 크레치마는 "예술은 계속된다네"라며 말을 이었다. "시대의 산물이자 도구인 인물을 통해 그리 될 수 있지. 그 인물의 내면에서는 객관적 동기와 주관적 동기가 서로 모습을 바꾸어 구분할 수 없는 지경으로 결합해. 예술은 줄기차게 개혁적인 진전과 새로운 완성을 요구해. 그러니 이제 신선함의 결핍을 느낄 수 있는 주관적 감각의 바퀴에 올라타야 해. 보편적인 수단이 이제 아무런 자극도 주지 않는 무용지물이 되었다는 사실을 확실히 느낄 수 있는 그런 감각이 필요하네. 동시에 보편적 수단은 얼핏 생기 없어 보이는 성질, 개인적으로 느끼는 권태와 지적인 따분함, '어떻게 된 것인지'를 뚫어보는 구토감, 사물을 그 자체의 풍자로 보고자 하는 저주스러운 경향, '잘 웃는 성격', 이런 것들을 이용하지. 예술은 생존하고 발전하고자 하는 의지가 있으므로 권태로운 한 개인의 가면을 쓰고 그 속에서 자신을 표명하고 객관화하고 충족시키는 거야. 너무 형이상학적인가? 그래도 이 점을 지적해 두어야겠네. 이것이 바로 진실이야. 사실 자네도 알고 있는 진실이지. 서두르게, 아드리안. 결단을 내리게! 기다리겠네. 자네는 벌써 스무 살인데 아직도 익혀야 할 손재주가 많이 남았어. 충분히 까다로우니까 자네도 흥미롭게 배울 수 있을 거야. 돌림노래, 푸가, 대위법 연습을 하느라 뇌통을 얻는 편이 신의 존재에 대한 증명에 대한 칸트의 부정을 부정하느라 머리가 아픈 것보다야 훨씬 낫지 않겠나? 신학적인 처녀성은 이제 그만 버리게!

처녀성은 고귀하나, 어머니가 되지 않는다면
결실을 맺지 못하는 한 조각의 땅과 같으니.

〈게르빔(성경에 나오는, 동물의 발과 날개가 달린 천사 - 옮긴이) 방랑자〉에 나오는 한 구절을 인용하며 그의 편지는 끝을 맺었고, 내가 편지에서 얼굴을 들었을 때 아드리안은 장난스러운 미소를 짓고 있었다.

"꽤 괜찮은 반격이지?" 그가 물었다.

"물론이지." 내가 대답했다.

"선생님은 자신이 무엇을 원하는지 잘 알고 계셔." 그가 말을 이었다. "그런데 부끄럽게도 나는 그걸 잘 모르겠어."

"너도 아는 거 같은데." 내가 말했다. 사실 나는 그의 편지에서 확실한 거부의 말을 단 한마디도 발견할 수 없었다. 물론 그가 '그럴듯한 말장난'을 한다고 생각한 적도 없었다. '그럴듯한 말장난'은 힘들여 한 결심을 절망감 때문에 깊이 묻어버리고자 하는 그의 의지를 나타내는 데 결코 적합한 표현이 아니다. 나는 그가 결단을 내릴 것이라 예상하고 흥분했으며, 이어 서로의 앞날에 대해 나눈 대화에서도 그가 이미 결심한 것이나 진배없음을 알 수 있었다. 그 결심이 아니더라도 우리의 길은 서로 갈렸다. 심한 근시에도 불구하고 나는 군복무가 가능하다는 판정을 받았으므로, 이제 군복무를 할 시기가 왔다고 판단하고 나움부르크의 제3 야전포병대에 입대하기로 했다. 아드리안은 어떤 이유에서인지 몰라도, 너무 말라서인지, 아니면 습관성 두통 때문인지, 군복무를 영구적으로 면제받았으며, 몇 주간 부헬 농장에서 보내면서 그가 말한 바와 같이 자신의 진로변경에 대해 부모님과 상의할 계획이었다. 그러면서 부모님께는 단지 대학을 바꾸는 정도로만 말씀드릴 생각이라는 사실도 감추지 않았는데, 그 자신도 어느 정도 그렇게 생각하고 있었다. 그는 부모님께 음악공부를 '좀더 적극적으로 하고 싶어서' 어린시절의 선생님이 계시는 곳으로 가고자 한다고 말씀드릴 생각이었다. 다만 신학을 그만두겠다는 말은 하지 않았다. 사실 그는 다시 대학에 등록하고 철학 강의를 듣고 박사학위를 취득할 생각이었다.

1905년 겨울학기가 시작될 즈음 레버퀸은 라이프치히로 갔다.

16

말할 필요도 없이 우리의 작별은 그의 방식답게 냉랭했다. 서로 바라보지도 않았고 악수를 나누지도 않았다. 젊은 시절 우리는 헤어지고 다시 만나는 일이 매우 잦았으므로 악수도 별 의미가 없었다. 그는 나보다 하루 먼저 할레를 떠났는데, 그 전날 저녁에 우리는 빈프리트 사람들 없이 둘이서만 연극을 보았다. 다음 날 아침 그는 떠나야 했고, 우리는 수백 번 헤어졌던 그 길에서 다시 헤어져 각자 다른 길을 향해 갔다. 나는 작별인사를 하며 참지 못하고 그의 이름을 힘주어 불렀다. 당연히 성은 빼고 이름만. 그는 그렇게 하지 않았다. 그냥 "안녕(So long)!" 이라고 영어로 크레치마의 말투를 따라, 그것도 농담조로 인용하듯 말했을 뿐이다. 그는 인용의 감각, 즉 어떤 일이나 사람을 말로써 상기시키며 암시하는 능력이 매우 뛰어났다. 그는 내가 맞이하게 될 군대생활에 관해 농담을 한마디 하고는 자신의 길을 갔다.

그가 이별을 어렵게 생각하지 않은 것은 잘한 일이었다. 늦어도 해를 넘기고 내가 군복무를 마치면 우리는 어디서든 다시 만날 터였다. 그래도 그 순간은 분명 한 단락이 끝나는 순간이었다. 한 시기의 끝이었으며 새로운 시기의 시작이었다. 단지 그가 이 점을 대수롭게 여기지 않았을 뿐이다. 그러나 내게는 그것이 분명하고도 깊은 슬픔으로 와 닿았다. 나는 할레에서 그와 합류함으로써 우리의 어린시절을 연장시켰다. 그곳에서 우리의 삶은 카이저스아셔른에서와 크게 다르지 않았다. 나는 대학생이었고 그는 여전히 김나지움에 다니던 당시에 겪은 변화도 눈앞에 닥친 변화와 비교하면 아무것도 아니었다. 그 당시 나는 그를 떠나보냈지만 그는 고향이자 김나지움이라고 하는 친숙한 곳에 있었고, 나는 언제든 그곳으로 돌아가 그를 다시 만날 수 있었다. 그러나 이제 우리의 삶이 서로 떨어져 각자 독립된 삶을 시작하는 순간이 왔고, 나는 그토록 중요시하던 일을(목적은 없었어도), 한참 앞에서 했던 말과 같은 말로밖에 표현할 수 없는 그것을 마침내 끝내야 할 상황이었다. 이제 더는 그가 무슨 일을 하고 어떤 경험을 하는지 알 수 없었다. 더는 그의 곁을 지키며 그에게서 눈을 떼지 않고 그를 보살필 수 없었다. 이제 그의 곁에서 물러나야 했다. 하필 내가 가장 보고 싶었던 삶의 모습을 그가 시작하려는 순간에. 물론 내가 지켜본다고 해서 그 삶이 달라지지는 않지만, 그가 학자의 길을 버리고, 그의 표현대로 '성경책을 내려놓고' 완전히 음악에 귀의하고자 하는 그 순간에 나는 그를 떠나보내야 했다.

그것은 중요한 결정이었다. 내 느낌으로는 기이하게도 운명적으로 보이는 결정이었으며, 중간시기를 무시하면 우리가 함께 보낸 그 옛날의 순간들, 내가 늘 가슴에 품고 있던 그 추억의 순간들과 다시 연결되었다. 실험하듯 삼촌의 풍금을 치던 아드리안의 모습을 발견한 순간으로, 그리고 더 멀리 거슬러 올라가 외양간 하녀 하네와 함께 보리수 아래서 돌림노래를 부르던 그 시절로 이어졌다. 그의 결심으로 내 가슴은 기쁨에 벅

차올랐다. 그리고 다시 두려움으로 움츠러들었다. 그 기분은 어릴 때 그네를 타고 높이 날아오르면 환호하는 가운데도 불안감으로 몸을 움츠리던 것과도 같았다. 그의 결단은 올바르고 필수적이고 적합한 조치였고, 신학은 단지 이를 회피하기 위한, 속내를 숨기기 위한 행위였다. 나는 이 모든 사실을 잘 알고 있었으므로, 이 친구가 자신의 진실을 오래 숨기지 않고 내게 고백해 자랑스러웠다. 그의 고백을 유도하자면 당연히 설득이 필요했고, 나는 그런 설득이 초래할 엄청난 결과를 예상하고 있었다. 그러므로 그의 고백을 듣고 즐거워는 하면서도 한편 불안했던 마음은 내가 그를 설득하기 위해 아무것도 한 일이 없다는 사실로써 진정되었다. 나는 기껏해야 어떤 운명적인 말로써, "나는 너도 그걸 안다고 생각해" 같은 말로써 그런 설득에 원군이 되어주었을 뿐이다.

    여기서 편지 한 통을 소개하고자 한다. 내가 나움부르크에서 군에 입대하고 두 달 뒤에 그에게서 받은 편지인데, 나는 마치 아들의 편지를 읽는 어머니와도 같은 마음으로 그 편지를 읽었다. 물론 실제로 어머니께 쓴 편지라면 그가 더욱 조심스럽게 썼을 것이다. 나는 약 3주 전, 아직 그의 주소도 모르는 상태에서 그에게 편지를 쓰고 하제 음악학교의 벤델 크레치마 선생을 통해 전달했다. 나는 편지에서 나의 새롭고 거친 생활을 소개하고, 그가 대도시에서, 비록 옮긴 지 얼마 되지 않았지만 어떻게 지내는지, 학교 수업은 어떻게 짜여져 있는지 알려달라고 했다. 그의 답장을 소개하기에 앞서 한 가지 덧붙이고자 하는데, 편지에 쓴 고어풍의 표현은 에렌프리트 쿰프의 별난 언행을 풍자한 것이며, 그가 할레에서 겪은 기이한 경험을 시사한다. 동시에 개성의 표현이자 자신만의 독특한 문체였으며, 독특한 풍자 속에 완성되는 고유한 내적 형식과 경향의 표출이었다.

그는 다음과 같이 썼다.

1905년 성소주일 다음 금요일
라이프치히 페터스슈트라세 가 27번지

고매하고 박식하고 유익하고 다정한 석사 포병에게.
　네 염려가 담긴 편지와 현재 네가 처한 절도 있고 단조롭고 고달픈 상황에 대해, 뛰고 갈고 닦고 터뜨리는 생활에 대해 생생하고도 매우 재미있게 전해준 데 대해 매우 고맙게 생각해. 모든 이야기가 다 재미있었지만 그 하사 이야기는 특히 재미있었어. 널 닦달하고 괴롭히면서도 너의 높은 학식과 교양에 그토록 감탄하고, 영내 카페에서 네게 모든 시구의 음량과 운율을 표시해달라고 했다는 그 하사 말야. 그 하사는 그런 지식을 고귀한 정신의 절정이라 여긴다면서? 나 또한 답례로, 여력이 닿는다면, 널 놀랍고도 재미있게 해주고 싶은 마음에서 이곳에서 내가 겪은 저질의 코미디를 하나 들려줄까 해. 그러나 그에 앞서 우선 내 우정과 선의를 표하는 바이며, 현재의 고난을 잘 참아내어 언젠가는 반짝이는 금단추와 금줄을 단, 늠름한 예비역 포병 상사로 우뚝 서기를 바래.
　이곳에는 '신을 믿고 나라와 백성을 지키면 아무도 불평하지 않는다' 는 말이 있어. 플라이세 강과 파르테 강, 엘스터 강이 흐르는 이곳의 삶은 잘레 강 유역과는 다르다는 사실을 부정할 수 없어. 이곳은 인구가 상당히 많은 곳이니까. 70만이 넘는 사람들이 모여 사는 곳이므로 애초부터 어느 정도의 호의와 인내가 존재하는 곳이지. 예언자가 니느웨(아시리아의 수도였던 곳으로 니네베라고도 함 - 옮긴이)에 대해 '그토록 큰 도시에는 십만이 넘는 사람이 있다' 고 말하며 이해심을 발휘해 너그러이 그 죄를 용서했듯이. 그러니 70만의 사람들이 사는 이곳에서는 어떻겠나? 나도 오자마자 가을 박람회를 구경했지만, 박람회 기간에는 유럽 각지에서는 물론 페르시아와 아르메니아, 그 밖에 아시아의 여러 나라에서 상당수의 사람들이 밀려들어오는 곳이니 어떤 관용이 요구되는지 상상할 수 있을 거야.

니느웨와 같은 이곳이 특별히 내 마음에 들지는 않아. 이곳은 결코 내 나라에서 가장 아름다운 도시가 아니야. 카이저스아셔른이 더 아름다워. 다만 카이저스아셔른에 대해서는 아름답고 품격이 있다고 말하기가 더 쉽다는 점도 있긴 하지. 왜냐하면 도시가 아름답기 위해서는 오래되고 조용하기만 하면 되는데, 카이저스아셔른은 원래부터 맥이 없거든. 라이프치히는 값비싼 석자재로 지은 듯 화려한 곳인데, 사람들의 말투는 마귀처럼 천박해서 가게에 들어가 흥정을 하기도 민망할 정도야. 고요히 잠자듯 하는 우리의 튀링겐 사투리는 70만 인구가 아래턱을 쳐든 채 뻔뻔스럽고 포악하게 쏘아대는 달변에 놀라 자빠질 거야. 끔찍하고 끔찍해. 하지만 분명 악의가 있는 건 아니고 오히려 자조가 섞여 있는데, 이 또한 그들이 세계의 맥박이라는 이유로 누릴 수 있는 일이지. 음악의 중심지. 인쇄와 출판의 중심지. 드높은 명성의 대학교. 그런데 대학 건물은 흩어져 있어. 대학 본부는 아우구스투스플라츠 광장에 있고 도서관은 게반트하우스 옆에, 그리고 단과대학 별로 특별한 회관건물이 배당되어 있는데, 이를테면 산책로의 로테하우스는 철학부 소관이고, 내가 사는 페터스슈트라세에 있는 비르기니스 회관은 법학부 소속이야. 나는 처음으로 이곳 중앙역에서 내려 시내로 들어가다가 페터스슈트라세에서 적당한 거처를 구했어. 이른 오후에 중앙역에 도착해서 짐을 보관소에 맡긴 후 마치 인도된 듯 이곳으로 와서 빗물 홈통에 붙은 광고를 읽었어. 초인종을 누르자 곧 뚱뚱한, 마귀처럼 천박한 말투의 집주인이 나왔고, 일층의 방 두 개를 빌리기로 계약했지. 그러고도 아직 이른 시간이었으므로 그날 처음 도착한 기분에 시내를 거의 다 둘러보았어. 이번엔 진짜로 안내다운 안내를 받았는데, 역에서부터 내 보따리를 날라준 짐꾼이 안내했어. 그 덕분에 결국 앞에서 언급한 그 저질의 코미디를 하게 되었지. 그 이야기는 나중에 할게.

뚱보 아주머니는 쳄발로를 두고 싫은 소리를 하지 않았어. 여기 사람들은 그런 것에 익숙해. 게다가 내가 그걸 치는 소리도 그리 많이 듣지는 못했을 거야. 사실 요즘 나는 주로 이론 공부에 몰두하고 있거든. 책, 악보, 청음, 그리고 대위법 등을 온전히 독학으로, 물론 크레치마 선생님의 감독과 지도 하에 공부하고 있고, 며칠에 한 번씩 내가 연습한 것이나 작곡한 것을 들고 가서 잘했는지 못했는지 검사를 받고 있어. 내가 오자 선생님은 한없이 좋아하시며 나를 끌어안으셨어. 내가 당신의 믿음을 저버리지 않았다며. 그리고 음악학교에 대해서는, 국립이든 당신이 재직 중인 하제 음악학교든, 나를 위해 아무 말씀도 안 하셨어. 그곳 분위기는 내게 맞지 않는다고 하시며 혼자 공부하라고 하셨어. 음악의 아버지 하이든이 선생님 없이 푹스의 고전 대위법과 당시의 음악, 특히 함부르크 출신인 바흐의 음악을 구해 혼자 그 기능을 익혔듯이. 우리끼리 얘긴데, 화성 공부를 할 때는 하품만 나와. 반면 대위법을 공부할 때면 곧바로 생기가 도는데, 이 마법의 세계에서 나는 짤막한 소극을 한도 없이 만들어낼 수 있고, 끝나지 않는 문제들을 푸느라 기분 좋고 즐겁게 열중하게 되고, 그래서 이미 독특한 돌림노래와 푸가에 대한 논문들도 제법 많이 썼어. 선생님으로부터 칭찬도 여러 번 받았지. 이건 생산적인, 상상력과 창작을 끌어내는 일인 반면, 주제도 없이 화음으로 하는 도미노 게임은 내 생각으로는 죽도 밥도 아니야. 걸림음, 과도음, 조옮김, 준비와 이행(移行)에 관한 모든 것을 책에서가 아니라 실습을 통해, 듣고 경험하고 스스로 찾으면서 배워야 더 잘 배우지 않을까? 아무튼 그리고 대략적으로 말해, 대위법과 화성을 억지로 분리하는 것은 바보짓이야. 더욱이 그 두 가지는 따로 뗄 수 없이 밀접하게 서로 연관되어 있어서 한 가지씩은 가르칠 수 없고 전체로서만, 즉 음악 그 자체로서만 가르칠 수 있는 거잖아. 누군가 그것을 가르칠 수 있다면 말이야. 크레치마 선생님도 내 말을 인정하시고 무엇을 하든 처음에는 언제나 멜로디의 기능을 중시해야 한다고 말씀하셨어. 그래야 훌륭한 연결이 나오니까. 그리고 불협화음은 대부분 화성적 결합보다는 멜로디에 의해 화음으로 이행한다고도 하셨어.

    나는 열심히, 힘과 열정을 바쳐 공부에 거의 파묻혀 지내고 있어. 대학에서 라우텐작 교수의 철학사 강의도 듣고, 저명하신 베르메터 교수에게서는 철학 분야의 방대한 지식과 논리학도 배우면서. 이만 총총. 잘 있게. 그대와 모든 선량한 영혼에게 신의 가호를 비네. 할레 식으로 하자면, '수고하십시오, 병사 나리.' …… 앞에서 내가 얘기한 저질의 코미디가 무엇인지 궁금하겠지? 그것은 나와 한 악마 같은 자 사이에 일어났던 일인데, 사실은 첫날 저녁에 그 짐꾼이 나를 엉뚱한 곳으로 인도했다는 것뿐이야. 몸에 밧줄을 두르고 황동 모표가 달린 빨간 모자에 망토를 두른 작자였는데, 이곳 사람은 누구나 다 그러 듯이 아래턱을 치켜들고 악마처럼 지껄여댔어. 멀리서 보니 수염 때문에 우리 슐레푸스 교수와 닮은 것 같았는데, 생각해 보니 진짜 비슷하게 생긴 것 같아. 아니면 그 후 내 기억 속에서 비슷해졌는지도 모르지. 하여간 이 자는 고제(고제 강 이름을 딴 라이프치히 산 맥주 - 옮긴이)를 먹어서 그런지 슐레푸스 교수보다 더 뚱뚱하고 더 건장해. 그는 관광안내원 노릇도 한다고 자신을 소개했는데,

그것은 황동 모표로도 알 수 있었어. 그리고 두세 마디의 엉터리 영어와 불어를 악마처럼 지껄이더군. 퓨디풀 필딩, 앙티키데 엑스드레마망 엥데레상 등등.

각설하고, 우리는 흥정을 끝냈고 그 작자는 내게 두 시간 동안 모든 것을 보여주고 설명해주며 이리저리 끌고 다녔어. 파울루스 교회의 멋지게 홈을 낸 안뜰 회랑도 보고, 요한 세바스찬 바흐가 재직했던 토마스 교회와 그의 묘가 있는 요하니스 교회에도 가보았는데, 그곳에는 종교개혁 기념물도 있었어. 신축된 게반트하우스도 보았어. 거리구경은 재미있었어. 아까 말했듯이 마침 가을 박람회가 열리고 있었으므로 집집마다 모피나 기타 상품을 광고하는 온갖 깃발과 천을 창 밖에 드리우고 있었고 골목마다 혼잡했으며 특히 시내 한복판, 옛 시청 건물 주변이 가장 심했어. 그 작자는 그곳에서 왕궁과 아우에르바흐 정원, 그리고 플라이센부르크 성의 유적인 탑을 보여주었어. 이곳에서 루터가 에크(가톨릭 신학자 - 옮긴이)와 논쟁을 벌였지. 거기서부터 사람들을 밀치고 헤치며 시장광장 뒤로 난 좁은 골목으로 들어가 보았어. 그 길은 경사진 지붕이 늘어선 고풍스러운 길이었는데 지붕을 인 마당과 통로에 헛간과 고방이 있었으며, 미로처럼 얽히고설킨데다 온통 물건으로 가득했어. 그곳에 몰려든 사람들이 너를 바라보는 눈을 보게 되면 너는 아마도 이국적이라고 느낄 거야. 그리고 그 사람들 입에서 나오는 말은 네가 한번도 들어본 적이 없는 말일 거야. 신나는 경험이었어. 네 몸에 세계의 맥박이 뛰는 것을 느끼게 할만한 분위기였어.

날이 어두워지고 불이 하나 둘 켜지기 시작하자 골목길도 한적해졌어. 나는 고단하고 배도 고팠으므로 안내원에게 유종의 미를 거두는 의미에서 식사할 곳을 소개해 달라고 했어. 좋은 곳으로요? 그가 물으며 눈을 껌뻑 했고, 나는 너무 비싸지 않다면 좋은 곳으로 가자고 했어. 그는 나를 중앙로 뒤 골목에 있는 어느 집 앞으로 데리고 갔어. 현관문으로 오르는 계단에 설치한 황동 난간은 그의 모자에 붙은 모표처럼 번쩍였고, 문 위에 걸린 등롱은 그의 모자와도 같은 붉은색이었어. 그는 내가 돈을 지불하자 맛있게 드시라고 하고는 사라졌어. 초인종을 누르자 문이 저절로 열리고 단장한 마담이 복도에서 나를 향해 걸어 나왔어. 건포도색 뺨에다 살찐 목에 밀랍색 진주 목걸이를 둘렀는데 깍듯이, 대단히 반기며, 간살부리듯, 밀애 하듯, 오래 기다렸다는 듯 나를 맞이하고는 휘장을 지나 불빛이 은은한 방으로 안내했어. 벽지를 바른 그 방에는 크리스털 샹들리에가 걸려 있었고, 벽에 붙은 거울에도 등이 달려 있었으며, 비단으로 감싼 흔들의자에 요정들과 황야의 딸들이 너를 기다리며 앉아 있었어. 여섯 아니면 일곱. 뭐랄까, 모르포 나비들, 유리날개나방들, 에스메랄다들이었어. 옷은 거의 입지 않았는데, 걸치고 있는 것은 비치는 옷이거나 망사, 레이스, 반짝이 옷 등이었고, 머리는 길게 늘어뜨렸거나 짧은 웨이브 머리였으며, 분칠한 가슴을 반쯤 드러낸 채 팔에는 팔찌를 하고 있었어. 그리고 갈망하는, 샹들리에 빛을 받아 빛나는 눈으로 너를 바라보았어.

　물론 나를 바라보았어. 네가 아니라. 그 '고제 슐레푸스' 녀석이 나를 홍등가로 데려온 거였어! 나는 충격을 감춘 채 서 있었는데, 건너편에 덮개가 열린 피아노를 발견했어. 친구를 만난 거지. 나는 카펫 위를 걸어가 피아노 앞에 선 채 화음을 두세 개 눌렀는데, 그게 뭐였는지 지금도 잘 알고 있어. 그 순간 그 울림현상이 떠올랐으니까. 나장조에서 다장조로 조옮김한 거였는데 〈자유의 사수〉의 마지막 장면 중에서 은자(隱者)의 기도에 나오는 거야. 다장조의 4~6도 음정으로 팀파니, 트럼펫, 오보에가 도입되면서 분위기를 밝게 해주는 반음 음정이지. 이건 나중에 알았지 그 당시에는 몰랐어. 그냥 친 거야. 그때 내 옆에 스페인 재킷을 입은 갈색 머리 아가씨가, 큰 입에 뭉툭한 코, 검은 눈의 에스메랄다가 다가와 서더니 팔로 내 뺨을 쓰다듬었어. 나는 몸을 돌리다 옆에 있던 의자에 무릎을 부딪쳤어. 나는 카펫을 되밟아 그 욕망의 지옥을 뚫고, 떠들어대는 포주 곁을 지나 복도를 달려 계단 아래 거리로 나왔어. 황동 난간에는 손도 대지 않은 채.

이로써 내가 당한 걸레 같은 일에 대한 가감 없는 보고이자, 자네에게서 시작법(詩作法)을 배운다는 그 다혈질 포병대장 이야기를 해준 데 대한 답례를 마치겠네. 나를 위해 기도해 주게! 지금까지 딱 한 번 게반트하우스 연주회에 갔는데, 핵심 레퍼토리는 슈만의 피아노 소나타 3번이었어. 그 당시 어떤 비평가가 이 음악은 '광범위한 세계관'을 대변한다고 호평했지만 그건 주제에 맞지도 않는 헛소리였고, 고전주의자들 사이에서도 이를 두고 조롱하는 소리가 널리 퍼졌었지. 하지만 낭만주의 음악과 그 음악가들 덕분에 음악의 지위가 격상된 사실을 지적한 말이니 좋게 해석할 수도 있어. 낭만주의는 음악을 극도의 특수성, 시(市) 차원의 특별행사 용이라는 지위에서 해방시켜 위대한 정신의 세계와 더불어 시대의 보편적 예술운동, 정신운동과 접하게 해주었어. 이 업적을 잊어서는 안 돼. 이 모든 것은 베토벤의 후기 음악과 그의 폴리포니 음악에서 비롯되는데, 낭만주의 음악을 반대했던 사람들, 즉 단순히 음악적인 것을 보편성의 정신으로 끌어올리는 예술을 거부한 사람들은 베토벤의 후기 음악에 나타난 변화에 대해서도 반대하고 개탄했던 사람들이었다는 사실은 참으로 많은 것을 시사한다고 봐. 그의 전성기 작품에서 개별화된 성부는 초기 음악에 사용했더라면 더 잘 어울렸겠지만, 그러기에 더더욱 독창적이고, 더 큰 고통을 감수하며 중요한 의미를 내포한다는 사실에 대해 생각해 본적 있어? 적나라한 진실을 말함으로써 비평의 대상을 확실한 웃음거리로 만든 재미있는 비평도 있어. 헨델은 글루크(18세기 독일의 오페라 작곡가 - 옮긴이)에 대해 '내 요리사도 대위법에 대해 그보다는 더 많이 안다'고 했어. 같은 음악가로서 약이 되는 말이라고 생각해. 평단에서 알아주던 어떤 프랑스 비평가는 9번 교향곡이 나오기 전까지 베토벤을 열렬히 찬양했었는데, 1850년경에 발표한 비평에서는 이 작품은 대위법을 모르는 작곡가가 권태로운 정신으로 쓴 작품이며, 암울하고 소심한 분위기가 지배적이라고 했어. 이렇게 확실한 오판을 접할 때면 내가 얼마나 즐거워하는지 너도 알지? 베토벤이 푸가 기법을 모차르트처럼 확실하고 완벽하게 숙달하지는 못했다는 점은 분명한 사실이야. 그러나 그렇기 때문에 그의 폴리포니에는 음악을 넘어 더 높이 오르는 정신이 깃들어 있어.

너도 알다시피 내가 매우 좋아하는 작곡가 멘델스존은 처음부터 이른바 베토벤의 후기 양식 즉, 다성부 양식으로 시작했어. 그것은 첼터(18세기 후반과 19세기 전반에 걸쳐 활동한 독일의 작곡가 - 옮긴이)의 음악학교에서 가르치던 것과는 다른 것이었고, 멘델스존은 그 학교에서 가르치는 것보다 더 많은 것을 배웠어. 내가 그에 대해 품을 수 있는 유일한 불만은 그가 폴리포니를 너무 잘했다는 사실이야. 그의 작품에는 정령과 요정이 등장하지만 그는 여전히 고전주의자야.

요즘은 쇼팽의 곡도 많이 연주하고 그에 관한 글도 읽고 있어. 셸리를 연상시키는, 천사와도 같은 그의 모습이 나는 참 좋아. 베일에 싸인 듯 독특하고 신비로운, 근접할 수 없게 몸을 사리며 아무것도 알고 싶어 하지 않는, 모험을, 물질적인 경험을 거부하는 모습! 그의 환상적이고 섬세하며 고혹적인 예술이 범하는 미묘한 근친혼. 들라크루아는 쇼팽에게 보낸 편지에서 '당신을 오늘 저녁에 만나겠어요. 지금 이 순간에도 미칠 것 같지만'이라고 썼어. 참으로 사려 깊은 우정이야! 미술계의 바그너라 할 그에게는 가능한 일이었지. 그런데 쇼팽에게는 화성적으로뿐만 아니라 보편정신에 있어서도 바그너를 예상 이상으로, 확실히 능가하는 면이 적지 않아. 야상곡 올림 다단조 작품 27의 1번과, 올림 다장조와 내림 라장조의 이명동음의 교체 후 시작되는 이중창을 봐. 그것은 불협화음에 있어 〈트리스탄과 이졸데〉의 방탕한 축제장면을 모두 능가해. 그것도 쾌락의 전쟁으로서도 아니고, 파괴가 난무하는 신비극의 투우와도 같은 특징도 없이, 피아노의 은밀한 울림만으로. 그리고 특히 조성(調聲)에 대한 그의 비꼬는 듯한 태도를 봐. 가학적이고 금지하며 부정하고 떠도는 태도를. 악보의 조 표시에 대한 조롱을. 이러한 태도는 다양하게 나타나. 웃음과 감동을 주며 다양하게······.

이 편지는 "이런 편지를 봤나!"라는 외침으로 끝났다. 거기에 "이 편지를 즉시 없애야 하는 거 알지?"라고 덧붙였다. 서명은 약자로 했는데, 아드리안을 나타내는 에이(A)가 아니라 그의 성 레버퀸을 나타내는 엘(L)이었다.

17

 그 편지를 없애라는 단호한 지시를 나는 따르지 않았다. 쇼팽에 대한 들라크루아의 우정과 마찬가지로 '참으로 사려 깊다'고 할 우정이 시킨 일이니 나의 이러한 행동을 누구도 나쁘게 생각하지 않을 것이다. 처음에는 일단 빠르게 훑어본 그 편지를 거듭해서 읽어볼 생각으로, 단순히 읽을 뿐만 아니라 문체를 분석하고 그의 심리를 연구하기 위해 필요했으므로 지시를 따르지 않았지만, 시간이 흐르면서 편지를 없앨 시기를 놓친 것 같았다. 나는 그 편지를 파기하라는 지시가 필수적인 요소로 포함된 문서로 보게 되었고, 파기의 지시는 그 문서의 기록적인 성격 때문에 자동적으로 효력을 상실해버렸다.

 나는 처음부터 분명히 알고 있었다. 편지 마지막의 지시는 그 편지 전체에 해당되는 것이 아니라 단지 일부분, 이른바 저질 코미디, 운명적으로 만난 그 짐꾼과의 경험에만 해당되었다. 이 부분이 편지의 핵심이었다. 나를 즐겁게 해주기 위해서가 아니라 이 사건 때문에 쓴 편지였다. 물론 편지를 쓴 사람도 그 '저질 코미디'가 나를 조금도 웃기지 못하리라는 사실을 잘 알고 있었다. 그는 단지 충격을 줄이려는 목적으로 그 이야기를 썼으며, 어린시절 친구인 나는 그가 그런 이야기를 털어놓을 수 있는 유일한 대상이었다. 편지에서 그 이야기를 제외한 나머지는 모두 첨가물이고 포장이요 핑계였다. 그는 그 이야기를 뒤로 미루고도 나중에 다시, 마치 아무 일도 없었다는 듯이, 음악비평에 관련된 재치 있는 이야기로 또 장황하게 덮어씌웠다. 모든 것이, 사안에 충실한 표현을 쓰자면, 그 일화에 맞추어져 있었다. 그 일화가 처음부터 저변에 깔려 있었는데, 처음에 언급하고는 뒤로 미루었다. 아직 풀어놓지는 않은 상태에서, 대도시 니느웨와 예언자의 회의적이지만 용서하는 말에 대해 농담하는 가운데 그 이야기를 내비쳤다. 짐꾼을 처음 언급한 곳에서 거의 이야기할 뻔했지만 다시 그만두었다. 편지는 얼핏 이야기를 하기 전에 끝나는 듯하다. ─ "이만 총총"─그러고는 마치 그 이야기를 잊었다는 듯이, 슐레푸스 식으로 인사를 하면서 다시 생각났다는 듯이, 이른바 '얼른 추가해서', 아버지의 나비 강의와 묘하게 연관시켜 이야기했지만, 이렇게 편지를 끝낼 수는 없었으므로 슈만, 낭만주의, 쇼팽에 대한 이야기를 덧붙였는데, 이는 분명 그 일화의 비중을 축소시키려는, 그 이야기를 잊게 만들려는 목적이었다. 더 정확히 말하자면 자존심 때문에 그런 목적으로 덧붙인 척한 것이었다. 그도 내가, 편지를 읽는 사람이 정말로 그 편지의 핵심을 간파하지 못하기를 바라지는 않았을 테니까.

  그 편지를 다시 한 번 훑어보자 쿰푸 교수의 고어를 나름대로 응용한 문체는 그 모험을 이야기할 때까지만 사용하고 그 다음에는 미련 없이 버렸으며, 맨 마지막 쪽에는 그 흔적조차 남아 있지 않고 순수한 현대어로만 썼다는 사실이 매우 기이하게 생각되었다. 그 고어풍의 어조는 자기가 나쁜 곳으로 인도된 이야기를 편지지에 옮기는 동안만 사용할 목적이었고 그 다음에는 일부러 사용하지 않은 것이 아닐까? 주의를 환기시킬 목적으로 끝 부분에 덧붙인 음악 이야기에 어울리지도 않을 뿐더러, 날짜를 쓸 때부터 그 이야기를 하기 위한 목적으로만 쓴 것이 아닐까? 거기에 어울리는 분위기를 연출하기 위해? 그렇다면 그 분위기는 어떤 것일까? 내가 보기에, 비록 내가 생각하는 표현이 그 코미디에는 어울리지 않지만, 그것은 종교적인 분위기였다. 나는 분명히 알 수 있었다. 내게 그 이야기를 전해줄 편지에 역사적인 연관성을 고려해 종교개혁 당시의 독일어를 선택한 것이었다. 그 문체가 아니었다면 '나를 위해 기도해 주게!' 라는 말은 쓰고 싶어도 쓸 수 없었을 것이다! 은폐를 위한 인용, 구실을 위한 풍자로 이보다 더 좋은 예는 없을 것이다. 그리고 이보다 좀더 앞에 나오는 '욕망의 지옥' 이라는 말은 코미디와는 아무 상관없는, 극도로 신비적이고 종교적인 특색을 띠는 말이었으며, 처음 읽을 때부터 온몸에 소름이 끼쳤다.

    나는 방금은 물론이고 아드리안의 편지를 읽자마자 그 편지를 냉철하게 분석했지만, 그것으로도 편지를 읽을 때마다 솟구치는 솔직한 감정이 감춰지지는 않는다. 분석이란 원래 심한 충격의 상황에서 하더라도 어차피 냉철할 수밖에 없다. 그러나 나는 충격을 받았다. 아니 제정신이 아니었다. 그 '고제 슐레푸스' 의 기분 나쁜 장난에 대한 내 분노는 끝이 없었다. 독자들은 이 말을 나 자신을 나타내기 위한 말, 나 자신의 정숙함을 나타내기 위한 표현으로 이해하지 말고, 내 감정의 표현을 통해 아드리안의 실체와 본질을 파악하기 바란다. 사실 나는 결코 정숙하지 않았으며, 만일 그 라이프치히 놈이 나를 잡아끌었다면 나는 기분 좋게 즐겼을 것이다. '정숙함' 이라는 말 또한 아드리안의 실체와 본질을 표현하기에는 너무 유치하고 조금도 어울리지 않는 서툰 표현이겠지만, 그럼에도 불구하고 남몰래 배려하고 보호하고픈 내 마음을 담아낼 수 있었으면 한다.

그가 내게 자신이 겪은 모험을, 그것도 몇 주가 지난 후에 이야기했다는 사실은 따라서 내가 흥분하는 것과 아무 상관이 없지만, 이전까지는 절대적이었던, 그리고 내가 늘 존중했던 그의 폐쇄성을 깼다는 뜻이다. 우리의 오랜 우정을 생각할 때, 이상하게 들릴지 몰라도, 우리는 사랑, 성, 육체에 관한 이야기를 한번도 은밀하게 사생활 차원에서 다룬 적이 없었다. 언제나 예술과 문학이라는 도구를 통해, 정신적 영역의 열정이 표명되었을 때 이를 계기로 이야기했으며, 대화 중 그런 문제가 끼어들더라도 그는 객관적인 지식으로서 말했고, 그때에도 자기 개인의 영역은 완전히 차단시켰다. 그와 같은 사람에게 어떻게 이런 요소를 배제할 수 있을까? 그러나 그는 그랬고, 크레치마에게서 배운, 예술에 나타난 천박하지 않은 관능에 대한 이야기를 옮기는 데서 그 증거를 충분히 찾을 수 있었다. 물론 그뿐만은 아니었다. 바그너에 대한 몇 가지 언급과, 인간의 목소리는 벌거벗었으며 옛 성악 음악의 기발한 예술형식을 통해 정신적으로 보정된다는 등의 즉흥적인 발언에서도 그랬다. 그런 말에 처녀성과 같은 순결함은 없었다. 그것은 욕망의 세계를 자유롭고 편안하게 바라본다는 증거였다. 그러나 대화가 그런 쪽으로 흐를 때마다 나는 쇼크를, 충격을 받았고 내면에서 은밀하게 치가 떨렸는데, 이 또한 나의 특징이 아니라 그의 특징이었다. 그것은 마치, 내 느낌을 강조하자면, 천사가 죄를 지은 이야기를 듣는 것과도 같았다. 비록 죄를 지었을지언정 우리는 천사의 태도에서 외설적이고 뻔뻔스러운, 저속한 쾌락에 탐닉하는 모습을 상상해서는 안 될 것이며, 우리가 기대하는 천사의 모습을 생각하고는 상처 입은 마음으로 이렇게 간청하고 싶을 것이다. "그만 해! 네 입은 그런 말을 하기에는 너무 순결하고 엄격해."

실제로 아드리안은 음란한 이야기에 대해 극단적인 거부반응을 보였으며, 그런 이야기의 낌새만 보여도 경멸하듯 거부하고 피하는 그의 얼굴표정을 나는 잘 알고 있다. 할레에서는, 빈프리트 회원들 주변은 상당히 안전했으므로, 그의 예민한 감수성이 그런 공격을 받을 위험은 별로 없었다. 종교적인 도덕성이—적어도 언행에 있어서는—그러한 공격을 억눌렀다. 그 친구들은 여성, 여자, 계집, 애정관계에 대해서는 이야기하지 않았다. 그 젊은 신학도들이 실제로 각자 어떻게 할 작정이었는지, 다들 기독교적으로 혼인할 때까지 미루고 얌전히 기다릴 생각이었는지 나는 모른다. 나 자신에 대해 말하자면 나는 '사과'를 맛보았으며 당시 서민계층의 아가씨, 술통제조자의 딸과 7개월 또는 8개월 동안 관계를 가졌었다고 고백할 수 있다. 아드리안에게 그 관계를 비밀로 하느라 정말 힘들었다. 그가 이 사실을 눈치챈 것 같지는 않았다. 그녀와 나는 그 후 좋게 헤어졌다. 그 아가씨의 낮은 교육수준에 나는 싫증이 났고, 나 또한 그녀에게 늘 똑같은 말밖에 할 수 없었기 때문이었다. 뜨거운 혈기뿐만 아니라 호기심과 객기, 그리고 성에 대한 고대의 자유분방한 태도를—이는 내가 이론적으로 확신하고 있던 사실 가운데 하나였다—실천에 옮기고 싶은 마음에서 나는 그 관계를 맺었었다.

그러나 이 문제영역에 대한 아드리안의 입장에는 바로 이러한 요소, 즉 정신적 과시라는 즐거움이, 너무 교과서적으로 들릴지도 모르겠지만, 적어도 내가 원했던 정도의 즐거움마저 완전히 배제되어 있었다. 나는 그런 그의 태도를 두고 기독교적인 절제라고 말하고 싶지도 않고, 소시민적 윤리관과 죄악에 대한 중세적인 두려움을 동시에 상징하는 말, 즉 '카이저스아서른'을 적용시킬 생각도 없다. 이는 진실을 공정하게 나타내는 게 아닐 뿐더러 애정으로 배려하는 마음을 불러일으키기에도, 그의 행동으로 내가 입게 될 상처에 대한 분노를 불러일으키기에도 충분치 못했을 것이다. 그가 '정사'에 연루되는 일은 상상조차 할 수 없다면, 아니 어쩌면 그런 상상은 아예 하고 싶지도 않은 것이라면, 그 원인은 그를 둘러싸고 있는 순결, 정조, 지적인 자존심, 냉담하게 비꼬는 태도라고 하는 갑옷 때문이며, 나는 그의 그런 점들을 신성시했다. 왠지 고통스럽고 남몰래 부끄러움을 느끼게 하는 그런 신성함이었다. 무엇이 고통스럽고 부끄러웠을까? 그것은, 말하자면 음흉한 마음 외에도 육체의 삶에는 순수함이 없다는 생각이었다. 충동 앞에서는 정신적인 자존심도 소용없다는 생각과 더불어 엄격한 자만심도 본능을 거스르지 못하고, 따라서 인간적인 모습으로, 다시 말해 동물적인 모습으로 수치스러운 행위를 하면서도 그로 인해 상처받지 않기를 그저 바랄 수밖에 없다는 생각이었다. 그런 행위가 신의 뜻으로 지극히 미화되기를, 매우 점잖은 정신적 형태로 이루어지기를, 사랑에 빠진 모습으로, 정화된 감정으로 이루어지기만을…….

여기에 내 친구의 경우는 적어도 희망이 있다는 말을 덧붙여야 할까? 내가 말한 미화하고 싸고 꾸미는 일은 정신적인 작용이며, 그 가운데서도 중간적인 곳, 시적인 분위기가 매우 강한 완충지대에서 일어나는 일이다. 오성과 욕망이 서로 충돌하면서 모종의 허상과도 같은 방법으로 서로 화해하는 곳, 그러니까 원래 대단히 감상적인 층위인데, 고백하거니와 나 자신의 인간적인 면모는 그 층위에서 편안함을 느끼지만 엄격한 사람의 취향에는 맞지 않는 곳이다. 아드리안 같은 사람은 이러한 '완충지대'가 별로 없다. 그를 면밀히 관찰해온 우정이 내게 가르쳐 준 사실은 정신적으로 자존심이 강한 사람일수록 동물적인 것, 적나라한 욕망과 가장 직접적으로 마주하고 있으며, 거기에 무방비 상태로 내맡겨져 있다는 사실이다. 이것이 바로 나 같은 사람이 아드리안 때문에 걱정하고 불안해하는 이유다. 또한 그가 내게 전해준 그 빌어먹을 모험담이 내게는 끔찍한 상징으로 여겨지는 이유이기도 하다.

그가 사창굴 문턱에 서서, 뒤늦게야 알아차리고는, 대기 중인 황야의 딸들을 바라보는 모습이 눈앞에 어렸다. 할레에 있을 때 뮈체 아저씨네 카페에서 그랬듯이—그 모습은 여전히 내 눈앞에 또렷하다—혼이 나간 듯 모르는 사람들을 지나 피아노 쪽으로 다가가, 그게 무엇이었는지 나중에야 알았다는 그 화음을 치는 모습이 보였다. 그의 옆에 뭉툭코 헤타에라 에스메랄다가 서 있는 것이 보였다. 스페인 재킷 속의 분칠한 가슴을 반쯤 내놓은 채 드러낸 팔로 그의 뺨을 어루만지는 모습이 보였다. 그 모습은 격렬하게 시간과 공간을 뛰어넘어 나를 그곳으로 끌어들였다. 나는, 그가 밖으로 도망치느라 옆에 놓인 의자에 무릎을 부딪쳤듯이, 무릎으로 그 마녀를 쳐서 그에게서 밀쳐버리고 싶었다. 그녀의 살이 내 뺨에 닿는 듯한 느낌이 며칠이 지나도 사라지지 않았으며, 따라서 그날 이후 그의 뺨이 그 감촉으로 화끈거렸을 것을 생각하고 깜짝 놀라지 않을 수 없었다. 나는 그 사건을 재미로 받아들일 수 없었다. 다시 한 번 요청하는데, 이 또한 나 자신이 아니라 그를 묘사하는 말로 이해해주기 바란다. 그 사건에 희극적인 요소라고는 털끝만큼도 없었다. 내가 이 친구의 성격을 실감나게 묘사하지 못했는지 모르지만, 그는 나와 마찬가지로 그 접촉을 이루 형언할 수 없는 수치로, 조롱 섞인 비웃음으로 그리고 극히 위험한 것으로 받아들이는 사람이다.

그가 지금까지 어떤 여자도 '건드리지' 않았다는 사실은 내게 확고부동의 진실이다. 그런데 그 여자가 그를 건드렸다. 그리고 그는 달아났다. 도망친 일 또한 조금도 우습지 않으며, 만약 독자들이 이를 우스운 이야기로 해석하고자 한다면, 분명 그렇지 않다는 사실을 내가 보장한다.

물론 도주해 봤자 허사라는 비통한 의미에서 보자면 우습다. 내가 보기에 아드리안은 도망치지 못했고, 도망쳐 나왔다고 생각한 시간은 잠시뿐이었다. 거만한 이성이 동물적인 욕구를 접하고 충격을 받았던 것이다. 아드리안은 그 사기꾼이 처음 데려간 그곳으로 다시 돌아가야 했다.

18

영면에 든 이 전기의 주인공과 관련해 내가 기술하고 보고하는 내용에 대해 독자들이 내가 항상 그의 곁에 있지도 않았으면서 어떻게 구체적인 사실을 그렇게 잘 아느냐고 묻지 않았으면 한다. 내가 수차례에 걸쳐 꽤 긴 시간 그와 떨어져 살았던 것은 사실이다. 군복무 기간 중에 그랬고, 하지만 제대 후에는 라이프치히 대학에 복학해 아드리안의 생활반경을 철저히 관찰했다. 그리고 1908~1909년에 나는 고전예술 답사여행을 하느라 그와 떨어져 있었다. 내가 여행을 마치고 돌아왔을 때 그는 이미 라이프치히를 떠나 독일 남부로 갈 생각이었으므로 우리의 재회도 짧게 지나가고 말았다. 그 후 우리의 일생에서 가장 오랜 이별이 이어졌다. 이 기간에 아드리안은 잠시 뮌헨에서 지낸 후 슐레지엔 출신인 자기 친구 실트크납과 함께 이탈리아로 갔으며, 나는 카이저스아셔른의 보니파티우스 김나지움에서 예비교사 수련을 마친 후 정식교사로 임용되었다. 1913년 아드리안이 오버바이에른의 파이퍼링에 새 거처를 정하고 나는 프라이징으로 이사한 후에야 비로소 나는 다시 그의 곁을 지킬 수 있었고, 그때부터는 이미 운명적인 색조로 물든 그의 삶을, 17년 동안 꾸준히 활기를 더한 그의 창작활동을 1930년에 파국을 맞이할 때까지 중단 없이, 또는 거의 중단 없이 내 눈으로 지켜보았다.

그가 라이프치히로 돌아와 다시 벤델 크레치마의 지도와 감독을 받게 되었을 때 그는 이미 음악에 있어, 그 기묘하고 난해하며, 유희적인 동시에 엄격하고, 독창적이면서 사변적인 기예(技藝)에 있어 초보자가 아니었다. 기록으로 남길 수 있는 분야, 즉 악곡의 화성적 작법, 음악형식 이론, 관현악 편곡 등에서 그는 빠른 진전을 보였고, 기껏해야 참지 못하고 앞서 나가려는 마음 때문에 방해를 받았을 뿐 무엇이든 순식간에 이해하는 그의 지능은 이러한 진전에 불을 붙였다. 이런 점은 할레에서 보낸 2년간의 신학도 생활로도 음악과의 관계가 느슨해지지 않았으며 음악을 정말로 중단하지는 않았다는 사실을 증명했다. 그는 편지에서 자기가 열심히 매진하고 있는 대위법 연습에 대해 몇 마디 썼다. 크레치마는 관현악 편곡의 기법을 예전보다 더 중요시하는 것 같았으며, 아드리안에게 많은 피아노 음악, 소나타 형식, 그리고 현악 4중주까지도 관현악으로 편곡하도록 시켰고, 아드리안이 편곡한 것에 대해서는 긴 시간 함께 토론하고 결함을 지적하고 교정했다. 그는 아드리안이 모르는 오페라의 개별 악장에 대한 피아노 편곡을 다시 관현악곡으로 편곡하라고 시킬 정도였으며, 제자가 베를리오즈와 드뷔시, 그리고 독일과 오스트리아의 후기 낭만주의 작품을 듣고 읽은 후 시도한 작품을 그레트리 또는 체루비니가 직접 작곡한 것과 비교하면서 스승과 제자는 함께 웃었다. 당시 크레치마는 공연물 〈대리석 상〉을 작곡하던 중이었는데, 그 스케치 가운데서도 한두 장면을 뽑아 제자에게 관현악곡으로 편곡하게 한 후, 자기 자신은 어떻게 했는지 또는 어떻게 할 생각인지 보여주었다. 이는 활발한 토론의 계기가 되었고 보통은 당연히 경험이 풍부한 스승이 토론을 장악했지만, 적어도 한 번은 신참의 직관이 승리를 거두었다. 크레치마 눈에 처음에는 서툴고 미숙하게 보인 음 결합이 나중에는 자신의 아이디어보다 훨씬 더 적합해 보였으므로, 다음 만남에서는 그 아이디어를 채택하겠노라고 선언했다.

아드리안은 의외로 그다지 자랑스럽게 생각하지 않았다. 스승과 제자는 음악적인 직감과 주장이 근본적으로 매우 달랐다. 예술을 배우는 사람은 분명 스승이 가르치는 기예가 세대차이 만큼이나 낯설어 보일 것이다. 그러므로 스승은 제자의 숨은 경향을 알아채고 이해해야 하며, 제자에게서 발견한 경향이 마음에 들지 않더라도 그 발전을 방해하지 않도록 조심하는 태도가 바람직하다. 크레치마는 오케스트라 악곡이야말로 두말할 나위도 없이 음악을 표현하는 최상의 궁극적인 형식이라고 철저하게 믿었지만 아드리안의 생각은 좀 달랐다. 선대의 사람들과는 달리 그는 자신이 살아온 20년 동안 최고조로 발달한 기악기술이 화성적인 음악구상에 종속되어 있다는 사실을 역사적 사실 이상으로 인식했다. 그것은 일종의, 과거와 미래가 서로 융합되어 있다는 신조였다. 또한 낭만주의 말엽의 거대 오케스트라에 의한 비대한 울림 체계에도 냉담한 시선을 던졌으며, 이를 압축하여 화성악 이전 시대 즉, 폴리포니 성악 시대의 반주 기능으로 되돌려 놓아야 한다고 생각했다. 그 결과 성악과 오라토리오를 선호하게 되었고, 훗날 이 장르에서 최고의 기량을 발휘하여 〈요한 묵시록〉과 〈파우스트 박사의 탄식〉을 작곡했다. 이 모든 징후들은 일찌감치 아드리안의 말과 행동에서 드러났다.

그렇다고 해서 아드리안이 크레치마가 시키는 관현악 공부를 소홀히 한 것은 아니었다. 그는 애써 익힌 것이 더는 중요하게 여겨지지 않더라도 반드시 숙달해야 한다는 크레치마의 생각에 동의했다. 한번은 내게 이런 말을 했다. 오케스트라 음악의 표현주의적 기법에 싫증이 났다고 해서 관현악 공부를 더 이상 하지 않는 작곡가는 마치 썩은 이가 관절염을 유발할 수도 있다는 최근의 연구결과 때문에 더 이상 치근 치료를 하지 않고 이 뽑는 기능사로 만족하는 치과의사와 같다는 말이었다. 독특하면서도 높은 지식수준을 잘 나타내주는 이 비유는 그 후 우리가 비평을 할 때 자주 인용되었으며, 뿌리를 예술적으로 훌륭하게 관리하여 유지한 '썩은 이'는 그 후 발표된 특정 관현악곡의 다채롭고 정교한 아름다움을 상징하는 말이 되었다. 아드리안이 작곡한 환상적인 교향곡 〈해상의 인광(燐光)〉도 이에 해당되었는데, 이 곡은 그가 라이프치히에 있을 때 방학을 맞이하여 뤼디거 실트크납과 함께 북해로 여행을 다녀온 후 크레치마의 감수를 받으며 쓴 작품이었다. 크레치마는 후에 비공식 연주회에서 이 작품을 약식으로 공연할 수 있게 주선했다. 〈해상의 인광〉은 회화적인 묘사가 빼어나고 넋을 빼앗는 듯한, 처음 들었을 때 거의 풀리지 않는 수수께끼처럼 들리는 울림의 혼합을 보여 주는데, 듣는 귀가 발달한 청중은 이 곡을 쓴 젊은 작곡가를 드뷔시와 라벨의 계보를 잇는 그들의 출중한 후계자라고 보았다. 이는 맞는 말이 아니었다. 그는 관현악의 다채로운 표현력을 발휘한 이 작품을 평생 동안 자신의 창작물로 간주하려 하지 않았고, 지난 날 크레치마의 지도 하에 열심히 쓴 손목풀기나 악보 쓰기 연습용 작곡과 마찬가지로 여겼다. 그가 쓴 연습용 작곡으로는 6부에서 8부에 이르는 합창, 현악 5중주와 피아노 반주를 위한 세 가지 주제의 푸가가 있고, 그 밖에도 교향곡의 스케치를 단계별로 크레치마에게 보인 후 그와 함께 관현악으로 편곡했으며, 가단조의 첼로 소나타도 썼다. 이 곡에 포함된 느리고 매우 아름다운 악장의 주제는 훗날 브렌타노 가곡에 다시 사용했다. 곡조가 빼어나게 아름다운 〈해상의 인광〉은 내가 볼 때, 예술가는 솔직히 더는 믿지 않는 일에도 최선을 다할 수 있고, 이미 낡은 양식이라고 인식되는 기법도 완벽하게 숙달하기를 마지않는다는 사실을 보여주는 대단히 훌륭한 예였다. "배운 대로 한 치근치료야. 연쇄상 구균이 넘치더라도 내 책임이 아니야"라고 그는 내게 말했다. '회화 기법' 장르가, 음악의 '원초적 성질'을 묘사하는 기법이 완전히 소멸했다고 믿는 그의 생각을 여실히 드러낸 말이었다.

사실을 밝히자면, 회화성은 뛰어나나 신념이 반영되지 않은 이 관현악 걸작에는 예술을 지적으로 풍자하고 비꼬는 특징이 숨어 있었는데, 레버퀸은 많은 후기 작품에서 이러한 특징을 지극히 독창적인 방법으로 드러냈다. 많은 사람들이 그의 작품을 찬물을 끼얹은 듯하다고, 밀어내고 거부하는 듯하다고 평했는데, 이렇게 평한 사람들은 썩 정확하게 보지는 못했을지언정 그나마 잘 본 편이었다. 겉핥기식으로만 본 사람들은 그저 코믹하고 재미있을 뿐이라고 했다. 사실 이 작품에서 풍자적인 부분은 절망과 정신적 수치감, 그리고 사소한 문제를 지나치게 확대해석하려는 성향 때문에 위대한 재능이 그 창조성을 잃을 수도 있다는 사실을 당당하게 전달하는 부분이다. 내가 제대로 말했기를 바란다. 나는 내 생각을 담아낼 말을 찾으면서, 그 생각은 사실 나 스스로 한 것이라기보다는 아드리안에 대한 우정을 통해 얻은 생각이므로 자신이 없는 만큼 책임감도 느낀다. 순진한 느낌이 없다고는 하고 싶지 않다. 순진함이란 모든 실체에, 아무리 의식화되고 복잡한 실체라 하더라도, 기본적으로 있으니까. 천재가 타고난 심리적인 부담과 창조적인 추진력 사이의 가히 조정 불가능한 갈등, 정숙함과 열정 사이의 갈등, 이것이 바로 그러한 예술성을 유지시켜주는 순진함이며 그 작품의 까다롭고 유별난 성장을 위한 토양이다. 그리고 조롱과 자만과 지적인 수치심으로 인한 부담감보다 '재능' 쪽으로, 추진력과 자극 쪽으로 조금 더, 꼭 필요한 만큼만 기울고자 하는 무의식적이고 본능적인 노력이 이미 불붙기 시작했고, 예술을 위한 준비과정으로서 단순히 기예를 익히는 단계를 지나 처음으로 독자적인 창작을 시도하는 순간—비록 본인은 전적으로 미완성의 습작이라고 주장하지만—그 결정적인 힘을 발휘했다.

19

그 순간을 나는 어떤 숙명적인 사건을 이야기함으로써 설명하고자 하는데, 그 이야기를 하자니 감동이 물결치고 심장이 오그라드는 느낌이다. 그 사건은 내가 나움부르크에서 아드리안의 편지를 받은 후 약 1년 뒤에, 그가 편지에 쓴 바와 같이 라이프치히에 도착해 처음 시내구경을 한 날로부터 1년이 좀 지났을 때, 그러니까 군대를 제대하기 얼마 전에 일어났으며, 제대 후 그를 다시 만났을 때 그는 겉보기에 변한 것이 없었으나 사실은 이미 과녁이 되어 운명의 화살을 맞은 후였다. 그 사건을 전달하기 위해 아폴로와 뮤즈들에게 가장 순수한, 가장 해가 없는 말을 찾게 해달라고 간청해야 할 것 같다. 감수성 예민한 독자들을 보호하고, 영면에 든 친구에 대한 기억을 보호하고, 그 이야기를 전하는 일이 힘든 고백처럼 여겨지는 나 자신을 보호하는 그런 말을 달라고. 그러나 이 간청이 향하는 방향이 나 자신의 정신적 상황과 내가 전해야 하는 이 이야기 고유의 특색 사이의 모순을 나타낸다는 사실은 너무도 자명한데, 그 이야기의 분위기는 일반적인 전설과는 전혀 다른, 고전적 교양이 주는 즐거움과는 동떨어진 것이기 때문이다. 나는 이 전기를 쓰면서 내가 이 일에 적합한 사람인지 의심하는 표현으로 시작했다. 그런 의구심을 거슬러 일을 진행시켰던 명분을 반복하지는 않겠다. 그 명분에 기대어, 그 명분에 힘입어 내 계획에 충실한 것만으로 충분하다.

나는 아드리안이 그 뻔뻔스러운 사자(使者)가 처음 끌고 간 장소로 다시 돌아갔다고 말했다. 따라서 그 사건이 곧바로 일어나지는 않았다는 사실을 알 수 있을 것이다. 자존심 강한 이성은 들이닥친 상처에 일 년 넘게 저항했으며, 그가 음흉하게 다가온 적나라한 욕정에 굴복하기는 했으나 그때 정신적으로, 또 인간적으로 감싸고 미화하는 행위가 완전히 배제되지는 않았다는 사실이 내게는 언제나 일말의 위안이 된다. 나는 욕정의 대상이 특정 개인으로 한정될 때에는 그 방법이 비록 매우 조야하다 할지언정 항상 이와 같은 행위가 따른다고 본다. 그런 행위는 선택의 순간에도 일어나며, 그 선택이 비록 자발적인 것이 아니라 상대방에 의해 염치없이 도발된 것이라 하더라도 마찬가지다. 욕정이 인간의 얼굴을 띠는 순간, 아무도 모르는, 업신여김을 받을 얼굴일지언정 번개처럼 내리치는 정화된 사랑을 느낄 수 있다. 다시 말해 아드리안은 그 장소에 특정 인물 때문에 돌아갔다. 그의 뺨에 화끈거리는 감촉을 남긴, 재킷을 입고, 피아노 치는 아드리안에게 큰 입을 가까이 갖다 댄 '갈색 머리 아가씨', 그가 에스메랄다라고 칭한 그녀 때문에. 그는 그녀를 찾아 그곳으로 갔으나 그녀를 만나지는 못했다.

아드리안은 자신의 욕정을 그녀에 한정시켰기 때문에 그곳을 두 번째로, 자발적으로 찾아갔을 때도 처음처럼 그냥 되돌아 나올 수 있었는데, 비록 화를 부르는 일이었으나 자신을 건드린 그 여자의 거처를 알아내는 일을 잊지는 않았다. 나아가 갈망하는 여인에게 가기 위해 음악을 핑계로 꽤나 먼 여행을 단행하게 되었다. 그 당시, 즉 1906년 5월에 슈타이어마르크 주(州)의 수도 그라츠에서 작곡가의 직접 지휘 하에 〈살로메〉의 오스트리아 초연이 있었다. 아드리안은 이미 몇 달 전에 크레치마와 함께 드레스덴으로 가 그 작품의 초연을 감상했지만, 선생님에게는 물론 그 사이에 라이프치히에서 사귄 친구들에게 그 작품이 미학적인 면에는 아무런 매력도 없지만 음악적인 기교와 관련해서, 특히 산문의 대화에 곡을 붙였다는 점에서 관심을 끈다며, 혁명적이면서도 성공적인 그 작품을 이번 기회에 다시 한 번 듣고 싶다고 밝혔다. 그는 혼자 갔으므로 자신이 내세운 명분대로 일단 그라츠로 간 후 거기서 브라티슬라바로 갔는지—브라티슬라바에서 그라츠로 갔을 수도 있다—아니면 그라츠에는 가는 척만 하고 브라티슬라바에만, 헝가리말로 포조니에만 있다 왔는지 확실히 알 수는 없다. 그를 건드린 그녀는 치료 목적으로 전에 있던 업소를 떠나 그곳의 어떤 집으로 오게 되었으며, 욕정을 쫓던 사나이는 거기서 그녀를 찾아냈다.

이 글을 쓰는 내 손이 떨리지만 차분한, 안정된 말로써 내가 아는 바를 전달하고자 한다. 앞에서 언급한 생각, 선택에 관한 생각, 여기서도 애정의 결합과 유사한 일이 일어났으며 따라서 이 훌륭한 청년과 비천한 여자의 결합에도 진실한 감정의 서광이 비쳤다는 생각이 늘 어느 정도까지는 위안이 되었다. 물론 이러한 생각은 위로가 된 동시에 다른, 더 섬뜩한 생각과 연결되어, 단 한번의 독(毒) 묻은 사랑이 결국은 끔찍한 경험이 되었다는, 신화 속의 화살이 상징하는 경험이 되었다는 생각과 연결되어 도저히 뗄 수 없었다.

창녀의 메마른 심성에도 청년이 자신에게 품은 감정에 화답하는 마음이 생긴 듯했다. 그녀가 당시의 얼핏 스친 만남을 기억하고 있었다는 데는 의심의 여지가 없다. 그녀가 그에게 다가가 드러낸 팔로 뺨을 어루만진 행위는 다른 손님과는 다른 그의 모든 점을 받아들이겠다는 뜻을 단순하고 다정하게 드러낸 표현이었을지도 모른다. 그녀는 그가 자기를 보려고 먼 길을 왔다는 말을 그의 입을 통해 들었다. 그리고 감사의 뜻으로 자신의 몸에 대해 경고했다. 나는 그녀가 그에게 이런 경고를 했다는 사실을 아드리안을 통해 들었다. 이는 가련한 도구로 전락해 사회 밑바닥으로 내몰린 육신과 그 육신에 깃든 숭고한 인간성은 엄연히 구별된다는 사실을 의미하는 것이 아닐까? 그 불행한 여인이 자신을 원하는 남성에게 '자기 자신'에 대해 경고했다는 사실은 그녀의 가련한 육체적 실존을 넘어 자유의지로 감정을 승화시키는 행위를 의미한다. 육체적 실존과 거리를 두는 인간적인 행위, 감동을 주는 행위, 사랑의 행위를 의미한다. 감히 그렇다고 해도 될 것이다. 그런데 욕망이 얼마나 컸기에, 유혹대로 감행하고픈 의지가 얼마나 강했기에, 얼마나 강한 충동이었기에, 죗값을 치르게 될 줄 알면서도 끝내 마녀의 품에 안겨 자신의 본능을 암죽상태로 풀어놓고 싶은 욕망이 그 어디에 숨어 있었기에 그로 하여금 경고를 받고도 이를 무시한 채 그녀의 육체를 소유하게 만들었을까? 이 또한 사랑이 아니었을까? 아니면 무엇이었을까?

    나는 두 사람의 포옹을 종교적인 전율 없이는 결코 생각할 수 없었다. 그 포옹 속에서 한 사람은 자신의 구원을 희생했고, 다른 한 사람을 구원을 받았던 것이다. 먼 곳에서 온 손님이 위험을 무릅쓰고 그녀를 포기하지 않은 일은 분명 불행을 정화하며, 정당화하며, 승화시키며 축복했을 것이다. 그래서 그녀는 그가 자신을 위해 감행한 일에 보상을 하기 위해 자신이 지닌 여성성의 단맛을 아낌없이 제공한 것 같았다. 그가 결코 잊지 못하도록. 그는 스스로도 그녀를 잊지 않았으며, 그 후 그녀를 다시는 만나지 못했지만 그녀의 이름은, 그가 처음부터 그녀에게 붙여준 이름은 그의 작품 속에서 나 말고는 그 누구도 알아볼 수 없는 비문(秘文)이 되어 어른거렸다. 나더러 잘난 척한다고 하겠지만 그것을 발견했을 때의 이야기를 여기서 하지 않을 수 없는데, 어느 날 그는 침묵으로써 내 말을 인정했다. 음악에는 원래 미신적인 행위를, 수에 얽힌 신비든 문자가 상징하는 것이든, 이를 섬기고 추종하려는 경향이 내재되어 있다. 이러한 경향을 내포한 공식 같고 주문(呪文) 같은 비밀을 자기 작품 속에 감추어 두기 좋아한 작곡가가 물론 레버퀸 한 사람만은 아니었을 것이고 앞으로도 그런 작곡가는 또 나올 것이다. 내 친구의 음악에는 다섯 개 또는 여섯 개의 음으로 된, 시(h)로 시작해서 내림 미(es)로 끝나며 그 사이에 미(e)와 도(a)가 교체되는 연결음이 매우 자주 나타난다. 이는 모티브에 의한 기본음형으로서 독특하면서도 우울하게 구성되어 있는데, 화성과 리듬에 의한 비유가 중복되어 있고, 때로는 이 성부(聲部), 때로는 저 성부에 배당되며, 종종 마치 축을 중심으로 돌듯 순서를 바꿔 동일한 음정을 유지한 채 변한다. 그 속에 그녀의 존재가 떠다녔다. 우선 그가 라이프치히에 있을 때 작곡한 열 세 편의 브렌타노 가곡 가운데 가장 아름다운 작품이라 할 수 있는, 가슴 저미는 노래 〈오, 매정한 아가씨여!〉에서 그런 분위기가 지배적이었고, 그 다음에는 후기 작품에서, 대담함과 절망감이 극도로 독창적인 방법으로 서로 혼합된, 파이퍼링에서 쓴 〈파우스트 박사의 탄식〉에서 나타났는데, 이 작품에서는 음정의 흐름을 화성적으로 동시에 나타내려는 경향이 더욱 두드러졌다.

그 음정기호 하-에-아-에-에스(h-e-a-e-es)는 헤타에라 에스메랄다(Hetaera esmeralda)를 가리키는 것이었다.

아드리안은 라이프치히로 돌아와 웅장한 오페라 작품을 다시 한 번 감탄하며 즐긴 이야기를 했는데, 정말로 다시 듣고 한 이야기인지도 모르겠다. 그가 원작자에 대해 하던 이야기가 지금도 들리는 듯하다. "정말 재능이 출중한 작곡가야! 혁명가이면서도 행운아이고, 대담하면서도 유화적이야. 전위성과 흥행성이 긴밀하게 융합되어 있어. 조롱과 불협화음이 충분히 나온 다음에 호의적으로 방향을 전환해. 오만한 속물과 화해하며, 그리 나쁜 뜻으로 한 말은 아니었다고 해명하며⋯⋯ 성공적이야. 성공적이야⋯⋯." 그가 음악과 철학 공부를 다시 시작한 지 5주째 되었을 때 그는 몸의 일부에 감염된 질병 때문에 의사의 검진을 받아야 했다. 그가 찾아간 전문의 에라스미 박사는—아드리안은 주소록에서 그를 찾아냈다—붉은 얼굴에 검은 턱수염을 뾰족하게 기른 뚱뚱한 사내였는데 아마도 허리를 굽히기가 힘들었던 모양이고, 바로 서 있을 때도 벌어진 입술 사이로 숨을 밀어내듯 내쉬는 사람이었다. 이런 습관은 그가 어떤 곤경에 처해 있다는 증거였으며, 동시에 어떤 일에 대해 "흥!" 하고 넘겨버리거나 넘겨버리려고 애쓸 때와 같이 대수롭지 않게 여기는 듯한 인상도 주었다. 박사는 검진을 하는 동안 줄곧 그렇게 숨을 불어댔고, 검진을 마친 후에는 숨을 내쉴 때의 느낌과는 상반되게도 꽤 장기적이고 철저한 치료가 필요하다고 설명하고 곧바로 처치에 들어갔다. 아드리안은 그날부터 사흘 내리 그에게 가서 치료를 받았다. 그 후 에라스미 박사는 사흘간 치료를 중단한다면서 나흘째 되는 날 다시 오라고 했다. 환자가—그런데 통증은 없었으며, 그의 일상적인 활동에도 아무런 지장이 없었다—예약된 시각인 오후 네 시에 의원을 찾았을 때 전혀 예상치 못한 충격적인 일이 그를 기다리고 있었다.

그 의원은 옛 시가의 좀 허름한 건물에 있었고 가파른 계단을 세 칸

올라가야 현관이 나왔다. 다른 날은 아드리안이 현관에서 초인종을 한참 눌러대야 하녀가 나와 문을 열어주었는데 그 날은 현관문이 활짝 열려 있었고, 다른 문들도 모두 열려 있었다. 즉 대기실과 진료실의 문이 다 열려 있었고, 거기서 더 들어가면 나오는 '좋은 방', 즉 창문 두 개짜리 거실도 열려 있었다. 창문도 활짝 열려 있었고, 커튼 넉 장이 모두 바람에 휘날려 부풀어 올라, 차례로 방안 깊숙이 날려들었다가는 다시 창문을 향해 되돌아갔다. 그 방 한가운데 놓인 두 개의 받침대 위에는 덮개가 열린 관(棺)이 있었고, 그 속에 흰색 와이셔츠를 입은 에라스미 박사가 턱수염을 쳐들고 눈꺼풀을 깊이 내린 채 술이 달린 베개를 베고 누워 있었다.

그 일이 어떻게 일어났는지, 죽은 사람을 왜 그토록 혼자 바람 속에 내버려두었는지, 하녀, 부인은 어디 있었는지, 방금 관 뚜껑을 여느라 장의사에서 사람이 왔다 갔는지, 또는 잠시 그곳을 비웠는지, 아드리안이 그곳에 당도한 순간이 어떤 기이한 순간이었는지는 확실히 밝혀지지 않았다. 아드리안은 내가 라이프치히에 갔을 때, 그 광경을 목격한 후 혼란 속에 세 계단을 다시 내려왔다는 이야기만 했다. 그는 박사의 갑작스러운 죽음에 대해 계속 알아보려고 하지 않았던 것 같다. 그는 그 일에 관심이 없는 듯했다. 그는 박사가 항상 "홍!" 하던 것이 분명 불길한 징조였다고 말했다.

이제 그의 두 번째 선택에 대해 보고하려니 쓸데없이 공포가 밀려들어 마음이 내키지 않는데, 그 선택도 유사한 흉조를 띠고 있었다. 아드리안은 다시 라이프치히 주소록의 도움을 받아 침발리스트 박사라고 하는 사람을 찾아갔다. 그의 집은 시장으로 통하는 여러 상가들 가운데 있었고 아래층은 음식점, 그 위는 피아노 전시장이었으며, 3층의 한쪽이 피부과 의원이었는데, 자기(瓷器)로 만든 현관은 아래층 현관에서 이미 눈에 들어왔다. 그 피부과 의원에는 화분과 실내용 보리수와 야자로 장식한 대기실이 두 개 있었는데 그 가운데 하나는 여성 환자용이었다. 대기실에는 의학잡지와 훑어볼 만한 책, 이를테면 풍속 화보잡지 같은 것도 비치되어 있었다. 아드리안은 거기서 두 번에 걸쳐 치료를 받았다.

침발리스트 박사는 키가 작고 뿔테안경을 썼으며 붉은 머리털 사이로 이마에서 뒷머리를 향해 둥글게 대머리가 드러나 있었다. 그는 콧구멍 아래만 수염을 길렀는데, 당시 상류층에서 유행했던 이 수염은 훗날 세계적으로 널리 알려지는 얼굴의 특징이 된다. 박사는 격식을 차리지 않은, 남성 특유의 유쾌한 말투로 시시한 농담을 즐겼다. 그는 '샤프하우젠(스위스의 도시 - 옮긴이)의 라인 폭포'라는 표기에서 폭포 이름을 '나인('아니오', '안 돼' 등과 같은 뜻 - 옮긴이) 폭포'로 바꾸고 그것을 '큰 실수', '해서는 안 될 일' 등을 나타내는 의미로 썼다. 그러면서도 박사 자신은 그 농담을 그다지 좋아하지 않는 듯한 인상을 주었다. 그의 얼굴은 신 것을 먹었을 때처럼 한쪽 뺨이 경련을 일으키듯 치켜 올라가고 입꼬리도 따라 올라갔으며, 눈도 찡긋하며 장단을 맞췄다. 그것은 무언가 잘못된 일, 실수, 운명적인 일을 암시하고 있었다. 아드리안이 내게 설명한 그의 모습은 이러했고, 나는 그 모습이 눈앞에 선하다.

사건은 다음과 같았다. 아드리안이 두 번째 의사에게서 두 차례 치료를 받고 세 번째로 찾아갔을 때 그는 2층과 3층 사이 계단에서 의사를 만났다. 그는 뻣뻣한 모자를 쓴 몸집이 건장한 두 남자 사이에서 계단을 내려오며, 자신의 발만 내려다보는 듯 눈을 아래로 내리깐 채 마주오고 있었다. 그의 한쪽 팔목에는 그를 데리고 가는 사람이 찬 것과 똑같은 팔찌가 채워져 있었고, 그 두 개는 사슬로 연결되어 있었다. 침발리스트 박사는 눈을 들어 자기 환자를 알아보고는 불쾌한 듯 뺨을 움찔하더니 고개를 끄덕여 보이면서 "다음에!"라고 말했다. 아드리안은 벽에 등을 붙이고 세 사람에게 길을 내주어야 했으며, 어리둥절한 채 그들이 자기 옆을 지나 계단 아래로 내려가는 모습을 지켜보았다. 그들은 집 앞에 대기하고 있던 차에 올라타고 빠른 속도로 그곳을 떠났다.

아드리안이 침발리스 박사한테서 받던 치료는 결국 이렇게 끝났다. 덧붙여 말하건대, 그는 두 번째 실패의 배경에 대해서도 첫 번째의 그 기이한 경험에 대해서 만큼이나 관심을 기울이지 않았다. 침발리스트가 왜, 그것도 그가 오기로 되어 있는 그 시간에 연행되었는지, 그는 그 일을 그대로 덮었다. 충격을 받은 듯 그 후 치료를 다시 하지 않았으므로 세 번째 의사를 찾지는 않았다. 더욱이 자기 몸의 국부적 증상이 추가적인 처치 없이도 단기간에 치유되어 사라졌기 때문에 더욱 더 의사를 찾을 생각을 안 했는데, 전문의가 아무리 의혹을 제기하더라도 어떤 이차감염 증상도 보이지 않고 깨끗이 나았다는 사실은 내가 보장할 수 있다. 한번은 아드리안이 작곡공부 한 것을 보여주러 벤델 크레치마의 집에 갔다가 갑자기 현기증 발작을 일으켜 비틀거리다 쓰러지고 말았다. 현기증은 이틀에 걸친 편두통으로 전이되었고, 그 불쾌감은 여느 때와 비교도 되지 않았다. 내가 군복을 벗은 뒤 라이프치히에서 그를 다시 만났을 때, 이 친구는 방황과 격동을 겪은 후에도 변한 것이 없었다.

20

 아니다. 그렇지 않았다. 우리가 떨어져 있는 동안 그가 딴사람이 된 것이 아니라면 그는 더욱 더 자기 자신이 되어 있었다고 할 수 있다. 그러한 변화가 내게는 마침 그가 어땠었는지를 좀 잊어버린 상태였으므로 충분히 인상적이었다. 할레에서의 이별이 냉랭했었다는 이야기는 이미 했다. 내가 한없이 고대하던 우리의 재회도 그런 면에서 뒤지지 않았으며, 나는 당황해서, 기쁘면서도 서글픈 마음으로 내 성격의 한계를 넘어 치솟는 감정을 모두 홀로 삼키고 억눌러야 했다. 그가 역으로 마중 나오는 일은 바라지도 않았으므로 도착시간조차 알리지 않았다. 나는 무작정, 내 거처를 정하지도 않은 채 그의 집을 찾아갔다. 집주인이 그에게 내가 왔다고 알렸고, 나는 기쁜 목소리로 그의 이름을 부르며 방으로 들어섰다.
 그는 자기 책상에 앉아 악보를 쓰고 있었다. 접어 넣을 수 있는 뚜껑이 달리고 책꽂이가 얹혀 있는 구식 책상이었다.
 "안녕. 곧 끝나." 그가 쳐다보지도 않고 말했다. 그러고는 내가 서 있어야 할지, 편히 앉아도 될지 알아서 하도록 내맡겨 둔 채, 하던 일을 몇

분 더 계속했다. 내가 어떻게 했을지는 자명한 일이다. 그의 태도는 오래되고 확실한 친밀감, 일 년간의 헤어짐으로는 조금도 달라지지 않는 허물없는 관계에 대한 증거였다. 마치 어제 헤어진 사람들과도 같았다. 그럼에도 불구하고 나는 좀 실망해서 기분이 가라앉았지만, 동시에 우리의 만남이 늘 이런 모습이었다는 점에서 즐겁기도 했다. 책 놓는 탁자의 좌우에는 카펫 천으로 씌운 팔걸이 없는 안락의자들이 놓여 있었다. 그가 만년필 뚜껑을 돌려 닫고 내게로 왔을 때 나는 이미 그 의자들 가운데 한 곳에 앉은 지 오래였고, 그 사이에 그는 나를 제대로 쳐다보지도 않았다.

"마침 잘 왔다." 그가 말하며 탁자의 반대편에 앉았다. "오늘 저녁에 샤프고시 사중주단이 132번을 연주하는데 같이 갈 거지?"

나는 그것이 베토벤의 후기 작품인 현악 사중주 가단조를 가리키는 말임을 알아들었다.

"여기 온 김에 가보지 뭐. 오랜만에 리디아 선법(교회에서 사용하는 선법 중 하나 - 옮긴이)으로 쓴 악장 〈회복 환자의 감사의 노래〉를 다시 듣는 것도 좋을 거야."

"내가 모든 연회의 잔을 다 비우니 사람들 눈이 휘둥그레지네!" 그는 이렇게 읊조리고는 교회선법과 프톨레마이오스의 음체계, 즉 '자연 음체계'에 대해 이야기하기 시작했다. 자연 음체계는 여섯 가지 서로 다른 울림의 특성이 평균율을 통해, 즉 잘못된 조율을 통해 장조와 단조 단 두 조로 축소되었으며, 평균율 음계보다 자연 음계가 조옮김에서 월등하다고 설명했다. 그는 평균율 음계를 두고 가정용으로 쓰기 위한 타협안이라고, 말하자면 임시 평화조약이라고 했으며, 평균율 피아노도 그 일종이라고 했다. 그리고 이 평화조약이 체결된 지 150년도 안 되었지만 온갖 괄목할 만한 일을 성사시켰고, 정말 괄목할 만한 일이기는 하지만 그렇다고 그

평화조약이 영원히 유지되리라 착각해서는 안 된다고 했다. 또, 클라우디우스 프톨레마이오스는 이집트 북부 출신으로서 알렉산드리아에 살았던 사람인데, 천문학자이자 수학자였다는 사실이 매우 마음에 든다고 했고, 그가 만든 음계는 세상에 알려진 모든 음계를 통틀어, 자연음계든 조율음계든, 가장 훌륭한 음계라고 했다. 그리고 피타고라스가 우주 화성론에서 이미 밝혔듯이, 음악과 천문학의 연관성이 다시 한 번 이를 증명해 준다고 했다. 그 이야기를 하는 중간중간 그는 낯선 분위기와 달빛 어린 경치 이야기로 돌아와 4중주와 그 3악장을 연주하기가 얼마나 어려운지도 이야기했다.

"사실 네 사람이 모두 파가니니가 되어야 해. 그리고 자기 파트만 잘해서도 안 되고 나머지 세 파트도 완전하게 익혀야 해. 안 그러면 방법이 없어. 고맙게도 샤프고시 단원들은 믿을 만해. 오늘날에는 그 곡을 연주할 수는 있지만, 연주가 가능한 곡 가운데서 가장 어려운 곡이야. 작곡 당시에는 연주가 전혀 불가능했지. 연주를 그만둔 음악가가 연주기교와 관련해 보인 냉담한 태도가 나는 정말 재미있어. 곡이 어렵다고 호소하는 연주자에게 '당신네 망할 바이올린이 나하고 무슨 상관이오?' 라고 했거든."

우리는 웃었다. 다만 이상한 것은, 우리가 그때까지 인사도 나누지 않았다는 사실이다.

"그건 그렇고" 하며 그가 말을 이었다. 이 곡의 4악장은 독창적인 피날레와 짧은 행진곡 풍의 도입부, 그리고 제1바이올린의 당당한 레치타티보로 되어 있으며, 여기서 대단히 적절하게 주제가 준비된다고 그가 말했다. "음악에, 적어도 이 음악에 포함된 요소에 대해 모든 분야의 언어를 다 뒤져도 딱히 마음에 드는 표현을 찾을 수가 없어. 정말 그 특징을 제대로 나타낼 수 있는 형용사나 형용사 복합어가 없다는 사실은 참으로 화가 나는 일이야. 한편 기분 좋은 일이기는 하지만 말이야. 나는 요즘 그런 표현을 찾느라 골머리를 앓았어. 그래도 이 주제에 나타난 정신, 그 태도, 그 몸짓을 표현할 적당한 말을 끝내 못 찾았어. 왜냐하면 거기에는 많은 몸짓이 들어 있거든. 슬프고도 대담하다고 할까? 고집스럽고 격정적이며, 고양된 감정을 숭고한 경지로 끌어 올렸다고 할까? 다 안 좋아. 그리고 '굉장해!'라는 말은 물론 유치한 굴복일 뿐이야. 결국 제목에 붙은, 핵심을 찌르는 표제어로 돌아가게 되지. '빠르게 열정적으로'. 이게 최고야."

나는 그의 말에 동감하며, 어쩌면 저녁에 적절한 표현이 생각이 날지도 모른다고 말해 주었다.

"크레치마 선생님도 만날거지?" 그가 생각이 난 듯 말했다. "지금 어디서 묵고 있어?"

나는 오늘은 아무 호텔에서나 지내고 내일 적당한 거처를 찾아볼 생각이라고 대답했다.

"네가 왜 나한테 집을 구하는 일을 시키지 않았는지 알겠어." 그가 말했다. "그런 일은 다른 사람에게 맡길 수가 없지." 그는 말을 이었다. "나는 첸트랄 카페에 오는 사람들에게 네 이야기를 했어. 네가 온다는 이야기도. 그곳에도 널 한 번 데려가야 해."

'사람들'이란 아드리안이 크레치마를 통해 알게 된 젊은 지식인들을 가리키는 말이었다. 나는 그가 그 사람들과 갖고 있는 관계가 대략 할레의 빈프리트 회원들과 가졌던 관계와 같을 것이라는 확신이 들었으며, 내가 그에게 라이프치히에서 일찌감치 훌륭한 인맥을 찾아서 다행이라고 말하자 그는 이렇게 대꾸했다.

"글쎄, 인맥이라······."

아드리안은 시인이자 번역가인 실트크납 이야기를 했다. 그는 매우 좋은 사람이지만, 사람들이 그에게 무엇을 바라거나 도움을 청하거나 부탁을 하려고 하면 우월감이라고는 할 수 없는 일종의 자의식에서 언제나 거절한다고 말했다. 독립심이 매우 강한, 어쩌면 병적으로 강한 사람이라고 그는 덧붙였다. 그러나 호감이 가고 사교적이며, 다만 경제적으로 너무도 빠듯해서 어떻게 살아가는지 본인 스스로도 놀랄 정도라고 했다.

실트크납은 번역가였으므로 그의 생활은 영어와 밀접하게 관계되어 있었고 영어권과 관계된 것은 무엇이든지 호감을 갖고 찬양했는데, 아드리안이 그에게서 무엇을 바랬었는지 그 날 저녁 계속된 대화에서 밝혀졌다. 나는 아드리안이 어떤 오페라 소재에 눈독을 들이고 있으며, 본격적으로 일에 착수하기 몇 년 전인 그 당시에 이미 《사랑의 헛수고》를 계획하고 있었다는 사실을 알게 되었다. 실트크납은 음악에도 조예가 깊었으므로 아드리안은 그가 원작을 각색해주기 바랬다. 그러나 실트크납은 그 일에 관심을 보이지 않았다. 자기 자신의 일로 바빠서도 그랬지만 다른 한편으로는 아마도 아드리안이 선금을 지불할 수 없었기 때문에 그랬을 것이다. 그 일은 훗날 내가 해주었다. 처음 그 문제를 조심스럽게 타진했던 그 날 저녁의 대화를 나는 즐겨 회상한다. 나는 그에게서 언어와 결합하려는 경향, 목소리로 발성된 음악 쪽으로 기우는 경향이 점점 더 강해지고 있다는 사실을 확인했다. 이제 그는 거의 전적으로 가곡들, 길고 짧은 노래들, 서사적 단편들만 작곡했으며, 그 소재는 번역이 제법 잘 된 지중해 지방의 명시선에서 찾았는데, 이를테면 12~13세기 프로방스와 카탈루냐 지방의 서정시, 이탈리아의 시, 환상의 극치를 이루는 《신곡》 그리고 스페인과 포르투갈의 문학작품들이었다. 그의 음악적 발전단계로 보나 나이로 보나, 여기저기 구스타프 말러의 생애에서 받은 영향이 엿보였다. 그러나 레버퀸의 작품에서는 오늘날 대문호(大文豪)의 능력을 재발견하게 해주는, 파국의 환영들을 잘 나타내주는 단어 하나하나, 행동 하나하나, 시선, 독자적으로 변하는 양식 하나하나가 낯설고도 엄격하게 인지되었다.

  이러한 특징을 가장 잘 나타낸 노래는 《신곡》의 연옥편과 천국편에서 발췌한 부분에 실려 있는데, 아드리안은 음악과의 친화성에 대한 예리한 감각으로 그런 부분을 골랐다. 한 가지 예를 들자면, 이 노래는 나를 완전히 매료시키고 크레치마도 매우 좋다고 한 작품인데, 시인은 복자위(福者位)에 오른 위인들의 얼굴을 금성의 빛 속에 떠도는 더 작은 빛들로 묘사했다. 그리고 이 작은 빛들이 '각기 신을 바라보는 방식에 따라' 빠르게 또는 느리게 돌며 각기 다른 궤도를 그리는 모습을 화염 속에서 '하나의 섬광이 다른 섬광을 휘감고 도는' 모습에 비유했다. 아드리안은 이 장면을 노래 속에서 각기 구별되는 목소리에 비유했고, 나는 불길 속의 섬광에, 하나의 목소리가 다른 목소리를 휘감고 도는 묘사에 놀라고 감탄했다. 그러나 나는 이 빛 속의 빛에 대한 환상이 더 좋은지, 아니면 골똘히 생각하게 만드는, 회화적이기보다는 사변적인 작품들이 더 좋은지 선택이 쉽지 않았다. 온통 미해결의 문제들, 해명불가능한 일과 씨름하고, '진리의 발아래 의혹이 싹트며', 신의 깊은 뜻을 들여다보는 케루빔(구약성서에 나오는 천사 - 옮긴이)조차도 최종 결말의 깊이를 가늠하지 못하는 그런 작품들 말이다. 아드리안은 끔찍이도 딱딱하게 이어지는 시행(詩行)들을 골랐다. 무식, 무지에 내리는 영겁의 벌을 다루는, 착하고 순수한 사람을 단지 세례를 받지 않았다는 이유로, 종교의 손길이 미치지 못했다는 이유로 지옥에 내맡기는 이해할 수 없는 정의(正義)를 표방한 부분이었다. 아드리안은 청천벽력과도 같은 해답을 음악으로 표현해냈는데, 절대선(絕對善)은 비록 우리의 오성이 정의롭지 못하다고 판단할지언정 결코 굽히지 않는 정의의 근원이고, 그 절대선 앞에서는 선한 피조물도 무력할 수밖에 없다는 정신을 나타냈다. 나는 이 문학작품이 도달할 수 없는 절대질서를 위해 인간성을 부정하는 점에 화가 났고, 원래 단테의 위대한 재능은 인정하지만 두드러진 잔혹성과 가학적인 장면에 대해서는 언제나 거부감을 느끼고 있었으므로, 아드리안이 이 참기 힘든 이야기를 작곡하기로 결심했을 때 그를 꾸짖은 기억이 난다. 그때 나는 그의 눈에서 과거 한번도 본 적이 없는 눈빛을 보았으며, 떨어져 지낸 일 년간 그가 전혀 변하지 않았다는 판단이 과연 옳은지 자문할 때도 그 눈빛을 생각했다. 나는 아드리안에게서 그런 눈빛을 자주 접하지는 않았다. 그저 가끔, 주로 특별한 계기 없이 접했는데, 이제 그의 고유한 개성이 된 그 눈빛은 사실 새로운 것이었다. 조용하고, 베일에 가려 있고, 모욕적이라 할 만큼 거리감을 느끼게 하는, 그러면서 깊은 생각에 잠긴 듯한, 차가운 슬픔이 서려있는 그 눈빛에는 퉁명스럽지는 않으나 비웃는 듯 입을 다문 채 짓는 미소와 오래전부터 익숙한, 등을 돌리는 행동이 뒤따랐다.

그 느낌은 고통스러웠다. 그리고 의도적이든 아니든 모욕적이었다. 그러나 나는 이야기를 계속 들으면서, 자극적이고 음악적인 그의 어법에 귀를 기울이면서 이런 감정을 곧 잊어버렸다. 그 이야기는 연옥편에 나오는 우화였는데, 등에 짊어진 불빛으로 자기 앞은 밝히지 못하지만 자기 뒤에 오는 사람에게 밤길을 밝혀주는 남자 이야기였다. 그 장면에서 나는 눈에 눈물이 고였다. 그러나 내용보다 더 감동적인 것은 잘 짜인 구성이었다. 시인은 오직 아홉 곡의 우화적인 노래만으로 하고 싶은 말을 표현했는데, 그 노래는 너무 어둡고 힘겨워서 그 속에 숨은 뜻을 이해할 세상이 올 것 같지 않았다. 작가는 사람들이 노래에 담긴 깊은 뜻은 못 읽어내더라도 그 아름다움이나마 알아보기를 바라고 그 노래를 지었을 것이다. 아마도 작가가 그 노래에 부여한 의무는 "내가 얼마나 아름다운지, 그것만이라도 봐!"라고 말하며 권하는 일일 것이다. 첫 번째 노래에서 묘사된 곤경, 인위적 혼란과 익숙지 않은 고난을 벗어나, 이 외침이 발산하는 다정한 빛을 향해 나아가며 거기서 구원받는 감동적인 장면을 음악으로 표현한 아드리안의 작품에 나는 그 당시에 이미 경탄해 마지않았으며, 기쁨에 넘친 찬사를 조금도 아끼지 않았다.

"지금 벌써 뭔가 이루어진 것이라면 더 좋은 일이지"라고 그가 말했다. 그리고 계속된 대화에서 그가 말한 '벌써'라는 말이 그의 어린 나이를 가리키는 말이 아니라, 매 작품마다 그 많은 열정을 쏟아 부은 그 가곡들을 전체적으로 오직 언어와 음을 결합해서 완성할 새 작품에 대한 준비로밖에 생각하지 않는다는 뜻임을 알게 되었다. 그는 눈앞에 어른거리는 그 작품을 셰익스피어의 희극을 소재로 작곡할 계획이었다. 아드리안은 자신이 추구하는 언어와의 결합을 이론적으로 지지하기 위해 쇠렌 키에르케고르의 극단적인 말을 내게 인용했는데, 이 사상가도 음악을 아는 사람이라면 자신의 말에 공감하리라고 예상했었다. "나는 언어를 배제할 수 있다고 믿는 미묘한 음악을 좋게 생각한 적이 없다. 그런 음악은 언어보다 더 숭고한 것으로 간주되었지만 사실은 그보다 더 격이 낮다"고 키에르케고르는 말했다. 내가 웃으며 키에르케고르의 음악미학으로 보아 그는 우리의 132번 작품의 진가를 알지 못한 게 틀림없으며, 그 자는 그 외에도 미학에 관한 헛소리를 많이 했다고 반론하자 아드리안도 인정했다. 그러나 인용된 문장은 키에르케고르가 말하지 않았다 하더라도 자신이 창조적으로 추구하는 일에 너무도 걸맞은 말이라고 했다. 아드리안은 표제음악(곡의 내용을 나타내는 제목이나 설명문이 붙은 기악곡. 음 자체를 추구하기보다 음을 어떤 메시지와 연결하려는 형식 - 옮긴이)을 불완전한 것, 저급한 대중의 단계, 미학적 기형아라고 비난했다. 그는 음악과 언어는 상호적으로 소속되어 있다는 주장을 굽히지 않았다. 그 둘은 원래 하나다, 언어는 음악이고, 음악은 언어다, 따라서 서로 떨어지면 항상 하나가 다른 하나를 부르고 흉내 내고, 다른 하나의 방식에 사용되고, 따라서 하나는 다른 하나의 대체물로 이해되어야 한다고 그는 말했다. 음악이 어떻게 말이 될 수 있는지, 어떻게 말처럼 고안되고 구성될 수 있는지를 그는 베토벤이 말을 써서 작곡을 했다는 사실을 예로 들면서 내게 설명하려고 했다. "그가 수첩에 뭘 적고 있지?" "작곡을 하고 있어." "하지만 그는 음표가 아니라 말을 적고 있어." 사람들은 이렇게 수군거렸다. 그렇다. 그것이 그의 방식이었다. 그는 보통 작곡을 위한 착상의 흐름을 말로 기록했으며, 음표는 사이사이에 기껏해야 몇 개만 뿌려 놓았다. 아드리안은 이 대목에서 잠시 멈추었는데, 감동에 젖은 표정이 역력했다. 그러고는 말을 이었다. 예술적인 사고는 나름대로 고유의 범주를 구성하는데 그것을 처음부터 말로 구성하기는 어려웠을 것이다, 이는 음악과 언어의 특별한 상호관계를 증명한다, 음악이 말로써 돋보이고, 말이 음악에서 창조되는 것은 매우 자연스러운 일이다, 9번 교향곡의 끝부분이 보여주듯이 결국 독일음악은 바그너의 가극을 향해 발전해왔고 거기서 목표에 도달했다고 아드리안은 말했다.

"한 가지 목표에 도달했지." 내가 이렇게 말하면서 브람스를 거론하고 아드리안 자신의 작품인 〈등 뒤의 불빛〉 속에도 절대음악(표제음악의 반대말로 음 자체의 예술성만을 추구하는 음악 - 옮긴이)에 근접한 것이 있다고 이야기했다. 그의 장기 계획은 최대한 바그너를 탈피한, 초자연적인 힘이나 신화적 격정과는 전혀 동떨어진 것이었으므로, 도달한 목표에 "한 가지"라고 제한을 가하는 내 말에 그도 선뜻 동의했다. 그의 계획은 작위적인 풍자 정신에서 나온 희가극을 쇄신하는 일이었는데, 위선적 금욕과 사회에 만연한 고전학문의 결실, 즉 미사여구를 교만에서 우러나온 장난기로 해석하고 조롱하고 싶어 했다. 그는 내게 단순한 야성과 미묘한 희극적 요소를 대비시켜 서로를 웃음거리로 만들 소재에 관해 심취해 이야기했다. 그것은 고대의 영웅 이야기, 과도한 예법이 과거에서 튀어나와 돈 아르마도라는 인물로 형상화되었다는 이야기였는데, 그가 아르마도를 오페라의 완벽한 극중인물이라고 한 평가는 온당했다. 그러고는 그 작품에 나오는 시구를 영어로 인용했는데, 아마도 그는 그 시구를 가슴 깊이 새기고 있었던 것 같다. 이를테면, 재미있는 청년 버론이 친구들과의 약속을 저버린 채 검은 눈동자의 분별없는 아가씨를 사랑하게 되어 절망하는 장면, '그녀를 지키는 아르고스(그리스신화에 나오는 100개의 눈이 달린 거인 - 옮긴이)가 환관이었다 하더라도 기어이 그 짓을 할' 여인을 얻기 위해 신음하고 기도할 수밖에 없는 버론의 모습과, 수용소의 울부짖는 환자들을 일 년간 말장난으로 웃겨야 한다는 유죄판결, 그리고 '이럴 수가! 웃음은 고통으로 죽어가는 영혼을 감동시키지 못하는구나' 라는 그의 탄식을 읊었다. 아드리안은 이 시구를 영어로 다시 한 번 말하고는 언젠가는 반드시 그것을 음악으로 표현하겠노라고 선언했다. 더불어 5막에 나오는, 현자의 우매함을 비길 데 없이 빼어나게 묘사한 대화에도 곡을 붙이겠다고 했다. 아드리안은 혈기왕성한 젊은이가 어리석은 일에 진지하게 몰두하면 누구도 말릴 수 없는 바보짓을 저지르게 된다는 격언이 이 두 편의 시구에서 천재 수준의 문학으로 꽃피었다고 말했다.

나는 소재 선택이 전혀 마음에 들지 않았지만 그가 열광하는 모습이,

그의 열정이 기뻤다. 나는 인문주의의 비정상적인 발달상황을 조롱하는 행위에 대해서는 언제나 좀 불만이었는데, 이런 행위는 그 자체가 웃음거리가 될 수도 있었다. 그렇다고 해서 그것이 훗날 그에게 가극 각본을 써 주는 일에 걸림돌이 되지는 않았다. 나는 영어로 된 희극에 곡을 붙이겠다는 유별나고 번거롭기 짝이 없는 그의 계획을 그 즉시 온 힘을 다해 말렸으나, 그는 그렇게 해야만 정확하고 가치 있고 완벽하다고 믿었다. 그는 그 작품이 언어극 용이기 때문에, 옛 영국의 대중시인 광시(狂詩. 구성이 엉성하고 불규칙하나 운율이 단순하고 기억하기 쉬워 희극과 풍자에 어울리는 시 형식 - 옮긴이)이기 때문에 선택한 것 같았다. 그는 대본이 외국어이기 때문에 독일 오페라 무대에 세우기 어려울 것이라는 주된 반론에 반격하며, 당대의 청중이 자신의 예외적이고 독자적이고 기이한 꿈을 이해하리라고는 상상도 하지 않는다고 했다. 이러한 사고는 바로크 시대의 유물이었는데, 세상에 나서지 않는 거만한 태도와 카이저스아셔른의 촌스러운 독일의 구식 문화, 그리고 두드러진 코스모폴리탄으로서의 신조가 융합된 그의 본질에 깊이 뿌리내리고 있었다. 황제 오토 3세의 묘가 있는 고장 출신답게. 그가 드러낸 독일문화에 대한 거부감(영어 전공자 실트크납과 친해진 동기가 되었다)은 두 가지 형태로, 즉 세상에 대해 비웃기만 하는 소극성과 넓은 세상에 대한 마음 속 욕구로 나타나 서로 대립했는데, 그 욕구로 인해 그는 굳이 독일의 콘서트홀에서 외국어로 노래 부르기를 요구했다. 더 정확히 말하자면, 독일의 콘서트홀을 내주지 않기 위해 외국어를 고집했다. 실제로 그는 내가 라이프치히에 있을 때 베를렌과 그가 특별히 좋아하던 윌리엄 블레이크의 원작 시에 곡을 붙여 발표했으나 수십 년이 지나도록 아무도 부르지 않았다. 나는 훗날 베를렌의 시에 붙인 곡을 스위스에서 들었다. 그 가운데 하나는 "멋진 시간이로

다"로 끝나는 그 아름다운 시였다. 또 하나는 마찬가지로 마음을 사로잡는 〈가을의 노래〉였고, 세 번째는 "캄캄한 깊은 잠이 내 삶 위에 떨어지네"로 시작하는, 우울한 환상이 지배하고 선율이 매우 아름다운 3연시였다. 그 밖에 〈멋있는 향연〉에서 발췌한 유별나게 익살스러운 작품 몇 편도 있었는데, 이를테면 〈어이, 달님. 안녕!〉과 섬뜩한 제안에 키득거리는 웃음으로 답하는 〈함께 죽을까요?〉였다. 블레이크의 독특한 시에 관해 말하자면, 아드리안은 장미의 연(聯)에 곡을 붙였는데, 장미의 진홍색 침상으로 침입한 벌레의 어두운 사랑이 장미의 삶을 파괴한다고 시인은 노래했다. 또한 16행의 걸작 〈독약 나무〉에도 곡을 붙였다. 시인은 자신의 분노에 눈물을 붓고, 웃음과 음험한 간계로 빛을 삼아 비추니 나무에 탐스러운 사과가 자라는데, 원수는 그 사과를 훔쳐 먹고 중독된다. 다음날 증오에 찬 시인은 나무 아래 쓰러져 죽은 원수를 발견하고는 기뻐한다. 이 시에서 단순하게 묘사된 악의를 아드리안은 완벽하게 재현해냈다. 그러나 블레이크의 말을 노래로 만든 작품을 처음 들었을 때는 이보다 더 깊은 감동을 받았다. 그의 꿈에 황금으로 된 교회 앞에서 사람들이 감히 안으로 들어가지 못하고 밖에서 울고 슬퍼하고 구걸하는데, 그때 뱀이 나타나 아주 힘들게 교회 문을 억지로 열고, 그 미끈미끈하고 긴 몸뚱이로 값비싼 카펫 위를 기어가 제단을 점령한 후 그곳에 있는 빵과 포도주를 핥아 독을 묻혀 놓는다. 시인은 "이렇게", "그러므로", "그리하여"라는 절망에 찬 논리로 끝을 맺으며 "나는 돼지우리로 가서 그들 사이에 누웠다"고 말했다. 상상에 의한 공포, 증폭하는 경악, 치욕에 대한 두려움, 그리고 그런 모습을 볼 때 공허해지는 인간의 본질에 대한 단호한 포기 등을 아드리안은 가슴을 파고드는, 놀랍고 감동적인 음악으로 재현했다.

그 이야기만으로도 레버퀸의 라이프치히 생활을 묘사하는 한 장(章)

이 되겠지만, 그 일은 나중 일이었다. 내가 도착한 그날 저녁에 우리는 함께 샤프고시 사중주단의 연주를 들었고, 다음 날에는 함께 벤델 크레치마를 찾아갔다. 크레치마는 나와 단 둘이 있는 데서 아드리안의 음악적인 성장에 대해 이야기했고, 그 이야기를 들은 나는 자랑스럽고 행복했다. 그는 아드리안을 음악으로 인도한 일을 후회하게 될까 하는 걱정은 조금도 하지 않는다고 말했다. 그토록 자기통제가 강하고 취향이 까다로우며 청중의 구미에 맞추는 행위에는 대단히 강한 반감을 지닌 사람은 겉으로나 속으로나 힘들기 마련이다. 그러나 그래서 좋다, 왜냐하면 예술만이 인생에 난관을 부여할 수 있다, 안 그러면 그는 무엇이든 너무 쉬워서 죽도록 지루할 것이라고 크레치마는 말했다. 나는 라우텐작 교수와 저명한 베르메터 교수의 강의에 등록했는데, 아드리안 때문에 신학을 더 들을 필요가 없어 좋았다. 그리고 그를 따라 '첸트랄 카페'의 사람들도 만나러 갔다. 첸트랄 카페는 일종의 보헤미안 클럽이었으며, 회원들은 향을 피운 별실을 독점해 오후에 거기서 신문도 읽고, 체스도 두고, 문화행사에 대한 이야기도 나누었다. 그들은 음악학교 학생, 화가, 작가, 젊은 출판업자, 음악에도 조예가 깊은 장래의 변호사들에다 배우도 몇 명 있었는데, 문학성을 매우 중시하는 '라이프치히 소극장'의 단원들이었다. 번역가 뤼디거 실트크납은 우리보다 확실히 몇 년은 더 나이가 들어 보였는데 아마도 삼십대 초반은 된 것 같았다. 이미 말했듯이 그 또한 모임에 속해 있었고 그 모임에서 아드리안이 매우 친하게 지내는 유일한 사람이었으므로 나 또한 그에게 가까이 다가갔으며, 두 사람과 함께 많은 시간을 보냈다. 여기서 실트크납에 대해 간단히 묘사하고자 하는데, 내가 그 사람을, 아드리안이 자신과 우정을 쌓을 만하다고 인정하는 그 사람을 비판적인 시각으로 관찰했다는 사실을, 비록 그에게 공정해지려고 노력했고 지금도 노력할 테지만, 독자들이 알아챌까 두렵다.

실트크납은 슐레지엔의 어느 소도시에서 우체국 직원의 아들로 태어났는데, 정부 위원회 차원의 고위 행정직은 원래 대학졸업자들의 몫이었으므로 아버지는 승진이 불가능했다. 다시 말해, 아버지의 직위는 인문계 고등학교 졸업장도 필요 없고 법률적인 예비지식도 요구하지 않는, 몇 년의 수련기간을 거친 후 중급 사무관 시험에 합격하면 도달할 수 있는 그런 자리였다. 아버지 실트크납도 그 길을 걸었다. 그는 교육도 받았고 외모도 번듯했으며 사회적 야망도 있는 사람이었지만 프로이센의 상류사회는 그를 배척했고, 예외적으로 받아들이더라도 모멸감을 느끼게 했다. 그는 자신의 운명을 원망했고 늘 불만에 싸여 있었으며, 자신의 인생이 성공하지 못한 데 대한 분풀이를 가족들에게 했다. 그의 아들 뤼디거는 우리에게, 아버지가 사회적으로 겪은 불쾌감 때문에 자신과 어머니, 그리고 형제들이 삶의 즐거움을 잃은 이야기를 매우 상세하게, 조심스럽다기보다는 재미있게 해주었다. 그런데 심하게 다툴 때보다 아버지의 성격에 걸맞게 사소한 일로 자기연민을 부각시킬 때가 더 괴로웠다고 했다. 이를테면 식사시간에 체리를 띄운 수프를 먹다가 씨를 세게 씹어 어금니를 다치자 아버지는 팔을 벌린 채 떨리는 목소리로 이렇게 말했다. "봤지? 늘 이래. 나는 늘 이런 식이야. 이게 내 운명이야. 이럴 수밖에 없어! 나는 식사시간을 기다렸어. 식욕도 있었어. 날씨가 더우니까 시원한 수프를 먹고 상쾌해지기를 기대했어. 그런데 이런 일이 생겼어. 너희들도 봤지? 내게 즐거움은 없어. 나는 그만 먹겠어. 내 방으로 돌아가겠으니 너희들이나 잘 먹어!" 그는 낙담한 목소리로 말을 마치고는 자리에서 일어섰는데, 분위기를 우울하게 만들었으니 식구들도 입맛을 잃었으리라는 사실을 그도 모르지 않았다.

실트크납이 유년의 예민한 감수성으로 겪은 일을 서글프지만 재미있게 해주는 이야기를 듣고 아드리안이 얼마나 즐거워했는지 상상할 수 있을 것이다. 우리는 이야기하는 사람의 아버지에 관한 일이었으므로 점차 웃음을 죽이고 조심스러운 태도를 유지하려 애썼다. 뤼디거는 가장의 사회적인 열등감이 다소간 가족 모두에게 전달되었고, 자기 자신도 부모에게서 물려받아 일종의 정신적 타격이 되었다고 말했다. 그러나 바로 이에 대한 불만 때문에 자신은 아버지의 뜻을 저버리게 된 것 같다고 했다. 아버지는 아들을 통해 보상을 받으려 했다. 비록 당신의 희망은 수포로 돌아갔지만 아들만은 정부 위원회 관리가 되기를 바랐으므로 아버지는 그를 김나지움을 거쳐 대학에 보냈다. 그런데 아들은 고위관리 후보자 시험조차 치르지 않고 문학에 몰두했으며, 자신의 뜻과는 다른 아버지의 소원대로 사느니 차라리 집으로부터 모든 금전적 후원을 포기했다. 그는 자유시와 평론, 간결한 문장의 단편소설 등을 썼으나 경제적으로 곤란하기도 했고, 한편으로는 작품이 한없이 솟아나올 만큼 창작이 쉽지도 않았으므로 자신의 주된 활동무대를 번역 분야, 그중에서도 자기가 좋아하는 영어 번역으로 옮겼다. 그는 영국과 미국의 대중문학을 독일어로 옮겨 여러 출판사에 제공했을 뿐만 아니라 뮌헨의 어느 고서(古書)와 희귀서를 취급하는 출판사에서 영국의 고서를 번역해달라는 의뢰를 받아, 스켈턴의 권선징악극, 플레처와 웹스터의 작품 몇 편과 포프의 교훈시 등을 번역했으며, 그 외에 스위프트와 리처드슨의 작품들도 훌륭하게 번역해냈다. 그는 번역판에 근거가 탄탄한 서론을 붙였고, 문체에 대한 뛰어난 감각과 취향을 발휘하여 대단히 꼼꼼하게 살피며 번역의 정확성과 두 언어 간 표현의 일치를 위해 몰아의 경지에서 노력했으며, 그러는 가운데 재생산의 교묘한 매력에 점점 더 빠져들어 수고를 아끼지 않았다. 그러나 이러한 노력은 뤼디거를, 비록 다른 차원이지만, 아버지와 같은 심리상태로 몰아갔다. 그는 스스로 뛰어난 작가가 될 소질을 타고난 사람이라고 생각했고, 어쩔 수 없이 다른 사람이 쓴 작품을 다루고 있다고 씁쓸하게 이야기했다. 따라서 그 일은 그를 지치게 만들었고, 그 일로 인해 자신에게 상처와도 같은 낙인이 찍혔다고 생각했다. 그는 시인이고자 했으며 스스로 시인이라고 확신했다. 그러나 구차한 밥벌이 때문에 문학 전달자로 일할 수밖에 없는 현실로 인해 다른 사람의 업적에 대해서는 언제나 비판적인 태도로 얕잡아 보았으며, 그에 대한 불만이 일상의 탄식이 되었다. 그는 "내가 시간만 있었다면, 이렇게 일에 치이지 않고 여유만 좀 있었다면 벌써 뭔가 보여주었을 텐데!"라고 버릇처럼 말했다. 아드리안은 그의 말을 믿는 것 같았다. 그러나 나는 그가, 어쩌면 좀 심한 말인지도 모르겠지만, 천재적이고 설득력 있는 작품을 창작하기 위해서는 추진력이 부족하다는 사실을 감추기 위해 불리한 여건을 기꺼이 핑계로 내세우고 있다고 생각했다.

그렇다고 그를 불평만 하는 사람으로 생각해서는 안 된다. 오히려 그는 명랑했고, 심지어 유치했으며, 앵글로색슨족의 탁월한 유머감각을 타고난, 영어로 '보이시(boyish)'라고 하기에 안성맞춤인 성격이었다. 그는 라이프치히에 온 영국인 관광객, 대륙의 유람객, 음악애호가들과 언제나 금방 친해졌고, 동경했기에 쉽게 적응하고 완벽하게 익힌 그네들의 말로 흥미와 기호에 따른 넌센스를 섞어가며 이야기했다. 뿐만 아니라 그들이 하는 독일어를 특히, 강세와 외국인 특유의 문어체 표현, 이를테면 '이것 좀 보세요'라고 하면 될 것을 '이것을 관람하십시오'라고 하는 것 등을 재미있게 흉내 낼 줄도 알았다. 나는 아직 그의 외모에 대해 한마디도 하지 않았다. 그는 아주 잘 생겼고, 형편상 늘 똑같은 허름한 복장을 하고 다녔음에도 불구하고 매우 우아하고 남성적이며 스포티했다. 그는 얼굴 윤곽이 독특했으나, 귀골이라 할 만한 그 특징이 좀 찢어지고 패기 없어 보이는 입 모양 때문에 약간 저해되었는데, 나는 그런 입 모양을 슐레지엔 사람들에게서 자주 보았다. 그는 키가 크고 어깨가 넓으며 엉덩이는 좁고 다리는 길었는데, 비가 오나 눈이 오나 똑같은 차림으로, 꽤 낡은 바둑무늬 승마바지에 양모 스타킹과 허름한 황색 구두를 신고 거친 마(麻) 셔츠의 깃을 풀어 헤친 채 그 위에 이미 색이 바래고 소매가 깡총한 재킷을 걸치고 다녔다. 그의 손가락은 길고 우아했으며, 잘생긴 타원의 손톱은 둥글게 굽어 있었다. 전체적으로 그가 풍기는 인상은 매우 확실한 젠틀맨이었으므로 이브닝 파티에도 서슴없이 평상복 차림으로 나타날 수 있었다. 비록 그런 차림을 하고 있어도 여자들은 검은 색과 흰색의 정장을 한 남자들보다 그를 더 좋아했고, 그를 둘러싼 채 경탄을 감추지 않았다.

아니다! 그게 아니었다! 그의 신사다운 인상이 단지 금전적인 궁핍으로 인한 볼품없는 외양 때문에 피해를 입지는 않았고, 초라한 외양에도 불구하고 엄연한 사실로 인식되었으나, 이 사실 또한 부분적으로 위장이었으며, 이 복잡미묘한 의미로 볼 때 실트크납은 겉보기만 그럴싸한 사람이었다. 스포티한 모습 때문에 착각하기 쉬웠으나 그는 겨울에 '작센의 스위스(체코와의 접경지역에 있는 산악지대 - 옮긴이)'에서 영국인 친구들과 함께 스키를 좀 타는 일을 제외하면 운동을 전혀 하지 않았고, 스키를 탈 때면 곧잘 장염에 걸렸는데 내 생각에 그냥 지나칠 정도가 아닌 것 같았다. 갈색으로 그을린 얼굴에 어깨도 딱 벌어졌지만 그의 건강상태는 양호하지 않았다. 나이가 더 젊었을 때 폐출혈을 경험했고, 따라서 결핵에 걸릴 가능성이 농후했다. 그는 여자들 사이에서 인기를 누렸지만 내가 보기에 여자들이 그를 만나 행복해 하는 만큼 그 또한 행복해 보이지는 않았다. 적어도 개별적으로 대할 때는 그랬다. 여자들이 여럿 모여 있을 때 그는 여자들에게 찬사를 아끼지 않았는데, 포괄적이고 일반적인, 세상 누구에게라도 해당되는 그런 찬사였다. 그러나 여자를 개별적으로 대할 때 그는 소극적이었고 인색했고 소심했다. 그는 마음만 먹으면 얼마든지 사랑의 모험을 즐길 수 있을 것이라는 사실만으로 만족하는 것 같았으며, 실제로 여자관계를 맺으면 그로 인해 잠재된 가능성을 잃는다는 이유로 이를 꺼렸다. 이 잠재된 가능성은 그의 지배 영역이었고, 그 무한 공간은 그의 왕국이었다. 그런 점에서, 그리고 그 한계 안에서 그는 정말로 시인이었다. 실트크납의 선조는 기사와 영주들의 출정 수행원이었는데, 그는 비록 한번도 말을 타본 적이 없고 타볼 생각도 전혀 없지만 타고난 기수인 것 같다고 했다. 그가 말 타는 꿈을 매우 자주 꾸는 원인을 그는 격세유전의 기억에서, 즉 혈통에서 찾았으며, 왼손으로 고삐를 잡고 오른손으로 말의 목을 두드리는 품이 얼마나 자연스러운지 우리 앞에서 시늉해 보였는데, 정말 그럴 듯했다. 그가 가장 자주 하는 말은 '뭐, 뭐 했어야 하는데'였다. 이 말은 결단력이 부족해서 포기했던 일의 실현가능성을 가슴 아프게 가늠할 때 쓰는 공식과도 같은 표현이었다. 이러저러한 일을 했어야 하는데, 이러저러하게 되었어야 하는데, 이러저러한 게 있어야 하는데. 라이프치히를 배경으로 사회소설을 썼어야 하는데, 접시닦이를 해서라도 세계여행을 했어야 하는데, 물리학을, 천문학을 전공했어야 하는데, 얼굴에 땀이 흐르도록 열심히 일해 먹을 것을 구하고 흙으로 돌아갔어야 하는데……. 우리가 수입품 상점에서 커피 원두를 갈아 가지고 나올 때 그는 깨달았다는 듯 머리를 끄덕이며 이렇게 말했다. "수입품 상점을 했어야 하는데!"

실트크납의 예속되기 싫어하는 성질에 대해서는 이미 말했다. 이것은 그가 국가 공무원이 되기를 거부하고 자유롭게 직업을 선택한 데서도 이미 나타났다. 그럼에도 불구하고 그는 많은 사람들에게 잘 보이려 했고 마부 근성이 좀 있었다. 잘 빠진 몸매에 얼굴도 잘 생긴데다 인기도 높았으니 그 장점들을 이용하지 않을 이유가 없었다. 그는 라이프치히의 이 집 저 집에서 점심을 얻어먹는 일이 많았으며, 반유대주의적인 말을 하면서도 부유한 유대인 집에서도 얻어먹었다. 뒤처진, 제대로 인정받지 못한다고 생각하는, 그렇지만 운 좋게 귀족적인 외모를 타고난 사람들은 종종 인종적 자부심을 위안으로 삼는다. 다른 사람들과 다른 점이 있다면 단지 그가 독일 사람도 좋아하지 않았다는 사실인데, 그는 민족사에서 비롯된 열등감에 사로잡혀 있었으며, 그가 그래도 유대인들과 공감하고, 독일인보다는 차라리 유대인과 공감하는 성향도 이런 사실로 설명되었다. 유대인 출판사 사장의 부인이나 은행원 부인들은 그들 나름대로 유대 종족의 관점에서 본 독일 남성의 혈기와 긴 다리에 깊이 감탄했으며, 그를 우러러 보고 그에게 선물하기를 매우 좋아했다. 그가 걸치고 다니는 운동양말, 벨트, 스웨터, 스카프 등은 거의 다 선물로 받은 것이었는데, 순전히 자발적으로 한 선물만은 아니었다. 그는 여성이 쇼핑할 때 동행하면서 어떤 물건을 가리키며 이렇게 말했다. "저런 물건은 절대 돈 주고 사지 않겠어요. 선물을 받는다면 모를까." 그러면 동행했던 여인이 그것을 선물했고, 그는 그런 물건을 돈 주고 사지는 않을 거라고 말한 사람에게 걸맞은 표정으로 그 선물을 받았다. 그러나 보통 때는 남에게 잘 보이려 애쓰는 것처럼 보이는 일은 철저하게 거절함으로써 자신의 독립성을 증명했다. 예를 들면 누군가 그의 도움을 요청할 때는 결코 응하지 않는 식이었다. 식사모임에 한 사람이 빠지게 되었으니 대신 오라고 하면 그는 반드시 거절했다. 의사가 요양여행을 가라고 처방했으니 자기를 돌봐 줄 겸 같이 가자고 청할 때와 같이 남의 덕을 보는 일이라는 사실이 분명할수록 그의 거절은 더 단호했다. 아드리안이 《사랑의 헛수고》를 대본으로 각색해 달라고 제의했을 때도 같은 이유에서 거절했다. 당시 그는 아드리안을 매우 좋아했고 그에게 늘 붙어 다녔는데도 아드리안은 그의 거절을 나쁘게 생각하지 않았다. 그는 실트크납이 스스로도 한심하게 여겼던 열악한 상황을 매우 너그럽게 이해했고 그의 아버지 이야기, 영어로 된 우스개 소리 등 호감 가는 대화에 대해 매우 감사하게 생각했으므로, 거절당한 일로 서운해 하지는 않았다. 나는 아드리안이 뤼디거 실트크납과 함께 있을 때보다 더 잘 웃는 모습을, 그것도 눈물이 나도록 웃는 모습을 본 적이 없었다. 그는 진정한 코미디언이었고 아주 하찮은 일에서도 순간적으로 희극적 요소들을 발견해 이용할 줄 알았다. 이를테면, 거친 크래커를 씹으면 그 소리 때문에 먹는 사람은 다른 소리가 안 들리지만 다른 사람에게는 크래커 씹는 소리가 안 들린다는 사실도 그런 소재가 되었다. 그는 사람들이 다과모임에서 크래커를 먹으면 서로의 말을 전혀 알아듣지 못하므로, 그들의 대화가 "네? 뭐라고요?", "지금 뭐라 하셨어요?", "잠깐만요" 등으로 한정되는 상황을 흉내 냈다. 실트크납이 거울에 비친 자신의 모습을 보고 불평할 때 아드리안이 어찌나 웃던지! 실트크납은 멋내기를 좋아하는 사람이었다. 그는 저속한 방법이 아니라 영원한, 자신의 결단력을 훨씬 능가하는, 이 세상에 잠재된 행복을 바라보는 시인의 관점에서 멋을 냈으며, 멋을 위해 젊음과 아름다움을 유지하고 싶었으므로, 그의 얼굴에 일찍부터 주름이 생기고 일찌감치 거칠어지는 경향이 나타나자 그것에 대해 불평했다. 그러지 않아도 그의 입은 좀 노인 같았는데, 그 입과 더불어 바로 그 입 위로 내려앉는, 좀 처진, 고전적이라고 할 만한 코가 뤼디거의 나이를 많아 보이게 했다. 게다가 이마에 주름이 생기고, 코에서 입을 향해 선이 패이고, 눈가에도 잔주름이 자글자글했다. 그가 못 믿겠다는 듯이 자신의 얼굴을 거울에 바짝 갖다 대고 불만스럽게 얼굴을 찡그린 후, 엄지와 검지로 턱을 잡고 뺨을 아래로 끌어내려서 혐오감을 불러일으키게 만들고는 그 모습을 향해 오른손으로 표정이 풍부한 손짓을 하며 거부의 몸짓을 했을 때 우리 둘, 아드리안과 나는 폭소를 터뜨렸다.

나는 아직 그의 눈이 아드리안의 눈과 똑같은 색이라는 사실을 언급하지 않았다. 대단히 묘한 공통점이었다. 아드리안과 마찬가지로 회색, 청색, 녹색이 혼합된 색이었을 뿐만 아니라 동공 주변의 적갈색 테두리도 두 사람이 똑같았다. 이상하게 들리겠지만—나 자신은 늘 이상하게 생각했다—아드리안이 실트크납과 우정을 쌓고 즐겨 웃는 일은 눈 색깔이 같다는 사실과 연관이 있어 보였으며, 이 사실은 나를 어느 정도 안심시켰다. 그 우정은 심오하면서도 재미있는 일치에서 비롯된 것이라는 생각과도 같은 것이었다. 그 두 사람이 언제나 서로 성을 부르고 존대했다는 사실은 덧붙일 필요도 없다. 내가 비록 실트크납처럼 아드리안을 즐겁게 해줄 수는 없었지만, 그와 나 사이에 어린 시절부터 통하는 '너'라는 호칭은 그 슐레지엔 친구보다 내가 먼저였다.

21

오늘 아침, 내 아내 헬레네가 차를 준비하고 오버바이에른의 상쾌한 가을 날이 익숙한 새벽안개를 뚫고 시작될 때, 나는 신문에서 우리 군이 해전에서 다행히 활기를 되찾아 24시간 동안 12척 이상의 배를 침몰시켰고, 그 가운데는 500명이 승선한 영국과 브라질 국적의 대형 증기여객선 두 척도 포함되어 있다는 기사를 읽었다. 우리는 이 승리를 독일의 기술이 제작한, 환상적인 기능이 장착된 신개발 어뢰 덕분으로 돌렸고, 나는 우리의 지칠 줄 모르는 발명정신에 대해 모종의 자부심을 감출 수 없었다. 이는 어떤 타격에도 굴하지 않는 민족의 우수성이지만, 지금은 완전히 그리고 오로지 현 정권만이 그것을 사용할 수 있으며, 우리를 전쟁에 끌어넣은 이 정권은 실제로 유럽대륙을 우리의 발아래 무릎 꿇게 했으므로, 유럽화된 독일을 그리던 지성인들의 꿈은 보다시피 전 세계가 참기 힘들어하는, 부담스럽고 불안한 독일화된 유럽이라는 현실로 대체되고 말았다. 나의 민족적 자부심은 근거가 있었으나 전쟁 중간중간에 거두는 승리도, 이를테면 최근의 격침이나 몰락한 이탈리아 독재자를 납치한 ―사실 멋진 작전이었다—기습공격과 같은 승리도 헛된 희망을 품고 전쟁을 연장시키는 데 기여할 뿐이라는 생각이 뒤를 이었다. 상황판단이 되는 사람이 보기에 더는 이 전쟁에서 승리할 가능성이 없었다. 이는 우리 프라이징의 신학대학 학장인 몬시뇨레 힌터푀르트너의 의견이기도 하며, 그는 나와 함께 저녁쇼핑을 할 때 단 둘이 있는 자리에서 거침없이 자신의 생각을 밝혔다. 이 사람은 여름을 잔혹하게 피로 물들인 뮌헨 학생봉기를 획책한 그 혈기왕성한 지식인과는 유사한 데가 전혀 없는 사람이었고, 현실을 파악하는 데 스스로 어떤 환상도, 전쟁에 패하는 것과 승리하지 못하는 것의 차이점에 고착된, 진실을 은폐하는 그 어떤 환상도 허용하지 않았다. 그는 우리가 모든 것을 걸고 세계 정복을 기도했고, 이것이 실패하면 우리는 일등급의 국가적 파국을 맞이하게 된다는 사실을 직시하고 있었다.

  이런 말을 하는 이유는 독자들에게 레버퀸의 전기가 집필되고 있는 역사적 상황을 상기시키고, 전기 집필과 관련된 흥분이 그날의 충격으로 받은 흥분과 하나로 융합되어 구별이 불가능할 정도가 되었다는 사실을 알려주기 위함이다. 주의가 산만해졌다는 이야기가 아니다. 그 사건은 내 관심을 계획 중인 전기 집필에서 딴 데로 돌릴 수 없다. 나는 그렇다고 본다. 그래도, 개인적으로 안전하다고는 하나, 지금 내가 하고 있는 이런 일을 지속적으로 하기에 유리하지 않은 시기인 것만은 확실하다. 뿐만 아니라 나는 뮌헨소요와 처형사건이 벌어지는 동안 오한을 동반한 유행성 감기에 걸려 열흘 동안 침대에 붙어 있었고, 육십 노인의 정신적, 육체적 기운은 그보다 더 오랜 기간에 걸쳐 저하되었으므로, 이 이야기의 초반부 몇 줄을 쓰는 동안 어느새 봄과 여름이 지나고 벌써 가을이 찾아왔다고 해서 놀랄 일도 아니다. 그 사이 우리는 이 나라의 아름다운 여러 도시들이 공습으로 파괴되는 사태를 겪었다. 만일 그로 인해 고통을 겪고 있는 우리가 바로 이 전쟁을 일으킨 국민이 아니었다면 그 울부짖는 소리가 하늘을 찔렀을 것이다. 그러나 전쟁을 일으킨 민족은 바로 우리였으므로 그런 외침은 허공중에 사라지고, 클라우디우스 왕의 기도처럼 '하늘로 파고들지 못한다'. 우리가 야기한 비인간적인 행위를 비난하며 문화의 수준을 한탄하는 말들이 놀랍게도 세상을 퇴보시키는 자들의 입에서, 포악에 도취해 역사의 무대에서 야만을 선포하고 전달하는 자들의 입에서 나왔다. 여러 차례 끔찍한, 가공할 파괴가 일어났고, 그 소리는 내 방에서조차 숨이 막힐 정도로 가까이에서 들렸다. 뒤러와 빌리발트 피르크하이머 (16세기 독일의 인문주의자 - 옮긴이)의 도시에 퍼붓는 무서운 포격은 결코 먼 곳의 일이 아니었다. 그리고 뮌헨에 최후의 심판이 내려졌을 때 나는 창백한 얼굴로 서재에 앉아, 벽과 문과 유리창이 떨리는 대로 함께 떨고 있었다. 그리고 떨리는 손으로 레버퀸의 전기를 썼다. 그러지 않아도 레버퀸의 이야기를 쓸 때면 손이 떨리므로, 익숙한 현상이 외부의 자극에 놀라 좀 심해진 일을 대수롭게 여기지는 않았다.

    우리는 독일의 힘이 발휘될 때 느끼는, 앞서 말한 것과 같은 자부심과 희망으로 우리의 군이 로스케 무리에게 새로운 폭풍으로 몰아친 전황을 접했다. 그러나 이 공격의 폭풍은 몇 주 후, 땅은 비옥하지 않지만 끔찍이도 자기 나라를 사랑하는 러시아 군이 거꾸로 공세를 취하는 사태로 바뀌었고, 그 후에는 작전지역 상실이—작전지역에 대해서만 말하자면—멈출 줄 모르고 계속되었다. 우리는 미국과 캐나다의 낙하산 부대가 시칠리아 섬 남동해안에 있는 시라쿠사, 카타니아, 메시나, 타오르미나에 착륙했다는 소식을 듣고 매우 당황했다. 온전한 정신을 유지하는 민족이라면, 생각지도 못할 처절한 패배와 상실을 맞이하더라도 이성적으로 상식적인 결론을 끌어내어 자기네 위대한 지도자를 제거하고, 세계가 원하는 대로 무조건 항복을 보증할 수 있지만, 우리도 그렇게 하자니 당면한 최악의 곤경조차 그런 사태에 비하면 호강이라 할 수 있으니 우리는 좋은 의미로도 나쁜 의미로도 그럴 능력이 없다는 말을 듣고 나는 놀라움과 타민족에 대한 부러움이 뼛속까지 사무쳤다. 그렇다. 우리는 전혀 다른 민족이다. 이성적이거나 상식적인 일에 거스르는, 그 정신이 대단히 비극적인 민족이므로 우리의 조국애는 운명을, 하나밖에 없는 운명을 향할 수밖에 없다. 그것이 하늘을 신들의 석양빛으로 붉게 물들이는 몰락일지라도!

내가 이 글을 쓰는 동안 우리의 곡창이 되리라 기대했던 우크라이나로 러시아 군이 진격해오자, 우리 군은 융통성을 발휘해 드네프르 전선까지 후퇴했다. 아니, 이런 사태가 벌어지는 동안 나는 일을 했다고 하는 편이 더 정확할 것이다. 며칠 전 이 방어선을 유지하는 일도 불가능해지자 우리의 총통은 서둘러 그곳으로 향하며 힘주어 후퇴를 멈추라고 지시했고, 러시아 군을 '스탈린그라드 정신병자'라는 적절한 표현을 써서 비난하며 어떤 희생을 치르더라도 드네프르 전선을 사수하라고 명령했다. 희생, '어떤 희생'은 치러졌다. 다만 헛된 희생이었다. 신문에서는 이와 관련하여 피의 범람이라고 보도하면서도 이러한 피의 범람이 또 어디서 얼마나 일어날지, 그 물음에 대해서는 우리의 모험적이라 할 만큼 무절제한 상상력에 내맡겼다. 독일도 우리가 벌인 전쟁의 무대가 될 수 있다는 사실은 상상 속에서나 가능한, 모든 질서와 예견에 위배되는 일이었으니까. 우리는 25년 전 최후의 순간에 그 사태를 막을 수 있었으나 우리의 정신은 점점 더 비장해져, 생각조차 할 수 없는 일이 현실로 나타나기 전까지도 이미 잃어버린 것을 포기하지 못했다. 다행히도 우리 고국의 강토는 동쪽에서 밀려오는 파괴의 물결로부터 여전히 멀리 떨어져 있었으나, 우리는 그럴수록 더 강인한 힘으로 이 전선에서 서방의 적에 맞서 우리 삶의 터전인 유럽을 지키기 위해 우선 몇 가지 고통이 따르는 희생을 치를 각오가 되어 있었다. 우리는 아름다운 시칠리아를 공격했고, 이로써 적군이 이탈리아반도와 유럽대륙에 발을 붙일 수 없다는 사실을 증명했다. 불행히도 그런 일이 일어나고야 말았으나, 지난주에 나폴리에서 일어난 공산주의 봉기가 연합군에 유리하게 작용했고, 우리는 나폴리를 도저히 독일군대가 주둔할 만한 곳으로 볼 수 없었으므로 나폴리 시립도서관을 확실하게 파괴하고 우체국에 시한폭탄을 설치한 후, 당당히 그 도시를 비워줬다. 그 와중에 배가 가득한 운하에서 시험공격을 했다는 이야기도 들렸고, 국민들은 이탈리아에서 일어난 일은 더 멀리 반도를 거슬러 올라가서도 일어날 수 있으니 유럽은 철통같이 굳건하다는 지금까지의 믿음을 깨고 프랑스나 기타 어디서든 일어날 수 있지 않겠느냐는 의구심을 남몰래 키웠다.

그렇다. 몬시뇨레 힌터푀르트너의 말이 맞다. 우리는 패했다. 전쟁에 패했다고 말하고 싶다. 이는 단순히 전장의 패전을 뜻하는 말이 아니다. 이는 정말로 우리가 졌다는 사실을, 우리의 재산과 정신을, 믿음과 역사를 잃었다는 사실을 뜻한다. 독일은 끝났다. 끝날 것이다. 경제적으로, 정치적으로, 도덕적으로, 그리고 정신적으로, 한마디로 모든 면에서 이루 말로 다할 수 없는 붕괴현상이 일어난다. 내가 이것을 원했을 리 없다. 지금 우리를 위협하는 이 절망을, 이 광기를 내가 원했을 리 없다. 내가 이 못된 민족에게 품는 동정이, 탄식 가득한 연민이 이렇게 깊은데, 그리고 10년 전에 일어난 민족의 봉기와 맹목적인 열정을 생각하면, 반란과 궐기와 탈출과 변혁을 생각하면, 그리고 정화라고 착각했던 새로운 출발을 생각하면 내가 이를 원했을 리 없다. 그 겉만 번드르르 한 도취 속에는 거칠고 야비한 행동이, 야만적 살해와 타인에 대한 모욕과 박해와 경멸로 얻는 더러운 쾌락이 수없이 섞여 있었고, 이러한 상황은 그 도취상태에서 범한 오류를, 그 속에 내재된 전쟁을, 이 전쟁 전체를 경고하는 표시였으며, 알 만한 사람은 다 알고 있었다. 그 당시 믿음과 열광과 역사적 자부심으로 아낌없이 했던 대규모 투자의 결과 이제 그 유래를 찾아 볼 수 없는 파산을 맞이하게 되었으니, 심장이 멎는 것 같다. 아니다. 나는 정말 이것을 원했을 리 없다. 그렇지만 원할 수밖에 없었다. 분명 나는 이것을 원했다. 지금 원하고 있으며, 앞으로도 환영할 것이다. 무도하게 이성을 경시했고, 진실을 완강히 거부했고, 날조된 신화를 숭배하고 상스럽게 그것에 탐닉했으며, 이미 몰락한 상태와 몰락 이전의 모습을 혼동했다. 독일의 전통이 담긴 희귀하고 오랜 진품, 명품을 낙서하듯 함부로 다루었을 뿐 아니라, 그 보배들을 안타깝게도 번드르르한 사기꾼이 권하는 독이 든 싸구려 브랜디를 마시고 혼미해진 상태에서 팔아넘겼다. 나는 이 모든 행위를 증오하는 마음으로 우리의 파국을 환영할 것이다. 이 모든 것은 늘 황홀감을 열망하는 우리가 스스로 빠져든 거대한 환각이었으며, 그 환각 속에서 우리는 수년간에 걸쳐 질 높은 삶을 누린다는 착각 속에 극도로 비열한 짓을 자행했다. 그 환각은 대가를 치른 것이다. 무엇으로? 나는 그 단어를 이미 '절망' 이라는 말과 함께 썼다. 나는 그 말을 반복하지 않겠다. 저 한참 앞서 그 말을 쓸 때 느낀, 할 수 없이 철자 그대로 다 쓰면서 느낀 그 전율을 두 번 다시 경험하고 싶지 않다.

별표도 독자의 눈과 감각에는 신선하게 작용할 것이다. 항상 숫자로 확연한 구분을 해야만 하는 것은 아니며, 시대를 약간 벗어난, 아드리안 레버퀸은 경험하지 않은 위의 이야기를 독립된 한 장(章)으로 꾸며 중요한 부분처럼 보이게 할 수는 없었다. 인쇄될 기호를 흔한 별 모양으로 바꾼 이유를 설명했으니 이제 이 장에서는 주로 아드리안의 라이프치히 시절에 대한 보고를 몇 가지 더 하고자 하는데, 장을 이런 식으로 구성하면 서로 다른 내용으로 구성된 것처럼 일관성은 없어 보일 것이다. 그냥 앞에서 끝냈어도 충분했을 테니까. 거기서 무슨 말을 했는지 다시 한 번 훑어보자. 아드리안의 가극 작곡에 관한 소망과 계획, 그의 초기 가곡 작품, 헤어져 있는 동안 생긴, 보는 사람에게 고통을 주는 눈빛, 셰익스피어 희극의 정신적 아름다움, 레버퀸의 외국 시에 대한 작곡, 그의 소극적인 코스모폴리타니즘, 그리고 카페 첸트랄의 보헤미안 클럽, 비난받을 만큼 상세히 묘사한 뤼디거 실트크납의 모습까지. 이렇게 뒤죽박죽인 내용들을 한 장으로 묶으면 당연히 이상하지 않겠나. 그래서 내가 이 책을 쓰고 있는 열악한 상황에 관한 이야기에서 레버퀸의 라이프치히 생활에 관해 아직 다루지 않은 이야기로 넘어가는 것에 대해 독자들의 양해를 구하기 위해 이 장 머리에 별표를 붙일 수밖에 없었다. 좋은 구성은 아니다. 하지만 이 일은 처음부터 일정한 규칙에 따라 구성할 수 없어 스스로 자책하지 않았던가. 이에 대해서는 이번에도 똑같은 사죄를 할 수밖에 없다. 내 이야기의 소재는 내게 너무도 친근하다. 내 나이로 보아 원칙대로 해야 한다는 이성적인 판단에 따라 이 일을 확실하고 믿을만한 손에 맡겨야겠으나, 그럴 수가 없다. 이 이야기에는 아예 갈등이 없다. 소재와 인물의 차이가 없다. 내가 이야기하고 있는 그 삶이 나 자신의 삶보다 내게는 더 가깝고, 더 값지고, 더 흥미로웠다고 여러 번 말하지 않았나! 더 가깝고 더 흥미롭고 더 독특한 것은 '소재'가 아니다. 그것은 인물이다. 그리고 그 인물은 예술적 구성의 대상으로서 적합하지 않다는 말도 했다. 나는 결코 예술의 진지한 본질을 부정하지 않는다. 그러나 예술이 진지해지면 사람들은 예술을 거부할 것이고, 예술을 이해할 수 없을 것이다. 나는 다만 이 책의 내용을 숫자와 별표로 구분한 것은 순전히 독자들의 눈을 배려한 양보이며, 내가 원하는 대로 한다면 전체를 하나로, 전혀 세분하지 않고, 줄을 띄우고 문단을 바꾸는 일 없이 단숨에 쭉 써 내려갔을 것이라는 사실을 거듭 밝힐 뿐이다. 그렇게 지루한 인쇄물을 독자들 눈앞에 내놓을 용기가 없을 뿐.

나는 아드리안과 함께 1년을 라이프치히에서 보냈으므로 네 차례에 걸친 그의 여행에 대해서도 알고 있다. 그의 보수적인 삶의 방식은 종종 고정된 듯한, 내게는 왠지 부담스러운 느낌을 주는데, 그의 편지에서 '아무것도 알려고 하지 않는', 모험심이 없는 쇼팽에 호감을 표시한 것은 괜히 해본 이야기가 아니었다. 아드리안도 아무것도 알려고 하지 않았다. 아무것도 보려고 하지 않았으며, 사실 아무것도 경험하려고 하지 않았다. 적어도 겉으로 드러난, 말의 표면적인 의미에서는 그랬다. 그는 변화, 새로운 느낌, 심심풀이, 휴가 등을 추구하지 않았으며, 특히 휴가에 관해 말하자면, 그는 꼬박꼬박 휴가를 가고 구리 빛으로 피부를 태우고 체력을 기르는 사람들을 두고 무슨 목적으로 그러는지도 모르는 사람들이라며 비웃었다. 그는 "휴가는 휴가를 모르는 사람들에게나 필요해"라고 말했다. 보고 느끼는 '교양' 목적의 여행을 그는 조금도 중요시하지 않았다. 그는 눈요기를 경시하는 사람이었으며, 청각이 그토록 예민했건만 한번도 그 청각을 미술에 대한 안목을 키우는 데 양보하지 않았다. 그는 시각적 인간과 청각적 인간을 무리 없이 정확하게 구별하고는 자신을 확실하게 두 번째에 분류시켰다. 나는 이런 분류가 결코 정확하다고 생각하지 않았으며, 개인적으로 그가 자신의 시각적 폐쇄성과 의욕부족에 대해 하는 말을 한번도 제대로 믿지 않았다. 괴테도 음악은 전적으로 타고난 것이고 내적인 것이며, 외부의 영향이나 삶의 경험도 필요 없는 것이라고 말했다. 그러나 단순히 보는 것과는 좀 다른, 더 많이 볼 수 있는 내면의 시각이, 상상이 있지 않은가. 게다가 인간이 시각을 지니고 있으면서도 아드리안처럼 시각기관을 통해 세상을 지각하기를 거부한다는 데는 심한 모순이 있다. 아드리의의 감수성, 눈의 마술에, 검은 눈이든 푸른 눈이든, 잘 넘어가는 예민한 감각을 설명하는 데는 마리 고도, 루디 슈베르트페거 그리고 네포묵 슈나이데바인 같은 이름을 드는 것만으로 충분하다. 나는 독자들에게 들어본 적도 없는, 한참 뒤에서나 등장할 이름들로 세례를 퍼붓는 일이 분명 실수라는 사실을 잘 알고 있다. 비록 형편없이 실수를 저지르기는 했지만 독자들은 여기에 아무 저의가 없을지 의문이 들 수도 있다. 너무 앞서서 나온 이 이름들을 말하는 것이 나로서도 어쩔 수 없는 일이었음을 나는 잘 알고 있다.

아드리안이 그라츠에 갔던 것은 여행 목적이 아니었으며 그의 삶의 일관성에서 벗어난 것이었다. 또 한번은 실트크납과 함께 바다로 여행간 적이 있는데, 앞서 말한 1악장짜리 교향곡을 작곡한 것이 그 여행의 결실이었다고 할 수 있을 것이다. 세 번째 일탈도 이 작품과 관련이 있다. 스승 크레치마와 함께 한 바젤 여행이 그것이었다. 두 사람은 바젤 실내악단이 마르틴 교회에서 개최한 바로크 시대의 교회음악 연주회에 참석하기 위해 그곳으로 갔는데, 크레치마가 그 연주회에서 오르간 파트를 맡았다고 했다. 이 음악회에서는 몬테베르디의 성모 마리아 성가집, 프레스코발디의 오르간 소품, 카리시미의 오라토리오, 그리고 북스테후데의 칸타타를 연주했다. 이 '무지카 리제르바타'(musica riservata. 전문가용 음악. 표현이 형식에 얽매이지 않고 내용에 충실하다 - 옮긴이)에서 아드리안이 느낀 감동, 네덜란드 음악의 구성주의에 반대하여 성경말씀을 놀라우리만치 자유로운 인간미로 다룬, 선언적이고 명쾌하게 표현한 이 격정의 음악과 이것을 적나라하게 묘사하는 악기연주에서 느낀 감동은 매우 강렬했고 오래 지속됐다. 그는 그 당시 내게 편지로 또는 직접 만나서, 몬테베르디에서 싹트는 음악적 수단의 현대성에 대해, 그것이 작동하는 모습에 대해, 그 정확한 리듬, 풍부한 감정, 자극적 음형, 3도, 6도 음정의 평행조로 보강한 선율, 카덴차 이동, 점층적 상승, 잦은 모방작법, 음정확장, 휘어잡는 듯한 전체 휴식, 계속저음과 박자반복에 대해 대단히 많은 이야기를 했고, 그 후에도 라이프치히 도서관에 앉아 카리시미의 〈입다〉(입다는 구약성서의 판관기에 나오는 인물 - 옮긴이)와 쉬츠의 〈다윗 시편〉을 베끼느라 많은 시간을 보냈다. 아드리안이 후기에 작곡한, 이른바 종교음악에 속하는 〈묵시록〉과 〈파우스트 박사〉의 양식에서는 마드리갈주의(16, 17세기의 성악곡 중심의 음악적 조류 - 옮긴이)의 영향을 확연히 알아볼 수 있다. 이는 극단으로 치닫는 표현의지의 한 요소였으며, 준엄한 질서에 대한 지적 열정을 표현한 네덜란드의 선율주의와 더불어 언제나 그의 음악을 지배했다. 다시 말해 그의 작품에는 온기와 한기가 병존하고, 가끔씩 가장 천재적인 부분에서 이 두 가지가 서로 겹치고, 에스프레시보(표정이 풍부한 절 - 옮긴이)가 엄격한 대위법을 누르고, 객관적인 요소가 감정으로 붉게 물들어 이글거리는 느낌을 주는데, 이러한 구조는 내게 그 무엇보다도 강하게 악마의 착상을 연상시켰고, 쾰른 성당의 건축을 맡은 건축가가 주저하자 어떤 사람이 모래바닥에 불꽃 그림을 그려줬다는 전설을 줄곧 생각나게 했다.

아드리안의 첫 번째 스위스 여행과 그 이전의 실트 섬 여행 사이에는 다음과 같은 관계가 있었다. 작지만 문화적으로 매우 활발하고 자유로운 나라 스위스에는 음악가협회가 있었고 지금도 있는데, 이 협회의 행사 가운데 이른바 오케스트라 시험연주가 있다. 즉, 임원회가 심사위원단이 되어 스위스의 심포니 오케스트라와 지휘자에게 신인 작곡가의 작품을 연주하게 하는 행사로서, 젊은 작곡가들에게 자신의 작품을 직접 듣고, 경험을 쌓고, 실연되는 음악에 대한 상상력을 키울 기회를 주기 위한 행사다. 이 연주회는 전문가만이 참석한 가운데 비공개로 진행되는데, 한번은 바젤 콘서트와 거의 같은 시기에 제네바에서 개최되어 스위스 로망드 오케스트라가 연주했으며, 벤델 크레치마는 자신의 인맥을 통해 아드리안의 〈해상의 인광〉을 프로그램에 포함시키도록 했다. 〈해상의 인광〉은 독일 작곡가의 작품이니 그것은 예외적인 일이었으며, 아드리안에게는 전혀 예상 밖의 놀라운 일이었다. 크레치마는 그에게 아무것도 일러주지 않은 채 혼자 즐거워했다. 아드리안은 선생님과 함께 바젤에서 시험연주를 들으러 제네바로 갈 때까지 아무것도 몰랐다. 앙세르메(스위스 로망드 관현악단을 창설한 스위스의 지휘자 - 옮긴이)의 지휘 하에 아드리안의 '치근치료'가, 어둠 속에 반짝이는 인상주의 작품이 울려 퍼졌는데, 작곡 당시부터도 진지하게 여기지 않았던 그 작품이 평가 목적으로 연주되자 아드리안은 안절부절못했다. 청중은 자신의 진면목과 상관없이 한 작품만으로 자신을 평가할 것이고, 그 작품이란 것은 자신도 신봉하지 않는 것을 가지고 장난한 것이었으므로 그에게는 우습고도 고통스러운 시간이었다. 다행히 그 연주회에서는 잘했느니 못했느니 하는 평가발표가 없었다. 아드리안은 사석에서 독일어와 불어로 하는 칭찬, 이의, 실수지적, 충고를 작품에 매료된 사람이 하든, 불만인 사람이 하든 겸허히 받아들였다. 그러면서 누구에게도 동의하지 않았다. 아드리안은 약 일주일에서 열흘을 크레치마와 함께 제네바, 바젤, 취리히에서 보내면서 각 도시의 예술가들과 간단하게나마 접촉할 수 있었다. 사람들은 그가 왔다고 크게 좋아하지는 않았다. 그와는 서먹했고, 다른 동료들처럼 허물없이 편하게 대하기가 쉽지 않았다. 간혹 그의 내성적인 성격, 그를 둘러싸고 있는 외로움, 수준 높은 고뇌 등을 발견하고 너그럽게 이해하는 사람이 있었을지도 모른다. 아니, 분명 있었을 것이고 충분히 그럴 수 있다. 내 경험에 의하면 스위스 사람들은 고뇌에 대한 감각과 이해가 뛰어난데, 그런 감각과 이해는 이들 유서 깊은 도시들의 부르주아적 삶과 관련이 있으며, 그런 관련성은 다른 어느 곳에서도, 이를테면 지적인 문화가 발달한 파리에서도 찾아볼 수 없는 것이었다. 여기에 보이지 않는 연결고리가 있었다. 독일제국 국민을 불신하는 내성적인 스위스 사람들이 '세계'를 불신하는 독일 사람을 만나는 특별한 경험을 한 것이다. 수많은 대도시를 거느린 막강한 독일제국과는 달리 작디작은 이웃나라를 두고 '세계'라고 표현하는 것이 어색하긴 하지만 이 표현에는 이론의 여지가 없는 정당성이 있다. 스위스란 나라는 중립국이고, 두 개의 국어를 쓰고, 프랑스의 영향이 지대하다. 스위스는 규모는 작아도 북쪽에 있는 거대국가인 독일보다 훨씬 넓은 '세계'이며 유럽의 중심무대다. 독일에서는 '국제적'이라는 말이 오래전부터 비속어처럼 됐고 음울한 향토주의가 공기를 오염시켜 질식할 것 같다. 나는 아드리안의 코스모폴리탄 기질에 대해 이미 말한 바 있다. 그러나 세계국민에 대한 독일식 의미는 늘 세속적인 것과는 좀 다른 것이었고, 내 친구는 세속적인 영역에 대해 엄청난 부담감을 느끼고 있으며, 그 영역에서는 자기를 받아주지 않는다고 느끼는 그런 사람이었다. 아드리안은 크레치마보다 며칠 앞서 라이프치히로 돌아왔다. 라이프치히에도 분명 세계는 있었으나, 그 도시의 세속성은 손님으로서 느끼는 것이지 거주민으로서 느끼는 것이 아니었다. 말투가 우스꽝스러운 이 도시는 처음으로 욕망이 그의 자존심을 건드린 곳이었다. 그 사건은 깊은 충격이었고, 그가 이 세상에서 예상하지 못했던 심오한 경험이었으며, 이 경험은, 내가 잘못 본 것이 아니라면, 그가 세상에 대해 소극적인 입장을 취하는 데 적지 아니 기여했다.

아드리안은 라이프치히에서 보낸 4년 반 내내 이사하지 않고 페터스 슈트라세의 비르기니스 회관 뒤에 있는 방 두 개짜리 집에 살았는데, 거기서도 피아노 위에 '마방진'을 걸어 놓았다. 그는 철학과 음악사 강의를 들었고 도서관에 앉아 책을 읽고 베꼈으며 작곡한 것을 크레치마에게 보이고 평가를 들었다. 피아노곡 다수와 현악 오케스트라를 위한 '콘체르토' 한 곡, 그리고 플루트, 클라리넷, 바셋호른과 바순을 위한 사중주. 내가 알고 있는 작품들이 이것 정도인데, 이 작품들은 한번도 발표된 적은 없지만 지금까지 보존되어 있다. 크레치마는 미진한 부분을 지적하고, 템포를 바꾸라거나 너무 경직된 듯한 리듬에 활기를 주라고 하거나, 주제를 더 강하게 표현할 것 등을 지시했다. 중간 성부가 효과를 내지 못하는 점과 베이스가 활기가 없고 처져 있다는 점도 지적했다. 그리고 형식적으로만 있고 내용이 빈, 따라서 자연스러운 작곡의 흐름을 방해하는 이행부(移行部)를 지적했다. 그가 한 말은 모두 아드리안 자신이 가진 예술적 감각으로도 알 수 있는 내용들이었다. 교사는 학생의 의인화된 양심이다. 따라서 의문점을 분명하게 해주고 불충분한 점을 밝히며, 바로잡고 싶은 욕구에 박차를 가한다. 그러나 아드리안 같은 학생은 사실 교정자 또는 스승이 전혀 필요 없다. 그는 의도적으로 미완성 상태를 보이고는 예상했던 말을 들었다. 그리고 자기 수준과 완전히 일치하는 스승의 예술 이해 수준을 비웃었다. 예술의 이해—발음할 때 '이해' 라는 단어를 강조해야 한다—예술의 이해란 원래의 작품 개념을 옹호하는 행위다. 어떤 작품의 개념이 아니라 작품이라고 하는 개념, 안정되고 조화로운, 객관적인 구조물 자체를 나타내는 개념을 옹호하는 행위다. 그 완전성, 통일성, 유기성의 경영자로서 틈새를 맞붙이고, 구멍을 막고, 그 '자연스러운 흐름' 을—그 흐름은 원래 없었으므로 사실은 자연스러운 흐름이 아니라 예술작품이다—가능하게 하는 수준. 간단히 말해, 이 경영자는 나중에야 그리고 간접적으로만 직접적이고 생동감 있는 느낌을 만들어낸다. '작품' 이라는 것은 그 자체가 허상이라고 말하는 사람도 있을 정도로 한 작품에는 허상이 많다. 작품에는 만들어진 것이 아니라 저절로 생긴 것, 튀어나온 것이라고 믿게 만들려는 야심이 숨어 있다. 마치 팔라스 아테네가 세공이 화려한 금속무기로 무장하고 제우스의 머리에서 튀어나왔듯이. 그러나 그것은 꾸민 것이다. 그것은 허상이 목적인 예술작업이다. 나는 오늘날 우리의 의식, 인식, 지각 수준에 이 유희가 가능한지, 정신적으로 아직 이런 유희를 할 수 있는 상태인지, 이를 진지하게 받아들일 수 있는지, 자체로서 안정되고 조화로운 구조물인 예술작품이 우리 사회에 만연한 불안정, 문제, 조화부재와 여전히 합당한 관계를 맺고 있는지, 오늘날 그 모든 허상이, 가장 아름다운 것마저도, 아름다운 것일수록 더, 거짓이 되지나 않았는지 의문이 생긴다.

    나는 의문이 생긴다고 말했는데, 다시 말하자면 아드리안과 사귀면서 그의 예리한 시각 또는, 이렇게 표현해도 된다면, 어떤 일에도 결코 매수당하지 않을 그 예리한 감각을 통해 이런 의문을 갖는 법을 배웠다. 그는 자신이 통찰한 바를 대화 중에 재치 있는 표현을 던지듯 말했지만, 나는 관대한 성격을 타고난 사람이라 원래부터 이런 통찰과는 멀었으며, 이런 통찰로 인해 괴로웠다. 나의 관대함에 손상이 가서가 아니라 그를 생각하니 그랬다. 나는 고통스러웠고 답답했고 가슴이 무거웠다. 그의 지적 수준이 위험한 지경으로 발달하고, 이에 따라 그의 재능은 마비된 듯 발휘되지 못할 테니까. 그는 이런 말을 했었다.

"작품! 이건 속임수야. 사람들이 여전히 존재한다고 생각하는 그런 거야. 예술은 사실과 다르고 진지하지도 않은 것이야. 사실적이고 진지한 것은 오직 아주 짧은, 극도로 안정된 한 순간의 음악뿐이야……."

나는 그가 작품을 만들길 열망하고 있다는 것, 오페라를 작곡할 계획을 갖고 있다는 것을 알고 있었으므로 이 말을 듣고 어떻게 걱정이 되지 않았겠는가.

그는 이런 말도 했다.

"허상과 유희는 오늘날 자기 자신에게 반대하는 예술의 양심이야. 예술은 허상이고 유희이기를 그만두고 싶어 해. 예술은 인식이 되고 싶어 해."

그러나 예술이 그의 정의와 일치하기를 포기한다면 예술 자체의 존재를 포기하는 것이 아닌가? 그리고 예술이 어떻게 인식으로서 살아간단 말인가? 나는 그가 할레에서 크레치마에게 보낸 편지에서 갈수록 모든 것이 진부해져 가는 것에 대해 쓴 말을 기억한다. 크레치마는 이 말로도 자기 제자의 소명에 대한 확신에 흔들림이 없었다. 그러나 방금 인용한 말과 같은, 허상과 유희에 반대하는 주장, 즉 형식 자체를 겨냥한 주장들은 갈수록 모든 것이 진부해져서, 즉 허용 가능한 영역이 점차 축소되어 급기야는 예술 전체를 위협하는 지경에 처했음을 시사하는 것 같았다. 나는 깊은 걱정에 싸여 예술을 구하려면 어떤 노력이 필요한지, 예술을 다시 장악하여 작품에 도달하려면, 무지(無知)를 풍자하고 인식수준을 드러내는 그런 작품에 도달하려면, 작품에서 인식을 얻으려면 어떤 노력이 필요한지, 어떤 지식의 기교가, 어떤 간접성과 반어(反語)가 필요한지 자문해보았다.

　내 가련한 친구는 어느 날, 아니 어느 밤 섬뜩한 조력자가 무서운 입으로 이 문제에 관해 매우 확실하게 하는 말을 들었다. 거기에 대한 기록도 있는데, 적당한 장소에서 이야기하겠다. 내가 당시 아드리안이 하는 말을 듣고 본능적으로 놀랐던 일이 그 사건으로써 비로소 명확해졌다. 그러나 내가 위에서 '무지의 풍자시'라고 한 것은 물론 감상적인 의미나 흔히 사용되는 의미로서가 아니라, 기술적인 원시성, 무지 또는 무지를 가장한 것, 그러니까 크레치마 선생이 비범한 제자에게 미소를 머금으며 허용한 그런 것을 가리킨다. 아드리안의 작품에서는 이 점이 처음부터 매우 독창적으로 묘사되는데, 가장 발달한 단계의 음악에서 극도로 긴장한 가운데 '진부함'이 나타난다. 물론 크레치마 선생은 이것을 일급의 무지함으로서가 아니라, 이렇게 표현해도 된다면, 새로움과 지루함의 피안으로서, 초보자의 옷을 입은 대담함으로서 이해했다. 그런 진부함은 기본적인 구성요소를 드러내고자 하는 음악의 경향에 대해 전에 말더듬이 선생이 내게 가르쳐준 말을 늘 상기시켰다. 부헬의 보리수 아래서 외양간 하녀인 하네가 어린 우리의 높은 음을 뚫고 '2부'를 큰 소리로 불러 확실하게 가르쳐준 일과 우리의 돌림노래 생각도 났다. 악보를 예로 들어 설명하자니 너무 거창하고 전문적인 느낌이 들지만, 그러지 않고는 설명하기가 쉽지 않다. 그때는 그러니까, 옮겨 다니지만 지속적으로 유지하는 조성구조, 즉 라 음을 으뜸음으로 한 바장조에서 내림 레(또는 올림 도)가 삽입되어 상승하고, 멜로디가 반음 옮겨 올림 도로 되돌아가면서 시를 으뜸음으로 한 라장조로 이행되고, 그 다음 새로운 과도음 파에 의해 화음이 가장조로 이행한다. 이 대수롭지 않은 원리에, 이 화성학 기초에 어떤 의미가 있는지, 그 반음계에 의한 조 이행, 올림 도(또는 내림 레)와 파와 그 사이 라장조 으뜸음이 어떤 중요성을 과시하고 있는지 확실해졌다. 즉 거기에는 기본적인 것에 대하여 조롱인 동시에 숭배를 표방하는 형상이, 조성, 평균화된 체계, 전통음악을 고통스러울 정도로 뚜렷이 상기시키는 반어가 직접 작용한다.

13편의 브렌타노 가곡에서도—이 장을 마치기 전에 이에 대해 다시 언급할 것이다—이와 같은 것이 반복되어 나타난다. 나는 훌륭한 소야곡 〈들어라, 플루트가 다시 탄식한다〉에서 이에 걸맞은 예를 찾아냈는데, 이 시는 다음과 같이 끝난다.

나를 감싸는 음악이 밤을 뚫고
내게 빛을 비춘다.

아드리안이 이 라이프치히 시절에 가곡을 그토록 열심히 작곡했던 이유는 의심의 여지 없이 그가 가곡 작곡을 음악과 언어의 결합을 시도할 가극 작곡의 준비로 생각했기 때문이다. 아마도 그의 정신이 운명 때문에 느끼는, 예술의 역사적 상황 자체 때문에, 독립된 작품 때문에 느끼는 양심의 가책과도 관계가 있었을 것이다. 그는 허상이자 유희로서의 형식에 회의를 품었다. 그래서 그 작고 서정적인 가곡 형식이 가장 적합하게, 가장 진지하고 사실적인 것으로 보였을 것이다. 그것이 자신의 급한 이론적 요구를 가장 빨리 충족시킬 것으로 보였을 것이다. 이 노래들 가운데 다

수, 이를테면 헤타에라의 철자 상징을 포함하고 있는 〈오, 매정한 아가씨여!〉나 〈송가〉, 〈유쾌한 음악가들〉, 〈사냥꾼이 목자에게〉 등은 분량이 꽤 많을 뿐만 아니라, 레버퀸은 이 모든 것을 전체로서, 한 작품으로 간주하고 특정한 양식적 구상, 즉 기본음 구상에서 나온 작품으로, 놀랍도록 숭고하고 가슴 깊이 꿈꾸었던 특정한 시인정신과의 기질적 일치에서 나온 작품으로 다루고자 했다. 발표 또한 개별적으로는 결코 허용하려 하지 않았고 오직 완성된 연작으로서만 허용하려 했다. 이루 말로 표현할 수 없이 혼란스럽고 복잡한, 다음과 같이 음산하게 마무리되는 〈입구〉에서부터,

오 별이여, 꽃이여, 정신이여, 옷이여,
사랑과 고통과 시간과 영원이여!

암울하고 격렬한 최종 편 〈내가 아는 사람이 있는데…… 이름이 죽음이야〉까지. 그의 일생 동안 대중을 상대로 공연하는 데 극도로 애로가 많던 거대 기획이었는데, 그 가운데 한 작품인 〈유쾌한 음악가들〉은 이 연작의 4번이었으며 어머니, 딸, 두 아들 그리고 어려서 다리를 다친 아이의 목소리가 연주하는 성악 오중주이므로 알토, 소프라노, 바리톤, 테너, 그리고 어린이 목소리가 필요했다. 이 목소리들이 때로는 합창으로, 때로는 개별적으로, 또 때로는 두 형제가 듀엣으로도 부르는 이 곡을 공연하기는 특히 더 어려웠다. 이것은 아드리안이 기악곡으로 편곡한 첫 작품이었다. 더 정확히 말하자면 그는 이 곡을 곧바로 현악기, 목관악기, 타악기로 구성되는 소규모 오케스트라 용으로 편곡했다. 이 특이한 시에서는 휘파람 이야기, 탬버린, 종과 심벌즈, 재미있는 바이올린 트레몰로 이야기가

자주 나오는데, 이 환상적이고 근심에 찬 가족이 밤에, '사람의 눈이 우리를 안 볼 때', 자신들의 방에서 연애하는 사람들을, 술 마시는 손님들을, 외로운 아가씨를 이런 음악을 이용해 그들 나름의 마력으로 끌어들인다. 이 작품의 정신과 분위기, 귀신같고 장돌뱅이 가인(歌人)같은 특징은 그의 음악에 나타난 사랑스럽지만 시달려 지친 분위기와 일치한다. 그래도 나는 열세 작품 중에 이 작품에 월계관을 씌우기가 망설여진다. 그 가운데는 음악의 언어로 표현하는 이 작품보다 더 내면적인 의미의 음악에 도전하고 그 의미의 더 깊은 경지에서 완성되는 작품이 여러 편 있기 때문이다.

〈뱀을 조리하는 할머니〉는—이것도 그 가곡들 가운데 하나다— '마리아, 너 어디에 있었니? 와 일곱 번이나 나오는 '아, 괴로워요! 어머니, 괴로워요!'에 나타난 놀라운 감정이입의 기교로써 독일 민요의 매우 슬프고 불안한, 그리고 아주 으스스한 특징을 불러낸다. 모든 것을 훤히 알고 있는 음악은, 사실적이고 너무 똑똑한 음악은 여기 나타난 민속적인 방법을 앞으로도 계속 고통 속에서 찾으려고 할 것이다. 이 방법은 줄곧 실현되지 않은 채 남아 있는데, 있다가도 없고, 파편처럼 울리다 지속적으로 울리고, 다시 자신의 정서에 낯선 음악 양식을 취한 채 사라지고, 그 양식에서 지속적으로 자신을 증명하고자 애쓴다. 이것은 마음을 사로잡는 예술적인 광경인데, 자연적인 발전과정에서는 기본요소가 발전하여 정제된 요소가, 정신적인 요소가 되지만, 이 과정이 반전되면 세련되고 정신적인 요소가 기초가 되고, 이는 다시 그 단순성을 벗어던지려 한다는 역설과 다르지 않다.

신성한 별이 자유롭게 떠다니며

> 속삭인다.
> 먼 길을 지나
> 이제는 나에게 와서 말을 건다.

이 작품에서는 소리가 우주에서, 우주의 신선한 공기 속에서 길을 잃고, 황금배를 탄 영혼들이 천상의 호수를 지나고, 화려한 노래의 울림이 방울져 내리다 다시 물결쳐 오른다.

> 모든 것이 상냥함과 다정함에 둘러싸여
> 위로하고 함께 슬퍼하며 손을 내민다.
> 밤에도 우리는 그 빛에 둘러싸여
> 모든 것이 영원히 내면의 친족이 되었다.

모든 문학을 통틀어 여기서처럼 말과 소리가 서로 잘 어울리는 경우는 아주 드물다. 여기서 음악은 그 눈을 자기 자신에게 돌려 자신의 본질을 들여다본다. 이 음들이 위로하고 함께 슬퍼하며 서로 손을 내미는 행위, 이 모든 사물이 친족으로 변해 서로 얽히고설킨 상태. 바로 이것이다. 그리고 아드리안 레버퀸은 이것을 표현하는 젊은 대가다.

크레치마는 뤼벡 시립극장의 수석 악단장으로 가게 되었는데, 라이프치히를 떠나기 전에 브렌타노 가곡의 출판을 주선했다. 마인츠의 쇼트에게 그 일을 위임했는데, 아드리안은 크레치마와 내 도움으로 (우리 두 사람 모두 그 일에 참여했었다) 출판비용을 부담하고 소유권을 유지했으며, 위탁인에게는 순수익의 20퍼센트를 배분해 주기로 했다. 아드리안은 그 곡의 피아노 편곡 출판을 매우 철저히 감독했다. 종이는 코팅 되지 않은 거친 4절지를 쓰고, 여백을 넓게 잡아 악보들끼리 너무 바짝 붙지 않도록 하라고 요구했다. 아울러 앞머리에 음악회 또는 단체에서 연주 시 작가의 동의가 필요하며, 전곡 즉 13곡을 모두 연주할 때만 이를 허용한다는 내용의 일러두기를 넣으라고 고집했다. 이 일로 그는 거드름피우는 사람이라는 나쁜 인상을 주었고, 가뜩이나 대담한 그 음악이 대중에게 다가가는 길을 더 어렵게 만들었다. 이 작품은 1922년에 취리히의 음악 홀에서 위대한 폴크마르 안드레 박사의 지휘로 연주되었는데, 아드리안은 그곳에 없었지만 나는 참석했다. 그때 〈유쾌한 음악가들〉에서 '어려서 다리를 다친 아이' 파트는 정말로 불구가 된, 어린 야콥 네글리가 목발을 짚고 걸어 나와 종소리처럼 맑은, 형언할 수 없이 가슴으로 파고드는 목소리로 불렀다.

    순전히 지나가는 말이지만, 아드리안이 자기 작업을 위해 파고든 클레멘스 브렌타노의 아름다운 시집 원본은 내가 준 선물이었다. 나는 나움부르크에서 라이프치히로 가면서 그 소책자를 가지고 갔었다. 물론 13편을 가려 뽑는 일은 그가 혼자 했다. 나는 그 일에 털끝만큼도 영향을 미치지 않았다. 하지만 그가 선별한 작품 하나하나가 내 바람, 내 기대와 일치했다고 말할 수 있다. 독자들은 그 시집이 나답지 않은 선물이었다고 생각할 것이다. 내 윤리와 교양에 비추어 온통 유아적이고 민속적인 이야기에서 귀신 이야기로 둥실둥실 옮겨가는—타락해 간다고까지는 말하지 않더라도—한 낭만주의자의 몽상적 언어유희가 대체 나와 무슨 상관이 있었겠는가? 이 물음에 나는 이렇게밖에 대답할 수 없다. 그 시집을 선물하도록 만든 것은 바로 음악이었다고. 이들 시 속에는 가볍게 잠들어 있는, 대가의 손이 살짝 닿기만 해도 깨우기에 충분한 음악이 있었다고.

22

레버퀸이 1910년 9월 라이프치히를 떠날 때 나는 이미 카이저스아셔른의 김나지움에서 교직생활을 시작한 후였다. 레버퀸은 여동생 결혼식에 참석하기 위해 일단 고향인 부헬로 향했고, 나도 부모님과 함께 결혼식에 초대받았다. 이제 스무 살이 된 우르술라는 랑겐잘차에 사는 안경사 요하네스 슈나이데바인과 결혼했다. 그는 훌륭한 청년이었고, 우르술라는 에르푸르트 근교의 아름다운 소도시 잘차로 친구를 만나러 갔을 때 그곳에서 이 남자를 알게 되었다. 슈나이데바인은 자기 신부보다 열 살 혹은 열두 살 위인데, 스위스 태생으로서 베른의 농촌 출신이었다. 그는 고향에서 안경연마 기술을 배웠고, 어떤 운명에 의해 독일제국으로 오게 되었는데, 랑겐잘차에서 안경 및 각종 광학기계 상점을 열어 별 탈 없이 운영해왔다. 그는 아주 잘 생겼고, 그가 쓰는 스위스 독일어는 듣기에 편한, 독특하고 점잖은 고어 표현들을 과거의 형태 그대로 유지하고 있었으므로 기억해둘 가치가 있었으며, 우르술라 레버퀸도 이러한 표현을 그에게서 배워 쓰기 시작했다. 우르술라는 미인은 아니지만 매력적이었고, 얼굴윤

곽은 아버지를, 분위기는 어머니를 닮았으며, 눈은 갈색이었고, 날씬했으며, 자연스러운 친절이 몸에 배어 있었다. 그 둘은 박수갈채를 보내는 사람들이 지켜보는 가운데 한 쌍의 부부가 되었다. 1911년에서 1923년 사이에 그들은 네 아이, 즉 로사, 에체힐, 라이문트, 네포묵을 낳았는데 모두 잘 생긴 아이들이었다. 특히 막내 네포묵은 천사였다. 하지만 그 이야기는 나중에, 이 이야기가 거의 끝날 무렵에 하겠다.

결혼식 하객은 많지 않았다. 성직자, 선생님, 오버바일러 교구의 대표 등이 부인과 함께 참석했고, 카이저스아셔른에서 온 사람은 우리 차이트블롬 집안 외에는 니콜라우스 삼촌뿐이었으며, 아폴다에서 온 엘스베트 아주머니의 친척들, 바이센펠스에서 온, 레버퀸 집안과 친분이 있는 부부 한 쌍과 그들의 딸, 그리고 농장 경영자가 된 형 게오르크와 가정부 루더 아주머니가 전부였다. 벤델 크레치마가 뤼벡에서 보낸 축전은 부헬 저택에서 점심식사를 할 때 도착했다. 저녁 축하연이 아니었다. 사람들은 오전에 일찌감치 모였다. 마을 교회에서 예식을 올린 후 우리는 모두 신부 집에서 마련한, 멋진 구리식기로 차린 근사한 아침식탁에 앉았다. 신혼부부는 식사를 마치고는 곧 늙은 토마스와 함께 바이센펠스 역을 향해 떠났고, 하객들은 루더 아주머니가 담근 질 좋은 과실주를 마시며 몇 시간 더 앉아 있었다.

아드리안과 나는 그날 오후 쿠물데 연못가와 치온스베르크 산으로 산책을 갔다. 우리는 《사랑의 헛수고》의 대본 각색에 관해 할 이야기가 있었다. 이 대본의 각색을 내가 맡고 있었으므로 우리는 이미 이 대본에 관한 대화와 서신을 많이 나누었다. 나는 시라쿠사와 아테네에서 그 대본을 구해 독일어 판 운문 텍스트와 함께 그에게 보냈는데, 각색 작업을 하면서 티크와 헤르츠베르크를 참고했고, 때때로 줄일 필요가 있을 때는 직접, 가능하면 멋지게 손을 댔다. 그는 여전히 그 오페라를 영어 대본을 바탕으로 작곡하겠다고 고집을 부렸지만, 나는 반드시 독일어 판 대본을 그에게 내밀고 싶었다.

그는 우리가 결혼식 하객들을 피해 야외로 빠져 나오자 드러내놓고 좋아했다. 그의 눈에 어둠이 깔리는 것을 보고 나는 그가 두통으로 고통스러워 하고 있다는 사실을 알아차렸다. 교회에서 그리고 식탁에서 레버퀸 부자는 똑같은 행동을 보였는데, 이는 흔치 않은 일이었다. 이 신경 쓰이는 고통이 하필 좋은 날에 엄습해서 안타까웠지만, 그래도 감동과 흥분으로 인한 것이라면 이해할 만했다. 아버지의 경우는 그랬다. 아들의 경우는 그보다는 심리적인 원인이 더 강했는데, 오기 싫은 처녀성 상실의 축제에, 그것도 자기 여동생이 주인공인 자리에 억지로 왔다는 생각 때문이었다. 그러나 그는 우리가 이 행사를 간소하고도 세련되게 치른 점을, 그의 표현대로 '춤과 관례'를 생략한 점을 자찬하는 말로써 자신의 불편한 심기를 감추었다. 그는 모든 행사를 밝을 때 치른 점과 늙은 목사의 설교가 짧고 간단했던 점, 식탁에서 외설적인 연설을 하지 않은 점, 안전을 기하기 위해 아예 연설을 하지 않은 점을 좋게 평가했다. 베일과 처녀성 상실의 상징인 백색 드레스와 공단으로 만든 사자(死者)의 신도 사용하지 않았더라면 좋았을 것이다. 그는 우르술라의 약혼자, 이제 남편이 된 슈나이데바인에게서 받은 인상을 특별히 좋게 말했다.

그가 말했다. "멋진 눈매, 좋은 혈통에 점잖고 건전하고 깔끔한 사나이야. 그는 내 동생을 취할 만했어. 내 동생을 쳐다볼 만했어. 탐낼 만했어. 신학도들이 말하는 식으로 하자면, 둘 사이에 성사(聖事)를, 기독교적인 혼인의 성사를 거행함으로써 악마의 육체적 간음을 봉쇄한 데 대해 당당하게 자랑스러워하면서 기독교적인 아내로 삼을 만했어. 사실 웃기는 일이야. 이 원래 죄스러운 일에 그저 '기독교적'이라는 말을 붙여서 신성불가침한 일로 만들어 버리는 일 말이야. 그런다고 근본적으로 달라지는 것은 아무것도 없는데. 하지만 본질적으로 악한 것, 즉 성을 기독교적 혼인으로 길들이는 일은 현명한 응급조치였다는 사실은 인정해야겠지."

"본능을 악마에게 선사하는 거 듣기 거북해. 인문주의는 이런 것을 두고 생명의 원천을 비방하는 행위라 했어. 고전학문에서도, 신학문에서도." 내가 대꾸했다.

"별로 비방한 것도 없는데."

"창조주가 하신 일을 부정하는 사람은 허무주의자가 돼. 악마를 믿는 사람은 악마에게 잡히게 돼." 나는 지지 않고 말했다.

그는 짧게 웃었다.

"넌 농담도 이해 못 하니? 난 신학도로서, 그리고, 그러니까 어쩔 수 없이 신학도처럼 말한 거야."

"그렇다고 치자! 너는 진지한 이야기를 할 때보다 농담을 할 때 더 진지하게 말하는 버릇이 있어." 나 또한 웃으며 말했다.

우리는 치온스베르크 산 봉우리의 단풍나무 아래 교구에서 설치해 놓은 벤치에 앉아, 가을 오후의 햇살을 받으며 이 대화를 나누었다. 사실 나는 그 당시에 이미 결혼을 생각하고 있었다. 비록 결혼식과 공식적인 약혼식조차도 내가 임용될 때까지 미루어야 했지만 나는 그에게 헬레네와 나의 결혼계획에 대해 이야기하고 싶었는데, 그의 이러한 견해 때문에 쉽게 그 이야기를 꺼내지 못했다.

그가 다시 말을 했다. "그런데 한 몸이 되십시오, 하는 것은 좀 이상한 축사 아냐? 슈뢰더 목사님이 이 말을 하지 않아서 다행이었지만, 혼인하는 쌍 앞에서 이런 말을 듣는 것은 항상 민망해. 그것이 좋은 뜻으로 하는 말이고, 서로 길들이기를 표현한 말이라는 건 나도 알아. 그런데 그렇게 말하면 혼인에 포함되어 있는 죄의 요소, 관능의 요소, 나쁜 쾌락의 요소가 마술처럼 사라지는 모양이지? 쾌락은 두 몸일 때 얻는 것이지 한 몸일 때는 없으니까. 그러니 그들이 한 몸이 되어야 한다는 말은 하나마나 한 헛소리야. 다른 한편으로 생각할 때 한 몸이 다른 한 몸에서 쾌락을 느낀다는 사실은 놀라울 뿐이야. 이건 사랑의 한 가지 현상, 대단히 예외적인 사랑의 현상이야. 물론 관능과 사랑은 어떤 식으로도 분리될 수 없어. 관능적이라는 이유로 사랑이 비난받는다면 이때 용서받기 위한 가장 좋은 방법은 거꾸로 관능적인 행위에서 사랑의 요소를 증명하는 거야. 남의 몸에 대해서는 반발심이 생기게 마련이야. 그 반발심은 너와 내가 다르다는 사실에, 자기 것과 남의 것이 다르다는 사실에서 비롯돼. 그런데 남의 몸에서 쾌락을 느낀다면 이는 그러한 반발심을 극복할 수 있다는 말이지. 기독교적인 용어로 말해 육신은 보통 자기 자신을 제외한 모든 사람의 육신에 대해 꺼림칙한 거야. 나의 육신과 남의 육신은 아무런 관계도 없어. 그런데 남의 육신이 갑자기 욕망과 쾌락의 대상이 되면 너와 나의 관계는 '관능'이라는 말이 무의미해지는 관계로 대체되는 거야. 사람은 감정이 전혀 개입되어 있지 않을 때조차 사랑의 개념 없이는 아무것도 못해. 관능적인 행위는 다 다정스럽잖아. 그건 쾌락을 받아들임으로써 쾌락을 주는 행위야. 상대를 행복하게 함으로써 자신도 행복해지는 행위. 사랑의 표시야. '한 몸'은 사랑하는 사람들이 아니야. 그 규정은 혼인에서 쾌락만 인정하고 사랑은 몰아내려고 해."

나는 그의 말에 깊이 감동받았으나 매우 혼란스러웠고, 그를 옆에서 쳐다보고 싶었지만 참았다. 그가 육욕에 관해 이야기할 때마다 느끼는 점에 대해서는 이미 저 앞에서 언급했다. 하지만 지금처럼 확실하게 자기 입장에서 말한 적은 없었으며, 그래서 그의 어법은 왠지 낯선 느낌이 들 정도로 명확했다. 그것은 자기 자신에 대한 미숙함이었으며, 따라서 듣는 사람에 대해서도 미숙했고, 그 미숙함으로 인해 나는 그가 이 말을 하는 동안 줄곧 편두통으로 눈이 흐려져 있다는 생각에 불안해졌다. 그러나 그가 한 말의 의미를 나는 전적으로 좋게 받아들였다.

"훌륭해! 작품이었어! 넌 악마 때문에 괴로워할 필요가 전혀 없어. 신학도 입장에서가 아니라 인문학도 입장에서 한 말이었어. 그렇지?" 나는 가능하면 쾌활하게 말했다.

"심리학도 입장이라고 하자. 중립적인 입장이니까. 나는 심리학도들이 가장 진실을 사랑하는 사람들이라고 생각해." 그가 말했다.

"그럼, 아주 단순하고 소박하게 개인적으로, 한 시민으로서 말하는 건 어때?" 내가 제의했다. "너한테 말하려고 했는데……."

나는 내 계획에 관해, 헬레네에 관해, 내가 그녀를 어떻게 알게 되었는지, 우리가 서로를 어떻게 생각하는지 이야기했다. 그가 진심으로 축하해줄 수만 있다면 나는 내 결혼축하연에서 '춤과 관례'를 취소할 것을 미리 보장한다는 말도 했다.

그는 매우 기분이 좋아졌다.

"멋져!" 그가 외쳤다. "네가 결혼하려 한단 말이지? 정말 좋은 생각이야! 이런 일을 맞이하면 늘 놀라게 돼. 놀랄 게 전혀 없는데도 말이야. 내 축복을 받게!" 그러고는 영어로 "네가 결혼을 하고, 만약 아내가 부정을 저지른다면 난 목을 매겠어!" 하고 셰익스피어의 문장을 인용했다.

"됐어. 됐어. 말은 번드르르 하군" 나도 같은 장면에서 인용해 영어로 말했다. "네가 그 아가씨를 만나보면, 그리고 우리가 결합하기로 한 뜻도 알게 되면, 그렇다면 나의 안녕을 위협하는 것은 아무것도 없고, 오히려 모든 것이 평화와 안녕을 구축하기 위한 것, 안정되고 방해받지 않는 행복을 위한 것이라는 사실도 알게 될 거야."

"나는 그 사실을 의심하지 않아. 그리고 네 말대로 될 것이라는 사실도." 그가 말했다.

한 순간 그는 내 손을 잡고 싶었으나 참는 것 같았다. 우리의 대화는 한동안 멈추었다가 집으로 돌아갈 때 다시 중심 주제로, 계획한 오페라로 돌아와서 4장의 몇 장면에 대해 이야기했는데, 우리가 농담으로 주고받은 대사와 내가 반드시 삭제하고 싶었던 장면이 그 부분에서 나온다. 거기 나오는 언쟁은 너무 도발적인데, 극적으로는 빼도 문제가 되지 않는다. 아무튼 줄이기는 해야 했다. 희극이 4시간씩 걸리면 안 될 테니까. 이것이 내가 〈마이스터징거〉(바그너의 희극 오페라. 공연시간이 4시간을 넘는다 - 옮긴이)에 대해 가지고 있던 반감의 주된 이유였고 여전히 그 이유로 반대하고 있다. 하지만 아드리안은 바로 그 로절라인과 보옛의 '예스러운 표현들'을 서곡에서 대위법에 쓸 생각인 것 같았으며, 비록 내가 그의 이런 모습을 보면 크레치마가 들려준 바이셀 이야기가, 세계의 절반을 음악의 지배 하에 두고자 했던 그의 순수한 열정이 생각난다고 말했을 때 그는 웃고 말았음에도 불구하고 에피소드마다 나와 실랑이를 벌였다. 어쨌든 그는 내가 자기를 바이셀과 비교하더라도 이를 부끄럽게 생각하지 않는다고 했다. 그는 그 이야기를 처음 들었을 때부터, 음악의 혁신자이며 입법자였던 그 기묘한 인물에 대해 좀 우스꽝스러운 존경심을 품었는데, 그 존경심은 여전히 그의 마음속에 자리 잡고 있다고 말했다. 황당한 이야기지만 언제나 생각하고 있었고, 최근에는 그 어느 때보다 더 자주 생각한다고 했다.

"네가 그때 그 유치한 합리주의를 비난하자 내가 얼른 그 주인 음과 종복 음으로 된, 폭군 같은 어린애 장난을 방어했던 일 기억하지? 거기서 직관적으로 내 맘에 드는 것도 그 직관성이야. 그리고 음악의 정신과 순수하게 일치하는 것도. 엄격한 악장 같은 것을 작곡함으로써 자신을 우주적으로 표명하려는 의지. 우리는 오늘날 다른 차원에서, 좀 덜 유치한 차원에서 그와 같은 사람이 필요해. 그 당시 그의 어린 양들에게 그가 필요했던 것처럼, 한 체제의 지도자가 필요해. 객관성과 조직 능력을 지닌 교장선생님이. 재생산되는 것, 그러니까 옛것을 개혁적인 것과 결합시키는 능력이 충분한 사람, 그런 사람이 있어야 되는데……."

그가 웃었다.

"나도 실트크납처럼 말했네. 있어야 되는데…… 뭐는 없어도 돼?"

"네가 전통적이고도 개혁적인 교장선생님이라고 표현한 것은 참 독일적이야." 내가 던진 말이었다.

"그 말은 칭찬이 아니라 나를 비판적인 사람이라고 규정하는 말이지? 사실 그렇지만. 하지만 또한 시대적으로 꼭 필요한 것을 표현하는 말이기도 하잖아. 규약이 파기되고 객관적 강제성이 모두 해체된 시대에, 간단히 말해 자유의 시대에 강구하는 구제책 말이야. 자유는 재능에 바른 단물 같은 것이지만 결국 생식불능임을 알게 돼."

나는 이 말에 깜짝 놀랐다. 왜 그런지는 말하기 어렵지만 그의 입에서, 아니 아드리안 레버퀸에게서 내가 보기에 걱정하는 듯한 말이, 따라서 당연히 불안감과 경외감이 섞인 말이 나오다니! 이는 그가 생식불능을, 긍정적이고 자랑스럽기만 한 생산성에 위협을 가하는 마비와 억제를 오직 높고 순수한 정신과 관련해서만 생각하기에 나온 말이었다.

"생식불능성이 자유의 결과였다면 슬픈 일이야." 내가 말했다. "하지만 여전히 생산적인 힘을 출산할 희망은 남아있어. 그 힘을 낳기 위해

서는 자유를 획득해야 해!'

"맞아." 그가 대꾸했다. "그리고 자유는 한동안은 약속을 이행해. 자유는 주관성을 나타내는 다른 말인데, 어느 날 주관성은 자유를 더는 견디지 못하게 돼. 언젠가는 자기 자신의 창조적 가능성에 회의를 품게 되고, 객관성에서 안전과 보호를 추구하게 돼. 자유는 언제나 궤변적으로 포장되는 경향이 있어. 자신이 구속되어 있다는 사실을 금방 깨닫고 법, 규칙, 강제, 체제의 지시 하에서 자기를 완성해. 거기서 자기완성을 한다는 말은, 구속되어 있다고 해서 자유이기를 포기하지는 않는다는 말이야."

"자유의 의견에 의하면." 내가 웃었다 "자유가 이 사실을 아는 한! 하지만 현실적으로 자유는 그렇게 되면 더는 자유가 아니야. 개혁을 통해 생긴 독재가 자유가 아니듯이."

"그 말 확실해?" 그가 물었다. "아무튼 그건 정치놀음이고, 예술에서는 항상 객관적인 것과 주관적인 것이 서로 구별이 불가능해질 때까지 교차돼. 하나에서 다른 하나가 나오고, 다른 것의 성격을 띠고, 주관적인 것이 객관적인 것이 되어 굴복하고, 그것을 통해 즉흥적인 재능을 일깨우고, 우리가 흔히 '저것이 갑자기 자기가 주관성인 것처럼 구네'라고 말할 때처럼 활개를 치게 돼. 오늘날 파기된 음악 규약들이라고 해서 어느 시대나 항상 뚜렷한 객관성을 띠지는 않았어. 그렇게 드러나게 객관적인 것은 아니었어. 그 규약은 생생한 경험들을 보존하기 위한 것이었고, 따라서 오랫동안 생명의 중요성이 관련된 과제를 수행했어. 조직성의 과제. 조직성이 전부야. 그것 없이는 예술이 아니야. 그리고 그 과제는 미학적인 주관이 담당했어. 자신에게서 나온 작품을 자유 속에서 조직하겠다고 자청한 거야."

"베토벤을 염두에 둔 말이지?"

"응. 그리고 지배적 성향의 주관성이 음악에 조직성을 부여할 수 있도록 도와준 기술적 원칙, 즉 변주도 생각했어. 변주는 소나타의 작은 부분이었어. 주관적인 빛과 활기를 띤 소박하고 자유로운 공간이었는데, 베토벤은 그 작은 것을 우주적인 것으로 만들었어. 규약에 의한 형식이 주어져 있는 곳에서조차 주관성으로부터 형식을 요구하고, 이것으로 자유 속에서 새로운 형식을 만들었어. 그것이 변주야. 즉 기존의 것, 잔재물이 새로운 형식을 창조하는 즉흥적인 수단이 되는 거야. 변주에 의한 이행은 소나타 전체에 퍼졌어. 그것을 주제로 더 확실하고 더 광범위하게 해낸 사람은 브람스야. 그는 주관적인 것이 어떻게 객관적인 것으로 변하는지를 표본적으로 보여주었어. 그의 음악은 규정에 의한 온갖 미사여구, 공식, 잔재들을 벗어던지고, 이른바 작품의 통일성을 매순간 새로이 만들어내고 있어. 자유를 가지고. 그리고 이로 인해 비로소 자유는 전면적인 경제성의 원칙이 돼. 즉 음악에 우연성을 허용하지 않고 동질성을 유지한 재료를 써서 지대한 다양성으로 발전시킨다는 원칙이지. 주제 아닌 것이 아무것도 없다면, 모든 것이 늘 같은 데서 파생된 것으로 보인다면, 그것을 두고 자유로운 악장이라고 할 수는 없지……."

"하지만 전통적 의미의 엄격한 악장이라고도 할 수 없잖아."

"전통적인 것이든 새것이든, 내가 이해하는 엄격한 악장이란 이런 거야. 나는 그것을 음악의 모든 층위를 완벽하게 통합한 것이라고 봐. 완벽한 조직에 의거한 층위 상호간의 일치."

"무슨 말인지 잘 모르겠어."

"음악은 야생식물이야"라고 그가 말했다. "그 다양한 요소, 선율작법, 화성학, 대위법, 형식과 기악편성 등은 역사적으로 계획 없이, 그리고 서로 무관하게 발전했어. 역사적으로 한 분야의 소재만 진보하여 상대적으로 높은 단계에 이르렀을 때마다 다른 요소들은 뒤처진 채 남아 작품 전체의 자격으로서 그 진보한 소재가 도달한 발전상태를 조롱했어. 예를 들어 낭만주의 음악에서 대위법의 기능을 생각해 봐. 그건 단지 호모포니 악장에 덤으로 얹은 거야. 호모포니로 고안된 테마와의 표면적 결합이거나 가상의 목소리로 부르는 화성 합창을 장식하는 포장에 지나지 않아. 낭만주의 후기에 유행했던, 선율적인 동시에 화성적으로 구성된 대위법은 대위법이 아니야……. 내 말은, 개별 소재분야가 발전하면 할수록, 그리고 그중 몇 가지가 서로 융합될수록, 낭만주의에서 기악곡과 화음이 그랬듯이, 음악 소재 전체를 총괄해 합리적으로 조직해야 한다는 생각은 더욱 더 큰 매력과 설득력을 얻게 돼. 그런 조직을 통해 시대착오적 오해들을 정리할 수 있고, 한 요소가 단지 다른 요소의 기능을 떠맡는 사태를 저지할 수 있어. 선율작법이 화성학의 기능을 떠맡았던 낭만주의 시대의 사태 같은 거 말이야. 모든 층위가 똑같이 발전하고, 각 층위가 서로 구별되면서 하나로 수렴되어야 해. 음악적 층위의 우주적 통일이지. 궁극적으로 폴리포니의 푸가 양식과 호모포니의 소나타 이론 사이의 대립을 제거하는 것이 목표야."

"그럴 방법이 있어?"

"내가 언제 엄격한 악장에 가장 근접했는지 알아?" 그가 반문했다.

나는 기다렸다. 그는 두통이 생길 때면 늘 그러했듯이 알아듣기 힘들 만큼 작은 목소리로 말했다.

"브렌타노 연작시 가운데 〈오, 매정한 아가씨여!〉에서 그랬어. 그 곡은 다양하게 변용시킨 하-에-아-에-에스(h-e-a-e-es, 시-미-라-미-내림 미) 다섯 음의 음정계열로 된 아주 기본적인 구조야. 그렇게 제한된 음표로

짜인 기본 모티브가 허용하는 한도 내에서 수평음과 수직음이 결정되고 그 계열의 지배를 받아. 그건 낱말과도 같아. 암호 같은 말. 그 표시는 그 노래 어디서나 볼 수 있어. 그것이 그 곡 전체를 규정짓는다고 할 수도 있겠지. 하지만 그 낱말은 너무 짧아. 그리고 그 내부에서 움직임이 너무 적어. 그 말이 제공하는 음역은 너무 제한되어 있어. 여기서 더 나아갔어야 했어. 열두 개의 평균율 반음계 알파벳을 써서 더 큰 낱말을 만들었어야 했어. 알파벳 열두 개짜리 낱말. 열두 반음의 특정 결합과 상호연결, 계열을 만들었어야 했어. 그리고 그 계열에서 그 작품을, 개별 악장이나 다수 악장으로 된 작품 전체를 정확하게 파생시켰어야 했어. 작곡 전체의 모든 음은, 선율적으로도 화성적으로도, 이 미리 규정된 기본계열과의 관계를 증명할 수 있어야 해. 다른 것이 모두 나타나기 전에는 아무것도 반복되어서는 안 돼. 전체구조 속에서 각 동기가 나름의 기능을 완수하기 전에는 아무것도 나타나서는 안 돼. 남아도는 음표는 없어야 해. 이게 내가 말하는 엄격한 악장이야."

"놀라운 생각이야. 합리적인 총체적 조직이라고 할 만 해. 거기에는 극도의 짜임과 일치, 일종의 천문학적 규칙성과 정확성이 있을 거야. 하지만 그걸 상상해보니, 그런 음정계열을 변함없이 끝까지 연주하다보면 아무리 변화무쌍하게 구성되고 리드미컬해도 어쩔 수 없이 음악의 정체와 악성의 방종을 낳을 것 같아." 내가 말했다.

"그럴지도 몰라." 그가 미소 지으며 대답했다. 그런 우려를 이미 예상하고 있다는 미소였다. 그것은 자기 어머니와 닮은 점을 강하게 드러내는 미소였지만 두통으로 압박받는 가운데 힘겹게 지어 보인 미소였으며, 이 또한 내게는 익숙한 모습이었다.

"그렇게 간단하게 되지는 않아. 변주의 모든 기술을, 인위적이라고 경악할 만한 것까지도, 그러니까 과거에 소나타를 지배하도록 도와준 그 방법도 체계에 받아들여야 해. 나는 내가 왜 그토록 오래 크레치마 밑에서 그 구식 대위법을 연습하고, 그 많은 오선지를 반행 푸가와 역행 카논과 반역행 카논으로 가득 채웠는지 생각해 봤어. 그 모든 것은 열두 음으로 된 단어를 다양하게 변형시키는 데 유익할 거야. 기본계열로 사용하는 것 외에도 그 각각의 음정이 반대방향의 음정으로 대체되는 데 사용될 수도 있을 거야. 나아가 그 형태를 끝 음으로 시작할 수도 있고 첫 음으로 끝낼 수도 있을 거야. 그런 다음 이 형식도 다시 자체적으로 전회하게 하고. 반음계의 서로 다른 열두 으뜸음에서 조 바꾸기가 가능한 네 가지 조가 있어. 그러면 그 계열은 그러니까 마흔여덟 개의 서로 다른 형식으로 하나의 작곡에 이용될 수 있어. 아직 이해가 안 된다면, 특정한 음들을 대칭적으로 발췌해서 만든 계열에서 새롭고 독자적이지만 기본계열과 연관된 계열을 파생시켜 봐. 각 음 간의 관계를 긴밀하게 하려면 각 계열을 서로 친밀한 음들끼리 모아 부분형태로 세분하는 것이 좋을 거야. 두 개 이상의 계열도 이중 푸가, 삼중 푸가의 방식에 따라 한 곡의 기본소재로 쓸 수 있어. 여기서 중요한 것은 거기 쓰인 각 음이 예외 없이 계열 내에서 또는 그 계열의 파생계열 내에서 차지하는 위치에 따라 나름의 가치를 가져야 한다는 점이야. 그러면 내가 화성학과 선율작법의 일치라고 칭하는 것이 보장될 거야."

"마방진이네." 내가 말했다. "하지만 사람들이 그 모든 것을 들을까?"

"듣느냐고?" 그가 대꾸했다. "예전에 들었던 공익협회 강연 중에 음악에서 모든 것을 들어야 하는 것은 아니라는 말을 듣고 깊이 감명 받았던 일 기억해? 너의 그 '듣는다' 는 말이 지고(至高)의 엄격한 질서를 가능하게 하는, 천문계의, 우주의 질서와 법칙을 가능하게 하는 방법들을 정확하고 세세하게 인식한다는 뜻이라면, 아니야. 사람들은 그렇게 듣지 않을 거야. 하지만 그 질서는 들을 거야. 적어도 들었으면 좋겠어. 그리고 그 질서를 지각한다면 그때까지 몰랐던 미학적인 만족도 분명 얻을 수 있을 거야."

"네가 설명한 그 방법은 정말이지 독창적이야." 내가 말했다. "일종의 작곡 이전의 작곡을 불러내는 방법이야. 본격적인 작업을 시작하려면 전체적인 소재 배치와 조직을 먼저 끝내야 해. 그런데 뭐가 본격적인 작업인지 모르겠어. 왜냐하면 소재는 변주에 의해 준비되잖아. 그리고 변주의 창조성, 본격적인 작곡이라 할 수 있는 그 변주는 작곡가의 자유와 더불어 다시 소재가 되잖아. 일단 작업을 시작하면 작곡가는 더는 자유롭지 못할 거야."

"스스로 만든 질서의 강제에 의한 구속은 자유야."

"맞아. 자유의 변증법은 불가해한 면이 있어. 하지만 화성학의 형성자라는 의미에서는 작곡가를 자유롭다고 하기 어려울 거야. 화음형성은 완전히 우연에, 순전히 우연에 맡겨져 있는 거 아냐?"

"운에 맡겨졌다고 하는 편이 더 정확해. 화음을 형성하는 각 음의 폴리포니가 갖는 품위는 운에 의해 보장되어 있어. 역사적인 사건들, 불협화음이 해체되지 않고 구제된 일, 불협화음의 절대화는, 바그너의 후기 작품 여러 군데서 볼 수 있듯이, 체계 앞에서 합법성을 인정받는 모든 동시음(同時音)을 정당화하는 일이야."

"그 운이 나빠 진부한 결과를 낳으면? 협화음, 삼화음, 축소 칠화음 등 상투적인 것으로 나타나면?"

"그건 낡은 것을 운을 통해 새롭게 하는 것이겠지."

"네 유토피아에는 재생되는 요소가 있어. 매우 급진적이면서도 협화음에 가한 금기를 풀어 줘. 변주라는 전통적인 형식으로 되돌아가는 것도 비슷한 표시고."

"삶의 현상은 재미있게도 언제나 과거와 현재의 두 얼굴을 하고 있어. 늘 진보적인 동시에 역행적이야. 그것이 인생의 모호성을 가리키기도 해."

"그건 일반화 아냐?"

"무엇에 대한 일반화?"

"우리 민족이 나라 안에서 겪는 경험들의 일반화."

"오, 함부로 말하지 마. 그리고 아직 자축하긴 일러! 내가 하고자 하는 말은 단지, 너의 이의는, 이의로 한 말이라면, 그것은 상고(上古)의 요구를 충족시키는 일에 반대하는 의견으로 해석되지 않을 것이라는 말이야. 노상 울려대는 음을 정리하듯 장악하고, 음악의 그 마적인 본질을 인간의 이성으로 해체시키라는 요구 말이야."

"넌 내 인문학을 들고 나오는데…… 인간의 이성 말이야! 미안하지만 그러면서도 '운'이 네 결론이야. 그건 이성보다는 점성술에 오히려 더 가까워. 네가 추구하는 합리성에는 미신적인 요소가 많아. 알 수 없고 희미한 마력에 대한 믿음. 노름이나 카드 패 뜨기, 제비뽑기, 별자리 운세 등에서 그 본질을 드러내는 힘 말이야. 네 말과는 반대로 네 체계는 오히려 인간의 이성을 마법으로 해체하는 데 적합한 것 같아." 내가 말했다.

그는 주먹 쥔 손을 관자놀이로 가져갔다.

"이성과 마법은 서로 만나서 인간이 지혜 또는 납득이라고 일컫는 형태로 합일을 이룰 거야. 별과 수와 이런 것에 대한 믿음으로……"

나는 그가 고통스러워하는 모습을 보았으므로 더는 대꾸하지 않았다. 그리고 그가 말한 모든 것이 내게는, 아무리 풍부한 정신이 깃들어 있고 고려할 만한 가치가 많다고 하더라도, 고통의 각인이 찍혀 있는 듯했고 고통의 표시를 딛고 서 있는 것 같았다. 그도 우리 대화에 더 골몰하고 싶어 하지 않는 듯 했다. 함께 걸으며 내쉬는 한숨과 허밍소리에서 그가 더는 의욕이 없다는 사실을 알 수 있었다. 나는 생각에 잠겼다. 물론 혼란스러워하면서, 그리고 속으로 머리를 가로저으면서. 하지만 어떤 사고의 특징을 고통이라고 규정할 수는 있겠지만, 고통과 관계가 있다고 해서 그 가치를 깎아내릴 수는 없다고 조용히 생각했다.

그때부터 집에 도착하기까지 우리는 별로 말을 하지 않았다. 우리가 쿠물데 못 가에 몇 번 멈춰 섰던 기억이 난다. 들길에서 몇 발자국 옆으로 비껴서서, 이미 기울기 시작한 해가 우리 얼굴에, 물 위에 비추는 빛을 바라보았다. 물이 맑았다. 못의 가장자리에서만 평평한 바닥이 보였다. 거기서 얼마 떨어지지 않은 지점은 재빨리 어둠에 묻혔다. 알다시피 그 연못 중앙은 매우 깊었다.

"물이 너무 차." 아드리안이 머리로 가리키며 말했다. "들어가기엔 너무 차."―"너무 차." 그가 한 순간 쉬고는 또 반복했다. 이번에는 보이게 몸서리를 치면서. 그리고 몸을 돌려 걷기 시작했다.

나는 직업상 의무 때문에 그날 저녁에 카이저스아서른으로 돌아와야 했다. 그는 갈망하던 뮌헨으로의 출발을 며칠 더 미루었다. 그가 작별할 때 아버지와 악수하던 모습이 보인다. 그는 그때 몰랐지만 그것이 아버지와 나눈 마지막 악수였다. 그의 어머니가 그에게 키스하는 모습이 보인다. 그리고 전에 거실에서 크레치마와 함께 대화할 때와 같이 그의 머리를 당신의 어깨에 끌어당기는 모습이 보인다. 그는 어머니에게 되돌아올 수 없었고 그러려고 하지도 않았다. 어머니가 그에게로 왔다.

23

 "시작하지 않은 일은 진척시킬 수 없어." 이 말은 아드리안이 몇 주 후 바이에른 주의 수도에서 보낸 편지에서 쿰푸 교수의 말을 빌려 쓴 말인데, 그는 〈사랑의 헛수고〉 작곡에 착수했다고 하며 각본을 빨리 완성하라고 재촉했다. 작품 전체를 개괄할 필요도 있고, 특정한 음악적 연결과 관계의 형성을 위해 가끔 뒷부분을 미리 보고 싶다는 말도 했다.
 그는 음악학교 근처 람베르크슈트라세 가의 로데라고 하는 브레멘 출신 국회의원 미망인 집에 재임차인으로 세 들어 살았다. 그 집은 아직 새 집이라 할만했고, 로데는 두 딸과 함께 그 집 일층에서 살았다. 그에게 임대한 방은 현관 바로 옆 오른쪽에 조용한 거리를 향하고 있었으며, 로데는 그가 깔끔하고 정리정돈을 잘 하는 성격이라 세를 들였다. 아드리안은 곧 자신의 개인물품, 즉 책과 악보로 방 정리를 끝냈다. 그 방 왼쪽 측면 벽은 호두나무로 가장자리를 두른 동판화가 장식하고 있었는데, 아무래도 좀 엉뚱한 느낌을 주었다. 피아노 앞에 앉은 자코모 마이어베어가 자기 오페라에 나오는 인물들로 둘러싸여 영감이 가득한 눈으로 허공을 바라보며 건반을 두드리고 있는 그림이었다. 아드리안은 마이어베어를 신격화한 그 그림이 그다지 거슬리지 않았다. 녹색의 상판을 앞으로 뺄 수 있는 단순한 작업용 책상을 앞에 두고 등나무 의자에 앉으면 그 그림을 등지게 되어 있었으므로 그림이 신경 쓰이지는 않았다.

그의 방에는 옛 생각이 나게 하는 작은 풍금이 있었고, 집주인은 아드리안에게 풍금을 사용해도 좋다고 했다. 게다가 의원 부인은 주로 뒤쪽, 집 정원 건너편의 방에 있었고 딸들도 오전에는 보이지 않았으므로 아드리안은 살롱에 있는 그랜드피아노도 마음대로 칠 수 있었다. 그 피아노는 좀 낡았지만 음색이 부드러운 벡슈타인 제품이었다. 살롱의 안락의자에는 누비질한 천을 씌웠고, 팔이 여러 개 달린 청동 도금 촛대와 금도금을 한 격자 의자가 있었으며, 소파 테이블에는 고급 비단 덮개를 씌웠다. 그리고 테두리가 넓은 액자에 색이 매우 바래 칙칙해진 1850년 작 유화가 있었다. 그 그림은 할르치(터키 보스포루스 해협의 만 - 옮긴이)에서 갈라타 지방을 바라본 풍경이었다. 간단히 말해 이 살롱은 한때 풍요로웠던 살림의 잔유물로 장식되어 있었는데, 저녁이면 드물지 않게 작은 모임의 무대가 되었고, 아드리안도 처음에는 억지로 참석했지만 나중에는 습관적으로 함께 어울렸으며 상황이 그런 만큼 집안의 아들 노릇도 좀 하게 되었다. 그 모임에는 예술가들 또는 유사예술가들, 즉 이른바 깔끔한 보헤미안들이 참석했고 분위기가 편하고 재미있었으므로 로데 의원 부인이 브레멘에서 남부 독일의 주도(州都)로 이사하면서 품었던 기대를 충족시켜 주었다.

의원 부인의 모습을 간단히 훑어보자. 검은 눈에 살짝 센 갈색 머리는 우아하게 구불거렸고, 숙녀다운 자태에 상아색 뺨과 아직은 윤곽이 꽤 잘 유지된 편안한 얼굴을 하고 있었다. 그 얼굴은 그녀가 평생 귀족사회의 칭송받는 구성원으로서 일꾼이 많고 할 일도 많은 살림을 이끌어왔다는 사실을 말해주었다. 남편이 죽은 후(직무예복 차림의 초상화가 역시 살롱을 장식하고 있었다) 생활수준이 갑자기 격하되자 익숙한 환경에서 누리던 지위도 더는 온전하게 유지할 수 없었으나, 그녀의 내면에 죽지 않고 남아 있던, 아마도 한번도 제대로 충족시켜 주지 못했던 삶의 욕구는 오히려 더 자유롭게 표출할 수 있었으므로, 그녀는 자신의 인생 후반부를 인간적으로 더 따듯한 사회에서 더 재미있게 영위하고자 했다. 그녀는 딸들을 위해 사교모임을 주최했으나, 사실은 스스로 즐기기 위해, 자신의 비위를 맞추기 위해 하는 일이라는 표시가 꽤 뚜렷했다. 그녀는 너무 심하지 않은 외설적인 이야기, 예술도시 뮌헨의 온정 넘치는 또는 생각조차 할 수 없는 관습을 암시하는 이야기, 웨이트리스, 모델, 화가들의 에피소드 등을 들을 때 가장 즐거워했고, 그녀의 다문 입에서 매우 높은, 우아하지만 관능적인 웃음이 터져 나왔다.

    그녀의 딸들, 이네스와 클라리사는 이 웃음을 좋아하지 않는 눈치였다. 어머니가 이런 웃음을 터뜨릴 때 딸들은 서로 차갑고 못마땅한 눈짓을 주고받았는데, 장성한 자식들이 어머니가 인간적인 본능을 극복하지 못하는 데 불만을 품고 있다는 사실을 알 수 있었다. 적어도 막내 클라리사는 상류사회의 근거를 잃었다는 사실 때문에 자신의 반발심을 더욱 의식적으로 강조했다. 클라리사는 큰 키에 금발이었고, 큰 얼굴에 희게 화장을 했으며, 아랫입술은 둥글고 턱은 작았는데, 왕립 및 국립 극장의 원로에게서 연기수업을 받으며 배우로서의 인생을 준비하고 있었다. 그녀는 자신의 금발로 대담한 헤어스타일을 연출했고, 바퀴만한 모자를 쓰고 다녔으며, 별난 깃털 목도리를 좋아했다. 그런데 이런 것들이 그녀의 당당한 체격과 잘 어울려 요란해 보이지 않았다. 클라리사를 숭배하는 무리들은 그녀의 유별나고 섬뜩한 취향에 즐거워했다. 그녀에게는 이삭이라고 하는 유황색의 고양이가 있었는데, 그녀는 이삭의 꼬리에 검은 공단 리본을 달아 교황의 죽음을 애도하게 했다. 그녀의 방에는 여러 군데 죽은 사람의 머리가 있었다. 정말로 이빨을 드러낸 해골의 표본도 있었고, 청동판으로 만든 것도 있었다. 움푹 들어간 눈으로 인생무상과 건강회복을 상징하는 그 청동판에는 히포크라테스의 이름이 그리스 문자로 새겨져 있었으며, 2절판의 대형 책자 겉표지 노릇을 했다. 그 책은 속이 비었고, 매끈한 밑바닥은 정교한 공구를 이용해야만 풀 수 있는 네 개의 작은 나사로 고정시켜 두었다. 책 표지 사이 빈 공간에 독극물을 넣고 잠가 둔 것이었다. 훗날 클라리사가 음독자살하자 로데 부인은 그 책을 유물이라며 내게 주었고, 나는 그것을 아직까지 보관하고 있다.

언니 이네스에게도 비극적인 일이 예정되어 있었다. 그녀는 그 집안에—'그나마'라는 말을 써야 할까?—남아 있던 체면을 지켰다. 그녀는 전통, 명문가의 분위기, 상류사회의 엄격함, 품위 등을 대단히 강조하고 선호했으며, 고향을 떠나온 일, 남쪽 지방의 기질, 예술도시, 보헤미안들, 어머니의 저녁모임을 못마땅하게 생각했다. 이러한 보수성은 자신의 성격을 긴장과 위해(危害)로부터 보호하기 위한 장비와도 같아 보였는데, 그녀는 이를 대단히 중요한 교양으로 생각했다. 그녀는 클라리사에 비해 아담한 체구였고, 동생과는 매우 잘 지냈으나 어머니는 조용히 그러나 분명히 거부했다. 풍성한 회색 머리칼은 그녀의 작은 머리에는 버거웠으므로 하나로 모아 가슴 앞쪽으로 끌어내렸고, 목이 길며, 입술을 오므리며 미소 지었다. 코는 좀 혹같이 생겼고, 창백한 눈의 시선은 거의 눈꺼풀에 걸려 있었는데, 매끄럽고 가녀린, 그러나 마음을 놓지 못하는 눈초리였으며, 장난기가 없지 않았지만 지적인 슬픈 눈이었다. 그녀가 받은 교육은 그저 올바른 정식교육이라 할 만한 것이었다. 왕실이 후원하는 칼스루에 여학생 기숙학교에서 2년을 보냈는데, 그녀는 예능도 공부도 열심히 하지 않았고, 집에서 얌전히 살림하기를 좋아했다. 그렇지만 많은 양의 독서를 했고, 그녀가 과거로 보내는 편지, 즉 기숙사 사감과 옛 친구들에게 보내는 편지를 모은 〈집으로〉는 필치가 제법 빼어났다. 그녀는 몰래 시도 썼다. 그녀의 동생이 어느 날 내게 그 시를 보여주었다. 제목은 〈광부〉인데 나는 그 첫 연을 기억하고 있다.

> 나는 영혼의 갱도 속 광부
> 조용히 겁 없이 어둠으로 내려가
> 밤을 뚫고 흐린 빛을 발하는
> 귀한 광석을 고통스럽게 바라본다.

그 다음은 잊어버렸다. 마지막 행만 기억난다.

> 더는 행복으로 오르기를 원치 않으리.

딸들 이야기는 그만 하자. 아드리안은 이들과 한 집에 같이 살면서 좋은 관계를 유지했다. 그 두 사람은 아드리안의 재능을 인정했고, 아드리안을 그다지 대단치 않게 여기던 어머니도 딸들의 영향을 받아 그를 여전히 예술가로 인정하지는 않았지만 그래도 꽤 높이 평가하게 되었다. 그 집에 드나드는 손님들 이야기를 하자면 보통은 이랬다. 몇 명이 번갈아 가면서 저녁식사 때 그 집에 도착해 식구들과 함께 식당으로 향했는데, 그 가운데는 물론 아드리안도 포함된다. 그 집 식구들은 아드리안을

'우리 세입자 레버퀸 박사'라고 불렀다. 로데 부인네 식당에는 그 공간에 어울리지 않게 너무 웅장하고 조각이 너무 화려한 떡갈나무 뷔페 상에 음식이 차려져 있었다. 다른 사람들은 아홉 시에 또는 더 늦게 도착해서 노래도 하고 차도 마시고 이야기도 나누었다. 그들 가운데는 에르(r)를 발음할 때 혀끝을 굴리는, 젊고 혈기 넘치는 젊은 남자들과 목소리가 맑은 아가씨들이 한둘 있었는데, 그들은 클라리사의 동료들이었다. 크뇌터리히 부부도 그 모임의 일원이었다. 남편 콘라트 크뇌터리히는 뮌헨 토박이였지만 머리를 꼬아 두르지만 않았을 뿐 생긴 모습은 옛 게르만 족, 수감비 족이나 우비 족과 유사했다. 그는 원래 화가라는데 뭔지는 모르겠지만 예술 관련 일을 했고, 아마추어 악기 제작자였으며, 첼로를 연주했으나 상당히 거칠고 부정확한 솜씨일 뿐 아니라 연주하면서 매부리코를 통해 격렬하게 숨을 내뿜었다. 부인 나탈리아는 갈색 피부에 귀고리를 했고, 검은 곱슬머리가 뺨을 향해 휘었으며, 스페인 풍, 이국풍의 분위기를 풍기며, 남편과 마찬가지로 화가로 활동했다. 그리고 동전학자이자 주화박물관 관리책임자인 크라니히 박사도 있었는데, 그는 또박또박한 말투에 목소리가 맑아 알아듣기 편했지만 목소리에서 천식기가 묻어나왔다. 그밖에도 유겐트슈틸(1890-1910년에 독일에서 유행하던 예술양식의 하나 - 옮긴이) 화가가 두 사람 더 있었다. 레오 칭크와 밥티스트 슈펭글러였는데, 이 둘은 친구 사이였다. 칭크는 오스트리아 사람으로서 보첸 출신인데 사교술이 뛰어나 좌중을 이끄는 유형이었으며, 부드럽게 끌리는 억양으로 자기 자신 또는 자신의 너무 긴 코를 비꼬며 알랑거렸고, 서로 바짝 붙어있는 둥근 눈으로 정말 우스꽝스러운 눈길을 던져 여자들을 웃기는 천박한 어릿광대였다. 그는 늘 이런 식으로 모임의 시작을 부드럽게 했다. 다른 친구 슈펭글러는 중부독일 태생으로서 매우 센 금발의 콧수염이 난 수상한 속물이었는데, 부유하고 일도 별로 안 했으며, 우울증 증세가 있었으나 책은 많이 읽었고, 늘 미소를 지었으며 대화할 때 눈을 빠른 속도로 깜빡거렸다. 이네스 로데는 그를 대단히 불신했다. 얼마나 불신했는지 구체적으로 말하지는 않았지만, 아드리안에게 슈펭글러는 몰래 숨어서 살금살금 접근하는 유형이라고 말할 정도였다. 아드리안은 밥티스트 슈펭글러에게서는 왠지 지적인 안정감이 느껴지므로 그와 함께 있으면 기분이 좋다고 고백했다. 하지만 아드리안은 다른 손님이 자신의 수줍어하는 성격을 알고 붙임성 있게 다가와도 그에 응해 어울린 적이 별로 없었다. 루돌프 슈베르트페거는 젊고 유능한 바이올리니스트였다. 궁정악단과 더불어 뮌헨 시의 음악을 이끄는 차펜슈토스 오케스트라 단원이었으며 제2바이올리니스트로 활동했다. 드레스덴에서 태어났지만 집안은 원래 남부독일 출신이며 금발에 중간 키, 균형잡힌 체구에 작센 문명의 영향을 받아 세련되고 호감이 가는 분위기였고, 선량하고 자상하며 살롱에도 열심히 나왔다. 그는 저녁마다 시간만 나면 모임을 적어도 한 건(件), 보통은 둘 또는 세 건까지도 해결했는데, 젊고 예쁜 아가씨든 나이든 여자든 가리지 않고 함께 시시덕거리느라 여념이 없었다. 레오 칭크와 그는 서로 냉담했고 때로는 날카롭게 대치했다. 나는 그 훌륭한 젊은이 두 사람이 서로 그다지 좋아하지 않는다는 사실을 여러 번 눈치 챘는데, 영웅들이나 미인들이 서로 좋아하지 않는 현상과도 같은 것이었다. 나로 말하자면, 슈베르트페거에게 아무런 반감도 없었으며 그를 정말 좋아했다. 그는 젊은 나이에 비극적인 죽음을 맞이했고, 그로 인해 나는 특이하고 오싹한 두려움에 휩싸였으며 가슴 깊이 큰 충격을 받았다. 그 젊은 친구가 소년 같은 자태로, 옷 속의 어깨를 반듯하게 펴고 입꼬리를 살짝 일그러뜨리면서 아래로 끌어내린 채 내 앞에 서 있던 모습이 아직도 내 눈에 선하다. 사람을 붙잡아 놓고 대화하며 화난 듯 쳐다보는 천진한 모습, 입술을 위로 치켜 올린 채 강철빛 푸른 눈으로 상대방의 얼굴을, 한번은 이쪽 눈을, 또 한번은 저쪽 눈을 똑바로 쳐다보는 그 모습이. 그는 뛰어난 재능 외에도 사랑받는 청년으로서의 자질을 두루 갖추고 있었다. 자유로운 기질, 예의바른 태도, 편견 없는 사고, 돈과 재산에 대해서는 예술가답게 무관심했고, 간단히 말해 정말 순수했는데, 아름다운—반복하지만— 강철빛 푸른 눈에서 뿜어 나오는 시선과, 약간 불독이나 몹스 같이 생겼지만 청년다운 매력으로 빛나던 얼굴도 그의 순수한 면모였다. 그는 종종 의원 부인과 음악을 즐겼다. 그녀의 피아노 실력은 과히 나쁘지 않았다. 그가 의원부인과 음악을 연주한다는 것은 크뇌터리히의 첼로 연주를 가로막는다는 의미였다. 크뇌터리히는 첼로를 연주하고 싶어 했지만 사람들은 루돌프의 연주를 더 듣고 싶어 했다. 그의 연주는 깨끗하게 가꾸어진 느낌이었고, 소리가 크지는 않았지만 부드러웠으며 기교면에서도 탁월했다. 비발디나 비외탕, 슈포르의 작품과 그리그의 다단조 소나타, 그리고 크로이처 소나타와 세자르 프랑크의 작품들을 흠잡을 데 없이 연주했다. 그는 쉽게 말해 문학을 접하지 않았으므로 정신세계가 높은 사람들의 의견을 듣고 싶어 했다. 그는 그런 사람들과의 교제를 중요하게 생각했는데, 우쭐하고 싶은 마음도 있었지만 그들과의 교제를 통해 자신을 완성시키고자 했다. 그는 곧 아드리안에게서도 그것을 기대했고, 그에게 잘해주었으며, 여성들을 제쳐놓고 그의 평가부터 듣고자 했다. 그리고 아드리안은 줄곧 거부하는데도 자기와 같이 있어주기를 원했고, 음악 이야기는 물론 음악과 관련이 없는 이야기도 아드리안과 나누고 싶어 했다. 범상치 않은 충정의 표시였으나 상대방에 대한 배려의 부족과 자연스럽고 거리낌 없는 문화의 표시이기도 했으며, 아드리안은 그를 냉담한 태도로도 소극적인 성격으로도 또는 낯선 분위기로도 납득시키거나 위축되게 하거나 물러나게 할 수 없었다. 한번은 아드리안이 두통 때문에 의원 부인의 모임에 조금도 흥미를 느끼지 못해 참석을 거부하고 방에 틀어박혀 있었는데, 갑자기 슈베르트페거가 컷어웨이(프록코트 앞부분을 경사지게 잘라낸 예장 - 옮긴이)에 검은 예복 넥타이 차림으로 나타나—아마도 다른 손님들의 부탁을 받고—그를 설득시키고자 했다. 나와서 같이 어울리라고. 그가 없으니까 너무 재미없다고. 아드리안은 결코 모임에서 분위기를 띄우는 사람이 아니었으므로 슈베르트페거의 이 말은 아드리안을 혹하게 했다. 누가 이겼는지는 나도 모른다. 아무튼 아드리안이 그런 사소한 일로 설득 당하지는 않았으리라는 추측에도 불구하고, 슈베르트페거의 탁월한 붙임성에 아드리안은 놀라고 행복하지 않을 수 없었을 것이다.

이로써 나는 로데 살롱 구성원들의 외견을 제법 상세히 묘사했는데, 나 또한 훗날 프라이징 대학의 교수가 되었을 때 뮌헨 사교계의 다른 많은 사람들과 더불어 그들과도 알게 되었다. 여기에 뤼디거 실트크납이 나중에 합류한 일은 결코 작은 일이 아니었다. 그는 사람은 라이프치히가 아니라 뮌헨에 살아야 한다는 아드리안을 본받아 그 충고를 실천에 옮길 결단을 내렸다. 그에게 고어 영어 번역을 맡긴 출판사가 뮌헨에 있었으므로 뤼디거에게는 현실적인 명분도 있었다. 뿐만 아니라 그는 자기 아버지 이야기와 '이것을 관람하십시오' 에 금세 웃던 아드리안과의 교제가 아쉬웠던 모양이었다. 그는 아드리안의 집에서 멀지 않은 아말리엔슈트라세 가의 어느 집 4층에 방을 구했고, 바깥바람을 쐴 필요를 느낄 때를 제외하고는 거기서 겨울 내내 창문을 열어놓고, 외투와 대형 모직 숄로 몸을 감싼 채 책상에 앉아 때로는 증오심으로 씩씩거리기도 하고 때로는 열정적으로 몰입하기도 하면서, 열악한 여건 하에 담배만 피워대면서 영어 단어, 구, 리듬을 정확한 독일어로 옮기느라 씨름했다. 그는 점심 때 왕립 극장 식당에서 또는 시내의 지하 음식점에서 아드리안과 함께 식사를 하곤 했으나 곧 라이프치히에서 구축한 인맥을 통해 남의 집에서 식사를 해결할 길을 찾았다. 그는 저녁 초대는 말할 것도 없고 아무 때나, 점심때도 자신을 위해 상을 차리도록 하는 데 성공했다. 아마도 그와 함께 쇼핑을 한 그 집의 안주인이 그의 당당한 가난에 반했을 것이다. 실트크납이 거래하던 퓌르스텐슈트라세 가의 출판사 라트브루흐 사의 소유주와 그의 관계가 이랬다. 그는 슐락인하우펜 부부에게서도 똑같이 이렇게 얻어먹었는데, 중년의 슐락인하우펜 부부는 돈은 많았으나 아이가 없었으며, 남편은 슈바벤 출신의 재야학자였고 아내는 뮌헨 출신으로서 결혼 전 성씨가 플라우지히였다. 그들은 브리너슈트라세 가에 좀 황량하지만 화려한 집이 한 채 있었는데, 기둥을 치장한 그 집의 살롱은 그 도시의 예술가와 철학자들의 만남의 장소였다. 안주인은 한 사람에게서 철학적인 요소와 예술적인 요소가 통합되어 나타날 때 가장 좋아했는데, 이를테면 그 살롱에 드나들었던 궁정극단의 총감독 리데젤 남작이 그런 사람이었다. 이 외에도 실트크납은 종이공장을 소유한 부유한 사업가 불링거의 집에서도 얻어먹었는데, 그의 집은 강변의 비덴마이어슈트라세 가에 자신이 지은 임대 주택의 꼭대기 층이었다. 또 프쇼르브로이 주식회사 사장 집에서도 얻어먹었고, 다른 데서도 얻어먹었다.

뤼디거는 슐락인하우펜의 집에 아드리안도 한 번 데리고 갔다. 그야말로 생면부지의 아드리안은 그곳에서 여러 사람들을 알게 되었다. 이를테면 작위를 받은 화가들, 바그너 극의 여주인공 타냐 오를란다, 펠릭스 모틀, 바이에른 궁중의 귀부인들, '실러의 증손자' 이자 예술사 관련 책을 집필한 글라이헨-루스부름, 그리고 이른바 작가들, 즉 책은 전혀 쓰지 않고 입으로만 문학을 하며 그 재능을 사교모임의 분위기를 화기애애하게 만드는 데 발휘하는 사람들이었다. 아드리안은 이들과 그저 형식적으로 인사를 나누었을 뿐 그들과의 교분이 지속되지는 않았다. 그리고 자넷 소이엘도 그곳에서 처음 알게 되었다. 그녀는 매우 신뢰가 가는 사람이었고, 매력적인 개성의 소유자였으며, 아드리안보다 거의 열 살이 위였는데, 고인이 된 바이에른 정부 관리와 프랑스 여인 사이에 태어난 딸이었다. 그 프랑스 여인은 신체마비로 의자에만 붙어 있었으나 정신적인 활동이 매우 활발했으며, 한번도 독일어를 배우려고 애써본 적이 없었으나 운 좋게도 살롱에서는 프랑스어 사용이 일반화되어 있었고, 그로 인해 그녀에게 돈과 지위가 보장되었으니 그럴 만도 했다. 마담 소이엘은 식물원 근방에서 세 딸과 함께 살았는데 그중 자넷이 맏이였다. 그 집은 꽤 조촐한 아파트였는데, 완전히 파리 풍으로 꾸민 작은 살롱에 사람들이 모여 차와 음악을 즐겼으며, 이 모임은 인기가 매우 좋아 정식교육을 받은 남녀 실내 합창단원들의 노랫소리가 울려 퍼질 때면 그 좁은 공간이 터질 듯했다. 종종 그 허름한 집 앞에 청색 궁정마차가 와 서곤 했다.

　자넷에 대해 말하자면, 그녀는 소설을 쓰는 작가였다. 두 언어를 들으며 성장한 그녀는 부정확하지만 매력 넘치는 자기만의 관용적 표현으로 여성적이고 개성 넘치는 소품들을 썼는데, 그 작품들은 심리적, 음악적으로도 매력이 있었으며 고급 문학으로 평가받아 마땅했다. 그녀는 곧 아드리안의 눈에 띄었고 그를 가까이 했는데, 아드리안 역시 그녀와 대화를 나눌 때면 마음이 편했다. 그녀의 얼굴은 순한 양과도 같았는데, 그 얼굴에는 바이에른 사투리와 프랑스 어가 섞인 그녀의 말투에 걸맞게 전원적인 분위기와 귀족적인 분위기가 한데 섞여 있었으며, 대단히 지적인 동시에 세속의 추한 면에 대해서는 아무것도 몰라 어리둥절한, 순진하기가 이를 데 없는 노처녀였다. 그녀는 왠지 마음이 들떠있는 듯하고 혼란스럽고 익살스러운 면이 있었는데, 이 점에 대해서는 그녀 자신도 거리낌 없이 밝게 웃었다. 이 웃음은 레오 칭크가 자기 자신을 조소하며 알랑거릴 때와는 다른, 대단히 순수하고 즐거운 마음에서 우러나오는 웃음이었다. 게다가 그녀는 음악을 매우 즐겼다. 피아노를 연주했고, 쇼팽에 열광했으며, 서적을 통해 슈베르트를 연구했고, 당대 음악계의 저명인사들 가운데 알고 지내는 사람이 적어도 한 명은 있었다. 그녀는 아드리안과 처음으로 모차르트의 폴리포니 음악과 바흐와의 관계에 대해 많은 의견을 교환했고, 아드리안은 수년에 걸쳐 그녀와 친분을 유지했다.

아드리안은 뮌헨을 거주지로 선택했지만 이 도시 또한 그를 제대로 품었다고는, 그를 도시의 일부로 만들었다고는 아무도 생각하지 않았을 것이다. 건조하고 푸른 알프스 하늘 아래 산골짜기의 샘물이 흘러, 장중하면서도 전원적인 그 도시의 풍경은 그의 눈을 편하게 해주었을 것이고, 영원히 가면을 벗어던진 듯한 그곳의 관습은 그의 삶도 편하게 해주었을 것이다. 그러나 그 도시의 정신은, 흠 잡을 데 없지만 바보 같은 삶의 분위기는, 이렇게 말해서 미안하지만, 향락에 빠진 카푸아(남 이탈리아의 도시. 고대에 유흥과 타락으로 유명했음 - 옮긴이)의 관능적이고 장식적이며 축제와도 같은 예술감각은 아드리안과 같이 심오하고 엄격한 사람에게는 낯설 수밖에 없었다. 그 도시의 이러한 특징은 내가 일 년 전 쯤 처음 알게 된, 어둡고 차고 생각에 잠기는 듯 거리를 둔 그의 시선이 제대로 꽂힐 그런 대상이었으며, 그는 그런 시선을 던진 후 언제나 미소를 띤 채 등을 돌렸다.

내가 말하는 뮌헨은 섭정 후기, 즉 전쟁이 일어나기까지 4년밖에 남지 않은 때의 모습인데, 전쟁이 끝난 후 이 도시의 화기애애한 분위기는 심리적인 질환으로 변해, 그 가운데 우울하고 기괴한 일이 하나둘 자랄 수밖에 없었다. 원경(遠景)이 아름다운 대도시 뮌헨의 정치적 문제는 배타적인 전통 가톨릭교와 제국의 관습에 충실하면서 신선한 활기를 불어 넣는 자유주의 간의 감정적 대립에 국한되어 있었다. 뮌헨의 장군회관 홀에서 열리는 위병교대식 음악회, 예술품 상점들, 호화 장식용품 상가, 계절별 전시회, 카니발의 농부 무도회, 메르첸비어(3월에 양조된 맛이 강한 저장맥주 - 옮긴이)를 마셔 뚱뚱한 사람들, 옥토버비제(옥토버페스트 축제가 열리는 벌판 - 옮긴이)에서 몇 주에 걸쳐 서는 교회 헌당일 기념 시장, 이미 현대의 대량생산으로 변질된 지 오래지만 고집스럽게 유쾌한 정조로 농신(農神)을 기리는 도시, 바그너 문화에 머물러 있는 도시, 그 밀교와 같은, 개선문 뒤에서 미학적인 밤의 축제를 즐기는 패거리들, 공공의 자비심에 매달리는, 근성이 편한 보헤미안들, 아드리안은 오버바이에른 지방에서 가을, 겨울, 봄을 한 번씩 겪으며 보낸 9개월 동안 그 모든 것을 보았고, 그 속에서 거닐었고, 그 맛을 보았다. 그는 실트크납과 함께 예술축제에 갔을 때 환상적이고 어스름한 분위기로 멋지게 장식한 홀에서 로데와 가깝게 지내는 사람들을 만났다. 그들은 젊은 배우들, 크뇌터리히 부부, 크라니히 박사, 칭크와 슈펭글러, 그 집의 두 딸 등이었는데, 아드리안은 클라리사, 이네스와 함께 자리했고, 뤼디거, 슈펭글러, 크라니히, 그리고 자넷 소이엘이 한 자리에 앉았다. 거기에 슈베르트페거가 농부 총각 차림으로, 자신의 멋진 다리에 잘 어울리는 15세기 플로렌스 전통의상을 입고 나타났는데 보티첼리가 그린 빨간 모자를 쓴 소년의 초상과 유사해 보였다. 슈베르트페거는 축제기분에 들떠 자신의 정신을 함양할 필요성을 완전히 잊고, 로데 집안 아가씨들에게 춤을 추자고 "부드럽게" 청했다. "부드럽게"는 그가 즐겨 쓰는 말이었다. 그는 모든 일을 부드럽게 해야 하며, 그렇게 하지 않는 것은 의무를 소홀히 하는 일이라고 믿었다. 자기는 다해야 할 의무가 많은 사람이고 홀에 앉아 있는 손님들과 얼른 화기애애한 대화도 나누고 싶지만, 람베르크슈트라세의 숙녀들, 자신과는 남매지간과도 같은 그녀들을 소홀히 하는 일은 결코 부드러운 태도가 아닌 줄 안다고 말했는데, 그의 접근방법에서 상냥하고 부드러운 태도가 지나치게 두드러졌으므로 클라리사는 우쭐대며 이렇게 말했다.

"이런, 루돌프. 그렇게 빛나는 구제자의 얼굴을 하지만 않는다면 좋으련만! 분명히 말씀드리는데, 우리는 춤을 실컷 추었기 때문에 당신이 필요 없답니다."

"필요라고요?" 그가 유쾌하게, 조금은 볼멘소리로 화난 척하며 대꾸했다. "그럼 나를 즐겁게 해주기 위해 무엇이 필요한지는 조금도 생각하지 않나요?"

"전혀!" 그녀가 말했다. "게다가 당신하고 춤추기에는 내 키가 너무 커요."

그리고 나서 그녀는 너무 작아 둥근 입술 아래로 움푹 파일 공간조차 없는 턱을 의기양양하게 치켜들고 슈베르트페거와 함께 춤추러 일어섰다. 어쩌면 그와 함께 일어선 사람이 이네스였는지도 모르겠다. 이네스는 시선을 내리깔고 오므린 입술로 미소를 띤 채 그를 따라나섰다. 아무튼 슈베르트페거는 그 자매들에게만 부드럽게 대하지는 않았다. 자신의 건망증도 부드럽게 살폈다. 그는 클라리사가 춤을 거절하자 갑자기 심각해지더니 아드리안과 밥티스트 슈펭글러 옆에 앉았는데, 슈펭글러는 여전히 가장(假裝)을 한 채로 적포도주를 마시고 있었다. 그는 눈을 깜빡이기도 하고 뻣뻣한 콧수염 위의 뺨에 보조개를 만들기도 하며 공쿠르의 일기나 아베 갈리아니의 편지를 인용했는데, 슈베르트페거는 화난 듯 똑바로 쳐다보며 주목하는 그런 표정으로 슈펭글러의 얼굴을 뚫어져라 쳐다보았다. 그는 아드리안과 차펜슈토스 악단의 다음 공연 프로그램에 관해 이야기했고, 모든 면에서 그보다 더 시급하고 중요한 의무가 없다는 듯이 아드리안이 최근에 로데 부인의 집에서 했던 이야기에 대해, 음악과 오페라의 수준과 그 유사한 내용들에 대해 더 설명해 달라고 하고 그의 말에 집중했다. 그는 아드리안의 팔을 끌어 축제에 모인 인파로 가득한 홀을 함께 돌아보았는데, 그러면서 축제분위기에 들떠 그에게 말을 놓았으나 아드리안은 이에 동조하지 않았으며, 슈베르트페거는 그 사실조차 알아채지 못했다. 자넷 소이엘이 나중에 내게 말해주었는데, 아드리안이 그렇게 돌아다닌 후 자리로 돌아오자 이네스 로데가 이렇게 말했다.

"루돌프에게 잘 해주지 마세요. 그는 뭐든지 다 갖고 싶어 해요."

"어쩌면 레버퀸 씨도 뭐든지 다 갖고 싶어 할 지도 모르지." 클라리사가 턱을 손으로 괴고 말했다.

"저한테 바이에른 주에 자기 이름을 날릴만한 바이올린 콘체르토를 써달라고 했어요."

"써주지 마세요! 만약 당신이 저 사람을 염두에 두고 작곡을 하게 되면 머릿속에는 자질구레한 것들밖에 떠오르는 게 없을 거예요." 클라리사가 말했다.

"저를 대단히 만만한 사람으로 보시는군요." 그는 이렇게 대꾸했다. 옆에서 밥티스트 슈펭글러가 동의하는 뜻의 너털웃음을 터트렸다.

아드리안의 뮌헨 생활에 대한 보고는 이 정도면 충분하다. 아드리안은 실트크납과 함께, 보통은 실트크납이 같이 가자고 졸라서, 여러 번 근교로 소풍을 갔는데, 겨울철에 여행을 시작해 눈이 꽁꽁 언 나날을 오탈 골짜기, 오버아머가우 평원, 미텐발트 숲에서 함께 보냈다. 그곳은 관광 사업으로 좀 유치해지기는 했지만 빼어나게 아름다운 곳이었다. 봄이 오자 이런 소풍은 더 잦아졌고, 유명한 호수들과 민화에 나오는 광인이 살았다는, 현재 극장으로 사용하는 성(城)들을 찾아갔으며, 주로 자전거를 타고(아드리안은 자유롭게 여행할 수 있는 자전거를 좋아했다) 마음 내키는 대로 초록이 물들어가는 교외로 나가, 유명한 곳이든 보잘 것 없는 곳이든 발 닿는 곳에서 밤을 보냈다. 이 이야기를 하는 이유는 아드리안이 이러는 가운데 훗날 자신의 주거환경으로 선택하게 된 그 장소를, 즉 발츠후트의 파이퍼링과 슈바이게슈틸 농장을 알게 되었기 때문이다.

    소도시 발츠후트는 볼거리도 매력도 없는, 가르미시-파르텐키르헨 열차 구간에 있는 소도시였으며 뮌헨에서 한 시간 거리였는데, 발츠후트에서 다음 정거장인 파이퍼링 또는 페퍼링까지는 겨우 10분 거리였으므로 급행열차는 그곳에 서지 않았다. 그들은 별로 볼 것이 없는 경관 한가운데 우뚝 솟은, 양파 모양 지붕을 인 파이퍼링 교회의 탑을 옆에 두고 그곳을 지나갔다. 아드리안과 뤼디거가 이 작은 마을에 오게 된 것은 순전히 즉흥적인 결정에 따른 일이었으므로 이번에는 가볍게 훑고 지나갔다. 두 사람은 다음 날 할 일이 있었고 그날 저녁 기차로 발츠후트를 떠나 뮌헨으로 돌아올 생각이었으므로, 슈바이게슈틸의 집에서 밤을 보내지도 않았다. 그들은 그 소도시 중심지의 식당에서 점심을 먹은 후 기차 출발까지는 아직 몇 시간 남았으므로, 나무가 우거진 시골길을 자전거를 타고 마을을 지나 파이퍼링 방향으로 더 달렸다. 한 아이에게 근처 연못의 이름을 물으니 클라머바이어라고 대답했고, 나무가 자란 모습이 흡사 왕관을 쓴 것처럼 보이는 '롬뷔엘' 산의 봉우리를 쳐다보았으며, 사슬에 묶여 짖는 개를 맨발의 하녀가 '카시펠'이라고 부르는 소리를 들었다. 그들은 교회 문장(紋章)이 장식되어 있는 어느 농장의 대문에서 집주인에게 레모네이드 한 잔을 청했다. 목이 말라서라기보다는 그 건물이 바로 눈에 들어와 박혔기 때문이었다.

당시 아드리안이 그 묘한 일치를, 다르지만 멀지 않은 조(調)로 옮겨진 것 같은 상황을 얼마나 '알아보았는지', 그 당시에 바로 알아보았는지, 아니면 나중에야 천천히, 훗날 돌아보고 비로소 깨달았는지 나는 모른다. 내 생각은 그가 처음 그곳을 발견했을 때는 의식하지 못하다가 나중에야 비로소, 아마도 꿈속에서 깨닫고는 깜짝 놀랐으리라는 쪽으로 기운다. 아무튼 그는 그 신기한 일치에 대해 실트크납에게 한마디도 안 했고, 나에게조차 아무 말도 하지 않았다. 내 생각이 틀렸을 수도 있다. 연못과 언덕, 안뜰의 대단히 크고 오래된 나무—이곳은 느릅나무였지만—그 아래 둘러앉을 수 있는, 녹색 칠을 한 벤치, 그 밖에 또 일치하는 세부 사항들이 첫눈에 확연히 보였는지도 모른다. 꿈을 꾸는 것이 아닌가 하고 눈을 크게 떴을지도 모른다. 그가 아무 말도 하지 않았다고 해서 아무것도 의식하지 않은 것은 아니다.

대문에서 방문객을 맞이한 사람은 엘제 슈바이게슈틸이었는데, 그녀는 정중하게 두 사람의 이야기에 귀를 기울인 후 긴 유리잔에 긴 숟가락으로 레모네이드를 타주었다. 그녀는 복도 왼쪽에 있는 멋진 방에서 마시라고 권했는데, 천장이 둥글고 거의 홀과 같은 그 방은 일종의 농부 살롱이었다. 그곳에는 거대한 식탁이 있었고, 창문을 내느라 움푹 팬 부분이 벽의 두께를 말해주었으며, 채색한 장식장 위에는 날개가 달린 석고상 사모트라스의 승리의 여신을 얹어 놓았다. 그 홀에는 갈색 피아노도 있었다. 식구들 중에 피아노 치는 사람은 없다고 슈바이게슈틸 부인이 손님들 곁으로 다가와 앉으며 말했다. 저녁에는 주로 그 홀에서 대각선으로 맞은

편에 있는, 현관문 바로 옆의 좀 작은 방에서 지낸다고 했다. 이 집에는 빈방이 많다, 이쪽으로 쭉 가면 멋진 방이 또 하나 있는데 이른바 원장실이다, 그 방이 아우구스티누스 수도회 원장 집무실로 쓰던 방이라 그렇게 부른다고 말하며 슈바이게슈틸은 이 농장이 원래 수도원 재산이었다는 사실도 밝혔다. 슈바이게슈틸 네 식구들은 3대 째 그곳에 살고 있다고 했다.

아드리안은 그 자신도 시골출신인데 지금은 도시에 나와 산 지 오래 됐다고 말하고 땅이 얼마나 되는지 물었다. 그녀는 대략 40탁베르크(옛 토지의 단위. 하루에 처리할 수 있는 만큼의 면적으로서 지역에 따라 차이가 있으나 대략 2600~3400제곱미터에 이른다 - 옮긴이)의 농지와 초지 그리고 숲이 있다고 일러주었다. 그리고 안뜰 건너 맞은편에, 밤나무 숲 뒤에 있는 나지막한 건물도 자기네 소유라고 했다. 한때는 머슴들이 그곳에 기거했는데 지금은 거의 비어 있어서 살기에 적합한 설비를 갖추지도 않았다, 지지난 여름에 뮌헨에서 온 어느 화가가 거기 세 들어 살았다, 그는 발츠후트 늪 등 주변경관을 그리고 싶어 했고 몇 가지 아름다운 풍경화를 제작하기도 했다, 그의 화풍은 좀 슬프고 너무 어두웠다, 그의 작품 가운데 세 점이 유리성에 전시되었을 때 자기도 가서 보았다, 그중 한 점은 바이에른 외환은행의 슈티글마이어 은행장이 매입했다, 슈바이게슈틸은 이렇게 말하고, 혹시 두 젊은이도 화가들이냐고 물었다.

그녀는 그 추측을 말하고 싶어서, 그리고 지금 상대하고 있는 사람들이 대략 어떤 사람들인지 알고 싶어서 그 세입자 이야기를 꺼냈는지도 모른다. 두 사람이 작가와 음악가라는 말을 듣자 그녀는 존경심을 표하며 눈썹을 치켜들었고, 작가나 음악가를 만나는 일은 흔치 않으며 흥미로운 일이라고 말했다. 화가는 민들레 꽃씨처럼 많다, 두 젊은이는 처음부터 진지해 보였다, 화가들은 대부분 속이 편하고 걱정이 없는, 삶의 심각성에 무감각한 족속이다, 자신이 말하는 삶의 심각성이란 현실적인 문제, 즉 돈벌이나 그런 일이 아니라 삶의 어려운 면, 어두운 면을 의미한다고 그녀는 말했다. 아무튼 그녀는 화가라는 부류에게 불공평하게 대할 생각은 없다고 말했다. 이를테면 당시 그 세입자도 유흥과는 거리가 먼 사람이었고 아주 조용하고 내성적인 사람이었다, 오히려 어두운 분위기였다, 그 점은 그의 그림에서도, 늪의 분위기와 안개에 싸인 숲 속 초지의 고적함 등에서 볼 수 있었다, 하지만 슈티글마이어 은행장이 그 가운데 하나를, 하필 가장 어두운 분위기가 나는 작품을 고른 것은 놀라운 일이었다, 그는 금융인이었지만 우수를 간직하고 있었던 것이 틀림없다고 슈바이게슈틸이 말했다.

그녀는 흰머리가 간간히 섞인 갈색 정수리에 반듯하게 가르마를 타고 머리를 바싹 빗어 흰 두피가 드러났다. 바둑무늬 앞치마의 둥근 네크라인 부근에는 타원형 브로치가 달려 있었으며, 테이블에 올려놓은 작고 잘생긴 손에서는 성실함이 묻어나왔고, 오른손에 밋밋한 결혼반지를 끼고 있었다.

그녀는 예술가들을 좋아한다고 말했다. "저그", "거시기", "그라제, 잉?" 등 사투리가 섞였지만 꽤 선명한 어투로 예술가들은 이해심이 많은 사람들이고, 이해심은 인생에서 가장 좋고 가장 중요한 것이라고 말했다. 화가들의 호쾌한 성질도 사실은 이해심에서 비롯된다, 이해심에는 유쾌한 이해심과 진지한 이해심 두 종류가 있다, 그 가운데 어느 것이 더 좋은지는 아직 모르겠다, 아마도 제3의 이해심, 즉 조용한 이해심이 가장 좋을 것이다, 예술가들은 당연히 도시에 살아야 한다, 문화는 도시에 있고 예술가들은 문화와 연관이 있다, 그렇지만 예술가들은 도시사람보다는 시골사람과 더 잘 어울린다, 도시사람들의 이해심은 위축되어 있거나 사회적인 윤리 때문에 억눌려질 수밖에 없으므로 결국 위축되는 결과를 낳는다, 하지만 시골사람은 자연에서 살고 있으므로 이해심과 더 가깝게 사는 것이라고 그녀는 말했다. 그녀는 그러나 도시사람에게도 불공평하게 대할 생각이 없다고 했다. 언제나 예외는 있는 법이고, 어쩌면 도시사람에게도 이해심이 숨어있을 수 있으며, 슈티글마이어 은행장도, 다시 말하지만, 그 암울한 그림을 산 것을 보면 그림도 볼 줄 알지만 이해심이 뛰어난 사람이기도 하다고 말했다.

그러고 나서 그녀는 손님들에게 커피와 팬케이크를 권했으나 실트크납과 아드리안은 남은 시간에 집과 농장을 둘러보고 싶으니 괜찮다면 안내를 해주기 바란다고 말했다.

"그러죠." 그녀가 말했다. "막스(그녀의 남편)가 들에 나가 있어서 안 됐구마. 우리 아들 게레온이 사온 비료살포 기계를 같이 시험하고 있당께. 두 분께서는 저만으로 만족하셔야겠소."

두 사람은 별 말씀을 다 하신다고 대꾸하고 그녀와 함께 그 견고하게 지어진 집을 돌아보았다. 바로 앞에 가족들의 거실이 있었는데, 그곳 어디에서나 감지되는 질 좋은 파이프 담배 냄새가 그 방에 가장 진하게 배어 있었다. 그 다음에는 원장실로 가 보았다. 그 방은 크다고는 할 수 없지만 매우 아늑한 공간이었으며 외부지향적인 그 집 전체의 건축양식에는 시대적으로 뒤처진, 1700년대보다는 1600년대의 특징을 지닌 건물이었다. 바닥에는 카펫 없이 널빤지가 깔려 있었고, 천장에는 들보가 드러나 있었으며, 그 아래로 이어진 벽은 압축한 가죽으로 도배되어 있었다. 얕은 아치를 그리며 움푹 팬 창가 벽에는 성화들이 걸려 있었고, 납으로 테를 두른 원형 유리창에는 사각형의 화려한 스테인드글라스가 끼워져 있었다. 다른 창가에는 구리 대야가 있었고 그 위에 구리 물주전자가 걸려 있었으며, 붙박이 벽장은 쇠 빗장과 자물쇠로 잠겨있었다. 코너 용 의자 위에는 가죽 쿠션이 있었고, 궤 모양의 묵직한 떡갈나무 책상이 창문에서 멀리 떨어지지 않은 곳에 자리 잡고 있었는데, 매끄럽게 다듬어진 상판 아래로 깊은 서랍이 붙어 있었다. 그녀는 아름답게 조각된 상판을 아래쪽에서 고정시켜 주는 접합자를 보여주었는데, 가운데가 파여 가장자리가 높았다. 그 위로 들보 천장에 매달린 거대한 샹들리에가 흔들리고 있었다. 타다 남은 양초가 아직 꽂혀 있었고, 짐승의 뿔, 촛농받이, 그리고 그 밖의 환상적인 조각들이 사방을 향해 불규칙하게 뻗은 르네상스 시대의 장식물이었다.

두 방문객은 원장실에 대해 찬사를 아끼지 않았다. 실트크납은 심지어 숙고하듯 머리를 끄덕이며 그곳에 정착해서 그 원장실에 살아야 할 텐데 하고 말했지만, 슈바이게슈틸은 작가가 살기에는 너무 외롭지 않으냐고, 삶과 문화로부터 너무 멀리 떨어져 있지 않으냐고 회의적인 반응을 보였다. 그녀는 위층으로 난 계단으로 손님을 안내하고, 흰 칠을 한, 곰팡내가 나는 복도에 줄지어 늘어선 수많은 침실 가운데 몇 개를 보여주었다. 그 방에는 침대와 아래층 홀의 채색 장식장과도 같은 분위기의 작은 탁자가 있었고, 몇 군데만 침구가 마련되어 있었다. 농부들 취향에 맞게 푹신푹신하고 탑처럼 높은 스프링 침대였다. 방이 정말 많군요! 두 사람은 이렇게 말했다. 그렇지만 그 대부분은 비어 있다고 안주인이 말했다. 일시적으로 한두 곳에만 사람이 묵었는데, 지난 가을까지 2년 간 한트슈흐스하임 남작부인이 집을 나와 이곳에 살았다고 했다. 남작부인의 사고방식은, 슈바이게슈틸 부인의 표현을 빌리자면, 세상 사람들과 일치하는 데가 별로 없었다. 그러나 슈바이게슈틸 자신은 남작부인과 잘 지냈고,

같이 이야기도 잘했으며, 가끔 그녀의 변덕스러운 생각을 지적해 주면 그녀도 웃었다고 말했다. 그러나 유감스럽게도 그녀의 사고방식은 없앨 수도, 자라게 내버려 둘 수도 없는 것이었으므로 그녀는 결국 필요한 보호조치를 받게 되었다고 했다.

그 이야기를 하는 동안 슈바이게슈틸은 이미 계단을 다시 내려와 외양간도 한번 들여다보라며 마당으로 나섰다. 또 한번은, 더 오래전인데, 최고 상류층의 한 아가씨가 그 많은 침실 가운데 한 곳에서 아기를 낳았다고 했다. 그 아가씨의 이름을 밝히지는 않았지만 그래도 이런 이야기는 당신들이 예술가이기 때문에 이토록 상세하게 말할 수 있다, 그 아가씨의 아버지는 저 북쪽 바이로이트에서 판사의 지위에 오른 사람이었다, 그는 자동차를 한 대 구입했는데 이것이 모든 불행의 시초였다, 그는 출퇴근을 담당할 운전기사를 고용했다, 그 운전기사는 특별한 데라고는 없고 그저 제복을 입은 모습이 말쑥한 젊은이였다, 그 청년은 아가씨의 마음을 쏙 빼놓고 말았다, 그녀는 그의 아이를 임신했다, 그 결과는 불 보듯 뻔했다, 딸은 부모로부터 손찌검을 당하고 머리채를 뜯기고 상상도 못할 저주와 탄식과 욕설을 들었다, 거기에는 이해심이 전혀 작용하지 않았다, 시골식 이해심도 예술가적 이해심도 없었다, 그저 사회적 불명예에 대한 도시민들의 거친 두려움뿐이었다, 그 아가씨는 부모님 앞에서 바닥에 뒹굴며 애원하고 흐느꼈다, 그러다 저주에 찬 주먹에 맞아 자기 어머니와 동시에 실신했다, 어느 날 그 법관이 이곳으로 찾아왔다, 키가 작고 회색 턱수염을 뾰족하게 기르고 금테안경을 쓴 비통한 모습의 남자가 허리를 굽혔다, 그 아가씨가 조용한 이곳에서 아이를 낳기로 이야기가 되었다, 그 아가씨는 해산 후에도 빈혈을 구실로 여기서 얼마간 더 머물렀다, 그 키 작은 고위 공직자는 떠나기 전에 다시 한 번 돌아서서 금테안경을 통해 눈물이

맺힌 눈으로 다시 한 번 자기의 손을 잡으며 "아주머니, 모든 것을 이해해 주셔서 정말 고맙습니다!"라고 말했지만, 그가 말하는 이해심이란 허리 굽힌 부모에 대한 이해심이었을 뿐 아가씨에 대한 이해심을 의미하는 말은 아니었다고 슈바이게슈틸은 말했다.

    슈바이게슈틸 부인은 말을 이었다. 그 아이가 도착했다, 불쌍한 것, 그 아이는 언제나 입을 벌린 채 눈썹을 위로 치켜들고 있었다, 이곳에서 해산을 기다리는 동안 그녀는 자기에게 많이 의지했다, 그 아가씨는 자신의 잘못을 다 고백하고 유혹당한 것이 아니라고 했다, 오히려 그 운전기사는, 칼은 "아가씨, 이러면 안 돼요. 우리 차라리 그만 둡시다."라고 말했지만 그녀는 죽음도 불사하리만치 강했고, 언제나 그럴 준비가 되어 있었으며, 앞으로도 그럴 것이고, 무슨 일이든 죽음을 각오하고 대비해야 한다고 생각했다, 그녀는 해산할 때도 대단히 용감했고, 퀴르비스 박사의 도움으로 아기를 낳았다, 딸이었다, 퀴르비스 박사는 그곳의 순회의사인데 모든 것이 정상이라면 그리고 아기가 거꾸로 들어서지만 않았다면 아기 낳는 일은 다 매한가지라고 생각하는 좋은 사람이었다, 그 아가씨는 시골의 공기와 간호에도 불구하고 해산 후에도 너무 약했다, 입을 벌리고 눈썹을 치켜 올리는 버릇 때문에 그녀의 뺨은 더 말라보였다, 얼마 후 그 높은 직위의 아버지가 아기를 데리러 왔다, 이번에도 자기를 보며 다시 금테안경 너머로 눈물이 빛났다, 그 아기는 밤베르크의 수녀원에 보냈다, 그때부터는 아기의 엄마도 카나리아 한 마리와 거북이 한 마리를 기르며 수녀와 다름없는 생활을 했다, 그 새와 거북이는 그녀의 어머니가 딸이 애처로워 선물한 것이었다, 그녀는 자기 방에 처박혀 지내면서 폐결핵에 걸렸다, 사실 이미 오래전부터 그 병을 키워왔다, 결국 그녀를 다보스(스위스의 요양지 - 옮긴이)로 옮겼는데 그 일이 그녀에게 최후의 일격을 가

한 셈이 되었다, 그녀는 다보스에 도착한 지 얼마 되지 않아 숨을 거두었다, 그녀는 자신의 소원과 의지대로 살다 갔다, 죽음을 각오하면 모든 것을 미리 상쇄시킬 수 있다는 그녀의 의견이 옳았다면 그녀는 자유롭게 자신의 삶을 살다 간 것이었다고 말했다.

안주인이 이곳에 묵었던 아가씨 이야기를 하는 동안 그들은 외양간의 말을 구경했고, 돼지우리도 들여다보았고, 닭장도 보고, 집 뒤의 양봉장에도 가보았다. 그리고 두 청년이 음료 값을 묻자 공짜라는 대답이 돌아왔고, 그들은 모든 후의에 감사하고 다시 자전거를 타고 발츠후트로 가 기차를 탔다. 그날은 헛되이 보낸 날이 아니었고, 파이퍼링은 기억해둘 만한 장소라는 데 두 사람은 생각이 일치했다.

아드리안은 그곳의 모습을 마음속에 간직했으나 오랜 기간 결단을 내리지 않았다. 그는 떠나고 싶었고, 사실은 산을 향해 기차로 한 시간 거리인 그곳보다 더 멀리 가고 싶었다. 그 시절 아드리안은 〈사랑의 헛수고〉에 나오는 장면의 피아노곡을 스케치했다. 그러나 그 일은 진전이 없었다. 풍자적인 양식에 예술성을 유지하기 힘들었으므로 그는 끊임없이 기분전환을 원했고, 먼 곳의 공기, 더 낯선 환경에 대한 갈망이 그의 마음속에서 용틀임했다. 그는 불안했다. 람베르크슈트라세의 자기 방은 완벽한 단절을 제공하지 못했다. 아무 때나 누가 갑자기 들어와 불러낼 수 있었으므로 그는 피곤했다. 그는 편지에 이렇게 썼다. "나는 내 인생, 내 운명과 담판하기에 적합한 장소를 찾아 이리저리 헤매고, 남몰래 묻고, 대답해줄 소리에 귀를 기울이고 있네. 세상과 단절된 곳, 아무런 방해도 받지 않고 파묻힐 수 있는 곳……" 이 얼마나 이상하고 불길한 말인가! 무슨 담판을 한다는 말인가? 그가 찾는다는 장소에서 의식적이든 무의식적이든 누구를 만나 무슨 협상을 한다는 말인가? 그 생각을 하니 뱃속까지 서늘해지고, 지금 글을 쓰고 있는 손이 걷잡을 수 없이 떨린다.

그는 이탈리아로 결정을 하고 관광시즌을 피해, 여름이 막 시작된 6월 말경에 출발했다. 그는 뤼디거 실트크납에게 같이 가자고 권유했다.

24

나는 1912년 여름방학에, 그러니까 아직 카이저스아서른에 있을 때 젊은 아내와 함께 사비느 산맥으로 아드리안과 실트크납을 만나러 갔다. 그때 이미 그곳을 주거지로 결정하고 보금자리를 튼 두 친구는 거기서 벌써 두 번째 여름을 맞이했는데, 지난해에 3개월 간 그곳 사비느의 하숙집에서 묵은 후 겨울을 로마에서 보내고 따뜻한 오월이 되자 다시 그 하숙으로 돌아왔으며, 이미 그곳 생활에 매우 잘 적응하고 있었다.

그곳은 팔레스트리나였다. 작곡가 팔레스트리나의 생가가 있는 곳으로서 고대에는 프레네스테인이라 했고, 단테의 〈연옥편〉 27번째 노래에서 콜로나 영주의 페네스트리노 요새로 등장한다. 팔레스트리나의 생가는 산을 배경으로 지은 아기자기한 구조의 건축물이었고, 평지에 있는 교회의 광장에서 그 성채까지 계단골목이 나 있었으며, 골목은 집들의 그림자가 드리워져 있어 깔끔하지 않았다. 작고 검은 돼지들이 이리저리 돌아다녔고, 짐을 잔뜩 실은 당나귀들도 그 계단을 오르내렸는데, 그 당나귀들이 짐을 부릴 때면 방심한 채 걸어가는 행인을 담으로 몰아붙이는 경우도 흔했다. 오르막으로 이어지는 그 길을 따라 산으로 가다보면 카푸친 교단 소속의 수도원이 나오고, 언덕 정상에 이르면 고대 극장과 더불어 폐허만 남은 아크로폴리스 유적지가 눈앞에 펼쳐진다. 헬레나와 나는 그곳에서 지낸 짧은 기간 동안 이 귀한 유적지에 여러 번 올라가본 반면 '아무것도 안 보려는 사람'인 아드리안은 몇 개월이 지나도록 자기가 좋아하는 카푸친 수도원의 그늘진 정원 밖으로 한번도 나오지 않았다.

아드리안과 뤼디거의 거처인 마나르디 가(家)의 저택은 그 지역에서 가장 웅장한 건물이었으며, 식구가 여섯 명이나 되는데도 손님인 우리에게 선선히 잘 곳을 제공했다. 계단골목에 거대하게 우뚝 솟은 이 저택은 거의 팔라초(이탈리아 르네상스 시대에 궁전 및 부호나 고관의 저택에 사용된 건축양식. 방비 기능은 없으나 웅장함을 과시한다 - 옮긴이)나 요새와도 같았는데, 17세기 중반의 건축물로 보였다. 평평하고 얇은 판자로 인 지붕은 그다지 앞으로 튀어나오지 않았고, 그 아래로 소박한 돌림띠 장식과 작은 창문과 초기 바로크 풍으로 장식한 대문이 있었으며, 그 대문 널에 실제로 사용하는 출입구를 내고 작은 종을 달아 두었다. 우리 친구들은 일층의 꽤 넓은 공간을 사용하고 있었다. 홀처럼 넓은 그 거실은 창이 두 개 나 있었고, 그 집의 다른 방과 마찬가지로 바닥이 돌로 되어 있었으며, 그늘이 져 서늘하기는 했지만 좀 어두웠다. 가구는 짚으로 짠 의자와 말털을 넣은 소파뿐이어서 매우 단출했다. 그 거실은 실제로 두 사람이 꽤 넓은 공간을 사이에 두고 서로 방해받지 않은 채 각자 자기 일을 할 수 있을 만큼 넓었다. 그 옆으로 붙어 있는 침실들도 꽤 넓었고 거실과 마찬가지로 매우 소박했는데, 그 가운데 하나가 세 번째 손님을 맞이하게 되었다.

식당에 붙은 부엌은 식당보다 훨씬 더 컸고, 도시에서 온 손님들을 맞이한 곳도 바로 그 부엌이었다. 그곳에는 우중충하고 거대한 환기구가 있었고, 동화에 나오는 듯한 온갖 국자들과 마귀가 사람을 잡아먹을 때 쓸 것 같은 나이프와 포크들이 잔뜩 걸려 있었으며, 위층 찬장에는 구리로 된 주방기구, 즉 통, 사발, 쟁반, 수프접시, 절구 등이 가득했다. 이곳은 마나르디 부인이 관리했는데, 식구들은 그녀를 넬라라고 불렀다. 아마도 그녀의 이름은 페로넬라였을 것이다. 마나르디 부인은 윗입술이 둥근 로마 스타일의 건장한 중년 부인으로, 머리색은 그다지 짙지 않은 갈색이었고, 잘 생긴 눈은 밤색이었으며, 매끈하고 곧게 가른 가르마는 은빛으로 빛났다. 둥글둥글한 모습이 시골 아낙답게 소박하고 건실해 보였는데, 그녀의 손은 작지만 일에 길들여져 있었고, 오른손에 2중 과부 반지를 끼고 있었으며, 앞치마 띠로 둘러 묶은 건장한 허리에 종종 두 손을 갖다 붙였다.

마나르디 부인에게는 아멜리아라는 어린 딸이 하나 있었다. 열세 살이나 열네 살쯤 되어 보였는데, 약간 천치 같은 데가 있는 아이였다. 아멜리아는 식탁에서 숟가락이나 포크를 자기 눈앞에서 이리저리 움직이며, 질문하는 억양으로 뇌리에 박힌 듯한 말을 반복해서 혼자 중얼거리는 버릇이 있었다. 몇 년 전 러시아에서 온 어느 귀하신 가문의 일족이 마나르디 부인의 집에 투숙하게 되었는데 그 가문의 가장은 백작인지 후작인지는 모르지만 귀신을 보는 능력이 있다고 했으며, 때때로 밤에 자기 침실에 귀신이 침입해서 둥둥 떠다닌다며 총으로 귀신을 쏘아대 그 집에 사는 사람들을 공포에 떨게 한 적이 있었다. 이런 기억은 오래 가는 법이니, 아멜리아가 종종 자기 숟가락에 대고 줄기차게 "귀신? 귀신?" 하고 묻는 행동이 이해가 된다. 그러나 이보다 더 하찮은 일도 그녀의 뇌리에 깊이 뿌리박힌 모양이었다. 어느 독일 관광객이 이탈리아어로는 남성명사인 '멜론'을 독일어 문법에 따라 여성관사와 함께 사용하자 이 아이는 앉은 채 머리를 갸웃거리며 흐려진 눈으로 숟가락의 움직임을 좇으면서 "라 멜로나? 라 멜로나? (라〈la〉는 여성관사 - 옮긴이)"하고 중얼거렸다. 페로넬라 아주머니와 그녀의 형제들은 이러한 행동을 그 아이의 오랜 습관으로 치부하고 대수롭지 않게 여겼으며, 손님이 놀라는 모습을 보고는 마치 아이가 귀여운 짓이라도 했다는 듯이 즐거워하며 아이에게 용서하는 듯 더욱 부드러운 미소를 지어 보였다.

    페로넬라에게는 앞서 말한 바와 같이 두 형제가 있었는데, 나이로 보아 대략 그녀가 삼남매 중 가운데였다. 변호사인 에르콜라노 마나르디는 가족들 대부분이 간단하게, 그리고 만족스럽게 라보카토(l'avvokato, 변호사)라고 불렀는데, 그를 제외하고는 교육 받은 사람이 없는, 시골사람답게 순박한 그 집안의 자랑이었으며, 더부룩한 회색 콧수염에 김이 새는 듯한 쉰 목소리를 나귀 울음처럼 힘겹게 내는 60대 남자였다. 동생 소르 알폰소는 대략 40대 중반의 농부였으며, 식구들은 그를 친근하게 '알포'라고 불렀다. 우리는 어느 날 오후 평원에서 산책을 즐기고 집으로 돌아오는 길에 그가 양산을 받고 푸른 선글라스를 코에 걸친 채 당나귀를 타고 밭에서 집으로 돌아오는 모습을 보았는데, 그 당나귀는 너무 작아 알포의 발이 거의 땅에 닿을 지경이었다. 라보카토는 아무리 봐도 더는 변호사 업무를 보지 않고 오직 신문만 보는 것 같았지만 그런 사실을 드러내지는 않았으며, 날이 더울 때면 자기 방의 문을 열어둔 채 팬티 바람으로 앉아 있곤 하는 바람에, 법을 공부했다는 사람이 창피한 줄을 모른다는 알포의 비난을 샀다. 이런 경우 그는 형을 두고 '그 인간'이라고 했다. 그는 형의 도발적인 자유를 뒤에서도 거침없이 비난했고, 누이는 변호사 오빠의 이런 행실을 좋게 해석하려 했으므로, 라보카토가 다혈질인데다가 더위에 졸도할 위험이 있으니 옷을 가볍게 입을 필요가 있다고 말했지만 알폰소를 설득하지는 못했다. 알폰소는 그 인간이 그토록 지나치게 편한 차림으로 있으려면 식구들과 동네사람들 눈에 띄지 않도록 적어도 방문은 닫아야 하지 않느냐고 단호히 되받아쳤다. 많이 배웠다고 해서 함부로 행동해서는 안 된다는 것이었다. 농부인 알폰소는 대학을 나온 형에게 품은 일종의 적의를 이런 식으로 확실한 명분을 내세우면서 드러내는 것 같았지만 마나르디 집안사람들은 모두 이 변호사가 국가의 고위관리나 되는 듯 경탄했으며, 사실 알폰소도 형을 마음 깊이 존경했다. 아마도 그의 적의는 바로 그 존경심에서 비롯된 것 같았다. 두 형제는 세계관도 매우 달랐다. 변호사는 보수적인 편이면서 점잖고 신앙이 깊었던 반면에 알폰소는 자유로운 정신의 소유자였고 자유사상가이자 비평가였다. 그는 교회, 왕권, 정부에 대해 불만이 많았고, 그들을 통틀어 엄청난 부패에 흠뻑 젖어 있다고 했으며, 불평하는 말 끝에 "알겠어? 자루 가득 최고급 가죽이 얼마나 잔뜩 들었는지?"라고 덧붙이곤 했다. 그는 변호사인 형보다 훨씬 더 입심이 좋았으며, 형은 항의성의 고함을 몇 번 내지르지도 못 한 채 화를 내며 신문을 펼쳐 들었다.

 이 집에는 넬라 부인의 시동생 다리오 마나르디와 그의 부인도 함께 살고 있었는데, 부인은 병약했던 탓에 모습을 보이지 않았다. 다리오는 회색 수염에 시골사람다운 풍모를 한 부드러운 남자였으며, 지팡이를 짚고 다녔다. 이 부부는 식사를 따로 했다. 반면 우리 일곱 사람, 즉 두 형제와 아멜리아, 장기투숙객 두 사람, 그리고 우리 부부는 낭만적인 부엌에서 함께 식사를 했는데, 싼 숙박비에 비해 어처구니없을 만큼 손이 큰 페로넬라 부인은 끝없이 음식을 권했고, 우리는 포식을 했다. 영양이 풍부한 미네스트라 수프를 먹은 후 옥수수 죽을 곁들인 새 요리나 마르살라

와인 소스를 끼얹은 송아지 요리 또는 달콤한 채소를 곁들인 양고기 아니면 멧돼지 요리에 샐러드와 치즈, 과일을 곁들여 실컷 먹고 나서 우리 친구들은 블랙커피를 마시며 으레 담배를 입에 무는데, 이때 안주인은 솔깃한 제안을 하는 듯한 어조로 또는 좋은 생각이 떠올랐다는 듯이 "손님들, 이제 생선 좀?" 하고 권했다. 그 지역 토산물인 자줏빛 포도주는, 변호사는 화가 날 때 물처럼 벌컥벌컥 마셨지만, 사실 매일 두 끼 식사 때마다 마시기에는 좀 독했으며, 물을 섞기에는 너무 아까웠지만 우리는 갈증을 해소하기 위해 그럴 수밖에 없었다. 안주인은 "마셔요! 마셔요! 이 포도주는 피가 될 거예요"라는 말로 그 포도주를 많이 마시라고 권했지만 알폰소는 그 말이 근거 없는 속설이라며 부인했다.

　오후가 되면 우리는 기분 좋은 산책길에 올라 뤼디거 실트크납의 영국식 유머에 마음껏 웃음을 터뜨리며 오디나무 덤불로 덮인 길을 따라 골짜기 쪽으로 향했다. 그곳에는 정비가 잘 된 땅에 올리브 나무와 포도나무 줄기가 늘어서 있었고, 담을 두른 과수원이 있었는데, 땅은 작은 조각으로 나뉘어져 있었고 출입문은 상당히 웅장했다. 그러지 않아도 아드리안과 다시 만나 감회가 깊었던 나는 우리가 머무는 동안 구름 한 점 없이 맑은, 전형적인 이탈리아의 하늘 아래서 그 나라의 고풍스러운 풍경을 마음껏 즐겼다. 그림 같은 목동의 모습에서, 염소의 얼굴을 한 악마 같은 목양신의 모습에서 생생하게 느껴지는 샘가의 분위기를 즐기며 얼마나 행복했던가! 물론 아드리안은 내가 인문주의자의 정서로 무아지경 빠졌을 때 그저 미소만 띤 채 머리를 끄덕이며, 살짝 비꼬기도 하면서 동조했을 뿐이다. 예술가들이란 자기네 일과 직접적인 관계가 없고, 따라서 창작에 조금도 도움이 되지 않는다고 생각되는 그런 주변현상에는 별로 주의를 기울이지 않는 법이니까. 우리가 그 소도시로 돌아왔을 때 본 낙조는 서쪽 수평선에 두터운 금빛 층을 기름처럼 띄우고 그 주변을 진홍빛으로 두르며 저녁 하늘을 화려하게 물들였는데, 나는 그때까지 그와 비슷한 광경조차 본 적이 없었다. 너무도 아름다운 장관이었으므로 내 영혼은 어떤 오만으로 채워지는 듯했다. 실트크납은 그 광경을 가리키며 특유의 "이것을 관람하십시오!"를 내뱉었고, 늘 뤼디거의 유머에 유도되어 웃음을 터뜨리는 아드리안은 이번에도 감사의 마음이 담긴 웃음을 터뜨렸는데, 나는 기분이 별로 좋지 않았다. 나는 뤼디거가, 나와 헬레네가 자연의 장관에 감동하는 모습을 보고 그 기회를 포착해 유머에 이용한 것 같았다.

나는 그 소도시의 수도원 정원을 늘 염두에 두고 있었다. 우리 친구들은 매일아침 가방을 들고 그곳으로 올라가, 따로 떨어져 자리를 잡고 각자의 일에 몰두했는데, 수사들에게 그곳을 사용하게 해달라고 허락을 구했고, 쉽게 허락을 얻었다. 우리 부부도 그들을 따라 자주 그 그늘 속으로 들어갔다. 그곳에서는 양념 냄새가 났고, 썩 잘 가꾼 정원은 아니었으며, 정원을 둘러싼 담 벽이 허물어 내리고 있었다. 그 두 사람이 얼른 각자의 일을 할 수 있도록 우리 부부는 그들 눈에 띄지 않는 곳으로 갔고, 그 두 사람도 서로의 눈에 띄지 않는 곳으로 가서 협죽도(夾竹桃), 월계수, 금작화 덤불로 서로 격리된 채 점점 더워지는 오전시간을 보냈다. 헬레네는 뜨개질을 했고 나는, 아드리안이 자기 오페라의 작곡을 거의 다 끝내간다는 생각에 만족하고 또 긴장하며 책을 읽었다.

아드리안은 우리가 있는 동안 음이 잘 맞지 않는 거실 피아노로 연주를 한 번—겨우 한 번—해주었다. 그는 1598년에 발표된 제목대로 말하자면 〈'사랑의 헛수고'라는 이름의 가볍고 변화무쌍한 코미디〉 가운데 완성된, 선정된 오케스트라를 위해 이미 편곡까지 마친 부분 중에서 특징적인 부분 및 몇 가지 서로 연관된 장면을 골라 연주했는데, 이를테면 아르마도의 집에서 일어난 사건을 다룬 1막과 아드리안이 따로따로 고안한 뒷부분의 몇 장면이었다. 그 가운데 버론의 독백은 아드리안이 가장 중요하게 생각하는 부분이었는데, 3막 끝에 나오는 운문 형식뿐만 아니라 4막에 나오는 자유로운 리듬의 독백도 마찬가지였으며, 특히 4막은 버론이 기사(騎士)로서 검은 눈의 수상한 아가씨에게 넘어간 사실에 대해 '그들은 올가미를 놓았고 나는 역청 속에서 힘든 일을 하며 몸을 더럽히고 있다'며 우스꽝스럽고 기괴하지만 깊은 절망 속에서 진지하게 하는 독백과 '이 사랑은 아이아스만큼이나 미쳤어. 양을 죽이다니. 나를 죽이다니. 양인 나를' 하며 화가 나서 내뱉는 자조의 독백으로 3막보다 음악적으로 더 잘 되었다. 빠르게 진행되는 생략된 언어의 유희 속에 잠시 예외를 띠고 있는 이 산문이야말로 작곡가에게 미묘함의 극치를 강조할 기회를 제공해 주는 부분이고, 재치 있는 또는 깊이 반성하게 하는 중요한 교훈을 음악적으로는 반복을 통해 부각시키는 동시에 관객이 이에 익숙해지도록 했다. 이 부분이 언제나 가장 인상 깊고 함축적인 부분이며, 두 번째 독백에서 첫 번째 독백의 요소를 교묘히 다시 상기시킨다. 이러한 특징은 '벨벳 같은 눈썹에 얼굴에 눈 대신 두 개의 검은 구슬이 있는 창백한 요정'에게 홀딱 반한 일 때문에 진심으로 비통하게 자조하는 장면에서 특히 잘 나타나는데, 이 저주스럽고도 사랑스러운 검은 눈을 음악적으로 묘사한 부분에서 다시 한 번 강조된다. 첼로와 플루트가 혼합되어 울리는 서정적이고 열정적이며 기괴한, 어둡게 반짝이는 장식선율이 '오, 그녀의 눈만 아니라면, 그 눈빛, 그녀의 눈만 아니라면 나는 그녀를 사랑하지 않았을 텐데' 부분의 산문에서 심하게 희화화되면서 반복되는데, 이때 그 눈의 검은 색은 음 높이를 이용해 더욱 깊게 묘사되었고, 눈에서 발하는 섬광은 작은 플루트 음으로 나타냈다.

로절라인은 버론의 말을 통해 음탕하고 믿을 수 없고 위험한 여자로 묘사되어 있으나 코미디의 관점에서 볼 때 그저 대담하고 유쾌한 성격일 뿐인데, 그럼에도 불구하고 작가가 이런 불필요, 극적으로 적합하지도 않은 성격 규명을 고집하는 이유는 예술적 결함도 불사하는 어쩔 수 없는 충동 때문이라는 사실에는 추호의 의심도 없다. 즉 작가는 작품에 어울리든 말든 개인적인 경험을 끼워 넣어 작가답게 복수하려 했던 것이다. 로절라인에게 반한 남자가 줄기차게 묘사한 그녀의 모습은 소네트의 둘째 행에 나오는 다크 레이디, 즉 엘리자베스의 시녀를 암시하는데, 셰익스피어의 연인이었던 이 여인은 어느 미소년과 함께 그를 배신했다. 그리고 버론이 무대에 나타나며 읊는, '한 편의 우울한 노래'로 시작하는 그 산문의 독백도—'자, 이제 그녀도 내 소네트 한 편을 들었어'—셰익스피어가 이 검은 눈의 핏기 없는 미녀를 두고 한 말이다. 로절라인도 제법 유쾌한 독설가인 버론을 상대로 자신의 지혜를 발휘한다.

청년의 피에 불타는 열정이 없네
언젠가는 분노로 끓어오를 진지한 열정이!

버론은 지금 젊고 전혀 '진지'하지 않으며, 원래 현명한 사람이 바보가 되면 유치한 일을 중요하게 생각하고 거기에 정신력을 쏟아 붓는데, 그가 이런 행위가 얼마나 한심한지 생각하게 만드는 그런 인물은 결코 아니다. 로절라인과 그녀의 친구들 입에 오르내리는 버론은 이런 소임과는 거리가 먼 인물이다. 그는 버론이 아니라 예의 다크 레이디와 관계가 틀어진 셰익스피어다. 아드리안은 이 소네트를, 이 대단히 특이한 작가와 친구와 연인의 트리오가 실린 문고판 영문책자를 늘 지니고 다녔는데, 자신의 작품에서는 처음부터 버론의 성격을 자신이 중요시하는 대화 부분에 맞추어 묘사하고, 버론에 해당되는 음악은 그를 전체적으로 희화적인 양식에 적당한 정도로 즉, '진지' 하고 지적이며, 열정을 진정 부끄럽게 생각하는 희생양으로 묘사하고자 했다.

그 음악은 훌륭했고 나는 칭찬을 아끼지 않았다. 물론 그의 음악은 어느 것이나 다 우리를 놀랍고 즐겁게 해주고 따라서 칭찬하게 만들지만, 이 음악은 정말 대단했다. 말꼬리를 물고 늘어지는 지식인 홀로퍼니스가 자신에 대해 말하는 장면을 묘사한 부분 또한 이와 같았다.

"이것은 내가 지닌 재능이다. 그저 어리석으리만치 과도한 감각일 뿐이며, 그 속은 형식, 인물, 형상, 대상, 개념, 현상, 자극, 변화로 가득하다. 이것들이 기억의 자궁으로 들어와 연질막의 어머니 뱃속에서 배양되어, 시기가 성숙하면 그 힘으로 태어난다." 얼마나 훌륭한가! 시인은 부수적인 기회에 농담하듯이 예술가 정신을 정확하고 완벽하게 묘사했고, 사람들은 이 묘사를 자기도 모르게 레버퀸의 음악에 나타난 정신과 연관시키게 된다. 지금 그 작업이 진행 중인 것이다.

다만 이 정신이 추구하는 미묘한 대상에 늘 따라다니는 왠지 모를 불안의 원인만 없었더라면! "어려운 것을 찾는 사람은 어려움에 처하게 된다"고 한 히브리서의 말씀은 명심할 만한 말이지만 내 친구와 그의 창작 작업에 고통스러울 정도로 들어맞는 말이기도 했다. 이런 불안만 없었더라면 내가 각색한 그 작품의 원어 대본에만 곡을 붙이기로 했던 애초의 계획을 그가 포기했을 때 나는 분명 좋아했을 것이다. 그는 그 대신 한 작품에서 영어와 독일어를 결합시키기로 했다. 말하자면 그는 두 언어의 멜로디를 화음과 일치시키고, 각 언어가 고유의 선율적 특징을 유지하면서 정확하게 발음되도록 하는 데 주력했다. 이 예술작품은 진정한 묘기였으며, 그는 그것을 작품을 형성하는 음악적인 착상 자체보다도 더 자랑스럽게 여기는 것 같았는데, 나는 그 착상들이 자유롭게 꽃을 피울 수 있을지 좀 걱정스러웠다.

이 작품에서 점잔빼는 태도로써 대변하고 있는 고대의 학문에 대한 조롱 자체에서 내가 개인적으로 모욕감이나 상심을 느꼈기 때문일까? 인문학을 희화화한 사람은 아드리안이 아니다. 이는 셰익스피어가 한 일이며, 그는 '교양'이나 '야만' 같은 개념들이 대단히 특별한 의미로 쓰이는 뒤틀린 정의(定義)를 내세우기도 했다. 교양은 생명과 본능을 철저히 무시하는 정신수양이고 지식에 의해 과도하게 정밀화하는 과정인데, 그것은 다시 생명과 본질에서, 직접적인 문제에서, 인간성에서, 감정에서 야만성을 발견한다. 학문만을 추구하겠다고 거짓 맹세를 한 사람들 앞에서 자연스러운 것을 옹호하는 버론도 자신은 "지혜의 천사보다 야만적인 것을 더 많이 옹호했다"고 인정한다. 이 천사는 웃음거리가 되었지만 그렇게 만든 것 또한 웃음거리일 뿐이다. 왜냐하면 의기투합한 사람들이 '야만적인 것', 즉 사랑에 빠져 소네트와도 같이 행복한 상태에 이른 것은 그들이 잘못된 동맹을 맺은 데 대한 벌이지만 이 또한 재치 있는 희화화이고 사랑에 대한 조롱인데, 아드리안의 음악은 이 느낌이 마지막에 뻔뻔스러운 부인(否認)보다 더 강하게 남지 않도록 너무나 배려를 잘했다. 그 음악이야말로, 내 생각에, 그 우두머리 여인을 황당한 인위성의 영역에서 끌어내어 자유로움의 세계로, 자연과 인간성의 세계로 이끌고 싶은 지극히 순수한 본능에 따른 것이었다. 그 여자만이 본능을 억제했다. 그것이 기사 버론이 '야만성'이라고 일컫는 것이었으며, 그녀는 즉흥성과 자연스러움을 알지 못했다.

내 친구가 엮어낸 것은 기교면에서 대단히 경탄할 만한 음악이었다.

그는 경비가 얼마가 들든 전혀 개의치 않고 총보를 전형적인 베토벤 오케스트라용으로만 쓰려고 했는데, 오직 유쾌하고 야단스러운 인물인 스페인 친구 아르마도 때문에 호른 두 대, 트롬본 세 대, 그리고 베이스튜바 하나를 추가했다. 그러나 모든 면에서 엄격하게 실내악 양식을 지켰고 금줄, 은줄 세공과도 같은 작업을 통해 영리하게도 기괴한 울림을 내면서도 화기애애한 분위기를 연출하면서 풍부한 착상으로 정교하게 오만함을 표현했다. 낭만적인 민주주의와 대중을 상대로 한 도덕적 연설에 싫증이 난 음악애호가가 예술을 위한 예술을 원한다면, 다시말해 야심 없는 혹은 아주 예외적인 의미에만 그 야심을 국한시킨 예술, 예술가와 전문가를 위한 예술을 요구한다면 자기중심적이고 철저하게 냉담한 밀교에서 환희를 맛볼 것이다. 이 작품의 정신은 이 밀교를 모든 방법을 통해 조소하고 풍자적으로 과장하는데, 이로써 한 방울의 슬픔, 일 그란(옛 약량 단위. 0.06그램 - 옮긴이)의 절망이 그와 같은 환희에 섞이게 된다.

    그렇다. 경탄과 슬픔은 이 음악을 고찰할 때 그 내부에 매우 독특하게 자리 잡고 있었다. "정말 아름답다!" 가슴은 이렇게 말했다.—적어도 내 가슴은 그렇게 말했다.—"그리고 정말 슬프다!" 왜냐하면 사람들의 경탄은 유쾌하면서도 우울한 예술작품을, 영웅적이라 할 만한 지적인 업적을, 오만한 풍자를 통한 군더더기 없는 과장에 대한 것이었으니까. 나는 이것을 결코 긴장을 풀지 않는 예술행위, 오히려 목이 부러질 듯 긴장한 채 불가능의 한계에서 하는 예술행위라고 칭하는 외에 달리 표현할 방도를 찾을 수 없었다. 이는 진정 슬픈 일이었다. 하지만 경탄과 슬픔, 경탄과 근심, 이는 사랑의 정의가 아니던가? 이는 그와 그의 친구, 나와 함께 아드리안의 음악에 귀를 기울인 그 사람과의 고통스럽도록 긴장된 사랑이었다. 나는 별로 할 말이 없었다. 실트크납은 언제나 매우 훌륭한, 이해가 풍부한 청중이었고, 연주에 대해 즉각적이고 지적인 언급을 나보다 많이 했다. 나는 나중에, 프란조(시에스타가 끝나는 오후 4시 경부터 집에서 느긋하게 즐기는 점심 정찬 - 옮긴이) 때 몽롱한 기분으로 나 자신에 침잠해서 감상에 젖은 채 마나르디 네 식탁에 앉았는데, 그때의 감상에 우리가 들은 그 음악의 자취는 없었다. 안주인은 "마셔요! 마셔요! 이 포도주는 피가 돼요!"라고 했고, 아멜리아는 숟가락을 눈앞에서 이리저리 움직이며 "귀신?…… 귀신?……" 하고 중얼거렸다.

그날 저녁은 우리가, 나와 내 아내가 우리 친구들과 함께 그들만의 독특한 삶의 틀에 따라 지낸 시간이 거의 끝나갈 즈음이었다. 얼마 지나지 않아 우리는 3주간의 체류를 마무리하고 다시 헤어졌는데, 나는 독일을 향해 귀향길에 올랐고, 두 친구는 수도원 정원과 가족 식탁, 금빛 기름띠를 두른 평원과 저녁이면 등불 아래 독서로 시간을 보내는 돌바닥 홀 사이에서 균형을 이룬, 전원적인 생활을 가을까지 몇 달 더 계속했다. 그들은 지난해 여름 내내 그렇게 생활했는데, 겨울 동안 도시에서 지낼 때도 본질적으로 이곳의 생활과 다르지 않았다. 그들은 비아 토레 아르젠티나 가의 콘스탄치 극장과 판테온 인근에 살았는데, 세 층 위에 사는 집주인 아주머니가 아침식사와 간식을 제공했다. 식사는 이웃한 음식점에 한 달 치 식대를 미리 지불해서 해결했다. 팔레스트리나의 수도원 정원과 같은 기능을 로마에서는 도리아 판필리 별장이 제공했는데, 두 친구는 날씨가 온화한 봄과 가을에 때때로 방목하는 소나 말이 물을 마시러 오는 아름다운 샘가에서 각자의 일에 몰두했다. 아드리안은 콜로나 광장에서 열리는 시립 악단의 오후 음악회에 거의 빠짐없이 갔다. 저녁시간은 종종 오페라 관람에 투자했다. 이곳 사람들은 저녁이면 흔히 조용한 카페 구석에 앉아 뜨거운 오렌지 펀치 한 잔을 마시며 도미노 게임을 즐겼다.

두 친구는 사람들을 전혀 사귀지 않았다. 또는 거의 사귀지 않은 거나 다름없을 만큼 로마에서도 시골에서와 똑같이 철저하게 단절된 생활을 했다. 그들은 독일식을 모두 피했다. 실트크납은 모국어가 한마디라도 귀에 들리면 도망칠 정도였다. 그는 버스나 전철에 독일사람이 타고 있으면 다시 내렸다. 그들은 은자(隱者)처럼 생활하다 보니 그곳 사람들과 알고 지낼 기회도 거의 없었다. 그들은 겨울 동안 예술과 예술가들을 후원하는, 출신이 어딘지 모를 어느 여인에게 두 번 초대받았다. 그녀는 실트크납의 뮌헨 인맥이 추천해 준 마담 드 코네르라는 여인이었다. 코르소(전문 과정의 단기 대학 - 옮긴이) 근처에 있는 그녀의 집에는 벨벳이나 은으로 테를 두른 증정본 사진이 잔뜩 걸려 있었고 연극인, 화가, 음악가, 폴란드인, 헝가리인, 프랑스인, 이탈리아인 등 전 세계의 예술가들이 모였지만 각자 개인적으로 왔다가는 가곤 했다. 때때로 실트크납은 아드리안에게서 떨어져 젊은 영국인들과 다정하게 팔을 끼고 말바지아(감미롭고 꽃향기가 있는 강한 포도주 - 옮긴이) 술집에도 가고, 트리볼리로 소풍도 가고, 콰트로폰타네 가의 트라피스트 수도원에서 유칼리 소주를 마시며 그들과 시시한 대화를 나누었는데, 이런 식으로 휴식을 취하며 피를 말리는 번역작업의 고충을 잊곤 했다.

간단히 말해 도시에서나 산맥으로 차단된 은거지에서나 그 두 사람은 자신들을 걱정하는 사람들과 떨어져 세상과 사람을 멀리하며 생활했다. 적어도 이렇게 말할 수 있을 것이다. 그런데 나는 마나르디 저택을 떠나오면서 아드리안의 곁을 떠날 때면 늘 그렇듯이 발이 쉽게 떨어지지 않았지만, 동시에 남모르는 안도감을 느꼈다고나 할까? 이 감정을 말로 표현하는 일은 그 감정을 규명해야 한다는 의무와도 같지만, 그러려면 나 자신을 좀 우스운 시각에서 비추지 않을 수 없다. 사실은 어떤 점에서, 젊은이들이 흔히 쓰는 말로 하자면 꼬집어 말해서, 나는 그 집에 살았던 사람들 가운데 좀 우스운 예외였다. 이른바 틀에서 벗어난 사람이었다. 즉 나는 결혼한 남자로서 내 나름의 특징과 생활방식이 있었고, 결혼한 남자는 우리가 반은 용서하고 반은 미화하며 '본능'이라고 칭한 그 일에 있어 세금이 면제된 사람이었다. 그 계단골목의 요새와도 같은 집에서 나를 제외하면 아무도 그런 사람이 없었다. 우리의 훌륭한 집주인 페로넬라 아주머니는 과부가 된 지 오래고, 그 딸 아말리아는 좀 모자란 아이였다. 마나르디 형제는 변호사나 농부나 감각이 무뎌진 총각 같아 보였다. 정말이지 그 두 남자는 여자를 건드려본 적이 없으리라는 추측을 누구라도 할 수 있었다. 거기다 잿빛 수염의 인자한 다리오 삼촌과 그의 아주 작고 병약한 아내는 그야말로 자선의 의미에서만 서로 사랑하는 것이 분명했다. 끝으로 아드리안과 뤼디거 실트크납은 한 달 한 달 평화롭고 엄격한 생활의 리듬을 고수하며—우리도 거기에 익숙해졌었다—그 일에 대해서는 수도원의 수사들과 다르지 않았다. 그러니 내가, 평범한 세속의 남자가 어찌 부끄러움과 부담감을 느끼지 않을 수 있었겠는가!

실트크납이 행복의 가능성을 지닌 너른 세상에 대해 취하는 나름의 태도와 자기 자신을 아낌으로써 그 보배를 아끼는 성벽(性癖)에 대해서는 앞에서 이미 언급했다. 나는 거기서 그의 생활방식의 열쇠를 찾았으며, 이로써 그가 야기한, 내가 이해하기 어려웠던 상황이 설명되었다. 그러나 그가 아드리안에게 대하는 태도는 달랐다. 물론 나는 이 두 사람의 사랑이, 이 말이 좀 지나치다면, 그 두 사람의 동거가 둘 다 순결을 지키고 있다는 공통점에서 비롯되었다는 사실도 잘 알고 있었다. 나는 이 슐레지엔 출신과 아드리안의 관계에 대해 내가 느끼는 모종의 질투심을 결국 독자들에게 노출시키고 만 것 같다. 그 질투의 원인이 결국 이 공통점, 그

금욕의 연결고리였다는 사실을.

실트크납이 좀 심하게 말해 잠재적인 플레이보이로 살았다면, 아드리안은 그라츠 여행 이후 또는 브라티슬라바 여행 이후 성자(聖者)와 같은 생활을 했다는 사실을 나는 조금도 믿어 의심치 않는다. 그 이전에도 그랬듯이. 그러나 나는 그의 금욕이 그때의 포옹 이후로, 일시적인 감염을 치료하는 동안 의사들을 잃었을 때 이후로 더는 순결한 도덕에서 나온 것이 아니라 순결하지 못한 걱정에서 비롯되었다는 생각에 치를 떨었다.

그의 성격에는 언제나 '놀리 메 탕게레'('나를 만지지 마라'. 부활한 예수가 막달라 마리아에게 한 말 - 옮긴이)와 같은 요소가 있었다. 나는 그것을 잘 알고 있었다. 사람들과 신체적으로 가까이 하기 싫어하는 성격, 함께 어둠의 세계에 발을 들여놓지 않으려는, 육체적 접촉을 꺼리는 그의 성격을 나는 익히 알고 있었다. 그는 글자 그대로 '회피'의 인간이었다. 거부의 인간, 소극성의 인간, 거리감의 인간이었다. 육체적인 다감함은 그의 성격과 결코 어울릴 수 없어 보였다. 그는 악수를 하는 일도 드물었고, 하더라도 얼른 하고 끝냈다. 그의 이런 성격을 나는 최근 우리가 함께 지내는 동안 그 어느 때보다도 또렷하게 알아보았는데, 왜 그런지는 모르겠으나 그의 '나를 만지지 마라!'가, '사랑에서 세 걸음 떨어져!'가 그 의미를 변화시킨 것 같았다. 즉, 타인의 접근을 허락하지 않을 뿐 아니라 자기 쪽에서도 피하고 멀리하려는 것 같았다.

그를 면밀히 살피고 싶은 내 우정은 이러한 의미교체를 느끼고 예상할 수 있지만, 그 사실을 인지한다고 해서 내가 아드리안을 가까이하며 얻는 기쁨에 조금이라도 지장이 생기지는 않았다! 그에게 일어난 일은 내게 충격을 주었지만, 그래도 나를 그에게서 떼어놓지는 못했다. 세상에는 함께 살기가 쉽지 않지만 결코 버릴 수 없는 사람이 있다.

25

나는 이 글에서 아드리안이 남긴 자료를, 그가 세상을 떠난 후 내 소유가 되어 값지고 조심스러운 보물로 보존하고 있는 그 비밀기록을 여러 번 언급했다. 여기 그 기록이 있다. 그 자료를 공개하겠다. 이제 그 기록을 들여다볼 시간이 왔다. 나는 그가 스스로 골라 슐레지엔 친구와 함께 숨어든 피난처에, 나도 찾아간 바 있는 그 장소에 정신적으로 등을 돌렸다는 데서 말을 멈추겠으니, 독자들은 25장에서 그의 말을 직접 듣기 바란다.

그의 말? 기록되어 있는 것은 대화였다. 다른 사람, 전혀 다른 사람, 깜짝 놀랄 만큼 다른 사람이 심지어 그 대화를 이끌었으며, 이 자료를 기록한 사람은 자신의 돌바닥 거실에서 상대방이 하는 말을 적기만 했다. 대화? 이런 것을 진정 대화라 할 수 있는가? 내가 돌지 않은 이상 나는 이런 것을 대화라고 생각하지 않는다. 따라서 그가 보고 들은 내용을 자신이 그것을 보고 듣는 순간에, 그리고 나중에 종이에 적는 동안에 진정 실제로 일어났던 일로 여겼다고도 생각하지 않는다. 그 대화 상대가 자신의 객관적 실체를 납득시키기 위한 방편으로 보여준 냉소적인 태도와는 관게없이. 그러나 분명 누군가 찾아오지 않았나! 그리고 나는 아드리안이, 비록 제한적으로 그 가능성만 인정했을지언정 그 실체의 현시(顯示)를 용인한 데 대해 놀랐다. 따라서 그 냉소와 조소와 기만도 불행을 당한 당사자의 영혼에서 나온 것이라고 생각하려니 끔찍할 뿐이다…….

나는 물론 아드리안의 육필을 인쇄할 생각이 전혀 없다. 나는 내 펜으로 그 기록을, 일찌감치 그의 글씨체로 굳어진 작고 고풍스럽고 곡선적인, 중세 수도사의 글씨체와도 같은 글씨로 오선지를 가득 메운, 장식용 펜으로 짙은 흑색 잉크를 찍어 쓴 그 글을 한 글자 한 글자 내 원고로 옮긴다. 그가 오선지를 사용한 것은 아마도 그 순간 다른 종이가 없었거나 저 아래 성 아가피투스 교회 광장에 있는 잡화상에 그의 마음에 드는 필기용 종이가 없었기 때문일 것이다. 그는 높은음자리표와 낮은음자리표의 오선 중 두 줄에 걸쳐 쓰고, 두 보표 사이의 빈 공간에도 항상 두 줄로 적어 놓았다.

그 자료에는 날짜가 없으므로 기록을 한 시점이 언제인지 정확히 알 수는 없다. 내 확신이 맞는다면, 우리가 그 산 속 소도시를 찾아간 뒤나 우리가 거기 체류하고 있는 동안은 아니다. 우리가 3주간 친구들과 함께 보낸 그 여름보다 더 이른 시기에 적었거나 그들이 마나르디 집에서 처음 맞이했던 여름으로 추정된다. 이 원고의 바탕이 되는 그 사건은 우리가 방문했던 그 시기에 이미 종결되었고, 그 당시 아드리안은 이미 다음과 같은 대화를 한 후였으며, 그 일이 일어난 직후, 아마도 그 다음 날 기록을 한 것이 틀림없다.

이제 그 기록을 옮긴다. 두렵게도, 내 골방 주변 그 어디에서도 폭발로 인한 진동을 느낄 수 없건만, 내 손은 떨리고 글자는 빗나간다…….

입을 다물자. 부끄럽기도 하지만 사람들을 보호하기 위해서도, 그러니까 사회적인 배려를 위해서도 입을 다물어야 한다. 나는 이성의 윤리적 통제가 마지막 순간까지 결코 느슨해지지 않도록 하기 위해 엄격하고 굳은 의지로 지켜왔다. 그러나 나는 그를 보고 말았다. 결국! 결국에! 그는 여기 이 홀에, 내 앞에 있었다. 나를 찾아왔다. 예기치 않게, 아니 어쩌면 이미 오래전에 예상했는지도 모른다. 나는 꽤 순순히 그와 대화를 나누었다. 다만 내가 왜 내내 떨었는지, 추위 때문인지, 아니면 그가 무서워서인지 몰라 화가 날 뿐이다. 내가 속았나? 그가 나를 속였나? 그가 춥다고 속여 나를 떨게 만들었나? 그가 왔다는 사실을 분명히 알려주기 위해? 그의 존재를 내가 진지하게 믿도록 하기 위해? 그 자신이 직접 왔다는 사실을 믿도록 하기 위해? 어떤 바보도 자신이 만든 환영을 보고 떨지는 않는다. 오히려 그 앞에서는 기분이 좋아지지 당황하거나 동요하지 않는다. 그는 나를 바보 취급하고, 추위를 이용해 나는 바보가 아니고 그는 환영이 아니라고 속인 것일까? 나는 그 앞에서 두려움과 겁에 질려 떨었다. 그는 닳고 닳은 놈이었다.

그러니 입을 다물자. 계속 다물자. 여기 오선지에 적은 모든 것에 대해. 나를 즐겁게 해주는 은둔자 동지가 이 홀의 저 끝에서 좋아하는 외국어를 싫어하는 모국어로 옮기느라 여념이 없으니 입을 다물자. 그는 내가 작곡을 하는 줄 알고 있다. 만약 내가 글을 쓰고 있는 것을 본다면 그는 베토벤도 그랬다는 생각을 할 것이다.

하루 종일 참기 힘든 뇌통이 어둠 속에 머리를 짓눌렀고, 심한 두통이 생길 때면 늘 그렇듯이 여러 번 숨이 막히고 구토가 나는 고통스러운 날이었지만 저녁 때쯤, 예상보다 빨리, 거의 갑자기 나았다. 아멜리아 어머니가 갖다 준 수프를 먹었고("불쌍하기도 하지!"), 그 다음에는 기분 좋게 적포도주도 한 잔 마셨다("마셔요! 마셔요!"). 그리고 갑자기 담배도 한 대 피울 자신감이 생겼다. 며칠 전에 이야기된 대로 밖으로 나갈 수도 있었을 것이다. 다리오 엠(M)이 우리에게 저 아래로 내려가 시민계급 사람들이 드나드는 클럽을 구경시켜 주겠다고 했었다. 그 클럽에는 당구장, 독서실 등 여러 가지 시설이 있다고. 우리는 그 착한 사람의 성의를 생각해 동의했었다. 에스(S)에게는 두통을 핑계로 내세워 양해를 구했다. 프란조를 마친 후 그는 입을 닦고 나 없이 다리오와 나란히 그 골목을 내려가 소도시 농민들 속으로, 속인들 속으로 갔고, 나는 홀로 남았다.

나는 이 홀에, 덧문을 닫은 창문 가까이에, 내 앞에 긴 공간을 두고 홀로 앉아 내 등잔 아래서 키에르케고르가 모차르트의 〈돈 환〉에 대해 쓴 글을 읽고 있었다.

그때 갑자기 살을 에는 듯한 찬바람을 맞은 것 같았는데, 마치 누군가 난방을 한 겨울 방에 앉아 있다가 갑자기 창문을 열어 냉기가 들어온 듯했다. 그러나 그는 내 뒤에서, 창문 쪽에서 온 것이 아니라 앞에서 나를 덮쳤다. 책에서 눈을 들고 홀을 바라보며 에스(S)가 벌써 돌아와 있다고 생각했다. 나는 혼자가 아니었으니까. 흐린 불빛 속에 누군가 말털 소파 구석에 다리를 포갠 채 앉아 있었다. 우리가 아침식사를 하는 그 소파는 책상, 의자들과 더불어 문 가까이에, 대략 그 방의 중간쯤에 있었다. 그는 에스가 아니었다. 다른 사람이었다. 바로 그였다. 별로 위엄 있어 보이지는 않았으며, 결코 신사라고 할 수는 없는 모습이었다. 냉기가 계속해서 내 몸 속으로 파고들었다.

"거기 누구요?(Chi e costa!)" 이게 내가 좀 잠긴 목소리로 외친 말이었으며, 그때 두 손으로 의자 팔걸이를 짚었기 때문에 책이 내 무릎에서 바닥으로 떨어졌다. 그의 낮은 목소리가 천천히 대답했다. 듣기 편안한 콧소리가 섞인, 배운 듯한 사람의 목소리였다.

"독일어만 해! 오직 아름다운 고어(古語)만. 가림이며 꾸밈을 한 치도 하지 말고. 난 알아들으니까. 그게 바로 내가 가장 좋아하는 말이거든. 종종 나는 독일어만 알아듣지. 그건 그렇고 코트나 입어. 모자랑 숄도 가져 와. 추워질 거야. 감기는 안 걸리더라도 이를 부딪치며 떨 테니까."

"누군데 나한테 말을 놓는 거요?" 내가 분개해서 물었다.

"내가." 그가 말했다. "친구 같아서 그랬어. 아 참, 넌 아무한테도 말을 안 놓지? 네 코미디언, 그 젠틀맨한테조차도. 어릴 때부터 친하게 지낸, 너를 아드리안이라고 부르는 그 친구만 빼고. 그래도 너는 그 친구를 부를 때 이름 안 부르지? 뭐, 상관없어. 우리끼리는 말 놓게 되어 있으니까. 안 추워? 옷 안 가져오니?"

나는 화가 나서 흐린 불빛 속을 뚫고 그를 쳐다보았다. 그는 호리호리한 체격에 에스에 비하면 한참 작았고, 나보다도 작았다. 운동모자를 귀에까지 눌러 썼는데, 반대편 귀는 정수리에서 모자 아래로 내려온 붉은 머리털이 덮고 있었다. 붉은 눈에 붉은 속눈썹이 달렸고, 치즈 같은 얼굴에 코끝이 약간 삐딱하게 휘어 있었다. 가로줄 무늬의 운동복 셔츠 위에 체크무늬 재킷을 걸쳤는데 소매가 너무 짧았고, 그 속에서 나온 손은 손가락이 뭉툭했다. 보기 싫게 꼭 끼는 바지에 낡은 황색 구두를 신고 있었는데, 닦기도 곤란해 보였다. 부랑자였다. 깡패였다. 그런데 그런 목소리로 배우와 같은 발성을 했다.

"옷 안 가져 와?" 그가 반복했다.

"대관절 누구시기에 내 방에 이렇듯 함부로 들어와 앉아 있는지, 그것부터 밝히시지요." 나는 격분을 누르며 말했다.

"그것부터라." 그가 반복했다. "그것부터라면 나쁘지 않지. 하지만 년 예고 없이 찾아오는 방문객이나 불청객에게 지나치게 예민해. 나 너랑 놀러 가자고 온 거 아냐. 너 꾀어서 음악 모임에 가자고 온 거 아니라고. 너랑 사업 이야기를 하러 온 거야. 옷 좀 가져오지 그래? 이빨 부딪치고 떨면서 할 얘기가 아니거든."

나는 시선을 그에게 고정시킨 채 몇 초간 더 앉아 있었다. 그에게서 나온 냉기가 내게로 밀려와 살을 에는 듯 했으며, 가벼운 옷차림으로 있던 나는 무방비 상태에 처한 듯 느껴졌다. 나는 일어섰다. 정말로 자리에서 일어서서 왼쪽의 가장 가까운 문을 열고 내 침실로 가서(다른 방은 같은 쪽 끝에 있었다), 장롱에서 겨울외투를 꺼냈다. 로마에서 트라몬타나(이탈리아의 산에서 불어내리는 찬 북풍 - 옮긴이)가 부는 날에 입었던 외투인데 어찌해야 할지 몰라 가지고 왔다. 모자도 쓰고 여행용 숄도 두르고, 그렇게 무장을 하고 내 자리로 돌아왔다.

그는 여전히 자기 자리에 앉아 있었다.

"아직 안 가셨군." 나는 외투의 깃을 올려 세우고 숄로 무릎을 감싸며 말했다. "내가 나갔다 왔는데도 그대로 계시네? 놀랍군. 나는 댁이 가고 없으리라고 굳게 믿었는데."

"가고 없을 거라 믿었다고?" 그가 배운 사람처럼, 콧소리를 섞어 물었다. "왜?"

나 : "왜냐하면 이 밤에 여기서 누군가가 내 앞에 앉아 독일어를 하면서 냉기를 불러일으키고, 내가 전혀 모르고 알고 싶지도 않은 사업 이야기를 하겠다고 하는 일은 정말 있을 수 없는 일이니까. 그보다는 내가 지금 병에 걸리려는 상황이라 열을 동반한 오한을 느끼고, 그래서 이렇게 옷으로 감싸고 있는데, 혼수상태에서 오한을 당신이라는 인물로 옮겨 놓고 오직 오한의 근원을 찾기 위해 당신을 보고 있다고 하는 편이 훨씬 더

현실성이 있으니까."

그 (조용히 그리고 배우처럼 설득력 있게 웃으며) : "바보 같은 소리! 정말 지식인다운 바보 같은 소리로군! 그런 걸 두고 아름다운 고어로 허언(虛言)이라고 하지. 게다가 정말 작위적이야! 영리하게 잘 꾸몄어. 마치 어떤 오페라에서 훔친 것 같아. 하지만 우린 지금 음악을 하려는 게 아냐. 당장은 안 해. 게다가 그건 순전히 우울증이야. 약한 척 하지 마! 자부심을 가지고 네 오감을 지키라고! 넌 지금 병에 걸리려는 게 아니라 가볍게 앓고 난 후 최상의 건강 상태에 달했어. 팔팔하다고. 그건 그렇고, 아, 미안, 서툴게 굴 생각은 없어. 건강이 뭐야? 그런 식으로 병에 걸리지는 않아, 이 친구야. 넌 열도 없어. 네가 열이 나야 하는 상황도 아니야."

나 : "뿐만 아니라 당신이 하는 말의 삼분의 일이 당신의 부재(不在)를 드러내니까. 당신은 내 속에 있는 이야기만 하고, 당신 이야기가 아니라 내 이야기만 하니까. 당신은 쿰프 교수의 말투를 흉내 내지만, 대학에 다닌 것 같지는 않으니까. 나와 함께 강의실 의자에 앉은 적이 없는 것 같으니까. 당신은 불쌍한 젠틀맨 이야기를 하고, 내가 '너' 라고 부르는 사람에 대해 이야기하고, 심지어 아주 뻔뻔스럽게 내게 '너' 라고 부른 사람들 이야기도 하니까. 그리고 오페라 이야기도 하는데, 그 모든 것을 도대체 어떻게 알지?"

그 (다시 자연스럽게 웃으며. 그리고 어린 아이의 귀여운 행동을 보듯 머리를 가로저으며) : "어떻게 아냐고? 내가 안다는 건 너도 알잖아! 그런데 거기서 네가 제대로 본 게 아니라는 결론을 내려 네 명예를 더럽히려는 거야? 그건 정말이지 모든 논리를 머리로만 세우려는 행위야. 대학에서 배운 것처럼. 너는 내가 안다는 사실에서 내가 실존하지 않는다는 결론을 끌어내려 하지 말고, 차라리 나는 실존할 뿐만 아니라 네가 줄곧 나라고 여기는 바로 그 존재라는 결론을 내리는 편이 좋아."

나 : "내가 댁을 누구라고 생각한다는 거요?"

그 (정중하게 비난 투로) : "그만 해. 너도 알잖아! 네가 나를 이미 오래전부터 기다리고 있었다는 사실을 부정하지 않는 게 좋아. 우리 관계를 한 번은 분명히 할 필요가 있다는 사실을 너도 나만큼 잘 알아. 내가 존재한다면, 이제 너도 인정한다고 생각하는데, 그렇다면 나는 오직 하나일 수밖에 없어. 내가 누구냐는 소리가 내 이름이 뭐냐는 뜻이었나? 대학에 다닐 때, 네 첫 전공 때, 네가 성경책을 내려놓고 달아나기 전에 들었던 그 묘한 별명들을 모두 기억하고 있잖아. 그걸 모두 꿰고 있으니 골라 봐. 내 별명은 거의, 말하자면 사람들이 귀여운 아이를 부를 때 쓰는 이름들이야. 그건 내가 토박이 독일산이기에 갖는 대중성 덕분이지. 대중성은 좋은 거야, 안 그래? 비록 그것을 추구하지 않았다 해도. 그리고 그 대중성이 오해에서 비롯된 것이라고 확신하고 있더라도 말이지. 언제나 기분 좋고 유쾌한 일이지. 그러니 네가 나를 부르고 싶다면, 비록 너는 사람들을 부를 때도 대부분 이름을 부르지 않지만, 왜냐하면 관심이 없어서 사람들 이름을 모르니까, 나를 부르고 싶다면 인정 넘치는 시골풍 이름 중에서 마음에 드는 걸로 하나 골라 봐! 단, 하나만은 피해 줘. 그건 분명 우쭐대는 인간들의 모략이고 내게 전혀 맞지도 않으니까. 나를 '시키기 도사'라고 부르는 놈은 불량 재고더미 속에 사는 놈이야. 그 이름도 귀엽다는 식으로 부르는 것이지만, 그래도 중상이야. 나는 내가 말한 대로 해. 나는 약속은 반드시 지켜! 그게 바로 내 사업원칙이야. 유대인들이 신용 있는 장사꾼인 사실과 비슷한 이치야. 그리고 속임수 이야기라면, 언제나 내가, 흔히 말하는 식으로, 성실과 정직을 믿는 내가 늘 속았어……."

나 : "시키기 도사. 당신은 쿰프 식으로 고어 단어를 섞어 말하고 있

으면서 나더러 내 앞 소파에 앉아 있는 당신 모습을 정말로 믿으란 말이오? 하필 여기 이탈리아어를 사용하는 나라로 나를 찾아와서? 여긴 완전히 당신의 구역 밖이고 따라서 당신은 조금도 대중적이지 않소. 이렇게 황당한 방법밖에 쓸 수 없었소? 카이저스아셔른이었다면 당신이 마음에 들었을 거요. 비텐베르크나 바르트부르크라면 아니, 라이프치히에서조차도 여기서보다는 쉽게 당신을 믿었을 거요. 하지만 여기, 가톨릭을 믿는 이교도의 하늘 아래서는 아니오!"

그 (머리를 가로저으며 그리고 걱정스럽게 혀를 차면서) : "쯧, 쯧, 쯧. 언제나 똑같은 절망감. 언제나 똑같은 자신감 부족! 네가 스스로 '내가 있는 곳이 카이저스아셔른이다' 라고 말할 용기가 있다면, 그렇잖아, 그러면 일이 다 맞아떨어질 것이고, 예술가 선생께서 황당한 방법이라고 한숨 쉴 필요도 없을 텐데. 너는 '오호라! 빛이다!' 라고 말할 법도 했어. 그런데 용기가 없었지. 아니면 용기가 없는 척 하거나. 너는 자신을 과소평가하고 있어, 친구야. 그리고 넌 나도 과소평가하고 있어. 내게 이런 식으로 제약을 가하고 나를 아주 독일 촌놈으로 만들려고 하고 있어. 난 독일 출신이야. 토박이라 할 수 있지. 하지만 오래된, 좋은 족속이지. 즉, 마음은 코스모폴리탄이야. 너는 나를 여기서 인정하지 않고, 아름다운 나라 이탈리아를 향한 옛 독일의 동경과 낭만적인 방랑의 충동을 고려하지 않으려 해! 난 독일적이야. 하지만 갑자기, 뒤러 식으로 말해 나를 햇볕에 얼리는 일은, 그건 선생께서 할 수 없어. 게다가 나는 여기 햇볕 때문이 아니라 급하게 처리할 멋진 사업 때문에 온 거야. 어떤 멋진 피조물 때문에……."

이 때 나는 거칠게 몸서리를 칠 정도로 끔찍한 욕지기가 났다. 그러나 소름이 끼친 원인들이 서로 분명하게 구분되지 않았다. 하나로 뭉쳐 있었고, 게다가 한기(寒氣) 때문일 수도 있었다. 그에게서 나오는 냉기 어린 바람은 점점 더 거세어져 내 외투를 뚫고 골수까지도 파고드는 듯 했다. 나는 언짢아하며 물었다.

"이 몹쓸 것 좀 멈출 수 없소? 이 얼음 바람 말이오!"

그가 이에 대꾸했다. : "미안하지만 그럴 수 없어. 이 점에서 네 맘에 들지 못해서 안타깝군. 난 원래 이렇게 차거든. 안 그러면 내가 어떻게 내가 사는 곳에서 참고 살겠어?'

내가 나도 모르게 : 연옥에 있는 당신의 누옥 말이오?

그 (간지럼 타듯이 웃으며) : "훌륭해! 저속하고 독일식이고 예리해! 더 좋은 말도 많은데. 지성적이고 격정적인 말. 전직 신학도께서도 다 알고 있는 말 이를테면 감금실, 영안실, 고문실, 처형실, 심판실 등등. 하지만 친근한 게 제일이지. 그리고 나도 재미있는 이름을 좋아할 수밖에 없어. 이제 장소와 그 특징 이야기는 그만 하지. 네 얼굴을 보니 나한테 그곳에 대해 물으려는 것 같네. 하지만 그건 몸 달아 할 일이 아니야. 몸 달아 한다는 말이 좀 우습지? 농담할 시간은 충분해. 가늠할 수 없을 만큼 많아. 시간은 우리가 제공하는 상품 중에 가장 좋고 가장 고유한 것이야. 그리고 우리의 선물은 모래시계야. 아주 섬세하고 좁은 통로 사이로 붉은 모래가 달려 내려오고, 그 졸졸 소리는 머리칼처럼 가늘고, 눈으로는 위 칸의 모래가 줄어드는 것을 전혀 알 수 없어. 맨 마지막에만 빨리 가는 것 같고 빨리 간 것 같이 느껴지지. 하지만 그 협소한 길에 들어 선 지는 이미 오래 되었어. 그러니 거기에 대해서는 생각하거나 말하는 것이 의미가 없어. 단지 모래시계를 세웠다는 사실만은, 모래가 떨어지기 시작했다는 사실만은 네게 이해시키고 싶을 뿐이야, 친구."

나 (꽤 비꼬며) : "모래시계를 사랑하는 방식이 대단히 뒤러 식이군.

처음에는 '나를 햇볕에 얼린다' 더니 이제 〈멜렌콜리아〉의 모래시계요? 마방진 얘기도 나오나? 이제 모든 것을 알겠소. 이제 모든 것이 익숙해 졌소. 당신의 그 뻔뻔스러움도 익숙해졌고, 나를 '너'라고 부르고 '친구'라고 하는 데도. 그리고 그 말을 들으니 더 구역질이 나려고 해. 이게 아마 당신이 하는 말에 대한 설명이 될 거요. 당신 주장대로라면 나는 지금 검은 유령과 대화하고 있는 중이오. 유령, 그건 카스파(베버의 오페라 〈자유의 사수〉에 나오는 사냥꾼 - 옮긴이)를 가리키지. 그런데 카스파와 사미엘(〈자유의 사수〉에 나오는 악마의 화신. 카스파의 영혼을 산다 - 옮긴이)은 동일인이야."

그 : "또 시작이야?"

나 : "사미엘. 웃겨! 현악 트레몰로 다단조 포르티시모(매우 세게)는 연주 안 하셔? 목관악기와 트롬본으로 낭만적인 청중을 놀래주는 재치 있는 귀신놀이는? 거기서 골짜기의 올림바단조가 전면으로 나오지. 네가 네 낭떠러지에서 튀어나오듯이. 왜 그걸 연주 안 하는지 모르겠네!"

그 : "그렇다고 해 두지. 우린 훌륭한 악기가 많아. 너도 듣게 될 거야. 네가 그걸 들을 만큼 성숙해지면 그때 연주하지. 모든 것은 성숙과 소중한 시간의 문제야. 난 바로 그 문제에 대해 너하고 이야기하려 해. 하지만 사미엘이라니! 그건 마음에 안 들어. 나는 정말 토속적인 것을 좋아하지만 사미엘은 너무 해. 잘 한답시고 고친 건데 오히려 더 나빠졌어. 그 이름은 원래 사마엘이야. 그런데 사마엘이 무슨 뜻인지 아나?"

나 : (반항하듯 침묵한다)

그 : "말하기 싫으면 하지 마. 넌 내 질문에 대한 대답을 나한테 미루는데, 난 네 그 신중한 태도가 좋아. 사마엘은 우리말로 '독(毒)의 천사' 라는 뜻이야."

나 (입이 떨어지지 않아 겨우 이 사이로 말을 밀어내며) : "그래. 그거야. 당신한테 어울리는 이름이야! 아주 천사 같아. 정말이야! 당신 꼴이 어떤지 아시오? 말쑥하다는 말은 이럴 때 쓰는 말이 아니지. 뻔뻔스러운 쓰레기, 인간말짜, 거친 깡패 같소. 그게 당신 모습이야. 그 모양을 하고 날 찾아올 생각을 했소? 그게 천사의 모습이야?"

그 (팔을 벌린 채 자기 모습을 내려다보며) : "어때서? 어때서? 내 모습이 어때서 그래? 좋아. 내 꼴이 어떤지 아느냐고 물어줘서 고마워. 난 아무래도 모르는 것 같으니까. 아니면 여태 몰랐던 것을 네가 비로소 가르쳐 줘서 고맙다고 해 두지. 명심해. 난 내 겉모습에 전혀 신경 쓰지 않아. 그냥 되는 대로 내버려두지. 내가 어떤 모습으로 나타나는지는 순전히 우연이야. 다시 말해, 저절로 그렇게 돼. 내가 신경 안 써도 그때그때 상황에 따라 저절로 맞추게 돼. 적응, 모방, 알지? 어머니인 자연은 가면 놀이를 하면서 언제나 혀를 입 밖에 내밀고 인간을 약 올리지. 하지만 친구, 내가 적응에 대해 가랑잎나비처럼 잘 알든 모르든, 넌 그걸 너와 연관시켜 날 비난해서는 안 돼! 적응은 대상에 맞추는 행위라는 사실을 인정해야 해. 네가 선택한 그 대상에 맞추는 거야. 그리고 주의를 줬건만, 너는 거기에 맞춰 문자 상징을 써서 아름다운 노래를 작곡했잖아. 아, 정말 깊은 뜻이 있는 노래야. 거의 감격할 지경이야.

언젠가 네가 준
서늘한 밤의 음료는
내 삶에 독을 묻혔다……

훌륭해.

뱀이 물어 뺀 자리에
상처가 남았다……

정말 천재적이야. 우리는 그걸 제때에 알아보고 일찍부터 너를 주시했어. 우리는 널 공을 들일 가치가 있다고 보았어. 아주 유리한 점이 많은 경우야. 우리가 불기운을 조금만 넣어주면, 아주 조금만 데워 주면 곧 활기를 띠고 몰입하게 되어 있지. 거기서 찬란한 결과가 나오게 되어 있어. 비스마르크가 이와 비슷한 말을 했지? 독일 사람은 자신의 타고난 절정에 도달하기 위해 샴페인 반병이 필요하다고? 분명 그런 말을 했을 거야. 맞는 말이지. 독일 사람은 재능이 있지만 마비되어 있어. 자신이 마비되어 있다는 사실에 분개하고, 엄청난 계발을 통해 마비를 극복할 만큼 충분한 재능이야. 친구야, 넌 네게 무엇이 부족한지 알고 있었어. 그래서 아주 교묘하게 여행길에 올랐고, 미안하지만, 매독을 얻었어."

"닥쳐!"

"닥쳐? 봐, 이제 좋아졌어. 넌 따뜻해졌어. 이제야 비로소 이러시오, 저러시오 하는 존칭을 버리고 내게 말을 놓는군. 계약을 맺을 사람들끼린데 당연히 그래야지. 그것도 영원을 두고 하는 계약인데."

"입을 다무시오!"

"다물라고? 우린 이미 5년이나 입을 다물고 있었어. 그러니 언젠가 한 번은 서로 대화를 해서 전반적인 문제에 대해 그리고 네가 처한 흥미로운 상황에 대해 결론을 봐야 해. 물론 입을 다물어야 할 일이지만 우리 사이에는 그럴 필요가 없어. 모래시계를 세워놓았으니 붉은 모래가 좁디좁은 통로로 떨어지기 시작할 거야. 아, 이제 겨우 시작했어! 아래 칸에 떨어진 것은 위 칸에 남은 것과 비교하면 아직 아무것도 아니야. 우린 시간을 주지. 충분히 줘. 가늠할 수 없을 만큼 많이. 그 끝을 생각할 필요가 없을 만큼. 전혀. 끝이 얼마나 남았는지도, '마지막을 보라'라는 말이 언제쯤 어울릴지도 생각할 필요 없어. 그 시점이 늘 흔들리기 때문에 일단 신경 쓸 필요가 있어. 기분에 따라 멋대로 바뀌거든. 그래서 그 시점을 어디에 두어야 할지, 마지막에서 얼마나 떨어뜨려 놓아야 할지 아무도 몰라. 이건 재미있는 이야기일 뿐만 아니라 적합한 장치야. 마지막을 생각해야 하는 시간이 도래하는 그 순간, 정해진 끝을 향해 조소가 담긴 흐린 시선을 던질 그 순간은 불확실하고 임의적이야."

"헛소리 그만 해!"

"에이, 네 비위 맞추기 참 어렵다. 넌 나의 심리학까지도 함부로 대하고 있어. 너 스스로 언젠가 고향의 치온스베르크 산에서 심리학은 온화하고 중립적인 입장이고 심리학자들은 진실을 사랑하는 사람들이라고 말했잖아. 난 헛소리하지 않아. 특히 주어진 시간과 정해진 끝에 대해 이야기할 때는 더더욱 안 해. 나는 지금 단도직입적으로 말하고 있어. 모래시계를 세우고 시간이 주어진 곳, 가늠할 수는 없지만 한정된 시간과 정해진 끝이 있는 곳, 그런 곳이라면 어디서나 우리는 계획대로 하고 있어. 거기서 우리의 밀이 익어가고 있어. 우린 시간을 팔아. 우선 24년이라고 하자. 그건 가늠할 수 있지? 적당한 분량이지? 그 시간에 어떤 사람은 몰락한 황제를 위해 가축처럼 살면서, 악마의 소행을 수없이 동원해 조화(造化)를 부리고 세상을 놀라게 해. 어떤 사람은 시간이 길면 길수록 자신의 무력감을 깨끗이 잊고 계몽을 통해 자기 자신을 극복하고 높은 경지에 오르기도 해. 하지만 그 경지가 결코 낯선 곳은 아니야. 원래의 모습 그대로야. 샴페인 반병 마시고 자신이 타고난 절정까지 올랐을 뿐이니까. 그리고 알딸딸한 자기도취 상태에서 온갖 황홀경을 물리도록 맛보는 거야.

솔직히 자기 자신을 신이라고 생각할 만큼 방종한 순간들을 맛보는 거지. 그런 인간이 어떻게 마지막을 생각할 순간이 온다는 사실을 염두에 두겠어? 마지막은 우리 거야. 그것은 결국 우리 소유가 될 거야. 이 문제에 대해 협상해야 해. 입 다물고 있지만 말고, 침묵만 할 것이 아니라 사나이 대 사나이로서 확실하게 하자고."

나 : "그래서 당신이 나한테 시간을 팔겠다는 거요?"

그 : "시간? 단지 그냥 시간? 아냐, 친구. 그건 악마의 거래품목이 아니야. 겨우 그거 내놓고 마지막을 우리가 차지하지는 않아. 어떤 시간이냐, 그게 중요해! 위대한 시간, 멋진 시간, 진정한 악마의 시간, 그 속에서 위로, 더 위로 치솟는 시간! 하지만 물론 조금 비참하기는 하지. 매우 비참하다고도 할 수 있어. 이 점은 내가 인정할 뿐만 아니라 당당하게 강조하는 부분이야. 그래야 정정당당하니까. 이것이 예술가들의 방식이고, 이래야 예술가들의 기질에 맞으니까. 알다시피 예술가 기질은 언제나 양 방향으로 분방한 경향이 있거든. 매우 평범하면서도 약간 벗어나려 하거든. 그들의 추는 언제나 멀리, 조증(躁症)과 울증(鬱症) 사이를 왔다 갔다 해. 그게 보통이야. 그렇지만 이른바 점잖은 수준을 벗어나지 않아. 우리가 제공하는 것과 비교하면 뉘렘베르크 음악학교 수준이지. 우린 그 방면에서 가장 극단적인 것을 제공하거든. 우리는 약진을 제공해. 경쾌함과 편의를, 면제와 해방의 경험을 제공해. 자유, 안전, 편리의 경험을 제공해. 우리 고객이 자신의 감각을 의심할 만큼 많은 자신감과 승리감을 제공해. 결과에 대한 어마어마한 경탄은 처음부터 포함되어 있어. 심지어 남들의, 외부의 경탄 따위는 무시하게 될 거야. 그래, 자기숭배의 전율. 자기 자신에 대해 멋지게 전율하는 가운데 마치 자기 자신이 은총을 입은 악기인 듯, 신성한 괴수인 듯 여겨질 거야. 그러고는 이에 상응하게 깊이,

명예로 우리만치 깊이 중간중간 다시 내려가지. 허무와 황량함의 단계뿐만 아니라, 어쩔 수 없는 슬픔의 단계뿐만 아니라, 고통과 불쾌감의 단계까지. 하지만 이미 익숙한, 원래 조건에 포함되어 있던 단계야. 다만 그 고통과 불쾌감이 계몽으로, 그리고 의식을 잃지 않은 약간의 취기로 대단히 명예롭게 강화될 뿐이야. 향락과 자랑을 실컷 즐긴 후 이를 포기해야 하는 고통. 동화에 나오는 고통. 젊은 인어아가씨가 꼬리 대신 얻은 아름다운 인간의 다리에 칼을 대야 하는 고통. 안데르센의 인어아가씨 알지? 너한테는 과분하지. 하지만 한마디만 해 주면 내가 그녀를 네 침실로 데려다 줄게.

나 : "제발 입 좀 다물어, 이 수다쟁이야!"

그 : "좋아, 좋아. 만날 그렇게 거칠게만 굴지 마. 넌 입 다물라고만 하는데, 난 슈바이게슈틸 집안 사람이 아니야(슈바이게슈틸은 '조용히 침묵하다' 라는 뜻 - 옮긴이). 그리고 그 집 엄마 엘제는 아무리 충분히 이해하고 좋게 생각해도, 지나가는 손님인 너희들 앞에서 정말 많이도 떠들어댔어. 어쨌든 난 입 다물려고 너를 찾아 이 이도교의 땅, 외국까지 온 게 결코, 맹세코 아니야. 우리 둘 사이에 분명한 승인을 위해, 서비스와 보상에 대한 확실한 협정을 하러 왔어. 우린 이미 4년도 넘게 침묵했다고 내가 말했잖아. 그 동안 모든 것이 최상으로 선별되어 가장 유망한 과정을 거쳐 왔어. 그리고 종(鐘)은 이미 반은 만들어졌어. 상황이 어떤지, 어떻게 된 일인지 말해 줘?"

나 : "말해 봐."

그 : "너도 사실 듣고 싶지? 듣게 되어서 좋지? 심지어 듣고 싶어 안달이 났을 거다. 내가 말을 안 해 주면 엉엉 울고 발광을 할 걸? 그럴 만도 해. 우리가, 너와 내가 같이 속해 있는 비밀의 세계는 매우 아늑한 곳이

야. 우리 둘 다 거기가 편해. 진정한 카이저스아서른이지. 천오백 년경 마르틴 루터 박사가 나타나기 직전까지의 아름다운 옛 독일 분위기. 그 작자와는 대단히 견고하고 진실한 관계였는데, 그가 나한테 빵을, 아니 잉크병을 던졌어. 그러니까 30년짜리 오락이 터지기 한참 전이야. 기억해 봐, 국민들이 얼마나 활기에 찼었는지. 너희 독일 한가운데서, 라인 강에서, 도처에서 정의감이 고조되고 사기충천해서 불길한 예감에 동요했어. 타우버탈 골짜기의 니클라스하우젠으로 몰려든 순례행렬, 어린이 십자군과 피 흘리는 성체들, 기아, 농민봉기, 쾰른의 전쟁과 페스트, 운석과 혜성 그리고 장엄한 징후, 전신이 마비된 수녀들, 사람들 옷에 붙인 십자가, 그리고 소녀의 셔츠에 멋진 십자가를 그려 플래카드처럼 펼쳐들고 터키군을 향해 진군하려 했어. 좋은 시간이었어. 저주받은 독일의 시간! 그 생각을 하면 가슴이 따뜻해지고 마음이 편해지지 않아? 그 당시 별들이 모여 정확하게 전갈자리를 만들었어. 뒤러 화백이 의학 전단지에 정확하게 그렸듯이. 그때 애들이 왔어. 나사처럼 파고드는 종족이. 서인도제도에서 귀한 손님들이 독일 땅에 온 거야. 채찍부대가. 그렇지? 귀가 번쩍 뜨여? 자신들의 죄와 우리의 죄를 모두 참회하기 위해 돌아다니며 채찍으로 등을 때리는 편태 고행자들 이야기냐고? 내 말은 채찍을 가지고는 있지만 너무 작아 눈에 보이지 않는 종자를 가리켜. 우리의 창백한 비너스, 매독성 스피로헤타(일종의 미생물 - 옮긴이). 이게 진짜야. 그래, 맞아. 중세 전성기에 미혹된 이교도들을 채찍으로 때리는 행렬처럼 우울한 느낌이야. 아니지. 네 경우처럼 좀 나은 경우는 우리 애들이 미혹되었다고 볼 수 있지. 아무튼 제대로 자리 잡았고, 이미 오래전에 길들여졌고, 유럽에 온 지도 이제 수 세기가 지났으므로 더는 예전과 같이 혹을 만들고, 코를 떼어 내고, 역병을 일으키는 저속한 코미디는 하지 않아. 화가 밥티스트 슈펭글러도 자신의 몸에 대해 경고를 하느라 시체 같은 몸에 가장(假裝)을 할 필요가 없어."

나 : "슈펭글러가…… 그래?"

그 : "어떻게 안 그렇겠어? 너만 그래야 될 것 같아? 너는 네 것을 완전히 혼자만 독점하려 하고, 다른 사람과 비교하려고 하면 화를 내는 놈이야. 하지만 언제나 동지는 많이! 슈펭글러는 남자 에스메랄다야. 그가 괜히 뻔뻔스럽고 간교하게 눈을 꿈뻑거리는 줄 알아? 그리고 이네스 로데가 그를 괜히 은밀한 잠행자라고 부르는 줄 알아? 그런 거야. 색마 레오 칭크는 아직 안 걸렸어. 더 깨끗하고 똑똑한 슈펭글러가 먼저 경험했지. 진정해. 그를 질투할 필요는 없어. 이건 지루하고 저급한 경우야. 그 자에게서 우리는 아무것도 얻는 게 없어. 그는 획기적인 일을 완성하도록 우리가 도와줘야 할 피톤(Python. 델피 근처에서 아폴론에게 죽은, 그리스 신화 속의 큰 뱀 - 옮긴이)이 아니야. 그는 그걸 받아들임으로써 좀더 밝고, 좀더 정신적인 활동에 적극적으로 나서게 되었을지도 몰라. 그리고 높은 곳과의 연관이 없다면, 은밀한 징계가 없다면 공쿠르의 일기나 아베 갈리아니를 그다지 열심히 읽지도 않을 거야. 심리학이야, 알겠어? 불쾌감을 유발하는 은밀하고 비밀스러운 질병으로 인해 세상에 대해, 평균적인 삶에 대해 모종의 비판적인 태도를 취하게 되고, 시민의 질서를 비꼬고 그것에 반발하며, 환자는 결국 자유로운 정신으로, 독서로, 사변으로 자신을 보호하고자 하지. 하지만 슈펭글러하고는 이제 상관없는 얘기야. 그가 책을 읽고, 읽은 내용을 인용하고, 적포도주를 마시고 빈둥거리는 시간은 우리가 판 시간이 아니야. 그건 좀 개선된 시간일 뿐이야. 그는 한물 간, 지치고 재미없는 세속의 남자일 뿐이야. 그는 간, 쓸개, 위, 장, 심장이 모두 상했어. 어느 날 목이 쉬거나 귀가 멀거나, 흔히 회의적일 때

쓰는 농담대로 하자면, 몇 년 후 소리도 없이 뒈질 거야. 뭐가 더 있겠어? 그뿐이야. 그건 결코 계몽이 아니었어. 상승과 열광이 아니었어. 거기 뇌가 연관되지 않았거든. 뇌성이 아니었다고. 알겠어? 우리 아이들이 그 때 고귀한 것, 높은 데 있는 것에는 관심을 갖지 않았어. 아마 그게 매력이 없었던 모양이야. 형이상학적인 단계로, 성기에 의한 감염 다음 단계로 전이되지를 않았어······."

나 (증오심을 품고) : "내가 얼마나 더 이렇게 떨고 앉아 당신의 그 참기 힘든 헛소리를 들어야 하는 거요?"

그 : "헛소리? 들어야 하냐고? 웃기고 있네! 내가 보기에 넌 대단히 주의 깊게 들었어. 그리고 더 많이 듣고 싶어서, 모든 것을 알고 싶어서 안달이 났어. 네 뮌헨 친구 슈펭글러 이야기가 나오자 제때에 질문도 했잖아! 내가 네 말 끊지 않았다면 너는 끈질기게 지옥 끝까지 물고 늘어졌을 거다. 그러니 성가신 척은 그만 해. 나도 내 자존심이 있고, 내가 불청객이 아니라는 사실도 알아. 간단히 말해 메타매독 얘기야. 뇌막염 과정이지. 그리고 너한테 확실히 말해 두는데, 애들 가운데는 높은 곳을 향한 열정을 품고 있는 애들도 있어. 두뇌 영역. 유조직(柔組織)을 보호하는 뇌척수막, 경질막, 소뇌천막과 연질막 등을 특별히 선호하는 애들이 있어. 그 애들은 전신감염의 첫 순간부터 대단히 그 쪽을 열망하지."

나 : "말하는 투로 보아 깡패 선생께선 의학을 공부하신 모양입니다."

그 : "네가 신학을 공부한 것보다는 많이 하지 않았어. 말하자면 특수분야만 단편적으로 공부했지. 너도 모든 예술과 학문 가운데 최상의 학문을 단지 특수분야 전문가이자 애호가 입장에서만 공부했다는 사실을 부인하지 않겠지? 네 관심대상은······ 나야. 나는 너와 매우 밀접한 관계야.

내가, 네 눈에 지금 에스메랄다의 남자친구이자 포주로 보이는 내가 의학에, 관련된 인접분야에 어떻게 특별한 관심을 가지지 않을 수 있겠어? 그 분야에서 전문적으로 통달해야 하지 않겠어? 실제로 나는 이 분야에 끊임없이 주의를 기울이고 최신의 연구결과를 쫓고 있어. 각설하고, 어떤 박사님들은 아이들 중에 뇌 전문가가 있다고 철석같이 믿고 말씀하시더군. 경질막 영역 애호가, 즉 신경 바이러스 말이지. 하지만 그 분들은 알다시피 재고더미 속에 살고 있어. 뒤바뀌었어. 아이들이 찾아오기를 열망하는 건 뇌야. 뇌는 애들이 방문하기를 잔뜩 고대하고 있어. 네가 내 방문을 고대했듯이. 뇌가 그들을 받아들이는 거야. 마치 꿈도 꿀 수 없었다는 듯이 끌어안는 거야. 그 철학자 아직 기억해?《영혼에 관하여》(멜란히톤의 저서 - 옮긴이)에서 '행위자의 행위는 이미 시련을 겪도록 배정된 사람들에게 일어난다' 고 한 말? 봐, 모든 것이 배정, 준비, 초대에 달렸어. 어떤 사람들은 다른 사람에 비해 마녀 짓을 수행하는 능력이 더 뛰어나지. 우리는 그런 사람들을 열망해. 《말레우스》(말레우스 말레피카룸, 마녀 색출과 근절 방법에 대한 책. 1484년 교황 인노켄티우스 8세의 명령에 따라 도미니쿠스 수사들인 요하네스 슈프렝거와 하인리히 크레머에 의해 만들어졌다. - 옮긴이)를 쓰신 위대한 저자들은 이 점을 이미 생각했었어."

나 : "중상하지 마. 난 너하고 거래관계를 맺은 적 없어. 난 너 안 불렀어."

그 : "이런! 이런! 이렇게 순진할 수가! 우리 애들 손님 중에 가장 멀리서 오신 분이 경고를 못 들으셨나? 너는 의사들도 네 그 정확한 직관으로 골랐어."

나 : "주소록에서 찾았어. 누구한테 묻겠어? 그리고 그들이 나를 떠

나게 된다고 누가 가르쳐 주었겠어? 당신 그 두 분 의사한테 무슨 짓을 한 거야?"

그 : "없앴어. 없앴어. 아, 그리고 우리는 그 돌팔이들을 네 관심영역에서도 치웠어. 그것도 적절한 순간에. 너무 이르지도 너무 늦지도 않은 때에. 그들이 일을 능숙하게 척척 제 궤도에 올려놓았을 때. 우리가 그들을 그냥 두었더라면 아주 좋은 기회를 망칠 뻔했어. 우리는 그들에게 도발을 허용했어. 그것으로 끝이야. 그들은 필요 없어졌어. 그들은 특수 처치를 통해 초기에 피부에 집중적으로 나타나는 일반 침윤을 억제했어. 하지만 그것이 오히려 강한 자극이 되어 상부로 전이하도록 만드는 결과를 낳았지. 그것으로 그들의 임무는 끝났어. 그래서 제거했어. 그 멍청이들은 기본처치를 통해 상향의 진행이, 성기 외부로의 전이가 강한 가속을 받는다는 사실을 몰랐어. 알아도 어쩔 수 없었겠지만. 물론 초기에 방치해도 종종 그 상태로 진척되는 경우도 적지 않지. 간단히 말해 사람들이 하는 일, 그거 다 틀렸어. 어떤 경우에도 우리는 도발을 계속하게 내버려 두지 않아. 일반침윤이 저절로 감소하도록 내버려두었더라면 발작은 저기 위에서 예쁘게 천천히 일어났을 거고, 그랬더라면 너는 수년 아니, 수십 년이라는 멋진, 황홀한 시간을 구할 수 있었어. 모래시계 하나가 다 하도록. 위대한 악마의 시간이지. 네가 그것을 취한 후 4년이 지난 지금은 그 범위가 좁아지고 작아지고 미세해졌어. 아직 있긴 있지만. 네 몸 높은 곳에 있는 그 장소 말이야. 그곳은 발생지이고, 우리 아이들의 직장이고, 이른바 물길을 통해 닿을 수 있는 초기 계몽의 장소야."

나 : "이 바보야, 넌 내게 들켰어! 너 스스로 본색을 드러냈어. 나한테 내 머릿속의 그 자리, 열의 발원지를 말하고 있는데, 그 자리가 요술을 부려 네가 보이는 거야. 그게 없으면 너도 없어! 내가 흥분되게도 너를 보고

네 말을 듣고 있지만, 너는 내 눈앞의 요설일 뿐이라는 사실을 너 스스로 폭로하고 있어!'

그 : "이 봐, 미스터 논리! 뒤집혔어, 이 바보야. 내가 네 몸 저 위의 연질막에 있는 발원지에서 만들어낸 결과물이 아니라, 그 발원지가 네게 능력을 주는 거야, 알겠어? 나를 인지할 능력. 그 능력이 없이는 나를 못 봐. 내 존재가 네 두통과 관련된 것이라고? 그래서 내가 네 주관에 속한다고? 제발 좀 그만 해! 좀 참아! 지금 여기서 일어나고 진행되는 일은 네가 전혀 다른 일을 할 수 있도록 도와주기 위한 일이야. 전혀 다른 방해를 극복하고 마비와 주저감을 넘어 붕 뜨게 해 줄 거야. 수난 금요일(그리스도 부활 전 금요일 - 옮긴이)까지 기다리면 곧 부활절이야! 1년, 10년, 12년 후에는, 계몽이 절정에 달할 때, 마비가 풀리고 회의와 의심이 가장 확실하게 떨어져 나갈 때, 그때 네가 지불해야 하는 대가가 무엇에 대한 것인지 알게 될 거야. 왜 네가 우리에게 육체와 영혼을 양도해야 하는지. 그때는 약국에서 가져온 씨앗에서 침투성 식물이 거침없이 자랄 테니까⋯⋯."

나 (격노하다) : "그 버르장머리 없는 입 닥쳐! 내 아버지에 대해 말하지 마!"

그 : "오, 난 충분히 네 아버지 얘기를 할 수 있어. 그는 보기와는 딴판으로 아주 교활해. 언제나 근본적인 것을 생각하느라 여념이 없어. 뇌통, 젊은 인어아가씨의 칼로 베는 고통의 출발점, 그거 너도 아버지한테서 물려받았잖아⋯⋯. 그건 그렇고 말이 나왔으니 말인데, 침투, 액체 확산, 세포증식 과정, 마술은 원래 이런 것과 관계있지. 너희는 체액이 빈번하게 왕래하는 요추(腰椎)가 있지? 그게 경질막에, 뇌피에 닿거든. 그 조직 속에 잠행성의 매독성 뇌척수막이 조용히 흔치 않은 일을 하고 있어. 그러나 내부로, 유조직으로는 우리 애들이 들어갈 수가 없어. 그토록 오

라고 끌고 또 그들도 그토록 가기를 원해도 액체 확산 없이는 즉, 연질막의 세포액이 침윤하지 않고는 갈 수 없어. 침윤을 해야 세포액이 묽어지고, 조직이 풀어지고, 편모충들이 내부로 들어갈 수 있도록 길이 열리는 거야. 모든 것이 침윤에서 비롯돼, 알겠어? 침윤으로 생기는 이상한 형상들을 너는 아주 어릴 때 보고 재미있어 했어."

나 : "넌 처량하게 말하지만 나한테는 웃겨. 실트크납이 돌아와 같이 웃었으면 좋으련만. 그에게 나도 아버지 이야기를 해 줄 텐데. 아버지가 '그런데 이것들은 죽은 것이야!' 라고 말할 때 눈에 눈물이 맺혔던 이야기도."

그 : "오호라! 독이다! 네 말이 맞아. 아버지의 동정심 가득한 눈물은 웃음거리야. 자연을 실험하는 사람은 언제나 세상 사람들의 감정과는 반대편에 서게 되므로, 사람들이 울면 웃고 싶어져. 그리고 그들이 웃으면 울고 싶어지지만, 이 사실은 덮어두더라도 네 아버지의 눈물은 웃음거리야. '죽은 것' 이라니? 물방울이 그토록 왕성한 식욕을 보이는데 죽었어? 아프다는 것이 뭔지, 건강하다는 것이 뭔지, 여기에 대해서는 세상 사람들의 말을 듣지 않는 게 좋아. 그들이 생명에 대해 아무리 잘 알고 있다 해도 한 가지 의문은 해소하지 못해. 생명은 행복을 추구하기 위해 이미 여러 번 죽음의 길, 질병의 길을 택했어. 그리고 그 길이 이끄는 대로 더 멀리, 더 높이 멀어져갔어. 너 대학에서 신은 악한 것에서 선한 것을 만들 수 있고, 신에게서 그 기회를 빼앗아서는 안 된다고 배웠지? 각설하고, 다른 사람들이 아프고 미치지 않기 위해 누군가는 언제나 아프고 미쳐야 했어. 그리고 광기로 아프기 시작했을 때 그걸 쉽게 알아보는 사람은 아무도 없어. 어떤 사람은 여백에다 발광하는 글을 적어. '난 행복해! 난 무아지경이야! 이건 새롭고 위대해! 착상으로 끓어오르는 황홀감! 내 뺨은 쇳

물처럼 이글거려! 난 발광해! 너희도 이걸 경험하게 되면 모두 발광할 거야. 신께서 너희들의 불쌍한 영혼을 보호하시길!' 이런 건 아직 건강한 거야? 일반적인 광기야? 아니면 뇌막염에 걸린 거야? 일반인은 그걸 식별하지 못해. 어떤 경우든 특별한 것을 못 느껴. 예술가들은 언제나 광기가 좀 있으니까. 다음 날에는 반대로 '이런 망할! 이런 염병할! 어쩔 수가 없어! 전쟁이 나도 상관없어! 나는 참을 수가 없어! 지옥이 나를 불쌍히 여겼으면 좋겠어. 나는 지옥의 아들이니까!' 라고 소지 지르지. 이거 맞는 말이야? 그가 지옥에 대해 한 말, 이거 맞아? 아니면 단지 뒤러의 〈멜렌콜리아〉를 약간 일반적으로 은유한 거야? 결론적으로, 우리는 다만 너희들에게, 최고로 위대한 고전주의 시인이 신들에게서 받은 것과 같은 것을 제공해. 그 시인은 신들에게 이렇게 아름답게 감사의 마음을 표했어.

> 신들이 모든 것을 주시네, 끝없이
> 그들이 아끼는 것을 모두
> 모든 기쁨을 끝없이.
> 모든 고통을 끝없이.

나 : "넌 웃기는 거짓말쟁이야! 악마가 거짓말쟁이 살인자가 아니라면! 내가 네 말을 들어야 한다면, 적어도 건전하면서도 위대한 사람과 천연의 금 얘기는 하지 마. 태양이 아니라 불로 만든 금은 진짜가 아니란 사실은 나도 아니까."

그 : "누가 그래? 태양이 부엌에 있는 불보다 더 좋은 불이래? 그리고 건전하면서도 위대한 사람? 들어 본 적도 없어. 너 혹시 지옥하고 아무 관계도 없는 천재성이 있다고 믿는 거야? 그런 건 없어! 예술가는 범죄자와

광인(狂人)의 형제야. 범죄자와 광인의 존재를 이해할 줄 모르는 작가가 재미난 작품을 만드는 거 봤어? 내가 병적인 것과 건전한 것에 대해 말해 주지! 병적인 것 없이 인생은 그 기간을 다 채우지 못해. 진짜와 가짜에 대해 말하겠어! 우리가 똥오줌으로 아무 데나 마구 더럽히는 존재야? 무(無)에서 좋은 것을 빼내는 존재야? 아무것도 없는 데서는 악마도 권리를 잃고, 창백한 비너스도 지혜로운 대책을 세우지 못해. 우린 새로운 것을 만들어내지 않아. 그건 다른 사람들이 할 일이야. 우리는 그저 분만시키고 해방시킬 뿐이야. 우리는 마비와 수줍음, 순수한 회의와 의혹을 악마가 물어가게 한단 말이야. 우리는 단지 약간의 자극을 가하고, 기운을 내도록 피를 돌게 하고 피로를 없애 줄 뿐이야. 작은 피로와 큰 피로, 개인의 피로와 시대의 피로. 그런 거야. 네가 누구누구는 다 가졌다고 불평한다면, 기쁨과 고통을 한도 없이, 모래시계도 세우지 않고, 끝내 대가도 치르지 않고 다 가졌다고 불평한다면 너는 시대의 추세를 생각하지 않는 거야. 역사적으로 생각하지 않는 거야. 역사적 추이에 의해 우리 없이도 가질 수 있었던 것, 그것을 오늘날은 우리만이 제공할 수 있어. 게다가 우리는 더 좋은 것으로 제공해. 우리는 딱 맞는 것과 진짜만 제공해. 이것부터가 예전에는 없었던 거야, 친구. 우리는 고대적인 것, 태초의 것, 시험해 본 적이 없는 것을 경험하고자 해. 영감이 무엇인지 아는 사람 있어? 진정하고 고유한, 오랜 심취가 무엇인지, 비평에 의해서도, 재능의 마비에 의해서도, 치명적인 이성의 통제에 의해서도 전혀 상처받지 않는 심취가 무엇인지, 신성한 전율이 무엇인지 오늘날 아는 사람 있냐고! 과거에 아는 사람 있었어? 심지어 사람들은 악마가 파괴적인 비판을 일삼는 줄 알고 있지? 중상이다, 친구야! 중상이야. 오호라! 씹할! 악마가 싫어하는 것이 있다면, 온 세상을 통틀어 반대하는 것이 있다면, 그건 바로 파괴적인 비

판이야. 그가 원하고 베푸는 것, 그건 바로 비평을 넘어 나아가는 승리야. 상상할 수 없는 자랑이야!'

나 : "허풍선이."

그 : "조금은 그렇지! 자기 자신에 대한 엄청난 오해를 자신을 사랑하는 마음에서가 아니라 진실을 사랑하는 마음으로 바로잡으려면 입을 벌릴 수밖에 없어. 나는 네 그 빡빡한 염치 때문에 내 입을 다물지는 않을 거야. 그리고 난 네가 단지 감동을 표현했을 뿐이며, 내 이야기를 대단히 즐기며 듣고 있다는 사실도 알아. 마치 부엌에서 아가씨가 속살거리는 남자의 말을 듣듯이……. 착상 이야기를 하자. 너희들이 착상이라 부르는 것, 백 년 또는 이백 년 전부터 그렇게 불러 온 것에 대해. 그 전에는 그런 범주가 전혀 없었어. 음악의 저작권이나 뭐 그런 것만큼이나 드물었지. 착상은 그러니까 세 박자냐 네 박자냐의 문제야. 안 그래? 그 이상은 아니야. 나머지는 모두 심혈을 기울인, 꾹 눌러앉아 일만 한 결과야. 그렇지? 좋아, 우리는 글줄이나 읽은 전문가니까 착상이 새로운 것이 아니란 사실을 알아. '착상' 하면 곧 생각나는 게 있지. 림스키코르사코프나 브람스에게 일어났던 일말이야. 그들이 뭘 했지? 착상을 변경했어. 변경된 착상. 그걸 여전히 착상이라고 할 수 있나? 베토벤의 스케치 노트를 봐! 거기 신이 주신 것 같은 그런 주제의 구상은 하나도 없어. 그는 수정하고 추가했어. 〈메이외르(가장 좋은 것)〉도 그래. 그는 신의 개입을 별로 신뢰하지 않았어. 그것을 별로 존경하지 않았어. 그의 그런 점을 표현한 곡이 바로 〈메이외르〉인데, 이 작품 역시 전혀 감격적인 분위기가 아니잖아. 진정 황홀하고 만족스러운 영감. 의구심이 생기지 않는 믿을 만한 영감. 어떤 선택의 여지도 없는 영감. 더 좋다느니, 제일 좋다느니 하는 말이 필요 없는 영감. 모든 것이 즐거운 독재라고 느껴지는 그런 영감. 발걸음을

멈추게 하고 몸을 쓰러뜨리는, 영감을 받은 자의 정수리에서 발끝까지 미묘한 전율이 번지게 하는, 행복의 눈물이 흘러내리게 하는 그런 영감은 신에게서는 받지 못해. 신은 이성(理性)에게 너무 많은 일을 맡기기 때문이지. 그런 것은 감격의 진정한 주인인 악마만이 줄 수 있어."

내 앞의 그 녀석이 마지막 말을 하는 동안 놈한테 어떤 변화가 일어났다. 내가 바로 보자 그는 좀 전과는 달라 보였다. 더는 깡패나 부랑자처럼 보이지 않고 좀 나아 보였는데, 넥타이 주변에 흰 깃이 있었고, 굽은 코 위에는 뿔테 안경을 걸쳤으며, 안경 뒤에서 촉촉하고 어두운, 약간 충혈된 눈이 희미하게 빛났다. 얼굴은 날카로움과 부드러움의 혼합이었는데, 코는 날카롭고 입술도 날카로웠다. 그러나 턱은 부드럽고, 그 위로 움푹 패었고, 그 위 뺨에 보조개도 있었다. 창백하고 둥근 이마에서 머리칼이 뒤로 넘겨져 있었고, 이마 옆으로는 빽빽하게, 검고 양털 같은 머리가 나 있었다. 지적인 녀석. 예술과 음악에 대해 대중신문에 글을 쓰고, 생각이 허락하는 한 스스로 작곡도 하는 이론가 겸 비평가. 부드럽고 가는 손은 미진함을 보완하는 섬세한 제스처로 자신의 말을 따랐고, 종종 부드럽게 머리 위로 손을 올려 두꺼운 정수리와 목덜미를 쓰다듬었다. 이것이 소파 구석에 앉은 그 방문객의 모습이었다. 키가 커지지는 않았다. 무엇보다도 그 목소리, 콧소리가 섞인 분명하고 교양 있고 듣기 좋은 그 목소리는 똑같았다. 모습이 변해도 그 목소리가 정체를 확인해 주었다. 그가 말하는 것이 들리고, 짧게 면도한 콧수염 아래 윗입술 밑으로 그의 넓은, 입 꼬리가 일그러진 입이 발성으로 움직이는 것이 보인다.

"오늘날 예술이 뭐야? 속죄하는 뜻으로 신 안창에 완두콩을 깔고 그 신을 신고 성지순례를 하는 일이야. 오늘날은 춤추는 데 분홍 신보다 완두콩 신이 더 필요해. 그리고 넌 악마가 주시하는 유일한 사람이 아니야.

네 동료들을 봐. 나는 네가 그들을 안 본다는 걸 알아. 너는 그들을 살피지 않아. 너는 혼자만의 존재라는 허상을 추구하고, 모든 것을 혼자만 가지려 해. 시대의 모든 저주를. 하지만 날 위해서라도 그들을 좀 봐. 새로운 음악을 만든 사람들을. 진실하고, 진지하고, 특정 상황의 결실을 맺는 사람들 말이야! 나는 민속적이고 네오 클래식을 추구하는 망명자들 이야기를 하는 게 아니야. 그들의 현대적 감각은 그들이 음악에서 돌발적인 것을 금지하고 다소간 품위를 유지하며, 개인주의 시대 이전의 양식을 취한다는 데 있어. 그들은 자신들끼리 그리고 다른 사람들에게도 지루한 것이 흥미로워졌다는 사실을 설득시켜 주고 있어. 왜냐하면 흥미로운 것이 지루해지기 시작했으니까……."

나는 웃고 말았다. 냉기가 계속해서 내게로 밀려왔지만, 그가 변신한 후부터 그와 함께 있는 것이 편해졌다고 고백할 수밖에 없다. 그도 같이 미소 지었다. 입을 닫은 채 입 꼬리를 옆으로 펴면서 눈을 약간 감았다.

"그들은 무기력하기도 해." 그가 계속했다. "하지만 너와 나는 그들의 괄목할 만한 무기력을 좋아한다고 나는 생각해. 그들은 우아한 가장행렬 속에 일반적인 질환을 은폐하는 일을 경멸해. 하지만 이 질환은 일반적이야. 말하기 좋아하는 사람들은 퇴행성을 보이는 부위를 두고 그들의 증상을 스스로 잘도 진단해. 창작이 사라질 것 같지 않아? 심각성이 심해지는데도 불구하고 종이에 옮긴 것은 힘들여 억지로 한 것임을 증명해. 외교적인 데 원인이 있을까? 수요 부족이야. 창작의 가능성은 자유시대 이전과 마찬가지로 여전히 예술 후원자의 기분에 달린 걸까? 맞아. 하지만 그것으로 다 해명이 되지는 않아. 작곡 자체가 너무 어려워졌어. 심하게 절망하고 있어. 작품이 더는 진품답지 않은데 누가 일하려고 하겠어? 하지만 이게 현실이야, 친구. 걸작, 자체 속에 안정을 찾는 구조물, 그런

건 전통예술에 속해. 해방된 예술은 그런 것을 거부해. 문제는 너희들에게 지금껏 사용된 모든 음의 결합에 대해 사용권이 전혀 없다는 데 원인이 있어. 축소 7화음도 못 쓰고, 어떤 음계를 통과하는 음도 못 써. 좀 낫다 싶은 것은 뭐든지 그 자체에 금지의 규정이 있어. 자기 자신을 금지하는 규정. 조성(調聲)의 수단, 그러니까 결국 모든 전통음악의 수단을 아우르는 규정. 뭐가 잘못된 것인지, 뭐가 상투적이고 식상한 것인지는 그 규정에 달렸어. 한 곡을 작곡하는 데 음의 울림에, 삼화음에 오늘날 같은 기술적인 경계선이 처져 있으면 온갖 불협화음이 넘치게 돼. 그런 것도 물론 필요해. 그러나 아끼고 꼭 필요할 때만 써야 해. 왜냐하면 과거의 가장 괴로웠던 불협화음보다도 쇼크가 더 크거든. 기술적인 한계에 모든 것이 달렸어. 축소 7화음은 작품 101번 도입부에 제대로 사용되어 풍부하게 표현되고 있어. 그것은 베토벤의 전반적인 기술수준에 해당돼. 안 그래? 불협화음과 협화음 간의 극단적인 긴장. 조성의 원칙과 그의 역동성이 그 화음에 특별한 비중을 두었지. 하지만 이제 그 비중이 줄었어. 아무도 되돌리지 않는 역사적인 과정을 통해. 소멸된 화음을 들어 봐. 그 분산성 속에서도 기술적으로 하나의 총체를 이룬 상태, 실제와는 다른 상태를 추구하고 있어. 각 울림이 전체를 지니고 있어. 전체 역사도. 그래도 귀로 듣고 느끼는 것은, 무엇이 맞고 무엇이 틀렸는지에 대한 판단은 피할 수 없어. 그 판단은 기술적인 전체 수준과의 추상적인 관련 없이 그 화음에, 사실은 틀리지 않은 그 하나의 화음에 직접 달려 있어. 우리는 여기서 그 구조물이 작가에게 정당성을 요구한다는 것을 알 수 있어. 좀 엄격하게. 안 그래? 예술가의 작업이 객관적인 창작 조건 하에 있는 요소들을 펼치는 일로 다 끝나버리지 않아? 과감히 새로운 박자를 시도하려 해도 기술수준이 늘 문제야. 기술은 전체적으로 매 순간 작가가 공정하게 대해주기를 원하고, 매 순간 유일하게 옳은 대답만을 허용해. 그러니 작곡된 곡들은 결국 그런 대답에 지나지 않아. 그저 기술적인 알아맞히기 그림을 해체해 놓은 것일 뿐이지. 예술이 비평이 되는 거야. 비평이 매우 중요한 일이라는 사실은 아무도 부인 못해. 거기에는 남의 말에 조금도 솔깃하지 않는 강한 독자성과 많은 용기가 필요해. 그러나 창의성을 잃을 위험도 있지. 어떻게 생각해? 그럴 위험이 있는 거야? 아니면 이미 움직일 수 없는 사실로 확정된 거야?"

그는 쉬었다. 그는 촉촉하고 충혈이 된 눈으로 안경을 통해 나를 바라보며, 부드러운 동작으로 손을 올려 검지와 중지로 자기 머리칼을 쓸었다. 내가 말했다.

"무얼 꾸물거리시오? 내가 당신의 조롱에 감탄이라도 해야 하오? 나는 당신이 내게 하는 이야기는 모두 내가 아는 이야기라는 사실에 추호의 의심도 없소. 당신의 표현방법에는 의도적인 티가 역력해. 당신은 어떻게 해서든 내게 내 계획과 작품에 필요한 것은 오직 악마뿐이라는 사실을 가르치려 하고 있소. 여기서 당신은 욕구와 '정확성'의 순간 사이에 이론적으로 즉흥적인 화음이 가능하다는 사실을 배제하지 못 해. 즉, 작가가 자유롭게 생각 없이 만들어 내는 자연스러운 화음의 가능성이지."

그 (웃으며) : "대단히 이론적인 가능성이지, 사실! 사랑하는 친구야, 상황을 필요 이상으로 비판적으로 끌고 가지 않았으면 좋겠어! 아무튼 나는 시류에 맞춰 사물을 고찰한다는 비난은 받아들일 수 없어. 너로 인해 우리가 사변적인 낭비를 할 필요는 없지. 나는 '작품'의 상황을 매우 일반적으로 내게 보증해줄 수 있는 확실한 만족을 부정하지 않아. 나는 '전체적이고 전반적인' 작품들에는 반대야. 음악적인 창작의 정신에 덮친 그 불행을 보고 어떻게 조금도 즐거워하지 않을 수가 있겠어? 그 원인을 사회적인 상황으로 돌리지 마! 너는 그런 상황들이 작품 자체의 충만을 보장할 만큼 충분한 구속력이 있지만 확실하게 증명된 것은 아무것도 보장해 주지 않는다고 말하기 좋아하지. 맞는 말이지만 부차적인 문제야. 작품을 방해하는 원인은 그 작품 속 깊은 곳에 있어. 음악재료의 역사적 흐름은 완성된 작품에 등을 돌렸어. 음악의 재료는 음악작품의 공간인 시간 속에서 움츠러들고, 시간 속에서 확장되는 것을 경멸하고, 그 공간을 비워두려고 해. 무기력해서가 아니야. 형상화할 능력이 없어서가 아니야. 군더더기를 조롱하고, 미사여구를 거부하고, 장식을 부숴버리는, 가차 없이 엄격한 명령이 시간적인 확장에 반대하고 있어. 그 작품의 생존양식에 반대하고 있어. 작품, 시간, 겉모습. 이들은 하나야. 모두 다 비평의 대상이야. 비평은 겉모습과 유희를, 허구를 더는 못 참아. 열정들을, 인간의 고뇌를 평가하고, 여러 기능으로 나누고, 여러 모습으로 옮기는 자기미화의 형식을 더는 못 참아. 오직 실제 순간의, 허구가 아닌, 꾸미지 않은, 위장하지 않은, 가장하지 않은 그 노래의 표현만을 허용해. 무기력과 곤경은 겉치레와 유희를 더는 용납하지 않을 만큼 성숙했어."

나 (매우 비꼬며) : "감동적이야! 감동적이야! 악마도 격정적이 될 수 있군. 귀찮은 악마가 도덕을 논하네! 인간의 고뇌를 가슴아파하네! 명예롭게도 예술을 과시하는군. 그런데 작품에 대한 반감을 거론한 것은 별로 좋은 생각이 아니었어. 그 소리를 안 했다면 나도 당신의 추리가 작품을 비방하고 헐뜯는 악마의 방귀소리일 뿐이라는 사실을 알아차리지 못했을 거야!"

그 (동요 없이) : "그만 해. 됐어. 하지만 너도 세상의 시간이라는 사실을 인정하는 일을 두고 감상적이라고도, 음흉하다고도 할 수도 없다는 점에서 기본적으로 나와 생각이 같아. 어떤 일들은 이제 불가능해졌어.

작곡예술을 감정의 겉모습으로 간주하는 행위, 스스로 만족하는 음악의 겉모습은 이제 가능하지 않아. 그리고 이미 공식으로 정해진 기존의 요소들이 마치 그 한 순간 허물 수 없는 절대성인 양 투입되는 데서 그런 모습을 유지하는 일이 더는 가능하지 않아. 그 반대일 수도 있어. 이미 주어진 익숙한 공식과 동일한 상황인 체하는 특수한 경우. 4백 년 전부터 모든 위대한 음악은 이 일치성을 감쪽같이 속이는 데서 만족을 찾았어. 그 음악은 자신을 지배하는 일반법칙을 그 원래의 문제와 혼동시키는 일에 전념했어. 이제 더는 안 돼. 장식과 협약과 추상적인 일반성에 대한 비평은 한 가지이고 동일한 거야. 비판의 대상은 시민사회의 예술작품에서 겉으로 드러난 특징이야. 음악에도 그런 특징이 있지. 비록 형상은 없지만. 맞아. 다른 예술과 달리 형상을 만들지 않는다는 것은 음악의 장점이야. 그러나 그 특수한 문제와 지배적인 협약 사이의 지치지 않는 화해를 통해 음악도 권력을 향해 더 높이 오른 곳에서 함께 어지러워했어. 화해를 내세운 일반성 하에 표현된 것은 음악의 겉모습을 이루는 가장 기본적인 원칙들이야. 이제 그건 끝났어. 일반적인 것을 특별한 것 속에 조화롭게 포함되어 있는 것으로 간주하라는 요구, 그것은 저절로 부정돼. 처음부터 어쩔 수 없이 효력을 발생하는, 유희의 자유를 보장하는 협약 때문에 일어난 일이야."

나 : "그걸 알았더라면 그 협약을 모든 비평을 초월해 다시 인정할 수 있을 텐데. 알다시피 생명이 사라진 형식들로 그 유희를 보강할 수 있을 텐데."

그 : "알아, 알아. 풍자 말이지. 귀족적인 허무주의로 우울하게 만들지만 않으면 재미있지. 그런 술책을 써서 많은 행복과 영광을 추구하지 않겠니?'

나 (화를 내며 대꾸한다) : "싫어."

그 : "짧고 퉁명스러운 대답이군! 하지만 왜 퉁명스럽지? 내가 우리 둘 사이의 친분과 관련된 양심의 문제를 제기해서? 내가 너의 절망한 가슴을 보여주고, 마침 오늘날 극복하기 힘든 난제들을 전문가의 견해와 더불어 네 눈앞에 보여주니까? 넌 나를 적어도 전문가로 인정해줄 수는 있어. 이 악마도 음악에 대해 뭔가 아는 게 있단 말이야. 내가 잘못 본 게 아니라면, 너는 좀 전에 미학에 빠진 기독교도의 책을 읽고 있었어. 그 사람은 이 아름다운 예술과 나의 특별한 관계에 대해 잘 알고 있었고, 잘 이해했어. 가장 기독교적인 예술, 그가 말했듯이. 물론 부정적인 징후도 있었지. 기독교가 사용하고 발전시켰으나 악마의 분야로 치부하여 거부하고 배척한 예술. 그래서 이제 네 차지가 됐어. 음악은 고차원의 이론적인 문제야. 죄가 그렇듯이. 내가 그렇듯이. 그 기독교도의 음악에 대한 열정은 진정한 정열이야. 그런 열정이라면 인식과 몰입이 하나야. 진정한 열정은 다의성과 반어(反語)에만 있어. 최고의 정열은 절대적으로 의심스러운 것에만 해당돼……. 난 아냐. 난 음악적이야. 아무래도 좋아. 그리고 지금 나는 네게 불쌍한 유다를 노래했어. 오늘날 다른 것과 마찬가지로 음악이 처한 어려운 상황 때문에. 부르지 말 걸 그랬나? 하지만 네가 그 문제를 돌파해야 한다는 사실을 보여주기 위해 부른 거야. 네가 너 자신에 대해 어지러울 정도로 감탄하고, 그 난제들을 초월하고, 네게 신성한 전율이 번지는 경지를 경험해야 한다는 사실을 가르쳐 주려고 했어."

나 : "고지(告知)까지 하시는군. 내가 침투성 식물을 기르게 된단 말이지."

그 : "이미 싹이 났어! 꽃도 피었어! 얼음 꽃, 아니면 녹말, 설탕, 섬유소에서 나온 꽃. 둘 다 자연이야. 그러면 자연이 무엇 때문에 가장 칭송을

많이 받는지 의문이 생기지. 친구야, 객관적인 것, 이른바 진실을 추구하는 네 성향, 순수한 경험의 가치를 부정하려는 네 주관은 그야말로 편협하기 짝이 없고, 반드시 극복해야 할 부분이야. 네가 나를 본다. 고로 나는 네 앞에 있다. 그런데도 내가 진짜 존재하느냐고 물어야 해? 실제로 작용하고 있는 존재가 정말 없을 수 있어? 그리고 진실은 체험과 감정 아니야? 너를 끌어올리는 일, 네 감정을 힘과 권력과 지배력으로 증폭시키는 일, 빌어먹을, 도덕적인 시각에서 보면 열 번을 봐도 거짓말이겠지만, 그게 진실이야. 내 말은, 힘을 북돋아주는 진실 외적인 것이 온갖 도덕에도 불구하고 무익하기만 한 진실과 겨룰 만하다는 뜻이야. 그리고 생명은 창조적인 질병을, 천재성을 선사하는 질병을, 말을 타고 방해를 제거하며 대담한 도취 속에 이 바위에서 저 바위로 뛰어 다니는 질병을 발을 질질 끄는 건강보다 천 배는 더 좋아해. 병적인 것에서는 병적인 것만 나온다는 말만큼 어리석은 소리는 없어. 생명은 괴팍하지 않아. 그리고 도덕에 대해서는 그게 오물이란 것쯤은 알지. 비범한 질병의 산물을 집어먹고, 소화시키고, 뻔한 얘기지만 건강은 이런 거야. 생명의 효능이라는 사실 앞에서 질병과 건강의 차이는 모두 사라져. 군부대를 통틀어, 세대를 통틀어 진짜 탐나게 건강한 아이들은 병적인 수호신의 작품에 몰려들어. 그들은 질병에서 창조된 작품에 감탄하고, 칭송하고, 찬양하고, 더 멀리 이끌고, 종종 변화시켜서 문화에 물려주는데, 문화는 집에서 구운 빵만으로 살 수 없고, 행복의 전령 약국에서 나온 재능과 독이 적지 않게 필요해. 개악된 사마엘이 네게 하는 말이다. 사마엘은 너한테 네게 주어진 모래시계 시간의 끝 즈음에 힘차고 멋진 기분이 들고, 그 기분이 어린 인어아가씨의 고통을 점차 능가하고, 마침내 최고의 승리감이 주는 자랑스러운 기분에, 황홀한 건강의 감동에 이르러 신의 모습으로 변하는 경지에 오르는 것만을 보장하지는 않아. 이건 단지 사안의 주관적인 면일 뿐이야. 나는 네가 이 정도로 만족하지 않는다는 사실을 알고 있어. 너는 믿지 않을 거란 사실을. 우리는 네가 우리의 도움으로 완성하게 될 그 작품이 생명에 작용할 효능을 응원한다는 사실을 알아 둬. 너는 앞에서 이끌게 될 거야. 미래를 향해 행진을 펼칠 거야. 아이들은 네 이름을 두고 맹세할 거야. 그들은 네 광기 덕분에 미칠 필요가 없어. 그들은 네 광기를 먹고 건강하게 잘 살 거야. 그리고 그들 속에서 너는 건강해질 거야. 알겠어? 너는 시대가 주는 마비시키는 듯한 고충들을 돌파할 뿐만 아니라 그 시대 자체, 문화의 한 시대, 말하자면 문화의 시대와 그 숭배의 시대를 돌파하고 야만성을 향한 전진을 감행할 거야. 야만성은 문화의 두 배야. 그것은 인도주의, 가장 철저한 치근치료와 시민의 순화 다음에 오니까. 내 말 믿어! 심지어 신학에도 제식(祭式)에서 떨어져 나온 문화보다는 야만성이 더 많아. 제식도 종교적인 것에서는 역시 문화만, 인도주의만 보았고 탐닉, 역설, 신비적인 열정, 비범한 경험 등은 보지 않았어. 연애박사가 종교 이야기를 한다고 해서 놀라지 않겠지? 오호라! 별이다! 나 말고 누가 오늘날 네게 그 이야기를 해 주겠어? 그 진보적인 신학자? 나야말로 신학을 보존하는 유일한 존재야. 내가 아니면 누구를 신학적인 존재라고 할 거야? 그리고 나 없이 누가 신학적인 존재를 이끌 거야? 종교적인 것은 그래서 분명 내 전공분야야. 평범한 분야가 아니거든. 문화가 제식에서 떨어져 나온 이후로, 그리고 자기 자신을 제식으로 만든 이후로 문화는 단지 부산물일 뿐이었어. 전 세계가 그 멍한 오백년 간 줄곧 그것만 먹어 이제 넌더리가 나고 지겨워졌어. 좀 심하게 말해서, 솥째 다 먹은 것 같다고······."

여기, 방금 전에, 그가 종교적인 삶의 수호자로서의 자기 자신에 대해, 악마의 신학적 존재에 대해 유창하게 강의하듯 말할 때 나는 내 앞 그 소파에 앉은 녀석의 모습이 다시 달라졌다는 사실을 알았다. 이제 한동안 내 앞에서 활동했던 안경 낀 음악 전문가는 아니었다. 그리고 소파 구석에 제대로 앉아 있지도 않았다. 소파의 둥근 팔걸이에 반쯤 걸터앉아 말을 타듯 경쾌하게 흔들고, 손가락 끝을 무릎 사이에 포개어 넣고 두 엄지는 곧게 펴서 세웠다. 갈라진 턱수염은 그가 말을 할 때 위 아래로 움직였고, 열린 입 안에 난 작고 뾰족한 이가 보였다. 그리고 끝이 뾰족하게 말린 콧수염은 수직으로 섰다.

그가 내게 익숙한 모습으로 변했으므로 나는 온몸이 한기로 둘러싸인 채 웃어야 했다.

"수고하십니다, 교수나리!" 내가 말했다. "이제 내가 당신을 알겠소. 그리고 여기 이 홀에서 특강을 해주시니 참으로 자상하시오. 당신이 그토록 모방을 잘 하니, 내 지식욕을 해소시키기 위해 댁이 자유자재로 변할 수 있다는 사실을 증명해줄 의향이 있을 거라 믿고 싶소. 당신은 내가 이미 알고 있는 내용만 강의했지, 내가 알고 싶은 것에 대해서는 이야기하지 않았소. 당신이 내거는 모래시계 시간과 높은 삶을 영위하기 위해 일차로 지불해야 하는 고통에 대해서도 말을 많이 했지만, 나중에 찾아올 종말에 대해서는, 최종적인 지불이행에 대해서는 말하지 않았소. 난 그게 궁금한데, 당신은 거기 그렇게 쪼그리고 앉아 떠드는 동안 그 문제는 아예 다루지도 않았소. 거래를 하면서 값을 몰라서야 되겠소? 대답하시오! 악마의 집에서는 어떻게 살고들 있소? 당신의 충성맹세를 받은 사람들이 당신네 누옥에서 얻는 게 무엇이오?"

그 (높은 소리로 깔깔 웃으며) : "파국에 대해 아시고 싶으시다? 주제넘기는! 좀 배웠다고 잘난 체 하기는! 시간은 내다볼 수도 없을 만큼 많아. 그리고 우선은, 종말에 대해 생각하기보다는, 종말을 생각할 시간이

다가오는 순간에 신경 쓰기보다는, 다른 일을 해야 할 만큼 흥미진진한 일이 많이 일어날 거야. 그렇더라도 안내를 거부하지는 않겠어. 그리고 좋게 꾸며서 말할 필요도 없어. 그토록 먼 문제 때문에 네가 정말 심각하게 걱정하지는 않을 테니까. 다만, 그것에 대해 말하기가 쉽지 않을 뿐이야. 무슨 말이냐 하면, 원래 그 문제에 대해서는 아예 말을 안 해. 전혀. 원초적인 것은 말로써 제대로 표현할 수 없기 때문이지. 많은 단어가 필요할 거고 그래서 만들어내겠지만, 그게 다 대용물이야. 이름이 없어서 그걸로 대신 쓰는 거야. 그래서 그 단어들은 결코 표현할 수 없기에, 말로써 폭로할 수 없는 것을 나타내 준다고 주장할 수 없어. 이게 바로 지옥의 은밀하고 안전한 쾌락이지. 폭로할 수 없다는 사실, 언어 앞에서 몸을 숨긴다는 사실, 있기는 있는데 신문에 나지 않는다는 사실, 알려지지 않는다는 사실, 어떤 말로도 비판하기 좋아하는 지식인에게 전달되지 않는다는 사실. 그래서 '지하의 세계', '창고', '두터운 벽', '은밀함', '망각', '구제불능' 따위의 말도 그저 약한 상징일 뿐이지. 하지만 친구, 지옥에 대해 말할 때는 상징만으로 만족해야 해. 지옥에서는 모든 것이 끝나니까. 폭로성 언어뿐만 아니라 아예 모든 것이 끝나. 이것이 바로 주요 특징이고 가장 일반적으로 말할 수 있는 점이야. 동시에 신참인 사람이 처음으로 경험하는 점이지. 처음에는 이른바 건전한 이성 때문에 그것을 전혀 이해하지 못해. 이해하려고도 안 하지. 왜냐하면 이성은, 또는 이성적 이해의 한계는 이해하는 데 방해가 되니까. 간단히 말해 믿을 수가 없으니까. 얼굴이 백짓장이 되어도 결코 믿을 수가 없으니까. 비록 처음 인사할 때부터 '여기서는 모든 것이 끝난다'는 원칙을 확실하게 강제적으로 적용하더라도, 모든 동정이, 모든 자비가, 모든 보호가, 이의를 배려하는 흔적이라고는 맹세코 한 점도 남기지 않고 끝난다는 사실을, '결코 인간에게 그릴 수는 없다'는 소리도 끝난다는 사실을 분명히 보여 주지만, 그래도 믿을 수 없으니까. 인간에게 그럴 수 있어. 실제로 그러고 있어. 설명은 필요 없어. 방음시설이 잘 된 창고에서, 신의 귀에서 멀리 떨어진 곳에서, 그리고 영원 속에서 그러고 있어. 에이, 이 이야기는 재미가 없어. 이건 언어를 벗어난, 언어를 넘어선 이야기야. 언어와는 상관이 없어. 아무 관계도 없어. 그래서 어떤 시제를 사용해야 할지도 잘 몰라. 궁여지책으로 미래형을 쓰기는 해. '그곳에서는 울부짖고 이를 부딪치며 떨게 된다'라고 하듯이. 그래, 이것도 언어 가운데 상당히 극단적인 영역에서 고른 말이야. 하지만 여전히 '그곳이, 설명이 없는 곳, 잊혀진 곳, 두터운 벽으로 둘러싸인 곳이 어떨지' 제대로 지시하지 못하는 약한 상징일 뿐이야. 그런데 그 방음장치 잘 된 곳 속은 꽤 시끄러워. 한정 없이. 아예 귀를 막아야 할 만큼. 성내고, 흐느끼고, 엉엉 울고, 울부짖고, 악쓰고, 새된 소리를 내고, 비명 지르고, 투덜거리고, 구걸하고, 고문의 환호를 터뜨리고, 그래서 아무도 자기가 부르는 노래를 못 들어. 일반적으로 지옥의 환성과 모욕감에 떠는 목소리가 빽빽하게 가득 차 있어서 숨이 막혀. 게다가 믿을 수 없는 것과 책임지지 않는 것이 영원히 접촉함으로써 방출되는 그 끔찍한 쾌락의 신음도 빠뜨릴 수 없지. 그 고통은 끝이 없어. 의식을 잃고 쓰러질 수도 없어. 그 대신 모욕의 즐거움으로 변성돼. 거기에는 몇몇 본능적인 손님이 있지. 그래서 '지옥의 쾌락'이라는 말도 하잖지. 하지만 조롱의 요소와 극단적 치욕의 요소가 이와 관계되어 있고, 또한 고문과 연결되어 있어. 이 지옥의 열락(悅樂)은 한없는 괴로움에 동정에서 비롯된 조롱을 가하는 것과도 같고, 게다가 비열한 손가락질과 콧방귀 섞인 웃음을 동반해. 그래서 저주받은 자는 고통에다 조롱과 치욕도 당한다는 가르침이 나온 거야. 그래, 지옥은 진정 참을 수 없는, 그러나 영원히 중단할 수 없는 고통과 조롱의 끔찍한 결합이라고 정의할 수 있어. 거기서는 심한 괴로움으로 혀를 깨물게 되지. 그래서 공동체 의식이 없어. 서로 철저히 비웃고 경멸하며, 신음과 전율의 순간에 서로 더러운 욕만 퍼부어. 이때 우아하고 자존심이 강해서 저속한 말을 한번도 입에 올리지 않은 인간들은 가장 더러운 욕을 하도록 강요받지. 최악의 욕이 무엇인지 생각해내는 일도 그들이 겪는 고통의 일부야. 또한 치욕을 주고 싶은 욕망의 일부이기도 하지."

나 : "잠깐. 당신은 이제야 처음으로 저주받은 자들이 그곳에서 겪어야 하는 고통의 종류에 대해 말했소. 당신은 처음부터 지옥의 작용에 대해서만 강의를 했지, 문제의 본질에 따라 그리고 실제로 저주받은 자들이 그곳에서 겪게 되는 일에 대해서는 이야기하지 않았다는 사실을 유념하기 바라오."

그 : "네 호기심은 어린애 같을 뿐만 아니라 분별이 없어. 나는 내가 전면에 내세운 것 뒤에 무엇이 숨어 있는지 잘 알고 있어, 이 친구야. 너는 질문공세를 통해 지옥에 대해 스스로 불안해지려 하고 있어. 그리고 그 배후에 회귀와 구원에 대한 생각, 너의 이른바 정신건강에 대한 생각, 계약 철회에 대한 생각이 매복하고 있어. 그리고 넌 마음의 참회를, 그곳에 대한 진정한 두려움을 품으려 하고 있어. 인간이 그 두려움을 통해 이른바 행복에 도달할 수 있다고 들었겠지. 네게 분명히 말하는데, 그건 완전히 낡은 이론이란다. 불완전한 통회로도 구원을 받을 수 있다는 이론은 학문적으로 이미 낡았어. 완전한 통회가 필수적이라고 증명되었지. 죄를 원천적으로 그리고 진정 반항적으로 타파하는 행위. 그것은 교회의 지시에 따라 단순히 두려움으로 하는 속죄가 아니라, 내면의 속죄, 종교적 회귀를 뜻해. 네게 그럴 능력이 있는지는 내가 너한테 묻고 싶다. 네 자만심

은 대답을 피하지 않겠지. 시간이 흐를수록 네 능력은 줄어들고 통회 의지도 약해질 거야. 네가 영위하게 되는 극단적인 실존은 거대한 응석이니까. 그 응석에서 중용의, 구원의 단계로 되돌려지는 것은 아무것도 없어. 그러므로 널 안심시키려고 하는 말인데, 사실 지옥도 네게 본질적으로 새로운 것을 제공하지는 못해. 오직 다소 익숙한 것, 그것도 자랑스럽도록 익숙한 것만을 제공할 뿐이야. 지옥도 원칙적으로 극단적 실존의 연속이거든. 지옥의 본질 또는 달리 표현해 핵심은 그 수용자들이 극도의 추위와 화강암도 녹일 수 있는 화염 가운데 스스로 선택해야 한다는 사실이야. 그들은 이 두 곳 사이에서 울부짖으며 이곳에서 저곳으로, 저곳에서 이곳으로 도망 다니지. 한 곳에서는 다른 곳이 언제나 최상의 위안처 같거든. 하지만 곧 그리고 정말 지옥 같게도 더는 견디지 못하게 돼. 그 극단적인 성질이 네 마음에 들 거야."

    나 : "내 마음에 드는군. 그런데 당신의 그 알량한 이론으로 나를 잘 안다고 너무 자신하지는 말라고 경고하고 싶소. 당신은 내 자존심을 이용해 내가 죄를 타파하고 구원을 받으려는 것을 방해하려고 획책하면서, 죄를 타파하는 행위에는 자랑스러운 것도 있다는 사실은 계산에 포함시키지 않았어. 이를테면, 자신의 죄가 용서받기에는 너무 크다고 확신했던 카인이 그 경우요. 절망적인 통회. 그리고 자비와 용서의 가능성을 조금도 믿지 않는, 한없는 자비심으로도 용서받을 수 없는 극도의 죄를 지었다고 철석같이 믿는 죄인의 마음으로 하는 통회. 이것이야말로 진정한 속죄야. 그리고 당신에게 분명히 말하는데, 이런 것이 구원의 손길과 가장 가까워. 자비를 베풀기에 가장 거부감이 적은 것이 바로 이것이야. 일상의 보통 죄인에 대해서는 보통 정도의 자비심밖에는 우러나오지 않는다는 사실을 당신은 인정하게 될 거요. 그런 죄인에게 자비행위는 별 효력

이 없어. 그건 기운 빠진 헛손질일 뿐이야. 어중간한 상태에서는 신앙생활이 없어. 죄인 스스로 처음부터 구원을 바라지 않을 만큼 극악무도한 범죄. 그것이 진정 종교적인 구원의 길이야."

그 : "약삭빠른 놈! 너 같은 놈이 어디서 그런 우매한 소리를 들었지? 구원으로 향하는 길의 전제가 우직하고 가차 없는 절망이라고? 큰 죄가 자비심을 자극할 것을 노리는 의식적인 사변은 자비행위를 최대한 저지한다는 사실 몰라?"

나 : "이러한 극치를 통해 극적이고 종교적인 존재도 비로소 최고의 경지에 올라가는 거요. 즉, 가장 비열한 죄를 통해 최후의 경지에, 자비의 무한성에 내미는, 물리칠 수 없는 도전의 경지에 도달한단 말이오."

그 : "나쁘지 않군. 정말 명석해. 이제 내가 너한테 말할게. 지옥의 인구는 너 같은 종류의 두뇌들로 구성되어 있어. 지옥에 오기는 쉽지 않아. 어중이떠중이가 다 왔다면 우린 이미 오래전에 주택난을 겪었을 거야. 그러나 너같이 종교적인 유형이, 너같이 사변에 대해 사변할 만큼—아버지를 닮아 일찍부터 사변했으니까—똑똑하고 약은 바보가 악마의 사람이 아니라면 거긴 잡초가 섞였어."

그가 그 말을 할 때, 그리고 그보다 좀 전에 그는 다시 변신했다. 구름의 모양이 변하듯이. 그리고 자신의 모습을 전혀 의식하지 않았다. 더는 내 앞에, 홀에 놓인 소파의 둥근 팔걸이에 앉아 있지 않고, 다시 치즈 같은 얼굴에 붉은 눈, 그리고 운동모를 눌러 쓴 깡패의 모습으로 구석에 앉아 있었다. 다시 콧소리가 섞인 배우 같은 목소리로 느리게 말했다.

"우리가 마지막에 그리고 결론에 도달하게 되어 너도 편할 거야. 그 문제로 나와 이야기하느라 시간을 많이 쏟았어. 너도 그것을 인정하기 바래. 넌 정말 매력적인 경우야. 그건 내가 자발적으로 고백하지. 일찍부터 우리는 널 지켜봤어. 너의 빠르고 명석한 머리, 너의 훌륭한 재능과 기억력. 그리고 우리가 네게 신학 공부를 시켰어. 마치 네 오만함이 생각해낸 듯이. 그러나 너는 머지않아 신학 공부를 그만두었어. 성스러운 경전을 내려놓고는 상징에만, 음악의 특징과 주술(呪術)에만 매달렸어. 그것도 우리는 나쁘게 생각하지 않았어. 왜냐하면 너의 교만함은 근본적인 것을 추구했고, 너는 그것을 수(數)의 마술이 영리함, 계산과는 합일을 이루는 동시에 이성, 냉철함에 대해서는 언제나 대담하게 맞서는 곳에서 네게 맞는 형태로 찾을 수 있다고 생각했어. 그런데 네가 너무 똑똑하고 차갑고 기본에 충실하다는 사실을, 네가 그래서 화를 내고 네 수치스러운 명석함에 대해 측은할 정도로 싫증을 낸다는 사실을 우리는 몰랐나? 우리는 네가 우리의 품으로 달려들도록 했어. 정확히 말해 내 아이들의 품으로, 에스메랄다의 품으로 달려 들어와 네 것으로 취하도록, 계몽이 되도록, 뇌의 미약(媚藥)에 빠지도록 열심히 작업했지. 간단히 말해, 우리 사이에 슈페서발트 숲(옛 파우스트 전절에서 파우스트 박사가 처음으로 악마를 불러내기 위해 동그라미를 그린 곳 - 옮긴이)의 네 갈래 길이나 컴퍼스는 필요 없어. 우리는 계약을 했고 거래 중이야. 너는 피로써 그것을 증명했고, 우리에게 약속했고, 우리에게서 세례 받았어. 오늘 내가 찾아온 목적은 단지 확인을 하기 위해서야. 넌 우리에게서 시간을 받았어. 천재적인 시간. 높은 경지에 오른 시간. 오늘부터 만 24년을 거꾸로 셀 거야. 우리는 그것을 네 목표로 정했어. 시간이 이미 이럭저럭 지나갔어. 예상할 수 없었지. 하지만 이만큼의 시간도 매우 긴 시간이야. 아무튼 그래서 너는 성병에 걸려야 했어. 지금부터 우리는 네가 중도에 하는 모든 일에 있어서 신하처럼 복종할 거야. 그리고 네가 이곳에 사는 모든 사람과 절교만 한다면 지옥은 네게 도움이 될 거야. 하늘에 있는 전 부대원 및 인간들과 절교만 한다면. 왜냐하면 그래야 하니까."

나 (극도로 추위를 느끼며) : "뭐? 그건 처음 듣는 얘긴데, 그 조항이 무슨 소리지?"

그 : "절교를 하라는 소리야. 아니면 뭐겠어? 질투는 높은 곳에만 있고 낮은 곳에는 없는 줄 알아? 우리한테 너는 멋진, 훌륭한 피조물이야. 언약했고, 약혼했어. 넌 사랑하면 안 돼."

나 (크게 웃을 수밖에 없었다) : "사랑하지 말라고? 불쌍한 악마 같으니! 넌 네 어리석음의 명성을 드높이고 싶어서 고양이 목이 아니라 네 목에 방울을 달려고 해. 거래와 계약을 사랑 같은 허술한, 그토록 휩쓸리기 쉬운 개념으로 규정하겠다고? 악마께서 쾌락을 저지하겠다고? 못하면 동정 받을 각오를 해야 할 거야. 심지어 자선까지도 받을 수 있어. 안 그러면 책에 쓰여 있는 것처럼 네가 속은 거야. 내가 택한 일, 그 일 때문에 넌 내가 네게 약속했다고 주장하는데, 그 일의 근원이 사랑이 아니면 뭐야? 비록 네 것은 신의 허락 하에 독이 들었지만. 우리가 맺었다고 네가 주장하는 그 계약도 사랑과 연관되어 있어, 이 바보야. 너는 창작 때문에 내가 원해서 숲으로, 네 갈래로 길이 나뉘는 곳으로 갔다고 주장하는데, 좋아. 하지만 창작도 사랑과 관계된 일이라잖아."

그 (코로 웃으며) : "도, 레, 미! 나를 심리학적으로 공격하는 것이 신학적인 공격보다 효과가 적다는 사실을 명심해. 심리학. 너 아직도 이것과 관계해? 그건 좋지 않은, 평범한 19세기 학문이야! 그 시대는 심리학을 지겹도록 많이 했어. 곧 더는 참지 못하게 될 거야. 그리고 심리학으로 인생을 방해하는 놈은 머리에 혹이 하나 생길 거야. 우리가 바야흐로 살아가는 시대는 심리학 때문에 괴로워할 생각이 없어……. 그건 그렇고. 내 조건은 분명해. 그리고 정당해. 지옥의 적법한 질투에 의해 규정되어 있어. 사랑은 네게 금지되어 있어. 사랑은 너를 따뜻하게 만드니까. 네 삶은 차가워야 해. 그래서 너는 아무도 사랑하면 안 돼. 뭔 줄 알았어? 그때의 계몽이 네 정신력에는 끝까지 손을 대지 않았어. 심지어 때로 최상의 환희로까지 상승시켰어. 이게 결국 무엇으로 끝나겠어? 사랑의 감정과 정감 어린 소중한 삶 아니겠어? 네 인생의 전면적인 냉각과 너의 인간관계는 이 사안의 본질이야. 어쩌면 이미 이전부터 네 본질이었어. 우리는 네게 결코 새로운 것을 강요하지 않아. 내 아이들은 널 가지고 새로운 것, 낯선 것을 만들지 않아. 그들은 그저 너의 모습을 여러모로 강화하고 확대해. 너는 원래 냉기를 타고났잖아? 아버지의 뇌통과 마찬가지로. 그 고통이 커져 어린 인어아가씨의 고통이 되지. 우리는 네가 차갑기를 바래. 창작의 불꽃이 아무리 뜨거워도 너를 데우기에는 부족할 정도로. 너는 네 인생의 냉기 때문에 창작으로 도피하게 될 거야……"

나 : "그리고 뜨거워서 다시 얼음으로 가고. 이건 분명 이 땅에서 미리 겪는 지옥이군."

그 : "이것은 어떤 잘난 감각을 만족시키는 비범한 실존이야. 넌 교만해서 그것을 결코 어떤 미지근한 삶과도 바꾸려하지 않을 거야. 내 말이 틀려? 너는 한 일생 동안 작품으로 채운 영원을 즐기게 될 거야. 모래시계가 다 되면 드디어 내가 권리를 획득하게 돼. 나는 잘 만든 훌륭한 작품을 이용해 내 방식대로, 내 마음에 드는 대로 지도하고 통치할 거야. 육체든 영혼이든, 살이든 피든 선(善)이든 영원히……"

이때 다시 이미 나를 한 번 덮쳐 쓰러지게 만든 그 참을 수 없는 구역질이 다시 몸에 꼭 끼는 바지를 입은 깡패가 내게 밀어 붙이는 빙하처럼, 더 심해진 냉기에 실려 밀려왔다. 그 사나운 불쾌감 때문에 나 자신을 잊었다. 그것은 의식불명과도 같았다. 그런 다음 나는 실트크납이 소파 구석에 앉아 평온하게 이야기하는 목소리를 들었다.

"같이 가지 않았다고 억울해 할 일은 아무것도 없었어요. 신문 보고, 당구 두 판 치고, 마르살라 포도주 한 잔, 그리고 세속의 사람들이 정부를 헐뜯는 소리를 들었을 뿐이에요."

나는 내 등불 옆에 여름양복을 입고 앉아 있었다. 무릎에 그 기독교도의 책을 놓은 채! 내가 화가 나서 그 깡패를 내쫓고, 친구가 오기 전에 옷을 벗어 옆방에 도로 갖다 놓은 게 틀림없다.

26

앞 장이 극도로 길지만, 크레치마의 강연에 대해 쓴 장보다 훨씬 길어졌지만, 독자들이 나한테 그 책임을 묻지 않았으면 좋겠다. 이에 대한 요구는 작가로서 내가 져야 하는 책임범위 밖이므로 나와는 상관없는 일이다. 아드리안의 기록을 좀 쉽게 편집하는 일, 그 "대화"(내가 이 단어에 동의하기 어렵다는 의미에서 따옴표를 붙인 점에 주의하기 바란다. 물론 이런다고 해서 이 단어에 내포된 소름끼치는 의미를 완전히 제거할 수는 없다는 사실을 모르는 바 아니지만), 그러니까 그 대화를 간단하게 여러 줄로 풀어 쓰는 일을, 그것이 아무리 독자의 수용 능력을 배려하는 일이라 해도, 나는 도저히 할 수 없었다. 나는 고통스러우리만치 경건한 마음으로 있는 그대로를 적었다. 아드리안의 오선지에서 내 원고지로 옮겼다. 단어 하나하나가 아니라 철자 하나하나를 옮겼다고 해도 과언이 아닐 것이다. 종종 펜을 내려놓으면서, 중단하고 휴식을 취하면서, 생각에 잠긴 걸음으로 내 서재를 왔다 갔다 하면서, 또는 손으로 이마를 짚고 소파에 눕기도 하면서. 따라서 이상하게 들릴지 모르겠지만 실제로 이 장은 베끼기만 했는데도 이전에 내가 손을 여러 차례 떨어가며 직접 한 장을 쓸 때보다, 내가 구상해서 쓴 장보다 결코 빨리 끝나지 않았다.

다른 사람의 글을 심사숙고하며 베끼는 작업은 자기 자신의 생각을 적는 일과 마찬가지로 치밀함을 요하고 시간이 많이 드는 일이며(적어도 나한테는 그랬다. 몬시뇨레 힌터푀르트너도 이 점에 있어 내게 동의했다), 독자들이 앞서 다른 지점에서 내가 영면에 든 친구의 전기를 쓰느라 보낸 나날의 수를 얼마나 낮게 가늠했는지는 몰라도, 지금도 아마, 내가 지금 이 줄을 쓰고 있는 이 순간까지 그토록 많은 시간이 흘렀으리라고는 상상도 못할 것이다. 독자들이 나의 소심함을 비웃더라도 내가 이 글을 쓰기 시작한 후 거의 일 년이 지났다는 사실을, 최근의 몇 장을 작성하고 나니 1944년 4월이 되었다는 사실을 밝히는 편이 옳다고 생각한다.

물론 이 날짜는 내가 집필하고 있을 때를 가리킨다. 내 이야기 내용이 전개되는 시점이 아니다. 그때는 지난 전쟁이 발발하기 22개월 전인 1912년 가을이었고, 이때 아드리안은 뤼디거 실트크납과 팔레스트리나에서 뮌헨으로 돌아와 혼자 슈바빙의 관광호텔 (기젤라 호텔)에 거처를 잡았다. 나는 내가 왜 군이 이중으로 시간을 계산하려 하는지 모르겠다. 그리고 화자가 겪는 개인적이고 객관적인 시간과 서술된 내용이 전개되는 시간을 무엇 때문에 군이 시사하려 하는지도 모르겠다. 시간의 두 흐름이 대단히 특이하게 교차되어 있는데, 거기에 제3의 시간 즉, 어느 날 독자가 여기서 전달하고자 하는 이야기를 수용하게 되는 시간까지 가세한다. 따라서 이 이야기에는 세 가지의 시간질서가 연관되어 있다. 이야기 자체의 시간, 전기 작가의 시간 그리고 역사적인 시간.

'역사적 시간'이라는 말은 내 이야기의 배경이 되는 시간보다 훨씬 더 침울한 격동의 시간을 가리킨다는 말을 덧붙임으로써 나는 이제 이 한

가로워 보이는 사색에 더는 빠져들지 않을 생각이다. 며칠 전 오데사를 둘러싸고 격렬해진 전투로 많은 손실이 야기되었고, 흑해에 연한 이 유명한 도시는 결국 러시아 군의 손에 넘어갔다. 그러나 적군은 우리 교대군의 작전을 방해할 수는 없었다. 적군은 분명 우리보다 전력이 월등했지만 우리의 또 다른 저당물인 세바스토폴을 빼앗을 수는 없었다. 그러는 가운데 우리의 잘 둘러싸인 유럽의 요새에 거의 매일 공습이 퍼부어졌고, 그로 인한 공포는 무한의 경지로 치달았다. 점점 더 강화되는 폭발력은 더욱 더 심한 파괴를 불러일으켰고, 우리 수비대의 수많은 병사들이 속수무책으로 희생되었다. 용감하게 하나로 뭉친 대륙의 하늘은 수천 개의 폭탄으로 덮였고, 폐허로 쓰러지는 우리의 도시들은 점차 늘어만 갔다. 라이프치히. 레버퀸의 성장과정에, 그 인생의 비극에 그토록 큰 영향을 끼친 그 도시가 결국 정통으로 포격을 받았다. 그 유명한 출판의 거리에는 오직 깨진 돌 더미만 남았고, 가치를 따질 수 없는 수많은 문학적 자산은 파괴의 노획물이 되었다는 소식을 들어야만 했다. 이것이야말로 우리 독일인에게 뿐만 아니라 지식을 추구해온 세계가 입은 가장 큰 손실이건만, 이 세계는 눈이 멀어서인지 또는 정당하다고 생각해서인지—나는 도저히 판단할 수 없다—이를 감수하려는 것 같아 보인다.

　그렇다. 나는 두렵다. 불운이 어린 정치는 우리를 인구가 최다일 뿐만 아니라 그 국력이 획기적으로 강화된, 그리고 최우수 생산력을 자랑하는 열강과 대립하게 만들었고, 이로 인해 우리는 초토화될 것이다. 미국의 생산기계는 전속력을 내지 않더라도 모두를 압도할 만큼 어마어마한 양의 전투 장비를 순식간에 생산해내는 것 같다. 민주주의가 신경이 곤두서면 그 무서운 장비를 사용할 줄도 안다는 사실은 당혹스러운, 정신 차리게 하는 경험이었으며, 그러는 가운데 우리는 전쟁은 독일의 특권이고,

권력의 기교라는 면에서 다른 나라들은 우둔한 아마추어라는 착각에서 하루하루 점점 더 깨어났다. 우리는(몬시뇨르 힌터푀르트너와 나도 이 점에서 예외가 아니다) 앵글로색슨 족의 전쟁기술에서 모든 것을 예견하기 시작했으며, 공격의 긴장은 고조되었다. 전면적인 공격, 월등한 물자와 수백만의 병사들이 우리 유럽 요새에—우리의 감옥이라고 해야 할까? 아니면 우리의 정신병자 수용소?—가하는 전면전이 예상되었으며, 적군의 상륙에 대비한 방지책—이 방지책은 정말 대단해 보였고, 우리의 현 총통을 상실하는 데 대비해 우리와 우리 땅을 보호하기로 되어 있었다—이 방지책을 묘사하는 극도로 인상 깊은 표현은 앞으로 다가올 사태에 대한 일반적인 공포와 정신적으로 균형을 이루었다.

    분명 내가 글을 쓰고 있는 이 시간의 역사적 기세는 내가 쓰고 있는 이야기의 시간, 즉 아드리안의 시간, 그를 황당한 이 시대의 문턱까지만 인도한 그 시간과 같지 않으며, 나는 그에게, 우리 곁에 있지 않은 사람들 모두에게, 그리고 이 시대가 시작되었을 때 이미 더는 우리와 함께 하지 않았던 사람들 모두에게 명복을 빌며 진심에서 우러나오는 "고이 잠드소서"라는 기도를 해주고 싶다. 아드리안이 우리의 일상적인 날을 겪지 않았다는 사실은 내게 소중하다. 나는 그것을 귀하게 여기며, 내가 그 사실을 의식하는 대신 내가 살고 있는 이 시대의 경악을 기꺼이 감수한다. 그럼으로써 나는 마치 내가 아드리안 대신 살고 있는 듯하고, 그를 대신해 내가 부담을 지는 듯하고, 간단히 말해 내가 그의 삶을 빼앗음으로써 그를 위한 일을 했음을 증명하는 것 같은 기분이 든다. 너무 황당하고 심지어 바보같이 들리지만, 이러한 상상을 하면 나는 언제나 기분이 좋다. 이러한 상상은 내가 언제나 품고 있던 소망에, 그의 시중을 들고, 그를 도와주고, 그를 보호하고 싶은 내 소망에 아첨하는 듯하다. 친구 생전에는 그토록 채우기 힘들었던 그 욕망에.

★

나는 아드리안이 슈바빙의 호텔에서 며칠밖에 머물지 않았으며 그 도시에서 제대로 기거할 집을 구하려는 노력을 전혀 하지 않았다는 사실에 주목했다. 실트크납은 이탈리아에서부터 그 전에 살던 아말리엔슈트라세의 셋집 주인에게 편지를 써, 그 전처럼 다시 세 들겠다는 의사를 밝혔다. 아드리안은 로데 의원 부인 집에 다시 세 들 생각이 없었으며, 아예 뮌헨에 머물 생각조차 없었다. 그의 결심은 이미 오래전에 소리 없이 정해진 것 같았다. 일단 발츠후트의 파이퍼링으로 가서 허락을 받고 계약을 하는 일조차 하지 않았으며, 전화로, 그것도 아주 간결한 대화로 대신했다. 그는 기젤라 호텔에서 슈바이게슈틸의 집으로 전화했다. 전화를 받은 사람은 그 집 안주인 엘제였다. 자신을 한때 그 저택과 농장을 구경했던 두 자전거 손님 가운데 한 사람이라고 소개하고, 위층의 침실 하나와 낮에 사용할 수 있도록 일층의 원장실을 자신에게 내줄 수 있는지, 얼마에 내줄 수 있는지 물었다. 슈바이게슈틸은 식사와 청소를 포함해 매우 적절한 액수를 제안했으나 즉각 확답을 하지는 않았다. 그녀는 우선 그 당시 찾아온 두 사람 가운데 누구인지, 작가인지 음악가인지 물었으며, 그 당시에 자신이 받았던 인상을 상대방도 느낄 수 있을 만큼 세밀히 검토하며 전화를 건 사람이 음악가라는 사실을 확인했다. 그런 후 아드리안의 시도에 이견을 표했는데, 물론 아드리안을 위해, 아드리안의 입장에서 한 말이었다. 그 말도 무엇이 그에게 도움이 되는 일인지 그 자신이 가장 잘 알 것이라고 말하는 정도로 그쳤다. 슈바이게슈틸은 이렇게 말했다. 우리는 돈을 벌 목적으로 정기적으로 세를 놓는 집이 아니다, 단지 때때로, 경우에 따라서만 세입자와 하숙인을 받아들인다, 이 사실은 두 분이 당시 이곳에 왔을 때 내가 한 이야기에서도 알아보았을 것이다, 그리고 전화하신 분이 그 경우에 해당되는지 그 판단은 당사자에게 맡기겠다, 우리 집에서는 상당히 조용히, 그리고 단순하게 살아야 한다, 생활의 편의 면에서 보면 매우 원시적이다, 욕실도 없고 수세식 화장실도 없어서 그냥 농촌 식으로 집 밖에서 해결해야 한다, 그리고 내가 제대로 알아보았다면 서른도 안 된 젊은이가, 아름다운 예술을 추구하는 분이 그토록 외진 마을에, 문화가 고갈된 시골에 거처를 정하려 하니 놀랍다, 아니, '놀랍다'는 말은 정확한 표현이 아닐 것이다, 나와 내 남편은 그런 일에 놀라지 않는다, 하지만 찾는 것이 정말 그것이라면—와서 본 사람들 대부분은 정말 너무 많이 놀랐다—그렇다면 와도 좋다, 단 한 가지 고려해야 할 점이 있다, 내 남편 막스도 특히 중요하게 생각하는 점이다, 단순히 기분에 따라 결정하고 얼마 지나지 않아 철회한다면 곤란하다, 처음부터 일정 기간 지내기로 마음먹고 내린 결정이어야 한다, 안 그려? 그라제 잉?

아드리안이 대답했다. 나는 장기간 머물 거다, 그리고 이 문제에 대해서는 벌써 일 년 넘게 숙고했다, 내가 살게 될 생활방식도 검토했고, 좋다고 판단하고 받아들였다, 가격은 한 달에 백이십 마르크에 동의한다, 위층 침실 가운데 어떤 방을 쓸지는 댁이 정하라, 그리고 원장실을 쓸 수 있어 정말 기쁘다, 사흘 후 이사 가겠다고.

일은 정한 대로 진행되었다. 아드리안은 그 시에서 잠시 머무는 동안 추천받은 필경사와 여러 가지 약속을 했다(크레치마가 추천한 것 같다). 그는 차펜슈토스 오케스트라에서 제1바순을 맡고 있는 그리펜케를이라는 사람인데, 그는 필경사라는 부업으로 돈을 좀 벌었으며, 아드리안은

〈사랑의 헛수고〉 총보의 일부를 이미 그에 손에 맡겼다. 아드리안은 팔레스트리나에서 그 작품을 완성하지는 못했다. 마지막 두 악장이 아직 편곡 중이었고 소나타 형식의 서곡도 아직 끝내지 못했는데, 놀랍게도 오페라에 처음으로 부주제(副主題)를 도입해 애초의 구상을 크게 변경시켰다. 부주제는 반복적으로 나온 후 마지막 알레그로에서 대단히 멋지게 소임을 다한다. 그뿐만 아니라 아드리안은 방대한 분량의 작곡을 하느라 다 기록하지 못하고 빠뜨린 연주표시 및 속도표시를 기입하느라 바빴다. 그런데 그가 이탈리아 체류를 마감하는 동시에 작품을 완성하지 못한 것이 우연이 아니었다는 사실을 나는 분명히 알아챘다. 그가 의식적으로 두 가지 일을 동시에 끝내려고 애썼다 하더라도, 이를 성취시키지 않으려는 은밀한 의도가 있었다. 그는 조금도 변하지 않았고, 삶의 무대를 바꾸기 전에 그때까지 추구했던 일을 완성하는 편이 바람직하다고 생각하기에는 상황에 반대하는 자기주장이 여전히 강한 사람이었다. 그의 말에 따르면, 내면의 지속성을 위해서는 과거에 속하는 활동의 나머지를 가지고 새로운 상황으로 가지고 간 후, 그것이 외적으로는 새로운 일상이 되었을 때 비로소 내적으로 새로운 계획을 세우는 것이 더 좋다는 생각이었다.

늘 그렇듯이 총보를 보관한 서류가방과 이탈리아에 있을 때 욕조 대신 사용했던 고무대야를 포함해 그의 짐은 결코 무겁지 않았다. 그는 슈타른베르크 역에서 발츠후트에 뿐만 아니라 10분 후 그의 목적지인 파이퍼링에도 서는 여객열차를 탔으며, 책과 살림도구가 든 상자 두 개는 여객화물로 부쳤다. 시월이 끝나가고 있었다. 날씨는 아직 건조했지만 흐렸고, 이미 더위가 수그러들었다. 낙엽이 떨어졌다. 슈바이게슈틸 집안의 아들 게레온이—새 비료살포 기계를 사들였다는 바로 그 사람이며, 상당히 자유분방하고 무뚝뚝하지만 모름지기 자기 일에 철저한 젊은 농사꾼이었다—그 작은 역 앞에서 마차의 마부석에 앉아 손님을 기다렸는데, 그 마차는 포장이 없고, 발판에서 멀리 떨어진 높은 곳에 강한 스프링이 부착되어 있었다. 그는 짐꾼이 손가방을 싣는 동안 마차에 맨 두 필의 근육질 갈색 말의 등 위로 채찍 끈을 들어 올렸다. 달리는 동안 두 사람은 몇 마디 나누지 않았다. 나무 관(冠)을 쓴 롬뷔엘 산과 클라머바이어의 잿빛 수면을 아드리안은 기차에서부터 다시 보았는데, 이제 그의 눈은 그 풍경을 가까이에서 보고 있었다. 곧 슈바이게슈틸의 저택인 바로크 식 수도원이 눈에 들어왔다. 열린 사각 마당에서 마차는 가운데 서 있는 느릅나무를 돌며 활을 그렸고, 나무를 두르고 있는 벤치 위로 많은 잎이 떨어져, 나뭇가지는 이미 엉성했다.

슈바이게슈틸 부인은 딸 클레멘티네와 함께 종교계 문장이 있는 현관문 앞에 서 있었는데, 갈색 눈의 이 시골아가씨는 얌전한 농촌 전통복장을 하고 있었다. 그들의 인사말은 사슬에 묶인 개가 짖는 소리에 묻혀 버렸다. 그 개는 흥분해서 자기 밥그릇을 발로 밟고 짚이 깔린 자기 집을 그 자리에서 부술 뻔했다. 어머니나 딸이나 짐을 내릴 때 도와준 발이 더러운 헛간 아가씨(발트부르기스)가 그 개를 향해 "그만해, 카시펠. 조용!" 하고 소리쳐도 소용없었다. 그 개는 계속 날뛰었고, 아드리안은 잠시 미소를 띠며 건너다 본 후 개에게 다가갔다. "주조. 주조." 그는 목소리를 높이지는 않았으나, 놀라서 경고하는 유형의 강세를 섞어 이렇게 불렀다. 그랬더니 윙윙거리며 진정시킨 음의 영향만으로 그 개는 거의 과도적인 변화도 없이 조용해졌고, 예전에 물어 뜯겨 상처가 난 머리를 마술사의 부드러운 손길에 내맡긴 채 노란 눈을 들어 그를 매우 진지하게 쳐다보았다.

"참말로 용감하시구마!" 아드리안이 문으로 되돌아오자 엘제 아주머니가 말했다. "대부분은 저 개한테 겁을 내는디. 지금 같은 행동은 다른 사람은 꿈도 못 꿔요. 마을의 젊은 선상님도 아이들한테 올 때마다 '그 개, 슈바이게슈틸 부인, 저는 무섭거든요', 이런당게. 개는 그저 짖기만 할 뿐인디."

"네, 네!" 아드리안은 머리를 끄덕이며 웃었다. 그리고 그들은 집 안으로, 값비싼 담배 냄새가 밴 공기 속으로 들어갔다. 위층으로 올라가자 그녀는 곰팡내가 나는 흰 복도에서 그에게 배정한 침실로 안내했다. 그 방에는 채색된 옷장과 높은 침대가 있었으며, 녹색의 등받이 의자를 추가로 하나 더 놓아두었고, 그 앞 발치에는 가문비 재목의 바닥에 헝겊 깔개도 깔려 있었다. 게레온과 발트푸르기스가 손가방을 그곳으로 옮겨 놓았다.

그곳에서부터 계단을 다시 내려가는 동안 손님접대와 생활질서에 대한 협의가 시작되었다. 협의는 저 아래 원장실에서, 이 독특하고 할아버지의 방과도 같은 곳에서, 아드리안이 벌써 오래전부터 마음속으로 차지할 생각을 했던 그 방에서 계속되었고 확정되었다. 아침에 뜨거운 물을 한 동이 대령하고 침실에 짙은 커피를 가져다주며, 식사시간은, 아드리안은 그 가족과 같이 식사하지는 않기로 했다. 아드리안도 그러기를 기대하지는 않았으며, 그 시간은 그에게 사실 너무 일렀다. 1시 반과 8시에 혼자만을 위한 식탁을 차리기로 했는데, 앞의 큰 방(니케 상과 피아노가 있는 농부 홀)에서 하는 것이 가장 좋겠으며, 피아노도 필요하면 쳐도 좋다고 슈바이게슈틸 부인이 말했다. 그리고 그녀는 간단한 음식, 유유, 달걀, 살짝 구운 빵, 야채수프, 질 좋은 생고기 비프스테이크에 시금치를 점심에, 그리고 저녁에는 적당량의 오믈렛과 사과잼을, 간단히 말해 영양가 높은 음식을 제공해서 예민한 위(胃)를 편하게 다스릴 수 있도록 하겠다고 말했다.

"위는, 대부분은 위 자체가 아니라 머리가 문제여. 머리가 예민하게 긴장하면 위에 아주 큰 영향을 끼치제. 위 자체는 아무 문제가 없더라도." 배멀미나 편두통에서 알 수 있듯이……. 아 참, 편두통 가끔 생기죠? 그것도 꽤 심하게? 그녀는 이미 알아봤다고 했다! 그녀는 그것을 정말, 침실에서 창문의 덧문과 빛 차단 가능성을 그토록 면밀히 조사했을 때 알아봤다고 했다. 어둠은, 어둠 속에서는, 밤이나 캄캄한 곳에서는 눈에 빛이 전혀 들어가지 않는다, 고통이 오래가면 진한 홍차에 레몬을 넣어 시게 마시는 것이 좋다고 했다. 슈바이게슈틸 부인은 편두통에 대해 좀 알았다. 말하자면 그녀 자신이 편두통을 앓은 적은 없지만 그녀의 남편이 젊은 시절에 일시적으로 앓았는데, 시간이 흐르면서 통증이 사라졌다고 했다. 손님이 자신의 허약함에 용서를 구하고, 자신이 들어옴으로써 말라리아 환자를 밀수한 셈이 된 점에 대해 용서를 구한 데 대해서 그녀는 그런 말을 못하게 하며 그저 "에이!" 하고 대꾸했다. 그런 것이라면 예상했어야 한다고 그녀는 말했다. 누군가 문화가 번성하는 곳을 떠나 파이퍼링으로 들어와 박히면 거기에는 분명 이유가 있을 것이고, 그렇다면 그 경우는 이해를 요하는 경우다, "그라제, 레버퀸 선상?" 하고 말했다. 그리고 그곳은 비록 문화의 장소는 아닐지언정 이해의 장소라고 하며 하고 싶은 말을 덧붙였다.

그녀와 아드리안이 선 채, 그리고 다니면서 본 합의가 그의 외적인 삶을 18년이나 규정하게 되리라는 사실은 두 사람 다 예상하지 못했다. 아드리안은 서가를 만들기 위해 마을의 목수를 불러 원장실 문 쪽의 공간을 측량하게 했는데, 가죽 벽지 아래 댄 오래된 널빤지보다 높지 않게 재었다. 양초 동강이 남은 샹들리에도 즉시 전등으로 바꾸었다.

그 방은 시간이 흐르면서 이런저런 변화를 겪었다. 그 방에서 그 많은, 오늘날 대중의 이해와 경탄은 다소 줄어든 걸작들이 탄생할 것이었다. 곧 공간을 거의 다 덮는 카펫으로 상처 난 널빤지 바닥을 덮었다. 카펫은 겨울에는 반드시 필요했다. 그리고 거기에 코너 용 긴 의자를 놓았는데, 책상 앞에 놓인 사보나롤라 의자(몸통과 다리가 부드러운 X자를 그리고 팔걸이와 낮은 등받이가 달린 걸상 - 옮긴이)를 제외하면 유일하게 앉을 수 있는 곳이었으나, 아드리안의 취향에 맞게 섬세한 양식은 아니었다. 며칠 후 뮌헨의 베른하이머에서 구입한 독서와 휴식 용 의자가 도착했다. 회색 벨벳을 씌운 매우 깊은 의자였는데, 쿠션이 든 발판을 앞으로 끌어당길 수 있는 좋은 물건이었다. 흔히들 말하듯이 안락의자라고 하기보다는 '카우치'라고 하는 편이 오히려 더 정확했다. 그 의자는 소유자에게 거의 20년에 걸쳐 성실하게 봉사했다.

그가 막시밀리안플라츠 광장의 건재상에서 카펫과 의자를 구입한 이야기를 부분적으로 언급한 목적은 그 도시와 그곳을 연결하는 충분한 열차 편이 있었고, 그 가운데는 한 시간도 걸리지 않는 급행도 많아 편하게 오갈 수 있었다는 사실을 분명히 하기 위한 것인데, 아드리안은 그러나, 슈바이게슈틸 부인의 표현으로 추측하건대, 파이퍼링에 거주하면서 완전히 고독에 파묻혔고 '문화생활'과 단절했다. 저녁행사가 있을 때, 음악 아카데미의 연주회나 차펜슈토스 악단의 연주회, 오페라 공연 또는 모임에—그것도 있었다—비록 가기는 했지만, 그는 11시 기차를 타고 집으로 돌아올 수 있었다. 물론 이 때는 슈바이게슈틸 네 아들이 마차로 데리러 오기를 기대할 수 없었다. 이런 경우를 대비해 발츠후트의 교통 업무에 관해서도 이미 슈바이게슈틸과 협약이 되어 있었는데, 아드리안은 맑은 겨울밤에 연못가 길을 따라, 흐린 불빛이 새어나오는 슈바이게슈틸 농장으로 걸어서 가기를 즐겼으며, 그때 이 시간이면 사슬이 풀린 카시펠 또는 주조에게 멀리서 신호를 보내 개가 시끄럽게 하지 않도록 했다. 그는 돌려서 음을 조절할 수 있는 소형 금속 피리로 신호를 보냈는데, 그 아주 높은 음들은 주파수가 매우 높아 사람의 귀에는 가까이에서도 듣기 어려운 소리였다. 반면 전혀 구조가 다른 개의 고막에는 매우 강하게 그리고 놀랄 정도로 멀리 떨어진 곳에서도 작용했고, 카시펠은 비밀스러운, 자신 외에는 아무도 듣지 못하는 소리가 밤을 뚫고 밀려들 때 쥐 죽은 듯 조용히 했다.

오히려 도시에 사는 사람들이 호기심에서 그의 피난처로 한 사람 두 사람 찾아왔는데, 아드리안의 차갑게 폐쇄된, 가히 오만 때문에 나서지 않는 성격이 몇몇 사람에게 오히려 매력으로 작용한 결과였다. 실트크납 이야기를 먼저 하겠다. 실제로 먼저 나타났으니까. 그가 맨 먼저 찾아온 일은 당연했다. 자기와 같이 발견한 그 작은 마을에서 아드리안이 어떻게 사는지 보고 싶었으니까. 실트크납은 그 후, 여름에는 특히 주말을 종종 파이퍼링에서 아드리안과 함께 보냈다. 칭크와 슈펭글러는 자전거를 타고 들렀다. 아드리안이 시내에 쇼핑을 하러 갔을 때 람베르거슈트라세의 로데 네 식구들을 만났는데, 이 화가 친구들은 로데 자매를 통해 아드리안이 돌아왔다는 소식과 그가 현재 사는 곳에 대해 들었다. 모든 정황으로 미루어 파이퍼링에 가자고 먼저 제안한 사람은 슈펭글러였다. 칭크는 화가로서 재능과 추진력이 슈펭글러보다 뛰어났지만 인간적으로는 그보다 못했다. 그는 아드리안의 성격을 이해하는 감각이 전혀 없었으며, 그저 마지못해 같이 있었다. 오스트리아 식으로 알랑거리면서 "손에 키스를!(오스트리아에서 주로 사용하는 인사말. 인사로 손에 키스를 하던 전통이 언어적 표현으로 남았음 - 옮긴이)" 해 가면서, 그리고 보는 것마다

"오메!" 하며 거짓의 감탄사를 연발했지만 사실은 적대적이었다. 그의 광대놀음, 자신의 긴 코로, 자신의 서로 바짝 붙은 눈으로, 여자들에게 가소롭게 취면을 걸던 그 눈으로 해대는 코미디가 아드리안에게는, 평소 우스갯소리를 그토록 감사히 즐기던 그였는데도 불구하고 효과를 거두지 못했다. 칭크는 자존심 때문에 그만두지는 못하고 지루하게도 대화에 나오는 단어마다 주의를 기울이고, 호색한답게 그 단어에 성적인 의미가 포함되어 있는 것이 아니냐며 대화를 그쪽으로 몰고 갔다. 칭크도 눈치 챘겠지만 결코 아드리안이 좋아하는 행동은 아니었다.

이런 상황에서 슈펭글러는 볼에 보조개를 만들고 눈을 깜박이며 환하게 웃었다. 그는 성적인 이야기를 문학의 차원에서 좋아했다. 그에게 섹스와 정신은 밀접하게 연관된 문제였다. 틀린 이야기도 아니다. 그의 지식(잘 알다시피), 그의 미화하는 능력, 재기(才氣), 비판에 대한 감각은 성적인 영역과의 우연하고 불운한 관계, 육체적 탐닉에 근거를 두고 있는데, 이는 순전히 불운한 사고였으며, 그의 뜨거운 기질, 성과 관련된 열정이 그 때문이라고는 볼 수 없었다. 그는 미소를 띠고 예의 미학적 문화 시대에 사용된 방법, 오늘날은 매우 깊이 침잠한 듯한 예술의 문제들, 문학적이고 독서를 즐기는 현상들에 대해 이야기했고, 뮌헨의 시중에 나도는 소문을 옮겼다. 바이마르의 대공(大公)이 극작가 리하르트 포스와 함께 압루첸 산맥을 여행하다 진짜 도적 떼에게 습격을 당했는데, 이는 포스가 꾸민 일이 틀림없다는 이야기를 슈펭글러는 매우 익살스럽고 장황하게 늘어놓았다. 그는 브렌타노 가곡을 사서 피아노 앞에서 연습했다며 아드리안에게 브렌타노 가곡에 대한 명석한 찬사를 보냈다. 당시 그는 그 노래들과 관련된 작업은 위험할 정도로 확실한 방종을 의미한다, 그 작품을 접한 후 같은 장르에서 마음에 드는 다른 것을 발견하기는 쉽지 않다는 말을 했다. 그는 방종에 대해 썩 좋은 말들을 더 했는데, 그 가운데는 방종은 재능이 뛰어난 예술가에게 해당되는 이야기이며 그런 예술가는 위험에 처하게 될 것이라는 말도 있었다. 작품이 완성될 때마다 작가의 삶은 더욱 어려워지고 결국 불가능해질지도 모른다, 비범한 것만을 추구하고 그렇지 않은 것은 모두 거부하는 방종은 작가를 결국 소외, 구제불능, 작동정지 상태로 몰고 갈 것이다, 재능이 뛰어난 예술가의 문제는 방종은 점점 도를 더해가는 데도 그를 덮치는 구역질을 참으며 구제 가능한 상태를 유지해야 한다는 점이다, 라고 했다.

슈펭글러는 이토록 명석했다. 그러나 이것은 눈 깜박임과 떨리는 목소리가 시사하듯이 심리적인 고착 현상에 근거한 것이었다. 이 사람들 다음으로 자넷 소이엘과 루디 슈베르트페거가 찾아와 차를 마시며 아드리안이 어떻게 사는지 보았다.

자넷과 슈베르트페거는 종종 함께 음악을 연주했는데, 마담 소이엘의 손님들 앞에서 뿐만 아니라 단 둘이서도 했다. 그러다가 두 사람은 파이퍼링에 같이 오기로 약속하게 되었고 전화로 알리는 일은 슈베르트페거가 맡았는데, 그가 내켜서 했는지 아니면 자넷이 시켰는지는 알 수 없다. 두 사람은 아드리안 앞에서도 서로 다투며, 그녀는 루디의 빈틈없음을 칭찬했고, 루디는 그 공로를 자넷에게 미뤘다. 자넷은 작가답게 익살스러운 말로 자신의 주장을 척척 내세웠지만, 그 생각 자체는 사실 루디의 뛰어난 붙임성과 너무도 잘 맞아떨어졌다. 그는 2년 전 아드리안에게 말을 놓았었는데, 카니발 때 아주 간헐적으로, 하지만 일방적으로, 즉 자기 쪽에서만 그랬던 일을 상기시키는 것 같았다. 이제 그는 진솔한 마음에서 다시 말을 놓았고, 아드리안이 두 번인가 세 번 그것을 거부한 후에야 비로소 그러기를 그만두었지만 민감한 반응을 보이지는 않았다. 그의 허물없는 행동이 거부당한 데 대해 소이엘은 드러내 놓고 즐거워했으나, 그는 조금도 흔들리지 않았다. 그의 푸른 눈에는, 현명한 말, 지식과 교양이 우러나는 말을 하는 사람의 눈을 뚫어져라 볼 줄 아는 그의 천진한 눈에는 당혹감의 흔적이 전혀 보이지 않았다. 나는 오늘도 슈베르트페거 생각을 하며 그가 아드리안의 고독과, 그렇게 고독한 삶은 곤궁한 탓에 유혹에 휩쓸리기 쉽다는 사실을 어느 정도까지 이해하고 있었는지 궁금한 동시에, 혹시 남의 마음을 얻는 자신의 재주를 또는, 심하게 표현해서 설설 기는 재주를 증명하고자 한 것은 아니었는지 묻고 있다. 그는 의심의 여지없이 타인의 마음을 얻는 재주를 타고난 사람이었다. 하지만 내가 그에게서 이 한 가지 면만 본다면 이는 공정한 태도가 아닐 것이다. 그는 좋은 녀석이었고 예술가였다. 그리고 아드리안과 그가 훗날 정말로 말을 놓았고 서로 이름을 불렀다는 사실을 나는 슈베르트페거의 붙임성이 거둔 비열한 승리라고 보고 싶지 않으며, 그가 비범한 사람들의 가치를 공정하게 받아들였고 그런 사람들에게 진심으로 동의했으며, 결코 현혹되지 않는, 놀랄 만큼 심지가 굳은 사람이었다는 사실에서 비롯되었다고 생각한다. 그러나 굳은 심지로 결국 침울한 냉기를 누르고 차지한 승리는 불운을 부르는 승리였다. 오랜, 이야기를 앞서 나가는 나의 잘못된 습관이 다시 나오고 말았다.

　자넷 소이엘은 챙에서 코끝까지 내려오는 고운 베일을 단 큰 모자를 쓴 채 슈바이게슈틸의 농부 살롱에 있는 피아노로 모차르트를 연주했으며, 루디 슈베르트페거는 여기에 웃음을 유발할 정도로 재미있고 훌륭한 기교로 휘파람을 불었다. 나는 그의 휘파람을 훗날 로데 집과 슐락인하우펜 집에서도 들었는데, 그는 아주 어린 아이였을 때, 바이올린을 배우기 전에 이 기술을 배우기 시작했고, 훌륭한 음악작품을 순전히 휘파람으로 연주해냈으며, 가는 곳마다 휘파람을 연습해 실력이 늘었다고 했다. 그 연주는 훌륭했다. 공연을 해도 손색이 없을 만큼 숙달된 실력이었고, 그의 바이올린 연주보다도 더 감탄할 만했다. 그는 신체적으로 휘파람에 더 적합한 것 같았다. 칸틸레나의 선율은 매우 편안하게 들렸는데 그것은 바이올린보다는 플루트와 같은 성격이었으며, 구절법(句節法)이 썩 훌륭했고, 짧은 음들을 스타카토로 또는 연결해서 연주했지만 전혀 또는 거의 실수가 없었을 만큼 놀라운 정확성을 자랑했다. 간단히 말해 매혹적이었다. 이 기술을 습득한 건달 청년 같은 성질과 예술가다운 진지한 태도가 결합된 그 음악은 매우 독특하고 명랑했다. 사람들은 자연스럽게 웃으며 박수를 쳤고, 슈베르트페거도 옷 속의 어깨를 쫙 펴고 입 꼬리를 살짝 일그러뜨리며 소년처럼 웃었다.

이들이 파이퍼링으로 아드리안을 찾아온 첫 손님들이었다. 곧 나 또한 그를 찾았으며, 일요일에는 그와 나란히 그의 바이어 연못 주변과 롬뷔엘 산으로 산책길에 올랐다. 그가 이탈리아에서 돌아온 후 나는 겨울 동안에만 그와 떨어져 산 셈인데, 나는 1913년 부활절에 프라이징 김나지움에 임용되었으며, 그때 내 가족이 가톨릭 신자라는 사실이 유리하게 작용했다. 나는 아내와 아이와 함께 카이저스아셔른을 떠나 이자르 강변으로 이사했다. 수백 년 이어온 대주교 임지인 품격 높은 그곳에서 나는 주 수도로 편히 왕래했고, 따라서 친구와도 자주 만났으며, 전쟁을 치른 몇 달을 제외하고는 일생을 이곳에서 보내면서 그의 비극을 사랑과 충격 속에 지켜보았다.

(2권에 계속됩니다.)

파우스트 박사 1
한 친구가 이야기하는 독일의 천재작곡가 아드리안 레버퀸의 생애

지은이 토마스 만
옮긴이 김해생

1판1쇄 펴낸날 2007년 6월 20일
1판2쇄 펴낸날 2009년 4월 10일

펴낸이 이주명
편집 문나영 이성원
출력 문형사
종이 화인페이퍼
인쇄 한영문화사
제본 한영제책사

펴낸곳 필맥
출판등록 제300-2003-63호
주소 서울시 서대문구 충정로2가 184-4 경기빌딩 606호
이메일 philmac@philmac.co.kr
홈페이지 http://www.philmac.co.kr
전화 02-392-4491
팩스 02-392-4492

ISBN 978-89-91071-46-9 (04850)
ISBN 978-89-91071-45-2 (세트)

잘못된 책은 바꾸어 드립니다.
값은 뒤표지에 있습니다.

이 도서의 국립중앙도서관 출판시도서목록(CIP)은
e-CIP 홈페이지(http//www.nl.go.kr/cip.php)에서
이용하실 수 있습니다.(CIP제어번호: CIP2007001717)